時間、歷史與記憶

黃應貴 主編

中央研究院民族學研究所

中華民國八十八年四月・臺北南港

序

　　本書是一系列有關基本文化分類概念的探討之一。除了已出版的
《人觀、意義與社會》及《空間、力與社會》兩本書所涉及的人觀與空
間外，本書的時間及日後陸續要探討的物、工作、超自然觀念、知識、
因果等，自然與涂爾幹所強調西方哲學從亞里斯多德以來所認爲的瞭
解之類別或範疇 (the categories of understanding) 有關，卻也不盡
相同。我們固然會去思考到底有那些基本文化分類概念的存在，及這
些分類概念是否眞的是各文化知識概念體系建構的基礎，以及其性質
是否會影響該文化成員認識世界的方向等問題。我們更希望能由此進
一步去探討與瞭解各民族文化的許多其他重要分類範疇與概念如何被
建構。這裡，我們不只是在反省及重建文化的概念，以便對文化本身
能有更深入的瞭解與創造，也期望在人類學的研究上，能尋找到新的
研究路徑，以解決新的社會文化之情境下，過去研究理論與觀點上的
限制所涉及人類文化發展背後心靈深處的動力。也因此，在這一系列
的研究中，我們除了不斷由已有的成果來修改下一次的研究項目外，
也不斷在研究中，依實際的材料尋求並分辨出現象上的新層次，以便
發展出新的研究路徑。這當然已涉及理論上的突破與創新的問題，也
涉及如何避免這一系列研究落入同樣的研究模子之限制。至少，在這
本書中，我們可以看到有些論文已開始處理基本文化分類概念間如何
結合的問題，以及注意乃至強調心理層面的機制。這固然一部分是與
「時間」這分類概念本身往往必須透過其他分類概念來瞭解，而不像人
觀及空間那樣明顯具有其獨立自主性有關，但也透露出同仁追求新突
破的企圖。

其次，這本書所收集的十一篇論文，原均在中央研究院民族學研究所於 1998 年 2 月 19 日至 23 日，在宜蘭棲蘭山莊所主辦的「時間、記憶與歷史」研討會上宣讀過。正如前兩本書一樣，在正式研討會之前，我們已先花了一年時間一起閱讀有關的重要研究文獻，接著又花了一年時間來討論每個人的民族誌資料。到了第三年，才舉辦正式研討會，以便經由更多學有專長者的參與討論，使論文撰寫者得到更多的刺激後，重新修改原有的論文。再經過兩位審查者的審查通過後，才列入本書中。雖然如此，這本書的成果，自然還是無法讓大家滿意。但已是我們在蹣頇的步伐中，所能走出的一小步。

最後，我必須感謝所有直接或間接參與及協助研討會的舉行，及本書出版事宜的人。其中，除了本書的所有作者外，其他參與研討會而提供具體研究上的意見及給予精神上的支持者，在此特別致謝。他們是：王汎森、伊凡・諾幹、余安邦、余伯泉、余舜德、沈松僑、邱韻芳、林美容、陳美華、陳緯華、許功餘、張鼎國、葉光輝、葉春榮、童元昭、黃金麟、傅君、楊淑媛、盧蕙馨、潘英海、謝國雄、魏捷茲、譚昌國、羅正心、羅素玫、顧坤惠等。研討會籌備委員會的其他成員，包括葉春榮、張珣、黃宣衛等三位，以及參與的工作人員，包括何國隆、陳美鳳、廖三郎、陳麗鳳、江惠英、田敏儀、吳乃沛等，均個別分攤了一部分的工作，在此謝謝他們。而本書的編輯與出版過程，均得到蘇淑華、黃麗珍、吳乃沛三位助理，以及圖書館江惠英主任的協助，在此一併致謝。

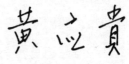

序於中央研究院民族學研究所

目　　錄

導　論：
時間、歷史與記憶

黃應貴

中央研究院民族學研究所

一、時間的社會文化建構

　　正如涂爾幹所說的（Durkheim 1995:8），自亞里斯多德以來，時間一直被視爲（人類）理解的（基本）分類之一。更不用說，現代社會科學家往往把它視爲社會現象中，最普遍的基本要素之一（Giddens 1984）。因此，人類學家很早就注意到此課題。而有關人類學對於時間的探討，N. Munn（1992）及 A. Gell（1992）均做過非常好的回顧，在此不再重複。簡單的說，有關這個主題的研究，從不同文化對時間的建構到時間在文化中的基本性與全面性探討的發展過程，使得時間從附屬地位提昇到成爲一個獨立而有其自主性的研究課題並得以超越涂爾幹以來將時間視爲社會文化建構所造成的限制。不過，人類學對此能提供的最基本而主要的貢獻之一還是有關時間如何被社會文化所建構的問題上。這包括不同的社會文化對時間的不同建構，也包括同一社會文化在不同的時代對於時間的不同建構。前者如陳玉美論文所提蘭嶼島 Tao 人傳統上與空間、工作、人觀等相互界定的時間觀，黃應貴論文所提布農人傳統因人觀、*hanido* 觀念等而來所建構的實踐時間，何翠萍論文所提景頗、載瓦人因自然節奏與人必有一死而來的具

有「做人」、「做活」意義的乾季與濕季之分的時間，黃宣衛論文所提阿美人目前所有因異族觀而來的傳統、日本、漢人、以及歐美等四種時間，張珣論文所提大甲鎮瀾宮信徒因個人修煉程度上的差別而有著制度、靜止、系譜、及無分別的四種時間，梁其姿論文所提三字經所具有的永恆不變、流動而不斷改變、以及未來的三種時間，王明珂論文所提羌族的非線型亦非循環而由模糊的過去與較清晰的當代所組成的時間、只有相對先後的相對性時間、以及線型時間三種，林淑蓉論文所提個人的生產時間、個人生命週期的生物時間、因交換而來的多重性交換時間等均是。後者則如黃文中布農人接受現代線型時間而將其部份融入其日常生活中等。這當然都已超越 E. Leach（1961）所提出的重複而可反轉的不連續性時間與線型而不可反轉的連續性時間的簡單二元對立的分類。

　　事實上，這裡所說時間的社會文化建構，不只是建立在自然的韻律為基礎的自然時間上，也有是建立在以人的時間經驗為基礎的現象學時間上。前者如各民族依自然生態及生產工作而來，後者如依時間的過去、現在、未來的經驗而來的。這其間的連結，在本書的例子中，雖較少像 Bloch 及 Gell 的立場那樣由時間經驗背後的認知機制所建立，但更多的例子是由再現時間背後的文化對時間所賦予的價值與意義來建立。所以，我們看到布農人具有活動之指涉性質的實踐時間，最後是經由實踐而達到主體的肯定、乃至永恆不滅境界的達成。而實踐性活動更連結了自然時間與時間經驗。他如景頗、載瓦、乃至侗人，其經由做活達到做人或社會繁衍（再生產），以完成世代的交替、延續與發展，來克服人必有一死的難題。而做人或社會繁衍也使他們連結了做活背後的自然時間與做人背後的現象時間。[1] 這裡，我們看到時間

---

1 當然，死亡是否能像 Husserl 的現象學以來視過去、現在與未來一樣有其本體論上自成一格的特性，以成為時間經驗的普遍基礎，仍有待釐清。

過去被分成像 Gell 所說的 A 系列之現象學時間及 B 系列之自然時間的二分法之突破，使我們不但可以超越自涂爾幹以來視時間爲社會文化建構的限制，更使我們得以進一步探索人類時間（現象學時間）本質的問題。它不再只是 Leach（1961：134）所說的「改變」（alternation）或 C. Geertz（1973：389）及 J. Hoskin（1993：ix）所說的人必有一死，更涉及實踐背後人的存在與永恆的關懷。這其實與 P. Ricour（1984, 1985, 1988）認爲時序形式本身的內容涉及死亡與永恆的關係相呼應。雖然，這類本質的理解，仍經由社會文化的建構而來。

　　另一個與社會文化如何建構時間的有關問題是個人對於時間可以有何個別不同的經驗？像張文所提到因信徒修煉程度上的不同而經驗到由制度、靜止、系譜、到無分別的不同層次的時間觀念便是一個例子。而王文中，羌族人往往隨其與具政治支配性的漢文化接觸程度而個別發展出只有相對先後的相對性時間乃至線型的時間觀，而不再限於傳統非線型亦非循環的時間觀。至於黃文中有關鳥鳴村阿美人中，我們可以發現因個人成長的環境不同而有不同的生活經驗，以至於對於傳統、日本、漢人、以及歐美四種時間的個別強調也就不同。但這樣的探討並不否定前面討論中已先承認了社會文化的存在。這點，可由其對時間再現的問題進一步來看。

二、時間的再現與文化基礎

　　時間之所以一開始便會被人類學家所注意，不只是表現出當地人對自然韻律與節奏的一種理解，也是當地人活動的指標而爲其社會生活的節奏與韻律所在。更重要的是它的再現往往呈現該文化瞭解自然韻律與時間經驗所建構其時間觀念的文化基礎何在？在黃文中，我們可以發現阿美人傳統時間是以傳統儀式（如豐年祭）的舉行來再現，日本時間則以陽曆所規定的日常活動來再現，漢人時間則以陰曆（或

農民曆）的擇日來再現，歐美時間則以上教堂禮拜的活動來再現。而這種再現不只說明不同的時間往往用於該社會中不同的活動上，也說明其來自不同文化的影響。更重要的是它反映出該文化的異族觀強調了每個族群能力上的不等，及其對被其認爲是高於自己文化者的吸收態度，而不同類別的時間正反映其歷史過程所接觸到的優勢民族。因此，我們看到阿美人對時間的建構往往是透過他們的異族觀而來。

同樣，我們由漢人時間的再現看到他們時間觀念在建構過程上的複雜性。我們知道漢人一般所使用的農民曆主要是依天干地支或陰陽五行的運作而來，它本身不只直接再現了天地人之氣的運道與吉凶，更凸顯了這時間觀背後的天人合一觀念的基礎。[2] 但張文則進一步指出大甲鎮瀾宮的信徒以「年中行事」來再現制度時間、進香期間忘了世俗的鐘錶時間而以其活動來再現了靜止時間、媽祖神像或廟宇乃至社區間的權威則再現其系譜時間、而多年參與進香的信徒則是以默默無語而神情凝聚來再現無分別時間等，均說明透過進香的修煉才是這類時間分類與建構的基礎。這自然涉及修煉在民間信仰上的價值與人生意義。這點，與梁文的觀點非常不同。梁文提到三字經中所呈現的永恆不變而沒有時間性的時間，是以中國的經典及與品德有關的故事來再現，而以川流不息的政治事件來再現流動而不斷改變的過去時間，並以個人及家族的前途來再現未來的時間。這正說明其代表一種近似儒家而視學術基礎與道德規範爲一種永恆不變的最高價值的世界觀。這些論文不僅告訴我們農民曆、宗教活動、不同版本的三字經如何被用來再現漢人不同的時間觀，更重要的是它們實說明了不同時間觀背後所代表的文化觀念上的差別，也說明了漢文化不同群體間的差別，及整個漢文化本身的複雜性。

同樣複雜的則是林文中有關個人的例子。在這研究中，我們發現

---

2 有關漢人農民曆背後的文化意義，請參閱羅正心（1998）。

個人以糯稻（及鯉魚）的成長來再現具有循環性的生產時間，以小孩的出生與命名來再現個人生命歷程的生物時間，而以從婚姻、嬰兒滿月、到喪葬過程所交換的糯米、侗布、豬肉、牲畜、女紅、醃魚、乃至紙錢等，均再現其多重性的交換時間。這些不同時間的再現背後，則往往呈現其文化的價值所在。如生產時間是使侗人透過日常生活之生產活動的實踐來進行社會文化的活動，個人生命歷程的生物時間是在追求家族乃至社會的繁衍，而多重性的交換時間則在跨越死亡、超越生物時間的限制來強化家族、世系、乃至社會的延續與不朽。事實上，社會生產的最終目的也是要達到個人、家、與社會的繁衍。因此，我們可以說，侗人複雜的時間觀念實是在呈現及體現其社會繁衍的文化價值。

　　同樣，何文中的景頗、載瓦人，分別以竹及榕再現其乾、濕季時間的「做人」與「做活」之共同意義。而景頗以「竹」所代表的延續不斷之不朽（如永久的「做人的種子」或女人的債）來超越生死的時間價值，有明顯不同於載瓦以「榕」來代表、超越生死的不朽是必須經由對「做人的種子」或女人的債之不斷抹滅或反轉，以建立一個更自給自足的家屋社會單位之時間價值。換言之，兩者時間價值上的不同是建立在其不朽社會的不同理想上，但都是以社會的繁衍來克服人必有一死的難題。

　　至於黃文提到東埔社布農人的傳統時間觀念是以神話與氏族的遷移史來再現非個人所能經歷的長遠的過去，而以自己過去親身經歷來再現與現在不可分的最近之過去，以實際的活動來再現現在，並以夢占來再現未來。同時，他們又以與工作有關的歲時祭儀及不定時舉行的生命儀禮之執行來再現其既是循環又是累積的實踐時間。這些經實踐來再現的方式不僅說明實踐在時間建構過程的重要性，更說明了他們的時間觀是由其人觀、*hanido* 觀念等所共同界定。同樣強調實踐在時間再現與建構上的重要性，則可見於陳文有關蘭嶼 Tao 人的傳統時

間觀上。由該論文中，我們看到其時間觀實與其空間、工作、人觀等其他基本文化分類概念不可分。事實上，這兩篇論文更讓我們看到時間本身在這兩個民族的實際應用上，可以因地因人而有相當大的彈性而不是有非常嚴謹而不可變通的規律與計算方式。對當地人而言，時間只是代表秩序的先後，而不是用來計算其長短。這不僅顯示他們的時間所具有指示應進行之活動的特質，更凸顯其文化上的實際與實踐面。

上面的討論，事實上都已不只是在討論時間觀的再現問題，而是已涉及時間在個別文化中如何被建構？或者說其建構時間背後的文化基礎爲何？實際上，由本書的論文來看，我們可以發現大部份民族的時間觀都是由其他的文化觀念所建構而來。如前面已提到的阿美族的異族觀，漢人的天干地支或陰陽五行、宗教上的修煉、學術基礎與道德規範等，侗人的社會繁衍，景頗、載瓦人的不朽社會理想，布農人的實踐及其背後的人觀、*hanido* 觀念等，Tao 人的空間、工作、人觀等。這樣的討論，事實上不僅涉及時間觀念在這些文化中是否是基本的，更涉及它是否是具有支配性而有其全面性 (totality) 的問題。而由本書各論文研究的結果來看，時間在這些社會文化中顯然是相當基本的，至少是從事及瞭解所有社會文化的活動所不可少的。但另一方面，我們實無法清楚看到在任何論文中能呈現及證明其在該社會文化中，能具有主導性的地位。像 Tao 人，它也必須與空間、工作、人觀來相互界定，更不能單獨來主導其整個社會文化的建構與運作。即使像景頗與載瓦人，決定其時間價值的不朽社會理想，在這些社會中顯然具有「關鍵性象徵」的地位，但是否具有全面性的性質與地位，仍有待進一步釐清。由此，我們實可質疑時間所具有的全面性性質的普遍性。不過，也正因爲時間在不同社會文化中有不同的重要性，它不同的性質實已蘊含了時間所具有的不同權力、及其與社會性質的關係等問題在內。

三、時間、權力與社會性質

　　由本書論文有關時間的討論中，我們可以發現有兩種的時間傾向：一種是過去傾向；一種是現在乃至未來傾向。前者強調愈是長遠的過去愈有價值，而能得到尊敬與權力；後者則強調，過去與現在無關，而追求現在乃至未來的發展，往往摒棄過去。前者如黃文中鳥鳴村的Damay，便是因其對當地過去歷史的掌握比其他人更好而成為當地的主要政治領袖之一。事實上，年齡組織本身便是以年齡的長幼為其具有權力大小的主要依據。即使老人級在實際的政治運作上是已退休而不負有實際的權力，他們仍備受尊敬。甚至像陳文德論文所呈現的，過去實為「稀有資源」（Appadurai 1981），其操控可以帶來權力。因此，南王卑南人對於其不同起源地的爭議便含有當地政治權力競爭的意義在內。而張文提到的不同媽祖神像或廟宇間的權力高低往往取決於其在媽祖系譜時間上的高低；愈接近媽祖系譜上的祖先地位者，其地位與權力也愈大。這些多少都呈現其過去傾向的特性。

　　不過，最能呈現這類社會文化特性的，反而是 M. Bloch（1977）所說的制度化的階序（institutionalized hierachy）及其具有混淆過去與現在的時間觀與非個人化（depersonalized）的人觀等分類系統透過形式化儀式的溝通來合法化其階序。換言之，前者經過後者的粉飾而使得政治權力更加集中並穩定化。前者如阿美族及卑南族的年齡組織及侗人的老人議會等，便是典型的例子。大甲媽祖的信徒雖沒有如此制度化的階序，但在儀式過程的空間使用上，便有非常明顯的階序性結構（張珣 1995）。更何況，其儀式上便一再強調過去的再現，及靜止的時間乃至無分別的時間觀念之重要性。這種使過去在現在裡出現，或造成時間上過去與現在分別上的混淆，加上系譜時間所承載中國親屬的繼嗣原則，均提供階序合法化的認知基礎。類似地，景頗與載瓦

人便透過交換來穩定或反轉給妻者與討妻者之間的不平等關係。而其傳統的王權，因王者掌握歲時祭儀舉行的時間而如其家譜（但這點只限於景頗支）一樣，可加強其階序。當然，相對於巴里島人，這幾個民族的階序性就不如其嚴謹。事實上，這幾個民族間就有明顯程度上的差別。

　　與上述社會相反，東埔布農人固然沒有制度化的階序，使得其社會成員間的不平等關係往往是依賴每次的社會實踐來確定與維持。更凸顯的是布農人雖有再現長遠過去的神話與氏族遷移史，但影響他們日常生活最劇的是他們以夢占來再現未來而使現在與未來合而爲一的傾向。即使他們有再現最近過去的觀念與方式，以及與現在無法連接的長遠過去，均提供他們現在乃至未來活動的參考，而不是決定其活動的方向。這種現在乃至未來傾向的時間觀，更因他們並不能精確地呈現時間，而使每個人有更多的空間來操弄時間。這就如同他們的儀式因較不形式化而容易隨個人的理解來做一樣，時間實呈現出布農人強調實踐的「平等」[3]社會之特性。至少，時間，就如同這傳統社會的大部份資源，並不被某些特殊群體所壟斷。類似的情形多少也可見於陳文中的 Tao 人。雖然，對照之下，Tao 人的儀式顯然要較複雜而形式化，其「未來」的傾向也沒有像布農人那麼凸顯，但缺少制度化的階序及時間在使用上的彈性，均呈現出其較爲類似大洋洲的 "big men" 的非階級性的社會。

　　除了上述因其時間觀念所具有的過去與現在或未來傾向而涉及權力集中及其穩定性的差別所凸顯社會性質上的差異外，時間觀念的多樣性本身也往往涉及另一類社會性質的差別：凡是時間的多樣性愈大，

---

3 這裡所說的「平等」，自然不是現代社會所強調的「人生而平等」的觀念。他們原有的「平等」觀念反而是建立在人是「生而不等」的人觀上。有關這方面的討論，請參閱黃應貴（1998）。

其間的文化基礎愈不一致，則愈涉及社會內部不同群體間的不平等權力關係，或者是涉及不同社會文化間的不平等權力關係。換言之，不同的時間觀念與系統，往往涉及不同群體或文化之間的支配與被支配關係。黃文中鳥鳴村的阿美人，其不同的時間觀念與系統，如傳統、日本、漢人、歐美四種時間，實反映出不同的歷史時代，其與當時具有支配性的外在文化間的不平等權力關係。事實上，幾乎所有的少數民族在不同程度上都具有同樣的傾向與特性。比如布農人從當時行殖民統治的日本人接受陽曆、漢人接受陰曆、西洋教會接受星期的觀念等。侗人的農民曆自是來自漢人。景頗與載瓦人因與不同族群間經濟上的互動及國家力量的介入所採用的克欽月曆與景頗族月曆，更是充滿漢人農民曆節氣、國定假日、基督教節日、和公曆等的訊息。而有關卑南與 Tao 人的論文雖沒有直接提及外來時間觀的影響，但我們也都知道他們同時也都在使用陽曆、農民曆、以及星期的觀念。而羌族多少也已接受陽曆及農民曆。其間的不同也只是其與具支配性的外力的連結及其文化對此外來時間的理解與接受的程度不同，所造成此外來時間在其實際的日常生活中所能扮演的角色也不同。

　　相對於上述的少數弱勢民族，具有支配與主導性的漢人之情形顯然不同。漢人的農民曆對中國境內的少數弱勢民族因其支配性而一直有其一定程度的影響。反之，在其與外來優勢的西方文化接觸的影響下，陽曆也早已成為我們日常生活中所不可少的依據。雖然，它並不是漢人所使用的唯一的時間體系。當然，陽曆之普遍化，並不只是文化間的直接不平等權力關係所造成的，多少也是資本主義全球化後有統一時間的要求之結果，以利商品的生產與交易。而隨資本主義之發達而來的科學發展所建構之抽象而可計算的時間，以及用來表示時間並作為工業產品的時鐘之商品化及普及化，更提供了這種發展的條件。但這反而證明了這種時間系統的普及背後所具有的權力關係之意義。很可惜，在我們的會議論文中，並沒有論文去處理一個新的時間觀念

或系統如何被接受的過程。自然也就沒能像 H.J. Rutz (1992) 等人那樣討論新的時間觀念或系統如何經由佔有（appropriation）、制度化（institutionalization）、合法化（legitimation）的過程而產生政治權力的分析。

由上面的討論，我們可以說本書的論文已能肯定時間基本性及能更深入探討時間「如何」被不同文化所認識與建構的問題。至少，我們可以清楚看到在這些有關民族中，時間本身之所以很難成為一獨立自主的研究課題，最主要的原因便是它往往由其他基本的文化分類概念所界定。即使在 Tao 人的例子中，它至少是與空間、工作、人觀等所共同相互界定而無法獨立存在。也因此，我們由此雖無法否定時間有其全面性的可能性，卻可質疑這種特性的普遍性。同時，我們對時間的處理不僅能跳出現象學時間與自然時間二分對立與傳統社會文化建構論的限制，更能觸及到人類現象學時間中人的存在、死亡、與永恆的關係，使我們對其本質的瞭解有所進展。這在景頗、載瓦、及布農人的例子中特別明顯。而在布農人的例子中，我們對於現象學時間背後的認知機制，除了支持其保留（retention）與延伸（protention）的能力外，也強調了人的（實踐性）活動在時間經驗上的基礎與重要性。當然，這裡所說的活動已不限於行為論所說的生物本能的行為或功能論所說的具有社會功能的行為而已，也不只是象徵論所強調的文化意義及實踐論所強調的慣習（habitus），它更涉及人類心靈深處的不具倫理意識的動力。這實也涉及 M. Foucault (1978, 1985, 1986) 在其未完成的「性史」中的主題。同樣，由東埔社的個案，我們更可進一步思考當代社會科學理論中所強調時間的重要性，是否是來自現有主要而普遍的因果觀念已先假定了線型時間下所具有的先後秩序為前提所造成的結果。假如未來與現在如布農人的夢占一樣，不僅是單純的線型時間之前後關係，而是不同時段的活動與結果所沈澱出的關係時，我們對於時間與因果可否有新的空間來思考呢？這些應該都是這

研討會有關時間問題的探討上，所得到的成果。

　　當然，就人類學的立場來看，這本書另一個主要的成果是因由時間的探討而使我們對被研究的文化有更深一層的瞭解。比如，由其四種不同時間系統之建構而知其異族觀在瞭解阿美文化上的重要性。而侗人三種時間系統也充分展現其文化上追求家、世系乃至社會之延續與繁衍的價值所在。他如景頗與載瓦人時間價值建立在其不朽社會的理想上，這不只說明當地人如何由做活到做人來解決人必有一死問題的方式，更凸顯出不朽社會理想在瞭解其社會文化上的重要性。至於漢人複雜的時間觀念中，不僅得知天干地支或陰陽五行背後的天人合一、學術基礎與道德規範、乃至修煉到無分別的時間等，均成爲不同階層的漢人人生追求上的個別最高境界，並被視爲是具有永恆不變的眞理。他如 Tao 人的時間、空間、工作、與人觀的相互界定而不可分，乃至布農人的時間觀是由人觀、*hanido* 觀念等所界定，不僅可使我們對 Tao 人兩性對立而互補及家爲其社會構成的基本單位（陳玉美1995）與布農人人觀及 *hanido* 觀念的主導性有深一層的瞭解，更可讓我們對於基本文化分類概念如何連結的問題有進一步的瞭解。至少，布農人以不同時段的活動及其結果沈澱凝結成夢占、過去時間經驗的再現、歷史意象的建構等垂直方式，可讓我們對於時間等基本文化分類概念如何構成當事人認識其世界的認知架構之問題，有更進一步的思考。這點，更可見於下面有關歷史的討論上。

四、歷史性（historicity）與文化

　　人類學在十九世紀開展之初，便因演化論目的論的主導而有著明顯的歷史傾向。但到了二十世紀初進入「科學」的人類學時代後，反而因功能論經驗主義的要求與李維史陀（C. Lévi-Strauss）結構論追求普遍存在的深層結構之科學觀的引導，而有很強的反歷史傾向。這

其間，雖有鮑雅士（F. Boas）的歷史學派所提倡的民族誌史（ethno-history），及伊凡普理查（E.E. Evans-Pritchard）因強調人類學的人文學性質而提倡的歷史研究，均只曇花一現而沒有對科學人類學的性質與研究趨勢有所挑戰。一直到 80 年代初，M. Sahlins（1981）由討論有關英國 Cook 船長到達夏威夷群島時如何被當地人視爲一歷史事件的問題時，提出了文化如何界定「歷史事件」或「歷史」的課題。這樣的提問與他的解答，不只發展出他的文化結構論，來同時解決當時社會科學理論中的許多二元對立的觀念，如客觀論與主觀論、物質論與觀念論、結構與行動者、外在因素與內在因素、變遷與持續、全球化與地方化等，使人類學在走向既是科學又是人文學的途徑上，像 P. Bourdieu 一樣，提供人類學研究一個新的途徑。更重要的是他所引發的歷史人類學，其後續發展更建立了如何能由被研究文化對過去的意識與再現來瞭解其歷史觀的研究課題。此即 E. Ohnuki-Tierney（1990）及 J.D.Y. Peel（1993）所說的歷史性（historicity）問題，也使歷史與文化的研究有了鮮明的交集。這正可見於本書幾篇有關歷史性的討論上。

在梁文中，相對於三字經中的三種時間觀，我們也看到它包含三種不同性質的歷史觀：一種是永恆不變、沒有時間性而類似眞理的歷史，另一種是類似不斷流動與改變的時間而記載川流不息的政治事件之政治史，第三種則是類似未來觀而記載對於未來的願望之歷史。但這三種歷史所構成的歷史意識，正如三字經所呈現的時間觀一樣，是由中國人的學術基礎與道德規範爲最高價值的世界觀來分辨。不過這樣的歷史性是否爲多數漢人所接受，自有所爭議。事實上，由後來新版的三字經所呈現漢與非漢的種族座標、非政治事件的出現、價值判斷的強調等新特色，所凸顯歷史性的缺少共識與不確定性的增加，均蘊含不同歷史觀間的競爭與衝突。但不管這些歷史觀如何不同，它們背後均涉及其世界觀或文化對其的界定。這在其他民族表現得更清楚。

　　由黃文中，我們可以清楚地看到東埔社布農人對歷史的看法，除了認爲 *ligshi* 包括口耳相傳的 *balihabasan* 與經由實踐而來的 *linnahaivan* 外，我們更可以發現他們因缺少明確的時間、地點、人物以及社會文化背景與歷史的脈絡等，而使他們所記憶的歷史事物難以具有獨特性，也迫使他們趨於將其建構爲「意象」而不是「事件」。換言之，原有時間觀念只提供了其歷史觀發展的條件，而不是決定因素。反之，其歷史觀上所強調的歷史意象是建立在其實踐與必須對全體都有利的原則上，而這又來自其人觀中強調經由實踐的過程來解決或超越競爭性的個體利益與合作性的集體利益間之矛盾。因此，我們可以說布農人的歷史性是由其時間、人觀等所共同界定的。但因其時間原就是在自然韻律的基礎上，由其人觀、*hanido* 觀念、工作、因果觀念等所共同建構，故在其歷史性的建構上，人觀及 *hanido* 觀念反而是最具主導性的。

　　當然，並不是所有沒有文字而依賴口傳來記憶歷史的民族都會像布農人一樣，因沒有明確的時間而只能將歷史事物建構成意象，而不是事件。黃文中鳥鳴村阿美人便是不同的例子。至少，由於年齡組織的存在而使他們能有較精確的方式來標示時間，也使他們較明顯地能發展出以歷史事件而不是歷史意象來再現歷史事物。而由於其年齡組織一向被認爲是阿美族社會最主要而具支配性的組織，因此，這組織背後所強調「年長是德性的一個（主要）來源」是否也塑造了他們對歷史的看法？不過，這點由於黃文本身並沒有更深入討論其歷史性的問題而較難證明。但我們反而可以由陳文有關有類似年齡組織的南王卑南人的例子中，得到進一步的瞭解。

　　陳文在討論有關當地人發祥地的爭辯，便指出這事實涉及卑南人的「祖先」、「起源」、「老人」等主要觀念所具有的文化價值。一方面，這些觀念，正如年齡組織裡的老人或 *karumaan* 所代表家系中最原先的本家，均提供社會階序性關係以及看待歷史的一套文化基礎。另一

方面，歷史之所以重要，乃是因爲對於「歷史」的再現方式也關係著個人的權威或權力。因爲老人是作爲「久遠的話語和習俗」的傳遞者，經由他們的經驗，「歷史」也蘊含著「傳承」與「改變」並存的性質。換言之，他們所認爲的歷史是具有政治的權威與權力的過去事物，而愈是久遠的歷史則愈具有權威與權力。但這種權威與權力的基礎，則來自其文化上對於祖先、起源、老人等概念所賦予的價值。而這種具有權力關係的歷史也見於羌族上。

在王文中，我們可以淸楚看到羌族的弟兄故事是再現他們永恆的過去而爲一個社會對歷史的記憶，更重要的是這種歷史記憶能凝聚一些各佔部份資源、彼此合作也對立的幾個次群體間的認同，因而具有凝聚族群認同的根基性情感。但隨著與強勢外族接觸而產生漢化與藏化的情形下，不但產生相對的人群認同概念，更因中國文字的使用而有線型歷史的產生。而這自然是隨社會的複雜化、中央化、與階級化而來的結果。而在這新的環境下，文字書寫知識與書寫材料已成爲一種可被壟斷的政治資本。即使如此，在這些羌族地區，我們仍能發現弟兄故事的基本形式在後來的線型歷史中，仍繼續發揮其凝聚社會人群的作用而沒有變。也因此，我們看到在具有權威或權力關係的新歷史之背後，仍潛藏著人類最基本的歷史心性。事實上，這種基本的歷史心性，幾乎存於所有的歷史。故作者稱它爲根基歷史。但在這個例子裡，我們也發現它實已明顯涉及不同性質的歷史、社會間乃至社會內的不平等權力、以及不同社會性質間的關係。

五、歷史、權力與社會

上述王文羌族的例子所呈現由他們原所沒有的外來強勢文字之介入所產生的線型歷史，不但取代他們原有的口傳歷史而居支配性地位，文字書寫知識與書寫材料的掌握與壟斷也成爲個人獲得權力的政治資

源。更重要的是新的歷史往往也改變了當地人的族群認同。比如，王明珂（1997）有關羌族的研究中，便指出他們最早而最廣泛的認同是羌族原是一個很強大的民族，因被打敗而流散各地。但隨著與漢人的不同接觸與互動，其作爲認同的起源傳說也在改變，如受漢人欺騙而成爲住在山上的人。而「漢化」更深後，則以大禹或樊梨花的後代自詡。等到大陸共產政權鼓吹本土性的文化認同時，「羌戈大戰」與「木姐珠與斗安珠」等本土性起源傳說便成爲主要的文化認同。由此，我們看到與漢人互動的弱勢民族，其社會記憶容易受到漢人的歷史建構所影響。也因此，新歷史的產生不僅反應其在大社會政治權力上的屈從地位，更反映出其缺少獨立自主性的社會性質。而這些多少也呈現在臺灣其他南島民族的身上。

相對於前面的例子，做爲中國或臺灣境內具有政治支配性的漢民族，其歷史性顯然有相當的連續性。至少，由梁文有關三字經不同版本的探討，我們可以清楚看到主要在改變的是有關「流動而不斷改變的政治史」，以及對未來的期望與價值判斷的部分。但最能反應儒家的學術基礎與道德規範之價值而永恆不變的沒有時間之部分，卻受到最少的挑戰。而三字經不斷地再出版本身，就已足以呈現其歷史性的連續及其自主性。這當然也是建立在漢人所具有的支配性地位上。不過，等到漢人的地位受到西方的挑戰時，漢人地位的動搖及內部不一致觀點的出現，均表現在晚近三字經版本所隱含的歷史性愈來愈缺少共識與不確定性的現象，以及「世界史」的出現上。當然，這也已反映出漢人社會已成爲整個世界體系中的一環，而不再閉關自守地獨立於整個世界體系之外。而漢人與西方人所具有的不平等關係，則更是建立在另一種由資本主義經濟體系所帶來的「結構性權力」（structural power）（Wolf 1990）之上。

不同於前面的例子，黃文及陳文中的阿美人與卑南人，雖也是臺灣大社會裡的弱勢少數民族，也都多少受到漢人歷史性的影響，他們

卻仍擁有自己的歷史觀而有其明顯的文化認同與自主性。至少，就如同阿美族最具有支配性的年齡組織或卑南族的年齡組織及 *karumaan* 的繼續存在一樣，他們不但繼續視歷史為具有政治權威與權力的過去事物，更呈現個人之所以能經由對過去歷史知識的掌控或確定「起源地」、「家系中最原先的本家」等地位來獲得當地政治上的權威或權力之文化上的基礎所在。但不論其文化上所強調的「年長是德性的一個（主要）來源」或「祖先」、「起源」、「老人」等觀念所具有的文化價值，均凸顯出他們將「過去歷史」（而且是愈長遠愈好）視為其建構成員間的不平等關係的一種稀有資源而成為成員間爭奪的目標。正如前面有關時間的討論所述，這種具有過去時間傾向的階序社會，其所建立的歷史觀，自然不同於強調平等的非階序性社會的歷史性。後者可見於布農族。

由黃文中，我們不僅看到東埔社布農人歷史觀強調由實踐及對大家都有利的原則來建構歷史意象而不是歷史事件外，這種實踐歷史更是建立在所有群體成員都能共享其他成員的不同貢獻而達到大家都滿意之境界的社會基礎上。換言之，個人的地位是建立在實際的實踐過程中，個人對於群體所能提供的貢獻上。這使得當地過去的歷史既無法被用來合法化某些群體的壟斷性利益，更無法以此建立與其他人的不平等權力關係。如此，正如布農人強調現在乃至未來傾向的時間觀一樣，他們的實踐歷史實呈現出「平等」的非階序性社會的特色。不過，與阿美、卑南類似的是他們都具有自己的文化認同而為其歷史發展的主體與行動者。這裡，實已涉及歷史的主體性問題。

六、歷史主體性(agencies)與文化

正如上面所提，雖同是臺灣大社會的弱勢少數民族，面對強勢的漢人文化，阿美、卑南、布農等南島民族，正如他們仍有鮮明而獨特

的文化認同一樣，他們主觀上仍認爲他們自己是其歷史的主體與活動者：如阿美族的 Damay，Kawasan 及 Fagis；南王參與「起源地」爭辯的卑南人；參與東埔社當地歷史意象建構的布農人等均是。這與上述的羌族非常不同。但這三族因其文化上的差異而對歷史主體性呈現明顯的差別。阿美族的歷史，從一開始便意識到其與異族互動的過程在其歷史上的主導性。故他們的政治領袖往往必須透過他的異族經驗而來的異族意象來建構他的歷史觀，並以此獲得共鳴而得到政治權威與權力，以帶領當地人來經歷其歷史。很顯然，異族觀在其歷史主體性的建構、活動、與再現上，均有其主導性乃至決定性。[4] 而卑南人雖也很早就意識到其與異族互動經驗的重要，但他們早在荷據時代便已建立過主宰整個台東地區的政治「王國」─後來俗稱的卑南大王。而這「過去光榮歷史」一直成爲其文化認同上的主要指標，自然也影響他們對歷史主體性的建構。至少，這些具有追溯久遠過去之價值的「祖先」、「起源」、「老人」等概念就成爲他們建構與再現歷史或呈現其歷史性的主導觀念。[5] 至於主要分佈於廣大中央山脈山區的布農人，一直是臺灣南島民族當中，遷移與流動最爲頻繁的民族（黃應貴 1992:1-2）。而且往往會侵入他人的領域而讓其他民族頭痛的民族，包括日本殖民統治者在內。[6] 而這種主導他們過去歷史的長期經驗自然也塑造他們對歷史的看法。因此，儘管東埔社是布農人現存的少數沒有被遷

---

4 除了本書的論文外，也可參考作者的另一篇極相關論文（黃宣衛 1997）。唯此處的觀點是筆者的意見，若有過度的解釋則爲筆者的責任，與作者無關。

5 除了本書的論文外，作者的另一篇極其相關的論文（Chen 1998）值得參考。而台史所的翁佳音也與筆者討論過有關的問題。唯此處爲筆者的觀點，若有不當之處，爲筆者的責任，與兩位無關。

6 雖然，布農人很少引起像泰雅族霧社事件那樣大的軍事衝突。但日本政府也一向認爲布農人是最爲頑劣而難馴服的民族而視其爲臺灣島上最後降服的民族（淺野義雄 1933）。事實上，由黃文中，我們也知道，一直到日據末期，布農人還不斷反抗日本殖民政府的統治。

移過的傳統聚落，作爲 *balihabasan* 主體之一的氏族遷移史，仍然反映出他們過去長遠歷史過程中的集體經驗。至於構成其 *ligshi* 概念之一的 *linnahaivan*，本身便強調他們自己所住過的地方及做過的事，不僅凸顯其實踐歷史是依他們自己的活動而來，更凸顯出他們是（他們）歷史的主人。由此也可瞭解爲何布農人在談歷史時，只談與他們自己有關的事。

上述有關歷史主體性的討論，不只是指出它是當地人主觀上爲其主觀歷史的建構者及其歷史過程的活動者與主導者，而爲其歷史的建構、運轉、與再現的主體，更指出作爲其文化認同的主要文化觀念與其歷史的長期發展經驗所形成的歷史發展趨勢與特色，均共同塑造其歷史性與歷史主體性。也因此，歷史主體性的建構並非完全只是當地人主觀的意識而已。像前述阿美人所凸顯的與異族互動的經驗史、卑南人過去的光榮史、布農人的遷徙流動史等，均爲其民族史上可客觀探討與瞭解的。但無可否認，社會文化上的差別仍是造成其歷史主體性不同的主要來源之一。因此，現所知道的各社會文化特性固然是由過去歷史發展過程而來的，[7] 但我們可以發現阿美、卑南的歷史主要活動者，往往限於某些具有特殊條件的領導者。這與布農幾乎所有的人都參與的情形大不相同。這不僅凸顯了前述其歷史性背後的文化觀念與價值（如年長、祖先與起源、人觀等）上的差別之重要性外，也加強了前一節所討論歷史、權力、與社會性質關係（即階序性社會與平等的非階序社會）。

由上，我們也可以清楚看到透過對當地人的歷史性之探討，使我們對於當地文化可以有新的乃至深一層的理解。除了像漢人依學術基

---

7 目前，我們固然無法知道臺灣南島民族現能知道的社會文化特性是如何由過去歷史的發展過程而形成的，也無法確定這些特性用來瞭解與解釋歷史現象可回溯到多久遠，但隨新的歷史文獻之發現，特別是荷蘭時期的文獻，均有助於這類問題的解決。

礎與道德規範而來的永恆不變的歷史觀及西力動搖漢人地位所帶來的世界史、羌族弟兄故事所呈現的根基歷史、阿美人主導其歷史趨勢的的異族觀、布農人遷徙流動的歷史趨勢與其人觀等強調的實踐所建構的實踐歷史等，均使我們對其文化多了一層瞭解外，像卑南族的例子更讓我們對於原被認為是卑南族的支配性組織—karumaan 有了更深一層的瞭解。至少，我們現在知道 karumaan 不只是當地部落的權力中心與祭祀場所而已，它更是族人「起源」觀念的象徵。不過，在本書的論文中，除了梁文提到因後來歷史性缺少共識與不確定性的增加所產生競爭性歷史觀的問題外，很少討論到 A.M. Alonso（1988）所提的一個社會文化中具有支配性優勢的「正統」或「官方」歷史，與居於屈從地位的民間（乃至次級文化群體）歷史或實際經驗間的隔閡與競爭，如何提供新歷史出現的空間之有關問題。也較少討論文字乃至於其他新溝通工具如何影響乃至產生新的、競爭性的歷史？這自然已涉及了歷史記憶的機制問題。

七、歷史與社會記憶機制

　　不管當地人所界定的歷史如何與其他民族不同，一個群體歷史的延續必須透過社會記憶的機制才有可能。而一般最常見到的是無文字民族的語言及有文字社會的文字書寫。不過，由蔣斌與黃宣衛的論文，會發現語言要成為社會記憶的機制，往往有其他的制度來配合運作。如排灣族的襲名制與阿美族的年齡組織。前者是透過襲名來追憶雙邊先前世代的聯姻成就、祖先個人的事蹟、以及祖先所牽涉的其他重要社會關係等；後者則透過年齡組織入會禮的儀式過程及其他活動來習得當地的歷史。而這不同的制度後面也隱含不同的價值在內：前者強調了婚姻與繁衍的價值，後者則灌輸年長為其德性的重要來源之一。

　　相對之下，梁文所討論的三字經，由於它在宋元以後已成為中國

最爲普及的蒙書之一。因此，它成爲灌輸中國人主流的歷史觀而爲歷史文化知識的傳播工具，並提供中國人的共同記憶。自然，要能具備文字書寫能力往往有其他的社會條件配合才可能做到，而不是每一個人都可以。至少，在現代國家實行強迫性義務教育之前是如此。也因此，正如王文所示，在羌族地區，文字書寫知識與書寫材料也往往爲某些少數人所壟斷而成爲其獲得政治社會地位的「文化資本」。

除了語言文字外，物質文化也是社會記憶的一重要機制。蔣文中所提到的墓葬，乃至張文中信徒進香途中所經過的地理景觀等均是。當然，這些也往往必須透過該社會的有關制度之運作，才可能使一般性的物質具有再現過去的象徵作用。比如，排灣人的墓葬因其「人、家、墓」合而爲一的制度而使其墳墓能成爲家的歷史之再現，而進香的路途更是經過宗教上的起馬儀式後才可能產生時空倒錯而再現昔日的路徑。同樣，這類不同的物質性記憶機制也隱含著不同的文化價值：如排灣人的「起源」或「先佔」與「延續」或「繁衍」，漢人之修煉的觀念等。

至於張文、陳文、及黃文則提供了以活動爲社會記憶機制的例子。張文中的信徒經由進香活動的不斷重複參與，而達到沒有時間分別的時間，以超越過去與現在的分別。而這境界自然與他們的修煉觀念有關。由於這活動本身是制度化的儀式，它多少也具有一般儀式的形式化特性。雖然，這種重複性活動也有著超越其原有形式的意義在內。不過，比較之下，陳文及黃文的 Tao 人及布農人，雖同樣強調了活動本身作爲社會記憶的機制，但其有關的行爲則偏向於非形式化的一般性日常活動。這自然也與他們的社會文化強調實際活動過程的重要性有關。[8] 也正因爲其不侷限於儀式行爲而較不形式化、也較有彈性，其

---

8 在陳文中，我們雖無法看到這特點。不過，我們可由作者的另一個 (陳玉美 1994) 有關當地人如何由實際的活動來界定其親屬觀念的研究看出。

活動所獲得的記憶內容也較易隨行動者的不同情境與不同瞭解而有所差別。故這類的記憶機制與依儀式活動、語言文字、及物質文化等機制而來的記憶，其創新的成分遠較複製的成分爲突出。雖然，任何一種記憶機制也都具有複製與創新的成分在內。但即使這類的日常活動，也並非所有的均會被記憶下來。以布農人爲例，往往只有他們自己所做而有益於群體大眾者，才會被記憶下來而成爲其歷史。這裡已涉及前面有關時間部份已論及的活動之性質。而布農人的實際與實踐的文化價值也淸楚可見。

　　由上，我們可以發現不同的社會記憶機制往往與不同的制度及文化價值或觀念相連結。尤其是語言與物質文化往往需要正式制度來保證語言文本的合法性與內容或轉化一般性物質爲具有再現過去的象徵能力。而文字書寫更需正式制度來保障此文化資源的普遍分配或壟斷。至於依活動而來的社會記憶機制，特別是與日常生活有關的活動，往往需其較不形式化的社會實踐來支持。這些不同的社會記憶機制固然與他們不同的文化觀念及社會性質有關。但更值得進一步思考的，是不同的社會記憶機制是否帶來不同的思考方式，來建構其所認識的世界？至少，J. Goody (1977, 1987) 已指出有書寫文字者可以從事三段論法等之類的抽象思考方式。而這些往往是沒有書寫文字所無法做到的。更不用說，文字本身在知識累積上的效用等。而 M. Carruthers (1990)就指出西歐中世紀所發展的記憶術導致他們認爲主體存在於公共記憶中，因而否定了自我的觀念與表現而否定了人的獨立自主性。也因此，他們會認爲與人有關的特殊事件是不重要的，重要的是保留與保護眞正的知識或眞理。而且，過去不只是記憶的本性，它更是現在與未來的媒介。這正是 J. Coleman (1992) 所說的亞里斯多德式的記憶或 M. Bloch (1992) 所說的 internal memory 所隱含其對歷史的看法。事實上，J. LeGoff (1980) 更進一步指出中世紀的菁英與一般人因分別用文字及口語來記憶而隱含著其對歷史的不同認識。這裡不

只涉及不同記憶機制所產生的不同認知架構如何影響他們對周遭世界的不同認識方式，也涉及這不同的認知架構是否也建構出不同性質的歷史？自然，這也涉及 R.G. Collingwood (1946) 在問的問題：「歷史（知識）（或歷史學）的建構如何可能？」。對這問題，本書的研究中，我們無法像 Collingwood 那樣由人類心智之既原始且根本的歷史思考之活動來解答，也無法像 Ricour 那樣認爲歷史述說是在反省時間的神秘性而不是歷史本身之方式逃避歷史，而是像布農人的實踐歷史所強調的，（實踐性）活動使這世界現其爲眞的方向去思考。終究，歷史還是經由人的實際活動所產生的。

八、結　論

整個來說，本書對於時間這個主題有較多的成果。至少，我們現在可以肯定時間的基本性而懷疑其全面性的普遍性。更不用說，我們不但知道不同的時間觀念往往與個別的文化觀念與社會性質有關，我們也已進一步瞭解到有些時間觀念是由其社會文化中其他更具支配性的基本文化概念來界定。我們更發現（實踐性）活動在時間經驗上的基礎與重要性。我們甚至可進一步思考當代社會科學理論中所強調時間的重要性，是來自現有普遍而主要的因果觀念已先假定了線型時間下所具有的先後秩序爲前提所造成的結果。如果，因果觀念像布農人的夢占一樣並不純粹建立在線型時間的前後關係上，而是建立在不同時段的活動與結果沈澱下來的垂直關係上，我們是否有新的空間來思考時間與因果觀念？對比之下，在有關歷史性與社會記憶的問題上，我們雖也已能夠進一步說明是文化中的那些支配性文化價值或觀念在塑造其歷史觀或歷史性，以及那些主導的社會制度與價值觀念在決定其不同社會記憶的選擇，甚至對於歷史本質問題回歸到人活動的創造上，但對於有關的基本問題之突破顯然較有限。雖然如此，上述的一

小步進展，卻必須建立在對於被研究文化能有更深一層的理解上。因此,這本書的另一個主要的成果便是證明像時間之類新的研究切入點，可使我們對於被研究文化提出新而更深入的瞭解。至少，我們現在對於過去耳熟能詳的三字經、年齡組織、*karumaan*、家與兩性關係、交換、歷史意象、襲名與墓葬等等，都有著更深一層而不同的理解。

　　另一方面，無可諱言的，本書也顯示出我們對於一些基本問題的突破仍然有限。這絕不是以時間並不是被研究文化的主導性分類概念的回答就能解決。真正的困境恐怕還是在於我們仍無法充分掌握被研究對象的所有基本文化分類概念的性質，及其之間的連結如何構成其獨特的認識世界之主要架構。這樣的缺點與限制便清楚表現在我們無法有效地連結時間、歷史、與記憶這三個主題上。但可能提供有效的連結方式之一卻早就隱含在有關時間的經典研究上。這則涉及我們要面對上述基本問題時的另一個有關知識掌握上的困境。[9]

　　在這論文集的論文中，最常被引用的三篇文章是 Leach（1961）、Geertz（1973）、及 Bloch（1977）的論文。事實上，這三篇確實也是這研究領域中的經典之作。但我們若仔細閱讀與思索，便會發現 Leach 除了分辨出重複與不可重複的兩種基本而相反的時間經驗及有關時間本質的討論外，他更關心到底為什麼我們最後可以把兩個相反的性質包含（embrace）在同一個時間的分類概念之中？他的回答是為了宗教。對他來說，時間最奇特的事是我們可以經驗它，卻無法用感官來感覺它：我們既看不到它、接觸不到它、聞不到它、嚐不到它、也聽不到它。但我們最後卻可以有這樣的（抽象）觀念。為什麼？Leach 顯然沒有辦法解答，最後只好訴諸宗教。雖然，他並沒有告訴我們他

---

9 事實上，除了下面要談的有關理論知識之掌握的問題外，無可諱言，有些論文顯然還沒有真正體會到這一系列有關基本文化分類概念的探討，目的是在面對後現代或後結構論的解構之後，尋找一更基本、更細緻、更深入、而又更廣泛的新研究切入點。

所說的宗教是什麼。這種認識論與知識論上的考慮也見於 Geertz 的論文上。

　　Geertz 開宗明義第一句話便說「人類的思想終極是社會的」。但他不只是認爲「思考是一種公共的活動」或「人類思考本質上是一種社會行爲」來分析巴里人的文化，更重要的是他們對於人、時間、及集體（宗教儀式）行爲或活動的感覺如何連結？這在瞭解人類社會上是很重要的事。因這不只涉及文化的整合、衝突、與變遷，更涉及這些（基本文化）分類概念的不同連結方式（不管他提到的蜘蛛網式、沙粒堆積式、乃至巴里人的八爪章魚式）均涉及人類社會文化的普遍性的基本連結（universal primary interconnection）。而這類個別獨特的連結方式，正如巴里人的例子，則往往個別主導了人們組織其經驗的方式。這裡實已涉及基本文化分類概念如何連結的問題，以及這連結如何影響文化的承受者的思考及對世界認識的方式，並影響其行爲的趨勢。它自然也涉及認知的問題。這點，在 Bloch 論文的討論中更清楚。

　　對 Bloch 而言，人類的時間有兩種基本而不同性質的普遍性類別，而不是像 Leach 那樣認爲是一個分類而有兩個相矛盾的性質。而且，兩類的基礎也不同：一類是建立在實際日常生活及自然界的韻律與節奏上，它提供了所有人類社會的共有時間之基礎。另一類則建立在個別社會文化的獨特儀式活動上，它往往塑造了獨特的社會文化時間。這兩類時間不只分別與社會組織及社會結構有關，背後更涉及不同的認知體系。前者是建立在實際的活動與非儀式性溝通上，其發展出的分類概念往往屬於認知上的普同概念（cognitive universals）。反之，後者則建立在個別獨特的儀式活動與儀式性溝通上，它的分類概念往往是在凸顯異文化的奇特性。由此，我們得以解決人類學知識發展以來一直困擾我們的問題：如果文化是相對的，在什麼的基礎上，我們又可以理解異文化呢？

　　由上，我們可以進一步瞭解到在基本文化分類概念的探討上，時間及其有關的研究不應只是探討其是否爲具有一獨立自主的研究課題而已，[10] 它已涉及與其他基本文化分類概念的連結問題，乃至於基本文化分類概念上的認知基礎。對於連結問題，自然有待於我們對於所有主要基本文化分類概念能有充分的掌握，以及對連結的思考必須逃脫 Foucault（1970）所批評的依「前後」（before and after）而來的水平式（horizontal）方式，而是依「表面與深層」（surfaces and depths）而來的垂直式（vertical）方式。而這方式可隨深度的開展而有無限空間發展。

　　至於有關認知的問題上，則涉及人類學與心理學的關連。我們也知道早期的人類學家往往有心理學的背景；如 Rivers、Wundt、Malinowski 等。而 Rivers 在 Tores 海峽的早期人類學探險中，便發現到當地土著能不惑於當時心理學所確定的有關視覺之錯覺的定理而困惑不已。這困惑也開啓了後來認知與文化的研究課題。可惜，在人類學進入科學時代後，這兩學科的連結便斷裂而停止。直到八十年代以後，才又開始有新的發展與突破。事實上，由認知人類學發展至今的研究成果來看，我們已可清楚指出有些概念似乎是存在於所有的人類語言中，並與概念的客體之性質有某種內在的關連，因而爲一般人都很容易學會的；就如同基本的顏色概念及某些生物的概念一樣。此即 E. Rosch（1975）所說的基本類別（basic-level categories）或 D. Sperber（1985：82）所說的基本概念（basic concepts）。但最能呈現一個文化特色的觀念往往是由這些基本概念的結合或衍生而來，而這類 Sperber 稱之爲「精巧化的概念」（elaborate concepts）或 R. D'andrade（1995）所稱的 cultural schemas，即使當地人都不容易

---

10 這點當然仍很重要。因到目前爲止，我們仍無法確定基本文化分類概念到底有那幾個。

學會與說明，更何況是外來的人類學家。而這類成果，自然有助於我
們思考基本文化分類概念的研究問題。至少，它似乎已意味著基本文
化分類概念應是普遍存在的，但這些概念如何連結成「世界的複雜再
現之架構」才是問題的所在。而這也正是這一系列有關基本文化分類
概念研究上想達到的目的。雖然如此，本書多少也象徵著基本文化分
類概念的探討已開始要進入另一階段。雖然，這開口還是那麼小。

參考書目

王明珂

　1997　漢族邊緣的羌族記憶與羌族本質，刊於從周邊看漢人的社會與文化：
　　　　王崧興先生紀念論文集，黃應貴、葉春榮主編，頁 129—65。臺北：
　　　　中央研究院民族學研究所。

陳玉美

　1994　論蘭嶼雅美人的社會組織：從當地人的一組觀念 Nisoswan（水渠水
　　　　源）與 Ikauipong do soso（喝同母奶）談起，中央研究院歷史語言
　　　　研究所集刊 65(4):1029-52.

　1995　夫妻、家屋與聚落：蘭嶼雅美族的空間觀念，刊於空間、力與社會，
　　　　黃應貴編，頁 133-66。臺北：中央研究院民族學研究所。

淺野義雄

　1933　大關山蕃害事件の顛末㈠〜㈥，臺灣警察時報 207:92-102；208:80-
　　　　94；210:127-31；221:67-71；212:91-104.

張珣

　1995　大甲媽祖進香儀式空間的階層性，刊於空間、力與社會，黃應貴編，
　　　　頁 351-90。臺北：中央研究院民族學研究所。

黃宣衛

　1997　歷史建構與異族意象：以三個村落領袖爲例初探阿美族的文化認同，
　　　　刊於從周邊看漢人的社會與文化：王崧興先生紀念論文集，黃應貴、
　　　　葉春榮主編，頁 129-65。臺北：中央研究院民族學研究所。

黃應貴
  1992 東埔社布農人的社會生活。臺北：中央研究院民族學研究所。
  1998 「政治」與文化：東埔社布農人的例子，臺灣政治學刊 3:115-193.
羅正心
  1998 擇日行爲的象徵意義，發表於「時間、記憶與歷史」學術研討會。中
       央研究院民族學研究所主辦，2月19日至23日，宜蘭棲蘭山莊。
Alonso, A. M.
  1988 The Effects of Truth: Re-Presentations of the Past and the
       Imagining of Community, *Journal of Historical Sociology* 1(1):
       33-57.
Appadurai, A.
  1981 The Past as a Scarce Resource, *Man* 16:201-19.
Bloch, M.
  1977 The Past and the Present in the Present, *Man* 12:278-92.
  1992 Internal and External Memory: Different Ways of Being in
       History, *Suomen Anthropologi* 1/92:3-15.
Carruthers, M.
  1990 *The Book of Memory: A Study of Memory in Medieval Culture.*
       Cambridge: Cambridge University Press.
Chen, W.-T.
  1998 *The Making of a 'Community': An Anthropological Study among
       the Puyuma of Taiwan.* Ph.D. dissertation, University of
       London.
Coleman, J.
  1992 *Ancient and Medieval Memories: Studies in the Reconstruction
       of the Past.* Cambridge: Cambridge University Press.
Collingwood, R. G.
  1946 *The Idea of History.* Oxford: Oxford University Press.
D'Andrade, R.
  1995 *The Development of Cognitive Anthropology.* Cambridge: Cam-
       bridge University Press.
Durkheim, E.
  1995[1912] *The Elementary Forms of Religious Life.* New York: The
       Free Press.

Foucault, M.

1970   *The Order of Things: An Archaeology of the Human Sciences.*
New York: Pantheon Books.

1978   *The History of Sexuality*, v.1: *An Introduction.* New York:
Pantheon Books.

1985   *The History of Sexuality*, v.2: *The Use of Pleasure.* New York:
Pantheon Books.

1986   *The History of Sexuality*, v.3: *The Care of the Self.* New York:
Panatheon Books.

Geertz, C.

1973   Person, Time, and Conduct in Bali, in *The Interpretation of
Cultures,* C. Geertz, pp.360-411. New York: Basic Books.

Gell, A.

1992   *The Anthropology of Time: Cultural Constructions of Temporal
Maps and Images.* Oxford: Berg.

Giddens, A.

1984   *The Constitution of Society.* Berkeley: University of California
Press.

Goody, J.

1977   T*he Domestication of the Savage Mind.* Cambridge: Cambridge
University Press.

1987   *The Interface between the Written and the Oral.* Cambridge:
Cambridge University Press.

Hoskins, J.

1993   *The Play of Time: Kodi Perspectives on Calendars, History, and
Exchange.* Berkeley: University of California Press.

Leach, E.

1961   Two Essays Concerning the Symbolic Representation of Time.
Rethinking Anthropology, E. Leach, pp.124-36. London: Athone.

Le Goff, J.

1980   *Time, Work, & Culture in the Middle Ages.* Chicago: The Uni-
versity of Chicago Press.

Munn, N. D.

1992   The Cultural Anthropology of Time: A Critical Essay, *Annual*

Review of Anthropology 21:93-123.

Ohnuki-Tierney, E.

1990 Introduction to *Culture through Time: Anthropological Approaches*. E. Ohunki-Tierney, ed., pp. 1-25. Stanford: Stanford University Press.

Peel, J.D.Y.

1993 Review Essay, *History and Theory* 32(2): 162-78.

Ricoeur, P.

1984 *Time and Narrative*, volume 1. Chicago: The University of Chicago Press.

1985 *Time and Narrative*, volume 2. Chicago: The University of Chicago Press.

1988 *Time and Narrative*, volume 3. Chicago: The University of Chicago Press.

Rosch, E.

1975 Cognitive Representations of Semantic Categories, *Journal of Experimental Psychology* 104:192-233.

Rutz, H.J.(ed.)

1992 *The Politics of Time*. Washington: The American Anthropological Association.

Sahlins, M.

1981 *Historical Metaphors and Mythical Realities: Structure in the Early History of the Sandwich Islands Kingdom*. Ann Arbor: The University of Michigan.

Sperber, D.

1985 Anthropology and Psychology:Towards an Epidemology of Representation, *Man* 20(1):73-89.

Wolf, E.

1990 Facing Power: Old Insights, New Questions. *American Anthropologist* 92:586-96.

《三字經》裡歷史時間的問題[1]

梁其姿

中央研究院中山人文社會科學研究所

　　《三字經》、《百家姓》、《千字文》等是傳統中國蒙學的主要教材。自古即被簡稱爲《三、百、千》。[2] 其中《三字經》出現最晚，是宋末以來（即十三世紀後期）才流傳的蒙學書。[3] 《三字經》與《百家姓》、《千字文》最不同之處在於除了教識字功能外，還有很明顯的歷史教學功能。通常蒙學研究者以《三、百、千》均爲教識字的蒙書，但是若我們仔細看內容，很容易發現《三字經》比其它兩種蒙書在內容上較注重道理、情節的述說，字句顯淺通俗，三字一句，用字較多重複，更易於背誦。換言之，教小童認字並非《三字經》最主要目標，讓學童透過背誦強記最基本的道德原則、歷史情節，與中原文化的基礎學術知識才是《三字經》作者的首要目的。[4] 從這個角度看，《三字經》比其他兩種蒙書具有更豐富的文化傳承作用。

---

1 筆者感謝在「時間、記憶與歷史」會議中對拙作提供寶貴意見的所有學者，特別是本文的評論人沈松僑先生。會議後,本文之兩位匿名評審人亦提供寶貴意見,謹此致謝。

2 亦有一說爲《三、百、千、千》，其中第二個千可指《千家詩》或《千家姓》。

3 《千字文》早在南朝（六世紀）已寫成，《百家姓》則被認爲是北宋時代（960-1127）作品。

4 事實上，淸末民初學者章炳麟對《三字經》有同樣的瞭解，他曾重訂《三字經》，在重訂本的題辭中他說此書:「先舉方名事類，次及經史諸子，所幾啓導蒙稚者略備。觀其分別部居，不相雜廁，以校梁人所集千字文，雖字有重複，辭無藻采，其啓人知識過之。」（見章炳麟《重訂三字經》1928 雙流黃氏濟忠堂版，題辭：一上。）

一、《三字經》的歷史

　　《三字經》相傳是宋末元初學者王應麟（1223-1296）所著，至今
流行的《三字經》版本仍多沿用王應麟爲作者這個說法。不過，這個
說法如何形成，尚待查證。明代學者趙南星（1550-1628）認爲「世所
傳《三字經》、《女兒經》者，皆不知誰氏所作。」[5] 而清代學者對王應
麟爲作者一說多所質疑，現代學者亦不乏持疑者。[6] 其實，《三字經》作
者問題的重點不在於到底真正是誰，而是在於成書的年代。由於《三
字經》最早版本內容所及，皆是元代統一中國以前的歷史，所以該書
應寫成於元初，王應麟被認爲是作者的主要原因之一是他是存活在這
個時代的教育家。[7] 此外，以全篇三字一句以便於小童背誦的蒙書形
式，最晚不會遲於南宋。南宋學者項安世（1208 年卒）曾謂：「古人敎
童子多用韻語，如《今蒙求》、《千字文》、《大公家敎》、《三字訓》之
類，欲其易記也。」[8] 《三字訓》是否即《三字經》，無可考定，但這句
話充分顯示在南宋中期以前以三字句成篇的蒙文已被普遍用作教材。
據學者的研究，比《三字經》更早的三字句蒙書至少還有比項安世稍
晚的南宋學者陳淳（1153-1217）所寫的《啓蒙初誦》。[9] 此篇的一些句

---

5 趙南星《三字經註》序，頁 2 上；在《敎家二書》《趙忠毅公全集》第八冊；清光緒
　間高邑趙氏修補重刊本。

6 參看張志公《傳統語文敎育初探》，1962 年初版；《語文彙編》(中國語文學社印行)第
　20 輯影印重版，頁 17；劉子健，「比《三字經》更早的南宋啓蒙書」，《文史》，21 輯，
　1983，頁 134；來新夏「《三字經》雜談」，《文史知識》，67 期，1987 年 1 月，頁 61。

7 另一點令人認爲他是作者的原因是他是《小學紺珠》等蒙書的作者。

8 項安世《項氏家說》在叢書集成新編第九冊景印聚珍版，臺北新文豐出版公司，卷 7，
　頁 83。原引自 Wu Pei-i, "Education of Children in the Sung", *Neo-Confucian
　Education. The Formative Stage*. Univ. of Califorinà Press, 1989, p.321.

9 劉子健，1983。陳淳此作見於《北溪大全集》卷 16，頁 6 上至 7 下。(此作現存《四
　庫全書》)。

子爲後來的《三字經》抄錄，如：「性相近，道不遠……君臣義，父子親，夫婦別……長幼序」等。但《啓蒙初誦》比《三字經》短得多，才兩百二十八字。內容也只主要以兒童的行爲修養爲主，沒有太多文化知識。但無論如何，從《啓蒙初誦》到《三字經》的成書說明了在十二、三世紀時，一套更顯淺、更配合兒童學習特性，但也更系統的教育方式漸形成。如學者張志公所說：「從宋到元，基本上完成了一套蒙學體系，產生了大批新的蒙書，這套體系和教材，成爲此後蒙學的基礎。」[10]

　　本文並不討論蒙學的歷史，但從《三字經》成書的背景可看出此書做爲歷史文化知識傳播工具的意義。此書出現在理學發展趨於成熟、並漸與科舉制度結合的宋元之際，[11] 而科舉自宋以後直接影響著兒童教育的內容，並成爲主流文化知識傳承的首要管道，[12] 直到清末依然大概如是。主流文化知識體系的主要內容之一，是共同的歷史記憶，這個歷史記憶最晚自《史記》等正史以下，即在精英階層中漸鞏固。但歷代正史所表達的正統歷史時間觀畢竟仍然相當複雜，充滿細節，難以一時簡化。所以一直到宋代，仍看不見有代表性的純歷史蒙書。似乎要到宋元之際，文化精英對最基本的歷史細節的取捨、時間輪廓

---

10 張志公，1962，頁 5。

11 雖然理學在北宋開始，但基本上到了南宋才有進一步的發展，而到待元代恢復科舉（即元英宗至治三年〔1323〕）之後，科舉才規定答卷必須用朱熹的《章句》和《集注》來回答以《四書》爲基礎的試題。即宋理學與科舉的眞正結合是在元代。見《北宋文化史述論稿》序引，錄於《鄧廣銘學術論著自選集》，北京：首都師範大學出版社，1994，頁 168。

12 宋史權威鄧廣銘認爲自北宋以來：「在科舉方面，也經常考慮要盡可能給予身居社會中下層的士子以出身的機會……遂使國內的每一個豐衣足食的小康之家，都要令其子弟去讀書應考，爭取科名。科名雖只有小部分人能夠爭取得到，但在這種動力下，全社會卻有日益增多的人群的文化素質得到大大的提高。」見鄧著《北宋文化史述論稿》序引，頁 164。《三字經》的出現顯示了鄧氏所言之「日益增多的人群的文化素質得到大大的提高」是怎樣的一個漫長過程。

的描繪才達到最大共識，使得這套內容複雜的知識體系可以終於以很顯淺扼要的方式來表達，而其最簡約的形式即被納入教導初學兒童的蒙書教材裡。可以說，《三字經》的出現反映了正統文化記憶化繁爲簡的過程已到達成熟的發展階段。宋元之際，甚至連剛入學的小童都可以很快地把握主流文化知識體系中時間與空間主要座標。而在歷史時間的座標而言，《三字經》所標示的無疑是最具代表性的。

《三字經》的歷史與意義並不止於它出現的宋元時代。宋元以後《三字經》成爲最普及的蒙書之一，但是它並非一直保持著宋元時代的初貌，而是不斷被後人增修。宋末元初版的《三字經》共 1,068 字，這個版本也一直流傳到清代。但目前所看到有一定流行程度的還有明代 1,092 字的版本，明末 1,122 字的版本、1,140 字、1,170 字的清初版本，以及到了民國初期從 1,152 字到 1,164 字、甚至 1,236 字的不同版本。而實際上流傳在不同時代、不同地域的版本恐怕遠超於此，對《三字經》作增修的作者是誰，至今也已難以考證，但從現今容易找到的幾種主要不同版本中已可看出宋元以後《三字經》被後人增修狀況的大略。這些增修主要是牽涉該文裡純歷史的部分。換言之，《三字經》裡的歷史記憶不斷被修改。有關這點我們會在下文作更深入的述說與分析。之前，讓我們先瞭解《三字經》的結構與特點。

二、《三字經》的結構特點與歷史時間觀念

《三字經》雖然是宋元時代的文化產品，但是顯然受到更早其他的蒙書的影響。在形式上，三字一句的編法，早在漢代史游撰的蒙書《急就篇》已見，[13] 但《急就篇》最主要的部分是七字成句的，篇內的

13《急就篇》前部分以三字成句，後部分以七字成句，爲便於學童背誦及認字。三字成句部分以：「宋延年　鄭子方　衛益壽　史步昌」開始。

字比較艱深，多以部首分門別類，讓學童認字。[14] 此外，如上文所說，比《三字經》稍早的南宋蒙書《啓蒙初誦》則是全篇以三字句寫成，難字也較少，看似《三字經》前身。但是此篇很短，長度只及《三字經》的四分之一，而且後來似乎並沒有普及起來。換言之，以淺白的三字一句，編作上千字的文，不但容易背誦，也便於認字，是《三字經》第一大特色。

　　《三字經》在內容上，與組織上，更見特色。同樣流行的《百家姓》列舉姓氏，是敎認字爲主，內容乏善可陳。而《千字文》雖內容十分豐富，但是由於以敎識字爲主，避免了重複字，同時重視文藻押韻，因此不得不犧牲內容的組織。各類的自然的、人文的知識混雜在四字句裡，產生一種凝固的氣氛。一開始的「天地玄黃　宇宙洪荒　日月盈昃　辰宿列張　寒來暑往　秋收冬藏」即標示了整篇文的主導時間是「永恒不變」或「循環不息」的屬宇宙與自然的時間，而人文或社會時間只能配合之。文裡提到的主要秦代以前的歷史事件部分也只是片斷式的，穿插在地理知識、農耕知識、道德訓誨裡，無法產生流動的歷史時間結構。在《三、百、千》這些早期普及蒙書裡，人文歷史感最強的，無疑是《三字經》。

　　《三字經》開宗明義的「人之初　性本善」即標示以「人」爲本位的儒學特色，而人在此篇裡當然是時間的唯一推動者。整篇的結構大致如下（《三字經》全文請參看附錄一）：從首句至「弟於長　宜先知」約 126 字是勸學勸孝的。經轉折句「首孝弟　次見聞」後，即及第二段「見聞」，包括基本的數學、自然、及人倫知識，句子從「知某數　識某文」至「此十義　人所同」止，共 192 字。之後就是第三段的基本學術知識，語及小學、四書六經及諸子，句子從「凡訓蒙　須

---

14 如《急就篇》裡有：「鐵鈇鑽錐釜鍑鍪」、「絫繍繩索絞紡纑」、「屐屩絜䩞贏窶貧」、「痂疕疥癘癡聾盲」等等艱深字句。

講究」至「文中子　及老莊」，共 198 字；之後四句過渡句「經子通　讀諸史　考世系　知終始」，即接連到第四段的歷史部分，從「自羲農　至黃帝」到「通古今　若親目」，共 252 字。史部之後，是兩段以古代人物故事來分別勸學童勤奮、立志的句子，勸勤奮的第五段從「口而誦　心而惟」至「身雖勞　猶苦卓」，共 84 字，勸立志的第六段自「蘇老泉　二十七」至「爾幼學　勉而致」共 120 字。最後結尾第七段數句勸學童專心向學，以入仕、顯父母、蔭後代為人生目標，從「有為者亦若是」至「戒之哉　宜勉力」，共 78 字。換言之，這一千多字的三字文，包含了各類的基本知識與儒學道理，而且分門別類，井井有條，目標很明顯地是為了傳播知識，灌輸道德，而不是單純的教識字。一個重點是學術知識部分，這部分是較早蒙書所沒有的，基本上以經典學術知識為主，明顯受宋以來科舉內容所左右。但全篇佔最重分量的是歷史部分，幾乎佔全文的四分之一。事實上無論是學術部分、歷史事件部分，人物故事部分，全屬歷史性知識。其他非歷史性知識在《三字經》中只佔小部分。所以說，《三字經》的歷史意識在諸多早期蒙書中是最強的。

尤有進者，《三字經》的純粹歷史述說部分有具體而清晰的時間觀念，給讀者很清楚的時間單向流動感覺。從「自羲農　至黃帝」的遠古史開始，《三字經》這個歷史部分就像說故事一樣，以時間先後次序將遠古數說至宋末。它用來表達歷史時間觀念的敍述技巧有下列幾種：第一，在時間的量方面，作者很有意識地將時間長度加以計算，並一段一段地疊加起來：如家天下的夏代「四百載」，商代「六百載」，周代「八百載，最長久」，漢代「四百年」，唐代「三百載」等，明顯地，歷史的時間就是不同長短的時段前後按序相加起來的總和。歷史時間的流程因此有了明確的、純粹人為的計算單位與方式（measure）。

第二是關乎歷史時間流動的方式，這短短二百多字的歷史敍述多用「自」、「傳」、「繼」、「至」、「遷」、「始」、「終」、「迄」、「承」、「迨」、

「及」等表達時間進行觀念的動詞與助詞來說明歷史的興替。其中「傳」用了五次，「至」、「始」各用了三次，「終」用了兩次，其餘各一次。換言之，一個事件，或一個朝代的起迄、始終，其承接、後繼的時代都特別被交待清楚，一件緊接著一件，沒有任何中斷或空白。歷史時間因而有明確而清楚、並且是單向的發展方向，像源源不絕的河流一樣。不過，這個時流並沒有明確的終點。

以上兩點對早已習慣這種時間觀的人而言，平平無奇，但只要與早期的《千字文》、《急就篇》等蒙書內的時間觀念相比，即可看出其中重要的轉變：人成爲直線單向發展的歷史時間的主體。

第三，這個有長短不一的分段的時間河流，每段都有特別的「標誌」來標明，這些標誌主要是朝代，其他的包括人物、地點，或許整個時代的特色。朝代名稱幾乎已包括自上古至宋末的主要朝代名。人物如伏羲、神農、黃帝、禹、湯、周文武、紂、秦始王、漢高祖、漢平帝、王莽、漢光武、漢獻帝、北周的宇文氏、北齊的高氏、唐高祖等全部是帝王，這一點似乎隱指統治者爲歷史時間的主要推動者。以地點作時間標誌的只有一個，就是南朝的首都金陵。時代的特色則包括唐虞兩代的「相揖遜」，夏代的「家天下」，春秋戰國時代的「逞干戈　尙遊說」，戰國後期的「五霸強　七雄出」，秦代的「始兼并」。這些標誌都有一共通性，那就是全屬政治性，並且是精英政治，而沒有鮮明的價值判斷。大致而言，這些政治性事件、人物或特色就是宋元時代主流文化回憶歷史、確立時間方位(orientation)的最基本座標。

當然，如上文所說，《三字經》的歷史性內容，不只這二百多字的，還有許多歷史故事、學術知識，基本上也屬歷史性的知識，但是這些知識的「時間性」就顯得非常薄弱，或者甚至可以說是完全沒有時間性(timeless)的。學術知識方面，四書六經諸子等是離宋元已遠的古代著作，宋代的主流文化體系承認這些爲經典、爲學術界的發展基礎，其重要性已到了永恒的程度。

在歷史故事方面，包括我們耳熟能詳的孟母三遷斷杼、黃香溫席、孔融讓梨、孔子師項橐、趙普以論語相君、路溫舒錄尚書於蒲席、公孫弘削竹抄春秋、孫敬恐睏倦懸髻於樑、蘇秦用錐刺股、車允以螢火照明夜讀、孫康則以映雪照明、朱買臣砍柴讀書、李密挂書牛角、蘇洵廿七歲憤發苦讀、梁灝八十二入廷、祖瑩八歲能詩、李泌七歲能棋、蔡文姬幼能辨琴、謝道韞能詩、劉晏七歲能正字等。上述的歷史故事，最早發生在春秋，最晚在北宋，但述說並不依先後時序。這些故事到了今天仍然用作兒童教育的題材，但無論是說故事的人或受教的兒童，都不重視這些故事發生的時代或背景。歷史故事所要傳達的教訓，即好學、勤學、孝弟等品德本身，被認定為是沒有時間性的，或者是抽離時空的。宋代人與漢代人的勤學、春秋時人與五代人的孝弟被賦予絕對一樣的含意與價值。雖然如是，仍值得一提的是，這些歷史故事的主角包括了離《三字經》成書不遠的宋代人（蘇洵、梁灝），可見作者認為從古到今各時代都有這些永恒品德的代言人，也刻意地從各時代中找有代表性的人物。這個想法卻消失於後代《三字經》裡。

總而言之，《三字經》所呈現的時間觀念，或者它要灌輸給幼童的時間觀念可說有三個：第一，當牽涉到經典與品德問題時，是永恒不變的觀念，即學術基礎與道德規範不會隨時而變，但其核心是在過去的歷史裡。第二，當牽涉到政治事件時，那是單向發展的、分段式的、充滿「變」的，事件接連發生的流動時間觀念。這個時間觀是純粹屬於「歷史」的時間。重點仍在回首過去，而沒有展望未來，也沒有目的(telos)或終點，這與西方基督教的歷史時間觀完全不同。第三，至於「未來」的觀念在整篇文字中很薄弱，絲毫不見於有關學術、道德，與歷史的問題上。只有在談及個人的前途時才有，即近尾聲的「揚名聲　顯父母　光於前　裕於後」幾句。這些觀念並非創新，但可說是精英階層的時間觀念最顯淺扼要的表白。

換言之，《三字經》表達了三個層次的正統時間觀念，一個是無時

間性、或曰永恒不變的學術與道德時間，在這個文化背景之上，可見川流不息的、從精英角度看的政治事件，但這單向流動的時間只見來路，不見前途。而「未來」的時間觀只能在個人、或個別家族單位裡體現。這幾個純粹以俗世的、非宗教的人（尤其是道德家與統治者）或群體為主體的時間觀念，以很顯淺的方式呈現在蒙書《三字經》裡，充分顯示出儒學思想的影響。但這恐怕並不單純是教育幼兒的技巧，而是精英階層將符合當時主流文化體系的知識與價值觀簡化後傳播至社會的方式。此後人自幼即從這類蒙書中學習及內化了這些從歷史記憶中建構起來的時間觀念，以辨識本身在當今時空中的位置，[15] 這種方向的識辨自然反過頭來增強主流文化體系的力量。

談到這裡，必須簡述《三字經》的教授方式，與普及的過程。

三、《三字經》的傳授方式

自《三字經》在宋元之際出現後，很快成為普及性的蒙書。由於此書無論在形式或內容上，都顯淺易懂，是給一般兒童初學所用的課本。社會階層較高的家族，則不一定用這些通俗的《三、百、千》蒙書來教授子弟，而是要學童很早就直接背誦經典。《三、百、千》基本上是最通俗顯淺，但又配合主流文化的教材。亦正因如此，這些蒙書的影響力是最廣泛而深遠的。學者認為唐至南宋間的識字率已有明顯

---

15 德國社會學家 Norbert Elias 曾為所謂「時間」的作用以如下說明："This capacity for intergenerational learning, for handing on experiences, of one human generation to another in the form of knowledge, is the basis of the gradual improvement and extension of their means of orientation over the centuries. That which one today conceptualizes and experiences as 'time' is just that: a means of orientation", 見 Elias, *Time: an Essay*. Blackwell, 1993, p.37 (德文原本 1987)。

的增加。[16] 這個趨勢似乎一直延續至清代。多年前，美國學者 E. Rawski 已曾討論過近代以前中國的識字率問題，所用的資料之一當然就是《三、百、千》等蒙書，Rawski 認爲這些蒙書讓學童可在約一年內認識兩千個字左右，使得中國有一定識字能力的人數比較多。[17]

　　而三種基本蒙書中的《三字經》的首要功能事實上不在於教識字，而是灌輸文化及實用知識，我們從上述的內容結構分析中已清楚看到。而主導教育的精英亦很清楚《三字經》的作用。我們可從明代的資料中看到《三字經》如何與政府的教化制度配合而產生知識傳播的作用。[18] 朱元璋得天下後很快就著手進行普遍性的教化工作，在洪武七年 (1375) 即下令全國成立社學「延師儒以教民間子弟」，「是以教化行而風俗美」，提供最基本的小學教育，以確立驅逐元人後的漢本位文化。立社學的詔令以後還至少再頒發了三次，一直到十六世紀初(1436、1465、1504)，不過，由中央主導的社學制度並不能有效率地維持很久。一直到明末的社學制度執行事實上都視乎地方個別官員的能力與意願。換言之，這個制度雖然被明文規定，但實際上的運作卻有很大的地區性的差異，明代的社學制度，後來大致上成爲清代義學制的基礎。[19]

---

16 包偉民「中國九至十三世紀社會識字率提高的幾個問題」《杭州大學學報》，22 卷 4 期 (1992 年 12 月)，頁 79-87。

17 Evelyn Rawski, *Education and Popular Literacy in Ch'ing China*. Ann Arbor: University of Michigan Press, 1979, p. 23.作者認爲清代男性有一定識字能力的應達 30-45%。這是一個比較樂觀的看法。作者從蒙書角度探討識字率問題主要在第二章。

18 目前所見元代的資料較罕見，所以本文主要參考明代以後的資料。

19 有關明代社學、清代義學制度的發展，參看王蘭蔭「明代之社學」《師大月刊》21 期 (1936)，頁 44, 49-52, 及拙作 AKC Leung, "Elementary education in the Lower Yangtze Region in the 17th and 18th centuries" in *Education and Society in Late Imperial China, 1600-1900*, Elman & Woodside, eds., Univeristy of California Press, 1994, pp.382-385.

　　從稍晚的明代資料看出，許多後來地方官都喜歡用《三字經》做為社學教育的基本教材。1570 年為福建省惠安知縣的葉春及(1552 年舉人，1570-1574 年為惠安知縣) 為惠安縣設計的社學制在教程方面，以誦讀為先：「誦讀貴熟不貴多，如資性能記千字以上者，只讀六、七百字……年小者，只教一二句止，或教《孝經》、《三字經》，不許用《千字文》、《千家姓》、《幼學詩》等書……。」[20] 可見對葉春及等地方官員而言，《三字經》與《孝經》對初入學的幼童有類似的教化功能，而《千字文》等或許辭句較深，其傳遞的訊息太複雜、難以理解，反而不被採用。

　　比葉春及稍晚的思想家與官僚呂坤 (1536-1618) 也同樣地注重社學的功能。面對明末時期許多「失序」的情形，呂坤懷著許多改革的想法。其中之一是「興復社學」：「為興復社學以端蒙養事。照得王道莫急於教民，而養正莫先於童子。」[21] 而呂坤心目中改革後的社學應有如下的課程：「初入社學，八歲以下者，先讀《三字經》以習見聞，《百家姓》以便日用，《千字文》亦有義理。」[22] 可見在葉、呂等明代文化精英心中，《三字經》無疑是教化百姓的最基礎讀物，其重要性甚至比《百、千》等其他蒙書更大。

　　除了社學義學之類，明代的私塾與家族學校也顯然常以《三字經》為教材。與呂坤同時代的趙南星 (見上文) 在 1593 年左右賦閒在家約三十年之久，專門編註各類教材以教授不同程度的學生。他特別選了《三字經》、《女兒經》兩種蒙書做為教導男女兒童的題材，並與友人吳昌期、王義華二人共同作註，輯成一書，稱為《教家二書》。[23] 在此書

---

20 葉春及《惠安政書》1575 自序，福建人民出版社，1987。政書十一「社學」，頁357-
　　8。葉春及的社學制是與鄉約制、里社制、保甲制四合為一體的地方社會制度，主要
　　是為了維持地方秩序，鞏固教化。

21 呂坤「興復社學」《實政錄》卷 3:7 上；在《呂子全書》，雲南圖書館，民初版。

22 呂坤，「興復社學」3:10 上。

23 同註 3。

的序中，趙南星如許多當時人一樣悲歎世風日下，就算士大夫亦往往只談利，不顧義理。因此他提醒世人：「教誨覺寤者，必於童蒙之時，此父兄之責也。」而他認爲這兩本蒙書「一則句短而易讀，一則語淺而易知，殊便於啓蒙矣。」尤有進者，此二書使人瞭解做人基本道理，得到應有的文化知識：「即不必爲士大夫，可也；即不必博群書，可也。」「誠欲以爲身心，則此二書者，可以當十三經矣。」[24]

換言之，元代以後《三字經》無疑被社會精英認爲是表達主流文化精髓最簡明扼要的範本，並不是單純的教識字的技術性蒙書。無論在公立的社學義學、或家族的蒙館、私辦的私塾，《三字經》都是主要教材，初學學童必須熟讀，以奠定道德基礎，固定文化知識範圍，確定歷史方向。

而在蒙學階段，兒童如何學習《三字經》呢？學童如何內化《三字經》裡所要傳達的知識呢？宋元時代有關的資料較少，[25] 我們從明清時期塾師的著作中可大概看出當時教童子的方式。清初蘇州塾師崔學古在所著「幼訓」中說：「……兒童止用口耳，不用心目……每教兩三遍，須令自讀一遍……又遇資之最鈍者，須逐教讀一遍，令本生自讀五遍，方教下句。教完一首，又通首教五遍，或十遍，或數十遍，自能成誦……又教書時，緩緩朗誦，勿恃自己書熟，令童子追讀不上。」[26] 崔學古這個原則是用在任何讀本上的，換言之，塾師先要使學童逐句讀誦，至全篇能背誦。但更重要的是：「又教時，便將書義粗粗訓解，難者罕譬曲喩，令彼明白，則後來受用。」[27] 另一同時期的杭州塾師陳芳生，則有稍有不同的方式：「童子初入學，每日只講一字……漸加之……但取本日書中切實字，講作家常話，如「學」字，則曰此

---

24 同上，序，頁1上-下；2下；3下-4下。
25 有關宋代，可參看吳百益一文，見註5。
26 崔學古「幼訓」在《檀几叢書》二集，1695，新安版；8：7下-8上。
27 同上註，8：8上。

是看了人的好樣，照依他做好人的意思……如此日逐漸講，久之授以虛字，自能貫串會意，當閒居不對書本之時，教以抑揚吟誦之法，則書中全旨自得。」[28] 即先講解再令背誦。[29] 但無論是那個方式，一個好的塾師是不單只教童子背誦《三字經》，同時還會對內容作講解，以學童更易於背誦原文。至於中國傳統裡這種以背誦強記為主的學習方式呈現何種文化意義，則目前有關研究成果並不容許作深刻的推敲。[30]

我們瞭解這個教讀《三字經》的原則，也就瞭解為甚麼有許多的《三字經》註解本，甚至還有插圖的版本。這些註解本也讓我們進一步瞭解《三字經》是如何具體地灌輸到學童腦海裡的。現在尚可見的主要是明清時期的註解本，在較早的相關註解本中，[31] 除了上述明代趙南星的《三字經註》外，還有清代最流行的王相訓詁版，趙南星所註解是明代的 1,092 字版，到了清代以後就很少見。王相版則自康熙始流行至民國以後，並有多種刊本，甚至有法文譯本。[32] 王相訓詁本是基於

---

28 陳芳生（清初仁和塾師）「訓蒙條例」在《檀几叢書》二集，13:3 上。

29 有關明代背誦的學習方式，可參看日本學者佐野公治「明代における記誦—中國人と經書」，《日本中國學會報》，33 集，1981，頁 118-124。

30 傳統童蒙讀本明顯的共同點是均以易於背誦為原則。傳統教學與治學方式強調背誦強記，是毋庸置疑的。但這種方式自宋以來印刷術發達、書價大幅度下降、書籍普及化以後有那些重要變化？至今仍缺乏深入的研究。因此如 Mary Carruthers, *The Book of Memory: A Study of Memory in Medieval Culture.* Cambridge University Press, 1990. 一書中所論及的歐洲中古時代記誦方式（memoria）做為文化基礎的模式（modality）是否與傳統中國文化可作比較，難以完全確定。同時，背誦在中國社會的學習與治學裡的重要性至今仍未消失，並不像近代西方那樣漸被「想像力」所替代。換言之，中國文化中背誦強記的文化意義應有別於西方經驗，但具體為何，仍待學者作進一步的探討。

31 按來新夏的研究，現在可見的明清註解本有趙南星的《三字經注》，清王相的《三字經訓詁》、王琪的《三字經故實》、賀興思的《三字經注解備要》和尚仲魚的《三字經注圖》等。見來新夏 1987，頁 61。

32 1927 年上海法國天主教教會孤兒院出版了一個《三字經》的法譯本，並至少有兩版。現藏中研院史語所的是第二版。法文書名為 *Classique en vers de trois caractères*。除有中文原文，羅馬拼音外，還有法文譯文、註解及詞彙。此書的序文多推崇王相之訓詁，其法文譯文與註解明顯是基於王相的訓詁本。

1,068 字的宋元標準本，完成於康熙五年 1666）。此本的註解基本上遵守了《三字經》的原來精神，訓詁部分簡潔而易懂，像今天的教師手冊一樣。有關政治歷史的部分，王相的訓詁版不但尊重《三字經》原文的意思，還進一步加強了原文的時間觀念，並且將時段標誌的特徵更爲具體化。如有關「唐有虞　號二帝　相揖遜　稱盛世」這四句，王相是這樣解釋的：

> 黃帝之子，少昊金天氏，在位八十四年。黃帝之孫，顓頊高陽氏，在位七十五年，金天之孫，帝嚳高辛氏，在位七十年。並堯舜爲五帝，作者但言堯舜者，以其功德最高也……堯之爲君也，其仁如天，其智如神，巍巍蕩蕩，民無能名，在位七十二年。有子弗肖，求賢而禪於虞，是爲帝舜有虞氏……使禹治水成功，在位六十一年，而禪於禹……自黃帝至舜凡六世，四百八十年。顓頊音旭……。

而有關漢至三國、兩晉一段，有這樣的注解：

> 魏國曹氏名操……子丕繼立，受漢禪位而有天下，國號曰魏……凡五世，四十六年。蜀劉氏名備，景帝之後……二世四十三年。吳孫權……四世五十九年而滅於晉。三國之祚，皆歸於晉。晉司馬氏……而西晉亡，凡四世五十三年。……睿，冒襲王爵……遂稱帝於金陵，是爲東晉元帝……，右兩晉共十五世一百五十四年……。[33]

王相註解《三字經》精神與語氣大約如此。

　　換言之，至少清代的塾師或家長，大概按著這類的註解來向學童

---

33 見王相《三字經訓詁》，北京：中國書店影印康熙丙午歙西徐士業建勳氏校刊本，1991，頁 39 上-下；47 下-48 下。

解說《三字經》，讓他們對所背誦的句子有一些瞭解。王相的註解明顯地順著原文的精神加強歷史時間觀念，特別是在表達時間的量方面。註解把歷史時間每一小段更細緻地疊加起來。同時也將「傳承」、「興替」的時間變化與轉折觀念以具體的說明來加以強調。至於時流座標的性質，註解也加添了描寫。歷史人物與事件的價值判斷，也比原文明顯，不過基本上仍順著原文的語意去作解釋，而且語氣保持原文的平淡簡潔。

值得一提的是，對原文「炎宋興　受周禪　十八傳　南北混」這幾句的訓詁，王相作了時間上超出原文的解釋。王相將元滅金、宋這段解釋完畢以後，繼續說：「(元世祖) 傳孫成宗，成姪武宗、仁宗，仁子英宗，成姪泰定，武子明宗、文宗，明子寧宗、順帝，凡十四世，百六十五年, 而滅於明。」[34] 身為清初人，王相將歷史時段延長至明代，是很合理的做法。同時他以同樣中立的態度去述說這原文所不及書的一段時間，基本上是完全遵照著宋元本《三字經》的歷史時間觀念與精神去增修歷史記憶。

而這時間觀念與精神事實上在明代以後的《三字經》版本裡已似乎起了微妙的變化。

四、後代《三字經》版本所呈現的時間觀

如上文所說，《三字經》直至清代，甚至民初仍是最普及的蒙書之一。同時，自宋元以來，通用的《三字經》不止於宋元時代這個 1,068 字的版本，後人對《三字經》一直有所增修。下文就以幾個目前看到的增修版本來分析《三字經》不同時期的歷史時間觀念。

下文所參考的版本分別是：一、1,092 字的明代版，即上述趙南星

---

34 同上，頁 59 上。

所註之版本；二、1,122 字的至明末版，[35] 三、1,122 字的至清初版；[36]
四、1,140 字的至清初版；[37] 五、1,170 字的至清初版(共二種)；[38] 六、
1,152 字的至民初版；[39] 七、1,164 字的至民初版；[40] 八、1,236 字的至
民初版。[41] 上述這些版本主要仍根據宋元初版。[42] 還有一些所謂《三
字經》在很大程度上已脫離宋元版的初貌，別豎一格，這些容後再作
討論。

　　上述八個宋元以後的《三字經》版本比最原始版本所多出來的字
是描述甚麼的呢？答案很有意思，這些字幾乎全數放在政治歷史發展
的第四段。只有一個例外，就是第五個至清初版，這個版本在三十四
個新增句中有十句主要增加在「自然」方面的句子，似乎反映了佛教
信仰的影響，[43] 其餘廿四句仍增加在歷史敘述一段，並且有兩個版本。
換言之，後人增修宋元版的《三字經》主要動機，乃是增補歷史發展
的敘述，延長政治歷史時流，而不是在加強沒有時間性的學術知識與

---

35 見《中國古代蒙書集錦》，濟南：山東友誼書社，1990。

36 見《三字經今釋》，許玉瑗、李錦編著，北京：北京語言學院出版社，1992。

37 見《三字經註解備要》，賀興思註解，芸居樓藏版，1880；又《三字經神童詩》，董寧
　 等編譯，山西古籍出版社，1994 年序；及《幼學啓蒙圖書集成上》，張萬鈞等編，鄭
　 州：中州古籍出版社，1991。

38 《三字經—新撰白話註解》，臺北：南天書局，1997 年景印臺南府城 1904 由 Georg
　 Ede 注音本。此本由註譯者以羅馬拼音將三字經的閩南語讀法拼出，編譯者之序作於
　 1894 年割臺以前。此書事實上同時保存了兩個不同的版本，其不同處在於歷史部分，
　 下文有詳述。筆者感謝葉春榮先生提供此資料。

39 《三字經註釋》，成天驥註釋，臺灣省教育廳編審委員會，1956；及《三字經註解》，
　 臺中：瑞成書局，1969。

40 《三字經註解》，臺北：宗學社文化事業公司，無年分 (約 1981)。

41 《蒙學十篇》，夏初等校釋，北京：北京師範大學出版社，1991。

42 據研究書史著名的學者來新夏指出，應還有一 1,248 字的版本，但我仍未看到此本。
　 見來新夏，1987，頁 61。

43 見註 35, 此版本在「此六畜　人所飼」後加上「惟牛犬　功最著　能耕田　能守戶　昧
　 天良　屠市肆　戒勿食　免罪處」，及在「詩既亡　春秋作」後加二句「道淵源　習
　 禮儀」兩句。這是一般別的版本很少見到的新增句。

道德教訓。下面讓我們看看這幾種增修版《三字經》所增加的句子有甚麼內容：

一、1,092 字的明代版：所加的廿四字在「十八傳　南北混」句以後，如下：「遼與金　皆稱帝　元滅金　絕宋世　盡中國　爲夷狄　明朝興　再開闢」，然後以「廿一史　全在茲」代替原來的「十七史　全在茲」。

二、1,122 字的至明末版：所加的 54 字在「十八傳　南北混」兩句以後，如下：「遼與金　帝號紛　迨滅遼　宋猶存　至元興　金緒歇　有宋世　一同滅　幷中國　兼戎翟　明太祖　久親師　傳建文　方四祀　遷北京　永樂嗣　迨崇禎　煤山逝」，然後以「廿二史　全在茲」代替原來的「十七史　全在茲」。

三、1,122 字的至清初版：所加的 54 字同樣在「南北混」句以後：「遼與金　皆稱帝　元滅金　絕宋世　興圖廣　超前代　九十年　國祚廢　太祖興　國大明　號洪武　都金陵　迨成祖　遷燕京　十六世　至崇禎　清世祖　據神京　靖四方　克大定」然後以：「古今史　全在茲」來替代「十七史　全在茲」。

四、1,140 字的至清初版：所增的前四句與前版(三)同，之後爲：「莅中國　兼戎狄　九十載　國祚廢」之後六句與前版同，之後爲：「十七世　至崇禎　權奄肆　寇如林　至李闖　神器焚　清太祖　膺景命　靖四方　克大定　廿二史　全在茲」。[44]

五、1,170 字的至清初版共有兩個版本，除了十句增加在別處外(見上文及註 40) 外，其餘廿四句均增加在歷史部分：版本一如四同，只是以「歷代史　全在茲」代替了「廿二史　全在茲」。版本二則比較在其他版本少見的句子，在「南北混」後爲「遼元金　爭宋鼎　天運環　至帝昺　元世祖　始正位　八十八　共九帝　群雄起　太祖征

---

44 山西古籍出版社版最後兩句則爲「廿一史　全在茲」。

國號明　元順奔　成祖繼　立兩京　十七主　止崇禎　闖賊亂　明運
竭　大兵至　賊隨滅　順治立　號大清　臣民服　天下平」，然後為
「歷代史　全在茲」。

　　六、1,152 字的至民初版：共二，其一直至「李闖出　神器焚」大
致與前版（四）同，只是將明太祖至崇禎間相傳「十六世」而非「十
七世」，前（三）同。在「神器焚」之後，這版繼續這樣寫：「清順治
據神京　至十傳　宣統遜　我國父　倡三民　廢帝制　民國興」。之後
仍然是「廿二史　全在茲」。即將清代一段改寫，並加上民國之後的十
二個字。

　　所見的第二種版本在「至崇禎」一句後有較大的改變：「闖亂後　寇
內訌　闖逆變　神器終　清順治　據神京　至十傳　宣統遜　舉總統
共和成　復漢土　民國興」。清代部分與第一種 1,152 字版本同，不同
之處在明代部分及民初部分。

　　七、1,164 字至民初版：這一版到「至十傳　宣統遜」與 1,152 字
版之第一種相同，然後是：「革命興　意氣雄　廢帝制　效大同　舉總
統　共和成　復漢土　民國興」，即與 1,152 字版第二種較接近，而在
「舉總統」前加了從「革命興」至「效大同」十二字。

　　八、1,236 字至民初版：這版自清代開始就有與其他各版較大的
不同：「清太祖　膺景命　靖四方　克大定　由康雍　歷乾嘉　民安富
治績誇　道咸間　變亂起　始英法　擾都鄙　開海禁　交互市　繼粵
匪　創天理　民遭殃　如湯沸　有良弼　國再造　靖寇氛　疆土保
同光後　宣統弱　我中國　地日削　傳九帝　滿業沒　革命興　意氣
雄　廢帝制　效大同　立憲法　政共和　願同胞　勿操戈　古今史
全在茲」。此版比前一版所加的 24 句全在這一段裡面，主要從「由康
雍」至「疆土保」、「我中國」至「滿業沒」，與最後「立憲法」至「勿
操戈」。

　　這些宋元以後的《三字經》呈現了何種時間觀念的改變呢？首先，

由於其它各段基本上原封不動，所有主要增改均在政治歷史一段中，更突出學術、道德等知識的穩定性，或無時間性，與政治歷史相對的不穩定性，或時間性。換句話說，相對於學術與道德規範，政治歷史流動的時間觀更爲確切。

而政治歷史的時間觀在宋元以後的《三字經》裡有那些變化呢？上文所提的宋元版本用來表達時間觀念的三個敍述技巧顯然依然被後來版本沿用。但越晚近的版本，越有變化。首先，以時段長度相加成時流總量的做法仍繼續著，但慢慢起了變化。這個變化直至清初仍不明顯，上述第三、四版仍大致承接了宋元本的寫法，提出元代「九十載」等時段來說明時段的長度。但此後的版本都不再重視時間在「量」方面的計算與累積，而將強調時間在「質」方面的變化。同時，在「未來」的時間觀念方面，除了原來個人前途「裕於後」一句外，在民初版的《三字經》裡倒首次出現了歷史時間觀念裡的「未來」觀，那就是「廢帝制　效大同　立憲法　政共和　願同胞　勿操戈」幾句，特別是最後兩句，用了「願」這個有「希望」意思的動詞，及「勿」這個祈使式動詞，明顯地是對歷史未來的發展有一定的期許，似乎隱含著歷史發展應有一定「目的」的意思。可以說，擺脫個人或家族本位、具有「未來」意念的整體歷史時間觀，到了近代以後清楚形成，並納入基礎蒙書中。

至於用來形容時間流動方式的助詞與動詞，後來版本大部分仍以宋元版的助詞與動詞來描述歷史事件的承接，但是早在明代版裡，我們看見一個新的時間性助動詞「再」，在「明朝興　再開闢」句裡。遙遙相應著晚近的民初版本裡（第六、七版本）用在「復漢土」一句裡的動詞「復」。「再」有重新之意，而「復」應是恢復之意，是從「復」的原意「還」、「返回」引伸而來的意思，「復」也有「再」的意思，[45]

---

45 見《古漢語常用字字典》，北京：商務印書館，1979，頁 77。

換言之，這個「復」字意含著「再次」的時間上的觀念。另外，民初版第八的「國再造」一句，亦同樣有類似的意思，這一句就很接新明版的「再開闢」。換言之，以前的《三字經》裡的歷史時間是完全單方向流動的，而明以後的版本卻出現了「復返」這樣的時間倒向的事故，而這個「復返」的時間觀念，無疑來自「漢／夷」相對的觀念（見下文）。當漢人恢復中原時，「復」、「再」這個時間觀念就出現，似乎意指著歷史有一個「應該」的、或「正確的」發展軌跡，而不是漫無目的。雖然漢族將非漢族的統治者逐出國土之事在明代以前已屢屢發生，絕非明以後才有的新事，但宋元版《三字經》的歷史段落裡完全沒有「恢復」、「重返」這個觀念，而明版以後的《三字經》則一而再的凸顯這個觀念。

上述兩個新的變化其實都與第三點的變化有關，即標明時段的「標誌」性質。上文已提到宋元版的《三字經》的時段標誌全部屬朝代、人名、首都名等政治性的、但無鮮明價值判斷的標誌，以致這二百多字的歷史敍說像一個曲折的、但不引起情緒波動的故事。時間的河流九曲十八彎，但從遠處觀望，只見顯著的幾個標誌，不見任何洶湧的波濤。然而，明末以後的版本卻用了新的、不同於前的時段標誌，這些標誌好像把觀者的視線拉近了歷史時流，讓觀者看到了駭人的波濤，甚至可能感到身歷其境，情緒高漲。這些插在元代以後的時段標誌，分別有以下的新特色：

(1)標榜「漢／非漢」種族差別的標誌：明代版本以「盡中國　爲夷狄」來形容元世；在明末與清初的版本裡，則變爲「幷中國　兼戎翟」，或「蒞中國　兼戎狄」這樣的句子。到了民初，如「我中國」、「復漢土」、「滿業沒」等句子不但顯示出種族之別，更加突出種族之間的衝突情緒。

(2)首次出現有關中國國土的空間座標，或說空間與時間有了一種配合：元代遼闊的版圖成爲清初版歷史時流的一個標誌：「輿圖廣　超

前代」。後一句「超前代」顯示要令讀者有稱讚之意，遙遙呼應著後來民初版的「靖寇氣　疆土保」、「我中國　地日削」等意義相反，但性質相同的座標。此處的清初版沒用「兼戎狄」的標誌誌記元代，反而以空前廣闊的版圖來標記之，與清、元人同樣是非漢族的統治者有關。

(3)越來越多關涉著非純粹政治事變，而帶濃厚社會性事件的標誌，或者是經濟外交性質方面的標誌，並且有鮮明的褒貶，這在清初版中已看到，越後期的版本越是明顯：明末的「寇如林」、清康雍乾嘉的「民安富　治績誇」、「道咸間　變亂起」、「始英法　擾都鄙　開海禁　交互市」，至後來的「繼粵匪　創天理　民遭殃　如湯沸」。這些座標，處處以「民」為焦點，統治者做為歷史主體的身分漸受到挑戰，至民初已極為明顯。將讀者原來遠遠靜觀當政者改朝換代的角度強力拉近至眼前，讓讀者親身處在歷史巨流中，體會熱血沸騰之感，有別於宋元版從純粹精英角度看歷史時間的冷靜與超然。

(4)對做為座標的歷史人物與事件，越來越有強烈的價值判斷，對明、清兩代前期的褒揚，與對兩代末期衰敗之批貶都遠遠超過了宋元本原來的語氣。明版謂「明朝興　再開闢」，與清初版謂太祖「膺景命　靖四方　克大定」，或「臣民服　天下平」等句都是對本朝極度的褒揚。而明末的衰敗在清初版的「權奄肆」中可看出，而在民初版中，明末時代更是不堪：「閹亂後　寇內訌」，原是「至李闖　神器焚」二句加強為「闖逆變　神器終」。

這種明顯的褒貶到了民初版，則成為對清帝制的鞭撻，及對革命、共和制的推崇：「革命興　意氣雄　廢帝制　效大同　舉總統　共和成」，「立憲法　政共和」。明版、清版、民國版對當時統治者或制度的褒揚與對前代的批判，讀來已經似政治口號，反映出近代對歷史時間的看法已帶有一種近似目的論的觀念，認為歷史是應該往某一「正確」方向走的，離宋元版《三字經》原來無目的的歷史時間觀，及其平靜、較為中立的語氣已甚遠。

露骨的褒貶也見於註解本裡，明趙南星、清初王相訓詁版基本上仍遵照宋元版比較平靜中立的態度來作註解。相比之下，流行在清後期的《三字經註解備要》的語氣就有很明顯的差別。這個註解本是基於 1,140 字的至清初版，書約成於 1850 年，對各句的註解比以前所見版本的註解都要詳細許多。這版本在談到明末時有以下一段註解：「至崇禎時，山崩地裂，怪異甚多」意味著明朝氣數已盡。而對清太祖「膺景命」一段時，賀興思除了將清太祖至嘉慶帝順序列舉外，還有以下這一段作註解：「順治以來，風調雨順，國泰民安，五穀豐登，萬姓樂業，真為盛世之休風，皞皞之氣象也。」[46] 對本朝諂諛，對前代批判到露骨程度的註解本，在此版本以前並不得見。

綜合以上各個新的特色，我們也可以觀察到後世版本所延長了的歷史河流，在比例上有了改變。宋元版的《三字經》自上古至宋末各朝代的述說大致上較重上古到漢代較遠古的時段。隋唐以下的各朝，都簡略地帶過。而宋元以後的版本卻趨向較詳細地述說晚近的自元至清代，而且這段記憶是不穩定的。不同時期的版本所用的座標有所不同，而這些座標的道德意義也越來越鮮明。我們當然沒有把所有曾出版過的版本都參考了，但從可看到的幾個版本中可清楚地看出增修版《三字經》對元代以後的歷史時流的方向與性質難以確定。

這個不穩定性與後來增修《三字經》的作者對這後段歷史時間的構成沒有共識、引起記憶的競爭有關。宋元版《三字經》的作者雖然並不確定是王應麟，即其作者極可能不只一人，但是其內容卻有極高的穩定性。宋元以後的版本，越是晚期差異越大，而且差異完全集中

---

46 賀興思註解，《三字經註解備要》，1880（光緒庚辰）重刊本，芸居樓藏版，下卷，頁 39 上，40 上。我們從此書之下卷，頁 43 下「歷代帝王源流歌」最後一句：「自太昊伏羲氏起至我清道光三十年六計四千七百九十六年」推測此書成書的大約年分為道光三十年，即 1850 年左右。

在元代以後屬政治史這一段。換句話說，對學術與道德規範方面的歷史性知識，後代《三字經》作者並不認為有增加或修改的需要，但是對純政治歷史部分，則不斷地增修元代以後部分，但是卻沒有太多共識，而且越晚的版本，共識性越弱，反映著主流文化體系對元代以後政治歷史記憶的選擇並不一致，產生了不同記憶間的競爭，競爭的激烈性也往往從元以後時流標誌所表達的鮮明價值判斷與「復返」的時間觀中看出，這點似乎透露著不同作者對歷史發展的「正確目標」有不同看法。

相對而言，有關學術與道德方面的歷史知識記憶，則幾乎完全沒有競爭。宋元版《三字經》裡的道德楷模包括了宋代人，宋元以後的版本，完全沒有增加這幾段的內容。難道宋以後並沒有可拿來作教材的道德楷模？學術上亦沒有新的里程碑嗎？答案當然是否定的。至少如朱熹、王陽明等人物所代表的學術傳統的重要性是無可置疑的。至於道德楷模的故事，也應該俯拾即是。為何卻完全沒有這方面的增修呢？一個可能的解釋就是，如上文所說，這兩方面的基礎知識是被認定為不具時間性的，其歷史背景完全不需要被提及，因此沒有延長時流的必要。換言之，將道德與學術知識時間凝止在宋代，不會直接產生時間「中斷」的感覺。反正學童在背誦時不會覺察歷史故事發生的時代，也不會覺得學術知識的止於四書六經有何不妥。

相對之下，政治歷史的時間無法中止在宋末，就格外明顯。這主要是在原始版本中用來敍述歷史時間的二百多字裡的方式，已不可逆轉地形成了時間流動不息的性質，使得這個時流必須延續。明代的版本必須將元以後的時流延長至明初，清版本必須延長至清初，於此類推，這樣，學童才可以辨認自身所處的歷史時間方位。尤有進者，各時代的註解本也在註解裡延長為原文所限制的時流。上文已提到清王相註解將宋元版的時流延長至明代。而趙南星所註解的明版也以註文將本文止於明初的時流延長，方式是將明代從太祖至穆宗（隆慶）十

一個皇帝列出，即把十四世紀中延長至十六世紀後期。[47]

　　總而言之，宋元以後版本的《三字經》所灌輸給幼童的時間觀念有了質與量的變化。學術基礎與道德規範是永恒不動的，政治歷史時間是流動不息的，這個時間觀念上的對比較宋元版更爲鮮明。同時政治歷史時間的不穩定性越來越明顯，元以後的《三字經》裡的新增歷史時段的座標、轉折的方向已沒有一致性。帶來這個時間質量變化的似乎是兩個主要的新因素：明以後日益明顯的種族意識，以及清末以後帝制的崩潰。前者使得有關元、清兩個外族統治朝代的歷史時間有了競爭的記憶，競爭自明代已開始。第二個因素使得民國以來《三字經》增修者對明以來的帝王政治有了新的批判根據。這兩個新的因素動搖了宋元之際主流文化體系中對歷史時間原有的共識，至少，這是明以後《三字經》各版本所帶給讀者的訊息。

五、近代的新《三字經》

　　清末以來，以新的內容出現的《三字經》非常多。這各式各樣的《三字經》並不如上述各版《三字經》一樣主要仍按照宋元的版本，而是內容上作了大幅度的修改。宋元版《三字經》做爲主流文化體系的最簡化版本，以及後來基於宋元版本之上，只延長歷史時流的增修版本，到了清末民初之際已不符合當時集體的歷史文化記憶，亦不足應付當時社會教育所需。這些舊版本的時流座標所指示的方位，已令人在辨認文化時流的方向時有錯亂之感。因此，從清末開始，我們看見一些內容嶄新的《三字經》。

　　其中民國時期章炳麟增訂版(1928)[48] 仍大致基於宋元版，但增加

---

47 趙南星，《三字經註》，頁 17 下-19 下。
48 我們共參考了兩個版本：《重訂三字經》，雙流黃氏濟忠堂精校刊本，甲戌孟冬(1934)；《注解三字經》李牧華註解，按章太炎增訂本註解。臺北：世紀書局，1981 年。

了三分之一的篇幅，修改了三分之一原有內容的版本，共 1,596 字。我沒有把它納入上述的增修版來討論，主要是因為這個民國版本在結構上已大幅度地改變了宋元版原貌。章炳麟的修改主要精神在於增強了非政治史知識及其時代性，如西化的地理與自然知識（「赤道下　溫煖極　我中華　在東北……古九州　今改制　稱行省　三十五……青赤黃　及黑白　此五色　目所識　酸苦甘　及辛鹹　此五味……日平上日去入　此四聲」）。至於文化知識方面，歷史背景及流傳至今的意義與情形大為增強。例如，有關中國文字的知識（「有古文　大小篆　隸草繼　不可亂」）；經典的淵源、歷代經學大師，以及經典知識流傳至近代的情形（「在禮記　今單行　本元晦……六經者　統儒術　文作周孔子述　易詩書　禮春秋　樂經亡　餘可求……注疏備　十三經　左傳外　有國語　合群經　數十五……古九流　多亡佚……漢賈董　及許鄭　皆經師　能述聖」）。宋明以後理學家（「宋周程　張朱陸　明王氏　皆道學」）、歷代文學創作代表（「屈原賦　本風人　逮鄒枚　暨卿雲　韓與柳　並文雄　李若杜　為詩宗」）。換言之，這個版本將政治史以外的歷史知識大大地加強了，並且更注意這些文化知識的時代背景，增訂的五百多字幾乎集中在這些方面。相對而言，純政治史一段卻沒有增加字數，清一代簡單地以「十二世　清祚終」結束，之後即簡論廿五史的長短，主要以史書做為討論的重點。所以它確實顛覆了原來《三字經》的時間觀念，以更接近近代學者對經典與歷史知識的觀點去增修《三字經》。

　　其他清末民初的新式《三字經》版的特色主要有二：一是以宣揚民族主義為宗旨，二是以闡述地方特色而非中原文化歷史為宗旨。

　　前者具代表性的是《中華民國共和三字經》(1912)。[49] 此版本除了

49《中華民國共和三字經》，民國元年三月出版，共和書局印行，鉛印本。有「小樓氏識于聽雨樓」序。

首二句末二句與傳統《三字經》相同外，其他都是新作，而且全部是政治史，並完全以漢民族爲中國歷史敍述的中心，如：「漢相近　滿相遠……昔滿奴　在京都　殺漢人　血流杵……清朝者　滿州人　中國者　大漢根……昔秦氏　興中土　築長城　驅胡虜　高祖興　漢業建……至宋朝　遼金橫　運數蹇……朱太祖　滅胡元……孫逸仙　復漢仇……讀史者　考實錄　記國仇　分種族……不革命　曷爲人……排滿清　救國民……」。這個極端漢族主義初看令人驚奇，但實際上其淵源不會晚於明中期以後。上文所提到明版《三字經》以來的發展已充分顯示這一點，只是民初版將漢／非漢族間的衝突推至極端，做爲歷史時間發展唯一的線索。[50]

　　以突出地方特色的新式《三字經》有《臺灣三字經》，爲新竹人王石鵬在 1897 年所作。[51] 雖然此文主要介紹臺灣的地理環境與風物，但仍有一段以臺灣爲主體的歷史描述：「明成祖　思富強　命三寶　航西洋　遇颱風　船東止　入臺灣　自此始　有海賊　林道乾……顏思齊亦海寇　鄭芝龍　繼其後　迨芝龍　歸大清　荷蘭據　遂橫行　西班牙　亦竊據……蘭人守　氣益豪……明運竭　有成功……整戈行　奮神武　逐蘭人　復故土　務屯墾……歷三世　天命移　非人力　所能爲……天地會　林爽文　亦集黨　敗孫軍……至同治　戴萬陞　又倡亂……至光緒　法兵來　偶失守　基隆開……議割臺　自甲午……臺人士　咸紛紛……改國權　爲民主　二百營　張旗鼓　大兵至　破諸營　南北路　盡蕩平……」。《臺灣三字經》所呈現的以臺灣爲主體的時間與空間，與宋元本截然不同。作者在序中說：「或謂臺灣特其小爲耳，區區地學何足以廣其（指本島童蒙）見聞；然行遠自邇，登高自

---

50 清末民初時此類《三字經》版本可能甚多，其中一些甚至是以方言寫出的。如廣東地
　　區有以廣東話寫作之《新三字經》：「清之初　唔係善　由至近　殺到遠　苟不服　殺
　　左先……想滿奴　唔過處　殺漢人……」。《新三字經》啓明書局機器版，1908 年。
51 《臺灣三字經》，王石鵬編，臺南：經緯書局，1963 年。

卑，前程遠大，不得不先於此開其端也已。」[52] 這個以「地學」爲主軸的時間觀，很可能在清末以來其他地區的蒙書裡也出現過。[53] 以地方時間爲主軸的蒙書出現的時間可能晚於以「民族意識」爲時間主軸的蒙書，在這方面，我們所能把握的資料也較少。

在臺灣，晚近至 1996 年，我們仍看見新編的《三字經》，編者以臺語編此書，並以此爲「歌仔戲教材」，內容雖然仍以中國文史爲主，但也包括了簡單的臺灣史及近代世界史，在文字與內容編排上與宋元版已有很大的不同。編者洪惟仁在序中認爲傳統《三字經》獨尊儒術、內容貧乏，是一本「既封建又無內容的村書，不值得再流傳」「不過……《三字經》在教育上還有點利用價值。尤其在復興臺語文化上」。[54] 換言之，編者希望讀者以地方語言教材來看待這新編的《三字經》。[55]

六、當代《三字經》的意義

做爲傳統蒙書體材的《三字經》到了今天是否已經完全失去其意義呢？現代人的歷史記憶是否已脫離了傳統蒙書的範圍？答案並不見得很簡單。就臺灣與大陸兩地出版《三字經》的情況而言，我們發現一有趣的現象。臺灣在 1950 至 70 年代多次出版傳統以宋元版爲基礎的《三字經》。但在 1980 年代以後，臺灣出版界似乎對傳統的《三字經》的興趣已稍減。但是這個狀況在海峽彼岸很不一樣。在 1990 年代以前，我們較少看見大陸出版的傳統《三字經》，這應與此書內所宣揚

---

52 同上，自序，頁 2。

53 對蒙書有研究的臺灣學者郭立誠曾發現另一清代臺灣的蒙書，稱爲《千金譜》，見郭立誠「傳統童蒙教材」，《國文天地》23 期，1987，頁 37。

54 《新編三字經》，洪惟仁編，歌仔戲教材，國立復興劇藝實驗學校出版，1996 年 6 月，自序，頁 1-2。

55 事實上許多早期的外國漢學家已嘗試以《三字經》做爲教授方言的課本，如上述註 35 的羅馬拼音本即是用以教授閩南語（特別爲傳教士著）的課本。

的儒學爲上，及相關的所謂「封建」倫理思想違背了官方的意識形態有關。有趣的是，1990 年代以來，各種傳統蒙書在大陸各地出版，其中《三字經》受到極大的重視。本文第三節所用的許多版本，均是大陸版本。這些版本可能只是給學者做爲研究傳統蒙學所用，但是更有趣的是，一些明顯以兒童做爲對象的《三字經》插圖版本也陸續在大陸出版。如 1994 年序的《三字經》（山西古籍出版社中華蒙學古訓叢書）每四句有一彩色插圖，並有淺白的白話文註解，顯然以年幼學童作爲主要的讀者。此書註解的內容也完全沒有流露「反封建」的情結，與 1960 年代臺灣出版的《三字經》註解本極爲相似。

下列表顯示兩岸出版傳統《三字經》的大概情形（見表 1）。[56]

《三字經》的近代出版相信比上列表要多許多，[57] 這個表只是一個非常粗略的估計，以國內主要圖書館所能找到的爲主。從以上必定不完整的調查可大致上看出，兩岸出版《三字經》有如接力。臺灣出版界主要在 70 年代以前出版《三字經》，而大陸則主要在 90 年代以後。臺灣版的《三字經》主要標榜此書的「民族性」。1956 年版的《三字經》是在《民族精神教育小叢書》裡；1979 年版在封底則有「恢復民族本性心理建設」等句。這個以推揚民族主義爲主的出版動機在 80 年代後似乎漸消失。取而代之的，似乎是另一種心情，據一向關注兒童教育的臺灣學者郭立誠的說法，在 80 年代後期：「由於升學主義影響，導致現行教育有了偏差，因此很多人起了思古之幽情，重新拾起《三字經》和《唐詩三百首》……以便吸引小讀者。家長們，幼稚園和國民學校老師們都紛紛鼓勵兒童們背誦《三字經》和唐詩，成爲一時的風

---

56 此表以現中央研究院各圖書館藏書與筆者私藏有關蒙書爲準，並不是完整的調查。同時並未將完整書名列出，大陸出版之《三字經》多與其它蒙書集合出版。

57 上列表非常不完整，筆者感謝劉序楓先生提供他從網路上找到了大量有關三字經的資料，本文無法參考所有這些資料，甚至無法將所有電腦資料列入表中，因爲沒有看過原文，很難判斷書目所列是否基於本文所謂的宋元版《三字經》。

表1　臺灣與大陸兩地刊行《三字經》概況

年分	編註者	臺灣出版	大陸出版
1956	賀思興註版	新竹：竹林印書局	
1956	成天冀註釋	臺中：臺灣省教育廳	
1959	齊令辰注	臺北：藝文印書館	
1968	編者不詳	臺中：瑞成書局	
1970	賀思興註版	高雄：立文	
1975	編者不詳	臺北：利大出版社	
1979(約)	註者不詳	臺北：宗學社	
1983	郭立誠編	臺北：號角出版社	
1985			湖南岳麓書社
1989	吳蒙標點		上海古籍
	張河　牧之編		山東友誼書社
1990	夏初等校釋		北京師範大學
	王友懷等註釋		三秦出版社
	洛晨編		江西人民出版社
1991	黃沛榮譯著	臺北：三民書局	
	張萬鈞等編		中州古籍出版社
			北京中國書店景印康熙本
1992	許玉瑗等編		北京語言學院
1994	董寧等編		山西古籍出版社
	陸林輯校		安徽教育出版社
1995	袁庭棟編		巴蜀書社
1996	王志樊編	臺北：眾生文化	

氣……。」[58] 這裡之所謂「思古之幽情」就值得深究。它到底只是某些中年人懷舊情緒之投射，還是歷史記憶的新的競爭？至今答案仍不清楚。

　　大陸在 1970 年代還在大力批判所謂封建思想，《三字經是騙人經》一書曾在 1974 年出版（上海人民出版社）。然而不久之後，傳統蒙書在 80 年代、特別是 90 年代以後大量出版，取代了以前臺灣出版傳統蒙書的位置。出版的動機看來已很接近 60 年代的臺灣，但較少重刊有強烈漢民族主義色彩的民初版本，以恢復民族人文精神做為出版傳統蒙書的出發點。如 1990 年中州古籍出版社的《幼學啓圖書集成》（內含《三字經》）序中說：「歷代從事啓蒙教育的先賢們，秉承中國傳統文化對於人類進化和倫理原則的認識，立足於人的行爲與道德規範，嘔心瀝血前仆後繼地爲我們架起了一座通向文明的橋梁，開創了一種具有普適性的啓蒙範式與框架。」[59]　1990 年北京師範大學出版包括《三字經》的《蒙學十篇》舉出多種重刊傳統蒙書的理由，其中一項是：「如讀《三字經》，即可大概瞭解中國五千年的歷史變遷，朝代更替，帝王興廢，不致再鬧出『歷朝次第而不能舉』、『而大學生有不知周公者』笑話。」[60]　1992 年北京語言學院編印的《三字經》甚至錄製了一套錄音帶配合出版，「爲幫助青少年朋友學習這本《三字經》」。[61] 雖然這些重刊本的序言會例行地提醒讀者要捨棄這些蒙書中封建思想的糟粕，但是基本上對《三字經》等傳統蒙書的期待是，喚醒下一代對久被遺忘的傳統歷史時間的記憶。

---

58 郭立誠，1987，頁 39。
59 序，頁 2。
60 序，頁 15。
61 前言，頁 2。

七、餘　論

　　《三字經》的歷史時間觀應該是屬於主流文化或文化精英的時間觀，有別於宗教時間觀，或者農民與商人等的時間觀。不同宗教團體、不同社會階層的人可能各有不同的歷史時間觀。這些都是有效的時間觀念，不一定相互排斥，但也不一定能相互包容。而十三世紀面世的蒙書《三字經》裡所明白顯示的歷史時間觀到了今天仍被接受，反映出主流文化的時間觀改變並不大。

　　七百年前的《三字經》到了廿世紀末期不但沒有被淘汰，還不斷被重刊，而且被眞正地用作蒙書，的確耐人尋味。在其他文化，尤其西方文化中，很少看到類似的例子。雖然今天許多所用版本是明末以後，帶有濃厚漢民族主義的版本，符合了某種意識形態上的需要，但由於配合民族主義的材料很多，宣揚或堅持民族主義不該是《三字經》仍然流行的唯一，或主要原因。這本以宋元版爲基礎的蒙書至今仍有效的原因，應該是它所提供的學術、道德知識與歷史時流的各項基本座標，在激情的革命年代已過，一切歸於平淡後，被認爲大致上仍不失讓一般人確立文化方位之效。近代以來，以另類時間觀新編的《三字經》反而漸被遺忘。宋元間所達成的基本歷史時間共識，力量竟如此之持久，不得不令人再三反思其因由。這是否意味著普及化的歷史觀至今仍脫離不了精英角度的歷史觀？近代以來的各種以新的或西化觀念所建構出來的歷史時間是否終究不敵傳統以統治者爲主體的歷史時間？答案恐怕在短期內難以獲得。然而，《三字經》在大陸地區沈寂許久後的風光再現，無疑是另一場歷史記憶競爭的序幕，而歷史記憶──尤其明清以下的歷史記憶──在不同時空下的競爭顯然不會終止，《三字經》未來的命運應是反映持續競爭的最佳指標之一。

參考書目

小樓氏 序
　　1912　中華民國共和三字經。民國元年共和書局鉛印本。
王石鵬 編
　　1963　臺灣三字經。臺南：經緯書局。
王相
　　1991　三字經訓詁。北京：中國書店影印康熙丙午歙西徐士業建勳氏校刊
　　　　　本。
王蘭蔭
　　1936　明代之社學，師大月刊 21:42-102。北平：國立北平師範大學。
古漢語常用字字典編寫組 編
　　1979　古漢語常用字字典。北京：商務印書館。
包偉民
　　1992　中國九至十三世紀社會識字率提高的幾個問題，杭州大學學報 22(4):
　　　　　79-87。杭州市：杭州大學學報編輯部。
成天驥 註釋
　　1956　三字經註釋。臺中：臺灣省教育廳編審委員會。
呂坤
　　民國版本　實政錄，刊於呂子全書。民國間雲南圖書館刊本。
洪惟仁 編
　　1996　新編三字經。臺北：國立復興劇藝實驗學校。
來新夏
　　1987　《三字經》雜談，文史知識 67(1):61-64。北京：中華書局。
夏初等 校釋
　　1991　蒙學十篇。北京：北京師範大學出版社。
許玉瑗、李錦 編著
　　1992　三字經今釋。北京：北京語言學院出版社。
郭立誠
　　1987　傳統童蒙教材，國文天地 23:37-39。臺北：國文天地雜誌社。
崔學古
　　1695　幼訓，收錄於檀几叢書二集。清康熙三十四年新安張氏霞舉堂刊本。
賀興思 註
　　1880　三字經註解備要。光緒庚辰重刊芸居樓藏版。

陳芳生

　　1695　訓蒙條例, 刊於檀几叢書二集。清康熙三十四年新安張氏霞舉堂刊本。

陳淳

　　1983　啓蒙初誦, 刊於北溪大全集卷 16。收錄於文淵閣四庫全書。臺北: 臺
　　　　　灣商務印書館。

章太炎 增訂, 李牧華 注解

　　1981　注解三字經。臺北: 世紀書局。

章太炎 (章炳麟) 重訂

　　1934　重訂三字經。民國甲戌年雙流黃氏濟忠堂精校刊本。

張志公

　　1962　傳統語文教育初探, 刊於語文彙編第 20 輯影印重版。中國語文學社。

張河、牧之 編

　　1990　中國古代蒙書集錦。濟南: 山東友誼書社。

張萬鈞等 編

　　1991　幼學啓蒙圖書集成上。鄭州: 中州古籍出版社。

項安世

　　1985　項氏家說, 刊於叢書集成新編第九冊。據聚珍版叢書本排印。臺北:
　　　　　新文豐出版公司。

葉春及

　　1987　惠安政書。福州市: 福建人民出版社。

董寧等 編譯

　　1994　三字經 神童詩。太原市: 山西古籍出版社。

鄧廣銘

　　1994　《北宋文化史述論稿》序引, 刊於鄧廣銘學術論著自選集。北京: 首都
　　　　　師範大學出版社。

趙南星

　　光緒間　三字經註, 刊於敎家二書, 收錄於趙忠毅公全集第八冊。清光緒間
　　　　　高邑趙氏修補重刊本。

劉子健

　　1983　比《三字經》更早的南宋啓蒙書, 文史 21 輯, 頁 134。北京: 中華書
　　　　　局。

編著者不詳

　　1908　新三字經。啓明書局機器版。

　　1969　三字經註解。臺中: 瑞成書局。

約 1981　三字經註解。臺北：宗學社文化事業公司。

佐野公治

　　1981　明代における記誦──中國人と經書，日本中國學會報 33 集，頁
　　　　　116-130。

Carruthers, Mary

　　1990　*The Book of Memory: A Study of Memory in Medieval Culture.*
　　　　　Cambridge：Cambridge University Press.

Classique en vers de trois caractères《三字經》法譯本

　　1927　上海法國天主敎敎會孤兒院出版。

Ede, Georg（注音）

　　1997　三字經──新撰白話註解。臺北：南天書局景印臺南府城 1904 版本。

Elias, Norbert

　　1993　*Time: an Essay*. Blackwell. (德文原本 1987)

Leung, AKC（梁其姿）

　　1994　Elementary education in the Lower Yangtze Region in the 17th
　　　　　and 18th centuries, in *Education and Society in Late Imperial
　　　　　China, 1600-1900*, Elman & Woodside eds., pp. 381-416. Univer-
　　　　　sity of California Press.

Rawski, Evelyn

　　1979　*Education and Popular Literacy in Ch'ing China*. Ann Arbor:
　　　　　University of Michigan Press.

Wu, Pei-i

　　1989　Education of Children in the Sung, in *Neo-Confucian Education.
　　　　　The Formative Stage*, pp. 307-324. Californica: University of
　　　　　California Press.

《三字經訓詁》，（宋）王應麟著，（清）王相訓詁。北京：新華書店景印康熙本，1991，頁 57-58。

附錄一

三字經訓詁

（右頁）

> 子恭帝禪於宋，凡三世十年。
> 三主五十三年，附十國紀年。
> 撅蜀一方，蜀孟知祥。
> 蜀王建，吳王楊行密。
> 漢劉，北漢劉崇。
> 南唐李昇，楚馬殷，吳越錢鏐，閩王審知，南漢劉龑，荊南高季興，北漢劉崇，皆入於宋。
> 至宋初，契丹丹與宋並立。

炎宋興　受周禪

（左頁）

十八傳　南北混

> 繼五代者宋也。宋太祖趙氏，名匡胤，受周禪而都汴，以火德王，故稱炎宋。傳於太宗，太宗子真宗，真宗子仁宗，仁宗子英宗，英宗子神宗，神宗子哲宗，哲宗弟徽宗，徽宗子欽宗，欽宗父子皆降於金。南宋高宗，徽宗子，欽宗弟，凡九世。傳太祖八世孫孝宗、英宗、高宗……

附錄二

SE-ZE-KIENG.   16

除隋亂　創國基
二十傳　三百載
梁滅之　國乃改
梁唐晉　及漢周
稱五代　皆有由
炎宋興　受周禪
十八傳　南北混
十七史　全在茲

```
Zu    Eul   Liang  Liang  ts'eng  Yé    Zéh   Zéh
zu    zéh   miéh   Daong  ou      Song  peh   ts'ih
leu,  zé,   tse,   Tsin,  dai,    hieng, zé,  se,

ts'aong  sè    kôh   ghiéh  kia   Zeu    mé    zié
kôh      peh   nai   H'eu   yéh   Tseu   pôh   zai
ki.      tsai. kai.  Tséu,  yéh.  zé.    wem.  tse.
```

Il mit fin aux troubles (64) qui agitaient le royaume et posa les fondements de sa dynastie.

Cette dynastie compta 20 empereurs et dura 300 ans. — Le prince de l'Etat de Liang la renversa, et ainsi surgit une nouvelle dynastie. Les dynasties des Liang, Daong, Tsin, H'eu et Tseñ sont appelées les Cinq Dynasties (65), et des causes sérieuses expliquent l'établissement de chacune. — Alors s'éleva la maison des Song (66), au destin de laquelle présidait l'élément du feu. — Le dernier empereur de la dynastie des Tseñ se démit en sa faveur. La couronne fut transmise 18 fois, et alors le Nord et le Sud se réunirent. La succession de ees dynasties est traitée à fond dans les Dix-sept Histoires (67).

CLASSIQUE EN VERS DE TROIS CARACTÈRES.   17

載治亂　知興衰
讀史者　考實錄
通古今　若親目
口而誦　心而惟
朝於斯　夕於斯
昔仲尼　師項橐
古聖賢　尚勤學
趙中令　讀魯論

```
Tsai  Dôh   T'ong  K'eu   Tsao   Sieh   Kou    Zao
ze    se    kou    eul    yu     zong-  seng   tsong
leu,  tseu, kien,  zong,  se,    gni,   yé,    ling,

tse   kao   zah    sin    zieh   se     zaong  dôh
hieng zah   ts'in  eul    yu     Haong  ghien  Lou-
sai.  lôh.  moh.   vei.   se.    T'oh.  yah.   lem;
```

Ces dynasties renferment à la fois des exemples de bon ordre et d'anarchie qui permettent d'apprendre les principes de la prospérité et de la décadence. Vous qui voulez étudier l'histoire, vous devez examiner les annales dynastiques. Là vous comprendrez les événement anciens et modernes comme si vous en étiez été les témoins oculaires.

Récitez-les et méditez-les attentivement. Étudiez-les matin et soir. Jadis Confucius (68) prit Haong T'oh (69) pour maître. Les saints et les sages (70) de l'antiquité, malgré toute leur science, s'appliquaient néanmoins avec ardeur aux études. Zao (71), président du conseil privé de l'empereur, étudiait le Lem-gnu

《三字經》(Classique en Vers de Trois Caractères), 2d ed. Chang-Hai: Imprimerie de la Mission Catholique, a l'Orphelinat de T'ou-se-we, 1927, pp. 16-17.

附錄三

《勢家二書》，刊於《趙忠毅公全集》，第八冊，(明) 趙南星撰，清光緒間高邑趙氏重刊本，頁 17-18。

附錄四～

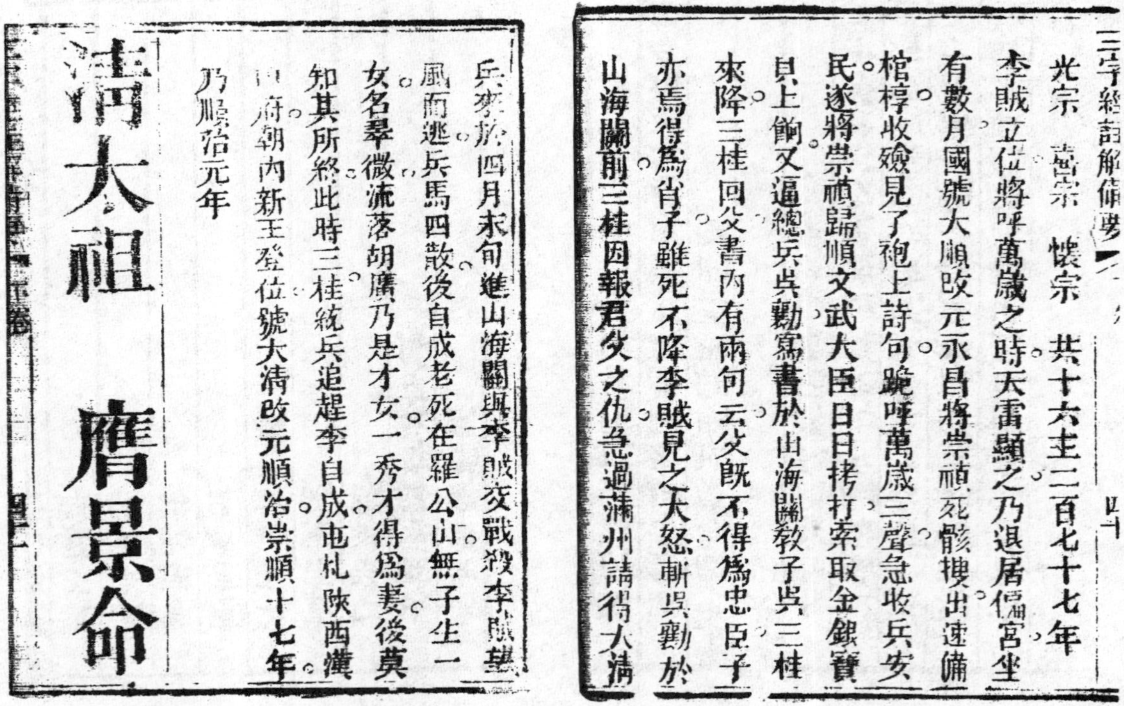

《三字經註解備要》，(宋) 王應麟著，(清) 賀興思註，清光緒庚辰 (六) 年 (1880) 重刊崇居樓藏版，頁 41。

附錄四～二

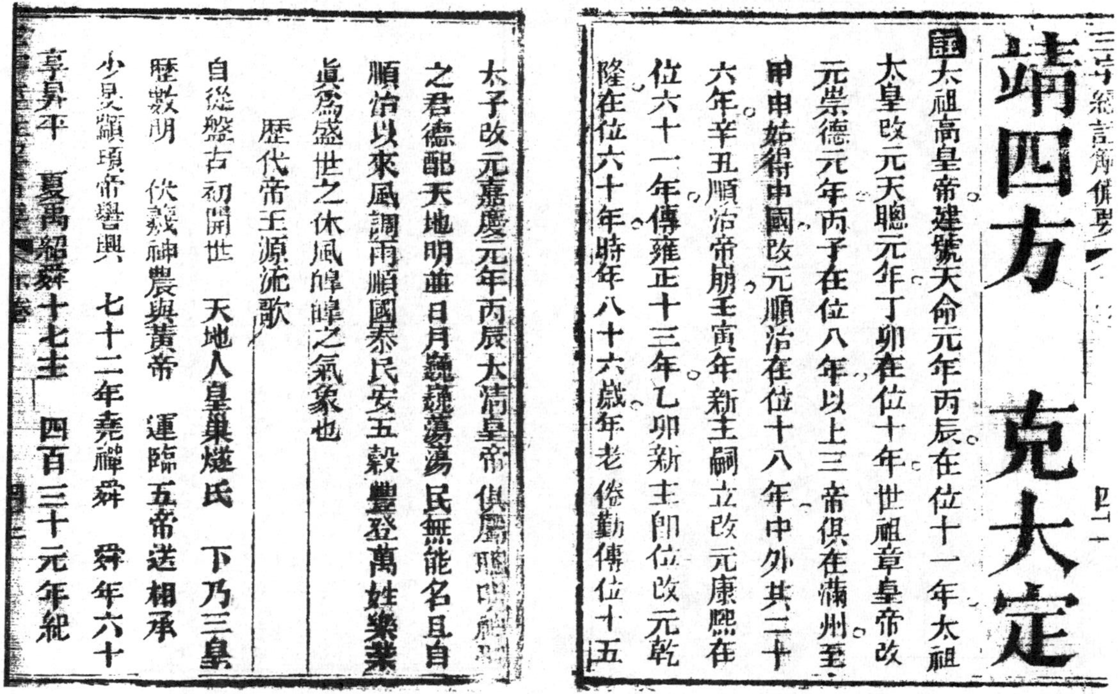
三字經註解備要

靖四方　克大定

國太祖高皇帝建號天命元年丙辰在位十一年太祖
太皇改元天聰元年丁卯在位十年世祖章皇帝改
元崇德元年丙子在位八年以上三帝俱在滿州至
甲申始得中國改元順治在位十八年中外共二十
六年辛丑順治帝崩壬寅年新主嗣立改元康熙在
位六十一年傳雍正十三年乙卯新主卽位改元乾
隆在位六十年時年八十六歲年老倦勤傳位十五

太子改元嘉慶元年丙辰大清皇帝俱屬聰明[illegible]
之君德配天地明並日月巍巍蕩蕩民無能名且自
順治以來風調雨順國泰民安五穀豐登萬姓樂業
眞爲盛世之休風皞皞之氣象也

歷代帝王源流歌

自從盤古初開世　天地人皇巢燧氏　下乃三皇
歷數明　伏羲神農與黃帝　運臨五帝迭相承
少昊顓頊帝嚳興　七十二年堯禪舜　舜年六十
享昇平　夏禹紹舜十七主　四百三十元年紀

《三字經註解備要》，（宋）王應麟著，（清）賀興思註，清光緒庚辰（六）年（1880）重刊芸居樓藏版，頁 42。

附錄五

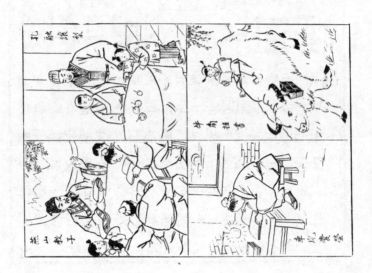

《幼學啟蒙圖書集成》，張萬鈞等編，鄭州：中州古籍出版社，1991，頁18-19。

附錄六

二六

解　註　梁　唐　晉　及　漢　周　稱　五　代　皆　有　由

註　炎　宋　興　受　周　禪　十　八　傳　南　北　混

二七

解　註　遼　與　金　皆　稱　帝

註　元　滅　金　絕　宋　世　輿　圖　廣　超　前　代

《三字經註解》，再版，臺中市：瑞成書局，1968，頁26-27。

七四

附錄七

清（ㄑㄧㄥ）　世祖章皇帝，年號順治……

順治（ㄕㄨㄣˋ　ㄓˋ）　順治帝即位，改元順治……世祖崩。

據神京（ㄐㄩˋ　ㄕㄣˊ　ㄐㄧㄥ）　建號稱帝……進關，改元順治，世祖入主中國……

至十傳（ㄓˋ　ㄕˊ　ㄔㄨㄢˋ）　太祖……太宗……以上三世俱在滿州。世祖、聖祖（康熙）、世宗（雍正）、高宗……宣統，在位十八年崩。

宣統遜（ㄒㄩㄢ　ㄊㄨㄥˇ　ㄒㄩㄣˋ）　……宣統帝在位三年，遜位。

七五

革命興（ㄍㄜˊ　ㄇㄧㄥˋ　ㄒㄧㄥ）　宣統三年，國民革命起義，推翻滿清政府。

舉總統（ㄐㄩˇ　ㄗㄨㄥˇ　ㄊㄨㄥˇ）　孫中山先生為第一任大總統……

共和成（ㄍㄨㄥˋ　ㄏㄜˊ　ㄔㄥˊ）　從此以後，歐美共和之國家……

復漢土（ㄈㄨˋ　ㄏㄢˋ　ㄊㄨˇ）　成立共和國，恢復中華民國的土地。

廢帝制（ㄈㄟˋ　ㄉㄧˋ　ㄓˋ）　我國漢族的土地，恢復了。

立民國（ㄌㄧˋ　ㄇㄧㄣˊ　ㄍㄨㄛˊ）　國民革命起義，推翻滿清政府。

敬大同（ㄐㄧㄥˋ　ㄉㄚˋ　ㄊㄨㄥˊ）

《三字經註譯》，臺北：崇學社文化事業有限公司，頁 74-75。

附錄八

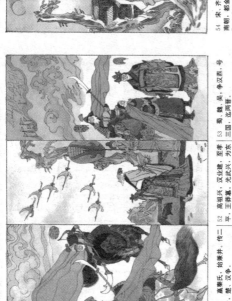

51 嬴秦氏，始兼併，傳二
世，楚漢爭。
[今譯]秦王嬴政統一了中國
六國，建立秦朝，為秦朝時
位。建立了傳了兩代，到了秦二
世，皇帝昏庸、秦朝便滅亡。
秦末年，楚、漢兩朝爭奪帝
位。最後，漢朝劉邦獲勝，建
立了漢朝。
[注釋]中國歷史上第一個
統一的封建國家。也就是
秦末年的封建國家，在他死
後，秦朝內部發生爭奪，最
後，項羽和劉邦爭奪了
天下，建立了漢朝。

52 高祖興，漢業建，至孝
平，王莽篡。
[今譯]漢高祖劉邦起義，滅
了秦朝，建立漢朝，為西漢
時期稱漢朝。漢朝統治了
約二百年，到孝平帝時被王
莽篡位，西漢滅亡，後為東
漢時期。
[注釋]時秋西漢的建立。
稱西漢。高祖，漢之帝皇
后之後，用事漢亦不帝皇
令太子治，逐新王朝，后乃殺
民太子中被篡。

53 魏蜀吳，爭漢鼎，號
三國，迄兩晉。
[今譯]東漢末年，出現蜀、
魏，東三大勢力，爭奪漢朝
的統治權。這成是這史上的
三國鼎立時期，一直到兩
晉結束。
[注釋]三國，歷史上蜀、魏、
吳三國鼎立的時期，是蜀主
分利是孫劉，會權和孫权。

54 宋齊繼，梁陳承，為
南朝，都金陵。
[今譯]兩晉之後各南朝，南
朝後來不而是宋、而作分
漸減滅在全陵（今天的南
京）。

55 北元魏，分東西，宇文
周，與高齊。
[今譯]北朝後期北朝分裂，
在北方又有北齊，稱作北
魏，東魏、西魏。後來，北齊
滅亡。東魏被北齊分為高氏
天亡，西魏被北周分奪位所
取代。

56 迄至明，一土字，不再
傳，失統緒。
[今譯]明朝統一了中國分裂
的局面，統一了全國。但是
國家又分久了，傳到崇禎
帝位後，崇禎皇帝，國家在
丁良好的政治條件，丟去
了賢明君主的統治。
[注釋]一土字，全中國大地
實現了統一，統一了，字，
這是指國土。

《三字經神童詩》，董蓉等編譯，王德亮等繪劃，大原市：山西古籍出版社，1994，頁24-25。

附錄九

重訂三字經

迨崇禎，大閹魏忠賢等弄國政，廢書思民，至思宗時，已流寇四起……闖王李自成攻陷北京，崇禎（思宗年號）帝縊煤山，明遂亡。

凡十六帝

二百七十六年

清太祖　金之後　興遼東　受明封

清為金之後，姓愛新覺羅，起遼東，至太祖努爾哈赤稱帝。

至世祖　乃大同　十二世　清祚終

李闖陷北京，景宗（崇禎）殉。清世祖入關代明，有天下，傳至宣統遜位。

清自世祖至宣統，凡十二世，共二百六十八年。

凡正史　廿四部　益以清　成廿五

重訂三字經

《重訂三字經》，章太炎重訂，民國甲戌年雙流黃氏濟忠堂精校刊本，頁79。

香客的時間經驗與超越：
以大甲媽祖進香爲例[1]

張　珣
中央研究院民族學研究所

一、前　言

　　在沒有鐘錶或沒有日曆等計時工具的輔佐下，人類對時間的知覺 (sensation)是什麼？可以是因多個依據，而產生的多個感覺。有依據日出日落而來的，依據春夏秋冬草木枯黃，或依據月的盈虧而感覺到時間的流逝。中文說「光陰」的流逝，「韶光易逝」，「物換星移」的變遷。這些知覺，後來有結繩、日晷、沙漏、及鐘錶等工具來確定計算的單位 (unit)，而可使「光陰」、「星移」等感覺藉著工具，表現出日、月、季、年的不同段落 (phase)。這些是不因人而異，不因心情而異的對時間的計算。現在科學出現，學者稱之爲「物理時間」(physical time)。它是有天文學作基礎可以校正、可以推算、可以預測的客觀時間。

　　另外，人們有皇朝更迭、天下易主的依據，而知道「日據時代」、

1 本文的寫作，得力於參加黃應貴先生領導的「時間研討小組」的討論。修改的過程，則感謝陳美華小姐與兩位匿名審稿人的意見。謹此致謝。

「光復以來」的時間流動，或依「二二八事變」等社會事件(social event)
來感受時間。這個時候並不在乎二二八事變發生的確實物理時間(年、
月、日)，而強調的是該社會事件對當事人的社會意義。或是人們說「在
我吃完飯後見面」，也是以一件社會活動來指定雙方見面的時間，確實
是幾時幾分不重要，而是在「吃完飯後」。這種以社會事件或社會活動
來分隔，並以之做為依據的時間計算法，我們稱之為「社會時間」
(social time)。它是受社會文化影響的，沒有一個固定的測量單位。
例如在西班牙，人們吃一頓飯的時間可能意指三個鐘頭，而在紐約人
們吃一頓飯可能只需十五分鐘。社會時間對當事人有意義，對其他人
可能沒有意義，也沒有約束力。例如「光復以來人類學界發展很大」
這句話，只對臺灣人類學家有意義或時間壓力。

　　之外，人們可依自己的生老病死的變化，而感覺到「年華易逝」
或「青春不再」，「死」對人們的威脅，及人們對「老」的害怕令人類
知覺時間，並且是與時間競賽的主因及動機 (Sorokin 1943／1964：
209)。這種來自個人生命歷程的感受而得的時間稱之為「傳記時間」
(biographic time)。

　　人體的生理運轉也有其週期，醫學界提出的人體腸胃，其活動期
及休息期的輪替，是白天活動而黑夜靜止；女人的月經及皮膚細胞替
換以二十八天為一個週期等等而得來的生理時間 (biological time)。

　　這幾個不同類別的時間，基本上是每個人均可感受到的。但都稱
之為「時間」(time) 則可能是近代西方才有的。在 Kachin 族，就有
不同的名稱來指稱不同感受的時間(Leach 1961：124)，而在古典中文
可能也有不同的名詞，吾人不知，筆者無意在此涉及，但西化以後的
中文似乎讓我們可以接受用「時間」一詞來指稱天文物理的時間、社
會事件的時間、生命生理的時間等不同類別的時間。瞭解到人們對時
間的感受不同，而在學術上也分類為不同架構的時間(different types
of time frame)，且不同架構的時間，有其個別的計算單位(unit)，

有個別的律動（rhythm），個別的參考點、依據點，個別的階段（phases）、週期（cycles）（Lewis and Weigert 1981:433）。本文即擬運用對大甲鎮鎮瀾宮的相關探討來呈現不同類別的時間，有其個別的內在意義及架構。在學者提到的上述物理時間、社會時間之外，尤集中討論媽祖廟的制度時間(institutional time)、香客在參加進香過程中體驗的靜止時間（ceased time）、媽祖權威賴以建立的系譜時間（genealogical time）、以及少數修行香客所體驗的無分別時間(timelessness)。

時間有個人時間（self time）及社會時間（social time）之對立。更上一層，此兩者應也同時與宗教時間(religious time)，或說神聖時間（sacred time）對立。即宗教時間是超越個人時間及超越社會時間的。（見圖 1）。

神聖時間可再細分爲很多小類別，但大體上神聖時間與世俗時間

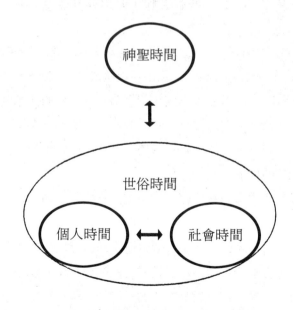

圖 1　神聖時間與世俗時間

的差異，在世俗時間是「有分別的」，而神聖時間是「無分別的」
(formless, non-dimensional)。而世俗與神聖兩者也有可結合之處，
就是透過信徒在參與儀式時，如打坐、觀想、練氣功、閉靜(retreat)、
朝聖(pilgrimage)中，所體驗到的「活在當下」(live in the present)
的時間感，即可趨近「無分別」的神聖時間。民間信仰較缺少此類個
人獨處修行之機會，信徒如何與聖神相接？筆者以為進香儀式正好巧
妙地提供了一個途徑。民間信仰中還有甚麼比數日徒步進香更好的機
會，能完全把自己奉獻給宗教，而不必理會世俗瑣事？八天當中信徒
可以全然生活在宗教中？對多數香客來說，進香可能是遊春，但是對
有心的少數香客，尤其是數日的徒步進香儀式，在禁語的要求下，給
予香客精神上獨處機會，離開日常社會角色與場景，而漸漸能達到其
它宗教也達到的「無分別」的神聖時間。

二、媽祖廟的制度時間

依 Lewis 和 Weigert 的分類，社會時間又可再分為非正式的「互
動時間」(interaction time)，及正式組織或科層機構的「制度時間」
(institutional time)。制度時間是依組織，或機構的作息及韻律，而
制定出不同的時間，要求成員共同依循 (Lewis and Weigert 1981：
434)。例如，可有政府、工廠、學校、軍隊、報社等等不同組織機構
的時間表及對時間的不同劃分。

如果把廟宇也當作社會組織的一種，它的年中節慶及為了配合信
仰、儀式、及神話的要求，也會有它個別的作息時間韻律。在臺灣不
管是有正式的管理組織，向官方或政府登記的寺廟，或僅有非正式組
織，未向政府登記的寺廟，為了讓信徒預知祭拜時間及服務信徒的時
間，一定會在年尾，或年初公布新的一年的「年中行事」。

由於長期以來筆者對大甲鎮瀾宮有較多之觀察，因此在以往的研

究基礎上，進一步增加「時間」面向之考察，希望對臺灣進香儀式有更完整之瞭解。大甲鎮瀾宮[2] 主神爲媽祖，因此其所列「年中行事」以媽祖爲主，另再搭配幾個重要民間節日。（見表 1）

表1　大甲鎮瀾宮年中行事

農曆 1 月 15 日	元宵節	晚上八時誦經祭拜，筊筶當年三月遶境進香日期及頭貳參香團體搶香。
3 月初旬	遶境進香	前往新港奉天宮進香，回來後在大甲鎮遶境。
3 月 23 日	媽祖聖誕	凌晨舉行古禮祭典
4 月 8 日	釋迦佛誕	上午八時舉行浴佛大典
7 月 15 日	盂蘭盛會	中元普渡，聘請高僧超渡國軍陣亡將士、水路孤魂。
9 月 9 日	媽祖飛昇祭典	凌晨舉行祭典紀念媽祖昇天成道
10 月 15 日	下元酬神	舉行謝安典禮及消災法會，子弟戲表演及古禮祭典

同樣是媽祖廟，但各廟所列「年中行事」可以有不同於鎮瀾宮者，以北港朝天宮爲例。（見表 2）

在鎮瀾宮的制度時間中，除了以上「年的週期」（year cycle）外，另有「月的週期」（monthly cycle）。農曆每月的初一及十五二天，由誦經團誦經，舉行平安消災法會，爲點光明燈的信徒唱名、消災，並發放平安米、平安符。另外，還有「日的週期」（daily cycle），每天清晨六時，廟的大門由廟內雇用的人打開，打掃庭院，晚上十時由同一個人關閉大門，只餘邊門及後門（廚房門）開放，讓工作人員進出。

---

2 有關鎮瀾宮的基本資料，請參考張珣（1995a）；張慶宗（1981）；黃美英（1994）。

表 2 北港朝天宮年中行事

農曆 1 月 13-15 日	慶祝元宵	舉行三天護國祈安法會 15 日晚上媽祖鑾駕出巡遶境
3 月 19-20 日		媽祖鑾駕出巡兩天
3 月 23 日	媽祖聖誕	凌晨舉行古禮歷時四十五分鐘
7 月 13-15 日	中元普渡	13 日起連續三天舉行中元普渡法會，高僧超渡亡魂法會，至 15 日下午放焰口後結束
2 月	五文昌夫子	春祭
8 月	五文昌夫子	秋祭
9 月 9 日	媽祖飛昇祭典	清晨舉行祭典，並請聖父母神位到前殿，以表弘揚孝道及愼終追遠之意。
10 月 13-15 日	下元祭典	連續三天延請高僧主持祈安消災法會

大甲鎭瀾宮每年去嘉義縣新港鄉的奉天宮[3] 進香的日子八天七夜，只是一年當中數個節慶之一。但因它的陣容最盛大，參加人數也是年中節日中最多的一個，沿途所收香油錢也占全年收入最大宗，因此在鎭瀾宮來說，是全年節日活動中最用心經營的一個。進香活動所牽涉到的時間項目如下：

農曆一月十五日晚上七時，在鎭瀾宮正殿，請出兩尊「進香媽」供民眾膜拜，八時，在誦經團誦經後，董監事們即齊聚，由董事長代表向聖母上香擲筶，卜問今年啓程往南部進香的日子。按往年之習，所選的日子通常在民眾掃墓之後，媽祖生日之前。朝天宮或奉天宮本

---

3 1988 年以前鎭瀾宮均往北港朝天宮進香，1988 年 3 月則改往新港奉天宮進香。簡要地說，鎭瀾宮在 1987 年 10 月前往湄州進香並迎回一尊湄州媽回宮奉拜後，即不肯紆尊降貴去北港刈火進香，因而與北港間有不同想法。至於有關改變進香地點的說明，鎭瀾宮方面的解釋請見郭金潤 (1988)，朝天宮的說明見郭慶文 (1993)。另外，朝天宮的基本資料，請參考蔡相煇 (1989)。奉天宮的基本資料，請參考林德政 (1993)。

身亦要爲三月二十三日媽祖生日作準備，也希望日子不要太接近三月二十三日。因此幾乎均選在三月上旬啓程。選日子的方法是從農曆三月一日起，每一日以丟筊杯一次爲原則，首先得到聖杯者即定該日。後再筊筶定時辰，從該日午夜子時零分開始，每次以五分鐘爲一單位往後推算，直到得聖杯之時。一旦定了日子及時間就嚴守之，屆時準時移動媽祖大轎。

爲何不固定一個日子，而需要每年卜問？因爲每年的節氣會有所移動，清明掃墓日，在先總統蔣中正未去世以前尚未制定爲國定假日，未固定在陽曆四月五日。而春分、清明、穀雨三個日子是人們犁田、插秧、掃墓之後的農閒時間，因此，不固定一個日子。也有香客說明，媽祖會自己選擇最好的日子起程，因爲遠行是一件大事，要看一個年的流年與方位，而決定最好的出發日子。那爲何在元宵暝卜問呢？一月十五日是上元節是好日子，在好日子卜問才會有好的結果。而且一月十五日廟方有慶典，有花燈比賽展覽，及插花展覽活動，信徒都會來拜拜、看熱鬧，人都到齊了，要搶香比較方便。

卜定好出發日子後，各進香團回去招募成員及籌募經費，安排遊藝活動，各陣頭也召集人馬做密集訓練，走臺步及安排輪班人員。農曆二月一日至十日間，董監事中選派出一、二位人頭較熟的，與「頭旗手」南下，每年均要沿進香路線走一回探路，並與各廟先打招呼。二月十五日前，則於沿途各經過要站「貼香條」，告示民眾大甲媽祖將要於某月某日經過此地。讓各廟及各村的頭人，連絡當地人士爲大甲香客準備食宿。出發日的前三天，所有要參加進香的香客，均要齋戒三天。李亦園先生稱這三天爲隔開世俗與神聖的「空白」時間，一個隔開世俗日常生活及進香日期的「中介」時段（見黃美英 1983b:21）。齋戒的要求包括：茹素、夫妻不同房、不入產房、不入喪家。潔淨身心，誠意正心，爲即將來臨的進香活動作準備。

出發前三天，廟方把一年來儲放在地下室的傢俬，各陣頭的道具

行頭拿出來，並有一個「豎頭旗」的小儀式。「頭旗」為整個進香隊伍的代表，在進香沿途代表鎮瀾宮向所有恭迎團體打招呼，及向沿途經過的廟宇致敬禮。頭旗為一長約四公尺的三叉戟，鑲有葫蘆頭供插香用。升掛一黃色方旗，正面繡寫「大甲鎮瀾宮天上聖母頭旗遶境進香」，旁繡有農曆年號及月份，如「戊辰年桐月吉旦」。「豎頭旗」儀式即是將之豎立在廟前龍柱上，向天地宣示媽祖即將出巡，也有求好預兆的意思。如果豎立頭旗後，沒有任何大小事發生，表示今年出巡會一路平安順利。而其他的傢俬，以及彌勒團的神偶、莊儀團的金精、水精將軍，神童團的神偶等，均一一豎立排列於正殿，供信徒瞻仰膜拜。也兼有淨化及公開化的作用，為即將到臨的進香日子作宣佈。

出發當天下午，誦經團人員誦經，並行過「淨轎」儀式後，離開正殿，到達廟前廣場上設立的供桌，桌上祭拜鮮花素果，並在供桌旁一字排開，五位誦經團成員唱誦「天上聖母經」，一直由下午到晚上時分。兩尊進香媽被請入進香大轎內安座，轎內另供有香爐二只、香花一盤、瓷壺一只等物。大轎在正殿中央，由「大轎班」的十三名成員輪流守護，不准信徒欺近。在鎮瀾宮地下室，則當天晚上舉行「起馬宴」，席開一百十餘桌，由廟方請外燴做宴席，宴請各陣頭、各香團、各廟宇來賓、各地方行政首長、各地來的信徒等。「起馬儀式」表示進香起程的開始。[4]

一波一波的信徒，由各地搭火車、汽車等各種交通工具來到大甲，每個人均須進入廟內向聖母燒香祭拜，並將隨身帶來的進香旗向聖母拜過後，在大香爐上「過香煙」三圈，表示淨化及護佑。有的講究的信徒，敬備三牲或素果祭拜聖母及兵將以行「起馬儀式」後，由家人將供品帶回家，信徒本人則留下來等待啓程。

天色越晚，信徒越多，廟內幾乎擠不下了，廟埕上誦經團員也近

---

4 「起馬儀式」之意義及內容，請參考張珣（1995a）。

尾聲，戲臺上「起馬戲」鑼鼓正酣，各香團的遊行雜耍功夫隊伍則一一上陣表演。香團由原來的頭香、貳香、參香，目前增加了排在參香之後的「贊香」。贊香是貢獻良多的頭香，在當了三年後榮譽引退下來，但仍可隨駕南下進香，鎮瀾宮特設「贊香」之名，[5] 以便把頭香之名位讓給其它團體。廟埕上鞭炮、鑼鼓、耍槍、耍刀的陣頭表演，及萬頭鑽動的信徒，輝映廟內正殿端坐的慈眉善目的鎮殿媽祖，一動一靜之間，強烈地對比出世俗——進香時間轉換的即將到來。有的信徒悄悄躲在牆角樓梯邊閉目養神，有的信徒索性鋪起草席，在鎮瀾宮二樓睡覺，爲了即將來臨的辛苦腳程養精蓄銳。將近午夜十一時五十分左右，信徒們已經整裝以待，盡可能站在大轎必經之途上，空氣中漸漸凝聚一股緊張的氣氛。鎮瀾宮董事長王金爐先生走向大轎，穿過轎把，轉身，以身護住轎門，面向信徒，兩手按在轎把上。十二時零五分一到，擴音機傳來「啓駕」的聲音，八名轎夫緩緩將大轎扛起後，動彈不得。但畢竟分秒不差地在十二時零五分抬起大轎「啓駕」。接下來便是由義警築起的人牆把信徒排開，讓大轎一寸一寸的往外移動。

在八天七夜中，有三個儀式的時間一定固守，其他儀式及活動的時間均可彈性地前後稍做挪動。這三個儀式，一個是出發當天的子夜，大轎啓駕的時辰。第二個是第四天的子時在北港朝天宮舉行的刈火儀式，民國七十七年（1988）往新港奉天宮進香後，便取消此一刈火儀式。第三個儀式便是最後一天回到大甲，在大甲鎮中心街道遶境，由下午遶到傍晚，準守戌時（晚上七時）要進入鎮瀾宮後，廟門關閉。

以上是有關進香活動中八天七夜牽涉到的鎮瀾宮制定出的時間項

---

5 鎮瀾宮進香傳統中，自日據以來，即設有搶香的活動。一直由當地人士組成各種志願性團體來搶香。原來只有頭、貳、參等三個名位，1991 年破例增設「贊香」於參香之後。「贊香」之「贊」乃贊助之意，藉以安慰當時的「臺中天上聖母會」，歷經三年參香，三年貳香，三年頭香，總共九年之貢獻。1991 年之後變成一個常設位置，只要由 3 年頭香退位下來，即可成爲「贊香」。

目。另外與進香有關的尚有幾項時間觀念可談：每年由各地來的大甲移民，大甲媽祖信徒或行業團體組成的香團，在農曆一月十五日晚「搶香」之後決定出來的頭香、貳香、參香團體，除了在進香的八天七夜行程中聘請歌舞鑼鼓陣頭，隨駕表演助興之外，在起駕當夜、新(北)港遊行、及返回大甲當天的盛大表演中，三個進香團有拼賽的意思，頭香的表演要勝過貳香，貳香要勝過參香，否則就失面子。頭香在此花費會大過貳香、參香，而貳香要大過參香。三月二十三日的媽祖聖誕，也要聘請歌仔戲團在鎮瀾宮演出祝壽。而三個香團請戲演出的日子，所排日程表與平常「先到先贏」的原則不同。並不是頭香請的戲團先表演，而是反過來，參香團請的劇團先表演，以民國七十二年(1983)為例，參香由農曆三月十五日起，祝壽並演戲三天。貳香由三月十八日起祝壽並演戲四天。頭香，由二十一日起，祝壽並演戲五天(王嵩山 1983:96)。也就是時間流程不是以過去往未來的方向走，而是未來（農曆三月二十三日）往過去的方向，把定點放在未來，以倒溯法，往回推算，由參香先上演，其次貳香，其次頭香，所以頭香可以在三月二十三日聖誕當天，取得演戲之榮譽。不採取以三月二十三日為定點由頭香先演，再貳香、參香，而採取參香、貳香、頭香演到三月二十三日，是民間可以活潑地運用時間順序的一個表現。

其次，多數人在進香前三天開始齋戒茹素。但也有人在許願當天開始吃素一年。民間信仰中還願多數以一年為期，年的計算方式有兩種，從許願當天算到明年當天，如果願望達成則準備三牲或金牌，或歌仔戲一臺來還願。香客中有很多人是來還願的，以跟隨媽祖徒步為還願方式，這些香客即使走到腳破血流，也拒絕上車休息。另一種是許願當天到媽祖聖誕之間，有跨過一個農曆春節，「年的更換」也可算一年，也可選擇在媽祖聖誕當日還願。信徒選擇神誕日還願，不但可慶祝聖誕，也可完成自己的心願，廟方也都鼓勵信徒在神誕日還願。

至於進香活動的日期總數八天不具有約束力或神聖力，而純粹是

依路程長短來決定日數。進香日數曾有三次修改：第一次是民國五十六年(1967)，原本七天六夜的行程，因爲增加到豐原慈濟宮媽祖廟夜宿一晚，理由是大甲媽要與豐原媽作「姊妹會」，而延遲一天回大甲。但第二年又恢復七天六夜行程 (宋龍飛 1971:71-73)。[6] 第二次是二十多年前 (約民國六十五年〔1976〕) 西螺地區人士之誤會，[7] 進香團不夜宿西螺而改宿北斗，西螺人遭受損失向鎮瀾宮和解，次年再恢復夜宿西螺。但北斗人也不肯放棄，而又多加一夜，使原本七天六夜的行程變成八天七夜的行程，而就此延續至今。第三次是民國七十三年(1984)，鑑於每年遶境大甲市區再入廟時間均拖得太晚，超過吃晚飯的時間，爲能提早於白天返抵大甲，而增加一夜，住宿清水鎮，翌日一大早從清水回大甲，但人員疲憊效果反而不佳，第二年又恢復八天七夜行程。每一站逗留的時間，及每一年的行程有個約定俗成的「活動時間表」(而不是鐘錶時間表)，但可以因爲特殊需要而做更改，增加天數或增加逗留時數等等。

三、活動事件時間 vs. 鐘錶時間

Robert Levine (1997:81-82) 把生活態度分成兩種，一種是依鐘頭來劃分活動事件的始末，一種是活動事件按自發性時間表來發生。這兩種態度他分別稱爲「以鐘錶時間爲準」及「以活動事件爲準」的兩種生活態度。「活動事件時間觀」通常也是「有色人種時間觀」，而「鐘錶時間觀」通常也是「白種人時間觀」(Levine 1997:10)。

---

6 有史以來，鎮瀾宮進香路線中很少偏離傳統主線，據相關人士透露，1967 年去豐原，是因爲受臺灣造紙大企業「永豐餘」老闆何永之力邀，而破例前往。

7 相傳當時西螺一位議員駕車北上，途經大甲，車子沒汽油，向鎮瀾宮求援未遂，而懷恨在心。回西螺後鼓動鄉人拒絕招待大甲進香團人食宿。孰料之後該年西螺地區農穫欠收，而後悔愧疚不已。

　　前述廟的「年中行事」表，及準備進香活動的日程表均以月、日
為單位，而不會再仔細講求日之內的幾時幾分。在「鐘錶時間」尚未
全面控制人們生活之前，在傳統中國農村生活中，一般說來，時間仍
以「自然時間」或說「農業時間」安排出的「活動時間」為主。即使
中國已把一日劃分為十二個時辰，一日之內的活動並不以某時開始，
某時結束來設定每個人的行動，而多數是以約定俗成來決定。感覺可
以開始某個活動了便開始，例如，淨轎儀式後便念經，唸完一部經了，
便接下去另一活動，而不是看鐘錶上幾時幾分了，要把經唸完，以便
進行下一個活動。

　　我們也可以把一日之內，對時間的運用，活動的安排，分成兩種
類型，一種是以活動為主而設出先後順序表，一種是以嚴守時鐘刻度
而設的時間表。舉個例說，苗栗白沙屯媽祖進香便完全以「活動」為
主，沒有設時間表，九天的行程全看白沙屯媽祖心意，何時駐駕，何
時起駕，只有大約的日期，沒有再分時辰(附錄一，張珣 1989)。太陽
正中了，即可休息用午餐，太陽下山了，即可休息用晚餐。而大甲媽
祖進香在民國六十七年 (1978) 改為財團法人組織形式後，「進香秩序
冊」的製作雖硬性地把進香日期、時辰，甚至幾時幾分安排出來，但
從不嚴守之 (附錄二、三)。而卻是在前述三個儀式上一定嚴守時辰：
第一天由大甲鎮瀾宮起駕時辰、第四天在朝天宮刈火時辰、第八天結
束全程進入大甲鎮瀾宮時辰。這三個時辰一定嚴守。往日以「子時起
駕」、「子時刈火」、「戌時進廟」的要求，現在更是以分秒不差來要求。

　　亦即整個進香過程均以「活動」為主的時間觀，在上述三個儀式
進行時卻又完全以「時辰」為主的時間觀，而出現兩種時間觀的混合
使用。為什麼進行某些儀式時，人們會需求「時辰」的絕對吻合？李
亦園先生也提到「無論是新娘入房、蓋屋上樑、造船安龍骨、下葬入
土以及其他很多同類的活動，都要算一正確的時間，假如有半點延遲
或差錯，就認為會引起不幸的事件，這種嚴格地遵守儀式的時間……

是民間信仰與儀式的另一個特色 」（見黃美英 1983b:21）。這種要求
「時辰」的準確度，否則遭來不幸的想法，李豐楙先生認為應與中國人
的「神煞」觀有關。「煞」同「殺」音義相近，李豐楙認為中國人由樸
素的宇宙構成論出發，發展出善惡並存的「神煞學說」、「神煞的遍在
性，即是氣的無所不在，為了避免『煞著』、『沖犯』就是避免為陰煞
之氣所侵害。」「個人的流年走運」與氣之強弱消長有關，因此所有的
行動在決定方位、日時等，都應設法理解利與不利，否則就會遭遇人
力所難控制的狀況。」道教法師擇日及守辰是為選擇一個「最能增強法
力的神聖時刻，依所出煞的性質分別擇定：如火煞需以水剋，所以以
壬癸、亥子與水有關為佳」，「跳鍾馗、入廟……來說儘量選在子時。
在國人使用十二時辰形成的陰陽消長的觀念中，子時一陽初生，開始
新的週期，其陽氣旺，……」（李豐楙 1993:292-294）。鎮瀾宮選擇子
時啟駕、子時刈火也符合「子時陽氣最旺」之要求。至於中國人擇日
行為背後的時間觀及其象徵系統則須另外探討，不在本文範圍。

　　起駕之後的整個進香行程幾乎是以轎夫的腳力來決定作息，而轎
夫腳力又是多年來漸漸形成的一個固定的起止站點。以第一站為例，
子時離開鎮瀾宮後，依「進香秩序冊」，大約清晨三時三十分會到達清
水鎮朝興宮媽祖廟，但確切到達時間，誰也無法肯定。因此可以看到
朝興宮方面通宵達旦地等，備妥茶水、鞭炮、香袋、廟印。一聽到鎮
瀾宮進香團的鑼鼓聲自遠方傳來，全廟上下齊聚正殿及廟門口，有的
吊鞭炮，有的開始準備麥克風，播放「歡迎鎮瀾宮××年進香團抵
達××地××廟；謹致十二萬分的謝意」，一遍又一遍地播放，走在大
轎前的香客也一批又一批到達，先到的先去上廁所、拿飲料、向朝興
宮媽祖上香、捐香油錢。在香旗上要求朝興宮的廟委員們蓋上朝興宮
大印，又匆匆步上行程。新的一批香客到達又重複做相同的動作。香
客每個人均行色匆匆地趕辦各個細節，沒人聊天。只有當地居民信徒
或是圍觀，或是引頸長望，或在戲臺前看戲品頭論足。等到鎮瀾宮「哨

角隊」的哨角手們列隊步入朝興宮廟埕，哨角一吹，「頭旗」向朝興宮致敬禮，三仙旗、頭燈、馬頭鑼、令旗、三十六執事、繡旗隊等一一列隊向朝興宮致敬禮後在廟埕一旁休息。大轎、娘傘進廟埕，隨後的香客也蜂擁進入，朝興宮鞭炮也放得滿天紅。大轎停駕在廟埕上，二廟雙方委員們互相道賀、寒暄、請入奉茶、稍坐片刻。接下來，主方要留，客方要趕路，但總要留坐一個「禮貌性」的一時片刻雙方都覺得夠意思，受到尊重了便可以起身表示要上路了。陣頭隊伍重整一一列隊離去，大轎夫得到稍微休息又扛起大轎，主方鞭炮又響送客。通常如果沒有突發事故，大概停駕一個沿途小廟的時間是鐘錶上的半個小時左右。若有信徒熱誠要求「鑽轎腳」或「求敬茶」，又會耽誤上半個小時左右，如果停在大廟，則莊儀團、神童團、彌勒團等陣頭神偶一一走臺步入客廟，又可加長排場時間。而每天供應睡眠駐駕的大廟，更要有遊街遶境的前奏序曲，常常太陽未下山的黃昏開始遊街，入得客廟用晚餐均夜色籠罩了。誰也不在乎鐘錶上幾個鐘頭，反正要在這個客廟過夜就是。

因此離開鎮瀾宮之後的行程，雖然進香秩序冊上有標示每站的起止時分，但秩序冊是廟方「官方印刷品」只有少數委員、行政人員、各陣頭、香團負責人執有，執有的目的不在「對時起止」，而在知道前後相關團隊資訊，起止廟名，住宿地點等等。數萬名的香客及大轎夫手上沒有秩序冊，也不依照秩序冊起止。而是依照長年累積下來的習慣，到了清水鎮朝興宮休息、到了清水鎮紫雲巖休息、到了沙鹿鎮玉皇殿休息、到了大肚鄉萬興宮用早餐，接著會經過大肚鄉永和宮、即進入彰化市永安宮，走上市郊田邊的茄苳里茄苳王廟又到了午餐時間，用完午餐上路又到了鎮安宮，接下來下廓里的永和宮、然後會是正在擴建的彩鳳庵、一路走下去今晚會在彰化市中心的天后宮過夜用晚餐。整個行程的七天八夜均是如此，時間是混濁不明的，不是刻度的，只能以休止的廟來劃分時間，用走過的空間來丈量時間。多數人講不出

那是哪個時段，只能說「當時是停在大肚鄉的永和宮」，也講不出哪一天，只能說「當時是在回程途經北斗那天」。

多數香客不以鐘錶時間決定起止，而以到達一個廟便休息，休息差不多了又上路到下一個廟來決定起止，也就是以「活動事件」為準的時間觀。這兩個時間觀我們說過在三個儀式上卻是要合而為一的，而其他時候可以完全以「活動事件」為主的時間觀。其實以「到了一個廟便休息」、「到了某個廟便用餐」、「到了某個廟便過夜」的活動作依據的時間觀也不違背自然時間，通常用早餐的廟是走到天色魚肚白的廟，用午餐的廟是走到日正當中，地上沒有人影，人影恰在自己身上。用晚餐的廟則正是走到太陽下山天色漆黑的那個廟。因此，今日定下來的由一連串的廟所組成的進香時程表，也正是早年香客依據「自然時間」起止，而定下來的起止表。事實上，早期一直沒有「成文的表」，一直到民國六十七年 (1978) 財團法人的時代才改善。正如現在苗栗通宵鎮白沙屯媽祖往北港進香，沒有成文的行程表一樣。

四、媽祖的歷史與系譜權威的建構

㈠媽祖的身世與歷史

媽祖做為一個女神，關於她的生平、顯靈、成神及受封的過程，以及媽祖信仰 (the cult of Matsu) 的傳播歷程、分布路線，有很多書籍及文章討論 (李獻璋 1995；韓槐準 1941；安煥然 1994；林明裕 1988；夏琦 1962a，1962b；蔡相煇 1989；陳育崧 1952)。

關於媽祖生前的身分有幾種說法：李獻璋認為媽祖是「里中巫」，是一位精於修道的傳統巫覡。陳育崧認為媽祖是洛水之神宓妃之轉化。蔡相煇認為媽祖是摩尼教徒，[8] 李岳勳 (1972) 認為媽祖與禪宗的祖師

---

8 蔡相煇以媽祖為摩尼教徒之說，已有大陸學者徐曉望 (1997:357) 為文反駁。

「馬祖道一」和尚有關。李豐楙（1983）及 Judith M. Boltz（1986）從道教經典探討媽祖被道敎化，而成爲道敎的仙眞。而關於媽祖的身世，李獻璋（1995）及林明裕（1988）根據福建地方志書及史料重建媽祖的系譜，以其祖先爲唐代「莆田九牧」的林蘊的第五代裔孫。宋、元、明、清以來地方志書、文人史籍中不但給媽祖建立一個完整的系譜，連媽祖的誕生年月日、誕生地點、昇化日期、顯靈事蹟年代、受封年代、歷代神蹟、歷代立廟時間均一一考證、重建、創造，而完成一份詳盡完備的媽祖「史實」。來到臺灣以後，各個大媽祖廟更不遺餘力地宣揚，記載自身媽祖廟的來源及創建年代。

在文人之間流傳的媽祖歷史雖有確切的年代時間，但一般信徒並不熟悉，也不在意之。他們僅知媽祖是大陸來臺的神明，有人知道「湄州」是媽祖來源地，但「湄州」屬哪一省，在哪裡，並不重要。他們也知道媽祖是古老的神，祖先唐山移民來臺就有奉祀，並不知媽祖在宋朝宋太祖建隆元年（960 A. D.）出生，也不知宋朝到民國有幾年了。1988 年全臺灣省慶祝媽祖昇天一千年也僅讓信徒知道媽祖很久遠很靈聖，並沒有「年」的意義。

也就是說，對於神界之「普世的」（universal）媽祖，一般信徒不會注意她的個人歷史，也不會注意信仰傳播的歷史。一般人事實上在意的是化身爲地方保護神的媽祖的歷史。他們在意的，有興趣的是關渡媽祖、大甲媽祖、北港媽祖、鹿港媽祖的歷史。在本地信徒來說，自己的地方媽祖與祖先來臺、村落開墾、族群械鬥、家族發跡、社區結界、個人成長有重疊的事件所流傳下來的集體回憶、集體歷史。對外地信徒來說，上述幾個媽祖從小耳熟能詳，地方父老常提，是村落內「神明會」前往進香的地點。做爲地方保護神的媽祖的歷史總是可以引來信徒的興趣。

信徒對於依據物理時間建立的媽祖年代與歷史，或媽祖在湄州成神，羽化昇天的絕對起源時間，所建立的歷史沒有興趣，他們在意的

反而是各地方媽祖「相對起源時間」建立的歷史，以及依據不同地方媽祖之間建立的「系譜時間」的歷史。亦即相對於湄州媽祖，臺灣地區的媽祖均比較晚，但同樣比較晚的幾個媽祖之間，信徒喜歡比較新港媽祖比北港媽祖早或晚來臺，或是依據媽祖間的分香關係來排比廟與廟之間的早晚輩分關係。

㈡系譜時間／物理時間的權威[9]

我們知道臺灣的媽祖信仰中有一個現象，即全臺灣各大媽祖廟，均喜歡自稱自己的媽祖是由湄州分靈[10]而來，而且由於湄州媽祖之間關係的遠近，來決定媽祖權威（靈力）之大小。亦即在媽祖廟之間，存在有一張無形的系譜，以湄州媽祖為開基祖，往下有一代一代的不同地區分香的媽祖，其輩分或上或下，全由分香關係來決定。例如：北港朝天宮稱說[11]其開基媽祖神像，乃是樹壁和尚從湄州朝天閣奉請來臺之神像，則北港朝天宮媽祖可說是湄州媽祖的子輩，大甲鎮瀾宮在 1987 年之前，向北港刈火分香，所以可說大甲媽祖是湄州媽的孫輩，而大甲媽又因大甲移民而分靈到基隆聖安宮，所以基隆聖安宮可以說是湄州媽的曾孫輩。全臺灣另外有很多媽祖廟，聲稱其媽祖神像來自湄州，則湄州媽在臺有很多子輩廟宇。也有很多媽祖廟是向北港朝天宮分香，[12]則湄州媽經由北港媽，而派生出了很多孫輩廟宇。所以媽祖廟之間可以組成一張龐大的系譜表。

其實媽祖做為一位神明，不管化身千萬處，均為同一神明，其靈

---

9 權威（authority）此處指的是媽祖的神秘靈驗能力。

10 分靈，通常是指神明靈力的分割，可以有神像的「分身」，或有香火、香灰的「分香」。無論「分身」或「分香」，均涉及到一套由儀式專家執行的分靈儀式。

11 北港「稱說」其最早神像乃樹壁和尚由湄州帶來，「稱說」著重其論述（discourse）權力而不涉及實踐（practice）權力之考證。

12 朝天宮在臺灣全省的分香子廟名表，見廖漢臣（1965:75-76）。

力不多也不少，其身分不長也不幼，但民間信仰中廟宇與社區的人群
關係常常藉著親屬家族派衍的比喻（metaphor）來拉近關係，藉神的
長幼投射到社區的長幼（Chen 1984；王嵩山 1983a）。如果北港媽祖
是大甲媽祖的分香母神，則北港朝天宮便是大甲媽祖的「娘家」，則鎮
瀾宮便是朝天宮的「子廟」，則鎮瀾宮的主事者及董監事們便是朝天宮
的主事者及董監事們的「子輩」，而鎮瀾宮的主事者及董監事們是由全
體大甲人選出的，朝天宮的主事者及董監事們是由全體北港人選出的，
所以類推成全體大甲人是全體北港人的「子輩」，則大甲鎮在宗教上的
層級[13] 便低於北港鎮，雖然在世俗的地方行政地位上二者均為「鎮」
級單位。如果大甲媽祖與吳厝里的媽祖是「姐妹」關係，則在宗教上
二者是平等的層級，雖然在世俗的地方行政地位上一個是「鎮」級單
位，一個是「里」級單位。亦即，在民間，兩個社區可以經由宗教上
媽祖之間的「擬親屬」關係，建立不同於世俗的地方行政地位的關係，
而取得兩社區之間的合作與友誼。此亦可解釋臺灣民間信仰中，廟宇
與廟宇之間熱衷於建立網絡關係之部分原因。

　　神靈、神像、廟宇、社區四者在觀念上是四個不同的指涉，神像
是神靈棲身之雕像，廟宇是神像被供奉的建築，社區是廟宇所座落的
地方，但在民間信仰上常會等同而且混用之，以為四者具有共同的某
種神祕成分，可以互相影響。如果社區的神不靈，則廟不興。廟不興，
則社區的運勢也不旺。社區的運勢不旺，則社區裏的住民也不傑出，
四者息息相關。與 William S. Sax（1991:71-73）所描述的印度喜馬
拉雅山區的居民一樣，臺灣民間信仰中一個人的「人觀」"personhood"
成分中，有一些是由其出生地點來決定。出生地的某些成分會傳遞給
每個人，而且是終其一生均具有的。此所以臺灣民間信仰中「祭祀圈」

---

13 漢人民間信仰中，神界一如人界，有由玉皇大帝統率的天廷及層層職司的行政體系。
　　可參考 Wolf（1974）。

成員之資格必須由父傳子，成員不管外住他鄉（當兵、求學）均須回老家參加祭祀圈主神之活動。因為住民與社區土地之間有不可分割的某種成分。也是何以有些信徒認為客居地之媽祖無法保佑移民之因（詳見後文）。也是何以信徒口中稱的「大甲媽」與「北港媽」的關係，常混有「大甲媽」與「北港人」的關係。亦即原為神明與神明的關係，變成神明與住民的關係。而且每個社區住民斤斤計較其社區媽祖輩分之高低，原因也在此。

因此，在臺灣觀察到的進香與西洋朝聖有差異，很重要的一點是，「社區進香」重要於「個人進香」。在臺灣，進香常是社區全體住民的集體行為。社區全體居民伴同社區神明去進香，臺語特稱為「隨香」。對鎮守社區神明的認同與追隨等於對社區整體的認同，也等於是住民自己「人觀」中某種成分之加強。

由於「擬親屬」關係，分香的子廟視原分香廟有如母廟，所以進香有「回娘家」之稱，分香的廟宇之間有擬「母—子」關係。所以母廟權威大於子廟，以此類推，在這張系譜表上，權威最大的為湄州媽，以下類推其子輩、孫輩、曾孫輩等之媽祖。這種權威的大小是由所占系譜位置的上下來決定，亦即由「系譜時間」來決定的權威。也就是以系譜時間來說，一旦某個人（或神明）占有系譜上前一代的位置，則其權威便永遠大於占有下一代位置的人（或神明），不管他實際的年齡大小。俗稱輩分權威大於年齡權威。

臺灣的媽祖信仰中另外有一種現象，即喜好黑面媽祖，[14] 認為「黑面媽祖」因日久月長，信徒膜拜的香煙燻黑，所以又老又靈驗，是有年代的媽祖（Sangren 1988b）。所以越黑表示年代越久遠，神像越老，寺廟越悠久，越有靈力。這個因年代所呈現的是「物理時間」：日子一天一天累積的時間，黑面媽祖的靈力是因物理時間久遠而決定的權威。

---

14 臺灣媽祖神像色彩有黑面、金面、粉面（少數紅面）之分。

　　雖然細究起來黑面媽祖不一定必由湄州分靈而來，由湄州分靈來臺的媽祖也不一定必呈黑面，但由於臺海兩岸阻隔，早期湄州分靈來臺的媽祖多數年日一久香煙燻黑者多，所以兩套時間觀可以並行，且相互支持的。時間就是權力，這兩套時間觀所支持的權力也互相增強。但在臺灣媽祖信仰中早已存在的權威之爭（見後文），卻因解嚴而呈現新的轉變，也使上述兩套時間觀首次出現矛盾。由於臺海之隔，多年來長幼之爭僅能在島內作訴求，但1987年事情有了轉機。1987之前，已有少數漁民私下前往湄州朝聖，但素享盛名的大甲鎮瀾宮竟在解嚴前，在廟方董監事會議中通過，由其中十七位董監事們組團繞道日本、上海到湄洲進香，並捧回一尊湄州媽祖神像及香爐、印信回臺供奉，就此把臺灣島內媽祖系譜擾亂了。

　　如前註3所言，截至1987年3月，大甲均是前往朝天宮進香並刈火。彼時在信徒中流傳的是「大甲進香媽其實是北港媽祖被掉包到大甲拜，所以大甲每年需讓此尊北港媽回北港」以此來說明二地情同母子的關係，北港人也在大甲媽來進香時，暱稱其爲「姑婆」（Chen 1984）。隨著董監事的換人，新的董監事們力圖爭取提升大甲鎮瀾宮在島內媽祖廟的地位，就選在臺灣海峽二岸政治漸鬆的前夕，在媽祖飛昇成道紀念千年之前，搶先前往湄州進香並迎請分身來臺，而聲稱鎮瀾宮是直接從湄州分靈，地位至少應該可以與北港朝天宮平起平坐。亦即，不再視朝天宮爲母廟，而應是姊妹廟，所以不前往朝天宮進香刈火了。全省各地小媽祖廟也紛紛前往大甲鎮瀾宮進香朝拜新供奉的湄州媽，一時之間，鎮瀾宮藉著新來的湄州媽儼然成爲湄州媽在臺分廟，其他各地的老廟與大廟均相形失色。解嚴後，各大廟及老廟不得不前往湄州進香，取得系譜地位的再肯定。爭相絡繹於途，在湄州捐山門、捐巨像，締結各種親密盟約關係。

　　爲何「系譜時間」的權威與「物理時間」的權威不再平行，有矛盾裂痕，令信徒產生難以解釋的困擾？因爲文革中的湄州媽祖廟及神

像，最近幾年才陸續修復，來臺的湄州媽祖神像為新雕的，[15] 其「物理時間」僅有數年，比不上臺灣很多媽祖有上百年的歷史。但有的信徒則認為湄州媽就是湄州媽，新雕的也一樣，其靈力永遠大於系譜表中低一輩的臺灣媽祖。因此，媽祖的「系譜時間」與「系譜權威」之分辨不只是學術上之意義，或各大媽祖廟管理委員會有興趣，對一般香客及信徒也深具意義，因為那是影響並決定信徒效忠奉祀某位媽祖的因素。

如果根據 1987 年大甲新創的「系譜時間」，則大甲不必再向北港進香，但若根據舊系譜及「物理時間」則大甲應向北港進香，所以北港指責大甲「數典忘祖」（郭金潤 1988：109）。究竟大甲有了湄州媽以後比北港大或小？長或幼？物理時間是不可變的，客觀地離開人事是非，線性發展，不可重複，不可再來的。但「系譜時間」卻是可以人為地操縱。「系譜時間」可以斷裂、可以再續、可以重排。系譜時間要人去「確定」（confirm）、「再確定」（reconfirm），要人去維持，它才有意義，才有權威。「系譜時間」不是單線（母—子）的，而可以是多線（母—子或姊—妹）的，母—子的上下系譜關係造成先後時間差異，而姊妹上下系譜關係也可造成先後時間差異。所以在同樣子輩媽祖廟之間，還可再分孰先孰後分香。

近十年來，鎮瀾宮董監事即一致對外否認以往去北港進香是「回娘家」，1988 年 3 月起改往新港進香後，繡有「謁祖進香」的旗子也不再使用，換上新製的「遶境進香」，否認以往「大甲進香媽是北港媽掉包的」，否認「去北港進香也是順便拜媽祖的聖父母」。如今大甲鎮瀾宮也增加奉祀媽祖的聖父母——積慶公與積慶夫人——的神像，去新港進香打著「遶境進香」旗子，代表大甲地位比新港高。一方面，因

---

15 鎮瀾宮 1987 年迎回的湄州媽祖神像為新雕，1997 年來臺遶境之湄州媽祖神像則一尊為新雕，有一人高，另一尊石雕媽祖聲稱為元朝的。

爲自 1988 往新港進香即有湄州媽神像隨行, 宣稱大陸湄州媽首度在臺遶境, 二方面, 因爲大甲新近去湄州進香直接分靈, 所以取消刈火儀式, 取消香擔組, 表示不是去向新港刈火。更進一步地, 爲了合法化大甲去新港進香, 新的傳說 (legend) 也被挖掘出來, [16] 並透過廣播, 讓信徒口耳相傳。新傳說是由大安鄉一位八十六歲父老, 卓李來春回憶六十年前, 跟隨家人去新港進香, 可見得以前大甲是去新港進香。六十年一甲子, 風水輪流轉, 如今又再回去新港進香。在新港方面爲了歡迎跟隨大甲進香團而來的十萬餘香客, 繁榮市鎮, 淡化處理大甲方面所解釋的「大甲比新港大, 才去遶新港的境」, 而廣爲宣傳卓李來春的說法。在大甲方面則不太關心卓李來春的說法, 而強調此後大甲進香不再於進香旗子上寫明目的地, 而指明沿途均爲「遶境進香」性質。並強調二廟在新港奉天宮一齊爲媽祖祝壽。

北港方面眼見大甲中斷多年進香情誼, 乍然於一兩個月之內更改目的地, 並有「宿敵」新港奉天宮與之配合, 遺憾之至, 但又錯不在北港, 也不肯自貶身價, 讓大甲來遶境。就這樣大甲完成「僭越」陰謀, 自 1988 年至今也近十年了, 這十年之中, 北港也換了董事長, 新任董事長率團前往大甲拜訪, 希望兩廟能冰釋前嫌, 但大甲方面頂多答應可將北港排入行程中, 視同其它停駐廟宇, 而拒絕再恢復十年前, 往北港進香並刈火的傳統。截至 1997 年爲止, 雙方仍未談妥, 所以目前北港仍不在大甲進香路程中。但是有爲數不少的香客認爲北港媽永遠是北港媽, 不管兩廟頭人如何不合。因此, 總是在跟隨大甲媽到新港之前或之後再自行前往北港燒香, 維持以往傳統。因爲北港距離新港僅一、二小時車程, 香客可以兼顧。

Maurice Bloch 在 1989 年的文章中分析「傳統」(tradition) 或

---

16 讀者勿以爲民間信仰可任意製造「傳說」以符應需要。「傳說」有其規則, 或有神明可鑑, 或透過神媒宣示。

祖先，尤其是死去的祖先爲何有權力的原因。他認爲在這種社會，未來只是「過去」(past)的「重複」(repetition)，所以過去比未來更眞實更原版，更「道地」(authentic)。越多重複，越多複製，越失眞。現存的人有時間性、空間性、個體性，所以其權威有限。一旦死去，成爲祖先，進入、混合入、融解入過去 (dissolved into past)。成爲永恆的一群祖先，進入「永恆的過去」(eternal past)，則取得「無時間性」(timeless)，甚至無空間性 (placeless)，無個體性 (individual-less)的權威。是一種超越時空、個體的權威。最典型的例子是「附身」，祖先附身在子孫的身上說話，兩個時間 (一個 present-nature，一個 past-supernature)合併成一，其權威表現到最高點(Bloch 1989：44)。

別的民族的信仰體系中也有第一尊神像，同樣的漢人民間信仰中別的神明也有第一尊神像，爲何祂們不像湄州媽祖被尊爲第一代媽祖，而擁有最高的權威？筆者以爲光是 origin 不足以是權威所在，而必須是系譜上的第一代才是權威所在，也就是要有系譜觀的作用才能建立權威。那麼爲何信徒以系譜的形式來呈現湄州媽的權威感？我們可以再從 M. Bloch 得到啓示。M. Bloch (1992) 認爲一個族群的身體觀、時間觀與親屬觀念三者互有關係。在澳洲一個人的社會認同不是生下來就有的，不像非洲某些族群，一個人的社會認同在於他生於某一個繼嗣群，而且一出生就決定了。在東南亞或澳洲土著，社會認同不是固定的，而是在一生當中漸進完成的。在 Bloch 調查的馬達加斯加島上的 Merina 族也是如此，他們的親屬關係是經由一生當中，一點一滴地建立，一直到死亡後，在墳墓內才固定下來。因此這種親屬關係不是出生時決定，而是一生中與外在世界互動中，逐漸建立個人在歷史的位置，是個持續的協調 (negotiation) 過程，經過一個人一生，一直在形成自我，也一直在建立自己在親屬中的位置，也一直在提昇自己在歷史中的位置。我們可以說大甲鎭瀾宮重新爭取大甲媽的系譜位置是這種不固定系譜觀的呈現。

　　M. Bloch（1976）認爲「社會」不等於「社會結構」，並以爲每個文化內至少有兩套社會結構，與之相對應的是，每個文化內至少有兩套時間觀，一套是「儀式時間」（ritual time），一套是「實際時間」（practical time）。「儀式時間」是活在過去（past），沒有現在，時間是靜止的。「實際時間」是活在目前，日常生活各種活動中，沒有歷史，沒有過去。而一個社會的儀式的量，應與該社會「階序（hierarchy）」的量成正比。非洲 Hadza 人幾乎沒有制度化的階序，除了有男女性別及岳／婿之分別之外，所以他們很少儀式，只有與上述兩種人際關係有關的儀式。澳洲土著乃至巴里（Bali）島人因爲制度化的階序很多，所以他們的儀式也很多。高度階序化的社會，他們的時間觀也就越受過去左右，生活中也越多比率活在過去中。花越多時間活在過去，也就是花越多時間在儀式溝通（ritual communication）上。社會階序越多，權力角色衝突越多。儀式越多，時間取向上，越以過去取代現在。階序不平等如果不經過裝飾，則會高度不穩定，只有把不平等的權力經由隱藏與轉化到一個想像的世界，合法化此一不平等，才會穩定，要怎麼做到呢？要創造一個神秘化的「自然（nature）」，其組成內應當有時間觀、人觀，但均是與日常生活的時間觀、人觀經驗不同的，如此一來不平等的階序才會穩定。我們可以推斷的是「階序」即代表權力的不平等，那麼儀式是轉化、承載、消弭權力不平等的機制，而儀式的時間取向上均以過去取代現在，那麼過去爲何具有權威？爲什麼越古老越有權威？爲什麼權威要訴諸歷史？爲什麼儀式裏的過去可以化解目前的階序不平等？爲什麼 Bali 人多行儀式可穩定維持多階序的社會？爲什麼 Bali 人多行儀式後可接受目前當下生活中的不平等？爲什麼在經歷了儀式中不同的自然觀、時間觀、人觀之後就可接受日常生活現實中的不平等階序？在吾人未能回答這些問題之前，至少我們由 Bloch（1976）得知儀式之有力量的諸多原因之一，乃是在時間觀上來自其所訴諸的歷史或過去的時間。

　　Sangren 分析媽祖「靈」的原因來自「歷史」（Sangren 1988a）。我們可以說在研究角度（etic）上，媽祖的「靈」有多種原因，或有多個標準：來自官方的敕封、風水位置好、歷史久遠，其中有理論意涵的只有一個：「歷史」。爲何要到北港進香，不只是空間上的移動，時間上也是一個回溯早期歷史的旅行。回到祖先初來臺灣開墾的時間。Sangren 解析臺灣人去「靈」的廟宇進香，「靈」的文化意義不單只是神明的靈驗與有求必應，如果只是如此，各地的媽祖廟何必汲汲營營建立自己媽祖的歷史？何必互相爭吵誰的媽祖神像比較久？甚至詆毀對方爲冒牌，而自己的媽祖爲正牌。所謂正牌或正統，指的是歷史上有記載的那尊。

　　此處我們又開來說明臺灣媽祖廟之間的幾次爭論（disputes）。臺灣媽祖廟之間的權威之爭，第一次是 1960 年代，發生在鹿耳門的土城子與顯宮里二地的媽祖廟，爭論誰才是眞正當初鄭成功登陸鹿耳門後，克服臺灣時船隊攜帶並奉祀的媽祖神像。因河水入海口處已多次改道，無法考證眞僞（林衡道 1961）。同樣 1960 年代，北港朝天宮與新港奉天宮之間，爭執孰爲當初河水氾濫後，笨港天后宮殘存的神像及神廟。表面看來二個爭論的雙方均是爲「正統」之爭（Sangren 1988a），筆者以爲其實底層雙方是爲了長幼之爭，是一場「擬親屬」之爭，而比較不是 Sangren 說的「擬政治」的正統之爭。島內之爭，泛開來的並有北部關渡媽祖、中部鹿港媽祖、到南部臺南大天后宮等媽祖廟，均紛紛表明自己的年代久遠及開臺之功（黃師樵 1976）。[17]

　　Sangren 認爲歷史上臺灣人渡海來臺開墾，無論鄭成功的趕走荷蘭人，替漢人開發一個生存空間，或各祖籍移民擇地而墾，均是臺灣

---

[17] 讀者勿誤會以爲全臺灣任何一個媽祖廟都可以掀起一場爭論（dispute），或任何一個媽祖廟都須要證明自己的輩分。事實上，全臺灣大部分的媽祖廟都沒有對手或沒有歷史資格製造爭論，只有本文提到的少數幾個媽祖廟有其特殊「歷史」才可引起糾紛。

漢人社區意識之表現，媽祖廟之所以要追溯早期歷史，或宣稱自己是歷史上的那尊「開臺媽祖」，均是爲了顯示媽祖在早期移民的社區移墾、社區意識中的功勞。

筆者詮釋 Sangren 的文意，所謂的「靈」在文化邏輯上是：歷史把宇宙秩序「真實化」了。宇宙秩序的建立是由漢／番、漢／荷的分立，到漢之驅逐番、荷。是文明／草莽、農耕／荒野的分立，到文明之征服草莽。而宇宙秩序在歷史中（鄭成功驅荷，祖先渡海來臺、祖先擇地開墾驅番）真實化，實踐了！在歷史事件中，媽祖廟代表當地社區(北港／新港、土城子／顯宮里)，是宇宙秩序的見證人，經歷了宇宙秩序建立的過程。因此，回到歷史等於回到權威，掌有歷史位置等於掌有權威。

所以 Sangren 把「靈」幾乎等同於「歷史」，指的是一種神秘化的社會共同意識(social collectivities)。但筆者認爲 Sangren 有許多細節沒有處理，所謂的「臺灣人的共同意識」太籠統，裡面忽略不同祖籍群之對立和差異，清朝／明朝之差異及對立，官民之對立均抹煞了。因爲媽祖廟有鄭成功的，也有施琅的；有泉州人的，也有漳州人的；有官方的，也有民間的。這些對立之間均有鬥爭，而不是抬出媽祖一個人(神)即可聯合底下之差異。其次，Sangren 把：(1)開臺媽之爭，(2)原始的笨港媽之爭，(3)原始的鹿耳門媽之爭，全部籠統地歸之於「歷史」。其實最好區分之爲三。乃至有後來發生的：(4) 1997 年謊稱原始金身湄州媽巡臺事件。四者並不同，並非只是「歷史」之爭。只用「歷史」一個架構，不夠說明「媽祖廟之間爭論」的文化意涵。筆者以爲必須加入中國人的人觀，及與人觀相關的親屬觀架構才能明白。

媽祖廟的「靈」必須在媽祖系譜中，爭取到系譜位置才被認可。全臺灣有千百個媽祖廟，但可以與湄州媽有關係，可以擠入並爭取到一個系譜位置，則有待廟方之努力(如大甲的湄州行)，並沒有一本「族譜」記錄某幾個媽祖廟是在系譜上的，一切全賴廟方之長期經營。也

就是類似 Bloch(1992)說的系譜位置有賴長期之表現與爭取。而長期經營在系譜上有較高的輩分，有較靈的名聲，有較符合「歷史」記載則可爭取到更多信徒及香客。

在臺灣海峽開放前，臺灣島內幾個重要的大媽祖廟(松山、關渡、北港、新港)，均聲稱自己的神像是直接自湄州分香來的，所以在系譜上均是湄州媽之子輩。彼此平等，彼此互不認輸，彼此互不進香。[18] 而大甲向北港進香，所以可視大甲為湄州媽的孫輩。1987 年 10 月大甲直接向湄州進香回來，認為在系譜位置上往上升一輩，成為湄州媽的子輩，而且又是新近刈火取得最新的湄州媽靈力，因此，地位不但不亞於北港，且可勝過北港，所以不再向北港進香。而大甲去湄洲進香之後，全臺各地一些小媽祖廟紛紛來向大甲進香，試圖爭取成為湄州媽孫輩的位置。如前言，海峽開放後 1989 年，北港、新港、松山各大媽祖廟，也不得不接踵前往湄州進香，以便「再確認」(reconfirm) 自己的子輩位置。

「認祖歸宗」是媽祖信仰中「進香」的深層文化意涵，爭取系譜時間上的、上位的、高層的位置是建立在「系譜權威」的要求。為何湄州媽被視為最具起源性，最真實的媽祖神？大陸其它的泉州媽、溫陵媽、銀同媽、興化媽，即使分香到臺灣也不被記憶或聲稱，表現出來的是，臺灣各地媽祖廟只願意溯源到湄州媽。筆者以為歷史上湄州是媽祖的故鄉與成仙的地點，但更重要的是，系譜上湄州媽是開基祖，系譜上的第一點，突破空白的第一點，往下才開枝散葉，有旁支的溫陵媽、泉州媽、銀同媽、興化媽，有直系的北港媽等等。

一如人的系譜，有後代的，且有後代的後代，有很多系譜層次的，則其開基祖越權威。沒有後代的，沒有子嗣傳承的，失去「現在」的人，只有「過去」一個孤伶伶的「點」則沒有權威。「權威」能夠成立

---

18 松山慈祐宮有去北港、新港、鹿港等地進香（見宋龍飛 1971）。

應有「發出權威者」，以及「接受權威者」。沒有權威的接受者當然也就沒有權威的發出者。沒有群眾也就沒有領袖可言，其權威也不成立。而且接受者越多，則該權威越大。湄州媽的後代分香廟宇一輩接一輩，則其權威也就堆積得越高。歷史之有權威，「過去」之有權威建基於「現在」，「過去」要透過「現在」才能發言，才能「再現（represent）」。湄州媽比其他媽祖權威，因為湄州媽有無數分香的後代，那麼湄州媽為何有分香後代，其他媽祖沒有呢？筆者以為並不是沒有，全臺灣千百個媽祖不管是自立的或分香而來的，其根源很分歧，這些分歧的系譜有如旁系後代，不被重視、不被承認，也就不被宣揚。而向湄州媽認祖歸宗確有嫡系的意涵，因此不論真假都要聲稱來自湄州。所以「湄州媽分香多」可能是個修飾意義（rhetoric meaning）多過實際意義的聲明。

　　媽祖的權威建立在「以所有被信徒恭奉的媽祖所組成的媽祖系譜上」的假設，如果成立，那麼便可以瞭解湄州媽即使是文革後所新雕塑的，其權威也高於有兩百年歷史的北港媽。

　　而我們也要追問的是「系譜是什麼？」，媽祖的「系譜」來自中國社會結構，是以父系繼嗣為原則，投射神明的世界，也依之來定其真假嫡庶，祖孫世代輩分。中國人對自己的認識與認同，有大部分來自姓氏，來自在父系家族中的位置及排行。那麼，為何只有媽祖要建立系譜？其他神明不必或沒有？觀音或王母娘娘信仰強調的是普世的（universal）教義，其信徒追隨的是普世救贖解脫。媽祖承負（carries）中國文化的親屬形象（image），在信徒來看，媽祖有姓氏、有父母、有兄弟，甚至莆田林氏族人稱之為祖姑。媽祖被信徒賦予人的一切，而她被「人」化也更助長她的信仰，人化的神比較可被世俗運用（manipulated）。

　　有分香關係的媽祖廟之間，常用「謁祖」、「回娘家」的名詞來比喻子廟回母廟進香。沒有分香關係的媽祖廟之間，則常以「姊妹」相

稱。如吳厝的媽祖，當地人稱大甲媽到臨是在作「姊妹會」。異於其他神明的，媽祖不但與信徒之間有擬親屬的關係存在（Chen 1984：57），媽祖廟之間也均以擬親屬的「母女」或「姊妹」存在（林美容 1991：358-359）。

媽祖承載濃厚的中國人的親屬印象，媽祖信仰建構也保存中國親屬結構象徵情操。有的神明如玉皇大帝體現（embody）中國的科層體制；有的神明如文昌帝君體現中國的文字書寫系統，而媽祖則體現中國親屬結構。雖信徒深知以神明來說，媽祖只有一位，但比喻地說（metaphorically）湄州媽是開基祖，北港媽是開臺祖，大甲媽是第三代，但大甲媽又是大甲的「開基祖」。整個地說有上下長幼的系譜關係，但個別的，每個地區的媽祖（如北斗媽、關渡媽、白沙屯媽、安平媽），又是移居到外地繁衍族姓的開基祖，因此當地（各個地區）的人民用著擁護、追隨、認同各派分支祖先的精神般，來信奉媽祖。表現出來便是互相自立門戶的兄弟一般，個人有個人的派、房、支，各自供奉各自的祖先，媽祖便有了各地的不同。一談到家鄉的媽祖，一談到本地媽祖，便可互相競爭，似乎她才是最靈的，似乎媽祖有好幾位。

另有一例可證明媽祖信仰的地方主義（parochialism）的表現。民國四十七年（1958）到基隆碼頭作苦力，挑工的大甲人，因爲連續頻頻發生意外傷亡，移民中的長者苦無對策，只有返回大甲向大甲媽祖廟求援。經過一番安排，大甲鎮瀾宮的六媽分香到基隆，坐鎮基隆安樂區，大甲移民才在基隆安定下來。外出的移民要家鄉的媽祖才能有保佑，客居地的媽祖使不上力（張珣 1995c）。

五、進香旅程內的靜止時間

在 1961 年的文章 Leach 即明示依涂爾幹社會學本意，每個節慶均是呈現從正常－世俗的存在秩序，短暫地進入非常－神聖的秩序，

而後再恢復正常─世俗的秩序。其完整的時間流 (flow of time) 便呈
現出一個分布模式，如圖 2 所示。Leach 繼續說道，這樣一個「時間
流」是人爲的，是由涂爾幹說的道德人組成的社會參加節慶時約定俗
成的。尤其是在祭祀犧牲的儀式中，儀式是把人從世俗地位 (status)
改變爲神聖地位，再轉變爲世俗地位。上述流程總共區分四個階段
(phases)，或四個狀態 (states)：階段 A：分離，一個道德人由世俗
世界進入神聖世界；他「死掉」。階段 B：中介狀況，道德人處於神聖
世界，一個中空狀態(suspended condition)，日常社會時間完全停止。
階段 C：結合，道德人從神聖再回到世俗世界，他「再生」了，世俗時
間再重新開始。階段 D：正常世俗生活，介於二個節慶之間的。1976
年 Leach 進一步把世俗時間與神聖時間的對比增演爲正常：非常::
有時間性：無時間性:: 清楚範疇：曖昧範疇:: 中央：邊緣:: 世俗：
神聖 (Leach 1976:35)。

　　1969 年 V. Turner 闡述並發揚 Arnald Van Gennep, *Rites of
Passage*(1960) 一書中分儀式爲 preliminal-liminal-postliminal 三階
段。唯 Turner 重視在「過渡階段」的儀式中，人的屬性 (attributes)

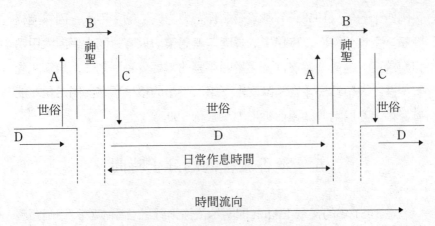

圖 2　Leach 世俗─神聖的時間轉換

及地位 (status) 的轉變，而不在過渡階段的儀式時間的屬性或時間的變化。但 Turner 對儀式人物的「中介性」(liminality)，即過渡階段的一些中介 (liminal) 現象有很多的描述，讓我們可以延伸到儀式時間的說明上。

至於 Gennep 在說明儀式時間時分為二種，一種是不可重複的「首次禮」(rites of the first time)，如婦女生頭胎或建屋上樑、建村、建廟的破土禮；另一種是可重複的，自然界的，如每年的季節變化，於春分、秋分或冬至、夏至日用儀式來記號之，或年尾除夕換到新的一年用儀式來標誌之 (Gennep 1960：178-179)。但並未詳述儀式進行當中「時間」的屬性或變化。不過 Van Gennep 的原創性及 Turner 的闡述，均可幫助我們擴大及演繹 Leach 的神聖時間／世俗時間的轉變模式。

依據分離—中介—再結合的三個階段模式來看大甲媽祖進香過程中，香客的時間體驗及轉變，我們可以參考張珣 (1995a) 對進香空間的分析。基本上進香過程中世俗與神聖的轉變上，時間與空間這兩個面向 (dismensions) 是互相作用，而且互相定義的。世俗空間與神聖空間的轉換上，牽涉到世俗時間與神聖時間的轉換，而反之亦然。時間與空間是互相依賴的，因此本節為了切題而側重時間的描述，但讀者可二文互看以印證。

進香的神聖時間的建立有三個面向：(1)以「過去」的時間架構作基礎，盡力維護百年前立下的節目流程而行動，因此讓香客產生一種時間錯置感，有如進入時光隧道中。(2)在進香第一天晚上廟方及每個香客個人均有行「起馬儀式」，宣布進香活動的開始，隔離香客的日常活動及日常時間，進入了八天七夜的進香時間之後，再於最後一天行「落馬儀式」宣布進香活動的結束，讓香客回到日常作息時間。(3)媽祖的過往傳說及在香客身上的顯靈事蹟，讓香客處於一種與神靈同在的「非現實」的時間。

　　下面便詳述以上三個面向的運作。第一面向是時間的倒錯，廟方刻意維持清朝的媽祖出巡的排場：鑾駕外形，兵將的制服，兵將手拿的傢伙。在公告的進香標示上，用干支記年，而不用民國記年，日期上也用農曆不用陽曆記日。在起駕、刈火時辰上用「子時」，而不用現代鐘錶計法。尤其前述（第三節）活動時間觀取代鐘錶時間觀後，更令人有茫然感，失去行動準則。在地名上用舊地名而不用現在行政地名，廟方所保持並營造的這個舊日的時間、空間、事物的環境，在第一天便會讓香客劇烈地感受到。內心似乎有一種即將遠行去一個陌生的世界的興奮感及不確定感，有如現代人的出國旅行前夕，而漸漸與現實環境有距離。第一天傍晚廟外的歌仔戲及陣頭表演喧天價響，廟內人頭鑽動，香煙瀰漫，事實上香客內心正在起變化。一整個下午吵雜凌亂的外界正漸漸把香客自日常生活隔離出來，把香客吸引在廟四周逗留，離開熟悉的家人，而開始與其他香客接觸、交談，尋求同伴，尋求多一點對進香旅程的瞭解，以免落隊，以免冒犯禁忌，觸怒神明，以免增加自己麻煩，以免減損自己福祉等等。

　　等到踏上大甲邊界水尾橋，送行信徒止步，隨行香客快步趕上大轎進入一個漆黑不可知的黑夜的分別畫面，正是有如進入一個時光隧道中。在接下來的八天七夜當中，大家似乎在做一趟「回憶之旅」。有經驗的廟方人士及老香客不時會敘述以前的點點滴滴，從第一站開始，便有故事了：清水鎮下滴里朝興宮，老香客們說進香團來這間廟休息已有三十幾年歷史，那時這個廟才剛建沒多久。這幾年廟又擴建，多得力於大甲香客樂捐，所以他們肯通宵不睡等我們來。其它諸如某一年某陣頭成員發生某件事，某一年行程改變等事件。到彰化便說起某一年，在彰化八卦山下，被當地角頭人士搶轎，之後每年均得勞駕彰化市警局，派警車保護到離開彰化市。到西螺就講起二地恩怨以致造成八天七夜的行程。到北港就說起北港媽被掉包到大甲奉拜的故事。民國七十四年（1985）筆者首次進香，團中有一位美國在學青年也隨

行，到北港鎮行囊被竊而北返。次年筆者再參加，這件事已被人津津樂道成該青年少不更事，沒誠心才會行囊被竊，用來警惕大家進香要有誠心。走到北港鎮外的花生田，則花生農的感恩故事也會被提起(詳見張珣 1955a；黃美英 1983a)。

香客們競相敍說以前的事蹟，以顯示自己的豐富經驗，年輕香客也於聽聞中學習進香規則及典故。對早期典故的瞭解及有能力如數家珍地轉述，給予老香客一種權力，一種令人攝服、信任的權力，也在沿途行住坐臥中，取得年輕香客的禮讓及亦步亦趨地跟隨。老香客的任勞任怨的走，不論日曬雨淋，風吹雨打，堅定地走，常會激發年輕香客不認輸的意志而繼續走下去。在專注的神情中，老香客們咀嚼著往日的回憶，反芻著媽祖的靈驗。每一趟進香之旅程都是在重複往日的路程，重複往日的記憶。就這樣一次一次地烙印而成爲信念的一部分，進而轉化爲信仰。陳敏慧也觀察到香客經由進香路途中，分享彼此的所見所聞，而肯定傳統信仰的具體存在 (陳敏慧 1988)。

第二個面向便是前面 Leach 提到的有如「死掉」的時間。從起馬儀式宣布進入「進香時間」，不只香客的社會角色由一個俗人進入一個「進香人」，在「時間」上也由世俗時間進入進香時間。世俗時間有鐘錶時間作依據，有世俗活動作分段，進香時間相對地，取消了鐘錶時間的約束，化約世俗活動成單純的步行，使得進香時間也相對地成了單調甚至說「靜止的時間」，「封閉的時間」，沒有未來，只有幾個定點。世俗時間由於有一連串的世俗活動而讓人感覺時間的到來、過去，對時間的盼望、利用、浪費、等待等等。然而一旦沒有任何活動需要我們花時間去做，或提醒我們時間的腳步，我們便忽略時間的存在。當活動被限制成只剩一項，當生活的目的單純化到只是步行到達進香地，則對時間的注意不再有意義。因此進香的八天七夜中，時間仍然在流逝，但對香客來說時間的流逝不具意義，具意義的只是完成旅程。因此時間有如靜止不動。再者香客進香猶如佛教徒打佛七，或乩子坐禁

四十九天，均被要求一心一意守住目的，要求有異於日常的經驗，個人主觀心態上的守心專心，忽略周遭環境的變化，忽略日子的飛逝，只求能與神或超自然存在的接觸。人在專注一心時，常會忽視時間的存在，而事過境遷，進香回來再回想時，那八天七夜有如一場夢，夢中的時間千篇一律沒有變化以致有如靜止。

筆者認為 Leach 說「死掉」的時間、「中空狀態」的時間，便是綜合描述(1)社會活動的停止、(2)社會角色的停止、(3)社會心情的停止三者來說世俗世界的停止猶如死掉。而 V. Turner 說社會結構是地位、角色、單位之間的關係，而朝聖是社會結構的停止，進入一個交融(communitas) 的關係，朝聖結束，再回到社會結構 (Turner 1969：131-132)，他雖沒分析「時間」或主體心情層面，但筆者以為應已具備有後兩者才是 (Daniel 1984：240)。

靜止的時間便是指Van Gennep及V. Turner所謂中介(liminal)階段的時間狀態。中介階段因為不屬於日常世俗社會而為介於前、後二個世俗社會之間的轉換階段，而構成其神聖世界的性質，此階段的個人存在具有「交融性」、神聖性，其體驗的時間不是平常的流程時間。

第三個面向是媽祖的再現 (represent) 的時間。媽祖是過去的人物，成神後在人世來說又是一「不朽」(eternal) 的存在。不朽是永存的，是超越時間的限制，是與日月同在，是不屬於人世的，是「非人世」的。民間信仰中預構有人世間的世界，在這個世界的人是會老化會死去，日子的累積會督促人的老去。而另一個世界，天上的世界裡面的神仙，是不會老化死去，而永遠青春常在。因此沿途香客感受到媽祖的降臨，或媽祖的顯靈均使「過去」重現 (represent)，也使不朽重現。而個人因極度希望與媽祖接觸，企圖參與媽祖這位不朽存在者的世界，而進入一個不朽的時間，一個由過去、現在、未來交融的時間，一個同時具足過去、現在、未來的時間。

William LaFleur 提到朝聖與日常生活經驗的眾多差異之一是，

醫療奇蹟的顯現（LaFleur 1979：278）。在媽祖進香中，科學醫療查不出病因或宣稱不治之症，在信徒專心一志，虔誠地「求敬水」或「鑽轎腳」乞求之後，有奇蹟似地改善。有個信徒直接比喻說「鑽轎腳好像照電光（X 光），全身掃過去，什麼病都好了。」而「敬水」則是「媽祖把很多藥材都放下去了，任何病都可以喝，都有效。」進香旅途中奇蹟的顯現，在時間層面上，也表示「過去」的媽祖降臨「現在」。在香客的時間經驗上也是一種跳躍，一種「過去」與「現在」的重疊。

這種媽祖的到來，所引起「過去」的到來，與第一面向香客主動回去「過去」是不同的。而媽祖的不朽及香客的體會媽祖的不朽，加上第二面向所謂摒除所有世俗活動造成的靜止、封閉，空白的時間感，這幾個不尋常的時間感，綜合讓香客體會時間不是單向的、約束的，而是，時間是可以來來去去的，時間不是一去不返的，也不是稍縱即逝，也不是不可預知，時間是可以凝固、靜止，也可以由過去回到現在（媽祖到來），由現在回到過去（香客回去古早），由現在參與未來（香客參與媽祖）的重疊與再現。

這些個時間的「不尋常」感的可以成立，皆歸因於媽祖的存在，一個外於人世的存在，一個超越現實的參考點，那個參考點不受現實時間架構約束。香客因信仰而加入這個旅程而體會「非現實」時間的存在。

六、神聖時間：一個「無分別」的時間

時間面向的研究可以增進我們對進香現象的瞭解。筆者以為進香做為尋求宗教體會、神秘經驗的一個重要管道（channel），可以有多層面的探討，而時間面向便為其不可或缺的一個面向。多層面探討包括社會結構的轉變、世俗空間的轉變、對人觀的認識、人的可能性的轉變、身體與物的轉變，以及世俗時間的轉變等。香客經歷的將物理、

鐘錶、世俗、社會的、制度的時間轉換成靜止、封閉、不朽、系譜、錯置的時間也就是經歷一趟超越世俗的神聖之旅。

　　E. Valentine Daniel引用Charles S. Peirce及Isabel S. Stearn說明「一」與「二」的分別。「一」（Firstness）是「亞當首次睜開眼時看到的世界，在他還未做任何「區辨」（distinctions）之前，或在他還不曾意識到自己的存在之前（的狀態）」是「清明、自由、孕育有無限的變化」（Daniel 1984:239）。而「二」（Second-ness）是「一個現實的世界、一個感官的、反應的世界──是日常存在的世界，一個我們會遭遇障礙，不因幻想它就可消失的，我們會面臨現實：它們彼此間互相抗拒、對立，每個事物與行動之間一定有互相對立的兩方，這便是存在的真相，這便是存在的本質。存在便是去對立而不是去被感受，要求你選一個立場、選一個假想敵，對抗並反應，要求你隸屬一個時間，一個空間（一個族群、一個立場）」（Daniel 1984:241）。

　　如果我們去除 Daniel 原文中太多「思辯哲學」的對話，在進香過程中，運用東方宗教與哲學講求的「止辯」，靠思想的停止、破除太多「分」辨，也可達到「一」。但可借用 Daniel 替我們提出的架構：進香朝聖乃為一個由「二」追求「一」的旅程。筆者理解它並用中文來表現進香是一個由「有分別」追求「無分別」的旅程。「分別」包括時間的分別、人／我的分別、媽祖／我的分別、內心／外界的分別等等。「分別心」、「實相與現象」在佛教學中的敘述汗牛充棟，但民間信仰一向缺乏文字傳播，販夫走卒沒有接受宗教教義的教育，如何表達、如何體會「分別心」？有賴我們從田野材料中抽絲剝繭來建構之。以往學界較少討論民間信仰的思維象徵體系，[19] 以下僅為粗糙之嘗試。

---

19 鄭志明先生有過嘗試，見鄭氏著〈台灣民間信仰的神話思維〉一文。

不同階段程度的香客

進香是個修練的過程。古代中國及東南亞，雲遊各地的苦行僧，藉步行朝聖以跨越人的自我極限，試圖達到神的世界（Yalman 1962：315；卜道 1989：638）。宗教中的各種修練均牽涉到身體之禁欲或不同程度的受苦（suffering）。[20]「苦」是相對於「樂」而言，人類天生的本能是追求快樂，任何違反這種快樂的本欲都可能產生苦的感覺。修練要使人受苦，目的之一是使人注意到自己本欲的存在，並且不要隨順本欲而流。注意到自己的欲望而不讓之過度漫延，也等於注意到他人的存在，渺小的自我，才有容納廣大的他人的可能。聖神賢人都是能以他人先於自我的人。不隨順本欲，甚至有目地的折服本欲，則有如被壓扁的皮球反而彈跳更高，人反而突破欲望牢籠，達到精神上之昇華。打坐的受苦是強迫肉體維持一個不自然的固定姿勢，及停止燥動的念頭；齋戒的受苦是禁止喜歡享樂的身體感官追逐原來的快樂。長途步行進香的受苦是在日曬雨淋與風吹雨打中徒步，在餐風露宿中行走，這是違反身體好逸惡勞的本性；加上禁語齋戒等要求，切斷外界的刺激，得以面對陌生的自我。不斷與自我的角力，得以照見自我的極限而興起悔過之心，化成更強烈的修練意志與對身體的磨練。

進香的社會功能不只是陪媽祖「回娘家」，不只是連結不同社區的媽祖信徒，不只是祈願—還願，滿足信徒的世俗需要。對許多香客來說，年復一年地參加進香活動，有的長達十多年，二十多年的老香客，進香是要「學習媽祖的精神」。媽祖的精神一般來說有：(1)忠於社稷國家，(2)孝順父母兄長，(3)為修行而吃苦，(4)救人濟世等多重含意。除了學習媽祖的精神，最高的境界，應該是香客祈求與媽祖合一，體會媽祖的降臨。以下嘗試片面地依序劃分香客為四個階程：

---

20 宗教修練常涉及「懺悔」與「受苦」兩個主題，此二主題近年亦成為人類學重要討論項目。如 Gustavo Gutierrez, J. W. Bowker, 及 Wilbert E. Fordyce 等人之討論。本文目前無力亦無篇幅深論，唯有期待他日再開展。

階程一：新生，第一年參加的香客，要能夠八天都奉獻給媽祖，不是一件容易的事，是需要學習的。多數還停留在處理自己身體的不適應，腳痛、吃不飽、睡不夠、沒洗澡、沒換洗衣服、抱怨太多鞭炮聲、路太趕，一腳步又一腳步重複、無聊、單調、到處找人聊天，抱怨浪費時間繞小路，何不直接走大馬路比較快，不知行程起止步伐節奏，不知如何調整個人節奏來配合團體的節奏，跟不上團體的生活，掛念世俗瑣事，不忘了沿途打電話，還侷限在自我的世界中。

階程二：參加過三、五次的香客，對整個進香的路程、停靠地點、休息時間已有概念，去除焦慮、不耐的情緒，跟得上團體步伐節奏，但身體慣性的吃喝拉撒睡習慣等，一時之間仍調整不過來，仍會有睡不夠、沒漱洗、腳痛、體累的不適應。但可勉強忽視身體的不舒服，而開始與人溝通，交換心得，聽別人的進香故事，聽別人克服人生困難、受苦的意義。嘗試脫離自我企圖接觸別人。

階程三：參加過十幾年的香客，隨遇而安地可自行調整身體體力，比媽祖大轎早到或晚到不會影響自己的心情，對團體起止已瞭若指掌，對沿路待遇也有經驗，可自己悠遊其中，可以換拖鞋、赤腳走路解除腳痛，凡事自求舒服。甚至可以批評廟方不周到，不合禮數之處。可以比較廟方不同年度的表現，可品評不同廟宇的辦事態度。他們多數是與媽祖有過親身經歷的人，媽祖幫助他個人或家人解決困難，媽祖讓他有信心。他們願意且開始會在團體中宣揚媽祖的靈驗神蹟，來參加進香成為他年度活動不可或缺的一部分。這種人漸漸泯除自我或團體之分，可以在個人與團體間取得平衡，自由出入。

階程四：二十多年的參加而又有意識地修行的人，反而是一群默默無語但神情凝聚的人，他們似乎走在另一個路程，有來自另一個世界的訊息，充滿安定祥和、自我圓滿、不假他求的神情。筆者發現這一群人沿路均在跟媽祖「對話」，已不必與人世間的他者（團體）溝通，而是捕捉超人世間媽祖的啟示。訪談中他們不願多說，但又不想放棄

讓人分享他的喜悅。「媽祖剛才在××的雲端昭示我們要誠心來參加進香，不要與人口角，不要爭先恐後」、「昨天墾地里的烏雲密佈，邪氣十足，凝聚不散，但大甲媽祖的大轎一行經過村落後，烏雲立刻消散，妖魔四遁，不敢欺近」等等訊息。這種人企圖超越自我，進入媽祖的世界。進香是個美妙的旅程，是他們與媽祖同在的經驗，臉上滿佈喜孜孜的神情。

參加次數有多有少，支持香客排除萬難，年年參加進香的是來自內心的快樂。從初次參加時的感謝媽祖，到後來的享受喜悅，到與媽祖同在，多參加一次就多一步回到媽祖。因此進香本身是一個由人走向媽祖（神）的修練過程。讓媽祖成為信徒中的共同記憶（collective memory），而有意義。這個集體記憶的媽祖是可以在個人的經驗裡延續，重製，與重現，只要香客願意用心體會。

媽祖是什麼呢？媽祖是理想人格的表現。信徒知道媽祖有預知能力，有海上救人能力，有治病、降雨等能力。媽祖的能力怎麼來的？即使是一般人，只要是注意媽祖傳說的信徒，從廟方流傳的善書及簡冊即會知道，媽祖出生就不平凡，不是普通人，媽祖母親夢見觀世音菩薩賜一粒藥丸而懷有身孕，誕生下來一個多月不啼哭，因而稱為「默娘」。「幼喜禮佛、學佛」、「孝順、嫻淑、學問博」，長隨「道人學秘法」、「神人傳授銅符」，二十八歲登湄山升天，「升天後常顯靈救人」。

媽祖已完成一個中國人一生的理想：立德、立功、立言。祂已修練成聖賢、成仙人，祂在封神榜上已有名字。祂不但因顯靈濟世，救濟鄉里，護衛朝廷有功，敕封為夫人、妃、天妃、天后，祂的父母也獲封，兄弟也獲封，榮耀祖上。祂在世孝順行善、救人，是理想人觀的表現。去世後，祂庇佑國家「風調雨順」、「國泰民安」、「五穀豐收」、「六畜興旺」，這些是理想社會的表現。更進而上達致使「天地運行而不悖」、「四時運行」、「三光不蔽」、「萬物得其所」的宇宙和諧表現。

信徒最喜歡祈求媽祖保佑平安，這「平安」二字包括的即有個人

家庭、社會、宇宙三層面的井然有序、各得其所的「平安」，三者缺一不可。如果日月星辰不如常、四時運行不如常，人與社會亦無法「平安」。媽祖因著個人修煉而可以進達渡人濟世，香客在進香中要追求的也是這個理想人觀的實踐。

臺灣地區較受民眾崇祀的諸神明，大致可分屬於創造宇宙或自然萬物崇拜的「先天神」如雷公電母、七星媽，及「後天神」二種。「後天神」據李豐楙先生說「除佛道二教的修道有成者，因其既已了卻生死一關而超越地進入聖界。其餘的神明都各自有其成神之道」（李豐楙1994：188）。這個「成神之道」的過程，李豐楙先生繼續說道：「也常是基於一段時間的感應、應驗，然後懷抱著崇德報恩的心理表現出一種虔誠的信仰心而有人為之立祠崇祀，並非簡單地由一群有意圖的人即可『造神』，縱使是雜祀之類也多需經由一段時間的靈驗後才會崇祀。從人到神的成神之道，是一種『神自體』的自我塑造，因而人們不能隨意或有意地創造，而只是附麗、增飾而已。換言之，前者為因，後者為果，在中國式神學中後天神都緣於該一神明在人格上先完成其自我成神之道，因而感召其周圍的人認同其成神的過程。所以成神之道在於神本身的自力、自造，……無神論者或外在現象觀察者以為有所謂『造神』行為實是未能深入體會『神自體』的神格，乃是人為了實現其自我完成而終身努力的義理，而過度從外觀的、唯物的觀點所做的詮釋。」（李豐楙1994：193）。

所以，中國「後天神」的「神自體」是人格的自我完成、自我實現，也可以說中國「人觀」最高的理想表現狀態即成聖、成神。中國的聖神是士農工商、富貴貧賤的人都可成就。中國的聖神顯現的外相也是男女老幼、貧病孤寡者均有，如八仙中的跛腳李鐵拐，如孩童神郭聖王，如難產而死的陳靖姑。人人均可從聖神中找到自己的認同對象，成為砥礪來源，修煉的目標。而聖神的外相也只是「化身」應世，「神自體」是不拘泥外相的，所以常有聖神「變化」濟世渡人之故事。

「孫悟空七十二變」老弱婦孺耳熟能詳。「中國人、臺灣人所崇祀的神明，其成神之道就在成人之道，是一種俗世道德的自我完成，也就是成為「完全、完美的人」（李豐楙 1994：197）。

除了成人之道為成神之基礎外，道教的「身神論」主張「神仙可學論」，認為「五臟六腑，百關四肢，皆神明所居，各有主守。」因此，人的內丹修煉可以與自然相通，得天地之精華，神仙是可由人學習而得的（陳耀庭 1992：22）。

進香前香客必須要齋戒三日，「齋」指吃素，「戒」指戒房事、戒出入產房及喪家。女人在月經期間也不可參加進香。另外，那三日除了例行活動外，也不可去嬉戲、嫖、賭、殺生，保持身心的潔淨，平靜不浮躁，不過喜、過怒或過悲。進香當天要換上新衣、新褲、新襪、毛巾。帽、鞋則需清理過的。進香沿途不可說謊、吵架、調戲、罵人、聊天，保持虔誠之心。盡量禁語，尤其禁止與異性聊天，保持心靈平靜與正經。盡量想像媽祖的莊嚴、媽祖的德澤而勿胡思亂想。一心一意完成八天七夜的考驗，務求在身體、心理、意志各方面能潔淨並遵守禁忌。這些禁忌的目的，均在要求香客準備進入與神聖接觸的清淨狀態。如同其它宗教徒一般，虔誠的香客經由「守戒」、「念誦聖母經」、及「默想聖母形像」等步驟，漸漸把自己躁動的身體、語言、及念頭，約束在聖母一個對象上。

如果順利的話，香客在年復一年的參加進香與磨練中，漸次摸索、體會、瞭解、信仰、實踐而到證明媽祖的精神。而最後階段所證明的媽祖精神——理想人觀——的再表現，終將打破世俗的拘束，包括時間上的限制。媽祖的時間是多重層次的，是多面向的：(1)可以是行為的、物理時間的面向，也可以是信仰的、系譜時間的面向。(2)可以是個人的一生的時間，也可以是社區的集體記憶的整體時間。媽祖的時間不是線性的過去—現在—未來，而是同時具有過去—現在—未來，而又不區分過去—現在—未來的無時間性（timelessness）。

七、結　論

　　香客怎麼進入這個「無分別」的時間領域呢？香客必須一層一層地由制度時間，進入靜止時間，進入系譜時間，進入無分別時間！為何要脫離日常的制度時間呢？多數香客是來還願的，之前的許願多數是祈求解除生活中的各種苦痛。人的一生充滿太多來自個人生老病死的苦，來自家庭生養離棄的苦，來自社會給予責任名譽要求的苦等等，而很多的苦是來自日常制度時間的宰制所造成。有求不完的願也就有走不完的進香路。媳婦替生病的婆婆走，女兒為父親的癌症走，女人為家庭平安順利而走，不一而足。受苦的人生用受苦的步行來脫離與昇華。加上前述宗教進香的受苦具有提昇日常世俗苦痛的意義，進香因此年年給予受苦的人們一個轉化苦難的機會。

　　對比起進入無分別時間，日常的制度時間進入靜止時間較容易做到，只要第三階程的香客能夠融入進香活動，即可經由廟方安排的時間、空間、行列、道具等進入封閉的，與世隔絕的靜止時間。

　　系譜時間是可能不依照物理時間的，是依媽祖神像分香先後來決定。也不是依神像雕刻之新舊來決定先後，而是依各地創廟開基媽祖而決定先後。因此，香客必須脫離各自以社區為本位的先後之爭，脫離日常的新舊之爭，而進入以媽祖為本位的系譜時間意識接受一個公正的歷史順序，承認湄州媽的尊位，其次，承認北港媽或新港媽的尊位，而接受大甲媽或基隆聖安宮媽祖的位置。

　　香客脫離各自社區爭論的相對時間意識，而進入以媽祖為本位的絕對系譜時間意識，雖是一種超越，但後者的標準卻又不是實存不變的，如前述，並沒有一本媽祖神像的系譜表，為全球信徒所共同遵守或承認。全球媽祖廟開基神像之間的系譜關係是存在於互有關係的信徒之間的相互共識中，除開這個共識，並沒有一個客觀存在或實存的

「證書」可證明。信徒依據的，在乎的，只是少數幾個有來往的地區媽祖的相對系譜位置。尤其絕大成分要依賴信徒的記憶，記得某社區媽祖比某社區媽祖系譜位置高，而社區記憶是可以再創、重造的（如大甲之企圖）。因此，深思的信徒會再「超越」媽祖本位的系譜時間，而進入一個不以媽祖「神像」，不再以各地區創廟開基媽祖神像分香順序而定的系譜時間，而以媽祖神靈為依止的，不再區分分身、化身的媽祖，而是一個「唯一的」媽祖，遍存的普世的媽祖為主。

多數信徒獨愛湄州媽，少提溫陵媽、銀同媽、興化媽等其他福建媽祖，在臺灣本島內還喜歡斤斤計較北港媽、新港媽、鹿港媽、大甲媽、關渡媽等等。比較他們之間的權威（靈力）大小。甚至相信只有自己家鄉的媽祖才聽得到自己的祈求，別的地方的媽祖沒有能力或沒有辦法幫助一個不屬於自己轄區的信徒。對於這些信徒來說，媽祖有很多位，每一個媽祖負責一個區域，每位媽祖只有管轄地區內的子民。不同轄區的媽祖因為各種可能因素（風水、信徒多寡、修行不同等）則其權威大小不一，靈力不一。

相對的，有些信徒相信「媽祖只有一位，沒有所謂的北港媽、新港媽、鹿港媽或湄州媽之分，全天下的媽祖只有一位，她是大公無私、一律平等的」。亦即各地媽祖的靈力權威是一樣的，沒有地方差異，也當然沒有「本尊」、「分身」之分，對待信徒也一律平等，不會分別。不必分家鄉的媽祖或外地的媽祖。這種「遍存主義」（universalism）式的權威，則當然不須迎請湄州媽來臺，也不必一定要回湄州進香。

當這些少數有意識修行的香客漸次超越，由日常爭論的相對社區媽祖先後早晚，進到以媽祖神像建立的系譜時間早晚，再進入不分時間早晚，只以媽祖神靈為依歸，不必爭名次、爭大小的境界，而一心效法媽祖高超的人格(神格)，可以說已漸進入「無分別時間」的領域。

無分別時間的領域，不僅不再分別各社區媽祖系譜時間先後，也不再分別媽祖與自己的神／人差別，應當學習媽祖的忠、孝、受苦為

民，一生清修爲道，香客個人也以此自許，以之爲自己追求的境界，相信媽祖作得到自己也做得到，這種相信在中國式神學下不是一種自大而是一種自信。「人皆有佛（神）性」、「放下屠刀立地成佛（神）」的自信。

這個境界的香客，不分神我的境界，當然也不分人／我，有「民胞物與」的胸懷。在第三階程的香客已不分自我或團體，而可悠遊於團體生活之中，但第四階程的香客不只在團體中很自在，而且是不分你我的，你是我成神的媒介，藉著你來修煉自己的德行，有你才有成就的我，而我若不用功修煉，他日也可能成爲你救渡的對象。你我都有成神的潛力，都不可輕易看低別人或自己，也不必刻意分別自己或他人，雙方互相成就。在修行路上只有德行高下不分彼此人我。

總此，進香做爲一個宗教儀式，滿足信徒實現世俗需求；做爲一個社區活動，滿足人群集結團聚的社會需求。而進香之做爲一種修煉過程，包含有不同架構「時間」之經驗及超越，包含有中國式人觀及成神之道的完成。信徒願意長途跋涉、日曬雨淋、餐風露宿地隨香，正如 Bryan Pfaffenberger 所說「朝聖者的日常村落中的生活，是造成朝聖之所以吸引人之處。甚至可以說，補償日常生活所缺乏儀式的需要」（Pfaffenberger 1979:256）。儀式能使人脫離現實時間之藩籬，擺脫現實權威之宰制，撫平現實階序之不平等。V. Turner 說得更明白：「朝聖是維持高度階層化及結構化的社會的一個機轉」（Turner 1974:228），尤其在鄉民社會，日常生活角色關係均緊緊鑲嵌著經濟與政治利益，而朝聖卻能提供一個洩氣口。如前述，Bloch 認爲洩氣口的關鍵之一來自儀式時間取代現實時間，時間架構由「過去」取代「現在」。筆者則以爲可以在 Bloch 的討論中增加不同層面，即時間架構不只由「過去」取代「現在」，還可以有其它可能性。儀式時間不一定是「過去」，只要不是「現在」，它可以是「未來」，或是「無分別時間」。祖先不一定只是蘊涵「過去」，祖先同時蘊涵「子孫」、「未來」，祖先

也同時蘊涵「過去」、「現在」、「未來」的總和。進香儀式提供香客一個漸次超越現實時間的氛圍，進而昇華現實生活之苦痛與不平等。

參考書目

（明）吳還初
    1991   媽祖傳。高雄：七賢書局。

（清）佚名
    1960   天妃顯聖錄。臺灣文獻重叢刊第 77 種。臺北：臺灣銀行經濟研究室編輯發行。

卜道
    1989   中國人的宗教心理：以大甲進香爲例，刊於中國人的心理與行爲：第一屆科際研討會會議論文集，頁 635-645，臺北：臺灣大學心理系主辦、發行。

王嵩山
    1983a   進香活動看民間信仰與儀式，民俗曲藝 25:61-90。
    1983b   戲曲與宗教活動——大甲進香之例，民俗曲藝 25:91-118。

安煥然
    1994   宋元海洋事業的勃興與媽祖信仰形成發展的關係，道教學探索 8:256-335。

宋龍飛
    1971   臺灣地區媽祖廟進香的兩個實例，中央研究院民族學研究所集刊 31:65-134。

李岳勳
    1972   禪在臺灣——媽祖與王爺信仰之宗教哲學及其歷史的研究。臺中：國際佛教文化出版社。

李豐楙
    1983   媽祖傳說的原始及其演變，民俗曲藝 25:119-152。
    1993   煞與出煞：一個宇宙秩序的破壞與重建，刊於民俗系列講座，頁 257-336。臺北：國立中央圖書館臺灣分館出版。
    1994   從成人之道到成神之道——一個臺灣民間信仰的結構性思考，東方宗教研究 4:183-210。

李獻璋
    1995   媽祖信仰研究。鄭彭年譯。澳門：澳門海事博物館出版。

林明峪
    1988   媽祖傳說。臺北：東門出版社。

林美容
    1991   臺灣區域性宗教組織的社會文化基礎，刊於東方宗教討論會論集，2:
           343-363。臺北：國立藝術學院傳統藝術研究中心。

林德政
    1993   新港奉天宮誌。嘉義縣：財團法人新港奉天董事會。

林衡道
    1961   鹿耳門天后宮真偽論戰之解決，臺灣風物 11(5):3-5。

夏琦
    1962   媽祖傳說的歷史發展，幼獅學誌 1(3):1-37。
    1962   媽祖信仰的地理分布，幼獅學誌 1(3):1-32。

徐曉望
    1997   閩國史。臺北：五南圖書公司。

陳育崧
    1952   天妃考信錄，南洋學報 8(2):29-32。

陳敏慧
    1988   參與者之反應：以進香中香客閑談為例，臺灣史田野研究通訊 9:19-
           21。

陳耀庭、劉仲宇
    1992   道、仙、人——中國道教縱橫。上海：上海社會科學院。

張珣
    1989   白沙屯拱天宮進香活動與組織，臺大考古人類學刊 46:154-178。
    1995a 大甲媽祖進香儀式空間的階層性，刊於空間、力與社會，黃應貴主編，
           頁 351-390。臺北：中央研究院民族學研究所 。
    1995b 臺灣的媽祖信仰——研究回顧，新史學 6(4):89-126。
    1995c 分香與進香：媽祖信仰與人群整合，思與言 33(4):83-106。

張慶宗
    1981   鎮瀾宮——大甲地區五十三庄庄民經神的皈依，大甲風貌。臺中縣：
           鐵砧山青年社發行。

郭金潤
    1988   大甲媽祖進香。臺中縣：臺中縣立文化中心。

郭慶文

　　1993　大甲媽祖停止往北港進香史料彙編。北港：笨港媽祖文教基金會。

黃美英

　　1983a　大甲媽祖進香記，民俗曲藝 25:23-60。

　　1983b　訪李亦園教授從比較宗教學觀點談朝聖進香，民俗曲藝 25:1-22。

　　1994　臺灣媽祖的香火與儀式。臺北：自立報社出版部。

黃師樵

　　1976　媽祖婆的考據與在臺的「神蹟」，臺北文獻 36:133-152。

蔡相煇

　　1989a　臺灣的王爺與媽祖。臺北：臺原出版社。

　　1989b　北港朝天宮志。北港：朝天宮印行。

廖漢臣

　　1965　北港朝天宮與其祭典，臺灣文獻 16(3):69-83。

鄭志明

　　1993　〈台灣民間信仰的神話思維〉，收入 1994 漢學研究中心編《民間信仰與
　　　　　中國文化國際學術研討會論文集》頁 95-139。

韓槐準

　　1941　天后聖母與華僑南進，南洋學報 2(2):51-73。

Bloch, Maurice

　　1986　*From Blessing to Violence — History and Ideology in the Cir-
　　　　　cumcision Ritual of the Merina of Madagascar.* Cambridge:
　　　　　Cambridge University Press.

　　1989　Symbols, Song, Dance and Features of Articulation Is Religion
　　　　　an Extreme Form of Traditional Authority?, in *Ritual, History
　　　　　and Power*, pp.19-45. Atlantic Highland, .N. J.: Athlone Press.

　　1976　The Past and the Present in the Present, *Man* (N.S.) 12(2):278-
　　　　　292.

　　1992　Internal and External Memory Different Ways of Being in
　　　　　History, *Suomen Anthropologi* 1/92:3-15.

Boltz, Judith Magee

　　1986　In Homage to Tien-Fei, *Journal of the American Oriental
　　　　　Society* 106(1):211-232.

Chen, Min-hwei

　　1984　*A Study of Legend Changes in the Ma Tsu Cult of Taiwan:*

Status, Competition, and Popularity. Master thesis, Department of Folklore, Indiana University.

Daniel, E. Valentine

1984 *Fluid Signs-Being a Person the Tamil Way*. Berkeley: University of California Press.

Gennep, Arnold. Van

1960 *The Rites of Passage*. Chicago: The University of Chicago Press.

LaFleur, William

1979 Point of Departure Comments on Religious Pilgrimage in Sri Lanka and Japan, *Journal of Asian Studies* 38(2):271-281.

Leach, E. R.

1961 Two Essays concerning the Symbolic Representation of Time, in *Rethinking Anthropology*, pp.124-136. New York Humanities Press.

1976 *Culture and Communication-The Logic by Which Symbols are Connected*. Cambridge: Cambridge University Press.

Levine, Robert

1997 *A Geography of Time*. New York: Basic Books. A Division of Harper Collins Publishers, Inc.

Lewis, J. David and Andrew J. Weigert

1981 The Structures and Meanings of Social Time, *Social Forces* 60(2):432-462.

Pfaffenberger, Bryan

1979 The Kataragama Pilgrimage Hindu-Buddhist Interaction and Its Significance in Sri Lanka's Polyethnic Social System, *Journal of Asian Studies* 38(2):253-270.

Sangren, P. Steven

1988a History and the Rhetoric of Legitimacy The Matsu Cult of Taiwan, *Comparative Studies in Society and History* 30(4):674-697.

1988b Matsu's Black Face Individuals and Collectivities in Chinese Magic and Religion.Paper presented at the Conference of The Historical Legacy of Religion in China, April 22-24.

Sax, William S.

    1991   *Mountain Goddess Gender and Politics in a Himalayan Pilgrimage.* New York: Oxford University Press.

Sorokin, P. A.

    1943/1964   *Socio-cultural Causality, Space, Time.* New York: Russell & Russell.

Turner, Victor W.

    1969   *The Ritual Process — Structure and Anti-Structure.* Chicago: Aldine Publishing Company.

    1974   *Dramas, Fields, and Metaphors Symbolic Action in Human Society.* Ithaca: Cornell University Press.

Wolf, Arthur P.

    1974   Gods, Ghosts, and Ancestors, in *Religion and Ritual in Chinese Society*, Wolf, ed., pp.131-182. Stanford: Stanford University Press.

Yalman, Nur.

    1962   The Ascetic Buddhist Monks of Ceylon, *Ethnology* 1(3):315-328.

附錄一

民國八十六年(1997)白沙屯拱天宮天上聖母往北港進香經訂日期表

一	放　頭　旗	農曆三月二十九日　丑時
二	登轎（起駕）	農曆四月　　二日　子時
三	出發（起程）	農曆四月　　二日　辰時
四	進　　火	農曆四月　　八日　子時
五	回　　宮	農曆四月　十一日　未時
六	開　　爐	農曆四月二十二日　子時

拱天宮謹製

附錄二

財團法人大甲鎮鎮瀾宮天上聖母丁丑年遶境進香行程時間預定表

		零時	啓駕
第一天	國曆四月十三日 農曆三月　七日	（星期日）	駐駕彰化市天后宮
第二天	國曆四月十四日 農曆三月　八日	（星期一）	駐駕西螺鎮福興宮
第三天	國曆四月十五日 農曆三月　九日	（星期二）	駐駕新港鄉奉天宮
第四天	國曆四月十六日 農曆三月　十日	（星期三）	駐駕新港鄉奉天宮
第五天	國曆四月十七日 農曆三月十一日	（星期四）	駐駕西螺鎮福興宮
第六天	國曆四月十八日 農曆三月十二日	（星期五）	駐駕北斗鎮奠安宮
第七天	國曆四月十九日 農曆三月十三日	（星期六）	駐駕彰化市天后宮
第八天	國曆四月二十日 農曆三月十四日	（星期日）	駐駕大甲鎮鎮瀾宮

附錄三

民國八十年（1991）大甲媽祖遶境進香時間預定表

第一天 國曆四月十五 農曆三月一日 （星期一）	0:00 財團法人大甲鎮瀾宮天上聖母辛未年遶境進香起駕→1:20 大甲鎮水尾橋南端停駕供善男信女參拜後起駕→3:30 清水鎮下湳里朝興宮起駕→4:10 清水鎮紫雲巖起駕→5:40 沙鹿鎮玉皇殿起駕→8:20 大肚鄉萬興宮起駕→9:10 大肚鄉永田村永和宮起駕→11:50 彰化市國聖里永安宮起駕→12:40 彰化市茄苳里茄苳王廟起駕→13:30 彰化市茄苳福德正神廟起駕→13:40 彰化市茄苳里停駕供居民參拜→14:20 彰化市茄苳里起駕→14:40 彰化市茄南里往彰化市下廍里永和堂停駕→15:00 彰化市下廍里永和堂起駕→15:40 彰化市新華里彩鳳庵、北辰宮起駕→16:30 彰化市慈吉慈惠堂起駕→17:00 彰化市西勢里聖安宮起駕遶境彰化市內往天后宮→19:00 彰化市天后宮駐駕。
第二天 國曆四月十六 農曆三月二日 （星期二）	0:00 彰化市天后宮起駕→1:00 彰化市南瑤宮起駕→4:20 員林鎮平和里福寧宮起駕→6:40 永靖鄉永東村東安宮起駕→8:40 北斗鎮光復里華嚴寺起駕→9:20 北斗鎮奠安宮起駕→10:40 溪州鄉舊眉村聖安宮起駕→11:00 溪州鄉東州村停駕供村民參拜→11:30 溪州鄉尾眉村復興宮起駕→12:30 溪州鄉遶境，天后宮停駕→14:20 溪州鄉天后宮起駕→15:40 溪州鄉三圳村三千宮起駕→17:30 西螺鎮內經由慈惠分堂遶境→19:30 西螺鎮福興宮駐駕。
第三天 國曆四月十七 農曆三月三日 （星期三）	0:00 西螺鎮福興宮起駕經由新安里、新豐里往西螺鎮吳厝里朝興宮→1:40 西螺鎮吳厝里遶境朝興宮停駕→3:50 西螺鎮吳厝里朝興宮起駕→4:15 二崙鄉三和村協天宮起駕→9:00 經虎尾鎮墾地里往土庫鎮順天里順天宮停駕→9:30 土庫鎮順天里順天宮起駕→9:40 經土庫鎮圓環145甲路往新港鄉奉天宮→10:50 元長鄉鹿寮村義天宮停駕→11:10 元長鄉鹿寮村義天宮起駕→11:40 經由元長鄉瓦磘村福德宮停駕元長鄉內寮村停駕供村民參拜→12:10 經崙仔大橋於橋頭前新港鄉奉天宮及新港鄉各界人士及財團法人大甲鎮瀾宮大上聖母辛未年遶境進香賽香恭迎聖駕→12:30 新港鄉崙仔村代天府停駕→13:30 新港鄉崙仔村代天府起駕→14:00→崙仔大橋南邊2公里處財團法人大甲鎮瀾宮天上聖母辛未年遶境進香頭香、貳香、參香恭迎聖駕於新港鄉市區內遶境→16:00 新港鄉奉天宮駐駕（全體董監事及善男信女參加駐駕誦經）。
第四天 國曆四月十八 農曆三月四日 （星期四）	5:00 奉天宮舉行點燈、拜斗、消災、誦經；8:00 於奉天宮舉行祝壽典禮。（祝壽典禮後，筶擇定回駕典禮時間）；22:00 於奉天宮舉行回駕典禮。（預定時間）

第五天 國曆四月十九 農曆三月五日 （星期五）	0:00 於新港鄉奉天宮起駕→5:00 土庫鎮圓環邊停駕供鎮民參拜→6:30 土庫鎮圓環邊起駕→7:30 虎尾鎮東屯里遶境，大安宮停駕→7:50 虎尾鎮東屯里城隍廟停駕→8:00 虎尾鎮東屯里城隍廟起駕→9:00 虎尾鎮北溪里遶境，龍安宮停駕→9:30 虎尾鎮北溪里龍安宮起駕→10:00 虎尾鎮墾地里遶境→10:30 二崙鄉三田村協天宮起駕→12:00 二崙鄉東隆宮起駕→13:00 西螺鎮吳厝里朝興宮停駕→14:00 西螺鎮吳厝里朝興宮起駕→14:50 西螺鎮九隆里慈和宮起駕→15:40 西螺鎮九隆里震安宮起駕→16:30 西螺鎮下湳里鉢子寺起駕經西螺鎮頂湳里停駕供里民參拜→16:50 西螺鎮福田里福天宮起駕→17:30 西螺鎮新豐里、新安里遶境，新豐里、新安里活動中心停駕→19:00 西螺鎮新豐里、新安里活動中心起駕→20:00 西螺鎮福興宮駐駕。
第六天 國曆四月二十 農曆三月六日 （星期六）	5:00 西螺鎮福興宮起駕→6:40 溪州鄉水尾村震威宮起駕→8:00 溪州鄉育善寺停駕→10:30 溪州鄉育善寺起駕→12:00 北斗鎮大轎組壽安宮停駕→13:00 北斗鎮大轎組壽安宮起駕，北斗鎮內遶境→16:00 北斗鎮奠安宮駐駕。
第七天 國曆四月廿一 農曆三月七日 （星期日）	3:00 北斗鎮奠安宮起駕→4:00 經由田尾鄉→5:00 永靖鄉永東村永安宮起駕→6:20 永靖鄉湖璉村輔天宮停駕→7:00 永靖鄉湖璉村輔天宮起駕→7:10 ○頭香於永靖鄉輔天宮廟前恭迎天上聖母辛未年遶境進香回駕獻香→7:50 永靖鄉五汴村天聖宮停駕→8:00 永靖鄉五汴村天聖宮起駕→8:20 ○貳香於員林鎮中山路一段 110 號，木村藥品公司前恭迎天上聖母辛未年遶境進香回駕獻香→8:50 ○參香在員林鎮中山路一段 296 號，三永洗車場恭迎天上聖母辛未年遶境進香回駕獻香→9:30 ○贊香在進入員林鎮叉路口前恭迎天上聖母辛未年遶境進香回駕獻香→10:30 員林鎮福寧宮起駕→13:10 花壇鄉中庄村福安宮起駕→14:00 花壇鄉橋頭村聖惠宮起駕→15:00 花壇鄉白沙坑文德宮起駕→16:20 彰化市延和里慈恩寺起駕→16:40 彰化市延和里慈元寺起駕→17:30 彰化市延和里彰山宮起駕→18:00 彰化市內遶境→19:30 彰化市天后宮駐駕。
第八天 國曆四月廿二 農曆三月八日 （星期一）	0:00 彰化市天后宮起駕→3:30 大肚溪橋北岸→大肚鄉王田村天和宮起駕→8:00 沙鹿鎮原天池育樂園門口停駕→8:30 沙鹿鎮原天池育樂園門口起駕→9:00 沙鹿鎮福壽企業公司停駕→9:30 沙鹿鎮福壽企業公司起駕經由清水鎮甲南台中港火車站前停駕→13:00 甲南台中港火車站前起駕經由大甲溪橋於大甲鎮義和里連接恭迎天上聖母辛未年遶境進香回駕陣頭→16:00 財團法人大甲鎮瀾宮天上聖母辛未年遶境進香回駕入宮安座典禮。

時間、工作與兩性意象[1]：
蘭嶼 Tao[2] 的時間觀[3]

陳玉美

中央研究院歷史語言研究所

. . . A vision of the world is a division of the world, . . . To bring order is to bring division, to divide the universe into opposing entities . . .

. . . the fundamental principle of division (the paradigm of which is the opposition between the sexes) . . . (Bourdieu 1990: 210, 223)

---

1 筆者在此要感謝研討會上與會諸位先生、女士提供的寶貴意見。另外，要感謝兩位審查人及陳敏慧女士。

2 最近幾年當地人有擬以「達悟」（即 Tao 的音譯），取代一向沿用的雅美族者。今年（1998）九月行政院原住民委員會派員至島上進行「正名徵詢座談會」，亦未獲得當地人共識。正名的活動仍在進行中。

3 本文所討論的，主要是以 1930 年代，日據時期，日本學者的研究，加上 50 年代與 80 年代相關學者所收集與發表的資料為基礎，加上筆者的田野資料。早期以曆法、飛魚祭等與儀式相關的資料比較多，有關每日作息的時間等比較細的資料，一直到晚近才有。這種現象，自然與研究者的焦點，當時的研究風潮等相關。有關本文與其他研究者所收集的每日作息時間，是否可算是當地社會的「傳統時間」？到底可以往前推到何時，筆者無法回答。除了當地報導人說是「蘭嶼的說法」外，在口傳的創世神話傳說中，可看到如：'katatalatowenno araw'（臺灣省文獻委員會 1995:56），'arow ri do peykasisibowen'（Benedek 1987:501）等用法，或許可用來佐證。

一、前　言

　　涂爾幹在 *The Elementary Forms of the Religious Life* 一書中，提出了社會時間 (social time) 的概念。並確定時間為基本的分類概念之一。社會活動，特別是歲時祭儀的節奏與律動，一方面源於社會生活，另一方面，卻也規範了社會生活，成為一無形的準繩。「曆法傳達集體活動的韻律，同時也保證了其規律性」(Durkheim 1915: 9-11)。時間和空間一樣，無所不在，滲透人類生活世界的各個層面。本文將焦點放在蘭嶼 Tao 兩種社會時間：一年(歲時祭儀)與一天(每日行事)，及其所具有的社會文化意涵。這兩種「時間」各有其起源傳說，各有其主題旋律，更重要的是，經由兩性象徵所傳達出來的公與私的對立。而因人而異的時間現象，此種時間的不確定性，與當地人的人觀有密不可分的關係。

　　本文試圖瞭解當地的社會文化特性在對當地社會時間性質的理解上扮演了何種角色；或者說，從當地社會時間的特性，如何幫助我們進一步闡明當地社會文化的特色。

　　蘭嶼 (Ponso no Tao) 位於臺灣本島東南方海上，距臺東市約 49 海浬。面積約 45.7 平方公里的島上，有近三千居民。[4] 蘭嶼四周為太平洋海域。每年二、三月之交，菲律賓附近海域的黑潮洋流北上，帶來以飛魚為主的迴游魚類。島嶼的環境，加上島上除了島民畜養的豬、羊，此外，並無大型的哺乳動物，[5] 生業上遂形成以農耕、漁撈為主的形態。農耕，特別是水田水芋的種植，是女性 (妻) 的專屬工作；反

---

4 根據 1996 年行政院原住民委員會公布之人口統計資料，島上居民(Tao)有 3,987 人。
　同年蘭嶼戶政事務所的統計資料則為 2,994 人。
5 島上唯一稱大型的野生哺乳動物，是俗稱的所謂果子狸，其體型如狐狸一般大小。

之，漁撈，是男性（夫）的專屬工作。水田水芋是主食[6]（*kanen*）的代表；魚則是副食（*yakan*）的代表。男女（夫妻）的分工，正如主食與副食，是互補相成的關係。就像當地人說的，「有魚乾時，要有地瓜、芋頭一起，這樣才配。才吃得下，吃得多。吃（米）飯就沒有辦法，吃不下。」這種男女[7] 互補或是成一對組合的關係，在以下當地人的敍述中可以得到進一步的（意象上）闡明。當產婆（*mangdes*）夢見檳榔時，表示產婦會生女；若夢見荖藤，則產婦會生男。檳榔與荖藤，彼此不可或缺。就像魚與芋，要一齊吃，味道才對（palatable）。

與上述男女互補的關係對應的，是家屋空間（主屋）所呈現出來的男女對立的關係。夫妻（男女）的分工，既是對照又是互補。一位（妻、女）在水田（陸上的海）負責種植水芋（陸上的魚）；一位（夫、男）在海上（海上之田），捕魚（特別是飛魚，海上之芋）。[8] 男人（夫）不能在水芋田工作。如果「一個男人在水芋田工作，就好像他的妻子已經不在了（死了）。」；一個女人（妻）不能殺魚，如果女人殺魚，「就好像她沒有先生（死了）。」[9]

核心家庭（*asa ka vahay*）是當地社會最小且自給自足的基本單位。家屋是整體社會具體而微的表徵（microcosm）（陳玉美 1995）。生活世界中男女（夫妻）的分工，亦即其生活的實踐，傳述、內化當地社會透過男女的象徵所傳達的社會、文化價值。而這種透過男女的象徵所傳達的社會、文化價值，在當地的空間與時間的象徵分析中，得到更進一步的證明。在當地，人（觀）、工作、時間與空間的關係，層層交織，相互發揚。

有關當地文化的空間觀念，已在另一篇文章討論，在此僅舉其要，

---

6 根莖類的農作物，如芋頭、地瓜等是主食，肉類、魚等則是副食。

7 在蘭嶼，在大部分的情況下男女與夫妻是可互換的。

8 飛魚與水芋之互為隱喻，於落成禮禮歌中常見。見劉斌雄 1982。

9 在此同時也牽涉到行為與道德以及人觀的問題。

在文章後段相關的部分，再做進一步討論。

透過聚落、家屋與飛魚季節空間的分析，得到如下列二元對立的象徵關係（陳玉美 1995）：

男	女
右	左
海	陸
魚	芋
副食	主食
(*yakan*)	(*kanen*)
聚落	家
sarey	*sekez*
(日落)	(日出)
死	生
老	幼
wild	domestic
public	private

從以上所列，透過空間分析所得出之二元對立的象徵關係，可看出當地社會文化透過性別與年齡做爲其分類的主軸。在這樣的基礎上，本文擬對另一個面向，即時間的面向，做進一步的討論。特別著重人與時間，人與工作與時間的討論。

與當地時間相關的研究，早期是以曆法爲主，特別是有關置閏的問題（林衡立 1961；淺井 1929，1939；鹿野 1944；Leach 1950）。本文則著重在當地兩種社會時間：歲時祭儀（一年）（*Kasakawan*）與每日行事（一天）（*Kasaraw*）的討論。

二、人觀、人與工作

在進入有關時間面向的討論之前，有必要對當地人的人觀做一簡單的敍述與討論。除了上述以檳榔、荖藤做爲男女的象徵，呈現其互

補、一體的一面。人與工作的關係更是密不可分。產婦生女，必須送麻線給產婆；生男，則需送魚鉤給產婆。[10] 女人別稱為 *ipakatalili*，*ipaka-* 是製作、生產，*ipakatalili* 也就是做衣服（*talili*）的人的意思；男人別稱為 *ipakatatala*，也就是說男人是製造木舟（*tatala*）的人。男孩漸漸長大，「已經到了和人一起去釣魚（的年齡）」，慢慢的，「又到了可以單獨去釣魚（的年齡）」。女孩漸漸長大，到了「可以挖兩餐飯份量的芋頭了（的年齡）」，逐漸，「到了可以自己上山拿飯（芋頭、地瓜）（的年齡）」。夫妻談笑時，先生往往會模仿妻子從山上回來，以前額揹籐籃，在路上，彎腰奮力向前的模樣。筆者也曾聽一位三歲的小男孩，與他的祖母有如下的對話，祖母：「你有太太嗎?」小男孩：「有啊」祖母：「在哪裡」小男孩：「去山上拿地瓜」。織布、種植與採收水芋是女性專屬的工作。「勤勞的女人，每天去山上」。出嫁時，父母交代，不可偷懶，要努力做山上的工作。織布與水芋田的工作，是女性角色與能力的最佳代表。「沒有船的人，不是一個真正的雅美男人」。「一個沒有田地的人，就好像他不是人一樣」。論婚嫁的對象，即使田地很多，女方仍會猶豫，「田多有什麼用，他不會抓魚，又懶惰，會沒有菜吃。」造船、捕魚是男性角色與工作的最佳代表。也就是說，工作與人的成長、社會身份、社會地位密不可分，彼此相互界定。

一位有社會聲望的人（*minakem*），必須是家裡田地多，豬多羊多，有黃金、銀帽。「黃金被偷了或掉了就成為村內的可憐人，被人瞧不起，認為無用……幾個兄弟分起來的話就只能得到一點點，但不能沒有黃金。有的雖不多，心卻可以滿足，能夠好好的活在蘭嶼島上，做正正當當的雅美人」（董森永 1997:120）。筆者在田野期間目睹一件火災。工作房燒掉了，主人的黃金也被燒掉了。「黃金燒了，我活在世上還有什麼意思，不如隨它一起去。」親友趕去慰問，一直陪在身邊，擔心

---

10 依董森永 1998，是嬰兒父母準備，由產婆送嬰兒，為嬰兒祝福。

他會想不開。除了家傳的寶物，個人更透過落成禮的舉行，累積個人的社會資本（social capital）。一個人拜拜（舉行落成禮）的次數不多，在別人面前抬不起頭。爭吵時，對方只要說「你有什麼用，拜拜次數有幾次?」，拜拜次數少的人，嘴巴就閉起來，不敢多話。

　　由以上所述，可知工作與人的認同與價值有密不可分的關係。當地人的人觀，一方面強調男女有別、各有其司；另一方面強調人是生而平等的。也就是說，在當地，人的社會聲望與地位，並非繼承而來，而是在成長的過程中，透過個人（夫妻）的努力，累積個人（夫妻、家）的財富（家畜、田地等）。更透過家屋與船的落成禮，累積個人的社會聲望與社會資本（social capital）。這種平權社會的特徵，也清楚的展現在當地人與時間的關係上。有關此點，稍後將再做進一步的討論。

　　以下將進一步討論蘭嶼的時間觀。本文將著重在一天（*kasaraw*）與一年（*kasakawan*），也就是每日行事與歲時祭儀的討論。有關時間與歷史，時間與記憶與歷史等課題則暫不在本文討論的範圍。

三、Tao 的傳統時間觀[11]

1.Tao 的一天（kasaraw）

太陽之死

在蘭嶼的始祖傳說中，有一則有關晝夜形成的傳說：[12]

> 天很低，有一婦人，
> 看小孩曬得可憐，
> 用手一指，另一個太陽變月亮。
> 以後逐漸形成晝夜交替。（陳敏慧 1987：156）

---

11 參考註 2。
12 此傳說有數個話者提供數個版本，在此僅取其較簡略者，其餘請參見陳敏慧 1987。

天上原有兩個太陽，跟隨母親上山的小孩受不了強熱，被曬死，母親憤怒之下，以指咒罵太陽。其中一個太陽，逐逐漸失去光熱，變成月亮。晝夜於是形成。也就是說，（一）天（day）的形成是與女性（母親）有關的。

事實上，將一天進一步的區分，的確也是以婦女的工作與活動為主要的節奏與旋律。以下將舉兩個實際的例子，描述在傳統住屋與水泥國宅的婦女的一天，[13] 接著再進一步敘述當地人如何劃分一日。

傳統住屋的一天

（先生去世後，大兒子一家搬回主屋，Siapen Godan 獨居在工作房。）

公雞剛啼，Siapen Godan 就起床。她把毯子、棉被收起，推到旁邊。這毯子與被子是好一陣子前，村裡教會發放的救濟品。她打開工作房的前門，讓新鮮的空氣進來。接著，她梳理頭髮，綁上髮帶。然後，她就移到位於工作房後門的灶上起火，煮早餐。由於她的大兒子從山上接了泉水到家裡，現在她已經不需要像從前一樣，一早去提水。

今天她決定煮白飯然後加糖吃。有時候她就以前一天的剩飯打發一餐。飯熟了，她把鍋子取下，再添些柴火，將另一鍋地瓜和芋頭上灶。這個是她的下午飯和晚飯。她同時發現到灶上的柴火所剩無幾，今天應該上山砍點柴火才好。

飯後，她移到前門休息，做個檳榔吃。吃之前，她先將做好的檳榔打碎，方便吃。她一邊吃著檳榔，一邊眺望海景。正在此時，Sinan Yasoway 頭頂著一大盆地瓜和芋頭的皮以及昨天的剩飯、剩菜從她面前經過，準備去餵豬。她們彼此相互招呼。

---

13 以下所舉二例，雖然不是最典型的，尤其是第一例，是獨居的寡婦。但這兩各例子在日常生活的韻律方面，仍有相當的代表性。

　　不久，Siapen Godan 的嫂嫂過來聊天，同時帶了一些煮熟的龍蝦和肉過來送她。姑嫂二人，有時會一起結伴上山，今天她們決定各自行動。

　　嫂嫂離開後，Siapen Godan 也開始準備上山的工具。由於正好是個天氣晴朗的夏日，她決定去山上，同時也去海邊採集貝類。她拿出她的鐵棍（掘棍）、鐮刀、塑膠提籃、網袋準備上山。就在她關門要出發時，主屋那裡傳來她的大媳婦叫她小孫女起床，準備上學的聲音。

　　上山途中，她遇到幾位村人，也是要上山或到海邊採集食物。中午，她和其他幾位同伴，一起在蔭涼的地方休息。休息完畢，她往海邊出發。由於天氣晴朗，海邊有許多人。Siapen Godan 今天收獲不錯，她抓到一些章魚、相當多的笠螺以及一些蜑螺。她收拾起她的網袋，往田的方向出發。中途她先到路邊的一處泉水清洗手腳。到了地瓜田，她把網袋放在田邊的小工作屋，[14] 然後開始拔除雜草。她將拔的雜草在田埂上堆成一堆，讓太陽曬乾。接著，她前往她第二個兒子的水芋田。她同樣地把雜草拔除，堆放在田埂上。她一邊除草，一邊把一些生長狀況不是很好的小芋頭挖出。然後她把芋頭拿到水田出水的地方清洗。工作完畢，她把芋頭裝在塑膠提籃中，將提繩套在前額，然後把整袋芋頭揹起來。回程，她順道拿了放在小工作屋的網袋，回家之前，在道路邊的泉水處再清洗一次身體，然後回家。到達家裡，Siapen Godan 放下額上重負，說了聲：「唉！累死人了！」脫掉上衣，喝些涼水。休息過後，她把芋頭和網袋拿到後面。她先將灶上煮地瓜的鍋子取下，重新生火，再拿出另一個專門煮魚貝類的鍋子。她先加一些海水然後再加淡水，接著把網袋中的章魚、貝類、魚放入鍋中煮。同時，她把煮好的地瓜、芋頭拿出來，剝掉外皮。這些地瓜、芋頭的皮放在另一個盆子裡，準備給豬吃。在等鍋裡菜熟的時候，她移到前門，做

---

14 當地人在田邊建的，只有屋頂，四周無牆，遮陽、休息用。

一個檳榔吃，休息一下。當 Siapen Godan 吃下午飯的時候，她的朋友 Sinan Komolang 過來找她聊天。在她的朋友離開之後，Siapen Godan 將煮好的魚、貝分成兩份，一份給她的大兒子，一份給她的小兒子。日落時，Siapen Godan 正在吃她的晚飯。Sinan Yasoway 再度經過，準備去餵豬。飯後，Siapen Godan，再吃一個檳榔，休息一下。接著，她把下午剝的地瓜皮、芋頭皮拿去餵豬。

天色漸暗，Siapen Godan 點起蠟燭，Sinan Komolang 又過來聊天。不久，她的嫂嫂也過來聊天。在她的客人走後，Siapen Godan 準備睡覺，她把前門關了，舖好被子，吹熄蠟燭。

水泥國宅的一天

鐘響六點，Sinan Manui 起床。她與她六個月大的小兒子一起睡。天氣漸熱，她很希望能夠睡在外面的涼亭，但是她的孩子還小，為了她的小兒子，她必須忍耐。她起床後，到廚房準備早餐並餵豬。其他的孩子還在客廳的地板上熟睡。她的先生則已經到海邊查看昨晚放在海水裡的龍蝦。六點半，早餐準備好了。她叫醒孩子們。今天早上她用新買的電子鍋煮米飯。菜有：煎蛋、炒青菜以及一些昨晚剩的炒雞肉。菜是她自己種的。七點鐘，孩子們準備上學。學校有營養午餐，所以她不需要擔心孩子們吃飯的問題。孩子們上學後，Sinan Manui 開始餵她的小嬰兒。她還在猶豫，到底是要去山上，還是要留在家裡做其他的家事。田裡的草已經很高了。可是她昨晚做了一個夢，夢見一個人跛腳，問她為什麼要打傷他的膝蓋。她的婆婆告訴她，可能是在山上除草時，不小心打到 *anito*。

八點半，一個指揮部的人來拿昨天訂的龍蝦，同時希望明天能買更多。Sinan Manui 的先生答說：不知道哪！明天你再來看看好了。

Sinan Manui 到增建的側間，在傳統的灶上開始煮地瓜和芋頭。將近十點，Sinan Manui 決定去山上看看西瓜生長的情形，並採收一

些青菜。她請她的母親幫忙照顧她的小嬰兒。當她經過 Sinan Chomei
家前面時，有幾位年輕的太太在涼臺上聊天。現在有些年輕的婦女只
吃白米，都不去山上工作。Sinan Manui 算一算她園中的西瓜，共有
十五粒。因為這是她第一次種西瓜，她不太確定西瓜是不是已經成熟。
她決定摘幾粒回家試試看。有些蔬菜已經老了，都開花結子了。Sinan
Manui 將菜子收起來，準備下一次種。她將西瓜、青菜、種子一併放
入塑膠提籃中，將提袋放在前額，準備回家。回家後，她將東西放下，
先洗個澡。她發現她先生的竹排已經回來了，正在岸邊下漁獲。她在
準備下午飯時，捕魚的一行人，已將漁獲搬到屋前分配。除了準備賣
給餐館的部分外，其餘的均分給船員。竹排也有一份。

　　下午飯是在涼臺上吃的。飯後，休息並吃檳榔。Shaman Manui
騎摩托車去採羊吃的葉子，一下子就回來。接著，他在涼臺上躺著，
不久就墜入夢鄉。

　　中、小年級的小朋友在學校吃完營養午餐後就回家。高年級的小
朋友下午要繼續上課。小朋友回家，丟下書包，就跑出去找其他的小
朋友玩。

　　下午五點，Sinan Manui 去餵豬。將近七點，晚餐準備好了。她
叫她的大女兒把弟弟們找回來吃飯。今天晚上的菜有魚。魚有兩種，
男人魚和女人魚。Sinan Manui 用不同的鍋子煮這兩種魚，分別盛在
不同的盤子。晚餐當中，Sinan Manui 的母親來，因為她已經吃過了，
所以只喝些魚湯。飯後，大家坐在涼臺聊天，一邊吃檳榔。有鄰居過
來，順手做個檳榔吃，聊了兩句，就往別處去了。

　　晚上九點，Shaman Manui 穿上潛水衣準備去捉龍蝦。許多人也
帶了手電筒，準備到海邊捉螃蟹。Sinan Manui 今晚要和她的先生一
起去海邊。出發前，她擦一些香水[15] 在身上，因為孩子還小，她必須

---

15 擦香水是為了防範 *anito*。以前則是以蘆葦塗抹。目的是讓 *anito* 聞不到人的味道。

凡事小心。到達海邊，他們先禱告，然後下海。Shman Manui 下海捉龍蝦，Sinan Manui 則在岸上捉螃蟹。他們此行豐收，回到家已經過了十一點。Shman Manui 先去洗澡，Sinan Manui 則把螃蟹和一些較小的龍蝦煮起來，另外再煮一些麵拌肉醬做點心。村子裡一片寂靜。後天是週末，Sinan Manui 想著她在國中唸書的老大那天會回來。

上述的兩個例子，一方面顯示了不同世代的生活方式，特別是飲食的不同。另一方面，也顯示出，傳統的、基本的生活韻律仍然是當地日常生活的主旋律與節奏。這在下述有關一日當中不同時段的區分的敘述中，更加清楚。

當地人並無抽象的時間觀念。也沒有標準的時間衡量的工具。鐘錶的引進，最早可能是日據時期，學校中有鐘，教師也有教導認識時鐘。（鐘）錶，當地人稱 *toki*，是從日文來的，當地的話則稱 *tori do araw*，*tori* 是記號，（鐘）錶（*toki*）是太陽的記號。也就是說，鐘錶上的位置，指示的是太陽的位置。當地人對一日當中不同時段的組合與區分，主要是以女性的工作、活動，以及太陽的位置做為組合與判斷的標準。鹿野忠雄（1944）說當地人一天的算法是自月亮昇起至下一次月亮昇起為一天。一位女性報導人則對筆者說「我們蘭嶼的一天是從太陽出來到日落。」其中是否隱含因性別不同而有不同的觀念與認知，仍待進一步澄清。

以下將就當地人對一日當中不同時段的區分，做進一步的討論。雞鳴晨起（*tomazokokok rana o manok*），日將出，天上雲彩轉紅，已經可以見到模糊的石頭樣子（*mikavatovato*）。這個時候，要出海遠漁者，要準備出發了（*ilelwasno mangahahap*）。而家裡人口多的也在這個時候開始剝皮飯[16]（*palailapoyso kanen no miyazazasan*）。他

---

16 所謂剝皮飯，是指將蒸煮熟的地瓜、芋頭等主食，剝去外皮。剝皮飯是當地人的用法（翻譯）。

們之所以需要比別人早準備，據當地的人說：「家裡人多的人，很會欺侮人。他們要早早吃飽，準備打架（吃飽了才有力氣）。」。家中主婦，提水（*pipalangain do ranom*）、剝皮飯（*pipalalapoin so riyagen*）、餵豬（*piypanyonyoraen*）。然後是吃早飯的時間（*piriryagen*）。飯後吃檳榔，休息一下（*cinika mizumyag*），就去山上（*pisibowen*）。家裡有事，就晚一點去山上。大家都去山上了（*katesen no misibo*）。餵小孩子的人（有小嬰兒的），就比較晚才去山上（*pisibowen no mipalavin*）。小孩子的靈魂跟著母親，太早上山，*anito* 還在外面玩，怕碰到了，會把小孩的靈魂嚇跑。孩子還小的人，比較晚上山，也比較早回家（*piyilin no mipalavin*）。因為孩子肚子餓了要回去餵奶。過了正午（*makapya a miyigen*［*piyignan maraw*］），太陽慢慢往下降（*maligan o araw*）。比較快回家的人，回去了（*ikabedbed apiyilin*）。接著，比較慢回家的人，也慢慢一個一個回家了（*tatasa o moli rana*）。比較快回家的人，比較早吃下午飯（*piyagzaen*）。下午去釣魚的人此時出發（*makoyab pisiboen no teimingyab*），三、四點到晚上，釣不到魚沒有耐心的，可以早一點回家。較慢回家的人，吃下午飯（*piyagzaen no maehayanimoli*）的時間稍後。飯後，休息吃檳榔（*miwalam*）。接著是，剝晚飯皮的時間（*pipalalapoin so yaben*），餵豬（*pipanyonyoraen*）。就準備吃晚飯了（*piyoyaven*）。此時，天色漸暗，漸漸看不清人的面孔（*pisosomisemen*）。休息過後，哄孩子睡覺，接著準備煮明天早上的飯（*picidmen no anak*）。過了午夜（*avak no ep*），到了清晨三、四點鐘，老人不睡覺，唱歌。過去所做的工作，要（編歌唱）做紀念。年輕人來聽故事，與老人聊天（*ipanwawalam sorarake*）。雞鳴晨起……如此週而復始。[17]

---

17 乾尚彥先生在其著作《ヤミ族の建築》的附錄中，有當地人語彙，其中記錄與「時間」相關的，與本文所記錄的大同小異。此亦可為註2的另一佐證。

　　由以上的描述，可以清楚地看出，一天是以婦女的工作與活動為其主題旋律與節奏，男性的工作是附屬與點綴。就像當地人說的「女孩子的工作比較多」。[18] 主婦準備三餐供應主食，是滋育生命的象徵。當地婦女說「男人沒有女人是沒有辦法的，男人要靠女人。」更重要的是，不同的人有不同的時間。或者說，時間是因人而異的。如有小孩子的人上山、回家的時間與沒有小孩的人是不同的。這種因人而異，或時間的不確定性，在年節的劃分上也有相同的現象（參見討論年的部分）。男人的工作與活動，在此僅扮演配角。而且其出現的位置，也都是在白天婦女活動與工作的前、後（如捕魚〔清晨〕、與聽老人講故事〔凌晨〕）。可以說，不僅女人是（一）天（月亮、畫夜）形成的行動者，她更以她的行動構成一天的主要內容。

2.Tao 的一年 (kasakawan)：歲時祭儀

　　飛魚的話（*ciring no alibangbang*）：飛魚季相關祭儀與禁忌的由來。

　　蘭嶼當地雖然沒有直接有關曆法起源的傳說。但是在有關飛魚禁忌與祭儀由來的傳說中卻相當清楚地交代了相關的歲時祭儀。[19] 同時由於飛魚祭在當地所扮演的核心角色，在交代飛魚祭相關祭儀的同時，也就幾乎交代了相關的歲時祭儀（臺灣省文獻委員會 1995：73-111）。

　　　人將飛魚與其他的魚、貝、螃蟹一起煮。結果，人生瘡，飛
　　　魚也生病。於是黑翅飛魚[20] 托夢給老人，告訴老人，人與飛
　　　魚生病的原因，並告訴他正確對待飛魚的方法，煮飛魚時不

---

18 當地人，無論男女都同意此點。

19 由於版本的差異，有的版本僅簡單的敍述飛魚祭的起源，有的版本則詳細的交代相關的歲時祭儀。

20 黑翅飛魚是飛魚裡的 *minakem* 是最有聲望的。

能和其他的貝、蟹一起煮。主食要用另外的鍋子，煮這字要用 *zanegen*，而不能用煮其他食物的 *dengdengen* 一字。夢中，飛魚與老人相約，隔日在 *Yabnoy* 相見，再告訴他其他與飛魚相關的禁忌與祭儀。在 *Yabnoy*，黑翅飛魚引見了其他的飛魚家族成員。黑翅飛魚 *mavaheng so panidmabazangbang* 量少，最有聲望，晚上火漁，白天舟釣。不可用火烤來吃，否則會生瘡。紅翅飛魚 *mabazangbang so panid*（*saliliyan*）量最多，白天舟釣，夜間火漁。要用生血祭它們。*Sosowoen* 量少，最先到達蘭嶼島。只能夜間火漁，不能白日舟釣。*Kakalaw*，沒有什麼用處，多半在 *Pikaokaod* 下旬才隨 *saliliyan* 一起到。體型較小，給小孩子吃剛剛好。不需曬成魚乾。捕回來直接下鍋煮。晚上火漁，它們不吃餌（也就是不能舟釣）。*Loklok*，不會成群游到，是 *arayo* 最愛吃的魚，所以用來釣 *arayo*。小孩子不能吃，老人可以吃。可火漁。*Sanisi*，不能吃，可用來釣 *arayo*。

飛魚社會就如同 Tao 的社會一般，以年齡、社會聲望來區分。接著，黑翅飛魚（飛魚中的老大），繼續交代老人煮飛魚與捕撈飛魚的程序與祭儀。

Kaliman 月圓之日，要吃完飛魚乾（*manoyotoyon*）。*Kaneman*：是做石灰的月份。*Kapitowan*：舉行 *Omazos*，祈求天神。*Omazos* 完畢，種小米。*Kaowan*：捕魚曬成魚乾，準備 *Kapowan* 的 *Omaraw* 拜拜用。*Kasyaman*：舉行 *ipagegcin so pinodpod do rarakeh* 拜拜，殺豬、宰羊。要洗飛魚盤、湯碗，採曬魚架……。*Kapowan*（*Paneneb*）：大船船組成員共宿 *panlagan*，舉行招魚祭。*Pikaokaod* 的初一，舉行 *mapisyaisyai*，船組成員不需再共宿 *panlagan*。*Papatao*：舉行小船招魚祭、*minganangana*、 *mipeagpeag*、*malmalechin*。*Pipilapila*：（男人）不可不出海捕魚。月圓時剪掉飛魚的翅膀與尾巴，並舉行 *mapasaad so alibangbang* 的拜拜。*Piavean*：舉行 *mivaci*，黑翅飛魚在本月就需吃完。

相對於前段所述晝夜的起源，飛魚季（祭）以及歲時祭儀的起源，是由飛魚（天上神所飼養的魚）中聲望最高（*minakem*）的黑翅飛魚，傳遞給 Tao 社會中具有聲望與地位的老人。[21] 小米是天上的祖父（天神）最喜愛的。小米種在山坡的旱田，與水田水芋的種植相對的，是男人的工作。[22] 旱田可以隨便種，水田則屬家族所有。*Kapitowan* 月，聚落的男人齊聚海邊祭拜天神（*tao do to*）（*mipazos*），由長者訓話並提議共同開闢旱田，種植小米。其他聚落相關的公共事務，如水渠的整修等也一併在此時討論。這個場合(時、空)，沒有女人。*Kapowan*（*Paneneb*）月，大船的招魚祭，同樣地，是全聚落的男人（包括還不會走路的小男孩）齊聚海邊，同樣地，由領祭的大船的長者，訓示飛魚季的禁忌。禁忌的守護，關係著全聚落飛魚季漁運與漁獲。飛魚季節（*rayon*）包括 *Paneb*（*Kapowan*）、*Pikaodkaod*、*Papatao*、*Pipilapila* 四個月份。*Kasyaman* 是飛魚季節準備期，所有的工作，包括山上和家裡的，都要做完。漁人在飛魚季開始前需理髮。「沒有理頭的男人，無論大人、小孩不能去迎接飛魚的到來，更不能吃飛魚」（董森永 1997：139）。[23] 飛魚季一開始：

---

21 在創世神話中，老人也是知識的源頭。參見陳敏慧 1987。

22 小米種植為男性專屬的工作，也可以由當地的歌謠中看出。當地歌謠有：「你不要下大雨，要下就下到 *Jiciapalian*，因為那裡有女孩開墾種小米，父親把她當兒子，因為她沒有兄弟……」（董森永 1997：44）。

23 在風俗上沒有理頭的人頭髮長到背後，是個孤兒沒有父母，人會譏笑他、瞧不起他、欺負他（董森永 1997：139）。

(在 *Kapowan* 的月中，約十四號，月圓之夜），[24]「村內不論青年或幼小的男孩子，成群到海邊清除雜草、垃圾、石頭，碼頭兩邊要堆積石牆……據老年人說：『小男孩若不參加海邊清理工作，到了招喊飛魚日的當天，若跌倒或踢到石頭，就活不長壽。清理海邊的工作小女孩是不能參加的。』」（董森永 1997：1-2）……十七日清晨，首船船長宣布這一天爲預備食物的首日，村民一齊開始採集食物。女人採水芋、地瓜，男人則上山砍伐飛魚架的木條。……十八日早晨，清洗飛魚季使用的餐具。之後，將大船由船屋搬至海邊。……首船先下，其餘船隻跟隨，不能超前。……下午用竹子將共宿屋的周圍圍起來，以防止別人經過，尤其是懷孕的婦女與產婆。……（招魚祭當天），聚落所有的男性成員齊聚海邊，如人尚未到齊，一定要等人都到了，儀式才能開始。……（殺豬或雞後，大家以指沾血指點海邊的石頭）。不能到海邊的老人和生病的人，由小孩子爲他們拿一塊石頭帶回家給他們做沾血指點石頭的儀式。……之後，再回海邊清理可能的障礙物。（之後，個人帶著食物（芋頭、地瓜、魚乾等）到共宿屋。帶去的芋頭、地瓜不能在家先剝去外皮，要到共宿屋一齊處理）。所有的飯合在一起後，再重新分配成幾份：一籃是男人（先生）的飯，一籃是女人（太太、婦人）的飯，一籃是小男孩的飯，一籃是小女孩的飯，一籃是晚上捕魚回來的點心。[25] 要全體成員到齊才能開始吃飯。聚餐完畢，漁人到家中拿自己

---

24 飛魚季的開始，以紅頭村爲先，然後以順時鐘方向，一村接著一村開始。此處是以漁人村爲例。

25 不同的人，各依性別、長幼、船組正式成員與否等，在主屋內各有其特定的進食位置。但依現有的資料看，除了 *sekez: sarey* 的原則相同，其餘部分，如前後的原則，似乎不盡相同。到底是因不同聚落，還是其他的原因，仍有待進一步求證。

的睡衣、工作服、藤帽、盔甲、丁字帶。再回共宿屋。白天
可以回家照顧孩子，可以睡午覺，但絕不能做任何家事，晚
上也絕不能與家人、小孩、妻子睡覺，更不能與太太同房。
⋯⋯（第一次出海捕到的飛魚），要讓所有船員及其家庭成員
共享。雖然分到的肉很少，但表示每個人已經吃到飛魚，心
中滿足歡喜（董森永 1997:1-11）。*Paneb* 月相關的禁忌包括：
（共宿期間）船員的衣服絕不能給妻子洗，更不可放在家裡，
都要放在共宿屋。家裡的事如除草、耕田、手工，都要禁止。
晚上一定要住在共宿屋。不可與妻子同房。船員或船員家人
在共宿屋是屬團體行動，不可以個人自行行事或單獨一家吃
飯。女孩子絕對不可以亂摸魚線、魚鉤及其他。共宿屋範圍
絕不讓接生婆、懷孕婦女經過，船員家屬除外。不准孩子隨
意將飛魚肉、大魚肉和盤子帶到鄰居家，以防發生打架⋯⋯。
女孩子不可去海邊。妻子懷孕的人絕不能釣大魚。（董森永
1997:15-16）

由上所述，可以看見 *Paneb*（*Kapowan*）月所強調的是聚落男性
成員的「一體性」。女性則是被排除在外。海邊（港口）是男性集體活
動的場所，也是討論聚落集體活動的場所。最明顯的是 *Paneb* 招魚祭
（*mivanwa*）與 *Kapitowan* 的祭天神（*mipazos*）的儀式。前者是宣示
飛魚季相關禁忌的遵守。後者則是討論集體整修水田水渠與開關旱田
種植小米[26] 的相關事宜。海邊（港口）做為集體與聚落的表徵，特別
是在飛魚季節，其維護與整理，是其成員責無旁貸的義務。無法達成
的人，甚至會危及生命。海邊（港口）也是男性專屬的空間，女性不
可去海邊，也不可摸魚具。否則漁運不佳，捕不到魚。

---

26 在平時，由於聚落中並無明顯的公共空間，有公共的事物需討論時，老人們往往聚在
馬路邊的空地，也是聚落的邊緣討論。

　　飛魚季的前半段是船組以集體的方式以大船進行夜間的火漁，後半段則經由個人日間船釣為中介，漁撈的活動內容逐漸由集體轉為個人（家戶）。即使是在集體性最強的前兩個月，個別性不但一直存在，而且相當明顯。一方面在 *Paneb* 與 *Pikaokaod* 兩月份強調的是集體性，不僅船組成員需同居共食一個月，漁獲亦需均分，飛魚煮熟後由所有成員及其家人共食，漁獲全部在 *panlagan* 處理（煮、晒乾）。另一方面，聚餐時，飛魚以外的主、副食與食具都由各個成員家中自行準備攜至 *panlagan*，大船的槳與坐板亦是由個人攜帶與準備。飛魚切塊均分所有成員，由各人以繩紮緊，紮時每人各有自己特殊的綁法，煮好後方便各自認得，不致混淆。集體火漁所捕撈的飛魚綁的方法與所用的繩子與個人日間船釣所得的飛魚所用者不同。前者是用林投的氣根為繩，從魚的背鰭下方穿過(橫掛)；後者則是用絲芭蕉為繩，從魚眼的部位穿過(直掛)。兩者的名稱亦不同，前者稱 *silowan* 後者稱 *pinatawan*。在 *Paneb* 與 *Pikaokaod* 兩月份所捕獲的迴游魚必須在個人漁開始之前吃完。第一階段集體漁撈所用的晒魚架不能用在 *Papatao* 月個人漁時。大型魚的頭骨、顎骨、魚鰭、魚尾、塗血竹管（*rala*）等亦需在第一階段結束，個人漁開始之前，丟棄。第一階段嚴整的集體性，在其後半段已經開始逐漸鬆弛。*Pikaokaod* 月的初一，船組成員舉行解散儀式（*pisyaisyai*），將 *Paneb* 月所獲的魚乾及當日的漁獲均分，每位成員並在自己家的前庭樹立晒魚架（*rarawan do Pikaokaod*）（只有一晒魚竿）供 *Pikaokaod* 月份專用。在這個月份，船組成員不再需要住 *panlagan*，每天的漁獲，飛魚仍在 *panlagan* 煮，再由船員帶回家裏，給各自的家人，然後再各自從家中帶鹽巴回到 *panlagan*，分晒魚架上的漁獲，並為魚上鹽巴。*Pikaokaod* 月的十三日前若不捕魚可睡自己家，十八日以後夜漁後可洗澡並睡自己家。二十七日舵手將上述大型魚頭骨等丟棄於海邊棄魚骨處。三十日一早，船員各自將食具帶回家，並在日落前將大船推入船屋（Hsu 1982；衛

惠林、劉斌雄 1962)。*Panlagan* 在 *Paneb* 月開始圍的竹籬，亦在此時撤除。自此，大船必須到 *Papatao* 月的十八日才再度上場。而從 *Papatao* 月下旬重新開始的大船夜間火漁，雖然仍由船組的成員集體參與，與前一階段的集體夜漁的性質已有很大的不同。前一階段夜漁，只有舵手可以持手網（*vanaka*）撈魚，兩位負責釣魚的組員釣的大魚需拿回 *panlagan* 均分；*Papatao* 月的十八日再度開始的第二階段的夜漁，經過 *mirayon do Papatao* 個人漁儀式的中介轉化，其集體性已被個體性代替。船組成員不需先到 *panlagan* 集合，而是各自從家裡自行前往港口，每一成員各自帶火把，火把可以用 *valino* 藤（馬鞍藤）綁，不需再用新鮮的茅草綁，各個成員亦各自帶手網網魚，這一階段釣到的大魚屬釣者私人所有，捕捉的飛魚也在岸邊均分，不再回 *panlagan* 分。

　　Mirayon do Papatao（個人漁儀式），可以在 *Papatao* 的一日至十三日之間舉行。舉行儀式前需先將田裡的工作做完。個人可依自己的情況自行決定儀式舉行的日子。個別性的凸顯在新階段開始，儀式舉行日期的決定這一行動與過程本身就很明顯。個人漁儀式開始之前，*Pikaodkaod* 十八日起所捕捉的飛魚與其他大型迴游魚都需吃完，否則就需拿去餵豬。*Papatao* 一開始，前一階段後半開始鬆散的集體性至此完全退到幕後。*Papatao* 一開始就是以個人個別決定日期的行動開場，代表集體性的前一階段出現的大船已暫時退居幕後（推入船屋），前一階段捕獲的飛魚等迴游魚需吃完，否則丟棄，曬魚架、塗血竹管等儀式相關物品也全部丟棄(Hsu 1982)。個人漁所用的類似的儀式用品皆另有自己專屬的一組，與集體夜漁所用者相斥。這裡所傳達的似乎是集體（聚落）與個人（家）的對立。*Papatao* 的相關儀式過程事實上是「慶祝個人（家、夫妻）」。一方面，*Papatao* 是整個飛魚季中儀式活動最密集、也是最高潮的階段，從十三日開始到十七日為止，就有一連串的儀式活動，包括 *minganangana*、*mipeagpeag*、*mamalcing*、 *mangnagit* 等。這一段期間，步調緊湊，漁人每天都需出海，聚落內家家的前庭忙著殺魚、曬魚，曬魚竿上掛著男主人的銀帽、金片與女主人的大串項鍊（*raka*）在陽光下閃閃發亮。就如當地人所說「男人在 *Papatao* 是不能休息的。」另一方面，*Papatao* 也是有關夫妻、家的慶祝。一開始，各個家就在家的四周以竹竿圍起，以保家運，同時也不准別人踏入自己家的範圍。儀式中的 *minganangana* 是妻子以水田產的水芋與陸蟹（*deingi*）（喜於水芋田築穴）製成芋頭糕與蟹肉等美味慰勞先生。*Mipeagpeag* 是為家祛穢、祈福的儀式，對象包括家中成員、家畜、房子、水田、船隻等。*Mangnagit* 則是夫妻（或與要承家的兒子）一起吃飯，家中其他成員不得參與（陳玉美 1995：158-160）。

綜合上述，從飛魚季相關儀式的過程，可以說這一個表面上為經濟活動的飛魚季的漁撈活動，透過儀式活動的象徵與過程，同時也在敘述集體（聚落）與個人（家）的關係。兩者一方面是不相容的（exclusive），另一方面，從飛魚季開始，即使是集體性最嚴整的期間，個別性（個人、家）一直存在，並逐漸取而代之。個別性的強調，乃至進一步取代集體性，事實上與當地人競爭的精神，強調「自己想辦法」，強調第一（Chen 1992：103-109）的情況相符；也與 Tao 社會強調夫妻的連繫（conjugal bond）與關係（是一體的）相呼應。

飛魚季另一主要的現象，是透過主屋空間的象徵所呈現的男女對立的現象，在此非（日）常時期，有男（夫）女（妻）角色互換，以及空間倒置的現象。

前室 *sekez* 側的灶組料理的是日常（usual, ordinary）、人們所生產的食物；後室 *sarey* 側所料理的是天神所賜（unusual, extra-ordinary）的食物——迴游魚類，它們每年於固定的時間拜訪蘭嶼島。前者是由女人（妻）負責；後者則是由男人（夫）負責。後室的灶組只於每年飛魚季期間開火。這一季的最主要的生產不僅是由男人所從事，也是由男人在 *sarey* 側的灶組料理。也就是說，在這一非常時期，

夫（男）妻（女）角色轉換，後室的灶與空間取代了平日前室的灶與空間。這一取代的行動中同時牽涉到空間的轉換。也就是說，在飛魚季時，主屋空間有與平日不同的倒置的現象。其一是夫（男）妻（女）角色（煮食）的倒置，其二是空間（前、後）的倒置。如進一步與上述的飛魚季的儀式、聚落空間的意義結合，則主屋空間所觀察到的男：女對立的象徵，其實是在敘述集體（聚落）與個人（家、夫妻）的對立關係。主屋內空間方向的主要參考點是日出、日落的方向（*sarey*、*sekez*），左右的象徵要出了家的範圍，到了聚落的層次才有意義。所以透過同質異形的轉換關係可以得到如下的象徵性關係：

右　　　　：　　　　左

男　　　　：　　　　女

聚落（集體）　　：　　家（個人）

事實上，飛魚季中主屋內相關儀式及事物在空間的移動，每一階段的儀式，從季節開始到季末都牽涉由個人＞集體＞個人的轉化。如個人漁時，漁人開始日釣帶的飯包必須由漁人自己在 *sarey* 的灶煮，一直到 *Papatao* 的十四日為止，飯包的飯不能與其他食物混煮，而且需當日煮當日吃。之後，就可以由妻子代勞。季末收藏飛魚 *mapasaad so alibangbang* 的儀式，將飛魚乾與芋頭同煮，一方面將飛魚轉化為日常（ordinary）的食物，同時也將主屋空間轉換回日常的空間——*sarey* 灶組熄火，飛魚由後室灶轉移到前室灶煮，負責料理的人換了，其本身也轉化成「日常」的食物，可以像芋頭一樣料理（事實上是一同料理）。

Tao社會中，家重於聚落的現象也可由 *Kapitowan* 月的 *mipazos* 儀式看出。當日家家準備兩份祭品（豬肉、小米、各類芋頭等）盛於笊中，一份拿到港口祭天神（*tao do to*），並由長老告誡播種相關的禁忌以及是否共同開墾的事宜。另一份祭品內容較不豐盛，擺在主屋

sarey 側的屋頂祭 *anito*（死去的親人、祖先）。表面上天神（在港口由全體男性舉行儀式，象徵聚落、集體）重（優）於 *anito*（死去的家人，象徵個人、家），就像右優於左，所以聚落優於家。但是就像家（夫妻、婚姻）是社會的核心單位，飛魚季中集體終究被個人所取代，*anito* 在當地人的日常生活中是無所不在的，而 *tao do to* 卻是模糊不明的。

一年——*Kasakawan*，有十二個月。[27] 每年分三季，*rayon*（飛魚汛期）、*teiteika*（結束的意思）、*amiyan*（冷、冬）。二或三年一閏。歲時祭儀以小米的播種、收成與飛魚的漁撈為中心。尤其是後者，每年十二個月當中，其中十個月有與飛魚相關的祭儀或活動（參見表1）。而閏年閏月的設置，亦以飛魚季結束時，蘭嶼海域飛魚數量的多寡來決定（臺灣省文獻委員會 1995:108-9）。[28] 季節的劃分，也是以飛魚的到來、離去為主要的劃分點。

飛魚季以外其他的月份也各有其相關的歲時祭儀與工作項目。茲簡述如下：

Piavean, apia 是好的意思。本月份舉行飛魚終了祭與小米豐收祭（*mivaci*），也是親友互訪、餽禮的季節。準備建屋、造舟的人在這個月開工。*Molu piavean*（*Peakaw*），*Peakaw* 是挖土、開墾的意思，本月可舉行房屋與雕刻船的落成禮，也是開墾水田的時節（準備落成禮用）。*Pitanatana, tana* 是土，黏土月不吉利。本月份是男人製陶的季節。*Kaliman, lima* 是五的意思。*Kaliman* 是死的月份，隨時會發生災難，聚落的男人舉行驅逐惡靈的儀式。本月舉行飛魚終食祭（*manoyotoyon*），同時上山照顧蘆葦、除草。*Kaneman, anem* 是六。

---

27 有關蘭嶼曆法研究的相關文獻，請參閱 Leach 1950，林衡立 1961，淺井惠倫 1939/1929 等。

28 雅美曆置閏的問題有多篇文章討論過（Leach，林衡立）。目前的資料顯示置閏時間應在 *Piavean* 前或後。

表1　蘭嶼歲時祭儀暨其他社會活動

季	月	歲時祭儀		其他社會活動	
T E I T E I K A	Piavean (7-8 月)	mamadeng so kanen 飛魚終了祭	mivaci	拜訪親友、相互餽禮	造屋、造舟
	Binus no rayon* (閏月)				
	Molu piavean** (Peakaw) (8-9 月)		屋、涼臺、船落成禮	水田開墾	
	Pitanatana (9-10 月)				燒製陶器
	Kaliman (10-11 月)	manoyutoyon 飛魚終食祭		照顧蘆葦	
A M I T A N	Kaneman (11-12 月)				燒石灰
	Kapitowan (12-1 月)		mipazos mamini	採集蘆葦	種小米
	Kaowan (1-2 月)			把蘆葦帶回家	致作各種手工藝品、織布
	Kasyaman (2-3 月)	manait so ipanakong 縫蓋火把的帆布蓋	ipagegcin so pinodpod do rarakeh(拜拜)		種 ovi 修船、捕魚、捉鳥
R A Y O N	Paneneb (Kapowan) (3-4 月)	mirayon do paneb 大船招魚祭			
	Pikaokaod (4-5 月)	mapisyasyai 船組共宿解散			
	Papatao (5-6 月)	*mirayon do papataw 小船招魚祭 *mingnanganana *mipeagpeag *mamalcing *mamadeng so kanen do ladang no rikos		小米 嘗新祭	
	Pipilapila (6-7 月)	mapasaad so alibangbang (飛魚收藏祭)		小米收穫祭	

*不同的村子有不同的用詞。

**在 Ivalino 為 Molu piavean；在 Iratai 為 Omood do piavean。

Kaneman 是燒石灰的季節。燒石灰在海邊進行，女人不能參與。因為「女人的手是種 *soli* 的。」[29] 燒好的石灰放在灶上方的置物架，不能放在煮飯（即煮芋頭、地瓜）的灶上方的位置，但是可以放置在煮魚的灶的上方。石灰也是對付 *anito* 的利器。本月份要停止工作。*Kapitowan，pito* 是七。本月初一舉行祭拜天神（*tao do to*）的儀式（*mipazos*）。聚落男人齊聚海邊，並討論聚落相關的公共事務。初八舉行小米播種祭。本月份開始採集蘆葦。*Kaowan，wao* 是八。本月是製作各種手工藝品、織布的季節。上個月份砍的蘆葦在此時拿回家。*Kasyaman，siam* 是九。本月份製作飛魚季蓋火炬用的帆布蓋（*manait so ipanakong*），同時修船、捕魚，準備迎接飛魚季的來臨。本月份也是種 *ovi* 的季節。*Paneneb* 是關閉的意思，夫妻在本月份不可同房。大船船組的成員在 *pangalan* 集合、共宿。大船舉行招魚祭，火漁。*Pikaodkaod*，是划船的意思。本月初一船組成員共宿解散（*mapisyaisyai*）。*Papatao* 一說是小船舟釣（釣魚）的意思。本月行小船招魚祭。初旬，舉行小米嚐新祭。十四日開始至十七日，連續舉行 *minganangana*、*mipeagpeag*、*malmalecing* 等儀式。*Pipilapila，pila* 一說是釣魚時用的石頭。本月份不能不出海捕魚。中旬行小米收穫祭，下旬舉行飛魚收藏祭（*mapasaad so alibangbang*）。一年復始。

由上所述，可以看出，一年之中，除了 *Kaneman*、*Pitanatana*，其餘的月份都與飛魚的祭儀或活動相關。而定義各個月份的主要活動，也是以男人的工作與活動爲依據。如 *Pitanatana* 製作陶器，是男人的工作。*Kaneman* 燒石灰，也是男人的工作。陶器與石灰的燒製，都是在海邊進行。基本上，年是以飛魚祭儀爲中心的歲時祭儀，以及各個月份的主要活動等等男人的工作與活動所組成的。年的主題與旋律，是男性的、是聚落的、是集體的。女性的活動在此是附屬與點綴的。

---

29 以往，婦女不能帶檳榔上山，就是因爲吃檳榔需加石灰。

　　男人、魚、海、聚落與女人、芋、（水）田、家（屋）的對照，可進一步由海屬公有，而水田卻需經由繼承而來，得到進一步的理解。就像集體開墾種植的小米旱田或地瓜田，其所有權並非家族專有而水芋田的開墾種植，是家（夫妻）的責任。

　　綜合上述，我們可以在頁三十八的表上再加上另一組二元對立的關係：

年　　　：　　　日

男　　　：　　　女

聚落　　：　　　家

並進一步得出：

男	女
右	左
海	陸
魚	芋
副食	主食
(*yakan*)	(*kanen*)
聚落	家
sarey	*sekez*
（日落）	（日出）
死	生
老	幼
wild	domestic
public	private
年	日

　　值得進一步討論的是在以男性價值為表徵的年的活動與歲時祭儀當中，飛魚季的活動與祭儀，呈現的是一個濃縮（condensed）的版本。透過集體漁撈與個人漁撈儀式上的轉化，家屋空間中男女角色與空間的倒置，以至飛魚收藏祭儀式（*mapasaad so alibangbang*）中，飛魚

的料理，由 *sarey* 的灶組移到 *sekez* 的灶組，被放在芋頭、地瓜上同鍋一起蒸煮，飛魚變成了像「芋頭」一般。好似家終於超越聚落。以女性爲表徵的家—夫妻單位（*miyaven do vahay*）的價值，始終是當地社會的基礎。

四、人與時間

前面已經提過，時間的不確定性以及因人而異的特性。以下將做進一步的討論。

如果你問當地人一年有幾個月，得到的答案往往是：十二個月。然後他們大部分會從 *Kaliman* 起算，一路唸下來。唸的當中，旁邊的人可能會隨時插入一些意見。說者在唸完之後，實際唸出的大多不是十二個月份，往往是十一、十三或十四。這種現象，一方面與當地缺乏掌管曆法的人有關，另一方面也與在當地時間不是「固定」的有關。每個月雖依月相分爲三十天，每天各有專名，但是每個聚落過的月的長短卻可以不同。相關的情形將在之後進一步討論。

九六年底再返蘭嶼，在機場遇到來送客的的一對野銀的老夫婦。等候之中，我順口與老先生聊天，當我問他 *Paneb* 是什麼意思時，他看看腕上的手錶，然後說：要捉飛魚了。接著的幾個對答皆如是。當老太太過來問他時間時，他仔細的看看手錶，然後報出正確的時間。就像以上的例子所顯現的，在當地，每個月份有固定的歲時祭儀與活動。相關的活動必須在一定的月份舉行，反之，主要的活動（歲時祭儀）也同時成爲月份的代名詞。換言之，月份與社會活動是彼此相互界定的。

蘭嶼當地人依月亮運行的週期將一個月分爲三十天。以初一（月亮還沒出來）、月圓之時（十四、十五、十六）爲吉。當地的人說 *Matazing*（八、二十二日）出生的小孩「最偉大」。小孩命名必須在吉

日。若出生當天為不吉之日，則命名的時間要延後，等到吉日方行命名禮（*saboing do toktok*）。除了葬禮之外，相關的生命儀禮[30] 與歲時祭儀也都在吉日舉行。小孩在 *Matazing*、*Tazanganay*、*Mazapaw* 出生，吉；在 *Manaongdong* 出生，凶。在 *Maleyra* 出生，則男吉女凶。後者這種因人而異的時間觀，在「一天」（*kasaraw*）的時間的區分上，更加明顯。

歲時祭儀的時間，雖然各在其月，但各村開始的時間卻是不同的。*Kapitowan* 舉行 *mipazos* 的確實日期，是由殺豬的人決定的，並由他領隊下海邊進行儀式。大船招魚祭舉行的日子，也是由領祭的船也是提供禮牲的船決定，並先行下海。*Mivaci* 在提供禮牲的人家中舉行，日期亦由其決定。*Papatao* 個人漁開始的時間，完全看個人工作的情形。田裡工作還沒完成的人，比較慢開始。也就是說，各個祭儀活動確實開始的時間(日子)，會因人而異。因而有可能，同一村子同一個人，雖是相同的祭儀，每年或每次舉行的時間卻不同。

時間與「能力」[31] 有明顯的關係。就如同飛魚季的開始，因為是「紅頭的祖先和飛魚說話」，所以每年飛魚祭（應該）是由紅頭開始。然後依順時鐘方向，全島各村依次舉行招魚祭。如果有人僭越，會引起嚴重的衝突。雖然如此，在近十年之中，至少發生三次各村與紅頭對於置閏與否有不同的意見，而早於紅頭舉行招魚祭。對於其他村子的行為，紅頭已遵循祖先的規矩抗衡。在許多村子都以殺豬、殺雞換取在 *Kaliman* 之後繼續吃飛魚乾的權利時，紅頭是唯一仍堅持 *Kaliman* 之後就不吃飛魚乾的聚落。

---

30 葬禮除外，當日死亡當日葬。若晚上死亡則隔日早上葬。
31 在此筆者指的是 power。

伍、結　語

Tao 的年（*Kasakawan*）以及年中的歲時祭儀，主要環繞著飛魚與小米的生產。同時年的內涵則是由男人的工作與活動所組成。Tao 的日（*Kasaraw*）的內涵，反之，是由女人的工作與活動所組成。年（歲時祭儀）所譜成的社會文化面，是以男人、聚落、public 為其主題與主旋律；日（每日行事）所譜成的社會文化面，則是以女人、家、private 為其主題與旋律。兩者一方面是對立的，但透過個人漁的儀式──家（夫妻單位）的慶祝，家（核心家庭）的中心位置，在飛魚季相關祭儀的時間與空間的轉換與倒置的過程，再次被強調。家是社會的基本組成單位，就如同日是年的基本組成單位。以女人為表徵的家是 Tao 生活世界的中心。

綜合上述，Tao 的時間、空間、工作與人觀彼此之間是相互發揚的。它們同時傳達了當地社會透過男女（兩性）象徵體系，強調夫妻單位(conjugal unit)、核心家庭為當地社會組織與結構最基本單位的重要意涵。

參考書目

林衡立
　　1961　雅美曆置閏法，中研研究院民族學研究所集刊 12:41-74。
淺井惠倫
　　1988[1929]　紅頭嶼民俗資料(2)，民族學 1(4):59-61; 1(6):56-61。
淺井惠倫
　　1948[1939]　紅頭嶼土人的曆法組織，陳麒譯，臺灣風土 3/4。

乾尚彥
    n.d.   ヤミ族の建築。
陳玉美
    1995   夫妻、家屋與聚落：蘭嶼雅美族的空間觀念，刊於空間、力與社會，
            黃應貴主編，頁 133-166。臺北：中央研究院民族學研究所。
陳敏慧
    1987   從敘事形式看蘭嶼紅頭始祖傳說中的蛻變觀，中研研究院民族學研究
            所集刊 63:133-193。
陳國鈞
    1955   雅美族的曆，大陸雜誌 10(7):234。
鹿野忠雄
    1949[1938]   紅頭嶼 Yami 族之與粟有關之農耕儀禮，臺灣風土 49/52/55。
    1944   紅頭嶼ヤミ族と飛魚，太平洋圈民族と文化，上卷:503-561。
董森永
    1997   雅美族漁人部落歲時祭儀。南投：臺灣省文獻委員會。
    1998   蘭嶼達悟生命禮俗。第一屆「原住民訪問研究者」期末發表會。
劉斌雄
    1982   蘭嶼漁人社大船落成禮歌，中央研究院民族學研究所集刊　54:147-
            196。
劉義棠
    1962   蘭嶼雅美族的曆，邊政學報 1:22-24。
臺灣省文獻委員會 編
    1995   臺灣原住民史料彙編 1。南投：編者印行。
Benedek, Dezso
    1987   *A Comparative Study of the Bashiic Cultures of Irala, Ivatan,
            and Itbayat*. Ph.D. Dissertation, The Pennsylvania State Univer-
            sity.
Bourdieu, P.
    1990   *The Logic of Practice*. Stanford: Stanford University Press.
Chen, Y.-M.
    1992   *From Thatched Roof to Concrete House: An Ethnoarchaeologi-
            cal Study of Continuity and Change in a Yami Community,
            Orchid Island, Taiwan*. Ph.D. Dissertation, University of Cam-
            bridge.

Durkheim, E.

    1915   *The Elementary Forms of the Religious Life*. London: Allen & Unwin.

Hsu, Y-C

    1982   *Yami Fishing Practice: Migratory Fish*. Taipei: Southern Material Center,Inc.

Leach, E. R.

    1950   Primitive Calendars, *Oceania* 20(4):245-260

Kano, T. and Segawa, K.

    1956   *An Illustrated Ethnography of Formosan Aborigines*, vol. I: *The Yami*. Tokyo: Maruzen Company.

生命、季節和不朽社會的建立：
論景頗、載瓦時間的建構與價值[1]

何翠萍
中央研究院民族學研究所

　　景頗與載瓦是中國 55 個少數民族中景頗族的兩個支系，他們多半居住在雲南西邊的德宏景頗族傣族自治州內，北、西、南皆與緬甸交界。[2] 德宏州位處東經 97°31' 到 98°43'，北緯 23°50' 到 25°20' 之間。大體上受印度洋向東北流動的高壓暖溼氣流影響，乾雨季分明。五月到九月是溼季，溼季中，雨量集中，降雨量占全年總量的 86～92% 之間；十月到第二年的四月是乾季。景頗族居住的地區大多在一千五百公尺左右的山地，屬於亞熱帶氣候區（海拔八百至一千五百公尺之間）及溫暖帶氣候區（海拔一千五百至二千五百公尺之間）之交錯地帶（龔慶進 1986:2；DHDZJPZZZZGKBXZ 1986）。

---

1 在本文的研究與撰寫上，筆者必須感謝中國雲南省德宏州前文化局局長岳志明先生、德宏州語言文字委員會的 Mituq Nongbon 先生及潞西的 Muiho Luq, Muiho Sam 先生提供有關於景頗、載瓦年曆方面的知識及討論。最衷心感激的從 1988 年 12 月筆者開始作博士論文的研究以來，在漫長的研究過程中讓我分享他們生活的一部分的大伯（awamo）Muiho Luq 先生全家。在有關載瓦文化的知識上，他們是我所有知識來源的「根」。同時筆者也感謝本文初稿在棲蘭山莊發表時，評論人及多位參與者所提出的問題與意見；以及本文二稿的兩位匿名審稿者的建議。他們提出的意見讓筆者瞭解到此文不夠清楚之處。

2 1985 年德宏州的主要人口，漢族占 49.7%，傣族占 31.4%％，景頗族占 12.3%。另外，還有阿昌、德昂、傈僳族及少數其他族群的分布（DHDZJPZZZZGKBXZ 1986）。

　　在景頗與載瓦人的山居生活裡仍然明顯主宰他們時間的體驗和建構的，一是日出日落、乾季雨季、年復一年不斷重複的自然節奏；一是人從生到死不可逆轉的生命歷程。配合自然的律動，景頗與載瓦以同樣在雨季裡生產「做活」，在乾季裡忙著「做人」(結婚、聯姻、蓋房、喪葬、過節)的模式來建立時間的價值。[3] 但在超越人必有一死的生物事實上，他們卻發展出來了兩種不同的交換策略和時間價值來實現他們各自不朽社會的理想。景頗以竹為藍本，載瓦以榕為藍本。這兩種不同的藍本提供了不同的對於「源頭」的看法。以竹為藍本的時間策略在人群關係上強調彼此間所還不清的女人的債：討妻者永遠不會變成給妻者，女人的債永遠償還不了，給妻者永遠是討妻者生命的源頭，過去永遠是構成此刻的一部分。以榕樹為藍本的時間策略在人群關係上強調女人的債不是永遠的：給妻者曾經是討妻者生命的源頭，就像榕樹的枝是從它的根淵源的，但有一天這根枝也可以成為日後的根再抽出新枝來，而討妻者也可以成為給妻者。在這種時間的策略下，過去不一定是構成現在的一部分。從 L—S 聯姻模式的角度看來，前者是母方交表婚，後者則是由母方交表婚轉換到父方交表婚的模式，是兩種以交換的時間策略來安排人群分類及關係的模式。

　　本文的目的在既有人類學對時間本質討論的脈絡下，探討景頗、載瓦時間建構上與日常生活體驗及時間價值、策略和操弄間不可分離的特性，以及這種特性對於我們進一步瞭解景頗、載瓦社會有何幫助的議題。從景頗、載瓦時間的建構中，筆者論證其本質如何是緣於日常生活體驗和社會文化建構的不朽社會理想的共同塑模；同時說明人們如何經由「做人」及「做活」時間價值的引導與操弄來建立他們社會的理想。最後並經由景頗、載瓦進新房儀式中的慶賀活動來說明人們如何對於個別文化的時間建構進行反思，而指出時間建構本質上所

---

3 從前還有打仗、結盟、稱王等各種政治性的活動。

具有的過程性。全文分爲三部分。第一部分乾季、雨季及年曆敍述景頗及載瓦山居日常生活中如何配合自然的律動，而形成在雨季裡生產「做活」，在乾季裡經由女人的交換而「做人」的模式以及傾聽自然訊息以「做活」來完成「做人」，爲「做人」而「做活」的時間價值。同時由載瓦如何使用外來曆法的方式及概念，筆者論證是由於其繫於人的再生產，而不是純粹生產做活的時間價值而導致他們對於週邊族群曆的選擇性吸收。第二部分人必有一死的事實與故事描述說明景頗、載瓦如何通過不朽社會理想的建構來超越不可逆轉的生命時間而完成其社會的再生產。這個理想是通過他們在社會再生產的交換時間策略所創造的，其中最重要的一環就是對於「源頭」的事的解釋。同時筆者進一步由進新房慶典中的吟唱及作戲的內容討論人們在「做人」、「做活」及「源頭」的時間價值間不同意見的折衝。筆者以爲，景頗、載瓦不朽社會的理想是通過儀式展演中的討論而逐漸成形，傳遞的。這是他們社會再生產上的一個特色。最後結論中，筆者討論人類學有關時間本質議題並總結景頗、載瓦時間建構的特性。筆者以爲景頗、載瓦基於做人與做活、再生產與生產、生命與工作、社會與日常生活（及自然律動）的時間價值策略性的操弄以及由此操弄所造成在不同時間價值間的平衡或緊張關係是瞭解其社會最重要的切入點。當前中國對少數民族的國家化過程對景頗、載瓦社會所產生的巨大衝擊，相當程度地是由於其所造成既有時間價值改變的結果。

一、乾季、雨季和年曆

　　景頗是跨中緬邊界的中國景頗族或緬甸克欽族（Kachin）中人口最多的支系，載瓦是中國景頗族中人口最多的一個支系。中國的景頗族包括景頗、載瓦、勒其、浪峨及博洛不同自稱的支系（徐悉艱、徐

桂珍 1984:1)。[4] 緬甸的克欽目前包括景頗 (Jinghpaw)、載瓦 (Atsi, or Szi)、勒其 (Lashi)、浪峨 (Maru or Lawngwaw)、Lisu (中國的傈僳族) 及 Rawang (中國劃分在怒族者) 支系。[5] 分布地點主要在緬甸的克欽邦，往東進入中國雲南的西南角，往南進入緬甸的撣邦，往西南進入阿薩姆的東北角；總人口大約有一百萬以上 (Lehman 1993:114)。本文主要處理的是在中國境內德宏州的景頗族，人口有 114,366 (DHDZIPZZZRMZF 1993:8)，其中載瓦人大約占 70% 至 75% 之間 (徐悉艱、徐桂珍 1984:1，王筑生 1995:84)。

在語言系統上，所有景頗／克欽族都屬於藏緬語族，但載瓦、浪峨、勒其及博洛語屬緬語支，而景頗語則屬於景頗語支(戴慶廈 1990：434，徐悉艱、徐桂珍 1984:1-2)。本文主要有關景頗的材料來源來自盈江縣銅壁關鄉的景頗，載瓦的材料則來自潞西縣紅丘河流域兩旁的載瓦。

不知道從哪一年開始，雲南民族出版社固定出版景頗族月曆。[6] 據我所知，此類月曆較普及於昆明及德宏各縣、市、鄉政府的景頗族幹部家中，而居住在山上的景頗村寨，除了與政府有關的村公所及合作社之外，在一般人家很少見。從 1989 年的月曆看來，此月曆除了有每頁所附的短文及短句是以景頗文書寫之外，包括很少的景頗傳統季節的訊息，但卻有相當足夠的中國節氣、年曆及節日的訊息。整體而言，這個月曆所包括的訊息有以中國官定的景頗文書寫的農曆月份（與漢

---

4 照 Bradley 的說法，在中國境內的景頗族包括 Atsi(Zaiwa)，Maru(Lawngwaw)，Lashi，Bola，Chintau 和 Jingpaw (Bradley 1992:179)。

5 此為中國德宏景頗族人的講法，他們的根據是來自個人的知識及參加緬甸克欽木瑙 (*manau*) 慶祝時所排出的支系陣容而來。但 Lehman 所定義克欽的範圍還包括住在緬北撣邦的 Achang(中國住在德宏的阿昌族) (Lehman 1993:114)。Atsi／Szi 和 Maru 是景頗對載瓦及浪峨的他稱。

6 我所收到最早的一年是 1984 年。

人農曆同），[7] 以阿拉伯數字書寫的國曆的年、月、日及星期幾，漢人農曆的年、月、日，以及以中國字書寫的國定假日，漢人的二十四節氣；最後還以圖形畫出每個日子所屬的動物生肖。但周日及國定假日，如元旦、漢人農曆春節、勞動節、建軍節、兒童節、及國慶皆以紅色標示並以漢字說明。[8] 全年中唯一以紅色標明的景頗節日就是自 1983 年訂定的景頗民族節日──*Manau poi*（木瑙縱歌節）。

　　這樣的一份月曆就像它被使用的場合一般，到底反應或創造了多少中國景頗族的現狀及未來，是值得深思的。它是只適用於中國國家體制的影響範圍之內工作的成人及上學的年輕人嗎？在現在，的確是如此。但在目前，即便在中國相當嚴格的人口移動政策之下，年輕人嚮往都市的心情與日劇增卻是不爭的事實。無論是合法或不合法的居留，在農村青年人口不斷有外移傾向的狀況之下，這樣的一份與國家或政府都市人口作息脈動一致的月曆對於目前常來往於都市與鄉村之間，或滯留在都市裡、或打算未來移往都市居住的人而言，必然有規律他們生活起居的重要意義。[9] 但從另一個角度看來，對另外一群以山田燒墾和水田耕種為生的大多數景頗、載瓦的人口而言，這個由德宏出版社從「中國景頗族」的角度所製作的月曆有什麼意義？與從前他

---

7 由一月至十二月是：*Hkru ta，Ra ta，Wu ta，Shala ta，Jahtum ta，Sangan ta，Shimari ta，Gupshi ta，Guptung ta，Kala ta，Maji lu，Maga ta*。此標音方式乃是根據中國官定之景頗文拼音。可是在 O Hanson 的字典中，這些月份所標示的卻是相當於陽曆的一至十二月。各別月份的意義請見下文。

8 從 1995 年 7 月開始，中國改行周休二日的曆法，後來的月曆，星期六也以紅色標示了。

9 從筆者 1988 年開始到德宏做田野時，青年人或幹部想方設法往都市遷移的風氣就已經很蓬勃了。這種風氣應該有相當程度的是，少數民族政策下晉用少數民族幹部、各少數民族地區設立縣、州等各級黨校以及省級的黨校和民族學院等儲備少數民族幹部等國家化的結果（YNMZGZSSNBXZ 1994:322-350；GYNSWZZB & YNSMZSWWYH 1990）從 1990 年 6 月德宏在經濟改革開放的政策之下正式成為對外開放地區之後，處於緬甸、中國交會處進出口經濟上的蓬勃發展所造成都市與農村的差距，使得嚮往都市的人口更為明顯。

們原有的由經驗累積的、沒有固定日期的掌握節令的方式、和在傳統的生活方式、文化設計和社會理想上所發展出來的只有季、季度的曆相比（見下文），有什麼不同？[10] 人類學對曆法的研究可以讓我們瞭解到什麼？

　　以下筆者將敍述景頗及載瓦山居日常生活中如何配合自然的律動，而形成在雨季裡生產「做活」，在乾季裡經由女人的交換而「做人」的模式。筆者以爲景頗、載瓦時間的價值是建立在隨著自然的律動而「做人」、「做活」的循環模式之上的。區域內週邊族群的曆與國家的曆，以及與他們日常生活一向有關的非農業的「找錢」與市集的活動在 80 年代中國經濟政策開放以前，豐富了景頗、載瓦在談論時間上的辭彙，但並沒有改變他們本有將時間價值建構在傾聽自然訊息以「做活」來完成「做人」，爲「做人」而「做活」的原則。也就是說，景頗、載瓦的時間價值主要繫於人的再生產，而不在「曆」的時間建構上。

㈠日常生活與自然的律動

　　從文獻資料中，我們早已知道人們對自然季節變換的體驗是構成他們生活律動的最重要來源。

> 卡場景頗族還有根據自然特徵掌握節令的豐富經驗。例如，
> 當山林間傳來「古墩墩」的鳥鳴聲，那就該砍樹了；三月初，
> 山坡河畔綻出無數粉紅和雪白的杜鵑花，這是燒地季節的標
> 誌；燒地之後是不能鬆懈的，必須趕在水冬瓜樹落葉之前把
> 地整好；桃花和梨花盛開之時，最適於種蕎；聽到布穀鳥的

---

10 但我必須要說明的是，景頗、載瓦文化及社會內部並不只奉行一種曆法。據我所知，
除了某些常常進出於景頗、漢人地區或緬甸的祭儀專家，他們具有漢人的風水、天干、
地支的知識及緬曆的知識之外，景頗及載瓦的男人由於打獵所需，也發展出其特有的
算各地區獵物出沒日期的曆。但筆者對此曆的狀況仍相當無知，所以無法介紹。

高鳴，那是在催促人們播種陸稻；而陸稻播種，卻不能延遲
到楊梅成熟之后（尹紹亭 1994:58）。[11]

在日常生活的體驗中，對於一個外來的人類學者而言，最深浸我
心的也是這些天天環繞在我周圍的，配合著天亮天黑、日出而作、日
入而息的自然節奏而製造的聲音。[12]

> 山上的早晨凍冷的出奇。太陽出來的時候，才是人們出門上
> 工做活的時候，沒有日照的時候，就是人們收工回家的時候，
> 也是屋裡又開始生火的時候。還沒等天亮的曙光穿過籬笆進
> 到屋裡，每天早上提醒我起床的是養在與我的睡處僅有一道
> 竹笆牆之隔公雞一聲聲的叫鳴，一次又一次；等到它們此起
> 彼落的叫了三、四回之後，小雞和大豬、小豬都開始了它們
> 喚主人餵食的叫聲。早上的火還沒有生旺以前，沒有人想要
> 起身，除了這個家裡負責生火煮飯的主婦或女兒之外。任何
> 人的一舉一動踩在竹籬笆編的地板上都是很響的。主婦們儘
> 管再輕聲，前後進出拿柴火、生火、取水的聲音仍是很大的。
> 廚房的火生起了，昨晚就煮好的豬食也熱過了。加上一些糠，
> 主婦們提著去餵豬、餵雞。它們的叫聲早已持續不斷好久好
> 久了。一個有生氣的家，如果再加上嬰兒的哭聲，一早起來，
> 是很吵、很吵的。它還是有氣味的。因為火煙剛生起時常常

11 就人們如何由日常生活中的自然現象來認知時間的積累，王鈞對於獨龍族以竹的生
　命循環來做認知依據的說法有相當的參考價值：「獨龍族……有的家族長者說，他們
　搬出岩洞之後竹子已經開過四次花，董棕已經成熟過八次(竹子六十年開花結實，董
　棕二十年熟透成粉)；有的家族老人則說，其祖先是在一百五十年前才從岩洞搬出來
　的」(尹 1994:14引自王鈞 1983)。在中國，獨龍族是中國雲南的另一少數民族，主
　要分布在怒江上游的怒江怒族獨龍族自治州。在 Leach 的書中，獨龍亦被視為他廣義
　定義的克欽之一。
12 此處所記錄的是筆者在冬天（12月到2月間）的載瓦山居的體驗。

是很薰人的。天微亮了，躲在被窩裡的人們也開始蠢蠢欲動了。一翻身起來，除了必須急急忙忙的去解手之外，唯一要做的就是趕忙奔回火邊取暖。山上清晨的僵冷，代表生氣的人聲與家畜聲，直到我從山上回到壩子上幾天，起床前似乎等得都是那些吱喳、哼嚕及起火的聲音；我的身體也還記得那起床的剎那間滲骨的冰冷。

如果我住的房間裡有火塘就好了。那麼我就可以一起身，還沒離鋪子前就把昨晚燒熄了的柴再點起了。可是我住的是小房，給未婚女兒或兒子住的房間。這裡多是沒有火塘的。傳統的屋子，連給青年夫婦住的房間多半也都沒有火塘。老年人的房間總是有火塘的，另外必有火塘的地方就是「上房」（*wap toq* [z]）和大房（也是廚房與吃飯的地方）（*wap mo* or *zang zo wap* [z]）。前者是從前家裡守護神靈所在地，和招待客人（尤其是男客人）或商量大事的地方，也是男客人要過夜時所住之處。現在由於中國當局破除迷信的結果，多數人家「上房」常越變越小。在房子的格局仍維持長房形式的多數人家，「上房」或是閒置少用，而僅在有客人來時才用；或是改爲置物、穀之用。更多數的在建新房時，使「大房」取代原「上房」招待客人的功能而另立廚房燒飯做菜兼吃飯。原來廚房是在屋前的，現在轉爲較爲挑高的兩層房後，就以房子的下層爲廚房。那些落地式的房子，或仍維持將廚房放在房子的前端；或在房子之外，但也在前方另搭廚房。後者較少見，因爲把廚房分在房子之外以後，這些房子總是冷清了很多。沒有足夠的吵雜、氣味告訴屋裡的人一天就要開始了。

天亮了，可是太陽還沒有出來。人們圍在廚房或大房的火的
周圍，你一句、我一句的搭著。主婦們開始做早飯了。早飯
上桌的時候通常也是太陽升上竹梢的時候了。在山區由於地
形的緣故，有的在十點左右，有的要到十一點左右。沒吃飯
前通常是不會出門的。吃了飯後，有的準備去放牛，有的準
備去地上、田裡做活。也有的開始進出園子、前院、屋內的
做活、揀柴或找野菜。要整房子的也在砍竹、削竹了。白天
是出門做活的時候。太陽沒出來、天仍昏白或轉黑時，是吃
飯、坐在火塘邊商量家務、或串門、休閒的時候。⋯⋯

這種由日出日落來做過日子的生活規律的方式，在年復一年過日
子的安排上，他們也以自然天候的變化爲依歸。載瓦與景頗人最清楚
的季節劃分是雨季(*ǐanam (ta)* or *yinam ta* [j]；*zan* or *zan nam* [z])
和乾季 (*ginhtawng (ta)* [j]；*cung* or *cung nam* [z])，前者大約由
公曆的四、五月到九月，後者大約由公曆的十月到四月 (見表 1)。[13]
但是載瓦 *zan* 也有年的意思，*zan cau* 是舊年，*zan sik* 是新年。人們
對季節 (*gan*) 的變化循環有相當的共識，但當然也有不少是屬於個人
在不同的山窪居住體驗的結果。前者尤其表現在人們的俗語和詠歎新
年的調子中(常常在結婚及進新房時唱之)。新年或吟唱春天的唱詞中
把新年比喻爲乾天與雨天的變換：「乾天和雨天都已經換了，就好像織
布時用的 *ngat* 也已經換了一般 (*cung nge zan tai be, ngat e do tai
be*)」。[14]

---

13 本文所用的羅馬拼音，景頗文的拼法用的是 O. Hanson 1906 所編詞典的拼法，載瓦
   文的拼法是依據德宏語言文字委員會所訂定的載瓦文。所有景頗、載瓦文都以斜體羅
   馬字母表示。有必要時，景頗文之後以 [j] 標之，載瓦文之後以 [z] 標之。載瓦同時
   也直接叫雨季爲「下雨的時候」(*mau wo yam*)。
14 此句是唱於詠唱新年的調子裡的。*Ngat* 是織布時很重要的用來織花的竹條，不同的
   花紋就是靠 *ngat* 所放位置的變換而完成的。

表1 景頗、載瓦的季節㈠

季節	Jinghpaw	Zaiwa
乾季(十月～四月)	*ginhtawng (ta)*[15]	*cung* or *cung nam*
雨季(五月～九月)	*lanam (ta)* or *yinam ta*	*zan* or *zan nam* or *mau wo yam*

雨季（*zan nam*）還沒有眞正開始以前，大約在漢人的農曆三月的時候，山上的人們聽到布穀鳥的叫聲，壩子上的人們聽到靑蛙的叫聲，就是該去播種的時候了。[16] 紅丘河流域更細緻的說法還區分大自然所給予種「家邊的地」或「上半山的地」（*bum yo*）（大約是海拔一千公尺以上者）及「下半山的地」或比家邊的地海拔爲低的地（*nyom yo*）的不同訊息。他們說，到了紅木樹（*so*）的花開著像 ngo zhui 魚的眼睛白白的、不開的、包起狀的花苞時，就是種家邊的地的時候了；到了紅木樹的花掉在地上一瓣瓣黃黃的，像曬乾的酸筍（*myik zhvin tan*）一般時，就是種下半山的地的時候了。此時在地上栽種的是旱穀、玉米、紅米、薑及芫荽等作物。另外，人們還說：當鬼造果樹（*chang pao*）開始結苞時就是種山田的時候了；在鬼造果樹的果實開始變黑的時候，就是種壩子的田的時候了（此樹直接由苞結果實，沒有通過開花的過程）。

老人們還會提到的季節還有「找柴砍柴的季節」（*tang zan tang ho nam*）。在乾季中期時（*cung gung*），他們說大約總在農曆正月或二月時，需要去砍柴。等到「白花開了，雨季開始了，柴也溼了就不好了」。有經驗的人說，本來更好的砍柴時候是在農曆過年以前，因爲這個時候砍的柴不會打蟲。漢人們常在這個時候打。但景頗人多在過

---

15 *htawng* 是「停止下雨」之意。筆者在此處以乾季及秋季爲一年之始是依據景頗及載瓦人的說明方式書寫的。

16 雲南人稱盆地爲壩子。

了農曆年才打，因爲此時柴更乾了些，比較好砍。但相對來講，也比較容易生蟲。

㈡乾季「做人」、雨季「做活」的時間建構

載瓦雨季又叫做「開始做活或勞動的季節」（*mu toq nam*）或叫做「做活（路）或勞動忙的季節」（*mu gvin nam*），相對地，乾季人們又描述爲「爲社區的事而忙」或是「爲寨與寨間及寨裡的事忙」（*ming mu wa mu gvin*）的季節。這種乾雨季的律動主宰了山居景頗及載瓦人相當全面的生活。雨天人們忙的都是與農田和地有關的生產的事或「活路」的事，[17] 他們犁田、播種、除草、防止雀鳥吃穀等。常常他們還各自住在自家的田間小棚裡，寨子裡、家裡總是不見人影。就像Mauss 所描述的愛斯基摩人在冰雪溶化時各自分居於各家帳棚中漁獵一般（Mauss 1979）。在乾天裡，收穀、打穀、堆穀的事告一段落之後，各家戶由田間小棚回到寨子裡處理結婚、建屋、喪葬等社會的事，同時從前他們還在此時打仗、聯盟、作各種節慶、饗宴的事。就像愛斯基摩人在多天時聚於冰屋中的群體生活般。雖然人死不是乾雨季可以控制的，但就傳統的習俗而言，凡是壽終正寢的老人或家境較爲富裕的老人，即使在雨季死了，人們會先做了葬禮之後，到了乾季才做喪禮。因爲喪禮基本上是對死者的一種榮耀。這就是載瓦所謂「爲寨與寨間的事而忙」（*ming mu wa mu gin*）的季節。

這種「寨與寨間的事」（*ming mu wa mu*）在載瓦社會中特別指涉的是婚禮、進新房禮及喪葬儀禮。照載瓦自己的說法，「寨與寨間的事」是一種社會的事，相對於小孩子的出生而言，後者是一種屬於獲得「寶物的事」（*igvun mu*）。這種寶物（*igvun* [z], *a ja* [j]）在載瓦對財富的分類中是屬於相當特別的與聯姻關係有關的儀禮物，包括

17「活路」是潞西景頗人和漢人的用語，用來描述所有與農田及地有關的生產活動。

討妻者給給妻者的禮物（*pau ze* [z], *hpu ja* or *hpaji hpaga* [j]）、給妻者給討妻者的禮物（*shirung ze* [z], *shirung shigau* [j]）、及進新房的禮物（*yvum wang ze* [z]）。[18] 而任何牽涉到超自然神靈，需要祭儀專家作媒介的事又屬於另外一神鬼類別的事。這些出自個別文化所定義的「生命」儀禮，筆者在別處（Ho 1997；何 1997a）已說明它們如何是在建構景頗及載瓦的不同人觀。通過這些生命儀禮的形塑，景頗與載瓦期待完成其「人」的理想。這個做人理想的完成，在景頗與載瓦共有最重要的一環是能夠通過婚姻將從外而來的「女性的事（生產力）」—以種子及裙子為表徵—包藏入「男性的事（生產力）」—以男性所編的籃子與所蓋的家屋為表徵—之內，並把女性的「做活的事（生產力）」轉移為男家所支配。[19] 整個生命儀禮過程中，各種物的交換及儀式、慶賀活動的展演都是為了完成這種包藏和支配的關係。所以，筆者稱這幾種生命儀禮為完成「做人的事」，而這個為這種「寨與寨間的事」或社會的事而忙的季節為「做人的季節」。[20]

---

18 據筆者目前所知，景頗對於給妻者、給討妻者進新房的財寶—鍋與立鍋的三角架—並沒有另立類別。但其實有些載瓦的報導人也將這種給妻者給的進新房的財寶視為嫁妝物品，而沒有另立名目稱呼它。更全面的有關景頗與載瓦對於財富（*isut* [z], *sut gan* [j]）的分類，請見 Ho 1997:85-89, Figure 3.1, Figure 3.2。

19 景頗與載瓦在家務勞力分工上很清楚的區分男性作竹工、木工、編籃、蓋房、放牛和祭祀家屋保護神靈的工作，女性則煮平日家人吃的飯菜、背水、背柴、餵豬雞、作酒、織布等事。載瓦把這些勞力區分為三類，一是「男人的事」（*yuqge mu*），二是「女人的事」（*myiwui mu*），三是「做活的事」（*mu zui*）。「男人的事」專指蓋房及編籃，而「女人的事」專指織布和生小孩，最後「勞力的事」則指除了「男人的事」與「女人的事」之外的事，所以煮飯、作酒、及織布雖然都是女人在做，可是只有織布被稱之為「女人的事」。從筆者已建立的景頗、載瓦家屋與人之間相互構成關係的探討中（Ho 1997:Chapter4），筆者以為所謂「男人的事」與「女人的事」事實上談的是二者如何合而為一的「做人的事」。

20 在乾季裡，人們還從事不少政治方面的事，如從前的打仗、為了增加頭人的聲望或鞏固王者的權力而舉辦的景頗木瑙或載瓦縱歌的響宴，或是今天成為民族節日的木瑙縱歌活動。但筆者以為這些活動事實上都建立在景頗與載瓦各自的人觀與社會理想的基礎之上，所以我們仍可「做人的季節」來總括乾季的活動。

　　於是在乾天景頗山的生活裡，我看到的是人們在打穀、堆穀、背穀回家的事忙得告一段落之後，總要計劃什麼時候要回「給妻者」家探望，什麼時候該開始注意物色姑娘、準備爲兒子提親，房子什麼時候該換茅草、籬笆，地板是否該換的種種的事。鄰居親戚們要講親事得一起幫忙著去講，去討；有老人死了，如果是至親，他們得全家出動的去幫忙，青年男子得幫著去殺牛、殺豬、作茶；媳婦得幫著去挑水、背柴、煮飯。有人蓋了新房子要請客，只要請了，一家就得有人代表去參加。來回又走路、又乘車三、四天的路程都得去。「討妻者」回門探望了，「給妻者」把他們帶來的糯米飯分給較親近的鄰居或親友，並邀請著去喝他們帶來的酒。被邀請的總會也帶一小包木耳或酸醃菜做禮物去坐坐、聊聊。他們忙的都是「做人的事」。[21]

　　景頗描述他們雨季正當七、八月中時的情景時說，七月是「天天下雨、地濕，去哪兒都不方便的時候」，八月是「仍下著雨，出門不能不戴帽子的月份」。而到了九月、十月一切都要開始峰迴路轉，穀子也開始黃了，表示開始會有糧吃了；天也漸漸晴了，表示人們可以開始到處走動，串親戚、爲「做人的事」忙了。他們說十月「天晴了，新米得吃了，人們心情也開始豁然開朗了」（見表2，景頗月曆、季度及當月、當季的意義與活動）。

㈢外來的曆與景頗、載瓦時間的建構

　　景頗、載瓦隨著自然律動而安排的生活方式，規律了他們在乾季「做人」，雨季「做活」的節奏。傳統王權或頭人的權力雖然有經由將其權力展現在做活季節開始之前及之後的農業祭儀之上，但他們「力」

---

21 雖然筆者以「做活」來代表「雨季」，「做人」來代表乾季，景頗與載瓦也有同樣的說法來描繪雨季乾季的意義，但這並不意味著在雨季就沒有任何與「做人」或社會有關的事會發生，例如上文已有說明的葬禮；同時也更不意味著在乾季，人們就沒有生產做活。後者可以非常清楚的由表2中的當季活動中看出。

表 2　景頗月曆、季度及當月、當季的活動

月名／相當月份(農曆)	季度／相當月份22	月名意義及當月活動23	當季活動24
hkru ta／正月	枯日阿達／	所有的人都有得吃、開始織布的時候／在家織布月	祭祀 *numshang* 祭林、過「木瑙」節、春節、串親戚，討媳婦。女人織布、割草，男人打獵、蓋房子。農業活動有：犁板田、砍柴、砍地、種洋芋、種早熟包穀。
ra ta／二月	一月、二月	有得吃、平安無事、活路不忙、好過的時候，跳 *mănau* 的時候／準備工具月	
wut ta／三月	巫時拉達	男人開始砍旱穀地，火吹、風吹、燒地的時候／砍地月	祭獻家鬼、進新房、結婚。農業活動：水田犁一稻、做秧田、撒秧、燒地、點種、種黃豆、南瓜、黃瓜、冬瓜、四季豆、飯豆、種棉花等。
shăla ta／四月	三月、四月	女人織布結束、開始點穀子，男人在壩子上開始插秧的時候，山上的 *shăla* 樹開始開花的時候／播種月	
jăhtum ta／五月	知通西安達	乾季結束、燒地末尾、開始下雨的時候／冬天結束月	以農業活動為主，包括：水田犁二、三道、砍田埂、包埂子、拔秧栽秧、旱穀地耨草依次、耨棉花，豆類除草。
sángan ta／六月	五月、六月	山上的 *lăngan* 樹開始開花、不時開始下點雨、雨季要開始的時候／節約用糧月	

（續接下頁）

---

22 這是雲南民族學院的景頗老師石銳先生所提供的另外一種區分季節的方式（ibid: 242）。筆者還無法判斷是這種季度的說法較普遍還是十二月的說法較普遍。十二月份的說法在中國與緬甸景頗間的差異，請見註 7。

23 以下敍述兩種月名的意義，在／之前的第一種月名意義是為前德宏州文化局岳志明局長所提供。岳先生本身為景頗支系的景頗人，對於景頗文化的著述頗豐，曾以景頗文寫過一篇有關景頗季節及月份的文章，此資料是在訪談時岳先生提供的。在／之後的第二種月名意義來自尹紹亭（ibid:58）。

24 石銳（ibid:242）。

（續接上頁）

月名／相當月份(農曆)	季度／相當月份	月名意義及當月活動	當季活動
shimǎri ta／七月	時木日貢達	吃雜糧、節約用糧、天天下雨、地濕、去那兒都不方便的時候、聽到下雨 *shishi shasha* 聲音的時候／猴子無果子吃月	以農業活動爲主，包括：水田看水耨秧，旱穀地耨二道、看鳥、收洋芋，收四季豆、黃豆等。
gupshi ta／八月	七月、八月	仍下著雨、出門不能不戴帽子的月份／魚下子月	
guptung ta／九月	貢多格拉達	天開始放晴、山上旱穀地種的飯豆、黃瓜等開始開花、蜻蜓開始飛了、穀子開始黃了、得開始守雀的時候／乾旱月	祭獻祖先鬼，吃新米或吃新穀。農業活動有：水田看雀鳥，旱穀地開始收割，收棉花、黃豆，飯豆、南瓜、多瓜、黃瓜等。
kǎla ta／十月	九月、十月	天晴了、新米得吃了、人們心情也開始豁然開朗的時候／陸稻成熟月	
mǎji ta／十一月	木芝木嘎達	樺桃樹（*lǎyang pun*）落葉，開始發芽的時候／收穀月	祭獻社區的「祭林」以慶豐收，感謝 *numshang*「祭林」眾鬼保佑。叫穀魂。伐樹準備蓋房木料。農業活動有：水稻、旱稻收割，堆穀、打穀，背穀入倉，水田收割後犁板田。
mǎga ta／十二月	十一、十二月	*mǎga* 樹開始開花的時候／收割結束、下霜月	

的來源並不是建立在以任何抽象的數字或文字來建立時間支配性規律的「曆」之上。景頗、載瓦對於曆的不注重可以由他們對於四季及月份的說法以及年紀稍大的人在有必要時，如何算他們歲數的方法中明顯看出。除了有其週邊的漢曆和傣曆或緬曆可以讓他們通過對照的方式找出他們可能出生的年分外，沒有一種景頗或載瓦的曆可以告訴他們是哪一年出生的（詳見下文）。

　　雖然不少的景頗以秋冬春夏四個季節的說法來對應著他們吃新米的季節，冷的季節，燒地、點穀的季節，及熱的季節，但不僅不是非常普遍的說法，而且用描述性的方式來談季節的仍然居多（如註 26 說明）。在景頗生計上山田燒墾較爲重要的地區，還有進一步區分地上瓜類成熟的季節與打穀、收穀進倉的季節；而在載瓦山居人的概念裡，不但充其量只有三季的說法，用抽象的分類來區分季節的作法也不存在。他們或用描述天氣的方式，如冬季是冷的季節（*joq myo*），春季是天氣開始暖的季節（*nyuq nyun yoq*）或是老葉掉了新葉發的季節；或是描述季節內所從事的農業活動，如用收穫的季節、播種的季節來講來區分秋、冬。載瓦同時還用「乾天來了，可以出去了」的說法（*cung toq kun*）來講秋天（見表 3）。

表 3　景頗、載瓦的季節㈡

季節[25]	Jinghpaw	Zaiwa
秋季／吃新米的季節[26]秋收季節	*mǎngai ta* or *nmut ta* [27]	*jvo (kjo) shu yoq* or *cung toq kun*（戴:265）[28]
冬季／冷的季節	*kâshung ta* or *nshung ta* or *ningshung ta*	*joq myo*
春季／燒地、點穀的季節／天氣開始暖的季節／老葉掉新葉發的季節[29]	*htingra ta* [30]	*howa kjo nam*, [31] *nyuq (nyun) yam* or *nyuq nyun yoq*
夏季／熱的季節	*nlum ta*	?[32]

25 在／之前的第一個定義通常出自景漢詞典，或是較習慣於用漢語表達景頗詞義的景頗人口中。另在／之後的第一個定義係來自 O. Hanson 所編的 *A Dictionary of the Kachin Language* 可能也包括載瓦語的說法，／之後若有第三個定義則來自載瓦語的說法。

　　景頗敎師石銳（1990:241-42）及研究雲南刀耕火種的尹紹亭（1994:58-59)都提及景頗有劃分十二個月份及六個季度的方式。在我的田野訪談中，也同樣有收到十二個月份的資料，甚至還有景頗報導人說，景頗支也有類似漢人二十四節氣的說法。有關於最後一項節氣的說法，仍有待更進一步的瞭解中。在載瓦支中，十二月份完全只是用一至十二的序數來表達，沒有別的文化意義。但雖然景頗有十二個月的說法，這是否就意味著景頗時間的建構中，這些月份對他們的生活有意義？而載瓦沒有自己十二月份的時間建構，又是否就沒有意義？筆者以爲，我們必須由兩個方向來思考這個問題：一是景頗十二月份的時間建構內容，二是景頗載瓦與其週邊民族，甚至國家的關係。

---

26 *mǎngai ta*指的就如普通老百姓說的一般只有稻子等農作物成熟的季節之義。／之後是 *Hanson* 給的定義，但他也說有的地區，指的是從稻米發芽到收穫完畢爲止，或是廣泛的指收穫的季節。但人們也有解釋此爲地上的瓜種開始成熟的季節的說法。

27 *Nmut* 的意思是收穫之意。*Nmut shang* 是開始收穫之意。

28 *Toq* 的意思是「出去」。所以 *cung toq kun* 應該就是乾天出去的時候，此與後文將提到的「乾季」的意思是「乾天的時候使人開門」之意（*cung kun pong*）應有異曲同工之意。

29 這種說法是來自載瓦詠歎春天的唱詞。

30 但照景漢辭典的定義，顯然也有稱春天爲 *nlum ta or ninglum*，而稱夏季爲 *htingra ta*。Hanson 對於 *htingra ta* 的定義是指公曆五月、六月當田地已經準備好，可以開始撒種或播種時。這裡所謂的準備好有剛燒過之意。個剛燒過的山地，另外，有一種說法 *hkumma yi* 指的是有很多灰燼和樹炭的，才燒過，而第一次被使用的山地。根據 Hanson 的說法，在此燒地、點穀的季節之後，另有一個稻米開始生長的季節叫做 *mǎyu ta*，同時也是要確保收成良好的祭獻犧牲（*mǎyu moi*）之時。但在我的田野訪談中，沒有人知道這種說法。

31 最有意思的是載瓦話叫春耕爲「乾季的勞動」（*cung mu zui*），不知道這裡是否有在乾季裡通常不會牽涉到「勞動」之事有關，而多是「做人」之事(*yoge mu and myiwui mu*)。另外，春耕季節叫做 *mu mu yam* 是否與 *yvum mu wa mu* 的 *mu* 有關？可是春耕在戴慶廈的語彙裡是叫 *zan wang kun*。*zan* 是雨季之意，*wang* 是進入之意，*kun* 是「時候」之意（頁265）。也就是說春耕又有「在乾季中的勞動之意」，又有「雨季開始進入」之意。

32 在戴慶廈所編辭彙中有 *zan yam*（與雨季同）or *nye yam*（熱季）or *zan nam*（戴:264）的說法，但在田野訪問中，載瓦沒有夏季的說法。

　　景頗的十二個月份或季度從人們所提供的月名意義看來，除了描述人們的活動之外，就是對自然景觀、花開、地濕等做描述。上文表2即以表格方式整理出景頗各個月名、月名意義、季度的說法及其從事的活動。在表格中所列是中國景頗的說法，他們不但以漢人的農曆來說明，同時與平日裡說乾雨季或季節的順序總是由乾季或秋季為首的順序不同的是，他們以漢人的農曆正月為首。

　　從表2中，我們可以看出在季度活動中最清楚展現的仍是原有乾季「做人」，雨季「做活」的規律。而從月名意義中，有意思的是在描述中充滿了天候上「開始放晴」、「天晴了」到「下霜」，與「風吹」、「開始下雨」、「不時下點雨」到「天天下雨」、「仍下著雨」的晴與雨的對比。也就是乾季與雨季的對比。同時，在有雨的月份中，逐月出現了砍地、燒地、點種、插秧的做活內容，等到天開始晴的時候，就要開始種旱穀地及守雀、收割。做活完了，除了織布及跳木瑙之外，沒有什麼具體的社會性的「做人」活動的描述（如串親戚、討媳婦、蓋房子等），而是各種花開、「有的吃」和「好過」的描述。當我們看到當季的活動內容時，相應五／六月、七／八月及九／十月的三個季度都沒有任何與「做人」的活動有關的內容，最主要的仍然是做活的內容。[33] 唯一的一個祭祀活動——祭獻祖先鬼——也是維持在「家」的範圍之內，沒有到社區的範圍。在其他的三個季度裡，則有充分的社會性的「做人」活動及整個社區或王者頭人轄區的祭祀活動同時也有相當詳細的旱地農業活動的內容。

---

[33] 九／十季度中有祭獻祖先鬼的活動。但如筆者在前文所提到的，在載瓦，所有牽涉到需要有祭儀專家做媒介的活動，都是屬於在他們所定義的「寨與寨間的事」（*ming mu wa mu*）之外的，叫做「與神鬼之事有關」的類別（*nat ken nat ze*）。雖然筆者目前還不知道景頗是否有與載瓦完全相似的區分，但到目前為止的資料及分析顯示（Ho 1997），「寨與寨間的事」或「生命」儀禮對於景頗有與對於載瓦同樣的意義。只是除了結婚、進新房和喪葬之外，景頗把出生也視為生命儀禮的一環，而載瓦相對而言則否。這個差別又是由於兩個族群所發展出來不同的社會性及人觀的緣故。

　　可是雖然有如此詳盡的、逐月的對於旱地與水田生產活動的敍述，但沒有一個景頗人會把這個月份或季度的規律當「眞」。因爲，不同的地方，不同的山脈阻隔，都會造成農作物生長環境上的差異。如在盈江縣北邊的卡場和南邊的銅壁關在氣候上就不可能完全相似。於是，*Kǎla ta* 在一位景頗人的口中認爲對應的是農曆十月，在另一位來自不同地區的景頗人口中可能對應的是公曆的九到十月。只是相似的是，到了 *Kǎla ta* 時，在各人所處的地區大約都是「天晴了，新米得吃了，人們心情也都豁然開朗的時候」，它也是「陸稻成熟的月份」。即使在 O. Hanson 的記錄（1906）裡說 *Kǎla ta* 對於緬甸克欽人而言，是克欽的一月，是公曆的十月（見下文），也不會對 *Kǎla ta* 的內容有太大的改變。

　　可是當 Hanson 說克欽人的一月是始於 *Kǎla ta*，而不是像中國景頗人所說的 *Hkru ta* 時，[34] 除了報導人個人的因素以及中國景頗人多年與漢人的接觸或是近年來國家化的影響，已經習於把新年定於漢人農曆新年及公曆新年的因素可以加以解釋之外，筆者以爲這份比較的材料還說明了兩項有關景頗時間建構上的重要性。一是這個說法與景頗、載瓦人對於乾雨季及季節的說法順序（如前所述）——從乾季到雨季，從秋季開始到夏季的循環——是相同的，所以可能是較合於他們文化邏輯的。二是一年從哪一個月份開始之所以會產生如此大的說法上差異，除了材料收集時間上足足有幾乎九十年的間隔之外，筆者以爲從其時間架構及時間價值的前提加以討論時，可能有另一種解釋。

　　從一到十二來劃分月份的方式本來就是建立在一種有「新」年而這個新年是有別於明年過的新年的相對直線化時間的前提上。可是當景頗所謂的「新」是吃新米的「新」，而不是新年的「新」時，今年的新米是否有別於明年的新米，其與今年新年與明年新年之間的差異是

---

34 Hanson 克欽景頗的材料中，視此月爲他們的四月。

否類似？景頗、載瓦對月份的使用完全只是在國家化的過程中被動地採用公曆或是在所謂「漢化」的過程中採用週邊族群的曆的作法嗎？筆者以爲答案都是否定的。

　　一年一度吃新米的時間價值是建立在全家及親戚朋友在雨季出門做活分散了那麼久之後，又重新邀集聚在一起，聊個別生活狀況的時候。照民間故事中的說法，穀種的來源本來是在穀種對人世的混亂厭煩透頂而棄絕了人世之後，在人世間所有的人畜變成又瘦又小的時候，由狗作代表上天，向天上的神靈祈求回來的。照從前的說法，這個場合還是算舊帳的時候，人們計算還有多少因戰爭、紛爭而尚未解決的血債還沒有歸還的時候。換句話說，乾季開始的代表——吃新米——所期待創造的時間價值是家、家族、家系重新結合的開始，是大家在一塊兒以新米爲家的表徵再造社會的開始。今年吃新米與明年吃新米的差異並不在公曆 1998 年與 1999 年，還是某一甲子的戊寅與己卯年的秋天，而在這個家、家系或社會再生產的成就進展上（見下文）。

　　既然新米與新年的「新」代表了不同的時間價值，新米只會在大雨之後放晴了才會有，新年則不是。當任何人有需要以一到十二的月份來對應景頗的月份時，他們就創造了一個新的時間建構——新年，而不是既有的新米意義的新年。換句話說，筆者以爲只有在文化開始相對直線化他們的時間之時，才可能有曆來規範他們時間的價值。緬甸克欽人和中國景頗人間（在載瓦人間尤甚）所謂的「曆」是一種區域性族群接觸的結果，是在族群接觸的過程中，外來的曆與克欽、景頗、載瓦本有的時間建構相互影響的結果。緬甸克欽人把一月放在公曆十月作一年開始的作法和中國景頗、載瓦人把一月放在公曆或漢人農曆一月作法上的截然相異，顯示的就是這種「曆」上的外來性本質。但這種外來的「曆」只有對應於克欽、景頗、載瓦原來是以「吃新米」或乾季爲新年開始的時間架構，和建立在人或社會再生產的時間價值，才會造成如此歧異的、因地區和人而異的說法的現象。與漢人多在一

塊兒生活的景頗、載瓦人過的是漢人的春節，緬甸的克欽人常過緬曆的春節，或傣曆的潑水節，受基督教影響的地區過的是聖誕節與公曆的元旦的歧異性就是最清楚的例證。也就是說，從過年的習俗而言，無論外人要理解其爲漢人的、緬甸的、基督教式的、或國家的曆都好，因爲都牽涉不到其時間的價值。

總之，從以上對季節與月份、季度的探討中，配合季節的律動，乾季「做人」、雨季「做活」，乾季做社會的事，雨季做家裡的事的時間建構已是相當清楚了。在區域內與週邊民族長期的互動及國家化的過程也已爲景頗、載瓦孕育出一些新的時間的概念，如一月至十二月的年的循環。可是這種建立在直線式、累積式的時間建構前提的外來的時間觀念，到底在人們的生活中，有什麼樣的意義？這些不同的曆的影響，對於景頗、載瓦而言，除了用各自的語言來說，模仿性的過節，寫在月曆上做裝飾之外，有沒有創造什麼新的時間意義？

以下筆者將由漢人與景頗、載瓦似乎都共有的，已混雜使用了久到無法判斷它是漢人的、還是景頗、載瓦時間建構的動物「屬份」做切入點，探討這個屬於時間價值的問題。

㈣討論：「屬份」與時間的價值

正如上文所說，移居到城裡的中國景頗族家中多會有一份由雲南民族出版社出的景頗月曆。相對而言，在景頗支系的知識分子或基督徒中(尤其是會讀寫景頗文者)，由於與緬甸的克欽有較多的交往，他們也會有在緬甸印的克欽月曆。無論是緬甸印的克欽月曆與雲南印的景頗族月曆中，景頗傳統季節的訊息少，漢人農民曆的月份、節氣及中國公曆和國定假日的訊息或緬曆及基督教節日和公曆的訊息多。但最突出的一點應是每一份月曆對於每個日子及年分所屬的動物生肖的標示都非常清楚。

在山居「做活」日子的選擇上，景頗、載瓦多依自己的經驗爲依

歸，與漢人接觸較多者，也會瞭解或考慮老經驗漢人的說法，但不會真正去用漢人的農民曆。但對於漢人的動物「屬份」或「生肖」的說法，景頗、載瓦都用的相當頻繁，而且主要集中在「做人」日子——婚禮、進新房與埋葬日子——的選擇上。傳統景頗、載瓦並沒有任何標準化的方式來算年歲，也不記生日；但不少人都知道他們的生肖是什麼。另一方面，在當今山居載瓦人的農村日常生活裡，凡有需要發通知（如婚禮或新房時），或是口頭告知各類婚、喪禮的日期等等，用的都是公曆；可是在決定這些日子時，常常人們會考慮到日子的「屬份」。

　　鼠、牛、虎、兔、龍、蛇、馬、羊、猴、雞、狗和豬的動物「屬名」或「屬份」在景頗、載瓦的山居生活中，與上述月份相似的是，它們都是企圖建立一些支配性的規律時間架構。但月份在實際生活中，沒有多少普遍可行性。在使用者的語言中，人們仍照原有時間上做活、做人的架構來理解各月份的意義。與月份不同的是，「屬份」有相當個人性的意義，而在一般人日常生活的使用上很有普遍性。這種「屬份」的個人性，使得對其使用的探討更有可能凸顯景頗、載瓦時間既有或新創價值的層面。筆者以為景頗月曆上突出生肖、屬份的作法，是因為景頗、載瓦對於週邊民族的曆作了相當有意識的選擇性的採用，而這種意識是建立在他們時間價值觀念上的。以下筆者將由 1. 山居生活中做活的時間價值與「找錢」，2. 「找錢」的個人性與區域經濟性，以及 3. 景頗、載瓦對於「屬份」的應用三個角度來討論。

1.山居生活中做活的時間價值與「找錢」

　　在「做活」的時間選擇上，月亮是很重要的指標。載瓦根據月亮的形狀，他們區分「新月」（*lo sik*，表初一至初三）、「上」月（*lo doq*，表初四至十四）、十五的月「圓」（*lo ling*）、十六以後的月「少」（*lo yom*），及二九、三十的月「完」（*lo shi*）。人們依其個別在做活上的經驗，對一個月內的日子做區分。如在砍木料或竹子上，有人說砍竹

子在五叉路山區附近最好選初七及十七，「月完」的初三是不好的，因為會有蟲吃。竹子若是給蟲吃過了，做起地板的籬笆來是非常容易被踩爛的。他們雖然也聽說漢人有「七竹八木」的說法，但他們個別的經驗是農曆七月還是雨季，竹子的溼氣還是太重了。等到農曆十一月或十二月時砍比較合適。如果砍竹、伐木的目的是為了蓋房，他們總還是依著自己的以雨季做活、乾季做人的時間架構，到了蓋房的季節要到之前才砍竹、伐木。在有關漢人節氣的使用上，據老人們說，他們最多只會注意到「清明」和「秋分」。但在紅丘河附近的載瓦寨子裡，總會有一、二位特別懂得漢人節氣的人（漢人或是載瓦人），需要時，他們會去問這個月有幾天來推算日子的「屬份」，而不是節氣。這種在「做活」的事上，不強調任何的規範，也不採借任何週邊族群的曆，而偏重個人實際經驗累積的作法，顯然是其時間價值上相當重要的特色。

　　根據自然的規律而過的日子雖然主宰了人們生活的絕大多數時刻，但無論是從前或今天，大人們想要在農業收入之外另外出外或趕街「找錢」，今天學童上學的時間，都是超過這些自然的律動而與區域內不同族群間經濟的互動以及國家力量的介入密切相關的。筆者以為「找錢」的活動在80年代中國經濟的開放政策之前，一直只是對工作的一種補充，原有做人──做活，做活──做人的時間價值並沒有真正地被挑戰過。以下筆者將從這一向屬於景頗、載瓦生活中一部分的「找錢」與「街天」活動的角度，就其時間架構上有關個人性時間價值的侷限，與他們如何在此侷限下，通過對不同族群曆的選擇性採借而創造及發展其個人性的時間價值作些初步的討論。

　　「找錢」很久以來就是景頗、載瓦生活中必有的事；但他們外出找錢就像是人們在田裡地上做活一般，為的是要成全「做人」的理想。也就是說，找錢為的是在提供人的再生產中的交換與養育中的消費。

　　為了要找錢，很久以前，人們就開始替人幫工、從緬甸背鹽巴、替人趕馬馱運雜貨、從山上背柴火、野果、野菜、從江裡抓魚、從家

裡拿雞蛋、抓雞、殺豬，從地上或家邊砍竹子、編竹籃、做掃帚或做小凳子去賣。現在，很多人還到較大的市集去批發一些糖果、餅乾、髮飾、膠鞋、布鞋等到次一級的市集來賣；還有些人在市集上擺攤賣吃的豌豆粉、餌絲、米線等。

除了那些到遠處替人幫工、馱運的找錢方式之外，「街子」（市集）是他們普遍最重要的找錢、花錢的地方。整個德宏地區在每個「街子」點上都是每五天要買、要賣的人就聚集成「街」一次。同一個村寨的人有需要時，如果村寨地點又能左右逢源的話，可以趕二個或三個「街」。如在潞西縣灣丹村的人，五天之內趕兩次街是常事。第一天他們可以趕設於村公所所在地旁的「灣丹街」，又可以在隔一天去趕鄉政府所在地的「五叉路街」。甚至有必要時，還可以去趕「遮放街」或「芒市街」（但此二街都與「五叉路街」同一天）。離「街子」遠的，又沒有拖拉機可以到的地方，人們天還不亮就得準備著去趕街了，老一輩的人還說從前在他們父親的時代，到遮放去趕街前後總需花上三天的時間。有東西要賣的人，當然在日常生活中就得盤算著上街的日子。如賣豌豆粉的，芭蕉芋熟了，他們得趕著將其挖起、洗淨、碓碎、洗水再揉成粉，之後曬乾做豌豆粉的凝結劑。常常他們會儲備一年可用的凝結劑的份。要「趕街」的前一天，磨好豌豆、煮好豌豆粉準備第二天一早就拿去賣。第二天一早，如果家裡的其他主婦也要去趕街、逛街，飯早早的也吃過了。遠遠的聽到拖拉機的聲音，他們知道由五叉路來賣、買東西的販子也來了。多數的人到了這個時候，也都會趕著一起去湊個熱鬧。到街上，即使不買、不賣什麼，總會碰到從別個寨子來的親戚，買點酒聊聊，或請他們帶個話，傳個信。

「街子」或其他方式找的錢有很大的一部分是用在買給他們的「討妻者」或「給妻者」的，要養家也總有東西需要用錢來買。從前要買的是嚼煙的菸草、檳榔；耕地的水牛、犁、刀、鋤頭、鍋、碗、勺、盆以及甕等和織布、染布用的線及染料或織裙用的羊毛、毛線，以及

婚嫁時需要的被褥、毯子、大衣、銀飾和鎗等等。沒有牽電以前，要買手電筒、電池、蠟燭或煤油，可能還要買瓦、蓋瓦房。現在牽電了，買的是更多的消費品，包括電燈、收音機、錄音機甚至電視，瓦房也愈蓋愈多，可能用得上師傅來做木料的場合也更多；對年輕人而言，是更多的衣服、對小孩而言，則是更多的糖果、餅乾、炮和衣物等。比較起來，從前的消費多半花在結交討妻者、給妻者，買婚禮、進新房或喪禮的饗宴上要用的煙、酒、肉，要還的牛隻（如果家裡的牛不敷使用時），要送的聘或嫁妝，而現在的消費有更多是花在個人身上。總之，街子，毫無疑問的，是支配他們生活律動的重要因素。他們在這裡找錢，花錢，也在這裡串親戚。

2.「找錢」的個人性與區域經濟性

所有熟悉山居生活的人都曾告訴我：只要有不同族群鄰近居住的地方，一定會有「街子」的產生。反之，即使有「街子」，交易也不會蓬勃。有系統地針對這種區域經濟的現象加以探討並非本文的重點，但筆者企圖通過「找錢」對於山居景頗、載瓦日常生活上的不可缺性的描述，說明這一向屬於山居區域經濟一部分的「找錢」與「街子」的活動，是受到景頗、載瓦時間建構上個人性時間價值的侷限。儘管如上所述「做活」的時間價值是相當個人性的，但這種個人性的做活時間價值卻是建立在與「做人」的時間價值不可分離的基礎上。

在到城市裡找錢的風氣越來越普遍的狀況下，倘若一個人是為了做人而出門做活，只要他懂得回家，只要他是為了成全「做人」的理想，他也知道要娶妻生子、蓋房，並為老家蓋更好的房子，替年老父母送終，他仍然完成了他做人的義務。如果他們出門就不再回來，就好像在雨季時，到了田間小屋生產、做活，但到了乾天時，卻也不知道要把穀子收割了帶回家中一般，不在乎季節時間所給他們如何創造時間價值的訊息，自然也就不會循著時間的建構而再回到山上，村裡。

就好像當我在山上的時候，人們告訴我，其實很多的年輕人都到城裡去找錢，可是男的回來得多，因爲他們總得成家生子。不但在山上可能找到結婚的對象，回到山上，做活養家也還是容易的多。但相對的，出門找錢的女孩，回到山上的少。最主要的因素是他們在城裡嫁人的機會多，不少還嫁到很遠去，同時找錢機會也較多。當他們留在城裡或到處工作、找錢而沒有想到她們「做人」的義務時，很多父母是相當無奈而束手無策的。因爲她們已經把時間從以做活的經驗和成果用於人的再生產的價值，轉爲創造個人價值的做活。大概最常聽到的在芒市景頗、載瓦人的欷歔是某人染上了毒癮，或是他們到處在「逛」、「棄家而不顧」、「不知道在幹什麼」的評論，以及對他們在個人衣物享受上奢侈消費的評論。

其實，景頗、載瓦的知識體系中有對於游離出去的「人」的認識及幫助他們迷途知返的方法。在他們眾多的超自然的儀式行爲裡，有一種最重要的類別是「叫魂」。所有離家的人，不論是到田裡做活，山裡砍柴，燒地或到外地去找錢，都有可能失魂。失魂的結果就是生病。要治療此種疾病的方式就是「叫魂」。叫魂儀式裡最主要的方式就是通過擺設香噴噴的糯米飯和水酒在家裡，由祭儀專家念頌引導著這些迷失的魂一路回到家裡，回到那生病的人身上。但顯然，這種治療方式對這些強調個人性時間價值而迷失的人是完全不相干的。

既然找錢在景頗、載瓦山居生活中具有如此的普遍性，對於週邊族群外來曆法的採用自然有其必然性。筆者以爲唯有通過瞭解其如何採用的方式，才能讓我們更明瞭一個人群時間建構上、質上的過程性與動態性。

3.景頗、載瓦對於「屬份」的應用

相對於對漢人農民曆中與做活規律最相關的節氣的不注重，漢人動物「屬份」的用法，在景頗、載瓦地區有兩種應用：一是用於個人

的生肖，二是用於算年、月、日所屬的「屬份」，主要是用來算日子上。特別的是景頗、載瓦的生肖向來不與流年在一起講，所以只能通過漢人或間接參照漢人農民曆的方式，算出個人的年歲。算日子的屬份是人們常做的一件事，尤其碰到與如何能更順利的成全「做人」的理想有關的結婚、進新房和埋葬日子的選擇上。

對山居的景頗、載瓦人而言，除了在任何國家的行政機構需要做人口調查及施行人口政策、優生保育政策和婚姻法外，個人量化的年齡就像月份和年份一般，沒有絕對的意義。就像曾以刀耕火種為主要生計方式的年紀較大的景頗人說，他的父母親告訴他：你是在我們砍那座山時出生的。再細緻一些的可以說到雨季、乾季或季節，甚至月份，也可能會說到「街三」（從市集日或「街天」當日算起的第三天）、或「街四」（從市集日或「街天」當日算起的第四天）的日子。之後，由此山輪耕的次數，休耕的年限（在盈江銅壁關地區多是八年至十年輪耕一次）推算出一個人的年齡。另外，某些較為人知的事件也可作為談年齡的參考。例如「你外公去世的那年」、「某家與某家拉事的那年」、「美國飛機來的那年」（指對日抗戰時）。

但有很多人用漢人的十二生肖來算年齡，這點在景頗月曆中也看得非常清楚。在每年的景頗月曆上，無論是由中國的景頗人所出的，還是緬甸的克欽人所出的，在月曆的最後一頁，總會有一張列出一百年左右的公元年份、生肖所屬、及年齡的對照表。如在 1996 年出的月曆的附表上就會列出在此年，凡是屬雞的老人，不知道歲數者就可由此表中發現他或是七十六歲(1921 年生)，或是八十八歲(1909 年生)、或是一百歲(1897 年生)。沒有月曆的對照以前，五、六十歲的人大多清楚知道他們自己的生肖，但這並不意味著他們總曉得自己的年齡。五十歲以下的，仍有不少女人不清楚自己的年齡。六十歲以上的人，知道生肖的，還可以用推算得來，但人們也告訴我這種推算有時甚至還算出兒子比父親還大的說法。換句話說，由於生肖的運用必須仰賴

完全外來的累積記年方式才足以算出個人的年齡，它的價值顯然完全
不是任何直線型的、累積式的時間建構所有的價值。所以我們可以說，
在景頗、載瓦生肖屬名並不是用來記年的；或是說，生肖記年的價值
必須依附在其週邊民族的曆中才能呈現。但由於其個人性，它可能賦
予了某種個人特質的意義，也可能創造了不同生肖的個人之間相對排
序比較的意義。但它所創造的時間價值，與上文所討論的做活後吃新
米，做人、換年的人與社會再生產的時間價值是否有任何連續性？也
就是說，景頗、載瓦對於生肖概念的採借，是對原有時間價值的一種
伸展和豐富，還是改變？

　　以「生肖」來描述個人特質的說法並不多。有人聽說屬雞的人沒
得吃，因為「雞每天總是在園子、地上扒啊扒地找吃」，但也有些人完
全沒聽過這種說法。與漢人來往較近的載瓦或浪速（自稱 Lawngwaw
或 Longvo）支系，有人也有「沖」的概念，甚至在嫁娶上，他們也會
搬出生肖相剋的說法來推辭。但大體上，人們都以為當景頗、載瓦人
以生肖相剋為拒婚的理由時，大約都是早就不想有聯姻之舉的推脫之
詞。也有的人會在結婚及進新房時確認選日時，不要選到與自己生肖
相同的日子，而且夫、妻兩人都得注意到。但這種在選日時，需注意
到人的生肖與日子屬名是否相合的講法，在載瓦人中似乎僅較普遍於
市、鎮中，山上沒聽說。老人會較留意這種「沖」的概念，如這一年
正逢他的生肖年，他們處處就會留意些，也不隨意出門，有病時也會
特別小心，但也僅止於此。建立在以六十的累積年數為一甲子的循環
性的時間建構中「沖太歲」的說法，在載瓦人中更是沒聽說。35

---

35 紅丘河流域的漢人也沒聽說「太歲」的說法。但與載瓦不同的是，他們一談起「屬名」
　或個人的生肖或「屬份」，他們總是與流年一起講。漢人會隨口背出子鼠、丑牛等，
　而我從來沒聽過景頗或載瓦人如此背誦。但當然，也有個別的例外。我曾經遇見過一
　位住在城裡的載瓦人，他總是隨身會攜帶著一本小冊子核對出門、做事的日期、時間
　甚至方向。

　　但在另一層面上由生肖所賦予的個人間年歲排序上的意義，就稍微複雜些。問題的核心在瞭解由生肖所應用的排序，與景頗、載瓦時間價值的創造上非常重要的一環——婚姻——所應用的出生排序是否有類似的意義。在載瓦與景頗，一個人出生的排序有在個人命名上、人與人間決定可婚或不可婚範圍的親屬稱謂上的重要意義。它是人與人間關係及應對衡量的重要指標。一家所出生的男的有屬於男子的從一到九的名字，女的也有屬於女子的從一到九的名字。到第十個男孩或女孩時都又從老大開始命名起。所以第一個出生的男孩就叫做男老大，第二個出生的女孩就叫女老二，與她前面已有幾個男孩無關。這種以出生排序來命名的方式，延續到凡是沒有可婚關係者，相互間的關係就是以排序來做區分，如二姐（*na lat*，*na* 指姊姊，*lat* 指出生排行老二的女子），父親大哥的太太（*anumo*，*anu* 指母親，*-mo* 指老大）等。相對而言，凡是有可婚關係者，這種排序的稱呼就用不上。而在婚姻締結時，如果娶的新娘是老二，而老大還沒有嫁，男方得多加聘禮作補償。而如果娶的新娘是老大或是最小的（因個別家戶或地方而定），男方必須多準備一份聘禮給他們給妻者的給妻者（*mǎyu ji* [j]，yuzhvi [z]）表示對給妻者所給的做人種子的「源頭」的敬禮。所以出生排序對於景頗、載瓦社會的「做人的事」是有很重要意義的。

　　但從年齡生肖所決定的排序，是非常個人性的，也是不分性別的。雖然它必然與出生有關，但它的使用總是與家的姊妹或兄弟無關。通過年齡生肖的比較排序所建立的只有個人與個人的關係，而不是如出生排序所建立的可婚或不可婚的家的關係。的確，筆者最常聽到年齡生肖被用到的場合，就是在不同族群的男人間，漢人、景頗人和傣間結拜兄弟的時候。換言之，綜合以上對生肖記年及生肖排序在景頗、載瓦間的使用，景頗、載瓦對漢人生肖的採借是在創造一種在不同族群間相當個人性的關係發展意義的可能性，而與原有人與社會再生產上「做人」的時間價值沒有多少連續性。

　　但當進一步探討景頗、載瓦對於日子的「屬份」的應用時，筆者發現雖然他們採用的是漢人對於年、月、日的動物屬份，但在應用上卻表現了與原有景頗、載瓦在「做人」的時間價值的連續性。從我目前所收到的九年在中國或緬甸出的主要以景頗文書寫的月曆看來，他們所用的景頗文可以多、可以少，中文或緬文也可以多、或少，甚至幾乎沒有；但每一個日子的「屬份」都必須以生肖動物的圖樣標明是從來不會變的。在實際的應用上，這種每個日子的屬名與個人的關連很少提及，更有關連的是在依每個日子「屬份」的動物來選擇婚禮、進新房、及埋葬的日子；有的家庭也選擇出門辦大事、播種或吃新穀的日子。其中普遍更爲講究的是進新房的日子。

　　大體來說，山上的載瓦人與市鎮居住的載瓦人對於選日子所秉持的基本原則似乎都只有兩個：一是此日所屬動物是否與此日要做的活動相配合，二是以動物的生物特徵——包括體型及習性——的角度來衡量。在這兩個原則下，由於山上多數依靠農業爲生的人與市鎮多數依靠政府薪水或做生意爲生的景頗人在生活形態上的不一樣，市鎮裡的景頗人在出門、和進新房日子的選擇上，尤其在需要配合周休及假日的規律下，可選的好屬份的日子較多；而山上的人則對於播種的日子，選的較多。前者自然不會再提及任何有關吃新穀的日子或打獵的日子。以下舉幾個進新房日子的選擇爲例做說明。

　　進新房的日子，居住在芒市的人說：「人們最喜歡選的是狗日，因爲狗看家。牛、馬、羊、豬也都會選，因爲他們都是代表家裡財富的家畜。虎和龍則平常人並不常選，只有那些『名』能夠壓過（龍或虎）的人，如載瓦支向來做王的排姓家系進新房時會選它。浪速支系因爲傳統上家家都可以做王，所以不少浪速支系的人，如 *Tsekong* 姓氏或 *Zangbao* 姓氏的人進新房時也會選這兩個日子。蛇、猴很不選。雞是因爲那天必然會殺自家的雞的緣故，所以不會選。」同時他們還會依在農村養雞、豬、牛的生活方式的說法，更細地區分時間。因爲早上

八點到十點之間及傍晚五點到八點之間，人及牲畜或是還沒出門，或是已陸陸續續的進家，所以人在、牲畜在、其魂也在，是好時辰。牛及豬更常用下午的時辰，因為那個時候它們都吃得飽飽的。相對而言，住在五叉路山上的人說：「人們喜歡選鼠日、牛日、及馬日，因為鼠會挖洞，牛和馬都是進家的動物。」

在出門日子的選擇上，芒市人說選牛、虎、龍、馬、羊都可以，因為它們都是體積大的動物，狗和豬則不宜。山上的人說，雞和豬都不好，因為它們都不去遠處；但這兩種日子，嚇雀鳥、打獵卻是好的。在播種的日子選擇上，城鎮的人說蛇日最好不用，山上的人也說蛇日不用，但非常具體的，他們說因為蛇的身體滑，栽種包穀不會結。反之，牛、羊有角，馬的尾巴大、腳大，所以種什麼都會結。諸如此類的說法有不少，但是否真正照著這些說法去做，則是另一回事。可是無論如何，這些說法是載瓦人用了漢人的概念自己發展出來的一些依照他們的文化邏輯發展出來的想法，與漢人對選日子的作法，是不同的。例如，漢人在日子的選擇上，更強調與當事人「屬份」或生肖上的相宜，相對地，屬份動物所區分日子的意義就沒有那麼重要。所以漢人會選蛇日做為播種日，載瓦卻不會。

景頗、載瓦的時間建構顯然不同於漢人偏重於建立一種抽象數字或天干、地支的支配性而術數化個人及每一個日子，時辰的作法，當然也更沒有「同質化」或「直線化」時間（Bourdieu 1977:105；Munn 1986:58）的傾向。景頗、載瓦用漢人的動物屬份來賦予個別日子意義的作法，以及在應用上特別著重在代表「做人」季節開始的「吃新米」、代表「做人的事」的進新房、結婚與埋葬和凡與出門有關的活動場合，其強調的時間的價值顯然仍是為了成全社會所賦予的「做人」的理想。這個做人的理想是建立在家的單位，而不是任何個人的單位。漢人強調在各種同樣場合中當事人的生肖與日子屬份的配合，是相對的把時間的價值建立在相當「個人化」的層面。

　　總言之，從「屬份」的探討中可見由於景頗、載瓦時間建構所賦予人的再生產的價值，造成其選擇性的去除漢人曆法中流年與屬份間的關連而把動物「屬份」的概念用在賦予日子的意義；另外，在生肖的採借上，雖然沒有真正發展出多少個人性的時間價值，但也為不同族群間相當個人性的關係發展意義創造了一些可能性。值得注意的是，相對於在「做人」的事上對外來的曆的採借，他們在「做活」的事上所強調的個人，而非集體；後天經驗的累積，而非規範性的「曆」的價值，顯然也提供了一些個人性時間意義可以發展的空間。80 年代以來，中國經濟大幅改革的結果，隨著每個人出外找錢做活孔道的增多，個人性的時間價值的開發顯然會更有發展。最明顯的例子應該就是人們開始術數化他們時間的價值而講時辰、流年等。

　　從以上對於月份、「屬份」及時間價值的探討，筆者以為外來的「曆」豐富了他們的時間語彙，使得他們在區域的族群互動上有共同的語言，但由於其在時間價值上的個人性並沒有更改原有建立在不朽社會理想上時間的價值，以至於沒有在他們的生活裡扮演真正決定性的角色。景頗、載瓦所建構的時間的價值，是依附在隨著自然季節的律動而「做活」／「做人」的架構之下，人與社會的再生產。時間的價值在完成「做人」，所以一年的開始在乾季之初吃新米的時候；「做人」需要「做活」來成全，「做活」若不是為了成全「做人」，生命的價值是會備受挑戰的（見新房慶賀活動的反思一節）。

　　這個「做人」的完成，就是使家中每一份子的生命歷程都能一步步，一階段一階段地照著他們不朽社會的理想去學會其各自的「男性的事」、「女性的事」與「做活的事」，成功地結合男性與女性的生產力，而開始「做人」，一直到人們為他們各自成功地完成了「做人」的理想而舉行了榮耀的喪禮才告一段落。對於男性而言，「做人」的開始是要能夠一步步地學會編籃到建房，首先他家需要有能力通過做活累積的成果來與給妻者做交換，乞討給妻者家所給的「做人的種子」──女

性的生產力——並成功地包藏在他的房子之內，同時從給妻者那兒通過交換轉換其做活的生產力到自己的家裡。對於女性而言，「做人」的開始是要能夠一步步地學會做活、織布，到成功地在一個包藏她的女性生產力的家中生下孩子，做活、做酒、做飯養育家裡的所有人畜家禽。一直到男孩子們也都娶妻生子，原來的房子再綿延出更多的房子，女孩子們也都出嫁了，成功地生產、做活。兩者都有足夠的能力在她或丈夫死去的時候舉辦隆重的喪禮來償還給妻者所給的做人種子的債，做為榮耀他們成功地完成「做人」的見證。換句話說，時間價值的體現是表現在小孩的成長、娶親、出嫁、分家、蓋新房、和隆重的喪葬儀禮上。

我清楚的記得，一位載瓦老媽媽在我到她家作第一次拜訪時的談話所清楚展現的成功地「做人」的成就。我們站在她家的前院寒喧。她很驕傲的、開懷的指著在我們腳邊吱喳四竄的小雞、小豬和二、三條狗。她說：這隻狗才生了幾隻小狗，豬已經生了幾胎，這些豬、雞是什麼時候生的，生了幾隻種種事情。等到我們進入上有屋簷遮蓋的「屋前」(yvum bvan)，[36] 還沒有進屋前，她指著房子最前面的中柱說：「我們家的男老二、老三和老四的胞衣就埋在那兒，然後又往後面的中柱指說：男老二的第一個、第二個男孩的胞衣，也埋在那下面……。」我馬上盯緊的問：「那女孩呢?」她又炫耀式地帶著我走到家屋低邊 (yvum lang) 房子結構上最前端的柱子前，指著柱子下端說女兒的胞衣就埋在那下面。她的語言、神情、手勢告訴我她的驕傲。她讓這個家非常的興旺，不但小孩多，多到幾個中柱及屋低邊柱子下都埋了胞衣，雞、豬、狗也生得多。

也就是因為時間的價值總是體現在這些有關人口生育繁衍、成長

---

36 在傳統空間使用上，此部分多有一半用來圈牛，另一半是空的，用來放穀臼，舂米之用。她們家已將此部分圍成廚房使用。

的訊息上，人們在乾天串親戚的時候，他們花相當的時間一家家仔細地詢問陳述彼此孩子的成長、婚嫁狀況、房子的興建情形，或各家老人的身體狀況等。即使在城裡的景頗、載瓦人，買了新家時，也會很自然的告訴親戚們他們是如何湊下買房子的錢，他們的財政狀況、借貸狀況等。

無論是街子的律動、世代找錢的經驗或與漢人混居的經驗，都豐富了景頗、載瓦個人性的時間價值，但並沒有真正能挑戰到景頗、載瓦在時間價值上傾聽自然的律動而建構的以家為單位的雨季「做活」、乾季「做人」的時間架構的支配性。另外，很重要的一個在山居生活對時間的體驗是：人從生到死不可逆轉的生命歷程及人必有一死的事實。筆者以為這個體驗在景頗、載瓦的時間建構上增添了一個能超越死亡的不朽社會理想的層面。

二、人必有一死的事實與故事

一個人在從小到大，從大到老的生命過程裡，有幾個不可逆轉的生命階段。載瓦人說首先是從「很嫩的娃娃」（zonu）到「會爬的娃娃」，到「會走路」，之後到「斷奶」的娃娃階段。斷奶之後開始學做點活時（大約五歲到十歲之間），男孩子就進入「會放牛的」階段，女孩子就進入「會（用頭）背一對水筒的」階段或「開始穿裙子」的階段了。之後(大約十歲到十五歲間)，男女都進入「做活階段」（mu zui ge be），開始真正為家裡做活，放牛、揀柴、背柴、背水、煮飯、作家務事。但男子要到更大些時，才做犁地、抬犁等重活。之後就進入「可以娶、嫁的階段」（myi yu yu bing ge be, byilo ge be）。下一個階段就是中年的男人（po gyo zo）及女人（myi gyo zo）了，最後是老人（mangzo）的階段，一直到死。

這種對生命的不可逆轉及人必有一死的認知，在景頗和載瓦的解

釋裡卻是與他們不朽社會的建立理想息息相關的。在景頗、載瓦的喪葬儀式裡都會由祭儀專家誦出或唱出有關人為什麼會死的緣由故事。他們說：

> 從前，人本來是不會死的，他們頭髮白了又會再黑起來，牙齒掉了又會再長出新牙來。可是在天上居住的神靈卻是會死而復生的。他們死的時候，就會敲起大鑼來，通知地上的人來參加喪禮。地上的人就會帶著雞、豬和牛去，同時熱熱鬧鬧地為死者跳喪葬舞（gabung go），榮耀死者。喪禮過後，死者就又會再復活起來，人們就再回到地上去。天上的神靈和地上的人們就如此這般地過著。但久而久之，地上的人們厭煩了這種交往的方式。他們也想要有天上的神靈背著雞、豬及各種祭獻的食物來，他們也想要在地上舉辦熱熱鬧鬧的喪禮。於是他們就假裝有人死了，而敲起大鑼來，通知天上的神靈來參加喪禮。他們用一隻死的花臉黑貂來假裝死人躺在那兒。天上的神靈聽到地上傳來敲鑼的聲音，心想，地上的人是不會死的，為什麼會有敲鑼的聲音呢？非常的納悶。但也仍準備齊全了來參加喪禮，同時瞧瞧究竟。來參加喪禮的人就圍著死者一圈圈地跳著喪葬舞。天上的神靈想法子在跳舞時，用腳勾起蓋在死者身上的罩物，而發現地上的人詐死的騙局。天上的神靈大怒，心想地上的人們是想要死的，既然他們想死，我們就成全他們吧！從此以後，人們頭髮白了不久就會死了。

這個故事解釋的是生命本來是可以周而復始的，死亡本來是不存在的。是人們對喪禮氣氛的嚮往而製造了人必有一死的現狀。從交換策略的角度來看，在人們對喪禮的嚮往中所牽涉到的不僅是喪禮的熱鬧氣氛，和各種犧牲，同時還是人們厭煩了天上與地下那種單向的交

換關係。人們也想要有天上的神靈爲他們帶來喪禮的饗宴和舞蹈，就像他們所帶給天上神靈的一般，而不再只是地上的人們單方面的把饗宴和熱鬧的喪禮帶給天上。這種企圖改變交換方式以至於內容的結果，把從前天上神靈與地下人們之間的關係也打亂了。換來的是人們也像天上神靈一般地會死，死後只能在另一個地方——祖先的世界——活著。天上的世界與地下的世界從原來彼此相互依賴的關係改變爲各自獨立的關係。如今地下的人們都會死，但他們可以用喪禮和饗宴來創造自己不朽的社會。

所以人必有一死或生命的不可逆轉是人們想要更改天上與地下關係的一種結果，也是地下的人企圖建立自己的結果。這是人們講給自己的故事。他們用軀體的死亡來交換自我社會的建立。從人爲什麼會死的故事裡，我們看到他們如何從社會創造的角度來理解個體的死亡。喪禮是用來榮耀死者同時延續、建立社會的不朽的。他們是用宇宙及社會人的不朽來取代生物人的不朽。[37]

這個故事展現了兩種時間的價值和兩種交換的策略，經由交換策略的轉換，產生了不同的時間價值。原先人們與天上神靈的交換是一種普遍性的交換，人們用食物、饗宴與舞蹈換來他們的長生不老；詐死之後的交換又是另外一種，人們希望把普遍性交換的規則換爲限制性交換，而不再只是人帶食物與舞蹈到天上，希望神靈也可以爲他們帶來食物、饗宴與舞蹈。後者的交換策略，換來的卻是人必有一死的非常現世取向的時間價值。筆者以爲受自然的聲音和乾雨季的律動主宰而形成的「做人」的時間價值，是促使景頗與載瓦不斷地在這兩種時間和交換的價值與策略間作思考的主要原因，也形成他們在建構社會理想時最重要的兩種選擇。也就是說，因爲時間的價值在於「做人」，

---

37 有關景頗、載瓦喪禮與人觀形成之間的關係，請參考 Ho 1997: Chapter 4 and 5；何 1997。

而在完成做人的過程中，討妻者與給妻者之間的交換是核心，所以交換策略與時間價值是他們在面對生命不可逆轉的事實時思考的中心。

㈠交換與乾雨季

如上所述，雨季就是「做活」的季節，乾季就是「做人」的季節，從做人如何總是牽涉到討妻者與給妻者間交換的角度而言，我們也可以將其理解爲「交換的季節」。事實上，載瓦人也是如此理解的。雨季要開始的時候，載瓦話叫做「要進入雨季的時候」，乾季要開始時，他們稱其爲「要出乾季的時候」。爲什麼要講「進入」雨季及「出」乾季，可能必須與把雨季前、乾季前的儀式活動描述爲「關」與「開」的現象一併理解。在前者由王者頭人所領導的儀式性活動，他們稱之爲「雨季時的關門」（*zan kun myvi*），相對於這種「雨季時的關門」，乾天要開始時，全寨性的儀式，叫做「乾季時的開門」（*cung kun pong*）。筆者認爲前者的「關」的意思大約可以引伸爲家戶與家戶之間的交換暫時中止之意。此與載瓦人在雨季開始後倘若有需要送禮時，竹篾的 *u lvan* 綁法——無論是用幾道竹篾，其頭尾兩端都不會與別的竹篾的頭尾兩端有交纏在一起的捆綁方式——所代表的意涵是相似的。他們的意思應是各個家戶各行其事，各自作自己的生產活動之意。交換在此時是不強調的，此時強調的是對內鞏固自己家戶的勞動生產的時節（inward consolidating）。此種解釋對照於乾天時的禮物捆綁方式會更加鮮明。乾天時的「開」或 *pong*，有「使開」的涵義，如請別人開門——*kum a pong*。此點與載瓦人在乾季需要送禮時竹篾的 *u hum* 的捆綁方式——無論用的是幾道竹篾，竹篾的頭尾兩端都與其他竹篾交叉後才各行其道——之涵義是相似的。他們的意思就有各家戶以交換的方式，彼此使對方開門之義。在乾季裡，家戶與家戶之間的交換行爲——婚姻、蓋房或喪禮正是最多的時候。「乾天的開門儀式」確保家戶的收成是有效的——所有穀物、稻米的魂在收成回家之前都是健

全的，該平撫的鬼魂、祖先或看家的神靈都打點過了——而後才能夠
在乾季開始時展開一系列的交換活動或對外擴展的活動（outward
expanding）（見表4）。這些擴張性的活動，可能是以家系、家戶為單
位，也可能是以村、寨甚至不同王者所統領的轄地範圍為單位，包括
戰爭、劫掠、聯姻、結盟等，鞏固傳統王權最重要的木瑙（*mǎnau*）
就是最典型的在此時展開的活動（Ho 1997:73-，Chapter 3）。

表4　季節的律動與交換

雨季(5 月～9 月)	乾季(10 月～4 月)
雨季關門的儀式	乾季開門的儀式
u lvan 所代表的不交換季節	*u hum* 所代表的交換季節
內向鞏固的季節	外向擴張的季節
→進入雨季、做活的季節—做活的事→乾季，出去的時候，做人的季節—交換的事以及源頭的事→進入雨季、做活的季節—做活的事→乾季，出去的時候，做人的季節—交換的事以及源頭的事→	

　　無論是以家戶、家系為單位的聯姻或以村寨、家族、或不同頭人
轄區為單位的戰爭、結盟，都必須要牽涉到關係是如何通過這些社會
單位的交換來締結，以及如何通過交換時間策略的使用來找最適當的
時機開始、拖延或完成交換來實現其理想。這種理想就是對不朽社會
建立的理想。不僅它的實現有賴於社會單位間的交換，它的成形事實
上也與最基礎的社會單位的性質息息相關。筆者在別處已論證景頗社
會單位的性質是建立在人的再生產上，而強調其源於一的「做人」源
頭，以及其間永遠不斷裂的關係的連結；載瓦社會單位的性質不僅建
立在人的再生產上，同時，也（將人的再生產與財富的生產分開）強
調財富的生產，而把人與財富的源頭二分：一是「做人」的源頭——給
妻者，一是財富的源頭——家屋（Ho 1997:123-136，511-536）。換句

話說，筆者以爲要瞭解景頗、載瓦時間的價值，我們必須對於其各自不朽社會理想和對於源頭的事的不同看法加以探討才有可能。

㈡源頭的事：景頗「竹」的社會理想和載瓦「榕」的社會理想

人必有一死的故事是普遍流傳於景頗和載瓦民間的故事。如果照故事中所說，人的死亡果眞爲人們覬覦自己生產做活的成果——食物、饗宴——也能換來天上神靈生產做活的成果，人們帶給天上神靈的舞蹈也能換回天上神靈到人間的舞蹈的結果，自古流傳下來的喪葬儀式就是要提出人如何克服死亡而建立不朽社會理想的最重要的一環。同樣將時間的價值放在如何通過交換而成全「男人的事」要如何包藏「女人的事」，轉換後者的「做活的事」爲男人所建家屋所用等「做人」的問題，景頗與載瓦有不同的社會藍圖和對源頭不同的說法。

當時間的價值被進一步考慮時，筆者以爲景頗和載瓦各自用了人爲什麼會死故事中的一種交換策略，而創造了「竹」與「榕」的不朽社會理想藍圖。從時間價值操弄（Bourdieu 1990:162-199；Hoskins 1996）的角度看來，筆者以爲景頗把社會建立在永久的「做人的種子」或女人的債上，而載瓦把社會建立在不時需要抹滅的債的記憶上。這是他們對於源頭的事所採取的相當不同的出發點。我們可以從他們在喪禮中（見何 1997；Ho 1997:Chapter 4）對於兩個團體間——男性與女性間，「討妻者」與「給妻者」間交換關係的不同表現看出。

通過喪葬儀禮的展演，景頗和載瓦把代表給妻者所給的做人種子的債通過「過火牛」（*myhe no* [z]）和布或手織的裙子還給「給妻者」。這個「過火牛」在景頗又叫做「喪葬彩禮牛」（*mâyang ja*），本就屬於結婚時彩禮的一部分。在景頗、載瓦爲了成全做人的事而在討妻者與給妻者所作的交換當中，（無論是從緬甸或中國）買來的布通常是屬於討妻者的儀禮物（或從「做人」的角度看來，我們可以稱之爲從包藏者來的「男性」的禮物），人們用它來交換給妻者手織的裙子（從「做

人」的角度看來，是被包藏者所給的「女性的」禮物）（Ho 1997:307-
56）。後者是女人載負做人種子的身體及其所帶給討妻者家人畜繁衍的
象徵。

　　從喪葬儀禮的展演中，我們看到在景頗「給妻者」與「討妻者」
的關係並不會因為喪葬儀禮的結束而結束。當人們需要為死者作榮耀
死者的人像（lup grawng）時，毫無疑問的應該是族親或村人共同的
義務，抬人像到墳上也應該是族親的事，或任勞任怨的「討妻者」的
事。前者絕對是共同做活的團體，後者相對於「做人」源頭的給妻者
而言，一定是替給妻者做活的人。「討妻者」仍繼續給「給妻者」買來
的布以示恭敬，同時表示兩者間關係仍如從前的認知。喪禮結束，從
墳墓回到村子的路上，是離開個人的死亡回到社會的不朽的路。在這
條路上，既然討妻者與給妻者間關係將保持不變，他們不會有對給／
討妻者關係的焦慮；反而他們焦慮的是不要讓死亡的「不包藏」、「反
包藏」的反生產邏輯跟隨著他們回到村裡，影響到社會的綿延。所以
在回村的路上，他們不分大小輩分的在男女間唱情歌，一直到他們進
了村寨有儀式專家為他們及喪家去除一切死亡的「不潔」並做了「叫
魂」儀式保護他們為止。

　　載瓦的作法就不很相同了。他們將一條屬於死者遺物之一的手織
的裙子通過過火的除穢手續後，還給給妻者。這條裙子在整個喪葬的
過程裡，都是不時隨著死者的身體及棺材的裙子。她是死者身體所具
有的生物和社會層面繁衍意義的表徵。在幾種屬於給妻者的禮品中，
手織的裙子又分兩種：一是織花較少的裙子，人們稱之為「黑裙」，它
通常是用在勞動做活的場合，它的致送所代表的是女人做活生產力的
轉移；老年婦女所穿的只有兩旁織花的裙子，有人叫黑裙，也有人叫
織花裙，主要的關鍵完全在於文化上黑與做活、勞動的連結，紅或花
與財富、生命繁衍能力的連結相關。另一種裙子是織花多又複雜的織
花裙，它是很重要的財富的象徵。在喪禮中，它常常用在榮耀死者在

社會人及宇宙人層面的不朽。後者裙子的致送所代表的不但是給妻者對女人身體做爲載負做人種子的生產力的轉移，同時還包括由給妻者的女人在夫家所滋生的人畜繁衍財富的給予。無論哪一種裙子，通常只有由給妻者給討妻者，討妻者給的則是進口的上等布、絲、或鎝。載瓦喪禮後，討妻者卻把老人的黑裙（若死者是男的，則拿其妻子的裙子）還給給妻者。[38] 比較起景頗在喪禮後仍以「男性的」禮物——進口布——來給他們的給妻者的作法，載瓦用「女性的」禮物給他們的給妻者的作法，是一種企圖中斷給妻者與討妻者間原有債的關係的交換策略。載瓦不僅象徵性的經由裙的歸還來顛覆給妻者與討妻者間做人的債的關係，他們還在墳墓上，用布或白幡做墓圍（而非如景頗般以竹作圍的方式）來確保與死者的隔離。同時，他們還視給妻者在喪禮中最重要的特權之一就是出錢或出名爲死者雕「榮耀死者的人像」（*guprong*），並在立墳時，將此人像抬到墳地，抬上墳頭(但見下文)。

在載瓦所建構的不朽社會理想的藍圖裡，時間的價值不再依附於「做人」上欠給妻者的債；他們選擇的是更改從前普遍性交換的策略爲限制性的交換。而把時間的價值建立在如何建立起一個更自給自足的家屋社會單位上。與其靠給妻者掌控著他們「做人」的源頭，於是所有的人在生產和做活生產的結果都是源於給妻者所賜；不如也發展出另一個源頭——家屋——保住家屋工作生產或財富的成果。前者就像天上的神靈掌握地下人們的生命和財富一般，後者就像地上的人們改變了交換策略，分離了人與其財富，雖然不能再長生不死，但卻得以

---

38 在不同區域的載瓦間，老人死後送給給妻者的裙子必然是老人的遺物，但是否就是那條在喪葬儀式中隨著老人身體和棺柩走的裙子，並沒有一致的說法或作法。同樣的，對於這條覆蓋老人的裙子（*si lo* [j], *mang kjang me* [z]）是否將來又會掛在榮耀老人的魂的房子上，也沒有一致的作法。但相同的是，對於載瓦而言，喪禮的結束最重要的標誌就是這最後一件禮物的交換。有關這些布與裙子在喪葬儀式中的使用及其完成的對於景頗、載瓦人觀上不同層面的定義，請參考何 1997。

掌握自己的財富在人間。

　　所以在喪禮結束時，從死者墳地到生者村寨的路上，載瓦戲謔、顛倒或玩給妻者與討妻者關係間的遊戲。他們任意將人們分爲給妻者與討妻者兩類。本來從不爲討妻者背東西的給妻者，他們把死者的遺物籃讓她背。如果這位背籃的人又是特別懂得搞笑的人的話，她還會把輕輕的籃背成像很重的模樣，背得她東倒西歪、又跛行、又蹣跚的景象。一次又一次地，他們以嬉戲的口吻重複、顛倒可娶和可嫁的親屬關係。雖然景頗所擔心的死亡的不潔是值得焦慮的，但能在此時劃清「家」的界線對他們不朽社會的創造更是重要的。只有如此，家中的財富才得以留在家中。

　　景頗、載瓦時間的價值都是由「做人」的成果來呈現。但當我們進一步地探討他們各自不朽社會的理想時，發現由於不同交換時間策略的運用，景頗的時間價值更強調以超越生死的態度來完成人的理想的重要性，而載瓦則強調在現世完成人的理想的同時，也建立一個不再欠討妻者債的自給自足的「家」的社會單位的重要性。在喪禮中，景頗以延續與給妻者間普遍性交換的時間策略來建立他們「竹」的社會理想，載瓦則以中斷與給妻者間普遍性交換所建立的永久時間關係的策略來建立他們「榕」的社會理想。這兩種時間的策略事實上顯現了他們在時間價值上的差異。

　　竹在景頗是家系的象徵，人們用竹來背誦系譜關係，也用竹的生命歷程來比喻人的生命歷程，同時在喪禮中還用「開花的竹」來作榮耀死者在成全「竹」的人觀上的表徵。但在載瓦，系譜關係沒有通過竹來背誦，也沒有「開花的竹」作死者的任何表徵。在我剛進田野不久，與載瓦人討論到討妻者與給妻者間關係的倒轉時，他們除了告訴我這是一種 *chi-lai*（「非人的畜生行爲」）之外，他們說可是也有人用「榕樹」作比喻來合法化「討妻者」與「給妻者」關係的倒轉。他們說，就像榕樹的氣生根，雖然是由它原來的根所發展出來的，但假以時日，

這氣生根又會成為根，從上向下生長、茁壯。最後形成一棵根枝交錯，覆蓋面又密又大的大樹。

景頗的時間價值是靠給妻者與討妻者之間在成全「做人」的理想、甚至人群間階序上永遠不變的關係來維繫；載瓦時間的價值也是靠給妻者與討妻者之間在成全「做人」的理想來維繫，但同時，也靠這個給妻者與討妻者之間做人種子的債得以扭轉而成全一個自給自足的「家」的社會單位的理想來維繫。換句話說，景頗時間的價值既要成全「做人」，還要成全某些王者家系的合法性；載瓦時間的價值則為的是成全做人，可是也要建立一個不再受給妻者制約的「家屋」。也就是說，「做人」是人生重要的價值，但同時也要能累積足夠的做活的生產力來完成自己能包藏財富的家屋。

景頗以「竹」的社會理想所建立的時間價值，把家屋建構為一個完成「做人」的社會單位的一部分，所以它的界線或禁忌都不明顯。載瓦以「榕」的社會理想所建立的時間價值，則把家屋建構為一個既成全「做人」同時也是在生產上可以有自己掌控能力的社會單位，家屋的界線或禁忌都相當突出。在這裡，筆者所談的家屋界線主要是指家屋做為一個社會單位的界線，此界線主要是用來標誌此社會單位的性質，區分不同社會單位之間的人群關係或規範人的行為。所以此界線可以由有形的祭壇、牛樁作標誌，也可以用無形的出入禁忌作標誌。

從景頗與載瓦家屋有形或無形界線的設立、規矩與禁忌上，我們可以看出他們如何是不同類型的社會單位。景頗村寨中家與家之間雖多有竹籬笆做牆，卻很少出入的禁忌，也看不見什麼由年度農業祭儀所遺留的明顯標誌。凸顯載瓦家屋界線最明顯的不是任何的牆，而是各種此家在每年吃新米和收割前後，在各家戶所作祈福儀式的祭壇、或祭獻犧牲的殺牛樁的遺留，以及豎在屋頂上的家屋保護神靈的象徵和外人禁止在家屋後方出入的禁忌。外人禁止在家屋後方出入的禁忌只見於載瓦，不見於景頗，因為載瓦獻於屋後的神靈是守家中所有人、

物、財富的，所以不容許外人覷覬；而景頗獻於屋後的神靈是此家的祖先，當然所有有共祖關係的族親，通常也就是他們同村的鄰居，都可以很方便的進出此門。事實上，景頗也有在收穫的季節做祈福的儀式，但他們多半在全寨的「祭林」中做，而不會在各家各戶做。於是他們沒有在各家屋周圍豎起神靈保護的標誌，而只有在祖先被觸犯了，家中有人生病了，需要祭獻時，才會留下祭祀的標誌來。換句話說，景頗的家屋是一個再生產的社會單位中的一部分，但他與他的族親和給妻者是不可分的。事實上，不但他們的後門總與其他鄰居族親相通，他們的前門牆上，經常供的還是給妻者家跟著女人來的祖先神靈。載瓦的家屋在年度祭儀中祈求神靈保護所形成的界線，賦予家屋成為一個相對獨立於他的給妻者的生產和再生產的社會單位。[39]

　　景頗支所表現在「討妻者」和「給妻者」的交換關係是建立在一種永久不變的時間價值上。相對而言，載瓦支也期待在「討妻者」和「給妻者」之間建立久遠而不變的「給」與「討」的關係，可是，不是他們之間的關係無法維持長遠，而是總有很多場合讓他們刻意去遺忘、倒轉這關係的歷史。於是本來由時間的鎖鏈所建立的價值，在時間的鎖鏈被打斷的狀況下，「討妻者」與「給妻者」的交換關係也有所改變。

　　人們在企圖說服對方這種倒轉的「給妻」、「討妻」關係的合法性時會說：「沒有關係的，從前門進來的給妻的禮物還是可以從後門拿出去（到原來向我們討妻的那家）去討妻子。」這句話是建立在載瓦文化中家屋與人相互構成關係中很重要的兩個前提之上：一是給妻者與討妻者之間人的再生產的關係經過物的交換作媒介來完成的事實，二是家屋內部空間與人的生命歷程間的相互構成關係。而筆者以為此句話之所以能達到它企圖合法化不同交換策略的使用及時間價值的扭轉，

---

39 詳細的有關景頗和載瓦如何經由家屋界線的不同標誌方式來顯示其做為社會單位的不同性質，請參考 Ho 1997:134-8, 517-526。

就是因爲它把給妻者與討妻者之間彼此成全「做人」的關係加以物化，並且把家屋空間在成全「做人」上的意義簡化爲物理空間的意義。

從筆者在別處對景頗、載瓦家屋空間秩序的探討中顯示在「做人」的過程中，成人與否是由個人在家屋範圍中活動居住的相對前後空間來界定。未成年者（包括尚未結婚者及已婚的年輕夫婦還沒有小孩或還沒有能力蓋房者）只會住在家屋的前邊。越是已有「做人」成就者，在家屋的活動或居住空間就越往後。相對而言，家屋前頭的空間是家屋屬性最弱的空間，它是在成全做人的過程中，給妻者與討妻者交換、妥協的空間。在景頗，它甚至還是展示王者身分的空間。所有用在討妻、給妻的儀禮物都是由前門進出的，就像嫁出去的女兒必然由前門嫁出一般。家屋後頭的空間是家屋屬性最強的空間，家裡最年長的老人住在這兒，家裡的守護神靈、生命柱、家裡的貴重物品也在這兒，老人死時榮耀他們的靈厝也設在這兒。[40]

所以當人們說從前門進來的禮物還是可以從後門拿出去作禮物來討妻給妻時，不但前後的空間意義被化約爲前門、後門的入口、出口的意義，而且禮物用在成全「做人」的意義也被化約爲只是物件而已。整個由空間和物來成全「做人」上屬於時間的生命歷程、階段的價值都因其物化和非人化的說法而被抹煞了。

對於載瓦社會的再生產而言，似乎扭轉原有給妻與討妻間關係是常態，而只有那些在聯姻關係的建立上曾經有過流傳較廣的故事者，聯姻關係的歷史才不容易被遺忘或抹煞。聯姻會有可流傳的故事者，多是由於異於平常的昂貴的物的交換或顛倒交換。這些故事包括「討

---

40 詳細的有關人的生命歷程是如何經由家屋空間的使用秩序來賦予意義的論證請參考
　　Ho 1997:90-122, 127-133。其中還牽涉到家屋前後軸與高低軸所區分人的建構的不
　　同層面問題，以及性別意義的問題。

妻者」的一方在聯姻之初，曾送過很高的聘禮者，如三十三頭牛；[41] 或是聯姻起源於共同開寨之時。當「討妻」、「給妻」的關係因為某種理由要被倒轉時，原來的「給妻者」一心一意的想討原來的「討妻者」家的姑娘，做為權宜之計，他們會說：「沒有關係的，我們也不需要作『倒上門梯』（如果作過『倒上門梯』，則原來的「討妻」、「給妻」關係從此之後就會完全地被倒轉過來）。將來你們要討我們的姑娘時，我們還是會給你們的。」「倒上門梯」主要是用來描述此次聯姻中的給妻者（原討妻者）給討妻者（原給妻者）筒炮槍做為聘禮之一的禮節。平常，槍是由給妻者給討妻者的「女性的」禮物。槍在景頗、載瓦物的分類的意義上是一種用來交換給妻者所給的「做人的種子」所為討妻者家預期可帶來的財富表徵。就好像在婚禮中，新娘和給妻者所送的穀種、儀禮物的刀、矛都是從屋前、登上門梯之後才進門，經由其他的儀式過程轉化為此家所包藏。所以當既有聯姻關係被扭轉時，人們以「倒上門梯」的講法來描述這種關係的倒置。雖然時間的策略可以一而再的反覆，但昂貴的禮物顯然可以為聯姻關係作下記錄來。

除了經過交換物在質與量上的操弄，達到鞏固而持久的聯姻關係，而可能促成載瓦大家的形成外，實踐上，在沒有什麼系譜記憶的機制下，要維繫這種大家的局面是非常困難的。原屬同一家系的團體，可能會因為個別的需要，而對原有的「討妻」、「給妻」的關係採用不同的記憶內容。在這種狀況之下，他們就會縮小其家系的範圍。如原來 *Paocheng Muiho* 家系與 *Zangbao* 家系的關係是前者為後者的「討妻者」。但因為某種理由，近年來出現了幾起 *Zangbao* 家的男人娶了 *Paocheng Muiho* 家姑娘的事。今年 *Paocheng Muiho* 家系有一家要為他的兒子物色妻子而相中了一位 *Zangbao* 家的姑娘。因為從前前者

---

41 即使在傳統以牛為聘是很普遍的習俗時，娶王者的女兒通常也只是七、八頭牛的聘禮。

本來就是後者的討妻者，縱然近年來發生過數次倒轉此聯姻關係的例子，但因爲從來沒作過「倒上門梯」，而且當初議婚時就曾申明 *Muiho* 家仍可娶 *Zangbao* 家的姑娘，再加上近年來給過 *Zangbao* 家姑娘的 *Muiho* 家系與現在要娶 *Zangbao* 家姑娘的 *Muiho* 家系在更小範圍上屬於不同的家系，種種理由加起來，他們成功地完成了議婚。從竹的社會理想的角度去理解，從 *Muiho* 不同支系經由娶或嫁 *Zangbao* 人而分歧關係的例子我們看到家系如何通過聯姻而分支的過程。但倘若從「榕」的社會理想角度去理解，載瓦時間的價值本來就建立在對給妻者的源頭反來覆去的認同上，而不是一種永遠不變的認同。眞正要建立起超越世代的不變的聯姻關係，必須靠仍然記憶猶新的有名有姓的聯姻實例及響亮的聘禮的故事來維繫，而不是靠習俗，更不是靠系譜的背誦。

　　景頗有「竹」的社會理想，竹子在地下根莖相連，在地上卻不見得能夠看出竹蓬與竹蓬間相關性的牽連方式，也成爲他們對過去及歷史理解的方式。他們用竹子來背誦系譜，來追憶 (recall) 彼此間的相關以及創世紀的系譜的解釋。強調過去與未來，以及超越任何有形時空界線的關連。社會的意識是在「生」、「病」、「死」的時候才被提醒、追憶的，在日常生活中是不可見的。理想的社會是要靠生者與死者共同來完成的。無論在婚、喪或進新房的場合裡，景頗祭儀專家吟唱的內容總是追溯其源頭到開天闢地的始祖和祂的創造。而這種超越此生的連結是由只有景頗支系才有的誦師——*jaiwa*——在婚禮及進新房和木瑙慶典中對系譜關係的吟誦來完成的。

　　相對而言，載瓦榕樹的社會理想是在做人之餘，強調今生此世與這個地方的關係。載瓦用「榕樹」作比喻來談「討妻者」與「給妻者」關係的倒轉。本來是給妻的人、給做人的種子的人，現在變成了討妻，討做人種子的人。本來是水的源頭，現在變成了水的下游。本來是根與頭區分得清清楚楚的，現在卻像榕樹一般，根枝交錯，原來是從下

往上長的，現在卻變爲由上往下長的氣根。最後形成一棵根枝交錯，覆蓋面又密又大的大樹。換句話說，這個榕樹的比喻，是要把討妻者與給妻者間關係的時間價值改變、遺忘了，才得以建立一個自立的家和鞏固的社會。所以他們在進新房追溯蓋房的起源時唱的是房子與此地自然萬物的淵源，人們如何經由模仿天天看得見、摸得著的自然界動物的行爲，如鳥的築巢，水牛尾巴的搖擺、山豬用獠牙拱樹等動作學會蓋房。蓋房的起源絕對與做人的源頭——給妻者——無關。除了在載瓦排姓王者家系的祭獻場合中，有誦師以景頗語爲其吟誦家系系譜和其與開天闢地的景頗始祖之間的關係以外，載瓦人普通老百姓的生活裡，是沒有「誦師」的存在的。而所有有關排姓載瓦王者的故事，他們或說是載瓦人向景頗人買來的王，或是載瓦人在一個木瑙跳舞場子上揀來一個南瓜所生出來的孤兒。也就是說，榕的社會理想所創造的時間價值使得他們對景頗人的排姓做載瓦王者的說法,都說他是「買來的」，或是沒有任何淵源的孤兒。

總上所述，在人必有一死的事實上，景頗、載瓦建立了他們對不朽社會的理想。這個理想是通過他們在社會再生產的交換策略所創造的時間價值來實現的。但是這種不朽社會的理想是通過儀式展演中的討論而逐漸成形，傳遞的。以下筆者將由慶賀新房落成的活動來對此時間建構上的特色作一討論。

㈢新房慶賀活動中的反思

筆者曾在別處論證在景頗、載瓦，家屋的完成都是「成人」的第一步，也是人的生命階段和社會綿延的過程中最基礎的一環（Ho 1997:357-97）。[42] 從人觀形成的角度,筆者以爲蓋房、進新房的活動展演是在慶賀景頗、載瓦理想人的誕生；從這個以家屋爲表徵的理想人

---

42 其中從人觀形成的觀點對景頗、載瓦蓋房、進新房的活動有較完整的探討。

的誕生中（包括建房時的分工、建房後的慶賀）顯示他／她（指由男性／女性的事所共同建構的男女合體的存在）是如何通過把家屋依附在景頗的宇宙起源傳說中，或載瓦純粹勞力、做活和技術角度的論述中，來取代原有家屋由給妻者所賦予的「成人」成就的觀點，做為景頗「竹」的人觀形成和載瓦「家」的人觀形成的重要步驟。家屋完成最清楚的象徵就是由男女主人帶著水、火、穀種、煮飯的鍋與三角架，和象徵家中財富的寶物籃進入新房。在這個慶祝家屋完成或「成人」的慶賀活動中，有趣的是，他們如何用吟唱來講述蓋房知識、取火、取水、造酒知識和外來的刀的來源；而又同時用熱鬧的演劇、嬉戲從家屋做為社會再生產單位的立場來對前者的技術、經驗、做活層面的家屋敍述做挑戰。以下的討論即針對吟唱所強調的家屋蓋屋的「做活」面，和做戲所強調的家屋完成的「做人」面的對照，來討論不朽社會理想與儀式展演之間的關係。

從以上對不朽社會理想的討論，顯示景頗「竹」的社會理想是通過對「做人」的源頭——給妻者——永遠不變的交換策略而建立的。在如此的交換策略之下，所形成的社會單位—— *htinggaw* ——是來自於同一給妻者的有清楚系譜相連關係的後代的家所共同建立的人的再生產的單位，每一個家屋僅為此單位中的一部分。相對的，載瓦「榕」的社會理想是通過顛覆對給妻者做人種子的債的根源而建立另一種建於超自然信仰所可以提供對家屋財富的保護源頭，由普遍交換的策略改為限制交換策略而建立的。在後者如此建立兩種源頭的交換策略下，家屋被塑造是一個完整的財富生產與人的再生產的社會單位。

無論是景頗或載瓦的進新房慶典，都有三個部分：一是主人家請的祭儀專家—— *dumsa* ——所作的對超自然神靈的祭獻，以及善於唱調子或頌詞的男人以吟唱的方式讚頌蓋房子的起源。二是由共同幫忙蓋房的鄰居在特別有人擅長起鬨、嬉戲的狀況下，演出幾場鬧劇的慶祝方式，特別突出的是，這些鬧劇一定會有女人的參與，而且還多以

女人爲主。三是年輕人領頭的唱歌、跳舞等。大體而言，吟唱的部分
是從男人包藏女人，父系、夫居觀點的慶祝，以「做活的事」來定義
家屋。做戲的部分從「做人的事」的觀點以及女人，討妻者的觀點來
質疑吟唱對家所下的定義。年輕人領頭的唱歌、跳舞是最混雜的文化
表演。他們彈著吉他唱著各種流行歌曲，有當今流行的載瓦歌、也有
緬甸的歌，克欽的景頗歌、漢人的歌，甚至還有臺灣的流行歌曲。以
下討論將僅限於以男人、頌師所吟唱的房子的起源故事和女人爲主的
鬧劇做戲爲主。筆者以爲是通過吟唱與做戲的展演所表達對於「做人」、
「做活」與「源頭」的事在社會再生產上不同意見的折衝與反思，這種
不朽社會的理想才得以成形。

　　景頗吟唱的內容把蓋房子的起源連結到整個有關宇宙起源的故
事，從萬物的起源、白天黑夜的誕生、到創世祖先孕育下諸位天神，
再孕育下諸位地神，然後又再返老還童孕育知識、技藝和財富的神靈，
最後孕育出人類萬物，而後開始一代代一脈相傳的創造，到人間的形
成，王宮的興建、家禽的飼養、父系傳承的開始、外婚及男婚女嫁隨
夫居形態的確立、到幾個王者家系起源故事的神話傳說和系譜背誦。
他們把所有蓋房的源頭歸於人類始祖 *Ninggawn Wa* 開天闢地以來
所建的第一個王宮，強調 *Ninggawn Wa* 如何從刺蝟、野豬和大象獲
得蓋屋的靈感 (Gilhodes 1922:15-6)；從他的妹妹 *Ningkum pari
majan* 那兒講到線的來源和用線做屋頂的企圖；從另外一個姊妹
Shawa unti majan 那兒講到茅草的起源和他們如何成功地用茅草取
代線來做屋頂(ibid:9)。從創世者之一的 *Phungkam Janun* 的奶講到
酒的起源，水與火的起源，以及人們如何有刀用的故事。簡單的說，
由於創世神話中角色的代代相傳，這個吟唱強調竹的系譜傳承和家屋
與鞏固王權的宇宙觀間無法分離的層面。[43]

---

43 有關這個宇宙起源傳說詳細內容可參考Ho 1997:163-8，369-78，511-7；蕭 1992。

景頗喧譁、熱鬧的做戲中，包括一群人圍坐在火塘旁，大家來檢討此次蓋房得失的情節。男人的代表獲得一個竹做的刀和可以背在身上的刀鞘，葉子做的肩包做獎勵；女人的代表獲得一個竹篾做成的小項鍊和小手鐲做獎勵。但人們也責怪蓋房的速度太慢了，時間拖拉的太多。男人的代表就說因為女人們在工作上懶惰，所以沒有辦法「及時」把房子蓋好。要等她們背上屋頂的茅草來，等了半天也不來；讓她們送酒、送飯來也總是不夠。能言善道的女人代表說：不是她們偷懶，她們事實上是很勤勞的。茅草等不來是因為當她們正要去背茅草時，男人纏著要去做小孩，所以他們就去了。他們並沒有懶惰。換句話說，如果蓋房子是一種「做人的事」就快不了了，但如果只是「做活的事」只要一個人很勤勞，仍是可以快起來的。景頗女人提出的問題是：難道我們可以因為做人的事會耽擱做活的時間，所以不要做了嗎？

景頗在嚴肅的、平和的吟唱中把家屋的建造歸功於創世神話，在熱鬧的嬉笑間重新思考家屋的建造可以只是蓋房子而不是人的再生產的社會單位傳承的問題。通過二者的展演，景頗竹的社會理想也在協商形成中。

載瓦吟唱的內容則強調家屋的房子層面和其自主性。他們唱人們如何學著與大自然的各種動物、鳥類蓋房子的故事。人們如何經由模仿天天看得見、摸得著的自然界的動物的行為，從中學到知識與經驗。如看到水牛尾巴的搖擺他們學會怎麼用榔頭砍樹，看到山豬用獠牙拱樹的動作而學會怎麼挖地基，看到水牛肋骨的模樣，才知道怎麼上椽子。整個吟唱蓋房起源的內容講得都是房屋建造技術層面，包括如何懂得砍樹、挖地基、立柱子、上椽子和鋪茅草等等。但他們也像景頗般必須吟唱到水酒的起源、水、火、和刀的起源的故事。在講刀的起源時，就像景頗般，他們都會談到如何由鄰近族群中買來的起源。其他水的取得、取火的方法、和泡水酒的酒麴的製作，都各自有由自然

鳥類昆蟲螃蟹等幫助他們取得的管道或向什麼傳說人物學到的來源。
只是沒有一種與建屋或進房慶賀有關的吟唱內容是與創世神話有關，
或與給妻者有關。

另一方面，載瓦在相當熱鬧、喧譁的做戲部分的展演卻充斥著對
於家屋的誕生在成就以家屋爲表徵的人的理想上給妻者功勞的強調。
其中包括舂辛薑賀新房、簸飯豆賀新房、送蓋房師傅的情節。所有的
做戲都是以女人爲主，前兩種情節都環繞在以給妻者爲主角上，以舂
辛薑和簸飯豆的方式來爲討妻者賀新房。第三種情節則以女人扮演男
主人，爲了向蓋房師傅致謝而到處張羅酒、錢、牛做禮物的過程。三
種做戲方式都有一個共通之處。無論是舂辛薑、簸飯豆或送師傅，上
場的女人都需要有相當懂得搞笑的女人才能夠達到她們做戲的效果。
這些特別會搞笑的女人通常都是早已有兒有孫的老女人。此處僅以舂
辛薑爲例做說明。[44]

在屋前，環繞在臼的周圍好幾個女人邊唱舂米的歌，邊舂著薑，
做一道進新房的舂辛薑菜給來進新房的客人吃。這道舂辛薑的菜，到
最後還會加入一些牛乾巴或作料使之更可口。[45] 那些特別會搞笑的女
人一邊舂、一邊插進一些評語——用性交來比喻舂辛薑的評語。薑是
給妻者所給做人種子的象徵，所以如果有人舂的過猛就會把薑舂出臼
外，如果舂的合適，可能會生出男孩或女孩來。如果現在這個給妻者
的女人還沒有生下男孩，或許就多舂一下，下一個就會是男孩了等等。
在把薑、乾巴等舂好之後，要送進新房分給大家吃時，整個由屋前舂

---

44 事實上，載瓦的做戲逗趣方式很多，而且可能都有不同的訴求對象。筆者無法說每一
   個地方都會用同樣的方式、情節來做戲，筆者在此僅就在紅丘河的載瓦村寨所見到的
   至少六個進房慶賀的場合所作的慶賀活動爲例，討論筆者的論點。較詳細的對做戲
   類的慶賀活動的細節和分析請參考 Ho 1997:380-97。
45 這些薑的來源說法不一。有人說應該來自給妻者，有人說是主人家。但我看到的幾次
   都是來自主人家。牛乾巴或其他的作料則一定來自主人家。

臼所在之處到屋內的過程，又是一個最好的強調或誇耀給妻者爲此家
所帶來種子的貢獻的場合。這個給妻者的代表會想盡辦法製造出她把
這些春薑送來是很大功勞的印象。於是她或是埋怨她帶的實在是太多
了，太重了，她幾乎走不動了。不然她就是乾脆說累了，背不動了，
而耍賴不走。好不容易在眾人七嘴八舌、拿藥、拿酒相勸之下，再上
了兩層樓梯之後，她又會埋怨身體不舒服或是腳不舒服需要找醫生來
等等。總之，在她百般拿翹、刁難要討妻者圍著伺候，而圍在周圍的
眾人又多方起鬨、玩笑的狀況下，短短的幾階上門梯可能要花很久的
時間才上得了。

相對於載瓦進新房的慶賀中吟唱對家屋自主性源頭的肯定，載瓦
做戲時的焦點顯然放在對給妻者源頭的肯定。通過二者的展演，載瓦
榕的社會理想也在協商形成當中。

同樣都是在讚頌家屋「做活」建屋知識的起源，景頗把起源放在
整個宇宙起源、王者世系的一脈相承的故事裡，而後又強調建屋技術
知識的來源如何是透過人的始祖模仿大自然的生物現象而建造王宮的
傳承。載瓦不由宇宙起源的故事談起，他們在兩人對唱的吟唱中，用
老者教年輕人的方式說明人們如何模仿大自然的生物現象來蓋房、人
們如何通過其他生物的幫助而開始有水等知識的傳承。與宇宙起源無
關，與世系更無關。就像在景頗的王者都有特別讚頌宇宙起源、王者
世系的祭儀專家 *Jaiwa* 的類別來合法化他們的天命，而載瓦唯一有用
如此方式來合法化其王者資格的，只有一個由景頗支系來的排姓土者
的家系。當人們講述爲什麼景頗的排姓家系會作載瓦人的王時，各地
區的載瓦人所說的都是一樣的故事——他們是用牛「買來的」，或是「揀
來的孤兒」。因爲從前載瓦人自己的王太多了，誰也不服誰。[46]

　　由於景頗、載瓦竹與榕的社會理想上的差異，他們對於「做活」的價值有不同的建構。景頗「做活」的價值需要通過世系來完成，載瓦則否。另一方面，在挑戰男人們以「做活」蓋房知識的角度來談家屋起源的偏差，景頗男女的做戲就是直接討論家屋所完成的到底是蓋房建屋的完成，還是「做人」的一個階段。其中更重要的是討論蓋房建屋與做人的社會單位所牽涉到的截然不同的時間價值。而載瓦女人的鬧劇則是從女人所扮演的給妻者的角色和劇情闡述家屋所欠「做人」源頭的債而挑戰吟唱中所強調的自主性的家屋「做活」知識的源頭。也就是說，雖然同樣站在強調家屋成全「做人」層面的意義上，景頗提出來的是對做活的時間意義與做人的生命意義的反思，載瓦提出的是對家屋做為生產與再生產的社會單位的兩種源頭——給妻者做為做人的源頭和家屋做為財富的源頭——的反思。

　　不但竹與榕做為景頗與載瓦不朽社會的理想一向都不斷地被反思或挑戰，做活的時間價值與做人的時間價值更是不時地在彼此競爭。進新房的慶賀場域裡，男人們以吟唱來代表家屋意識形態的一邊，強調家屋是創世祖的傳統，或是做活生產的成果；女人們站在家屋生命源頭來源的立場強調家屋是通過女人所帶來的做人的種子才形成的。是因為有這些挑戰，才有更進一步的妥協或加強。這些反思、妥協是一向都在進行的。景頗、載瓦生命儀禮的展演過程更是最重要的展現這種挑戰與反思的場域。

三、討　論

　　在有關時間的人類學研究中，時間的認知到底是社會文化決定的、是形上而抽象的，還是人類普遍性的對於時間規律性或持續性的體會、是主觀經驗決定的看法之間關係的探索一直是最重要的主題（Bloch 1977；Munn 1992；Gell 1992）。於是，有二分為社會建構的時間(social time) 及個人主觀體驗的時間 (personal time) 的說法 (Munn 1992)，或是強調時間的眞正本質不是能夠由人們主觀的時間意識充分顯現的 B series，及強調人們主觀所意識到的時間的流動性是瞭解時間最恰當基模 (schema) 的 A series 的時間理論 (Gell 1992:157)。從社會文化的角度對時間的探索所形成幾種類型化時間的概念，如以靜止的時間、循環的時間等來描述某一社會的時間架構，都相當程度的被批評爲無視日常經驗中對時間體驗的說法 (Bloch 1977；Munn 1992；Gell 1992；Bourdieu 1977，1990)，以及將人們對於時間的分類全面化，而無視個人對於時間操弄所可能造成的改變 (Bourdieu 1977)，或是忽略了人們在行動中所創造的時間價値的層面 (Munn 1992)。而在日常生活對時間的體驗上，自然季節生態對於人們時間體驗的影響是週而復始的重複律動，還是行進累積式的順序體會及其間的關係 (Barnes 1974；Gell 1992)，也是探討的主題。

Bloch (1977) 對時間的探討是被廣泛討論的作品。他以在現在中的過去與現在爲題，檢討了幾件人類學者對於個別社會時間探討的著作。爲什麼在有些社會裡，過去和現在是如此混雜地交織在一起，以至於現在似乎只是過去的展現；又爲什麼在有些人類學家的陳述中，有些社會卻完全只是現在的，或經驗性的取向，而沒有過去影子的問題？他提出了人類學理論方法上可能盲點的檢討，同時也提醒我們個別社會文化建構會有傾向於不同理論特性展現的事實。在人類學理論史的發展上，他探討是否因爲早期曾把社會結構等同於社會而使得這個社會呈現如此的靜態，或是因爲早期研究中將儀式的世界與日常生活經驗的世界分離的作法而造成的結果？在個別研究對象的特性上，他提出其本身階序化的程度所造成差異的問題。如巴里及印度如此階序化的社會，是否他們的社會結構在日常生活中的滲透性也愈大，大到在他們社會中的現在看來似乎是沒有時間進展的過去的展現？但同時他也提醒我們需要注意即使同樣是採集狩獵的社會，澳洲的土著社

會所表現的過去性又與非洲的 Hadza 所表現的截然當前性很不相似。

　　Gell 也針對社會建構時間與人類主觀經驗的時間間的關係寫了一本書。他詳細地討論了包括 Durkheim 以下的社會人類學及象徵人類學理論對於時間的討論，以及發展心理學，現象學理論和社會地理學對於時間的認知、策略和「經濟」面的探討。在他對於 Geertz 的討論中，他指出 Geertz 對於巴里時間研究的弱點並不在鼓吹或預設一種絕對的文化相對論，並以極端的形上形式來表達的立場，而在他的文化或詮釋的架構使得他沒有去問爲什麼某種文化表徵 (cultural representations) 會特別在巴里社會中有突出的表現，或文化做爲一種活著的形式的探討 (Gell 1992：82-3)。Gell 提醒讀者不要陷入如 Bourdieu 所批評的全面性地描述 (totalizing) 文化，爲社會文化製造一種「摘要性的幻覺」(synoptic illusion) 的作法，而忽略了表達人如何生活在文化體系中，而這些文化體系又如何與外界應對的活生生的面貌。也就是說，不但要有文化建構的時間是什麼的整體性的描述，也要有個體的人經驗體會時間的描述；不但要有對於社會文化建構的時間是如何達成建構過程的描述，也要有其如何達成處理其與主觀的時間體會間可能有的矛盾或連結的描述。以下筆者將以這些對時間探討的理論及方法論上二分所產生的問題爲核心，討論景頗、載瓦時間建構上的特性與其時間價值如何形成時間的策略而造成此特性的過程。

　　景頗、載瓦由大自然的日夜循環、乾雨季的周而復始的律動體會到時間的循環性，同時他們也由大自然的花草樹木、飛禽走獸的榮枯生死經驗到時間不可逆轉的直線性。但在山居景頗、載瓦人曆的制定和使用的表現上，筆者以爲他們更強調由生命的不可逆轉及不朽社會創造的角度來理解時間的意義與價值，形成對時間的分類、對外來曆法的選擇性採借，並以時間的策略來創造不朽社會的理想。

Gell 在批評 Bourdieu 把曆視爲是那些與人們實際生活無關的學者們所創造出來的說法時，提出是因爲 Bourdieu 對於曆的知識與權力之間關係的缺乏討論的緣故。Gell 以爲或許對於 Bourdieu 所研究的 Kabyle 社會而言，在人們實際生活中曆的知識，做爲一種整體性的、表徵性的形式（也就是 Gell 在書中所談的 B-series 的時間），並不是一種很重要的「象徵性資本」，但它在很多其他的社會中，尤其當牽涉到曆的知識與權力之間的關係時，是很重要的(1992:304-5)。事實上，從傳統景頗、載瓦的王權如何企圖「掌曆」的方式，我們可以很清楚的看到景頗、載瓦時間的價值如何引導他們曆的形式和掌曆的方式。而他們所掌的曆和掌曆的方式，不是有關於生產時令的知識體系，卻是有權掌控生命的開始與結束的力的展現。

在 50 年代以前，當國家的力量還沒有眞正介入之前，傳統景頗與載瓦的王權曾配合著乾雨季季節的律動企圖「掌曆」過。傳統上，當自然界給足了人們各種的訊息說是該播種的時候時，統領各寨的王 (*zau wui*)[47] 就應該及時宣布全寨在王者的地上搭窩棚（種地及種田時暫時歇息的小棚）(*shiwa zang gut*) 的日子。搭窩棚的前一天，全寨的男人去山上集體打麂子，打到的麂子要留下一條腿在第二天搭窩棚時一起吃，女人上山找野菜或在家織布。第二天全寨一起搭窩棚，同時象徵性的開兩小塊地，撒下穀子、玉米、飯豆、小米及紅米的種子。一塊地象徵的是王者的地，一塊象徵的是全寨人今年地的收成。之後全寨休工兩天，王者家休工六天。整個在進入雨季的時候 (*zan wang kun*) 全寨性的在王者的領導下，從打麂子到休工的儀式性活動就是上文中所述的「雨季關門的儀式」(*zan kun myvi*)。*Zan* 是雨季、*kun* 是「時候」、*myvi* 是「關門或關上」之意。這些儀式在中國政府 1954 年全面取消王者的特權，並宣布景頗族民族地區爲不需經過土地

---

47 中文的有關景頗研究的文獻均稱其爲「山官」。

改革的「直過區」—直接由「原始氏族公社解體、早期奴隸制時期，跨越封建的和資本主義的社會形態，而過渡到社會主義」發展階段的地區—之後，都已經完全不作了(中共德宏州委黨史征研室 1996；中共雲南省委黨史研究室 1996：360)。

　　乾季(*cung nam*)要開始的時候，首先決定一天在一寨的「祭林」(*lumshang* [z])上祭祀天地山川各類神靈 (有王者的寨子，王者立於祭林的祖先神壇要在前一天就祭拜過)(*lumshang gau*)。[48] 從前全寨的人要共同出一隻牛，王者需出一隻豬，各家還需出一隻小雞及米。當天全寨聚於祭林殺牲、祭獻，並在此把犧牲煮熟，肉汁與米做成稀飯大家一起吃。[49] 全寨的祭獻結束之後，寨裡的主要祭儀專家，通常是全寨最有威信的 *dumsa*，同時也是專門為王者祭祀其祖先神靈的 *dumsa*(*zao wun dumsa*)，負責打卦。[50] 看從哪一家開始先「吃新穀」或「吃新米」(*gu sik zo*)。在老人的頌詞裡他們念道：「我們已經看到

---

48 中文有關景頗研究的文獻中都稱此「祭林」為「官廟」。前者的翻譯主要是取在此通往村寨的要道附近的林子中所立的祭祀山川、河流、森林等各種神靈和立寨人家祖先等祭壇的意思；後者的翻譯強調了在此「祭林」中「官家」(即景頗或載瓦支稱王的家系)的祖先所扮演的重要性。雖然很多的「祭林」都放有「官家」祖先的祭壇，但也有很多寨子的「祭林」並沒有「官家」祖先的祭壇，而只有開寨家系的祖先，或沒有任何家系的祖先，只是全寨性的祭祀天地山川神靈之處。除了都是全寨性的祭壇所在之外，它們都有的另一個特質是此「祭林」的林是不可以隨意砍伐的。當別寨蓄意要冒犯此寨，最有效的方法就是把此祭林視為普通可以隨意砍伐柴火的林子，或可以隨意走進便溺、糟蹋的地方。這種冒犯必然會引起兩寨間的重大械鬥糾紛。所以我用「祭林」而不用「官廟」的翻譯。

49 這種祭獻活動大多數寨子都不再搞了，即使會搞的，也多半不會殺牛了。中國的社會主義革命徹底瓦解了做「王」的特權，所以要「王」者的家庭出豬，更是不可能的事。近年來，在國家對少數民族宗教信仰持較放鬆的態度後，一些寨子恢復了從前在吃新穀以前在「祭林」的祭獻。殺牛、殺豬的雖有，仍是少數。多數只有由每一家出一隻小雞及米，全寨性的作一天小型的祭獻活動及野炊。

50 任何一個統領山寨的王都必須有一位能夠為他們家的祖先神靈祭獻的 *dumsa*。此祭儀專家不可以是已經開始從事為死靈送魂的祭儀專家 *shizao*。當一個寨子缺乏此類人物時，王者必須想辦法特地到別處去請。通常，這種大 *dumsa* 還會分到王者給他的一些水田。所有有關於全寨性事物需要打卦時，都是由他擔任。

乾天顯現在九個山坡上了，我們也看到大大小小的水塘都已經乾了（*cung wu gau bum toq, zan wu le hen zhang gan*）；過去的老米（*gu cao*）都吃完了，必須接上新米了。現在已經是天亮了、進入乾季的時候了（*cung toq mau bo*），雨季已經結束了。」全寨一定得等這一家的新穀吃過了之後，才可以吃。每家吃了新穀之後，才可以真正的把穀子堆起、並選日子在個人的地上請祭儀專家爲他們家祭獻各種神鬼（*yo nat gau*）並做「叫穀魂」（*gu byo wut*）等儀式、打穀子、背穀子回到自家的穀倉。這整套儀式活動就叫作「乾季開門的儀式」（*cung kun pong*）。*Cung* 的意思是乾天，*kun* 是「時候」的意思，*pong* 則是「開」的意思。

從這些儀式的律動我們可以相當清楚的看出在社會建立的過程中，王者掌握時間的企圖或人們通過祭儀專家的打卦企圖規律化全寨生產活動的作法。王者或超自然的神靈就是全寨掌曆的人或力量，只有在王者家裡的地上撒種才可以代表全寨人未來一年產量的一種期許，沒有在王者的地上撒過種，任何其他的人也不能在自己的地上開始播種。在播種和收穫之間，當穀子出穗出到一個程度開始要彎下前，該開始有人在地上及田上守著防止雀鳥來吃穀子時，又得經過全寨的祭儀專家打卦決定哪一家可以先開始去守雀。要選定的那一家人去了兩天之後，別家才可以去。收割的日期也得在全寨性的「祭林」祭過之後打卦，被打卦選定的一家吃了新穀之後，各家才得進行。傳統任何不是被祭儀專家卦定的一家若是超前進行守雀或吃新穀，都會被罰（罰穀或罰牛、豬、雞）。照灣丹載瓦老人們的說法，沒有一個日子是真正固定的日子，決定這個日期的力量仍是自然的規律及全寨人的信仰。如果播種的季節已經近了，王者仍然沒有計劃出建全寨性窩棚的日期，老百姓們會去催趕著王者定出日期來。同樣的，如果所有在地上的多季作物，如小麥、蠶豆、豌豆等都已經栽種完了（*hewa ban gyo be*），就是到祭林祭獻天地山川鬼神的時候了，有沒有王都一樣。在傳

統景頗、載瓦王權非常徹底瓦解的中國，仍有寨子以爲這一年一度的在「祭林」祭獻天地山川鬼神的信仰是不能輕易廢除的，否則雞瘟、豬瘟就會更頻繁，而人與寨子也不安定。

　　無論是播種、獻祭林或吃新穀的日子，景頗、載瓦人選的日子是依著自然的規律，農作物生長的律動來做選擇，而載瓦的王所掌的「曆」並不像 Kodi 的掌曆者（Hoskins 1993：Chapter 3）是在做活或生產的知識體系上的掌握，而是在人們認爲他們對於其轄區內生產和再生產的興旺所具有的掌控力量的展現。事實上，景頗、載瓦的王者與 Kodi 在荷蘭殖民時期被選爲具有王者資格的人是很不相同的。景頗的王者是由於他們的祖先是來自於第一位與由天神 Mǎdai 的女兒結婚的子嗣。而 Kodi 在荷蘭殖民時期以前是沒有王的，殖民時期之後被公認爲有王者資格的就是來自掌曆家系的子孫（Hoskins 1993：319）。景頗王者的力的來源不在「曆」上，而在他們有如此的天命，而且也能夠用足夠的木瑙饗宴來展現他的確享有此天命的事實。他們必須是在多年的生產中累積了足夠的牛隻，豬、雞等勞動生產後，一個人才有機會展現他的聲望，也才眞正的具有聲望。另外，在 Kodi 社會，一個家庭的聲望固然也靠是否可以辦得出顯示犧牲的時間價值的大排場饗宴（1993：Part two），但還需靠寶物是否得以經得起時間的考驗而在一個家庭中流傳（1993：Chapter 4）。景頗社會家庭的聲望是靠他們是否可以給出足夠的饗宴，但還需靠他們是否有祭獻天神 Mǎdai 的權力來證明其具有王者之家的系譜牽連。而在景頗、載瓦間仍有差異。在載瓦支系中，只有來自景頗支系的排姓家系的人，其來源就是如前文中所提的是「買來的」或「揀來的孤兒」。而在景頗支系中，不但有好幾個王者的家系，同時每一個還都有能夠祭獻 Mǎdai 的權力及世系的證明。

　　但景頗與載瓦時間的建構即使與生產的知識體系無關，卻也並非一種將人們的經驗「去時間化」（detemporalized）的建構（Munn

1992：98；Bloch 1977)。[51] 在景頗、載瓦的經驗世界中，他們總在觀察、體會時間的進展與流動，而且也經由這種觀察和體會來決定他們的作息。他們的活做得好不好是仰賴著他們能夠細心地觀察與聆聽。當我跟他們一起走在山路上時，他們總是不斷的提醒我看各種的花、樹，聽不同的鳥叫。哪種花什麼時候開，什麼鳥開始鳴叫時就是該做什麼活的時令是多數景頗、載瓦人日常生活必備的知識。認花、認樹，辨識鳥鳴是他們從小到大不斷被傳授的知識。常常不同地區的人會有不同的說法，而對於彼此而言，這都是個人性或地域性的經驗。每個人都有自己的選擇，與時間單位的形成間沒有關係。這種對於時間流動及過程性的理解與警覺，得以培養出能幹、勤勞的做活的人。但再能幹、再「懂得計劃」的人，[52] 當他們需要用曆的時候，就如筆者在「屬份與時間的價值」一節中所敍述的一般，他們不會採用任何抽象的，與他們生活經驗無關的時間的知識，即使是祭儀專家也只有興趣及需要瞭解日子的屬份而已。之後再由屬份動物的習性來解釋日子或時段的好與不好。屬於漢及緬曆中較抽象的時間分類是與工作無關的。工作的時令，什麼時候該播種、種家邊田、種山田、種包穀或砍柴不是用抽象的數字或文字的曆可以引導，只有個人的經驗去觀察、傾聽大自然的各種變化，聽從老年人或有經驗的人的教導來逐步學成。景頗、載瓦的曆不是一種工作的曆，怎麼樣選擇哪種屬分的年、月、日來使得他們的家能更加興旺、順利才是他們曆的特色。這種特色是由他們建立在人的再生產上的時間價值來引導的。是通過這種日日夜夜對於自然律動的經驗，人們形成了與自然律動最吻合的乾季「做人」、雨季「做活」的模式。但他們的「曆」、他們對時間所作相當有限的分類，

---

51 此處所用的「去時間化」的說法，是 Munn 用來批評 Geertz 所呈現的 Bali 時間。
52 這是幾位載瓦人在與筆者談到某些家庭有相同的地，相同的勞動人口，為什麼常常表現出捉肘見襟的困窘時所用的關鍵詞。

不是爲了做活而設計的，而是爲了做人／做活而設計、創造及從外採借的。

　　這種以人的再生產的做人價值而界定的時間價值並非「沒有時間性的」(timless)。[53] 反而筆者論述在景頗、載瓦的時間裡，他們更強調的是由於對人做爲生物體而必有一死的過程性、直線性的時間體會而創造出來的超越性的時間價值。這種超越性的時間價值既不是 Bloch 所說的神秘化的時間，也不是 Evans-Pritchard 所說的結構性時間 (Gell 1992：Chapter 2；Munn 1992：96-8)。因爲它是把生活在時間中的人及人群當成有意識的行動者 (如 Bourdieu 1977；Munn 1983, 1986, 1992 的論點)，基於他們對於時間過程累積性的體會所發展出來的時間策略的價值 (Damon 1981, 1990：Chapter 2；Gell 1992：Chapter 26-9；Hoskins 1993：Part 2；Bourdieu 1990：Chapter 6)。更重要的是這種超越生命時間的有限性而「做人」的時間價值是有賴於有效率地抓住大自然的時令而做活來完成的；而做活的目的是爲了人的綿延的理念，既是他們根深蒂固的時間價值，卻也是他們仍不時在討論折衝的理念。此點又明確地表現在景頗、載瓦以不同的時間策略來建立不朽社會，而用生命儀禮中祭儀專家的吟唱或男人的對唱讚頌來表現時，在工作的時間價值與做人的時間價值間如何以不同方式的做戲所作的反思中。

　　景頗、載瓦的時間建構雖然表現出「竹」與「榕」不同社會理想塑模，但這種不朽的時間建構不但是建立在人們普遍日常生活的生產和生命時間的體驗上，不是把時間「神秘化」爲不同層次的抽象單位

---

53 此處所用的「沒有時間性的」的說法是來自 Bloch (1977) 批評 Geertz 對 Bali 時間的研究。Bloch 認爲 Geertz 所處理的時間是由社會、儀式界定的靜止的、循環的、沒有過程性的意識形態所創造的神秘化的時間，是一種「沒有時間性」(timeless)—沒有進展、不會流動、沒有過程、沒有累積，但卻是人類普遍在日常生活中所體會到的時間性—的幻想。

加以操弄；同時筆者更強調的是，景頗、載瓦時間建構中的人爲操弄從來不是那麼的神秘，儀式更常常是表現出對時間操弄的反思場合（Hoskins 1993:160- 69, 367- 8；Gell 1992:Chapter10；Valeri 1990；Lambek 1990, 1996）。[54] 筆者還更進一步地以爲在人類學對於克欽或東南亞高地社會研究上最膾炙人口的社會結構上的動盪搖擺理論（Leach 1970〔1954〕，Lehman 1963；Ho 1997:Chapter 2；何 1997），應該由這個做人與工作的時間價值間競爭關係的角度去理解。[55] 這個區域不時、但並不規律、也不穩定地有過往商人所帶來的交易、買賣活動；以及由於政治上的兼併、擴張等行爲或由於高地與低地族群間規律性的交易行爲所帶來的「找錢」的機會，與爲了「找錢」而更凸顯出原本高地族群所強調的人的再生產的重要性間的緊張關係是他們總是需要面對的區域性政治經濟的事實（Ho 1998a）。景頗、載瓦在社會性的建構上，仍需通過做人的時間價值所強調的社會不朽的傳承，與做活的時間價值所強調的工作、技術的當前必要性及經驗性間價值的不斷檢討反思，才得以成形的事實，與他們在整個區域內族群互動的歷史過程經驗應有不可分離的關係。

　　白天、黑夜及乾、雨季截然劃分的自然節奏是形成景頗、載瓦日常生活對時間日復一日、年復一年的重複律動性認知的最重要來源。這是相當經驗性的層面。但從景頗、載瓦山居生活所建立的對於乾、雨季和曆的說法，筆者以爲他們對於時間持續行進累積順序的體驗更強調他們對於不可逆轉的生命歷程的認知，而非季節。大自然植物及農作物生長的訊息的確提供人們對時間持續性的體會，但這種體會並沒有表現在他們本身所建構的幾個時間概念裡。時間的價值是建立在

---

54 此處所謂的「神秘化」是 Bloch 的用法（1977）。讀者可參考 Gell（1992:Chapter 9- 15）對 Bloch（1977）相當嚴謹的批評，以及 Leach（1961）宗教時間的說法和 Gell（1992:Chapter 4）對 Leach 的批評。

55 國際文獻上克欽（Kachin）所指涉的人群主要即指中國的景頗族。

人的再生產和社會的綿延繁衍上，後者表現在他們對於「源頭」的認知上。日常生活經驗上對乾雨季的體會更在如此的時間價值引導下，乾季成為「做人」或人的再生產的季節，雨季則成為「做活」或生產工作的季節。工作的目的在於達到人的再生產，而不是物的生產。但從自然學習來的「做活」的經驗卻是完成其「做人」的必要條件。這篇文章的目的就在展現景頗、載瓦這種由日常生活體驗和社會文化建構的「竹」與「榕」的不朽社會理想所共同建構的時間本質與過程性。

　　景頗、載瓦時間建構上最突出的是，在他們如何通過時間的操弄來創造社會的價值，也就是對於「源頭」的認知。日常生活乾雨季的體驗在「源頭」的理想影響之下，更造成他們如何將自然規律中的乾季視為「做人」的季節，雨季視為「做活」季節，以做活的成果來成全做人期望。以農事、工作來定義的漢人農民曆雖然常被景頗、載瓦人使用以增加做活的效率，但後者用這種「曆」的方式與價值並不在工作上，而在完成人的再生產上（最清楚的對照可以由比較 Le Goff〔1980〕對於歐洲中世紀時間與工作概念發展間關係的研究中看出）。

四、結　語

　　隨著自然的節奏而建構的乾季做人、雨季做活的律動，工作的曆或個人性的時間價值從來不具有什麼支配性的角色。但由於做活內容本身必有的多樣性（就像在賀新房的吟唱中所唱的人們不時向自然的動物、飛鳥及外族學習知識技能般），找錢、買賣一向是山區做活內容的一部分（就像在吟唱中，人們唱到的刀的外來起源一般）。另一方面，在面對人必有一死的事實所創造的竹和榕的不朽社會理想所強調的通過或不通過世系傳承的做人做活的價值，唯有通過突出在做活時間價值與做人或生命的時間價值之間的矛盾，或家屋與社會單位價值之間的矛盾，與不時的妥協才有可能澄清或實現。以上所述賀新房慶賀活

動的反思就凸顯了這種景頗、載瓦社會時間建構上動態意義的特色。這些不同的意見，除了有通過上述儀式展演的孔道來做表達之外，也有通過外力的介入對社區權力結構的挑戰而合法化其無力或無意完成某種社會理想期望的理由。以下筆者即由很個人性的一個對傳統習俗不同看法的例子和此個人所代表的外力——國家——對景頗載瓦山區生活所產生的影響做些討論做爲本文的結語。

我在山上的時候，一位載瓦朋友的妹夫過世了。從給妻者與討妻者間倫理的角度去思考，他覺得要他的兒子堂堂做個給妻者卻去替討妻者背上文所提的榮耀死者的人像，是完全說不過去的事。所以他拒絕去，結果他沒去。但他的兒子、妻子都去了。從他妻子的立場看來，當初她先生母親死時，不也是先生母親家的人來背的嗎？不管怎麼說，對於他的妻子及大多數的親戚而言，那是習俗。她應該帶著她的兒子去履行這個習俗所賦予給妻者的權利和義務—去背那個榮耀死者的「人像」到墳地上去。

我的朋友多年來一直都在鄉政府工作，他是一位榮譽退休了的國家幹部，一位見多識廣的人。他不能瞭解爲什麼這個喪禮的習俗會如此違反平日裡討妻者與給妻者之間的倫理關係，他覺得這種作法是錯的。這些地方的習俗是沒有好好想清楚過的。他覺得他可以挑戰這種地方沒有道理的習俗。更何況，他的道理是根據討妻者與給妻者間日常生活的一貫倫理而來，爲什麼在喪禮中可以改變？實際去背人像的兒子們不知道該如何去衡量這件事情是父親還是母親的意見比較有理，可是他們仍然跟著母親去了。無論如何，在父親妹夫的喪禮裡，他們是最重要的角色，背人像是只有他們才能背的。

這件小事所牽涉到的是：1. 對於像我的朋友這種見多識廣的人而言，地方習俗不一定是對的，他是用不著蕭規曹隨的。只有小孩和女人才會去依循這種習俗的權威。更何況，2. 從日常生活的倫理而言，他也是有道理的。至少他是追尋著永遠不變的給妻者與討妻者的關係

的。他一個人不去遵循這個習俗，不會對社會的再生產有什麼衝擊。這種事情可能早已在景頗、載瓦山居生活中發生了不知道多少次了。可是當國家的力量要強行進入山區之時，這個衝擊就不是可以輕易面對的了。

「做活的事」、「做人的事」和「源頭的事」是景頗、載瓦時間建構上最主要的內容。在建立社會主義的景頗、載瓦社會的過程裡，經由廢除了景頗、載瓦王者的特權及倡導「民風民俗改革」、破除封建迷信後，改變最大的當然是與維繫景頗、載瓦社會建構理想上「源頭的事」息息相關的超自然信仰。60年代當中國政權最強力進入景頗山區之時，他們抨擊的不但是祭儀專家知識的合法性，還是各種習俗活動的正當性。在整個國家化的過程中，他們把景頗、載瓦原有的社會政治理想或他們文化中根深蒂固的「源頭」的理想視為地方主義而加以破壞。無論以竹或以榕做為不朽社會藍圖的時間策略都不斷的被挑戰，祭儀專家的活動或被禁止，或被視為迷信。人們也同時有更強烈的動機和機會離開山居生活，經由國家幹部選拔、念書的孔道或各種找錢的機會到城裡去工作幹活。80年代商品經濟逐漸進入山區之時，不但祭儀專家的知識不再能恢復，同時年輕的下山工作的人們也放棄了以習俗、歌唱來討論社會再生產意義的方式。這是在原有的鞏固社會理想的機制逐一被否定之後，人們抓住原本在景頗及載瓦文化概念中根深蒂固的「做活」或勞動、工作的理念竭力去追求的必然結果。找錢的目的從前是依附在代表工作價值的「做活」之下，它是為了完成「做人」和社會再生產的理想，現在是為了讓生活過的更好，與做人無關，什麼是景頗或載瓦有關不朽社會的理想，他們不瞭解更不在乎。更何況國家也曾視其為迷信陋習或落後的象徵。

從前為了做人而做活時可能是期望把房子修的更寬更大，使得將來老人走的時候有更寬敞的地方讓人們跳榮耀他的舞，或有足夠的錢多準備幾床被褥、草蓆，鍋碗瓢盆等讓家裡有事有很多親戚來的時候

有得用。為了有能力在需要的時候獲得更多神靈的保佑而不斷的工作可能是期望再多養幾隻雞、幾頭豬或多買一頭牛，買個碾米的機器幫鄰居們碾米、再多找點錢。有了這些錢才能找祭儀專家為家人、家裡做祭儀尋求保佑。這些都仍是為了完成「做人」或社會再生產的消費。相對的，那些到過城裡再回來的年輕人，他們想要讓生活過得更好的方式是為家裡增添電視、錄音機和不時想要為自己增添的衣裳。這種相當不同的消費模式與景頗、載瓦做人／做活的時間價值間的關係，仍有待更系統的研究。但可以確定的是，最讓仍然活在做人／做活所定義的時間價值中的景頗、載瓦人束手無策的是不想要結婚生子的女人和沒有一技之長到處亂逛的人。他們說：「娃娃生多了，沒意思。男的怕他們幹四號（吸食毒品），女的永遠操心。」

商品經濟的後果自然是做活的時間不斷的加長，不受天候或乾雨季的限制，而且做活的類別可以不受性別的限制。女人們下山的越來越多，他們也強調做活。因為不但男人可以讓家庭的生活好過些，現在女人也可以了。一向，景頗或載瓦的婦女是有能力找錢的，可是她們會把它花費在「成人」和「成家」上。在進新房的慶賀活動中，女人是「做人的事」的提倡者，因為她們是做人的種子。但現在有越來越多的年輕女人說她們不想結婚、更不想生孩子。他們不在乎文化對他們的的定位，反而她們用「錢」來界定自己的力量。本來這種做活找錢是景頗、載瓦時間建構中的一大部分，但當男人或女人離鄉背井開始「做活」到不為完成「做人」而做活時，他們已將個人性的時間價值發揮到任何景頗、載瓦時間價值所可能給與的空間之外了。

對於這個向來有不少商品流動的區域，為什麼有 80 年代之後的巨大改變，為什麼這種改變有可能帶來人們在「做人」上的無所適從，只有在我們瞭解景頗、載瓦主觀上所有的「源頭」、「做人」與「做活」的概念以及 50 年代以來中國國家化的過程，才能有深切的瞭解。毫無疑問地，從景頗、載瓦時間的建構和價值的探討中，我們可以瞭解其

時間建構上不可分離的日常生活經驗的層面和社會文化建構的層面。80 年代以來，商品經濟的普遍性所逐漸造成二者間分離的趨勢是由於性別文化意義的改變所造成人觀概念上改變的結果。

景頗、載瓦時間的價值是建立在人的再生產上，而不在做活或找錢上；他們強調時間有生命的意義，而不強調工作的曆的意義。但日常生活裡不做活、不找錢當然也是不可能的。爲了建立竹的不朽社會的理想，景頗利用了普遍性交換的時間策略而創造了世系的時間價值，但仍得不時在工作時間和生命時間的價值間折衝。爲了建立榕的社會理想，載瓦利用了限制性交換策略而創造了做活的時間價值，但仍得不時在做活與做人時間價值間妥協。隨著自然的律動，景頗、載瓦形成了乾季「做人」、雨季「做活」的時間架構；在超越生命不可逆轉的社會建構及再生產上，景頗、載瓦用男性的吟唱講述世系與做活時間的價值，用女性爲代表的做戲表達生命及做人時間的價值。做人與做活時間的價值的並存就像男性與女性在他們文化中所代表的不可分離的意義一般，也像乾、雨季的區分總是他們生活中的事實一般。

本來在景頗或載瓦的社會裡，女人，或以女人爲標記的團體是從來不曾被消音的，她們是整個社會建構的一部分。只有在國家化及目前更普遍的商品化的過程中，不但女人的聲音被消了音，男人的聲音，老人的聲音也都被消了音（因爲很多與祭儀專家有關的祭儀都被視爲封建迷信）。商品化的過程中，更多的年輕女人還選擇性的不願意再出聲（因爲她們和普遍的社會大眾也覺得那些以婦女爲主導的戲謔、嬉戲是可笑而鄙俗的）。剩下的幾乎只有年輕人（景頗）或者國家幹部的聲音，因爲只有他們還趕得上整個國家化的潮流。

今年夏天，我回到芒市去看我的景頗朋友。吃飯聊天中，我對景頗、載瓦人對自己文化習俗或社會、歷史研究上的無暇顧及，乏人問津的狀況深表焦慮。可是就像每一次人們總會說的一般，他們說：我們有更急迫的事情要做，我們要想辦法先把我們景頗（族）人的生活

搞得更好些。然後他們幾個人的話題就開始轉到比較景頗、漢和傣的生活上去。比較的重點就環繞在經濟上。他們說，景頗（族）人在經濟上就是不懂得聚財，也不懂得計劃。我想問題的關鍵可能更在於即使人們已經不再有什麼不朽社會的理想了，景頗、載瓦工作時間的價值如果脫離了「做人」或生命的時間價值，不會是解決之道。

參考書目

中共雲南省委黨史研究室 編

　　1996　雲南邊疆地區民主改革。雲南昆明：雲南大學出版社。

中共雲南省委組織部、雲南省民族事務委員會 編

　　1990　少數民族幹部的選拔與訓練。雲南昆明：雲南民族出版社。

中共德宏州委黨史征研室 編

　　1996　跨越世紀的飛躍──"直過區"的由來與實踐。雲南德宏：德宏民族出版社。

尹紹亭

　　1994　森林孕育的農耕文化：雲南刀耕火種志。雲南昆明：雲南人民出版社。

石銳

　　1990　景頗族，刊於雲南少數民族生產習俗志，楊知勇、秦家華、李子賢編，頁 238-260。雲南昆明：雲南民族出版社。

何翠萍

　　1997　雲南景頗、載瓦人的喪葬儀裡及「竹」與「家屋」人觀的形成，發表於「生命儀禮與人觀」小型研討會。中央研究院民族學研究所主辦，1997 年 5 月 2 日，臺北南港。

德宏傣族景頗族自治州概況編寫組（DHDZJPZZZZGKBXZ）編

　　1986　德宏傣族景頗族自治州概況。雲南德宏：德宏民族出版社。

戴慶廈等 編

　　1990　藏緬語族語言研究。雲南昆明：雲南民族出版社。

《雲南民族工作四十年》編寫組

　　1994　雲南民族工作四十年（上、下冊）。雲南昆明：雲南民族出版社。

Barnes, R. H.

    1995   Time and the Sense of History in an Indonesian Community: Oral Tradition in a Recently Literate Culture, in *Time: Histories and Ethnologies*, Diane Owen Hughes and Thomas R. Trautmann, eds., pp.243-268. Ann Arbor: The University of Michgan Press.

Basso, K.

    1988   Speaking with Names: Language and Landscape among the Western Apache, *Cultural Anthropology* 3(2):99-130.

Battaglia, D.

    1990   *On the Bones of the Serpent: Person, Memory and Mortality in Sabarl Island Society*. Chicago: University of Chicago Press.

Bloch, Maurice

    1977   The Past and the Present in the Present, *Man* 12:278-292.

    1992   Internanl and External Memory: Different Ways of Being in History, *Suomen Anthropology* 92 (1):1-15.

Bourdieu, Pierre

    1977   *Outline of Theory of Practice*. Cambridge: Cambridge University Press.

    1990   *The Logic of Practice*. Stanford, Ca: Stanford University Press.

Damon, Fred

    1981   Calendars and Calendrical Rites of the Northern Side of the Kula Ring, *Oceania* 52:221-39.

    1990   Time and Values, in *From Muyuw to the Trobriands: Transformations along the Northern Side of the Kula Ring*, pp.16-53. Tuscon: University of Arizona Press.

Gell, Alfred

    1992   *The Anthropology of Time: Cultural Constructions of Temporal Maps and Images*. Oxford: Berg Publishers.

Le Goff, Jacques

    1980   *Time, Work, & Culture in the Middle Ages*. Arthur Goldhammer, trans. Chicago: The University of Chicago Press.

Ho, Ts'ui-p'ing

    1997   *Exchange, Person and Hierarchy: Rethinking the Kachin*. Ph.D.

dissertation. Charlottesville, Va: University of Virginia.

1998a Do the Kachin Imitate the Shan? Paper presented at *International Convention of Asia Scholars*, ICAS. European Association, AAS. June 25-28. De Leeuwenhorst, Noordwijkerhout, Netherland.

1998b The Numerical Force of the Jingpo Manau Festival. Paper presented at the 97th Annual Meeting of the American Anthropological Association. December 2-6, 1998. Philadelphia, USA.

Hoskins, Janet

1993 *The Play of Time: Kodi Perspectives on Calendars, History, and Exchange*. Berkely: University of California Press.

Leach, Edward

1961 Two Essays Concerning the Symbolic Representation of Time, in *Rethinking Anthropology*. London: Athlone Press.

1970[1954] *Political Systems of Highland Burma: A Study of Kachin Social Structure*. London: The Athlone Press.

Lehman, F. K.

1963 *The Structure of Chin Society*. Urbana: The University of Illinois Press.

Lambek, M.

1990 Exchange, Time, and Person in Mayotte: The Structure and Destructuring of a Cultural System, *American Anthropologist* 92(3):647-61.

1996 The Past Imperfect: Remembering as Moral Practice, in *Tense Past: Cultural Essays in Trauma and Memory*, Paul Antze and Michael Lambek, eds., pp.235-254. New York: Routledge.

Munn, Nancy

1983 Gawan Kula: Spatiotemporal Control and the Symbolism of Influnce, in *The Kula: New Perspectives on Massim Exchange*, J. Leach and E. Leach, eds., pp.277-308. Cambridge: Cambridge University Press.

1986 *The Fame of Gawa: A Symbolic Study of Value Transformation in a Massim (Papua New Guinea) Society*. Cambridge: Cambridge University Press.

1992　The Cultural Anthropology of Time: A Critical Essay, *Annual Review of Anthropology* 21:93-123.

Valeri, V.

1990　Constitutive History: Genealogy and Narrative in the Legitimation of Hawaiian Kingship, in *Culture Through Time: Anthropological Approaches*, E. Ohnuki-Tierney, ed., pp.154-92. Stanford: Stanford University Press.

Zonabend, Franis

1984　*The Enduring Memory: Time and History in a French Village.* Anthony Forster, trans. Manchester: Manchester University Press.

生產、節日與禮物的交換：
侗族的時間概念[1]

林淑蓉
清華大學人類學研究所

一、前　言

　　人類學家對時間概念（The concept of time）的理解與詮釋著重於在社會文化的脈絡裡時間與人的關係。換言之，人類學家企圖以一個社會文化的人的社會活動與實踐來理解時間的本質與時間的計算。人類對時間的理解，基本上，環繞在二個概念的運作：⑴自然界現象的變換與交替，例如日夜的交替、季節的變換、與生物的生死與交替（包括人類與動、植物）。自然現象所發展的時間概念是以循環的（cyclic）與線性的（linear）二種基本運作法則做為建構時間的類別。⑵人類群體如何理解這一套自然現象的轉換與韻律，進而建構一套為該群體所共同接受與遵行的計算時間的準則；該群體的所有活動即依循著這一套時間的準則與節奏而進行著，並賦予時間豐富的文化意義。

---

1 本篇論文的田野工作承蒙蔣經國學術交流基金會及國科會赴大陸地區從事短期研究之經費補助，特予致謝。此外，本文修改過程中先後承蒙黃應貴先生，何翠萍小姐及魏捷茲先生提供寶貴意見，謹此致謝。

建構社會時間的重要性即是在超越自然加諸於人類及社會發展的限制，藉由掌控與操弄時間，以期建構一個理想的社會。時間雖是建基於循環的與發展的二個基本屬性，但它卻因為人類群體賦予時間特殊的文化意義之多重性而創造了相當多樣而複雜的時間觀。

Durkheim以「社會時間」來做為集體的再現（collective representations），或社群的分類，以代表該群體或不同的社會生活的韻律與節奏。因此 Durkheim 雖然區分個人的時間（personal time），即個人的主觀意識所理解的時間，與社會的時間（social time）二個概念，但是他所強調的時間概念卻是以社會活動所蘊涵的社會節奏來編織集體的概念（Munn 1992）。這個社會時間的概念影響著早期人類學對時間概念的理解。

人類學研究中有關時間概念的著作，首推 Evans-Pritchard 在 *The Nuer* 一書中區分生態時間（ecological time）與社會時間（social time）二種不同的時間概念以及計算時間的方法。Evans-Pritchard 以努爾人的生產工作與社會活動來彰顯循環式的生態時間的發展與演進。努爾人的生活節奏與社會活動環繞在牛群日常的作息與生產，以及季節的變動與轉換。社會時間則是結構時間的展現，強調的是在社群中不同的人之關係，並且建構在親屬關係與以地域群體為主的政治組織二個層面上（Evans-Pritchard 1940）。Evans-Pritchard 的最大特點是將時間與空間結合，以抽象的、結構的距離來計算不同群體之時間與空間的距離。Gell 認為 Evans-Pritchard 的親屬關係與政治組織二者雖然與個人的生物時間相關，但是努爾人強調世代的交替與社會組織的發展是清楚地社會建構的呈現（Gell 1992: 15-22）。

Lévi-Strauss 從女人的交換而發展出聯姻理論（alliance theory）（Lévi-Strauss 1949），也建構了交換理論的時間觀。他以婚姻的交換模式來建構無時間限制的（timeless）的社會時間。Lévi-Strauss 的結

構分析將社會區分成二種不同的交換體系：一種是二個群體互換姊妹
與妻子的封閉系統（closed system），也是限制的交換（restricted
exchange）；另一種則是三個以上的群體之間循環交換的開放系統
（open system），即一般交換（generalized exchange）。Lévi-Strauss
更進一步地討論了婚姻交換的時間概念。以交表婚為例，一個社會若
實行父方或母方均可的婚姻交換體系（bilateral marraige），則是兩
個群體 A 與 B 彼此互換女人的限制交換；就交換的結構而言，時間
是不變的。至於一般交換, 許多社會又區分為父方交表婚（patrilateral
cross-cousin marriage）或母方交表婚（matrilateral cross-cousin
marriage），二者選擇其一的方式。以父方交表婚為例，由於 A 群之
男子只能娶自己父親姐妹的女兒為妻（屬 B 群），或者 A 群之女子必
須嫁給父親之姐妹的兒子，因此 A 與 B 兩個群體的交換關係之只能
維持在一個短暫的循環關係，亦即 Lévi-Strauss 所說的 short cycle。
至於母方交表婚則是一個完美的不對稱結構的展現，A 群之女兒必須
嫁給母親兄弟之子（即 B 群）為妻，而 B 群之女兒又必須嫁給來自 C
群的母親兄弟之子為妻，因此這種交換關係屬於多個群體之間較長時
限的交換循環關係，即 Lévi-Strauss 所說的 long cycle。在 Lévi-
Strauss 的機械模式裡, 土著所認知與理解的時間概念並不重要, 他所
處理的是不變的及循環的交換時間。Gell 認為 Lévi-Strauss 企圖從婚
姻交換模式中建立一個同時限的（synchronic）的時間觀，但是
Lévi-Strauss 所建構的事實上是一個在結構上極為相似卻發生在不
同時間的交換與事件的異時限的時間（dynchronic time）（Gell 1992:
23-29）。

　　Geertz 企圖從 Bali 人的人觀做為理解與詮釋 Bali 人的時間概
念（Geertz 1973）。親屬稱謂、親從子名與曆法似乎說明了 Bali 人仍
不免受制於暫時性的時間的制約，但是 Geertz 所強調的是從 Bali 人
日常生活裡的儀式性的表演與意義來呈現超越時間限制的經驗。

Geertz 認為親從子名，對 Bali 人而言，時間的價值並非過去的祖先，而是個人之子孫，因此 Bali 人所強調的是社會再生產、社會延續的文化意含。所以 Geertz 所建立的是一個強調個人主觀意義的、以人際互動關係為基礎的時間觀。

人類學家也從交換關係來探討時間，如前面提及的 Lévi-Strauss (1949) 以婚姻交換模式說明女人如何透過婚姻在交換的群體中流動，以建構交換的時間觀。Lévi-Strauss 反對 Mauss (1967) 從土著的社會生活來討論禮物的交換，而是從互惠性的婚姻交換群體將女人的給與受做為建構機械模式 (the mechanical model) 的交換時間，並脫離過去人類學傳統從經驗層面來討論交換關係。然而，Lévi-Strauss 的交換理論，也被批評為將女人當作一個被動的、沒有自主性的客體 (object)，完全忽略了女性的主體性，以及女人在社會的重要性 (Leacock 1981：Chapters 111-12)，至於伴隨著女人交換的聘禮或禮物也被他視為是整個交換體系中的一小部分，而不是被放置在可獨立發展的理論架構中去思考 (Comaroff 1980；Leach 1961；Strathern 1984)。

Bourdieu 則認為 Lévi-Strauss 過份強調交換關係中客觀的機械法則，而忽略了送禮與答禮之間時間的間隔所代表的意義及延遲答禮的時間策略等問題。他從個人的或集體的行動之時序去說明實踐的經驗及實踐的知識對理解交換關係的重要性；交換的策略也是從時間的結構、方向與韻律去建構意義 (Bourdieu 1977：3-9)。Gell 以區分 A-series 及 B-series 來說明 Lévi-Strauss 與 Bourdieu 之間的爭論，他肯定 Bourdieu 將時間概念帶進交換理論的討論，但是認為 Bourdieu 誤解了建構模式的用意，Lévi-Strauss 從認知系統去建構的 B-series 時間可做為預測及解釋人類的行為模式，並不否認人類行為的變異性可能產生多種不同的結果 (Gell 1992：275-285)。

Hoskins (1993) 討論 Kodi 人的時間概念是以敘說、交換物及儀

式程序的行動做爲再現歷史的最重要的形式。她的交換時間主要是承襲自 Bourdieu 的實踐理論，建構在婚姻、宴客與喪葬中個人和群體的交換時序與策略。時間的價值在傳統 Kodi 社會是透過貴重的交換物，無論是以互惠的交換或以祭儀的犧牲形式出現，來展現社會再生產的重要性，並透過個人去強化集體的再生產。時間是烙印在人類的生命史及跨越世代的社會發展，而價值的政治操弄也是建構於土著在特定的歷史情境下如何理解價值、計算時間及計算人與交換物的關係。因此，Kodi 人的禮物交換是透過人群的互動，結合個人生物時間與社會時間，以不可異化的物的時間價值來對比於現代社會將時間視爲金錢的價值觀。

在這一篇文章中，我將從侗人日常生活的實踐來討論侗人的時間概念、時間的文化意義及禮物交換的時間觀等問題。我從三個面向來討論侗族人的時間概念：(1)侗人的日常生活之節奏如何配合當地生態環境之特性而發展出生產的時間概念。我從侗人的工作／休息季節之區分來討論生產活動與侗人的節日、社會活動三者的關係，並進而理解時間的意義。(2)侗人的稱謂體系與社會分工如何連結生產與再生產的關係。侗人生產活動與稱謂系統所凸顯的事實上是再生產的重要性。個人的生物時間是以個人生命週期的演進來計算時間，但卻必須根基於社會的再生產活動才具有意義，也才能將個人與社會相連結。(3)侗人的交換體系，在這裡我主要討論的是被交換的禮物，透過婚姻關係的建立，在不同的時間脈絡下所展現的文化意義。禮物的交換是侗人社會活動的基礎，從一個人之出生、結婚、生子、至死亡，都是藉由禮物交換的送禮與答禮之義務來區分我群與他群、並做爲連結社群的基礎。侗人的禮物交換主要是配合工作及節日的時間節奏與個人生命週期之演進，經由送禮與答禮的基本原則，來達到人群互動和社會再生產的目的。

在談到禮物交換之時，我認爲 Lévi-Strauss 忽略了在婚姻過程中

讓禮物流通的個人之主體性的重要，我也同意 Strathern 認爲研究交換關係應從婚姻交換的範疇延伸至個人生命儀禮的賠償（payment），包括嬰兒成長、成年禮、與喪葬等，並且考慮性別符碼的象徵意含（Strathern 1984, 1988）。因此，在處理侗族的禮物交換之時，我首先釐清進行交換的單位，也就是侗族婚姻交換的特性如何開始建立禮物交換的關係。然後，我再從這種交換過程中來討論被交換的「物」如何連結到侗人的生產活動、性別、及交換群體，以期理解侗人的交換價值與交換的時間意義。總之，本文擬從生產、節慶與禮物的交換等面向來理解侗族社會如何理解時間、計算時間、及經由交換活動來展現時間的文化意義。

本文田野資料的主要來源是我於 1994～1996 及 1998 在中國貴州省黔東南地區從江縣的一侗族村寨所做的人類學的調查，我以「明水村」來稱呼這個村寨。全部的田野調查時間共約九個月，集中於這四年的寒、暑假期間。

二、侗族傳統文化特色

本文所使用的侗族（the Dong）族稱，是沿襲中國少數民族分類體系下之族別分類。事實上，侗族人自稱爲 Kam，語言學上的分類也以 Kam 代表侗語。許多中國大陸學者在探討侗族族源問題時，將侗族歸屬於古代百越族群，其族源眾說紛云，有一說認爲侗人屬百越族群中的「駱越」人的一支發展而來的。另一說指侗人應屬百越族群的「干越人」，但受駱越文化的影響與薰陶（張人位 1990）。而「侗」字亦有多種寫法，常與「峒」、「洞」混用，例如在唐、宋時代稱爲「峒民」或「洞人」，明清時稱爲「峒人」、「峒蠻」、或「峒苗」，甚至被認爲是苗族的一支，因其服飾尚黑，故歸爲黑苗，民國以後始稱爲侗族。

現今侗族人口，據 1990 年的人口普查之統計資料，約計有二百五

十萬人，主要分布於湘、桂、黔三省，其中貴州共有侗族一百四十萬人，約占全國侗族人口的55.6%以上。貴州侗族主聚居於黔東南苗族侗族自治州的黎平、榕江、從江、鎮遠、錦屏、三穗、天柱、劍河、新晃及靖縣一帶。侗語屬漢藏語系壯侗語族的侗水語支。侗語分為南、北兩個方言群，三穗、天柱、劍河及錦屏北部屬北部方言群；黎平、榕江、從江、鎮遠與錦屏南部同屬於南部方言群。本文所引用的民族誌資料主要來自於從江縣的明水村，屬於南部方言群。[2]

　　貴州省之侗族主要分布在黔東南地區，地理位置上屬於雲貴高原的東南端，都柳江的中、上游地區。由於黔東南地勢為西高東低，由西向東及東南急劇下降，因此屬冷暖氣流交匯地區，受中亞熱帶季風之影響，氣候溫和，夏無酷暑，冬無嚴寒，多陰雨天氣(《黔東南苗族侗族自治州概況》編寫組 1986:3)。黔東南州之侗族將一年分成四季，雨季集中在春、夏兩季，降雨量約占全年年雨量的70%，乾季則集中在秋、多二季。從江因位於自治州東南部的邊緣，與廣西相鄰，加上受高山（如雷公山）之阻擋，東南亞季風的影響較小。侗族聚落主要分布在河川流經的低丘山陵及平霸地區，氣候較溫熱，乾、雨季節之差異並不明顯。

　　明水村位於從江縣貫洞鎮之龍圖片區，與明寨、明全二村比鄰而居，而此三村之關係，據當地之傳說是由三個兄弟分家歷經多代發展而來。這種二、三個村或寨比鄰而居，寨名相連，並以傳說中的兄弟姐妹關係來連結地區之村寨，是侗族村寨的特色，似乎與村寨間結盟所發展的地域性的政治、軍事組織（例如「款」的設置）有關。就人

---

2 南部方言群之語言教學範本是以榕江地區之侗語為標準。一般而言，侗語可區分成九個聲調，但也因地域性之差異而在聲調上有相當大的不同。同屬於南部方言群的從江侗語，有許多詞彙之聲調是不同於榕江侗語。本文所記錄之侗語詞彙即是以田野調查的從江侗語為主，以國際音標記音，語音後面括號部分代表聲調，如 *dou*(323)之形式。

口數而言，過去以五百龍圖稱之，也就是說在清末及民國初年龍圖地區約有五百戶人家，明水村爲三個村寨中人口數最少者，從當時的四十戶成長至 1993 年的 108 戶，共有人口 546 人。

侗族之社會組織是以父系、從父居之小家庭發展而成的 *dou*(323) 爲親屬運作的主要單位。*dou*(323) 是一個世系 (lineage) 的單位，同 *dou*(323) 之人可以追溯彼此之血緣關係。基本上，*dou*(323) 爲一個禁婚單位，同 *dou*(323) 中同輩者視爲兄弟姐妹，禁止通婚。遇有婚喪喜慶 *dou*(323) 也是主要的運作單位。據貴州省民族學院的一位侗族學者潘盛之看法，他認爲傳統侗族聚落與 *dou*(323) 之間緊密結合，一個村寨即爲一個 *dou*(323)（筆者與潘先生之口頭溝通）。每個 *dou*(323) 擁有自己的習慣法規、公井山林、田地、屋基、墓地以及鼓樓。但是我認爲這種一寨一姓一 *dou*(323) 之現象，只存在於如自然寨之小聚落，龍圖片區之三個村寨各擁有三至五個 *dou*(323)，每個 *dou*(323) 可能會依其所居地或其它特徵予以命名。侗族的 *dou*(323) 具有分支 (segmentation) 的特性，這幾個 *dou*(323) 在發展至十多代後，同 *dou*(323) 之人即自行協調將大 *dou*(323) 再繼續分化成小的 *dou*(323)，有時以上、下來區分同一大 *dou*(323) 分下來的不同的小 *dou*(323)，或是幾個分化出來的小 *dou*(323) 仍繼續沿用原來大 *dou*(323) 之名稱者。事實上，這些 *dou*(323) 常可能因爲耕地與遷徙的結果而超越村寨的界限範圍。

傳統上，大 *dou*(323) 爲禁婚單位，而由大 *dou*(323) 分出來的小 *dou*(323) 則爲紅白喜事時實際運作之團體，各村寨依其需要而制定可操作的習慣法。明寨現有三個大 *dou*(323)，分別叫做八十、七十與五十，八十即爲此 *dou*(323) 共有八十戶之意；另，八十這個大 *dou*(323) 又分成三個小 *dou*(323)，均稱爲八十，各以不同的命名原則之字輩來區分彼此，互相不通婚。白喜事（即喪事）以大 *dou*(323) 爲運作單位，紅喜事則僅限以所分化出來的小 *dou*(323) 做爲實際運作的團體。不過，近年來有一些村寨打破了同一個大 *dou*(323) 不通婚的規定，以小

dou(323)做爲禁止通婚與紅白喜事的實際運作單位，例如明水村的七個小 *dou*(323)彼此可以開親，但同 *dou*(323)之同輩者視同兄弟姊妹，不得結婚。一個小 *dou*(323)最少包括從當事人（ego）自己往上推四代，以及往下三、四代而組成。至於 *dou*(323)底下，侗人又區分了 *kau*(35)，代表同 *dou*(323)中同一祖父〔*kon*(35)〕傳下來的更親近的血緣單位。*kau*(35)是白喜事時守禁忌之單位，亦即同一 *kau*(35)中若有人過世，在死者未安葬前只能吃酸（醃魚）不得吃甜（肉），而在死者過世滿月前，同 *kau*(35)之人不得在屋內動剪刀、做針線。此外，*kau*(35)亦是侗人在家中遇有緊急事故時的互助單位，如農忙或家人生病時，同 *kau*(35)之人彼此互相幫忙。

侗族家庭以小家庭居多，父母通常在所有子女結婚生子後，即主持分家，由兄弟平分家產，包括房屋與田地。父母通常在兒子分家後才選擇與其中的二個兒子住。一般來說，父親由長子奉養，母親則由二兒子負擔。然而，現今許多家庭常在長子結婚生子後即開始分家，父母通常留下來與其它兒子住，等到他們均當家後才做最後的分家，並選擇其住所。明水村也有父母親單獨居住的例子，不過爲數極少。至於婦女在結婚時原生家庭會給予嫁妝，包括銀飾，歸婦女所有。在解放以前，極少數來自富有家庭之婦女，在出嫁時原生家庭以「姑娘田」陪嫁，此田則由女兒繼承。現今田地則因 1980 年代政府實行分產到戶之政策，各村寨依每戶之人口數分配田地，通常女兒在結婚後將其所分配到的田留在原生家庭。

侗族有姑舅交表婚之記載，一男子若年齡適當需優先考慮與父親姐妹之女（FZD）結婚，即父方交表婚（patrilateral cross-cousin marriage）。若男女雙方不適，則女子在訂親前需告知舅舅家，並送錢、禮物予舅家。所謂姑舅交表婚，侗語稱爲 "*ku*(55)*pyou*(35)"（姑表）或 "*pyou*(35)"（表），其定義是以 *dou*(323)爲單位所建立的聯姻關係，被歸類爲 "*ku*(55)*pyou*(35)" 的是可以是第一代交表（the first cousin)，也可以是第二代 (the second cousin) 或甚至是第三代交表 (the third cousin)。

龍圖地區侗族的聯姻範圍，是以本地爲主要的通婚區域，所謂本地，是指將女兒嫁至同村寨的其它 *dou*(323) 或是其它二個村寨，其次才是將女兒嫁至龍圖較邊緣之村寨。至於沒有本事的人家，才會到高坡去找媳婦。因此明水村人之嫁娶對象至少 80% 以上是來自在龍圖地區的本寨或其它二寨之不同 *dou*(323) 的人家；而其中與同寨其它 *dou*(323) 之人家結親的至少占 1/3 以上。相傳侗族有「不落夫家」或「緩落夫家」的習俗，姑娘在結婚後仍有一段時間長住娘家，「落家」時間視成親年齡大小，少則一、二年，多則可達七、八年，至姑娘懷孕後才至男方家長住。姑娘生育必須在男方家生，不得在自己娘家生產，以免給娘家帶來惡運。相傳有些寨子在 1950 年代以前是頭一年兩邊住，第二年便落夫家長住(伍倉遠 1989)。本人訪談過龍圖地區的許多位老人，並未聽說有長住夫家超過一年的習俗，通常姑娘在結婚幾天後回娘家住，每逢家中有事 (如農忙期) 男方會來請姑娘回去幫忙，因此已結婚之姑娘在娘家居住通常是十多天，最多不超過幾個月的時間。現在則是在成親後姑娘便長住夫家，並且由於嫁得近，不是本寨就是鄰寨，姑娘一得空便回原生家庭探望父母或幫忙做家事。

侗族的政治組織是以老人議會及「款」爲主要的特色。「款」是以村寨爲最小組成單位的地域組織，爲因應戰爭之需求而集結村寨中之年輕人加入村款，設有款會，凡村中年滿十六歲至三十六歲之青年男子均需加入款會，款首爲村中具有領導能力的中年男子經推舉產生，但需服從村中寨老人之領導。寨老並無具體之年齡界限，一般來說，年滿五十五歲者即可加入老人協會，再由老協會中推舉 10～12 人，包括兩名婦女代表，組成老人議會，負責村中大小事情之決策。過去老人議會之權力頗大，但至 1949 年解放以來，中國政府於各村寨普設村幹部，主以村長、文書及村黨部支書記三人組成的領導幹部，一方面

負責執行鄉、鎮政府所制定之政策與方案，另一方面調解村內大小事情，老人議會之權力與功能大為削減。村款之款堂設在寨上之鼓樓，鼓樓為一寨之政治集會場所，平時老人多聚集於此聊天打牌，遇有節慶活動時，鼓樓也做為青年男女主要的社交場所。通常幾個村款會集結設立小款，幾個小款再結合組成地域性之中款，中款可再結合形成大款。現今款兵改稱為民兵，設有連長一人，負責執行村寨之守衛與防盜工作。

民兵屬於各村寨設立的政治及軍事組織。除了民兵之外，侗族村寨存在著非正式的年齡組織，並無通過儀式的舉行，也沒有正式的年齡組或年齡級的區分。許多侗族男女早自四、五歲即開始與同寨之性別相同、年齡相彷（相差二至三歲左右）之友人作伴。這種作伴的團體可小至二、三人，平日常在一起作玩的較親密的朋友，也可大至十多人、二十人的同一幫的朋友，在農忙時彼此互相幫忙，或一起去開荒地、種花生、打平伙。結婚前之侗家姑娘常會二、三位聚在一起作伴，閒暇時間一起做針線活，每日夜晚當工作結束之後，則輪流至同伴家中睡覺，並等候未婚男性來作玩，聊天、對唱情歌、一起做花生糖吃，這是男女結婚前非常公開的社交活動。男性的這種年齡組織通常持續至結婚後，或甚至到老死；女性則受父系社會從夫居居住法則的影響，婚後會改變居住村寨與同性伴侶的網絡。一般婦女通常在婚後重新建立新的作伴對象，也可在特殊場合加入其夫的作伴團體，夫婦倆人共同參與作伴活動。

三、糯米、節慶與曆法交織的生產時間

黔東南地區之地形屬重山峻嶺型，不僅山高水深且綿延相連，境內之各民族依照所居住之生態環境的特殊性，而發展出極不相同的生產方式。屬百越族群之一的侗族，喜居於亞熱帶季風區的低丘山陵與

河谷壩子相間之地帶，海拔最低約一百米上下，最高不超過一千米。侗族由於居住於河川流經的平壩地區，當地之氣候與生態環境適合水稻之生長，因此水稻的種植已有悠久的歷史。侗人將河谷壩子開闢成條帶狀的梯田，灌溉及排水暢通，並且爲了適應海拔高度所造成自然環境的差異，稻作品種相當多樣化（楊庭碩 1995：128）。

從江地區之侗族所種植的水稻有多種，在 80 年代以前，侗家通常是在供水良好的平壩地區種植糯稻，旱田則種本地種的占穀。水稻田自栽秧後即放滿水，侗人於田中放養鯉魚苗，等到稻田收割之前始將田中之水放掉捉魚，因此待糯穀成熟時，鯉魚也成長至可食用之大小，可說是一舉兩得。而山坡地則種植玉米、花生、紅薯、木薯、雜豆、烤煙、大豆、小麥、棉花等。侗人之日常生活與糯米息息相關，糯米不但是主食，也是婚喪喜慶送禮的主要物品之一，侗人社會活動的節奏也環繞著糯米的種植、生長與使用。1970 年代中至末期，從江地方政府開始引進產量高於糯稻二倍以上的雜交水稻，有和優及剛優等多種品種，每畝可收成一千至一千五百斤，當地人稱爲占米。這種雜交品種的占米產量高，並且較容易消化，廣受年輕人所喜愛，在明水村已取代了糯米成爲侗家日常之主食。但是每逢侗家之傳統節日、慶典與祭儀，明水村人仍會使用糯米做爲主要的應景食品、招待客人、以及送禮所需之物品。

侗人的生產時間主要是在這種以水稻與養魚爲主的生產方式下，建構與創造出日常活動的韻律。侗人每日的作息時間，在過去普遍沒有時鐘做爲計時依據的日子，日夜之更替與循環、動物的叫聲、及以個人的生理時鐘爲準的吃飯時間都是估計時間的依據。明水村人以早、晚兩餐飯做爲區分日常活動的重要指標之一。侗人平日吃兩餐飯，吃早飯〔*tçan*(55)*kou*(35)*hit*(55)〕，大約在每日的九點至十一點間，而吃晚飯〔*tçan*(55)*kou*(35)*niam*(53)〕通常是在日落之後，視季節而定，冬天稍早，約在下午六、七點左右吃晚飯，夏天則可能到八、九

點天全黑時才吃晚飯。然而，農忙期間時，早、晚餐中間可能會多加一餐，稱爲中午飯〔*tçan*(55)*kou*(35)*men*(55)〕，*men*(55)爲侗話「日」或「太陽」之意，即爲太陽當頭之時所吃的飯。侗人每日於雞叫至天微亮之時起床，梳洗過後，隨即上坡割草餵牛，將草挑回家後再開始做早飯。侗人相信清晨帶點露水的草較容易割，他們通常割的是坡上的草，而非田梗間的雜草，也只有懶人會等到太陽當頭時才上坡割草。吃早飯之前，需先將家裡所飼養的雞、鴨、豬、牛等餵飽。早飯後，稍作休息，再上坡或到田裡做活路。在非農忙時期，女人在家與同伴一起做針線活，男人則出去串寨聊天。太陽落下了，家裡也開始生火、挑水，準備晚飯。吃晚飯前，仍是先餵飽家禽、家畜，將雞、鴨趕進家門栓好後，才準備吃飯。晚飯過後，小孩及男人下河洗涼，女人則在廚房擦過澡後，方才展開當天的社交活動。年紀稍長之已婚者，坐在屋前乘涼，與親友、鄰居聊天至入夜、屋內炎熱之氣已消時才就寢。未婚的男女青年各自與同一幫之伙伴聚在一起，男的相約一起去姑娘家撈姑娘，與姑娘彈琵琶、唱琵琶歌、聊天到半夜，或甚至天微亮才回家。這幾年由於種植經濟作物的結果，各家戶之經濟情況改善不少，村中大約一半至三分之二人家擁有電視，因此看電視變成是許多人家晚餐後的主要活動。

侗人這種以自然的韻律及生產活動的進行做爲每日活動的主要依據，也在幾百年來與漢人的文化互動過過程中，將漢人農民曆的時辰計算方法納入日常生活的節奏中（詳見表1）。侗族使用漢人之農民曆與通書已有相當長的一段時間，目前已無從考察其確切的年代。農民曆將每日區分成十二個時辰，並以陰陽五行的十二地支做爲計時的單位，對於侗人而言，「時」〔*sip*(53)〕採用自漢人的用語。這種精確的計時方式之意義與重要性主要是在進行著攸關個人、家族、與全寨社區福祉之儀式活動時方才凸顯出來，傳統上也只有儀式專家才具有掌握與操弄精確的時辰之知識與能力，畢竟一般侗人的日常的作息主要

還是仰賴自然的韻律與個人生理時鐘的運轉與循環來規劃、進行著一天的活動。

表1　侗人每日計時方法

丑時(1-3時)	雞叫，沒有太陽。	未時(13-15時)	太陽偏過西邊。
寅時(3-5時)	天剛亮。	申時(15-17時)	太陽尚未落下。
卯時(5-7時)	日出，太陽已經出來了。	酉時(17-19時)	太陽剛落下。[吃晚飯時間]。
辰時(7-9時)	吃早飯時間。	戌時(19-21時)	天剛黑時。[吃晚飯時間]。
巳時(9-11時)	吃過早飯。	亥時(21-23時)	天全黑了，準備睡覺的時候。
午時(11-13時)	太陽在頂頭。	子時(23-1時)	全村人都睡了，屋外沒有人在走動。

　　太陽的運行是侗人計日的標準，侗話的「日」或「天」叫 men(55)，即是太陽之意；月亮的運轉與循環則是侗人計月的自然法則，侗話的「月」叫 niaŋ(55)，也是月亮之意。侗人遵行著月圓、月缺的自然的節奏，將一年分成十二個月，配合著農民曆中每月有二個節氣的概念，做為生產活動中重要的參考依據。農民曆之節氣的概念使得侗人的生產活動跳脫了過去主要仰賴自然的變化之經驗性的基礎，將生產時間轉變成可精確的計算、掌握與操弄的抽象概念。侗人也採用漢人農民曆中以十天干配合十二地支之計日方式，明水村人認為只要記得每月初一之日子，即可推算這種以十天干為主，每十天為一週期的計日法。這種以「十」為一週期的計日方式也是侗人計算趕場的時間，龍圖附近有二個場會，每逢農曆的1與6日（即初一、初六、十一、十六、二十一、二十六）可趕洛香場，而每逢4與9日明水村人可至貫洞趕場。也就是說，明水村人在十天中最多可趕四個場。當然，農民曆及

通書中所用的十天干與十二地支結合的陰陽五行的時間觀更是鬼師做儀式時所不可缺少的理解時間與計算時間的基礎。侗人在傳統節日中的秧節舉行開秧門的儀式及新米節強調在「辛」日舉行，都是希望透過儀式來掌控與操弄時間。由於儀式時間所牽涉到的問題十分複雜，我將在其它文章中另行處理。每逢閏月，侗人雖仍遵行農民曆的節氣概念，但不依循漢人之調整法，仍遵照傳統的計月方式，至年終時才將該年多出來的一個月歸為第十三月。在過去雖不是人人識字，也非家家有曆法，但是侗族的儀式專家〔saŋ (33) tçui (35) 或鬼師〕或少數識字者將農民曆訊息抄錄於家中或張貼於鼓樓等場所供村人參閱。現今農民曆已十分普及，村人可於市集中購得。(請參見附錄：1998 年生產節日為本人搜集到的張貼於一明水村人家中的曆法。)

　　侗人有否「季」的概念並不清楚。現今侗人將一年分成四季，即春 (ts'uan 55)、夏 (xa 53)、秋 (t'u 55)、冬 (tou 55) 四個季 (ji 53)，其詞彙均採自漢語。[3] 我認為有二種可能性可以解釋這種現象。其一，侗家本身並沒有四季的概念，但是由於長期與漢人接觸的結果因而採用漢人之分類。另一種可能性是從江侗族有關四季的分類與漢族之概念相類似，因而直接採用漢語語彙。一般而言，侗人的四季的概念是透過自然景觀的變化來判斷的，並配合著生產活動的進行，尤其是糯稻的種植與生長來理解時間。此外，侗人在日常用語中，不常將春夏秋冬與季連結在一起使用，反而是與月 (niaŋ 55) 相連結，如 niaŋ 55 (月) ts'uan 55 (春)，即為春的月份之意。因此 niaŋ (55) 不僅是計「月」的單位，也含有「季」的意思。侗人描繪 niaŋ (55) ts'uan (55) (春月) 為當天地漸暖，蛇出洞，地上冒出草來，坡上的桃花、李花開時，也是栽秧、下穀種的季節。niaŋ (55) xa (53) (夏月) 是個多雨的

---

3 侗人由於長期與漢人接觸之結果，侗語大量吸收漢人詞彙。據從江地方學者估計，現今之侗人之日常用語中至少 40%-50%是採用漢語詞彙。

季節，此時蟬蟲鳴，稻秧扶壟、結穗至成熟。*nian* (55) *t'u* (55)（秋月）氣候較爲乾爽，樹葉變黃了，蛇入洞了，同時也是個收穀子的季節。*nian* (55) *tou* (55)（冬月）則是個寒冷的季節，此時茶油早已落籽了，苦梨卻開始香甜，這是個農閒修水利的季節。一般來說，侗人將春、夏季視爲雨季，秋、冬二季爲乾、冷之季節。更明確的說法，則是每年的三月至八月屬於雨季，爲農作物生長的主要季節，八月至來年二月則屬於乾季，是收穫與休息的季節。

對侗族而言，所謂的「季節」*ton* (55) *sit* (35)是「生產」或「從事生產活動」而產生的節日之意，其中 *sit* (35)爲「節」日之意，如侗人稱其傳統節日之一的插秧節爲 *sit* (35) *liat* (323)。明水村人強調季節是從生產活動而衍生的分法，因此 *sit* (35) *liat* (323)（秧節）及 *ta* (11) *kou* (13) *mei* (53)（新米節）也可以稱爲 *ton* (55) *sit* (35)。而侗人的生產的季節是屬於農忙時期，侗話叫 *kan* (11) *kon* (55)，做農活之意，也是做活路 *wei* (33) *kon* (55)的季節；農閒時期叫 *sa* (53) *so* (11)，是休息之意，這是依照生產活動的有無而將一年分成工作與休息兩個季節的分法。侗人強調做農活與做活路都不叫做「工作」，工作是漢人的說法，是指從事有薪水報酬、非農業生產的活動，他們稱從事此種活動的人爲幹部。由於侗人這種界定「工作」（work）的概念是與農業生產相關的活動，因此西元曆法中以七天爲一循環的計算方法，除了對少數幹部有意義外，對絕大多數的侗人而言並不重要，雖然西曆的計年法在 1949 年以後的侗族地區已成爲主要的記憶事件與個人生命經驗的方法之一。相對地，侗人所重視的、現今仍廣泛使用的仍是農民曆中以天干地支搭配而成的時間概念與計算時間的方法。畢竟，侗人的生產活動主要還是參考自然的節奏與農民曆中所提供的節氣的訊息。

侗族的 *ton* (55) *sit* (35)（季節）既是與從事生產相關的活動所衍生的時間概念，它與糯穀的種植與生長及侗人的傳統節慶實有密切的關係。由於糯穀之生長季節較長，從江地區之糯穀約是一年一季，侗人

在每年的三月下旬至四月初，雨季來臨後，開始栽秧，中間歷經除草、施肥之過程，至十月之乾季收糯稻。因此，每年的三月至九月糯穀種植期間屬於 *kan*(11) *kon*(55)（農忙季節），這一段時間除了已訂親者在二個侗家傳統節日需送禮外，是不會舉行訂親或結婚的；十月至來年二月是農閒時期，是侗家 *sa*(53) *so*(11)（休息）的季節，也是訂親與接妻、進行社會活動的季節。

侗族的傳統節慶也是配合著糯稻的種植與收穫，而發展出三大傳統節日（秧節、新米節、與過年）。雖然占米取代了糯米成為侗人日常之主食，但是侗族季節的律動以及傳統節慶的意含仍是圍繞在以糯米為主的生產活動所建構的時間概念上。底下，我以侗家三大傳統節日為主軸，分別描述其時間、意義、及相關的農業生產與社會活動。

侗家的秧節〔*ta*(11) *sit*(35) *liat*(323)〕，又叫開秧門，顧名思義是與灑秧苗或栽秧有關之節日，在舊社會時代，開秧門需由鬼師舉行儀式，以祈求當年穀物種植的順利與豐收，其節日的時間與意義完全配合糯穀的種植。侗人過秧節的時間並非固定的，約於三月中至下旬之清明過後至穀雨這一段時間開始灑穀種，四月初立夏才栽秧，因而過節約在三月底至四月初。早秧約需培秧四十天，晚秧二十八至三十天可以插秧。因而，侗家傳統是由鬼師〔*Saŋ*(33) *tçui*(35)〕根據農民曆及卜卦，挑選吉日過秧節。過節這一天，上午舉行開秧門儀式，侗家事先耙好一丘田，插上草標；隨後至秧田裡扯一把秧，將之栽在耙好的田裡，此後即可普遍栽秧了。現今龍圖地區之水田普遍種植雜交水稻以後，由於雜交水稻之種植時間稍早於糯稻，約於清明（三月初）插早秧，最遲至穀雨（約三月中）插晚秧。因此，當地（尤其是明水村）為了爭取栽秧之季節，改在栽秧之後才過秧節，並由村幹部（即村長、支書及文書）來決定過秧節的日子。過去由鬼師主導栽秧之時間與儀式，在當地也不再舉行。

侗人過「新米節」〔*ta*(11) *kou*(13) *mei*(53)〕為嚐新米，慶祝新米

打苞結穗之意。侗人的習俗是在水稻田飼養鯉魚，鯉魚不但是侗人日常飲食重要的食物之一，也是生命儀禮中送禮的重要物品之一。侗人在栽秧後在水稻田中放滿了水，將鯉魚魚苗放入田中飼養，至七月糯穀開始結新穗時，此時田裡的鯉魚尚未長大，故傳統上新米節主要是「吃酸」，吃醃製的帶有酸辣味的魚。從江縣之侗族村寨過新米節的時間均不同，有固定於農曆七月十、十一兩日過新米節的(如龍圖地區)，也有請鬼師在七月份挑選「辛日」的 (如幹團、洛香一帶)。明水村的習俗是第一天吃酸，七月十日當天清晨天微亮，全家即起床梳洗完畢即聚集在火塘邊食用稀飯，每碗稀飯上面灑有幾粒剛抽的糯米稻穗，並佐以醃魚，以紀念先人的辛苦，吃完飯即上坡割草。現今許多人家因受占米養魚季節縮短的影響，到這個季節已無醃魚可吃，而改以新鮮的鯉魚代替醃魚。第二天主要的食物是肉類，雞、鴨、或豬肉，其習俗稱之為吃甜。我認為新米節以結合吃酸及吃甜二日之食物特色所表達的象徵意義，是在凸顯該節日具有跨越及承接生產與再生產季節的意義(詳見下文中有關食物分類的討論)。田裡的鯉魚通常飼養至糯穀成熟時，約九月下旬收割。糯穀收成前十多日，即可將田裡的水放掉，開田放水以準備收割。同時亦將田裡的鯉魚撈起，大魚可新鮮食用或醃製成醃魚儲存，小魚則放入屋邊之水塘繼續飼養，至來年的二、三月捕撈。侗家的習俗是已訂過親者，每逢三個傳統節日男方均需送禮到女方家，因此秧節時的送禮需包括新鮮的鯉魚，新米節是不送魚的，而過年時有些地區需送魚 (如樣洞地區) 則只能送醃魚，龍圖地區現今已沒有在過年時送魚的習慣。

過年〔ta(11) niaŋ(33)〕，農曆元月初一：侗族對於過年之原由並不清楚，目前也很難追溯此節日是否受漢人的影響。但是從農曆之臘月中至來年二月以前確是侗家的農閒時期。每年將屆年終之時，在十二月二十日以後，各家即開始準備趕辦年貨，清掃家戶環境，殺豬、打粑粑等。過去通常選定臘月二十九接媳婦過門，媳婦過得門來直到

大年初二回娘家，可在娘家住上十多天或幾個月，直到農忙時期開始，男方派人去請媳婦回來幫忙，才長住夫家。至於已訂過親而尚未接媳婦過門的，通常是在年初二時送禮給女方家。現在明水村接媳婦則是在過年前臘月二十以後翻通書選定黃道吉日結婚。因此，過年前後若家中或房族中有人訂親、結婚者，也會利用年前的市集趕場，採買所需物品。此外，年前的另一個主要活動是 $wei(33)pa(55)-k'ou(35)$（做白口）。$wei(33)pa(55)-k'ou(35)$ 是一項儀式性的活動，許多人家，尤其是過去這一年中家中有不順遂者（例如，家中失竊、與人打官司、與人發生口角、或家庭不和睦等），會請鬼師（$san(33)tçui(35)$）來家裡做儀式。$pa(55)-k'ou(35)$ 是侗家做得相當普遍的一個儀式，年終的 $wei(33)pa(55)-k'ou(35)$ 有除舊佈新之意，所處理的均是侗人社會活動的「疾病」與不和諧。

秧節、新米節與過年是由侗人的糯米文化所發展的節慶，也是與糯米種植有關的歲時祭儀。秧節的開秧門儀式代表糯米的生產季節的開始，一般而言，栽秧以後就是農忙了，是不會有人家在這個季節求親或接媳婦的；新米節的嚐新米含有預祝生產季節豐收的象徵意義，過了這個節日就準備秋收了，具有承接與轉換的意思。這二個節日都是由生產活動的開始與收穫來計算時間、並賦予時間意義與價值。過年期間是屬於休息的季節，是侗人經營生產活動以外的祭儀與社會活動的主要季節。侗人的訂親、接媳婦與入新房都選在這個時候舉行，因而休息季節也是侗人從事再生產活動的季節。

侗人的生產時間／再生產時間的循環、交替與演進，是在自然的韻律與生產活動的進行中配合著生命儀禮的活動來將人、自然與社會三者相連結。侗人的生命儀禮是以禮物的贈送與答謝來達到及增進人群聯結的目的，其進行次序與時間是依照秧節、新米節與過年三個節慶活動所代表的時序（temporality），經由送禮的「物」之交換來完成的。這些「禮物」是生產活動的產物，配合著侗人的節日與個人生命

儀禮的社會時間而流通，因此禮物不但具有季節性生產物的特色，更透過人群活動的進行而具有增進社群認同、連結人群的作用。

侗族的禮物交換主要是圍繞著結婚、生育、與喪葬等以個人之生命儀禮爲主的事件來規劃與進行活動；生育與喪葬必須配合事件的發生而進行禮物交換的活動，婚姻則是可以事先規劃的，依照三個侗家節慶的節奏去安排送禮。侗族禮物交換之物品脫離不了豬、雞、鴨、糯米（生的或熟的）、鯉魚（新鮮的或醃製的）、與傳統侗布（染過的或未染的、縫製成衣物的或未經人工處理過的）。我在前面已分別介紹過糯米的種植、鯉魚的飼養、及侗布的製作時間。豬隻的飼養一般都在開春之後開始養小豬，但也需視各家之用途來規劃。一般豬隻需飼養至少八個月至一年方可宰殺，可得二百多斤，而養一年半者約可得四百斤。侗家凡有訂親、接妻及送禮計劃的人家，均須事先規劃飼養與屠宰的時間，有時也需要配合豬隻之成長而延後訂親與接親的時間。至於雞、鴨之飼養，只需三、四個月即可宰殺。侗布的需求，需視棉花與染靛的種植與採收季節而定，但是在製成成品之前，仍需經過紡紗、織布與染布等繁複之過程，是需要事先規劃的。

表 2 是我以侗族的糯米生長爲主軸，輔以鯉魚的養殖，及其它雜糧作物的種植(例如，紅薯、花生、棉花與染靛)，來呈現侗人的季節、生產活動與社會活動之關係。而侗族的時間概念即在這種生產／休息的季節的循環與交替、以糯米的生長而發展的節慶、與社會活動三者交織下持續著時間的循環與時間的演進。

總之, 侗人的生產時間是建構在自然的節奏與生產活動的基礎上，由日月的交替、春夏秋冬的自然節奏、及 *kan*(11)*kon*(55)與 *sa*(53)*so*(11)或生產／再生產的季節區分與轉換，及節慶的交替與循環來理解時間與計算時間。時間是循環的、發展的、也是個強調時序的時間觀。漢人的農民曆的使用，以天干配合著地支的時間計算法，將時間概念抽象化，並賦予了計算時間的精確度與操弄時間的可能性。農民

表2 明水村之季節、生產作物與相關社會活動時間表

季節	農民曆		水稻種植	坡地作物	社會活動
做活路季節開始					
雨季	三月	清明 穀雨	(占穀灑秧) 糯稻灑秧	種花生、包穀、高粱及小米	過秧節，(吃鮮魚) 送禮
	四月	立夏	犁田、耙田 糯穀栽秧	棉花、染靛 放魚苗入田	
	五月		施肥	種紅薯	
	六月		看田水，施肥 (占穀抽穗)	採收包穀、小米	
	七月	立秋	糯米抽穗 (占穀收成)	採收花生、高粱 採收染靛	新米節(吃醃魚) 送禮
	八月			採收棉花	
乾季	九月	霜降	糯穀收成	放田水捉魚	醃製醃魚 開始染布
休息季節開始					
乾季	十月				開始紡紗
	十一月				紡紗
	十二月				殺豬、打粑粑 過年(吃醃魚) 訂親、結婚、送禮
	一月				
	二月		翻地 準備種植		織布

曆中的時、日、旬、月、年、與節氣之知識增加了侗人在日常生活中經由掌控與操弄時間，以期超越自然的侷限性，增進生產的目的。時間藉著生產活動、市集交易、社群活動或儀式的進行等，侗人跳脫了自然基礎所強調的循環的、演進的與時序先後的時間觀，賦予時間抽象思考的可能性。節慶與生命儀禮雖是建構在自然的基礎上，緊密扣連著生產與再生產時間的轉換與循環及個人生命週期的演進，但時間的價值與文化意義卻必須透過社會活動的進行才能凸顯其重要性。

四、從生產到再生產：個人與社會

　　侗人的生產時間既是建構於工作／休息或生產／再生產的交替循環與相對關係，侗人如何實踐生產活動，及生產的意義又是甚麼實是必須釐清的問題。侗人生產活動的實踐實與三個主要的運作原則有關，即性別、家族與非正式的年齡組織，而這幾個運作原則都必須扣連到前面所提到的侗族社會之特性，以老人議會爲主導的平權社會之基礎上來討論。

　　首先，侗人性別分工是在其平權社會的基礎上，生產活動的分工並不嚴謹，也不嚴格地區分兩性的活動空間。原則上，男女兩性共同參與家戶內與家戶外的生產活動。例如，家戶內中的煮飯、洗衣、清潔、及飼養牛、豬、雞、鴨等工作，雖以女人爲主，但男女均可做。唯有挑水卻是女人的工作，通常由家中年輕女子負責，尤其是未出嫁之女兒及剛進門尙未有女兒分擔工作的媳婦來做；而男性則負責砍材、挑材的工作。因而侗人常以一瓢水描述女人，男人則好比是一挑材。至於農業生產，許多工作都是男女一起做，包括稻米種植過程中的栽秧、割草、下肥、與打穀子，及在坡地上的開墾與種植雜糧、蔬菜及棉花等。然而，侗人在描述生產活動之性別分工時，則認爲女人主要負責坡地〔*ti*(11)〕、男性主掌田〔*ga*(53)〕的生產活動來做區分。

這種「男：田／女：地」之性別劃分，實與侗族社會財產的繼承及侗人宇宙觀的象徵意含有關。在侗族社會中，田與屋基都是屬於家族所擁有的私有財產，在 1949 年以前是屬於 kau (35) 或家戶的財產，也只有男人有權能承繼家族的田與屋基。因此，田裡的生產工作，包括稻米的種植與收割及鯉魚之養殖，雖然女人參與了許多工作，在象徵意義上，田與田中之生產物（糯米與魚）是屬於男性；至於屬於女人範疇的坡地，則爲村寨所共同擁有的財產，傳統上，村中每個家族或家戶均有開墾與使用的權利，但並沒有擁有權。因此，侗人描述男女兩性平日上坡割草餵牛的工作時，他們會說：「男人割田裡的草；女人割地上的草。」，雖然在日常生活中常常是男女一起去割坡上的草。

代表女人的「地」之生產物，除了透過女人將棉花轉換成布及女紅外，都不屬於可被交換的物，無論是聯姻關係中不同群體間的交換或是不同世代中的儀式性的交換。地雖是屬於村寨的公有財產，但是卻隱含著一種可以轉換的特質，個人及群體可以經由開荒的過程，將不具耕種價值的荒地轉換成女人的「地」，而女人的地也可能經過另一個開墾過程，將之轉換成男人的田。因此，女人與地具有轉換的能力 (transformative power)，代表著社會再生產的力量 (reproductive force)。女人的布與女紅即是這種再生產的產物，女紅在建立聯姻關係的過程中是相當重要的、代表給妻者贈與討妻者的交換物，而布則是在嬰兒的出生及喪葬儀式中必備之物。侗人以女性未染過的布包裹著剛出生的嬰兒，也以未染過的布在喪葬儀式時墊在死者的身體下，包裹著死者入棺。男性的田及屋基，是侗人家族的財富，田與屋基的產物也是提供個人生長的主要力量。侗族的人觀強調生長的重要性，而人的生長必須依靠糯米與肉類的攝取。因此，男人與田所代表的是家族的延續與家的生產能力 (productive power)。

其次，侗人日常的生產活動是以家族〔指家戶或 kau (35)〕爲主要的生產單位。平日之生產活動都是由已分家之個別家戶負責，但是每

逢栽種及採收季節，需要大量勞力於短期完成之工作，則以 *kau* (35)爲主要的共作團體，有時出嫁的女兒及女婿也會來幫忙。侗人的另一習俗是以非正式年齡組織之同幫友人組成共作團體，男女均可，共同上坡開墾、種植、及採收，或輪流至個人家戶幫忙水稻種植的栽秧與打穀子。但是已訂親而媳婦尙未進門的侗家，在第一年的收穀子季節需挑選一日舉行「接妻進田」〔*θip* (35) *mai* (35) *lau* (55) *ga* (53)〕之儀式。在這一天，男方派人通知新媳婦要打穀子了，請媳婦來男方家幫忙。此時女方則邀請家族或同 *dou* (323)之人，或甚至是女方平日一起作伴之女友一起到男方家幫忙。他們進到田裡象徵性地折穀禾打穀，隨即回到男方家吃飯，並與男方家之親友見面。飯後，男方送予女方家一些糯米飯及一、二斤豬肉，女方再將之分給一起來幫忙的同伴。至於女方家打穀子時，也同樣地會邀請男方去幫忙。這個接妻進田的儀式主要強調侗人的生產概念是在家族與親友的共作下完成的，而婚姻關係的建立是爲了生產活動，尤其是生產糯米，但是卻是在糯米的收穫季中去凸顯這種聯姻的重要性，依賴聯姻關係來完成家族的生產活動。這種接妻進田的儀式所表徵的文化意義，是將生產與再生產相結合，而且強調生產工作需要透過社會的再生產才能建構一個理想的社會。

這種強調再生產的重要性之文化特質也表現在侗人的婚姻形態上。我在前面曾提及侗人有緩落夫家的習俗，侗人的婚姻關係之確定不是在接媳婦過門之時，而是在第一個小孩出生後男女家族爲之舉行滿月儀式時才算完成。緩落夫家的婚姻形態所強調的正是生育或再生產的重要性，也就是說社會的再生產必須透過一個新生命的開始，夫妻關係才算確定，社會的建構才有可能，社會的時間也才可能延續下去。

侗人的稱謂系統也表達了這種強調社會再生產的文化價值。侗人的稱謂系統表現在親從子名與一般尊稱的二個特性上，都是從一個人的生理時間的轉變來計算時間的演進與發展。侗族有一套稱謂體系，

是以個人生理或生物年齡來展現時間與計算時間。侗族的一般尊稱即是在這樣的脈絡下發展。侗話一般稱未出嫁的小姑娘爲「*la*(33)*pei*(35)」或「*la*(33)*mie*(35)」；男孩爲「*la*(33)*pan*(55)」，至於十六歲以上至結婚生子前則叫做「*la*(33)*xan*(53)」。至於結婚、生子，對侗人而言，是重要人生歷程的轉折點，可以算是侗家「成年人」的象徵，侗人以「當家」來統稱，已當家之女性稱爲「*yun*(55)-*mie*(35)」，男性叫「*yun*(55)-*pan*(55)」。「*yun*(55)」爲「人」的意思，「*mie*(35)」爲女、「*pan*(55)」爲男，也就是說侗族認爲一個人必須歷經結婚生子、已當家的階段，才被該社會認可爲一個「社會人」。至於四、五十歲到了當祖父、祖母的年紀，女性改以「*sa*(33)-*lau*(35)」、男性則以「*ka*(323)-*lau*(35)」稱之，夫妻之間也常以「*ka*(323)*lau*(35)」及「*sa*(33)*lau*(35)」互稱之。這種透過稱謂來呈現生理時間的計算方法，事實上，是強化社會再生產在個人日常生活的重要性。

　　侗人的親從子名制更清楚地呈現個人與社會連結的重要性。個人隨著時間的演進、生命歷程的改變，同一群體〔*dou*(323)與村寨〕之人經由稱謂的使用，來呈現個人與社會位階相連結的時間性。當一個人一出生，侗人會經由命名原則爲嬰兒命名。通常家人、*dou*(323)、或同村寨之人在稱呼未當家的小孩時會冠以區分性別的尊稱，女孩以"*pei*(35)"，男孩用"*la*(33)"加於名子之前，例如*pei*(35)婷、*la*(33)文。這樣的稱謂可以使用至一個人大約十多歲、二十多歲時，當他／她結婚並且生育下一代之後，家人及同村之人對之稱呼會以下一代第一個小孩的名子之父或母來稱之，例如「*nei*(323)文」（即文之母）及「*pu*(323)文」（即文之父）。當一個人爲人父、爲人母之後，奶名或俗名極少會再被使用，除非是擔任政府部門有給職之工作，或者經常與村外人，尤其是漢人往來者。而當一個人到了四、五十歲已當祖父、母的年紀時，家人及村人會以其下二代的第一個小孩的祖父或祖母來稱之，例如「*kon*(35)文」（文之公）及「*sa*(33)文」（文之奶）。若家

中無男嗣，由女兒招贅（當地稱爲找上門郎）來繼承家業者，家人及村人對其稱謂則冠以其下二代的第一個小孩的外公〔ta (55) 文〕及外婆〔*tei* (55) 文〕稱之。

侗族的稱謂系統從一個人生命週期的轉換，經由稱謂的調整與改變，清楚地呈現出以個人爲主軸的生物時間（biological time）的演進與發展。個人雖是生物時間計算的主要依據，但是侗人強調的卻不是個人，而是個人經由生命歷程的轉換所代表的家族的延續與社會的發展，這是以社會時間的概念來建構個人自然節奏的演進與發展。侗人的生理時間必須歷經婚姻、生育與死亡的再生產循環過程，在文化設置的活動空間中進行著個人時間的演進與發展。世代的交替與發展是建基於個人稱謂的改變，當一個人從代表自己的奶名或俗名開始，歷經了 *nei* (323)／*pu* (323)、*sa* (33)／*kon* (35) 或 *ta* (55)／*tei* (55) 的階段，到二、三代以後，自己的名子在沒有文字記載的時代很容易就被子孫所淡忘，個人的名字已不再具意義與重要性，家族與社會的延續才是有意義的。

五、家族的延續、社會的發展與禮物的交換

談到禮物的交換，M. Mauss 的禮物 *The Gift* 一書被視爲人類學交換理論的經典之作，其中二個主要的概念至今仍被當代人類學者引用與討論的是，禮物的精靈（the spirit of the gift）及禮物與商品（commodity）的區辨。Mauss 認爲初民社會的的交換方式能讓一個受饋禮物的個人有義務回送禮物的力量是來自於 Maori 人的 "*hau*"（附於禮物的一種神祕的力量）的概念，也就是說送禮者在送禮的時候也將屬於個人的精髓的一部分送出，而受贈者所收到的禮物，事實上，是收到了附於物上的屬於送禮者的精神物質，他稱此種附於禮物上的精神力量爲「禮物的精靈」（Mauss 1967:1-10）。Mauss 區辨禮物與

商品之差異在於禮物是「非異化的物」(inalienable objects)，而商品則是在資本主義市場經濟的運作下產生了人與其勞力所生產的物品之間有異化的傾向，故是屬於可異化的物 (alienable objects)。在討論氏族與氏族間的完全贈與 (total prestation) 時，Mauss 也強調這種經由禮物所產生的連結創造了人群與人群間互相依存的關係，也就是物與人群在某些層次上是相關的，而人群也透過物的關聯性而產生連結。

Lévi-Strauss 雖然沿用 Mauss 的 total prestation 的概念，卻認為 Mauss 用 "*hau*" 來說明禮物的交換是被土著的概念所神祕化了，並無法解釋一般的結構原則 (Parry 1986:456; Weiner 1992:46)。Lévi-Strauss 將社會生活視為是群體與個人間的交易，他認為群體與群體之間互惠式的禮物交換之最終目的是在交換女人，因為女人是群體最珍貴的物品(1949:52-68)。他從交表婚著手做為發展聯姻理論的基礎，正因為女人的交換是群體與群體間禮物交換的起始點，許多民族是從婚姻開始建立群體與群體間的禮物交換的關係。

Sahlins 批評 Mauss 過分調 "*hau*" 的靈力的重要性而忽略了經濟層面的考量。他將 "*hau*" 視為一個世俗的概念，並且認為「一個人所送的禮物無法成為另一個人的資本，因此禮物所帶來的成果應該回歸到禮物最初的擁有者」(Sahlins 1972:160)。Weiner 重新討論 Mauss 的禮物，強調 "*hau*" 與禮物的非異化性 (inalienablility) 之關係，她認為互惠的重點是在「擁有」(possession 或 keeping) 而不是施與受，並將 "*hau*" 看成是一可與人分離的靈力。透過擁有這種非異化性的財富，Weiner 將物與個人或群體的社會認同相連結，也強化了個人與個人間或群體與群體間的差異。因此，Weiner 同意 Mauss 將 "*hau*" 視為是附隨於人的一種生命力，並可轉換成個人所擁有的物，她所關注的是物的不可異化的價值 (Weiner 1985, 1992:28-30, 43-46, 63)。Strathern (1992) 在討論 Melanesian 的禮物交換時，

也提到禮物交換中的行動者與被交換的物之關係，並強調禮物交換的價值是不同於交易所強調的以交易物之量與類別的相似性來計算，而是以物的象徵性來衡量交換價值及行動者的相對關係。

Howell (1989) 承襲 Mauss 及 Weiner 的思考脈絡，將交換的物與人的關係擴展至與死去的祖先及超自然的交換關係，並且強調非異化的財富概念中客體與主體並不是截然二分的，也因此人不是被化約成物而是物被融入人之中。Howell 區分五個層次的交換，交換的時間向度，交換伙伴的性質，被交換的物之性質，可異化的與不可異化的財富之關係，及交換者的關係。Howell 強調在討論交換關係時應關注物與進行交換的個人或群體之關係。Weiner, Strathern 及 Howell 等學者均強調在交換過程中，物與進行交換的個人或群體間似乎有相當關係的連結，由被交換的物在一特定社會文化中的價值似乎可以看出交換的意義；禮物交換與商品交易的最大差異在於禮物的交換價值在強調社會再生產，以對比於商品的再生產價值。

我這裡所討論的禮物的交換是在侗人的再生產的循環過程中，透過聯姻關係的建立，以送禮與答禮的方式來完成婚姻交換的目的。在討論禮物交換的意義與時間之前，我將先釐清進行交換的人群。然後，我將討論重點置於「禮物」，以再生產的禮物 (reproductive gift) 做為理解時間的概念、交換的關係與意義。

我在前面簡介侗族文化時曾提到侗族的 dou(323) 是一個世系單位，也是一個外婚的單位。龍圖地區之侗族村寨通常區分成三至五個 dou(323)，每個不同的 dou(323) 各有其名稱，但是 dou(323) 也會因為遷徙的關係而跨越村寨之界限。以明水村之婚姻史資料為例，我認為當地侗族之婚姻交換關係是一個相當複雜的關係，每個 dou(323) 除了與本寨之其他 dou(323) 通婚外，也常與鄰寨之 dou(323) 通婚，因此就婚姻史資料來看，是屬於 Lévi-Strauss 所討論的一般交換的婚姻模式。當然，我必須承認在處理侗族婚姻史時，研究者常需面對親從子

名制做爲主要的記憶機制可能產生的問題，(1)經由這種記憶機制通常只能建構三至五代的通婚關係，(2)龍圖侗族雖然學習漢人之習俗，輔以墓碑上祖先的名字來記錄並重新建構世系的傳承，但是女人通常是不在記錄之列的。

　　Lévi-Strauss 的一般交換主要是從交表婚建立婚姻交換的基本模式。屬於父系、從父居的侗族社會傳統喜行父方交表的婚姻形式，也就是說一男子成長至結婚年齡時有權優先選擇其父親姐妹之女兒爲妻，或者一女子在考慮與自己父親姐妹之子以外的男子訂親時，需先取得其父方交表哥（patrilateral cross-cousin）的同意，方可進行訂親事宜。這裡所謂的父方交表婚，侗家採行的是一個比較寬鬆的定義，只要是同一 *dou*（323）中歸屬於父親姐妹的小孩即可算是父方交表，因此當我在搜集明水村各 *dou*（323）的婚姻史時，極少發現非常完美的第一代交表（the first cross-cousin）的婚姻交換方式，而常常是第二代（the second cross-cousin）或第三代（the third cross-cousin）交表的通婚。侗族稱交換婚爲換"*tap*（35）*nam*（323）"（挑水之意），即二個 *dou*（323）之間互換挑水的扛，也就是互換女人之意。其次，即使採用這種寬鬆的交表婚定義，二個 *dou*（323）互換女人的交換婚很難持續進行超過三代以上，而且這種交表婚必須父方交表與母方交表隔代交錯進行才能達到。侗族雖然喜行父方交表的婚姻交換，但允許母方交表的存在，這也就是說，雖然侗族是以父方交表爲優先選擇之通婚對象，但是並未禁止與母方交表通婚，唯一禁止的是"parallel cousin"，包括自己同 *dou*（323）的兄弟姐妹以及母親姐妹之小孩。侗族之親屬稱謂將父親之兄喊作"*pu*（323）*mak*（35）"、弟爲"*oʔ*（53）"，其妻爲"*nei*（323）*mak*（35）"及"*wei*（11）"，與母親之姐妹"*nei*（323）*mak*（35）"或"*wei*（11）"，其夫爲"*pu*（323）*mak*（35）"、"*pu*（323）*lau*（35）"或"*O*（53）"是相同的稱呼，因此侗家視母方的平表爲兄弟姐妹，都叫"*ko*（35）"（哥）、"*ti*（33）"（弟）、"*dai*（33）"（姊）或

"*non* (33)"（妹）。侗家稱母親之兄及其妻爲"*tçju* (33)"與"*ku* (55)"，就如同稱呼父親之姐及其夫。因此，侗人雖以父方交表婚爲優先，但是若從龍圖地區村寨之婚姻史及親屬稱謂來看，侗人的婚姻交換關係事實上並不是典型的一般交換模式，而是介於一般交換與限制交換二者間的混合形式。

事實上，在明水村中各 *dou* (323)爲了實際運作方便之故，無論是爲了送禮或遵守喪葬之禁忌的運作，我在前面已提過，將大 *dou* (323)分成小 *dou* (323)，而以小 *dou* (323)做爲實際禁止通婚之單位。因此，在龍圖地區我所看到的各 *dou* (323)的婚姻史是與本地的 *dou* (323)開親，而經由開親所發展的親戚〔*t'in* (55) *sim* (33)〕關係是多重的，當我這一家因爲結親關係而開始建立的親戚，我也就同時與該結親之 *dou* (323)的其他家戶建立了親戚關係；同樣地，我所屬 *dou* (323)的其他家戶因我的關係也進入了這種親戚關係。雙方的 *dou* (323)每遇婚喪喜慶都必須以親戚的名義送禮，所送的禮當然必須區分彼此關係的遠近。因此，按照這種推法，在明水村幾乎是全寨的人都可納入不是同屬一個 *dou* (323)即是姻親的關係。在許多時候，一個人按照這種推法可有多於一個適用於他／她的親屬稱謂出現，這時候侗家通常選擇較尊敬、較年長的稱謂稱呼之。

侗人的禮物交換關係確是建基於婚姻交換的基礎上，但是若使用全村人都是親戚的歸類法則，則每逢婚喪喜慶必定將全寨人包括在內，不是同 *dou* (323)的就是親戚，各賦有彼此幫忙與送禮的義務，將使得全寨人無暇休息。因此，他們的實際運作方法是以三代以內之親戚做爲送禮的依據，三代以外送或不送，可視個人情況而定。而這也說明爲何明水村人將大 *dou* (323)再分成小 *dou* (323)，而以小 *dou* (323)爲實際運作的送禮單位。

從侗族的親從子名制所展現的時間概念，我們似乎可以看出侗族是以個人生命週期的發展與轉換來連結個人與家庭，以及個人與社會。

個人的生物時間是建構社會的基礎，但社會的發展必須超越個人生物時間的侷限性。因此，以禮物交換為主的社會交換的意義與重要性是連結他群，以人群關係的成長與擴充來建構理想的社會。底下，我從個人的再生產週期出發,討論個人所隸屬的 *dou* (323) 為禮物交換的單位如何在生命儀禮的三大事件（婚姻、生育、與死亡）中，透過禮物交換的關係，來發展與重新界定我群與他群之關係。個人的生命儀禮，其主角是個人所屬的群體，而非個人；其所強調的重點是禮物的交換 (gift exchange) 與宴客 (feast)。對個人而言，禮物交換的意義與重要性是將個人連結到一個社會所認可與界定的「社會人」，也就人觀 (the concept of person and personhood) 的範疇。

㈠婚姻

侗族的禮物交換關係的建立是從訂親開始，而進行交換的單位是男女雙方所屬的 *dou* (323)，而非個別家庭。男女雙方從訂親開始，雙方所隸屬的 *dou* (323) 即進入彼此的禮物交換體系，並且開始以侗家的親屬稱謂互稱之。侗族的婚姻區分為訂親與接妻二個程序，其時間是緊密扣連著前面所討論的侗家之生產時間觀，也就是說一般訂親與接妻時間，只能在休息季節（每年農曆的十月至來年二月）舉行。當一個女孩到了十七、十八歲的年紀，男孩通常年紀稍長於女孩二、三歲，無論是在過去由父母包辦的方式或現在男女雙方自由戀愛的方式，經雙方家長同意、做主，選定訂親的時間。訂過親之後，男女雙方每逢侗家的三大節日均需送禮，需送滿三年才能接妻，而接妻的時間也是在休息季節選定一日子，農曆的臘月二十九則是侗家最常被選定接妻的日子。

現今明水村訂親及接妻的時間仍以在休息季節為主，由於當地壩子之主要作物從傳統的糯穀改為占穀，因此配合占穀的生長季節較短的影響，八月以後即屬於休息季節，可以訂親或接妻。龍圖地區訂親

與接妻的時間常與節日的送禮合在一起，以縮短送禮的時間，因此過年是最常被選定的訂親或接妻的日子。而三節送禮的時間也從傳統的三年縮短爲一年，即歷經三個節日方可接妻。不過也有一些家庭打破傳統做活路的季節不訂親的習俗，而在秧節或新米節訂親並且開始第一次的送禮。明水村的一戶人家 *nei*(323)朝告訴我，她的兒子是在新米節訂親並開始第一個節日的送禮，當天男方所送的禮必須包括訂親與過新米節應送的二份禮。此戶人家是在同一年的過年前將媳婦接過來，當時男方送給女方的禮包括了接妻與過年該送的禮，但是還差一個秧節的禮沒有送，因此他們在來年的秧節又補送了一個節日的禮，以滿足目前侗家送禮需送滿三個節日的習俗。

侗家稱訂親爲 *mei*(53) *mai*(35)（訂妻之意）或 *mei*(53) *t'in*(55)（訂親之意）。訂親時男方通常請同 *dou*(323)中一位育有子女屬於福壽雙全的中年婦女當媒人，到女方家提親。若雙方同意這門婚事，就選定一日訂親。在 1980 年代初期，訂婚當日男方派媒人一個人去女方家，女方殺一隻鴨，請媒人吃一餐飯，喝一杯酒就算訂親了。當時女方在場的，除了同 *dou*(323)的長輩外，也請姑娘的 *ta*(55)（外公）、*tei*(55)（外婆）、或 *tçju*（舅舅）來吃飯，以告知他們這位姑娘不嫁給表兄弟了。過去訂親送禮送的少，男方送給女方的禮必須有鴨，其數目必須是單數，但絕不送雞，侗家認爲雞爪會扒，表示話說得多，有代表結束或分開之意；而女方送給男方的以女紅爲主，包括送給男方同 *dou*(323)之人穿用的侗衣、鞋子、枕巾、簾幛與侗布做的手提袋等。現今明水村人訂親時送禮送得多，訂親當天男方家視送給女方的禮物多寡，而派五、六位與訂親男子同輩之同 *dou*(323)的兄弟或同村寨之朋友將禮物挑至女方家，而訂親之男子通常不參與送禮的行列。1994 年新米節，我們參加了村中一戶人家的姑娘與新安的一個羅漢訂親，由於路途遙遠，男方派了五位青年乘坐拖拉機車前來。若路途不遠，則以挑擔的方式將禮物挑到女方家。當男方挑禮隊伍進了女方村寨時，屬於女方

同 *dou*(323)的姑娘必須在屋外迎接，將禮物接過來挑進屋內。這一次由於訂親與過新米節送禮二件事一起辦，因此男方所送的禮稍多於一般訂親送的禮物。男方送來二腿豬肉、十七隻鴨、六挑糯米飯、一大盒的餅乾、一大壺散裝的酒、一打甜酒(即果汁汽水)、一些糖果、幾包麵條、及一套衣服。

當天女方同 *dou*(323)的人會來幫忙，其它歸為親戚朋友者需送禮。親友送的禮需依關係遠近及過去彼此送、答禮的記錄，而決定送禮的物品與價值。例如，有的人家送一個熱水瓶及一塊花布，也有送一條毛毯加上十元禮金者。親友送來的禮，女方家族會找一、二位識字者幫忙收禮並登記禮金及禮品項目。女方家使用當天男方送來的豬肉、糯米飯、酒、及麵條，並加上其它女方準備的疏菜、瓜類、豆類等，由同 *dou*(323)之人幫忙準備宴客之佳餚，以款待來送禮的親戚與朋友，以及男方挑禮物來的幾位羅漢。宴客之後，待親友散去，女方也必須在男方送禮隊伍回去前，就男方送來的禮物中留三分之一至四分之一答禮給男方。

訂親之後，侗家在三個傳統節日所送的禮是有區別的，男方送予女方的是食物，而女方給男方的則是女紅。對侗家而言，秧節屬於小節日，送禮送得少，在以前只要十斤豬肉、一個飯優的糯米飯、及幾斤的新鮮鯉魚即可；現今至少需送一腿的豬肉、二至三挑的糯米飯，及八至十斤的鯉魚。新米節是侗家的大節日，送禮需送得多一點，至少送一至二腿的豬肉、十幾或二十多隻鴨子，及糯米飯。但是在舊社會時代，新米節是一顆米也不送的，因為那個時候糯米還未收成。至於過年送的禮則稍多，而且會用年粑取代糯米飯，因為侗家過年時每家會準備粑粑，將剛蒸熟的糯米飯加水杵過，再捏成每個約半斤重、圓形的粑粑。此外，還送豬肉及過年時的應節食品如侗果等；現今當然也加上一、二十隻的鴨子。

每逢過節時送禮，男方家人，通常是這位訂親男子的姐妹，一大

早到女方家請姑娘來男方家過節，姑娘通常不好意思來，但將女方送給男方的禮物託這位姐妹挑回男方家，這些禮物會先留在男方家展示給親友看，稍後再重新分配給男方同 *dou*(323)的人及較親的親戚，如外婆、舅媽等。男方在吃完早飯後，再將送給女方的禮物由同一個 *dou*(323)的姑娘挑到女方家。1994 年新米節，寨上一青年家需送禮給住在離明水村約一個小時路程的幹團姑娘家，他們倆已於年初訂過親。我和助理已於前一、二天安排好隨男方的二位姊姊及幾位一起作伴的姑娘一起去幹團送禮。我們於早上十點多吃早飯的時間到達男方家，這位青年的的二姊已在這一天一早路過幹團時，順便將女方送給男方家的禮物挑回來了。這些禮物是用二個飯優裝著幾套侗家傳統的肚兜及一套男用衣服。男方父母準備了早飯給我們當天一起去送禮的人用餐後，當時已過了十二點，我們隨即準備上路。我們一行共有六人，擔了四挑糯米飯、二十一隻鴨、四隻鵝、二腿豬肉、一付豬肝、及一瓶豬血。我們大約走了一個多小時到達女方家，女方家同一 *dou* 的家人等在寨前，看到送禮隊伍到來，趕緊出來接過禮物，將禮物挑進屋內。等我們的禮物一到，女方才從送來的禮物中挑出幾隻鴨、鵝來宰，分割豬肉，並烹煮菜餚待客。我們見到了這位被訂親的姑娘，她並沒有特別打扮，也未穿著侗家傳統服裝，只是穿著一套較新的、平日所穿的衣服。女方一共備了三桌菜餚，我們坐了一桌，其餘二桌則為女方家人及較親的房族之人。我們必須在女方家吃過飯，等女方將答給男方的禮準備好後，才啓程返回龍圖。在我們即將走出寨子時，女方家幾位姑娘將答給男方的禮物挑到寨口由男方送禮隊伍接過來。女方答禮的禮物是由男方所送的禮中挑出二分之一腿豬肉、一挑的糯米飯、及三隻鴨與一隻鵝，（合為四牲）。

　　一般過節送禮，親戚與朋友不需送禮給女方，而且只有較親近的同 *kau*(35)之人及姑娘的外公、外婆及舅等才會來女方家幫忙及一起吃飯。當天男方家族也不需宴客。秧節及新米節所得之禮物，通常除

了女方極親近之同 *dou*(323)之人外，不分送給親戚或同村之人。但是每逢過年，由於男方送來的禮較多，女方需將禮物中的豬肉及粑粑分送給同 *dou*(323)的人及較親近之親友。同一個寨上的每戶人家也至少要分得二或三個粑粑。就侗家而言，過年必須打粑粑，粑粑是計算「年」的時間之標準；而送禮之粑粑也是一種男女雙方從訂親至接妻的禮物交換的計算時間的指標。在以前男方需送過二次粑粑給女方後，雙方才可以開始討論接妻的時間，現在只需送過一次的粑粑即可接妻。

當男女雙方家族決定接妻之日，通常是選定在過年前幾天，傳統是選在臘月二十九，現在則從二十至二十九日都可以接妻。侗家稱接妻爲「θ*ip*(35)*mai*(35)」，也可稱爲「θ*ip*(35)*lxia*(323)」（接媳之意）若從長輩的觀點來看。據從江地方學者伍倉遠之記載，在 50 年代，許多地區的接妻儀式是由鬼師主持，在火塘間焚香燒紙唸誦斗薩（祝詞），然後與姑娘、媒婆三人坐下來象徵性的吃飯，才離開男方家（伍倉遠1989）。現今龍圖地區的習俗是請鬼師事先依新媳婦的四柱八字在過年前挑選一個吉日接妻。正式接親當天的清晨，在雞叫之後，約爲清晨三點鐘左右，媒婆會引導姑娘至男方家。男方家人需事先迴避，避免讓新媳婦撞見，若被撞見代表夫妻倆會吵架，對新婚夫婦不好。男方會在門邊放一籮的米（一至十斤均可），姑娘將米提進男方廚房放著，在屋裡轉一圈。男方家已事先準備好一桌飯菜，此時姑娘與媒婆必須坐下來用餐。姑娘所坐的位子事先已請鬼師選定方位，這個方位是依新媳婦的四柱八字或當天之日子選定，屬於「天喜」或「青龍」兩個之一的方位安放一張椅子。這兩個方位都是屬於喜神的方位。姑娘進得男方家門，由媒婆領頭繞桌子三圈，然後坐在選定的位子上用餐，媒人吃甚麼，新媳婦就跟著吃，每一道菜都必須嚐一點，吃完即離開。先回到自己的原生家庭，再由其母親帶新媳婦入男方家門，此時男方家人都已回來，就出來相見即成一家人。若女方娘親家住得遠，姑娘也可暫時待在媒婆家，再由媒婆帶領回男方家與男方家人相見。

　　接親當天，男方一大早即開始準備送禮的物品，尤其是屠宰送禮及宴客用的豬。我們在 1996 年 2 月（屬 95 年之臘月二十七日）參加了村中一戶人家的接親活動。我們在早上七點多到達男方家，已經有許多同 dou(323) 的人來幫忙殺豬、做菜、及準備送禮的物品。約九點左右，一切準備妥當，以接妻男子的堂兄弟、堂姊妹及堂嫂爲主的送禮隊伍將禮物挑出來，二十多人排成一列浩浩蕩蕩地在鞭炮聲中從村中出發，走了一個小時到住在幹團的姑娘家。新郎、其父母、及房族中與父母者並未隨著送禮隊伍前往姑娘家接親，這一次是請新郎房族的大堂嫂充當接親婆。男方送的禮包括六腿豬肉、二十多挑的粑粑、六挑糯米飯（包括染成黑色的糯米飯）、五牲（三隻鴨及二隻雞）、幾挑的餅乾及侗果、及四瓶甜酒。當隊伍一到男方家，女方家族人在屋外接過禮物並挑進屋裡。同樣地，女方在男方之禮送到後，才分割豬肉、屠宰雞鴨，並開始烹煮喜宴，以招待男方送禮的人員及女方家族成員與親友。我們進到屋內欣賞展示在二樓迴廊上的嫁妝，包括展示新娘女紅的枕斤、床單、床罩、門簾等物，以及現代化家用品的彩色電視機、電扇、音響、縫衣機、衣廚等。此時女方家親友也陸陸續續地前來送禮、祝賀，留下來用過喜宴後才離開。

　　到下午二點鐘左右，女方家將嫁妝搬至一樓堂屋，在大門口用個桌子擋著，準備和男方家玩「搬嫁妝」的遊戲。這個遊戲是男方必須用鞭炮及紅包及猜謎戲謔的語詞讓女方同意將嫁妝一件件的搬給男方。價值少的物品，鞭炮與紅包就給的少，物品價值高的，男方必須用較多的鞭炮與紅包，並且用更多的心力與言詞將物品要過來。所有的物品，尤其是小件的，仍是用男方送禮用的挑籃裝著，好讓男方將禮物挑回去。最後接新娘時，男方必須用一大串鞭炮及一個大紅包將新娘請出來，姑娘在這時拜別父母，隨同男方隊伍前往男方家。據說這個搬嫁妝的遊戲，並非侗族傳統之習俗，而是近十多年才從漢人處學來的。我參與許多次的接親，新娘均未穿著傳統服裝，通常穿著新

的、現代化、平日可穿用的衣裳。有時媒婆會陪伴在旁，但是我觀察過許多次的接親過程，媒婆通常會幫忙挑嫁妝，新媳婦則手牽著一個隨同送禮隊伍前來的小孩的手，跟隨著挑嫁妝的隊伍，走回男方家。

侗家從訂親至接妻之過程，歷經三個傳統節日的送禮，其所強調的是訂親雙方 *dou*(323)的禮物交換與宴客。至於結婚的當事人，無論是在訂親、三個傳統節日的送禮、以及最後的接親活動中，都不是主角。所謂禮物的交換，所強調的是男女雙方所屬之 *dou*(323)經由長時間禮物的送禮與答禮過程，確定彼此的姻親關係。此外，男女雙方所屬之 *dou*(323)也必須在這幾個禮物交換活動中，重新確認既有的人際網絡。就男方而言，從訂親開始到接親，同房族的人會幫忙分擔送禮所需的禮物，例如分擔一部分的糯米或粑粑，或將所飼養的雞或鴨提供出來做為牲禮之用。許多送過禮的雞或鴨，常會在頸部做上紅色的記號以代表喜氣，這些雞或鴨也會因為同 *dou*(323)之人的互相幫忙，在下一次的送禮時重新被拿來使用。因此，雖然雞或鴨的生命週期有限，但從其被使用的次數也可以是一種計算時間的指標。即使沒有提供實際物資的分擔，許多同 *dou*(323)之人也會主動提供勞力上的幫忙。就女方而言，同 *dou*(323)的人來幫忙及親戚送禮的原則是非常清楚的。女方每一次收到男方送的禮物，尤其是豬肉、糯米飯、粑粑、糖果、與餅乾等，會將之再分送給同 *dou*(323)的人、較親的親戚、及同寨的村民。因此，侗家從訂親到接親過程，是二個 *dou*(323)因為姻親關係的建立而交換禮物，但其中又各自以其既有的人際網絡再將禮物重新分配。

從訂親至接親過程中，給妻者與討妻者雙方所交換的禮物清楚地呈現「物」所代表的時間性與文化意義。給妻者送給討妻者的禮物是以女人的「地」所生產的女紅做為表徵，交換男性的「田」及家所生產的糯米、鯉魚、豬肉及雞、鴨等物。無論是女性的女紅或男性的田與家屋的產品，事實上都是在給妻者與討妻者各自所屬的 *dou*(323)的

合作下完成的成果，他們所強調的是二社群的差異及對各自社群的認同感。在侗族社會，女紅是女人的表徵，所強調的是給妻者 *dou*(323)的再生產能力；而田及家屋都是財富的象徵，討妻者以田及家屋的產物贈與給妻者，是以財富的累積來表達的家的生產價值。在這個過程中，給妻者與討妻者雙方仍是在展現女＝地＝再生產能力及男＝田＝生產能力之象徵意義上，此時給妻者尚未開始回報討妻者禮物，這表示雙方的聯姻關係仍未完全確定。聯姻關係的確定必須等到給妻者為討妻者生育第一個小孩後才算確定，這是緩落夫家婚姻制度的特性，也才是社會再生產時間的開始。

此外，討妻者送給給妻者的禮物也緊密地扣連著當地的生產時間的運行與循環所呈現的時間意義。在表3中，我列出討妻者送給給妻

表 3　侗人從訂親至接妻過程中的送禮物品

訂親	秧節	新米節	過年	接妻
糯米飯	糯米飯	（在以前不送糯米飯）	粑粑	黑糯米飯
豬肉	豬肉	豬肉	豬肉	豬肉
鴨		鴨	鴨	鴨及雞
	鮮鯉魚		（可送醃魚）	

者禮物的種類之轉換，以方便讀者理解禮物的種類與生產時間的關係，從送禮物品的轉換，我們看到了時間的延續與發展。送禮時間的掌握與計算是從糯米飯轉變成粑粑，從秧節的鮮魚到過年的醃魚，從訂親的鴨到接妻時的雞與鴨合起來的三牲、五牲或七牲，以及從原色糯米飯到接親時的黑糯米飯。從鴨到雞的轉變及接妻的黑糯米飯，都是象徵著討妻者對給妻者送禮義務的結束，雙方正式地確定彼此的親戚關係，但同時這也代表了給妻者必須開始規劃或準備回送討妻者禮物。給妻者回送給討妻者的禮物，是在其姑娘為討妻者產下第一個小孩的

滿月儀式中清楚地表達出來。從訂婚、結婚到生育過程中被交換的禮物之種類與時間順序均清楚地交待侗族社會婚姻形式的特色，而禮物的轉換所凸顯的也正是這種從生產到再生產的過程之重要性。

　　侗人對食物的分類主要建構在三個基本的原則，即酸／甜、生／熟、及原色／人工加工色。侗人將魚類歸爲酸類食品，在喪葬期間的守忌及新米節第一日表達對生產活動之辛勞時必須吃酸；而肉類則屬甜的，喜宴時待客必有肉類，尤其是雞、鴨，女人做月子期間也只能吃雞及瘦豬肉。此外，侗人在其食物的分類中，醃製品的醃魚、醃肉、及酸菜都屬於熟的食物，是已經過人工加工的食物，不需再經過火的烹調即可食用的，以對比於其它未經烹煮的、也未經人工處理的生的食物。醃魚是與祖先溝通時舉行的儀式之必備品，如喪葬儀式必以醃魚祭拜死者。因此，侗人在秧節時送鮮魚是代表生產季節的開始，以對比於過年期間的醃魚，強烈地含有休息季節以從事人與祖先溝通的重要性。至於原色及人工加工色的食物也表達了不同的意義，原色含有生長、成長的意思，如秧節及新米節討妻者送給給妻者的糯米飯，而經人工加工過的顏色，尤其是黑色則代表成熟、完成、終止之意，如討妻者在接妻時所送的黑糯米飯。原色的糯米飯似乎象徵著生產的力量，而黑糯米飯則有強烈地再生產及轉換的意義，因此侗人常以黑糯米飯戲稱家族中女嬰的誕生。總之，討妻者在不同節日中贈與給妻者的禮物，充分顯示了食物的文化意義及與季節性的食物所表達的時間概念。

㈡嬰兒滿月

　　嬰兒滿月儀式通常在給妻者爲討妻者 dou(323)生下第一個小孩後，無論男孩或女孩，在生產後的第十五天至滿月期間均可選定一日舉行。現在許多侗族聚落由於受到漢人重男輕女價值觀的影響，第一胎如果生男孩的家庭，一定會與女方家族的外公、外婆溝通好，選定

一日做滿月；但是第一胎如果生女兒的話，則會考量雙方家族的經濟情況而決定是否舉行。而且許多明水村人在女嬰滿三十天、男嬰滿三十一天時做滿月，以示對男嗣的重視。

　　預定舉行嬰兒滿月的當天，大清早，男方家人會請來鬼師替新生嬰兒做解關的儀式。男方家人接著準備宴會所需之菜餚，同 *dou*（323）之人會過來幫忙殺雞宰豬，烹食物，並將一些豬肉先分割好以便親友來送禮時，做為答禮之用。底下所描述的資料是 1995 年時我所參加的一個明水村的嬰兒滿月之送禮過程。在早上十點多、十一點左右，陸陸續續地有許多男方的親戚來送禮，而最重要的送禮隊伍則是給妻者的 *dou*（323），包括嬰兒的外公、外婆、舅舅等，討妻者的 *dou*（323）之人必須派人在屋外迎接，放鞭炮歡迎，並將禮物接過來挑進屋裡。嬰兒的外公、外婆是來自本寨的另一個 *dou*（323）。嬰兒的親外公送二個水桶的米（約一挑米）及五百至一千元不等給外孫的紅包，親外婆送三個嬰兒背帶（嬰兒母親在婚前即繡好）及給嬰兒戴的銀帽一頂。其它同 *dou*（323）中被歸為外公者則送一挑的米及毛毯一條。遠一點的親戚送二罈米及一條毛毯或一套衣服；再遠一點的親友送一個小飯優或一小籃米，上面擺著一塊布。討妻者需答禮給給妻者，通常親外公得一腿或半腿豬，親外婆得豬頭，其它房族之外公、外婆得一小杯的米加上一條約一斤二兩的豬肉，一般親戚則得一杯米加上二、三塊熟豬肉。給妻者的 *dou*（323）一到即準備用餐，每位來送禮的親戚會留下來吃早餐，吃完即先行離開。我們由於和討妻者、給妻者二個 *dou*（323）都很熟，就留下來陪四位外公用餐，到宴席即將結束時，嬰兒的親外公會將紅包送予外孫，並替外孫命名，滿月宴席也在此時接近尾聲。

　　命名過後外孫必須於當天回外公、外婆家做客。回外婆家時需由 *dou*（323）中的一未成年的小孩，男或女均可，用外婆送的背帶背著嬰兒，跟隨著嬰兒母親及挑著給外婆禮物的姑姑一起到外婆家。送給外公、外婆的禮物是二個飯優的糯米飯，四條約一斤二兩的刀頭、及一

隻雞。外孫及嬰兒的母親必須在外婆家用餐，此時代表嬰兒母親已解除坐月子的禁忌。當外孫要離開前，外公、外婆必須答禮，親外公回送給外孫的是二個飯優的糯米飯，其它同 dou(323)的外公則送一挑未杵過的糯米或占米，上面擺著五、六個生雞蛋或一包糖，由給妻者之 dou(323)的姑娘挑到外孫家，快到外孫家時，討妻者 dou(323)的人出來迎接，將禮物挑進門來再招待給妻者送禮隊伍一餐，用完餐後，討妻者再從給妻者所送禮物中挑一小部份做為答禮，外孫及嬰兒母親再度回到外婆家。外婆家此時也將討妻者稍早答禮的豬肉做一些處理，一部份分送給較親的親戚，而同 kau(35)的人也來吃飯，吃完飯後女兒背著外孫回家，整個嬰兒滿月的禮物交換至此才結束。

至過年時，過去一年裡有生外孫（男或女均可）的外公、外婆家必須送禮給外孫，主要的禮包括一腿豬，加上幾挑的粑粑。據明水村人的說法，因為過去幾年或幾個月女兒及女婿在訂親及接親時都送禮給外公、外婆，如今生了外孫後，外公、外婆要回禮。而過去外公、外婆在收到禮物後，會再分給同一 dou(323)、同寨的人及較親的親戚。所以每逢過年，過去收過外公、外婆禮物的人家需回禮，送三到十塊的粑粑給外公、外婆。事實上，這些粑粑是在幫助外公、外婆，代表給妻者，完成回送給女婿家（討妻者）的禮，外公、外婆再以幾塊餅乾或幾顆糖果答禮給送粑粑的親友。寨上的 nei(323)朝告訴我，她在 1996 年這一年準備了十份左右的粑粑回送給同寨的及鄰寨的外公、外婆們。

嬰兒滿月，不同於過去從訂親到接親的禮物交換，強調討妻者對給妻者的送禮，而是著重在給妻者送禮給外孫，亦即討妻者。嬰兒滿月可視為是給妻者對討妻者過去從訂親到接親過程中所送禮物的答禮。嬰兒的誕生，尤其是男嬰，經由討妻者家系的延續，不但彼此確定雙方的交換關係，更代表著跨越世代的時間之交換關係的開始。討妻者則是以宴客的方式接待給妻者，同時，並昭告其他親戚這兩個

dou(323)的聯姻關係的確定。侗族的時間概念建立在這幾種不同的時間距離的送禮與答禮互動關係中，從立即性的送禮與答禮到跨越年與世代的禮物交換關係。侗族傳統（緩落夫家）習俗的展現，即建立在這種短期、中期、及長程的交換體系下，以嬰兒的誕生做為社會再生產的基礎。

此時，給妻者贈與討妻者的是未煮過的糯米、背帶及銀帽。生的，未經煮過的糯米具有可播種、可生長的能力，代表著雙方的 *dou*(323)因為嬰兒的誕生而繼續成長、擴充，二者之聯姻關係也因此而開始成長、擴充。生的糯米更代表著人的生命力，具有象徵性的幫助嬰兒成長之意。背帶是養育小孩的必用品，是由給妻者（小孩的外婆）送予討妻者，做為嬰兒第一次外出、回給妻者家時所用的，代表著給妻者對討妻者完成家族延續及社會再生產所做的貢獻。送給嬰兒的另一項禮物，銀川具有富貴、永恆之意；銀子是侗家財富的象徵，必須在個人出生時的滿月儀式時由給妻者送給討妻者，而在喪禮時，給妻者也用銀子摁進死者的口中。至於討妻者回贈給妻者的包括送給外公的豬肉及外婆的豬頭。在侗家的宴客禮俗中，頭部（如雞頭、鴨頭）是最尊貴的部位，通常保留給在座的最年長、最受敬重的老人。嬰兒滿月儀式中討妻者的答禮將豬頭贈與外婆，即是答謝外婆對討妻者家族完成世代傳承所做的努力。

㈢喪葬

死亡象徵著以個人的生物時間為計算標準的終止點。個人生物時間的終結會影響著二個人群因婚姻而建立的交換關係。但是個人的死亡並不代表著二個群體交換關係的結束，許多社會藉著死亡事件的發生來重新界定與釐清既有的人際網絡及人群互動中的交換關係。因此，死亡不但不是交換時間或時間的終止，而可能代表的是時間的延續與再生(Hertz 1960；Bloch & Parry 1982)。喪葬是一個社會用來面對

與處理死亡的方式，隱含著一社會文化如何面對與處理個人的生物時間的終止，並界定個人與社會的關係。因此，從喪葬儀式我們可以清楚地理解個人的時間概念，尤其是交換的時間如何展現其跨越死亡、超越生物時間限制的文化意含。

侗族的喪葬是個人生命週期中重要的事件，所有在交換網絡中的群體，無論是給妻者或討妻者均必須在喪葬儀式中依人際網絡親疏遠近的關係，再度進入以喪家爲主的交換體系中。這裡我要以喪葬儀式中的幾位重要親戚的送禮、所扮演的角色、及其中所隱含的象徵意義來討論，並期望與前面所討論的婚姻、生育之交換關係做一連結，以釐清侗族交換體系所展現的時間觀。

龍圖地區的侗家近年來之習俗是在死者過世的第二天即出殯，因此每逢家裡有親人過世，必須立即通知同一 dou(323)的人及親戚，以準備喪葬事宜。親戚中的女兒、女婿及娘親在喪禮中的角色尤爲重要。人一過世後，喪家必須趕緊爲死者縫製布鞋、枕頭，並由女兒替死者洗澡、換衣服，若沒有女兒，則由媳婦來做。此時，喪家先在大廳鋪設一個床後，才將死者移靈至廳堂。死者頭朝大門口、腳向內躺著，靈位即設在死者頭前，亦即大門口一進來不遠處，中間以一孝帳隔開。孝帳以傳統侗布製成，死者若爲男性，孝帳爲未經過染色之白侗布，若爲女性，孝帳則爲染過色之黑侗布。

第二天，喪禮於地理師選定的安葬時辰的二、三個小時前開始舉行，同dou(323)的人會來喪家幫忙做飯菜、收受親友送來的禮物及準備出殯事宜。現今明水村之習慣是同dou(323)的人不需送禮，但會來幫忙。在以前同dou(323)的每戶人家需分擔一小部分喪禮所用的紙錢及宴客用的米；明水村目前七個dou(323)中，只有一個dou(323)仍保有此習俗。喪葬時必須送禮的親戚，主要是以 dou(323)爲單位被歸屬爲討妻者類別者，而且通常是以死者晚輩的身分來送禮。底下有關送禮的細節，是用我所搜集到的1994年的一個喪禮的送禮情形做爲

討論的依據。所有的親戚均需送一罈的米，加上禮帳（布、條綜、床單、或被面）與禮金。親屬類別中歸屬為女婿者須加送三斤的醃魚，而死者的女婿除了三斤醃魚外，則以一擔的米代替一罈米，白布一至二匹，並且共同分擔一頭豬、紙錢一盤、香煙二條、及鞭炮。

在喪禮開始後，地理師會準備供奉品，包括一個豬頭、一碗糯米飯、三條醃魚、及以豬肝做成的龜魚，豬腸做成的姜太公釣魚、鵝、兔子，和一盤柑橘代表四果。在喪家及親友正式祭拜前，須由死者的娘親來幫他洗臉。若死者為女性，娘親是其原生家庭（natal family）的房族代表；若死者為男性，其娘親即為死者母親之娘親。1995年冬天，我所觀察到的一個喪禮，死者為七十歲的一個 *kon*(35)，娘親則來自同寨另一個 *dou*(323)的二位代表。當娘親一到達即端進一個臉盆，拿起孝帕的一端沾水，喊著「*kon*(35)，我來幫你洗臉」三聲，做個洗臉動作。另一位娘親隨後挑著一個籃子進來，內裝糯米飯、醃魚、及死者生前常用的衣物（包括衣服、背袋、鋼杯、及扇子）。接著前面那位又進來，拿著一紅紙袋，內裝著一點銀子，大聲地和 *kon*(35)說話，「*kon*(35)，這些銀子給你，在路上若碰到別人，不要說家裡人的話。」說完，將銀子摁到死者的嘴裡，再將其嘴合起來。此時，另一位娘親將醃魚、糯米飯拿出來，捏了四糰的糯米飯，並喊著「*kon*(35)，來吃糯米飯了，你吃你的，我吃我的，咱們以後互不相干。」說完，做勢給 *kon*(35)吃且自己也吃的樣子。吃完，再拿起鋼杯，要 *kon*(35)喝水，也同樣喊著「*kon*(35)來喝水，從今以後你喝你的水，我喝我的水。」最後，拿起扇子，也是說著類似的話，做著同樣的動作。整個洗臉儀式告一段落後，外頭靈桌前也開始祭拜。除了喪家外，所有來參加喪禮者均須祭拜死者。此時，喪家將死者兩手底下墊著的毛巾換成兩片孝帕，替死者身上蓋著一層粗的白色的布，並將死者的黑侗鞋脫掉，露出一雙形狀尖尖的、粗白布縫製的布鞋。

準備上山前，喪家會準備早餐招待親友。祭拜完了之後，由地理

師主持入棺儀式，並由四個羅漢將死者遺體抬起，從家中移靈至鼓樓前面曬壩上的棺木內。此時孝家必須跟在遺體之後祭拜，再由媳婦以棉花固定死者頭部，隨即將棺木蓋上，地理師會在棺木上蓋上被單，由於死者有四個兒子，因此地理師按照長幼次序，將事前已準備好的、代表四個兒子的被單蓋在上面。等待一切就緒，即準備上山，將死者安葬於由地理師選定的安葬地點。從整個移靈至安葬過程，女婿的角色極為重要，以長女婿為代表，必須捧著死者的靈位，隨同孝家一路祭拜至下葬。喪禮結束後，所有的親友再回到孝家用餐，隨即各自離去。

侗族之喪禮從孝帕與送禮的種類可以清楚地區分彼此的關係。在喪禮時所用的孝帕都是由喪家準備的。所有送米罈的親戚，喪家會準備一條從頭至腳長的白色侗布讓他／她綁在頭上，喪禮結束後將此布纏起來，表示死者已安葬，回自己家後即可拿掉。至於一般來送葬的朋友，所送禮金未超過十元者，不答禮；送超過十元以上者得五尺之孝帕。孝家之孝帕也是長的，至少需戴孝滿一個月，至滿月後之服山儀式完成以後才能拿掉。而孝家中承續家業的兒子，通常由大兒子擔任，需戴留有一截布尾的白色侗布。

這整個喪禮中，我認為至少有幾個層面可以討論社會交換過程中所隱含的時間概念。第一，孝帳的顏色以死者之性別來區分，男＝白色或原色／女＝黑色或人工色代表著侗族的社會結構與文化意含賦予男、女性別不同的象徵意義。若以時間的概念來討論，白 vs 黑更是代表著男＝白＝時間的延續 vs 女＝黑＝時間的終止。白色的侗布是未經過染色的侗布，是自然的象徵，代表著男性與以男性為主的世系之關係是經由自然的、生物繁衍之過程而來的，男性在此過程中並不需要轉換個人從出生至死亡所隸屬的 *dou*（323）。我在前面提及原色或白色含有生長、成長之意，男性的死亡，雖是個人生命時間的終止，但世系的傳承仍然繼續地延續下去，因此就時間的意義而言，白色代表時

間的延續。女性是以黑色來代表，它是文化的象徵，代表著女性經由二個 *dou*(323)禮物的交換，從其父親的 *dou*(323)轉換至其夫家之 *dou*(323)。接親中，所送的黑色糯米飯，也就是最後一次討妻者的送禮，女性正式地由父親的 *dou*(323)轉換成丈夫的 *dou*(323)之一成員。因此，黑糯米飯是女性身份轉移的象徵，代表著女性脫離其父親之 *dou*(323)，也是討妻者與給妻者正式的確定彼此的禮物交換關係，雙方正式的進入禮物交換的人際網絡中。黑色孝帳代表女性隨著個人生命時間的終止，也代表著她在夫家的 *dou*(323)中之角色與義務隨著個人生物時間的終止而結束。

第二，喪禮中娘親的角色也具有非常清楚的時間意義。由娘親來表演挖銀子到死者口中的儀式，類似於每年年終的搞白口〔*wei*(33) *pa*(55)-*kou*(35)〕儀式，代表著與死者的關係的終止。死者在被挖過銀子後，即成為 *tçui*(35)(鬼的通稱)，其所吃、所喝完全與仍活在世間的家屬或親戚無關連，希望從今以後死者不要再說任何有關子孫的閒話，造成子孫的困擾。由娘親來擔任喪禮中 *wei*(33) *pa*(55)-*kou*(35)的儀式，象徵性地切斷死者與活人的關係，代表著給妻者與討妻者之間的禮物交換關係經由個人生命時間的終止必須重新再予界定。女性的娘親是指其個人的原生家庭，而男性的娘親則是其母親的娘親，這二者所表達的時間關係是不同的。就女性而言，其娘親角色所呈現的是一個世代的生物時間，男性的娘親角色則代表著由母親的生物時間延伸至他這一個世代的生物時間，是一個跨越生物時間限制的跨世代的（intergenerational）時間的展現。因此，就交換時間的意義言，侗族所強調的女性是經由禮物的交換而建立生物時間的意義，對於男性則著重在世代的交替所隱含的時間意義。而銀子所表達的家族與社會的不朽性，也必須由給妻者來執行，從嬰兒滿月給妻者贈與外孫銀帽到入棺前的挖銀子儀式，緊密扣連著銀子歸屬於女性財產的繼承法則，也隱含著女人的轉換、再生產能力具有主宰社會發展的影響力。

第三、女兒與女婿在整個喪禮中扮演著重要的角色。從女兒幫死者洗澡、換衣服，到女婿必須捧著死者的靈位，代表女兒回饋父母生養之恩，以及女婿以討妻者的角色答謝外公、外婆（即給妻者）賜予女婿（討妻者）家系傳承的基礎。女婿在喪禮中的送禮義務，更是女婿以討妻者的角色在給妻者個人生命終止之時的最後一次的答禮。這一次是以一頭豬取代屠宰過的、分割過的豬肉，以生米取代糯米飯、及以醃魚取代牲禮（雞、鴨、或鵝）。

最後，侗族之喪禮是以出殯時棺木上面所覆蓋的被單來代表兒子，這是侗人強調家系與社會時間延續的展現。個人的生命時間雖因身軀（侗話叫死人之軀體為 $kon(55)$-$nyou(33)$，是骨頭、屍骨之意）的死亡而結束，但死者生前所建立的聲望，卻是由身（$shin$，身體之意）與聲（$shiang$，聲望之意）二者結合並發展而成的子嗣來做最具體的呈現。被單的象徵意義是子嗣、世系，也是社會的成長與延續，但卻是以給妻者的女人在討妻者的「地」上種植的棉花做成的被單來表達透過雙方聯姻關係所完成的世代的延續與社會的再生產。侗族的人觀是以「聲」的有無來區分與界定死人與活人。活人的聲望是會往上的、高升的、與生長的，代表活人可以藉由生產與再生產活動而擴充個人及社群的聲望，但是人死了，其聲望的成長也隨之而終止。死人雖只剩下軀體，但其生前所建立的聲望並未因個人生物時間的終止而消失，反而是經由子嗣的繁演與成長來代表個人聲望的不朽性。棺木上的被單也是在表達這種死者對社會再生產貢獻一種敬意。侗族時間觀以喪葬儀式中強調社會再生產的意義，來強化社會時間的延續與不朽。

總之，個人生命週期的轉換，經由結婚、生子、到死亡，時間連結了個人、家庭與社會。一方面個人透過家與世系的傳承與繁衍，建立縱向的時間觀；另一方面透過禮物的交換以個人所歸屬的$dou(323)$為單位來連結其他社群，以建立橫向的人際網絡，做為社會發展的基礎。侗族的禮物交換所呈現的時間觀，是建構在個人的生物時間與跨

越世代的時間二個基礎上，來顯示交換的意義。若以性別來看禮物交換所呈現的時間意義，女人由黑糯米飯及黑侗布來代表，都是文化產物，相對於男人在喪葬儀式中所使用的白色孝幛，白色是屬於自然的。而女人的死亡則代表個人的生物時間，以及時間的終止；這是對比於男人在喪葬儀式中所強調的跨越世代的時間觀，及表達時間的延續之象徵意含。(請參見表 4 所列之象徵關係)。若以禮物的性質來看交換的時間意義，從訂親到滿月，討妻者送給給妻者的禮物，是以熟的糯米飯與提供喜宴的食物(雞、鴨、豬肉、與魚等)，都是對比於給妻者送討妻者的生糯米與不可食用的女紅。無論何種形式的糯米飯（糯米飯、年粑或黑米飯），是討妻者計算對給妻者送禮的時期（duration）的結束之依據，這些計算是屬於婚姻關係不穩定時期，也代表著不確定的交換關係；給妻者開始答禮給討妻者，開始於嬰兒滿月儀式中的外公、外婆給外孫送的生糯米，對侗家而言，下一代的誕生才是男女雙方婚姻關係的確定，在此之前離婚的機率很高，這也是雙方之 *dou* (323)交換關係確定的開始。因此在嬰兒滿月儀式中給妻者送給討妻者的生糯米具有雙方交換時間開始成長與擴展的意思。此外，生糯米具有再生產與再轉化的功能，生糯米經由栽培與種植，可以轉化成更多的糯米，將之用於嬰兒滿月及喪葬儀式中給妻者對討妻者的送禮，是在強調給妻者對討妻者所賦予的社會再生產的任務與意義。

表 4　侗族禮物交換的時間意義

以性別來看交換時間的意義	以禮物的性質來看交換時間的意義
女 ：： 男	討妻者→給妻者 ：： 給妻者→討妻者
黑色侗布 ：： 未染的侗布	從訂親到接妻 ：： 從生育到喪葬
生物時間 ：： 跨越世代的時間	熟的糯米飯 ：： 生的糯米
時間的終止 ：： 時間的延續	食物[田及屋基的產物] ：： 女紅[地的產物]
	交換關係不確定 ：： 交換關係確定
	計算時間的結束 ：： 計算時間的開始

六、結　語

　　本文從生產、節慶、與禮物的交換等關係來討論侗人的時間概念。第一、侗族的生產時間是以自然的節奏與生產活動的實踐來計算與規劃著日、月、季節與年的漸進與循環，並以工作／休息、生產／再生產的區分做為社會時間運作的基準。農民曆的使用強化了侗人時間計算的精確性，也增加了侗人掌控與操弄時間的能力。侗族的傳統節慶則是環繞著糯米的生長與鯉魚的飼養二項生產活動上，節慶的文化意義是在生產時間的開始（秧節）、轉換（新米節）、與終止（過年）三個時序的循環與交替下，進行著社會文化活動。侗族的日常節奏即在這種生產時間的基礎上賦予社會活動的時間意義，社會也就是在這樣的過程中進行著世代的交替、延續與發展。

　　第二，侗人在生產活動中強化聯姻關係建立的重要性，其象徵意義是在凸顯社會再生產的重要，並以聯姻關係做為建構社會再生產的基礎。侗人的稱謂系統是以個人生命週期的變動與轉換來彰顯發展的時間概念，但也是以社會再生產的週期做為建構個人生物時間的基礎。親從子名所強調的是個人社會地位的轉換，這是以個人為計算依據的生物時間，也是侗族社會強調世代延續的重要性。從親從子名制的使用，侗人企圖連結個人與社會。祖先的名子是可以被遺忘的，也經常被遺忘，但是世代的交替卻在這種強調子嗣的稱謂體系中展現出社會建構的理想。

　　第三、侗族禮物的交換展現出時間的多重性，它是建構於兩個 *dou*（323）因為女人的交換而開始了互換禮物的基礎。而交換時間的計算，交換物的屬性，更賦予了禮物交換的時間之文化意義。侗人的禮物交換是在節慶的循環與生命儀禮的發展與演進中進行著有意義的活動與人群的連結。侗人經由送禮與答禮的習俗來規劃時間、計算時間，

以及賦予社群連結的時間意義。送禮與答禮的時間距離，也包括了立即性的送禮與答禮，短期性的社群的互動，及發展到超越個人生物時間，強調世代交替的禮物交換關係。時間的本質與意義即在這種生產、節慶與生命儀禮中討妻者與給妻者的禮物交換過程中展現著交換的意義與時間性。

礼物交換的意義是在連結社群以及分辨社群。侗族的禮物交換雖始於男、女雙方婚姻之締結，從訂親、三節之送禮、至接親來展現討妻者對給妻者的送禮義務。但是禮物的交換必須延伸至下一代子嗣的誕生，雙方的關係才正式確立與穩固。侗族以嬰兒的滿月當做是給妻者回禮給討妻者的計算時間的開始，也是雙方共同以生育（社會再生產）來延續雙方已建立的社會活動的基礎。而雙方的禮物交換關係在個人生物時間終止時面臨著考驗，必須重新釐清與界定彼此的關係，也必須將過去送禮與答禮的交換原則在喪葬儀式中表達出來。侗人的喪葬儀式，一方面是以死者（若死者為女性）或死者母親（若死者為男性）為指標的給妻者象徵性地切斷與討妻者的關係，另一方面又以女婿的角色來呈現討妻者與給妻者之間關係的連結。因此，喪葬儀式表達的是一個世代交替的時間意義。禮物的交換必須放置於較長的時間脈絡底下去理解，才能釐清人群互動的關係與其中所表達的意義。若只將婚姻界定為交換，或甚至是女人的交換，似乎窄化了交換所呈現的多面性與時間性。

被交換的禮物不但扣連著侗人生產時間的特色，也反映出建構社會時間的性別、人群、生產與再生產的基本原則。侗人以再生產週期中的「禮物」交換來連結個人與社會、及不同的人群。在婚姻交換過程中「物」的轉換，是以女人在「地」的生產物去交換男人「田」與屋基的生產物，以物去區分我群與他群之差異，並以物去增進我群的認同。討妻者以代表男人的生產力交換了給妻者的布與銀子做為再生產力量。交換的意義是在表達侗族人觀中所強調的成長與聲望的重要

性，而這又必須根基於人群的擴展，以社會再生產的力量來提昇家族的生產力，並以家族的生產成果做爲滋養再生產的基礎。侗族社會即是在這種男與女、討妻者與給妻者、生產與再生產的互動過程中發展出時間的價值與交換的意義。

參考書目

伍倉遠
    1989   侗族篇，刊於從江縣民族誌，從江縣民族事務委員會編寫。(未出版)
張人位
    1990   侗族，刊於貴州少數民族，張民主編。貴州人民出版社。
楊庭碩
    1995   相際經營原理。中國貴陽：貴州民族出版社。
《黔東南苗族侗族自治州概況》編寫組
    1986   黔東南苗族侗族自治州概況。貴州人民出版社。
Bloch, Maurice and Jonathan Parry
    1982   *Death & the Regeneration of Life*. Cambridge: Cambridge University Press.
Bourdieu, Pierre
    1977   *Outline of a Theory of Practice*. Cambridge: Cambridge University Press.
Comaroff, J. L.
    1980   *The Meaning of Marriage Payments*. London: Academic.
Evans-Prtichard, E.
    1940   *The Nuer*. Oxford: Clarendon.
Geertz, Clifford
    1973   Person, Time, and Conduct in Bali, in *The Interpretation of Cultures*. Basic Books.
Gell, A.
    1992   *The Anthropology of Time. Cultural Constructions of Temporal Maps and Images*. Berg Publishers.

Hertz, Robert

  1960 *Death and the Right Hand*. R. & C. Needham, trans. London: Cohen & West.

Hoskins, Janet

  1993 *The Play of Time. Kodi Perspectives on Calendars, History, and Exchange*. Univ. of California Press.

Howell, Signe

  1989 Of Persons and Things: Exchange and Valuables Among the Lio of Eastern Indonesia, *Man* (n.s.) 24:419-38.

Leach, E. R.

  1961 The Structural Implications of Matrilateral Cross-cousin Marriage, in *Rethinking Anthropology*. London:Athlone.

Leacock, E.

  1981 *Myths of Male Dominance*. New York: Monthly Review Press.

Lévi-Strauss, C.

  1969 *The Elementary Structures of Kinship*. Boston: Beacon Press.

Mauss, Marcel

  1967 *The Gift. Forms and Functions of Exchange in Archaic Societies*. New York: W. W. Norton & Company.

Munn, Nancy D.

  1992 The Cultural Anthropology of Time: A Critical Essay, *Annual Review of Anthropology* 21:93-123.

Parry, Jonathan

  1986 The Gift, the Indian Gift, and the 'Indian Gift', *Man* (n.s.) 21:453-73.

Sahlins, Marshall

  1972 *Stone Age Economics*. New York: Aldine Publishing.

Strathern, M.

  1984 Marriage Exchanges: A Melanesian Comment. *Annual Review of Anthropology* 13:41-73.

  1988 *The Gender of The Gift*. Berkeley: Univ. of California Press.

  1992 Qualified Value: the Perspective of Gift Exchange, in *Barter, Exchange & Value: An Anthropological Approach*, C. Humphrey & S. Hugh-Jones, eds. Cambridge: Cambridge University Press.

Weiner, A.

    1985   Inalienable Wealth, *American Ethnologist* 12:210-227.

    1992   *Inalienable Possessions*. The Paradox of Keeping-While-Giving.

附錄

侗家 1998年生產節日時間表

月份	生產節日		
正月大	初一乙亥	初八立春	二十三雨水
二月小	初一乙巳	初八驚蟄	二十三春分
三月小	初一甲戌	十九清明	二十四穀雨
四月大	初一癸卯	十一立夏	二十六小雨
五月小	初一癸酉	十二芒種	二十七夏至
閏五月小	初一壬寅	十四小暑	
六月大	初一辛未	初一大暑	十七立秋
七月大	初一辛丑	初二外暑	十八白露
八月小	初一辛未	初三秋分	十八寒露
九月大	初一庚子	初四霜降	十九立冬
十月大	初一庚午	初四小雪	十九大雪
十一月小	初一庚子	初四冬至	十九小寒
十二月大	初一乙巳	初四大寒	十九立春

根基歷史：
羌族的弟兄故事

王明珂

中央研究院歷史語言研究所

　　1995～1998 年間，我曾利用數個寒暑期到四川省阿壩藏族羌族自治州進行有關歷史記憶的研究。我探索的主要問題是：如果「族群認同」依賴其成員們對一些「重要過去」（歷史）的集體記憶來維繫，那麼中國少數民族之一的羌族以什麼樣的社會歷史記憶來凝聚認同。[1]以及，我們知道當代「羌族認同」是在民族分類、識別之後才出現的，那麼在「羌族認同」被建立之前，這兒各地區村寨居民的認同體系及相關社會歷史記憶又是如何？關於前一問題，我曾在〈漢族邊緣的羌族記憶與羌族本質〉一文中說明，羌族知識分子如何選擇、詮釋漢族與本土的社會歷史記憶，以建構各種版本的本民族歷史以凝聚民族認同（王明珂 1997a）。在這一篇文章中，我所要探討的便是「羌族認同」被建立前這兒村寨居民的認同體系及相關的歷史記憶。問題也就是：

---

[1] 在相關研究中，有的學者偏好用集體記憶（collective memory）一詞，有些用社會記憶（social memory），或有學者予以上兩者不同的定義；事實上，所討論的都是人類記憶與社會認同間的關係。無論是社會或集體記憶，它們的範疇都很廣；不只包括廣義的「過去」，也包括對現在與未來的想像與期望。本文中我以「社會歷史記憶」一方面強調此種集體記憶與某種社會認同的關連，另一方面強調在所有社會記憶中「歷史」對於建構各種社會認同的重要性。

在中國歷史記憶之外，我們是否可以找到一些潛藏的本土歷史記憶，藉以瞭解「民族化」之前當地的族群認同體系？這種歷史記憶以什麼樣的內涵組織起來，它們如何在人群中傳遞？如何在認同變遷中被重新詮釋？如此反映的歷史心性及其變遷又是如何？更重要的是我希望能由這些「另類歷史」來瞭解我們所熟悉的歷史與歷史書寫的本質，及其可能的演變過程。

羌族是一個古老的民族，也是一個新的民族。它之所以古老，是因爲三千多年來一直有些「異族」被商人或歷代華夏（中國人）稱爲「羌」；無疑他們的血液與文化或多或少散入當今許多中國人及其邊緣人群（包括羌族）之中。但從另一角度來說，它卻是一個新的民族。因爲凝聚當今「羌族」的集體歷史記憶，包括對「羌族」這個稱號的記憶，都在近數十年來才在土著中被建立起來。大部分的當今羌族說，在 1949 之前或甚至十幾年前，他們沒聽過「羌族」這名詞。羌族之中只有知識分子知道「羌族歷史」（指從漢族歷史記憶中建構的典範歷史），[2] 而這些有關羌族歷史的知識幾乎全來自漢族的歷史記憶，或是在當代漢族歷史記憶框架下對本身神話傳說的新詮釋。但是這並不表示在現代羌族認同形成之前，在這些區域人群間從未存在某種「族群認同」，或是說他們沒有「歷史」。事實上在我作調查研究的期間，雖然統一的羌語、典範的羌族歷史與羌族文化都在形成與推廣之中，然而一些尚未完全消失的社會歷史記憶，以及一些仍然影響他們日常生活的社會結構因素，使我仍然可以探索在「羌族認同」根植前的當地認同體系，以及相關的社會歷史記憶——後者主要孕含在一種「弟兄故事」之中。

---

2 在本文中羌族知識分子是指曾受高中或高職以上學校教育，因此獲得漢文知識體系與此體系中的民族、國家與共產主義等意識形態，並因此任職於各級政、黨公職與文化教育事業的羌族。

近十年來，在許多社會與人文科學研究中，「歷史」與人群認同間的關係都受到相當矚目。在族群本質（ethnicity）研究中，「歷史」、社會記憶或人群間一種共同起源想像，常被認爲是凝聚族群認同的根本情感源頭（Tonkin, *et al.* 1989；Isaacs 1989:115-143）。在「國族主義」（nationalism）研究中，學者也注意到「歷史」建構與「國族」（nation）意識產生之間的關係（Hobsbawm 1983:12-13；Smith 1986:174-200；Duara 1995:17-50）。過去我也曾在一篇論文中，以社會歷史記憶的形成與變遷來說明族群認同的根基性與工具性本質；以族群認同的根基性而言，我認爲族群成員間的根基感情模擬源自同一母親的同胞手足之情（王明珂 1994:125-26）。這說明爲何在許多凝聚族群或民族認同的社會回憶活動中，追溯、尋索或創造共同起源永不失其吸引力。

我們每一個人都生活在各種認同與區分體系（如階級、族群與國族）之中；我們因此熟悉相關的正確歷史，也常常經驗到「歷史事實」如何被爭論與一再被重新書寫。無論如何這都是我們所熟悉的歷史。然而，在透過與人類各種社會認同相關的「歷史」研究中，或透過「歷史」對人類社會認同的探討中，「歷史」都被理解爲一種被選擇、想像或甚至虛構的社會記憶。如此對待「歷史」的態度，近年來常見於文化或社會史中的底層研究（subaltern studies），社會記憶研究取向的口述歷史研究，以及歷史人類學之中。學者們的研究不僅是人們如何在「現在」中建構「過去」（how the past is created in the present），也探索「過去」如何造成「現在」（how the past led to the present）。後一研究中的「過去」不只是一些歷史事件與人物，更重要的是造成這些歷史事件與人物的，以及因這些事件與人物的社會記憶而重塑的，各個時代、各社會階層人群的歷史心性或歷史文化結構。

這種研究趨勢，自然使學者對於「歷史」一詞有相當寬廣的定義，也產生許多關於歷史本質的爭論：譬如，歷史與神話的界線究竟何在？

是否在不同的文化與社會結構下人們有不同的「歷史心性」，因此產生不同的「歷史」記憶與述事方式？在某一文化中被認爲是「神話」的述事，在另一文化中是否就相當於「歷史」？因此，文化史學者探究千百年前古代社會人群的歷史心性，社會人類學者探究千百里外各種異文化人群的歷史心性，部分口述歷史學者在主流歷史所創造的社會邊緣人群間採集口述記憶以分析其特有的歷史心性，其目的都在探求歷史本質以及社會歷史記憶與人類社會間的關係。主要的理由是：在這些邊緣時間（古代）、邊緣文化空間（土著）與邊緣社會（弱勢者）的人群中，我們比較容易發現一些違反我們既有歷史心性與典範歷史的「異例」，因此可以讓我們藉由對自身歷史心性與典範歷史的反思，來體察歷史的本質及其社會意義。以此而言，羌族的例子有特殊的意義：在歷史上他們被漢人認爲是一個古老的民族，在空間上他們生活在靑藏高原邊緣的高山深谷之間，在社會上他們是中國少數民族中的少數民族；更重要的是他們處在漢、藏兩大文化體系間，也就是說他們同時屬於漢、藏的邊緣。因此在本文中我希望透過羌族的部分社會歷史記憶，不但探索一種「另類歷史」，也希望藉此對「漢族」的歷史心性與認同本質做一些初步的探索。

在許多研究中，線性歷史（linear history）與循環歷史（cyclical history）經常被用來分別兩種不同歷史心性下的歷史時間觀念。這兩種歷史心性之別，或被解釋爲西方的與非西方的（Eliade 1954:51-92），或被視爲文字書寫文化的與無文字書寫文化的（Jack Goody 1977），或是近代民族主義下的與傳統的歷史心性區分（Duara 1995: 27-8）。在本文中，我將以羌族的弟兄故事爲例來說明一種歷史心性；它旣非線性亦非循環歷史，而是重覆著一個社會結構關係——弟兄關係——以強化人群間根基性情感（primordial attachments）的歷史。另一方面，它所表達的強調人群間根基情感的歷史心性，似乎曾流行於遙遠的古代部分人類社會中，而至今仍殘存於許多當代人群的歷史

書寫裡。因此我稱之為根基歷史（primordial history）。

　　本文的田野資料主要採集於四川省阿壩藏族羌族自治州的汶川、茂縣、理縣、松潘，以及綿陽地區的北川等地——目前所有羌族村寨都分布在這五個縣之中。部分也得於鄰近羌族的黑水藏族與四土藏族（嘉絨藏族）中（見圖1）。[3] 我選擇如此廣泛的田野調查範圍，主要是因為我不認為有任何典範的羌族或羌族文化；瞭解羌族只有從各羌族人群的多元文化表徵與歷史記憶中探索。我也不認為對羌族的研究應受族群邊界約制而限定在羌族之中；相反的，在此邊界內外探索我們才能瞭解此邊界的性質。雖然我無法走遍總數上千的羌族與鄰近藏族村寨，然而本文的田野資料應已包括了深溝高山中的羌族與城鎮羌族知識分子，岷江東路較漢化的羌族與西路北路較受藏族影響的羌族，羌族中的男性與女性以及不同世代的人，以及在理縣與羌族村寨相錯的嘉絨藏族，以及被許多羌族認為應是羌族的「黑水藏族」。

　　在田野中我所問的主要問題便是：「這一群人是怎麼來的？」所謂一群人，由近及遠，包括家庭、家族、寨子、溝中幾個寨子的集結、幾條溝中所有村寨的集結、一行政區域人群、爾瑪、[4] 羌族、民族（少數民族）與中華民族等等。受訪者包括村寨或城鎮中的民眾、男人與女人；受訪者的年齡由十幾歲至八十餘歲不等。不是所有的人都能完整回答我的問題；然而在社會歷史記憶研究中，「不記得或不知道」也有其意義。譬如，解釋村寨或溝中人群共同來源的弟兄故事主要蒐集於高山深溝的村寨群眾之中。城鎮中羌族知識分子雖出身村寨，然而他們常說自己從小就讀書，長大後又外出工作，所以村寨中這些故

---

3 實際進行採訪的地區有：理縣的縣城、蒲溪溝、薛城，汶川的縣城、龍溪溝、棉虒，茂縣的縣城、永和溝、水磨溝、黑虎溝、三龍溝、赤不蘇與太平牛尾巴，松潘的縣城、小姓溝，北川的曲山鎮、治城、小壩鄉、片口鄉、青片鄉，黑水的蘆花鎮、麻窩與知木林（小黑水）。

4「爾瑪」為許多羌族溝中民眾的自稱，其意約為「我們的人」。詳見本文頁314-316。

事聽得很少。相反的，羌族知識分子所熟知的「羌族歷史」與解釋所有羌族來源的弟兄故事，對村寨民眾而言則相當陌生。又譬如，以下「弟兄故事」在某些地區是男女老少大家耳熟能詳的事；在另一些地區也許只有少數老年人知曉。訪問大都在幾位當地人面前進行；他們有時會補充、爭論，但通常會由一位被認爲比較懂得過去的人代表大家述說。訪問以當地的川西方言進行──這是羌族中使用最普遍的語言。內容都以錄音機記錄下來，然後逐字譯爲文字；因此以下「弟兄故事」也是村寨民眾的口述歷史記憶。

一、從前有幾個兄弟……

當今羌族約有二十萬人左右。他們是高山深溝中的住民；除了在城鎮中從事公職與商業者外，絕大多數羌族都住在山中的村寨聚落裡。他們居住的地方位於青藏高原邊緣的高山縱谷地區。村寨一般都在高山深谷之中。家庭之外，最基本的社會單位便是「寨」，現在一般多稱「隊」或「組」，也就是羌族知識分子所稱的「自然村」。在茂縣、汶川與理縣附近，一片石砌的房子修在山坡上，緊緊聚集在一起，便是寨子的一般形式。幾個寨子構成一個「村」，即所謂的「行政村」。一個村經常包括三、五個到近十個不等的鄰近寨子。同村的幾個寨子間，在婚喪、經濟與宗教活動上有相當密切的往來。幾個寨或幾個村，又共同座落在一條「溝」中。溝，指的是從山中流出的小溪及其兩岸地區；因兩岸都是高山所以稱之爲「溝」。溪有枝狀分支與上游下游，因此溝有大小內外之分。譬如，一個小溝的上游稱內溝，可能有幾個村（或寨）；其下游稱外溝，也有幾個村（或寨）。這條小溪溝與其它幾條小溪溝共同匯入一條岷江上游的支流之中，因此所有這些「小溝」又屬於那個「大溝」的一部分。就在這些村寨中，普遍流傳一些有關幾個兄弟的故事。

1.北川青片河、白草河流域

當今北川地區，也就是明代著名的青片番、白草番活動的地區。明代後期大量漢人移民進入此地區，造成嚴重的資源競爭；這便是青片番、白草番「作亂」的社會背景。關於祖先的來源，在北川的青片河、白草河流域最流行的說法便是幾個兄弟從外地來，後來便分成當地幾個有漢姓的家族。如在小壩鄉有些家族說他們是松潘白羊或茂縣楊柳溝來的，以強調他們的羌族身份。另一些則說祖先是湖廣，或湖廣麻城孝感來的，強調他們與漢族間的聯繫。

例1：我們老家是從白羊遷出來的，正宗少數民族地區來的；松潘的白羊有羌、藏、回。片口鄉姓董的最多……。姓董的、姓王的都是一個祖宗下來的……。內溝的人三分之一是從白羊出來的。上溝原來沒人……，我聽過原有五個兄弟從松潘毛兒蓋那過來，五個人各占一個地盤；我記不清楚了。

例2：小壩鄉在我們的記憶裡面，特別我們劉家在小壩鄉，最早；聽我祖祖說，就是湖廣填四川的時候……。當時是張、劉、王三姓人到小壩來。過來時是三弟兄。當時喊察詹的爺爺就說，你坐在那兒吧。當時三弟兄就不可能通婚，所以就改了姓。劉、王、龍，改成龍，就是三條溝。一個溝就是衫樹林，那是劉家。另一個是內外溝，當時是龍家。其次一個就爭議比較大，現在說是王家。這三個溝，所以現在說劉、王、龍不通親。三兄弟過來的……。去年我弟還挖出一片杉樹，就是老大在那坐到，長期居住。

例3：我們是湖廣孝感過來的，五兄弟過來，五個都姓王。主要在漩坪、金鳳、白泥、小壩。這五個兄弟，兩個到小壩，

一個在團結上寨，一個在這裡。我們祖爺是行醫的，我們家
還保留個藥王菩薩。過來五輩了，這是五輩以前的事了。

由以上小壩鄉民眾的家族記憶中看來，這些記憶相當混淆，且常
互相矛盾。例1小壩報告人的記憶中，「從白羊遷出來……姓董、姓王
的是同一個祖先」，說明內溝中該組兩個大家族的血緣關係。然而當談
到上溝時，他便憶起在更大範圍內，「五個兄弟從松潘毛兒蓋那過來，
五個人各佔一個地盤」這樣的記憶。現在內、外與上溝正好包括五個
村(團結、茅嶺、上溝、酒廠、大樑)；這五個兄弟是否是這五個村的
祖先，報告人無法確定。

小壩鄉的杉樹林位在內、外溝的溝口，因此比起上游內、外溝的
村民，這兒的村民對外的聯繫更多，更具漢族特質，以及有更多的漢
族祖源記憶。例2口述中的三弟兄故事包含更大的人群範圍，廣泛分
布在內、外溝，杉樹林，以及一些不確定的人群。此種不確定性使得
由此三兄弟記憶所凝聚的人群具有相當的擴延性。譬如，這個不確定
的弟兄「現在說是王家」的祖先，而「王家」在當地又是大姓，因此
這個記憶可能將三兄弟的後代由內、外溝擴延到整個小壩或更廣大的
地區。

小壩例3的口述記憶，便代表這樣一個聯繫更廣的兄弟故事。例
3與例1兩位報告人同寨。這兒所稱的「王家」，就是例1報告人口中
的王、董一個祖先的「王家」，也是例2報告人所稱「三兄弟」之一後
代的「王家」。但在他的記憶中，祖先不是來自松潘白羊或毛兒蓋，也
不是來自湖廣的劉、龍、王三兄弟，而是來自湖廣孝感的王姓「五兄
弟」；來此後分散到包含小壩的更廣大地區。這個記憶不但凝聚小壩的
王姓家族，也讓他們得以與更大範圍的北川各鄉王姓家族聯繫起來。

在此我們必需說明，「湖廣填四川」是一個普遍存在於四川人中的
歷史記憶。故事是說，當年流寇張獻忠把四川人殺得只剩一條街的人，

所以現在的四川人都是從湖廣綁著遷來的移民，而且所來自的地方都是「湖北麻城孝感」。不只是許多較漢化地區的羌族宣稱祖先來自湖廣，在四川的漢族中這種祖源記憶更普遍。從前或真的有一些移民從湖北麻城孝感來到四川(孫曉芬 1997)，但以目前此祖源記憶在四川人中普遍的程度來說，我們可以合理的懷疑其中大多都是虛構的家族起源記憶。

明代「白草羌」的大本營，北川的片口鄉也有許多類似的兄弟故事。

例 4：聽他們說這的羌族都是從楊柳溝、小姓溝、夾竹寺搬來的。最早搬來的楊家，搬到來壽，那裡長的樹，杉樹，把那開墾出來。原來還分上寨子，中寨子，下寨子……。那還有三棵大柏樹，三棵長在一起。說是楊家來時是三弟兄，為了紀念他們來，就種了三棵柏樹。

例 5：我聽說，大概有三百多年了，明朝末期，清朝初期，從茂汶縣的楊柳溝。當時估計都是打獵為生。我們還不是最早的，聽說最早是田家。過後，我們打獵走走走就過來了。我們過來先幫田家做事。傳說是，我問過很多人都沒有準確的說法。聽說是，過來好像是一家人，兒子沒過來完，那邊也有。從武曲上五村那翻過來，在那邊也有；過來只有一個，一個么娃子，就在這定居……。聽說最早來的是三弟兄，三棵樹子，這都是聽說的。

例 4 報告人說楊家三兄弟最早來這兒。但在例 5 中，一位楊家的人，雖然他也承認聽過三位楊家兄弟的故事，卻說只來了一位楊家人。他認為其他的楊家兄弟祖先在青片、茂汶，如此楊家與當地「典型的

羌族」（青片羌族）或「核心的羌族」（茂汶羌族）有更密切的關係。[5]
但他的口述中更眞實的應是：「很多人都沒有準確的說法。」

　　這樣不確定的「兄弟故事」也存在於青片河上游的上五寨。

> 例6：我們喬家的家譜説兩弟兄打獵來到這，看到氣候好，野
> 豬挖出來的土看來也很好，就把帽子、帕子上的一點青稞撒
> 下，説明年青稞熟時來看那邊先黃。結果這邊熟得還要早些，
> 於是搬來這裡。兩兄弟原在一起。後來分成兩個地方，現在
> 還有分是老大的還是老二的後代。我們是老大的後代。老人
> 還説原來有四弟兄，事實上來的是老三、老四，其他兄弟在
> 茂縣。這説法現在看來是合理，那邊的人輩分高。前幾年茂
> 縣較場有人來這兒。

　　報告人認爲茂縣「那邊的人輩分較高」，是因爲北川各羌族鄉成立
較晚（最晚的在 1985-86 才成爲羌族鄉），且北川羌族中幾乎已無土著
文化遺痕。這種認爲北川羌族輩分較低的看法，也表現在一個擴大的
「兄弟故事」之中。

> 例7：我現在聽説羌族過去是個大的古老的民族，在黃土高
> 原被打敗了，西遷，後來一小支轉到岷江流域來。當時那住
> 的是戈基人。打敗了戈基人後才住在這裡來。我聽説，當時

---

5 清代以來已相當漢化的北川各村寨中，由於青片上五寨位於最邊遠的支流上游，只有
他們保留了一些土著原來的服飾、習俗及語言。由於這些「羌族」殘痕，以及由上游
而下游各村寨的連瑣關係，許多北川羌族鄉得以被識別出來。這便是爲何北川人講起
本身的羌文化時常以青片上五寨爲例；也因此在他們心目中青片上五寨是典型的羌
族。至於茂縣、汶川則是羌族最集中的地區，建構羌族歷史文化的羌族知識分子也多
出於此兩地，所以已完全漢化的北川羌族認爲茂縣、汶川的人是核心的羌族。但北川
人也有他們自己的族群中心主義，表現在與汶川羌族間對於「羌族祖先大禹究竟出生
在何處」的爭執之中（王明珂 1997:350-53）。

有九個兒子，北川是老九，叫而貴，分到北川這來。其餘都
在那邊，只有老九在這兒。這在冉光榮的《羌族史》中有。
我們常說我們是老九的後代。

例8：阿爸白苟有九個兒子，這故事主要在茂縣那。他由青海
遷到岷江上遊，遇到戈基人，但戈基人事實上是羌族的一支。
阿爸白苟率領一隻大部落到這來，跟戈基人戰爭，始終打不
贏戈基人。後來就有天神來當裁判，但他幫羌族，就用白石
頭給羌族，給戈基人發的都是軟的東西。最後阿爸白苟就把
戈基人打敗了。他有九個兒子就分到松潘、黑水、茂縣、汶
川、北川、理縣、灌縣；其中第九個兒子分到北川，第八個
兒子分到灌縣⋯⋯。這故事我是從資料上看來的。

　　這兩位報告人雖然分別出身於小壩與青片，但都是長期在北川縣
治曲山鎮居住、工作的羌族知識分子。在這個「阿爸白苟的九個兒子」
故事中，他們都說北川羌族是九弟兄中老么的後代。這個兄弟故事的
流傳有多重的社會意義。首先，這故事我在茂縣、汶川、理縣各溝各
村寨的田野採訪中都很少聽過；目前這故事似乎主要流傳在城鎮羌族
知識分子之中。阿爸白苟與戈基人的故事的確保留在羌族祭師端公的
經文之中，但端公目前幾乎已消失殆盡。即使有少數碩果僅存的端公，
村民們也聽不懂他們的唱詞（一種據說是較古老的「羌語」）。事實上
「阿爸白苟的九個兒子」故事，是羌族文化工作者與漢人民族研究者由
端公唱詞中譯成漢文，然後以「羌族民間故事集」等形式發表。因此
能讀漢文的羌族，關心羌族文化的羌族知識分子，才能夠將這個故事
說得完整。村寨中的羌族農民反而不知道這故事。

　　其次，以上報告人有關「阿爸白苟九個兒子」之說，來自羅世澤
採錄的「羌戈大戰」故事。在此故事中，阿爸白苟九個兒子所占居之
處為：格溜、熱茲、夸渣、波洗、慈巴、喀書、尾尼、羅和、巨達。

這些「鄉談話」中的地名，在羅的譯註中分別對等於茂汶、松潘、汶川、薛城（理縣舊縣城所在）、黑水、棉虒（汶川舊縣城所在）、娘子嶺（映秀舊名）、灌縣與北川一帶（羅世澤 1984）。而在其它版本的「羌族民間故事」中，羌戈大戰之後並非阿爸白苟的九個兒子分到茂縣、汶川、理縣、北川等地，而是木比塔（天神）命有功戰士到北由松潘、黑水南到理縣一帶（不包括北川）的著名溝寨中定居；這些溝寨如，松坪溝、黑虎、壩底、三溪十八寨、大小二姓、九枯六里等等（阿壩州文化局 n.d.:26-27）。這些溝名、寨名與聯合地名，代表清末民初分布在茂縣、汶川、理縣岷江西路部分溝寨民眾最廣泛的「我族」概念。如今在羅世澤的版本中，這故事如其它的羌族弟兄故事一樣，被重新詮釋以符合民族區劃與行政區劃下的羌族概念。這故事不同版本間的變化，也顯示詮釋、傳佈這故事的人由端公變成羌族知識分子；故事的傳遞由口述而成為口述、文字記憶並行；故事由說明各溝各寨人群的共同起源，而成為幾個行政區（縣）中羌族的共同來源。這都是「羌族」認同形成中的一些變化現象。

2. 茂縣永和村

由北川青片鄉西向越過土地嶺樑子，便是岷江流域的茂縣永和鄉。永和村各寨的人深處岷江東岸支流之中，在清代時已成為受中國官府管轄的「羌民里」。這兒的人從前被岷江邊渭門一帶的人視為「蠻子」，而永和各村寨的人則視下游渭門的人為「爛漢人」；現在則兩地的人大都自稱羌族。永和村各寨中也流傳著兄弟故事。

> 例9：我們是搬來的。老家是渡基。那邊地硬得很，一般的娃兒不說話，啞巴。一個傳說，捎到這個樑子這，聽到老鴉叫，學老鴉叫就會說話了。過來時就只有我們那一組人。走到那老鴉叫了，娃兒就說話了。這邊幾個組幾乎都是那來的。這

兒原來沒有人，根根是這樣扎的。渡基是高山，兩弟兄，大
哥在渡基，兄弟到這來。現在又搬一些人回去了。原來那已
沒有人住了。垮博（一組）跟這裡的人（二組下寨）是從那
來的。

例 10：我們一組也說是渡基那邊過來的。我們也說走到金個
基那個樑樑，小孩聽到老鴉叫就學老鴉叫，聽到狗叫就學狗
叫……。他們說上寨是大哥，就是得牛腦殼。一隊得的啥子？
三組是得牛尾巴，道材組得的是牛皮子。他們現在罵三組就
是罵你們是牛尾巴；道材組被罵夏巴，夏巴就是牛皮子。上、
下寨都是二組，我們得牛腦殼。

這個村目前包括四個組，其中二組又分上、下寨。永和例 9 報告
人的版本中，一組、二組同出一源，他們與渡基的人是「兩兄弟」的
後代。現在一、二組大多數的人都同意永和例 10 報告人的版本。這說
法是「三兄弟」來到這兒；得牛頭的分到二組上寨，得牛尾巴的分到
三組去，得牛皮的到四組去。一組與二組下寨則由二組上寨分出來。
另一個版本得自於一位八十七歲的一組老人，他說「三兄弟」是分別
到一組與二組的上、下寨；一組得牛尾巴，二組上寨得牛頭。他的說
法與例 9 報告人（六十餘歲）的說法，事實上都在強調一組與二組之
間的密切血源關係。

在以上的口述中，我們可以看出這些「弟兄故事」在各世代人群
間的爭議性與可塑性。老一輩村民的認同中，只強調一組與二組的「同
源」。當新世代村寨居民的認同圈擴大時，當今中年輩村民將「三兄弟」
擴張為四個組的共同祖先，四個組的人都是那些兄弟的後代。一組與
二組被認為是其中一個兄弟的後代，如此認同圈雖擴大了，但一組與
二組的人仍宣稱彼此有特別緊密的同源關係。目前在祭塔子（祭山神
菩薩）的習俗上，一組、二組共同敬一個塔子；三組、四組各有各的

塔子。而四個組共同祭的只有「東嶽廟」。當地祭塔子、廟子的習俗與「兄弟故事」兩者呈現的認同體系與世代變遷是一致的。

3.茂縣三龍地區

三龍鄉位於岷江西路支流黑水河的一條小支流中。該鄉各村寨在清代中晚期已改土歸流。而且，這是清代受中國政府能夠直接管轄的最西方「羌民」村寨；再往西或往北去，從前都是地方土司豪強的勢力。我所探訪的村寨中，只聽得一個兄弟故事。

> 例11：我們這隊最早是部落時代，這邊屬牛部，那邊是羊部。牛是哥哥，兄弟，我們歸大朝（按：指清朝中國政府）早些。我們牛部，大的範圍寬得很。我們唱酒歌從松潘唱下來；先唱松潘，再唱黑水。據老年人講是兩弟兄，我們比那邊牧場寬些，那邊窄閉點，兩個人就住在這一帶。兩兄弟，弟弟過黑水河查看地盤。後來就安一部分人往那邊。過後兄弟安排好了，就來邀他哥過去。過去看他的地盤。就要跟他哥分家，他哥哥不幹；弟弟想獨霸一方，哥哥不幹。弟弟跟他的人就把哥哥打了一頓。哥跑回來，不服，又把他兄弟弄過來，說我跟你分，結果又把弟弟砸了一頓。現在我們老人還說先頭贏的是「掐合」贏。撻打了，那我們就分開；那邊就是羊部，這邊就是牛部。白溪那以下我們都喊「掐合部」，我們這就是「瓦合部」，以黑水河為界。我們說黑水河那邊的人狡得很。

在這故事中，報告人認為隔黑水河對望的兩岸各村寨是有敵對關係的兄弟。一個勒依寨的老人也說掐合部、瓦合部常打來打去，他不知道這是兩個兄弟；但他的同寨後輩（中年輩）則說掐合部、瓦合部是兄弟。位置更高的諾窩寨中，報告人則說沒聽過掐合部、瓦合部。

4.松潘小姓溝

　　松潘地區是阿壩州羌族分布的北界，而松潘鎮江關附近的小姓溝正在羌族、藏族錯居的地方。從前鎮江關一帶的人稱小姓溝人是「猼猱子」——會偷會搶人的蠻子；小姓溝的人則稱鎮江關人是「爛漢人」。目前小姓溝有羌族也有藏族村寨。鎮江關則是藏、羌、漢、回混居。這兒的羌族受漢文化影響的程度，遠較其它地區的羌族為低。他們在宗教信仰、生活習俗與居住、穿著上與附近的熱務藏族相似。我所採訪的村寨，埃期村，是這條溝中最深入大山中的一個村寨；當地居民的漢化程度又比同溝中其它村寨的人為輕。這兒的村民們，除了少數出外讀書的年青人外，大多沒有漢姓。這個村目前由三個組（白基、白花、潔沙）構成；二組又分成白花與梁嘎兩個小寨。在這兒，「兄弟故事」有許多不同的說法。然而與其它地區不同的是，在這裡即使是十來歲的小孩都知道這三弟兄的故事（例 13 的版本）。

　　例 12：埃期傳說一開始有三弟兄分家，分到三個地方。在我們房子上方，原來就在那兒。現在有六戶人，失火後就沒人住了。過去傳說三弟兄中在那兒留了一個。河壩頭那邊一個山頭住一個兄弟。另一個就在一組的地方，就這樣發展起來。還一種說是埃期五寨，包括一組、白花(二組)，一組斜過去，嘴嘴上有一個寨子。三幾年紅軍長征時，得一次瘧疾，痢疾，人都死光了。

　　例 13：最早沒有人的時候，三弟兄，大哥是一個跛子，兄弟到這來了，還一個么兄弟到一隊去了。大哥說：「我住這兒，這兒可以曬太陽」；所以三隊太陽曬得早。么弟有些怕，二哥就說：「那你死了就埋到我二隊來。」所以一隊的人死了都抬到這兒來埋。

例 14：一組的人，以前是三弟兄來的。以前這沒得人，三弟兄是從底下上來的。上來坐在月眉子那個墩墩上。又過了一兩個月。那個就是，不是三弟兄喔，那是九弟兄，九弟兄占了那地方。三弟兄打伙在這條溝。還有兩弟兄打伙在那條溝，大爾邊。還有兩弟兄打伙在大河正溝，熱務區。九弟兄是黃巢，秦朝還是黃巢？秦朝殺人八百萬？黃巢殺人八百萬。他就躲不脫了，就走到這兒。一家九弟兄就到這兒來了。就是在秦始皇的時候。

例 15：七弟兄，黑水有一個，松坪溝一個，紅土一個，小姓有一個，旄牛溝有一個，松潘有一個，鎮江關有一個。五個在附近，還出去兩個；一個在黑水，一個在茂縣。埃期是三弟兄分家，老大在二組，老二在三組，老三在一組。三弟兄原不肯分家，老大出主意，以後我們去世了我們三個人還是一個墳堆，就是二組的那個墳堆。

在以上四例的口述中，「三兄弟故事」說明目前這條溝中三個寨的祖先來源；這是當前這兒最普遍的社會記憶。例 12 中報告人提到另一種說法，原來當地有五個寨子，其中之一在 30 年代因疫疾而滅絕。據說人已滅絕的寨子殘跡還在那兒。這個說法應有幾分真實。民國十三年（1924）修的《松潘縣志》中記載，略位於小姓溝埃期附近的寨子有：柴溪寨、納溪寨、白茫寨、白柱寨、料槓寨、背古樓寨等六個寨子（傅崇矩 1924：4.36）。經與數位報告人查證後得知：白柱即目前的一組白基；白茫應為白花之誤，即二組；料槓即梁嘎，是二組的上寨；柴溪是三組；其它兩個寨子不清礎。雖然無法證實在 30 年代紅軍過境時這兒真有五個寨子，但在過去此處的確不止三個寨子（二組是將兩個寨子合在一起形成的）。因此「三兄弟分別為三個寨子祖先」的故事，應是在近五十年來被創造或修正出來的記憶，以符合目前只有三個

「組」的事實。

例13報告人說了同樣的三兄弟故事，但說得更詳細。這也是目前所有三個組民眾間最典型與最普遍的說法。在這故事中，老二與老三關係格外親密；不只住在同一邊，死了也葬在一起。目前三組在陽山面（早晨曬得到太陽），一組與二組兩寨座落在陰山面。這個兄弟故事所顯示的人群認同與區分體系，也表現於三個組敬菩薩的習俗上。三個組都各有自己的山神菩薩；二組上、下寨也有自己的菩薩。二組下寨（白花）又與一組共敬一個菩薩，「忽布姑嚕」。三個組共同敬的大菩薩就是「格日囊措」。因此，據村民說，因為一、二組同一個菩薩，所以常聯合和三組的人打架。

例14中報告人也說「三兄弟故事」，不同的是，他說埃期這三兄弟是九兄弟的一部分。九兄弟中，事實上他只提到七兄弟的去處；三個到埃期，兩個到大爾邊，兩個到熱務。「兩個到大爾邊」可能指的是，在大爾邊那條溝中實際有兩個大村：大爾邊與朱爾邊。[6] 熱務與大爾邊是埃期的左右緊鄰。在目前的民族分類中，熱務居住的是說熱務藏語的藏族；大爾邊、朱爾邊居民則是羌族，語言與埃期的相似但不完全相同。因此這個「九兄弟故事」擴大了以「三兄弟故事」來凝聚的埃期三寨認同。而且其所孕含的人群認同範圍，打破了目前藏、羌間的邊界，這一點相當值得注意。[7]

例15報告人首先提到的是「七兄弟的故事」，這七兄弟故事涉及更廣大的人群範圍。這些地區人群，以目前的民族與語言分類知識來

---

6 在茂縣太平牛尾巴村中，有部分老人則說大爾邊、朱爾邊與小爾邊——所謂「爾邊三寨」——是由牛尾巴遷出的三弟兄所建立的。

7 許多報告人說，以前這兒雖然有語言上的不同，但並沒有所謂羌、藏區分。社會區分主要在於牛部落與羊部落之分；這是兩種不同派別的藏傳佛教。埃期的確有許多老年人是由熱務嫁過來或入贅的。村民說，在民族分類、識別之後，羌、藏區分就愈來愈清礎，通婚的也就少了。

說，包括有紅土人（藏族），小姓溝人（藏族、羌族），松坪溝人（羌族）、鎮江關人（漢化的羌族、藏族與漢族）、松潘人（以漢族、藏族為主）、旄牛溝人（藏族）與黑水人（說「羌語」的藏族）。在這樣的兄弟故事記憶中，由於小姓溝所有村寨的人是其中一個兄弟的後代，因此「小姓溝人」認同得到強化。另外，更重要的是，這「七兄弟故事」強調一個以小姓溝為核心，跨越茂縣、黑水、松潘三縣，包含許多村寨與城鎮藏、羌族群的人群認同。這個人群範圍，也就是小姓溝人經常能接觸到的、與他們共同祭「雪寶頂」山神菩薩的人群。這位報告人早已遷出村寨，住在小姓溝羌、藏村寨居民出入門戶的「森工局」。這是一條總共只有十來家商店、住宿處的小街市。運木材的卡車司機在此休息過夜，溝內各村寨羌、藏年青人也喜歡在此逛街吃喝。這或許是報告人強調「七弟兄故事」的主要社會環境因素。另一方面，他說「老大在二組，老二在三組」，與當前村寨民眾的說法（見例13）也有出入；這也是一種社會失憶。

5.理縣雜谷腦河流域

雜谷腦河流域的理縣，縣城中羌、藏與漢雜居。羌族村寨則分布在縣城東邊甘堡以下；往上游去便都是四土人（嘉絨藏族）的聚落。這一帶羌族村寨常與四土人村寨相錯，因此他們與四土人有相當密切的往來關係。這兒的羌族常自稱五屯的人，因為他們多在清代當地五支屯兵中九子屯的調兵範圍內。沿雜谷腦河的大道是入藏或進入川北草地的一條孔道，自古以來便有中國官府駐防，以及有漢人來此經商，因此這兒的羌族與藏族都有漢姓。但除了接近河壩寨子的人外，一般很少有人稱本家族是「湖廣塡四川」來的。這兒的村寨中，也經常有「同姓兄弟故事」，而且愈偏遠的寨子裡愈普遍。

例 16：我婆家的鄰是三兄弟到增頭，約十二代，分成三家鄰。

有一個祠堂，有一個總支簿，人那裡來那裡去，後來幾個小孩子造反派把它砸了。以前的墓碑好看，有石獅子，還刻了字，人那裡來那裡去都有……。姓鄒的三弟兄，不知是那一個分到鐵甲，那一個是鐵盔。銀人這個根根沒有人了，盔甲這支人多。

例17：我們楊家最初是從外面上來的，我們的楊是大楊；楊有小楊、大楊，有角角羊。以前有幾弟兄，有下堂的是小楊，沒有下堂的是大楊。下堂是到別人家上門的。下堂的後頭坐，沒有下堂的先頭坐……。兩弟兄來，一個下堂，分成小楊、大楊；那來的不曉得。

例18：木達姓楊的多，一個家族有十多家……。據說古代我們沒有姓，和米亞羅這一帶一樣。老人家說是由房子的名字推出來的，譬如房子在下面就姓夏。從民族來看百分之百都是藏族，所以古代沒有姓……。我家來時有三弟兄，四、五百年前從那來不清楚；兩個在木尼，還有一個在這兒，雜谷腦附近。據說以前有一個姓楊的員外，幾個弟兄中，我們家是大哥，弟弟分出去，所以我們是最早的。

以上例16與例17中的報告人是羌族，例18報告人是嘉絨藏族。他們的「兄弟故事」將一些同姓人群聯繫在一起；這些同姓的家族不一定在同一村寨之中。雖然宣稱祖先有弟兄關係，但在以上三例中，報告人都以不同的方式表達這些同姓家族支系間的區分與優劣階序。

除了村寨中各姓家族的弟兄故事外，本地還流傳另一種「兄弟故事」，這種「兄弟故事」將更大範圍的人聯繫在一起。

例19：白哈哈、白西西、白郎郎，他們是三弟兄，出生在黃河上游河西走廊，古羌貴族。但聽說周圍有很多吃不飽飯的

人，他們就把家財賣了，帶了財富離家，沿途救濟，最後就在白空寺住下來。白空寺就是天彭山頂。三兄弟，一在白空寺，一在鐵林寺，老么白郎郎在天元寺。他們沒有後代，他們當菩薩去了，沒有後代。

例 20：薛城有些老人說，薛丁山打仗在此打了勝仗，以此命名。我查了其它的資料，就不是像薛城的人說的。阿爸白苟有九個兒子，其中的老四就到了薛城。阿爸白苟——羌語不好翻——他後來又有九個兒子，九子。他好像也是青海來的，地名移到這兒來。

過去白空寺中的白空老祖是當地「四土人」、「爾瑪」(蒲溪溝的人除外)、漢人共同信奉的菩薩。目前，在有些當地羌族知識分子的口中，白哈哈、白西西、白郎郎與「羌戈大戰」以及羌族的「白石神」等文化符號聯繫在一起，並攙雜中國古代黃河上游羌人的歷史記憶，而成了來自黃河上游代表理縣羌族的神。雖然例 19 報告人不認為現在那些人群是這三位菩薩兄弟的後代，但由於三位菩薩分別供奉在三個地方的寺廟中，因此他們的兄弟關係也將他們的各地村寨信徒們聯繫起來。對於村寨裡的人來說，他們大多只知道「白空老祖」，而不知這三兄弟的故事。

例 20 中報告人所說的「阿爸白苟九個兒子的故事」，是將理縣羌族與茂、汶、北川等地羌族聯繫起來的同源記憶；同樣受到漢人西羌歷史記憶的影響，這個祖源被認為是「青海來的」。過去當地老年人以漢人歷史記憶中之薛丁山來解釋「薛城」地名來源；此報告人不以為然，他以「阿爸白苟的九個兒子」解釋「九子屯」地名之來源。這也表現了在「漢化」與「羌族化」不同的歷史意識下，人們對於當前地名有不同的詮釋。

理縣蒲溪溝各村寨人群，從前在雜谷腦河地區是最被歧視的。河

對面各村寨中自稱「爾瑪」的羌族人，稱這兒的人爲「爾瑪尼」(rmani)；以現在的漢語來說就是「黑羌族」。陽山面的羌族以他們的地較好，過去又屬於可被土司徵調作戰的「五屯」，因此對於「作戰時只能揹被子的爾瑪尼」相當輕視。過去他們寧願與同屬「五屯」的四土人結親，而不願與這兒的人結親。他們認爲，蒲溪溝的人許多都是外來的漢人，而蒲溪溝的人也常自稱他們是「湖廣塡四川」來的，或是崇慶州來的；而來此的又經常是「幾個兄弟」。

> 例 21：我們王家是湖廣塡四川時到這來的。在灌縣那一個石堰場，先遷到四川灌縣石堰場。湖廣那裡就不知道了。五弟兄到這裡來，生了五弟兄，分成五大房，我們還有家譜。湖廣那裡我不清楚，家譜上有記……。這幾個寨子的形成。聽說是原沒有槍，是用箭。箭打到那裡就在那裡住。幾個兄弟分家時，箭打到那就在那住。這三個弟兄不知從那來的；一個是蒲溪大寒寨，河壩的老鴉寨，還有色爾，這三個是最早的。傳說是這樣。

> 例 22：我姓王，祖先住休溪，有五代人，轉來又九代。休溪王家有五大房，是五弟兄分家出來的。五弟兄，以前我們的排行是「萬世文泰傑庭臣鳳國明」。五弟兄在此之前，傳說是張獻忠剿四川，從湖北來的。不肯過來，背著手被押過來的。所以四川人愛背著手。搬來再到石堰場。有三弟兄，一個來這裡，從湖北麻城孝感來四川。這是老人在擺的。

> 例 23：孟姓在這有八家，其他姓王的最多，再有是姓徐的。姓孟的有七、八代了，我們徐家十多代了，崇慶縣出來的。那兒有一個徐家寨，人太多了就分出來了……。王家是外頭進來的。徐、孟、余三姓安家時是三弟兄，原來是一個姓，

現在三姓都不准打親家。原來是三弟兄分家下來的，祖墳都相同的，到這兒來分家的。孟家也是外頭，崇慶縣過來的。王家不是，他們來得早。開罈時就唱「阿就」、「王塔」；「阿就」是姓王的，「王塔」是三姓。

例24：「爾瑪」那裡來的，我們不曉得。我們羌族好戰，好戰就要占高位子。老年人說，老鴉、蒲溪、色爾是最早的。那時好戰，從黑水幾弟兄出來，三弟兄出來。好戰，用麻桿桿打戰，還是，我記不得。逃到山上，居住山上，這三處占得高，色爾、蒲溪、老鴉，好放石頭防守。黑水叫 zum 河。都覺得自己找的地方相當好。蒲溪就是「北呂」，麵堆起的尖尖；老鴉是老鴉飛得的地方；色爾我就不知道了。

例 21 中報告人說了兩個故事：一是「五兄弟」，這是休溪王家五大房的由來；一是「三兄弟」，這是蒲溪溝最早三個寨子居民的來源。例 22 報告人是前述報告人的父親。他的說法則是：由湖北麻城孝感來的是三弟兄，其中之一遷到灌縣石堰場，然後他的後代有五兄弟來到蒲溪的休溪寨。我抄錄了這一王家的家譜；這是一個號稱由湖北麻城孝感遷來，世居於四川省中部資陽與簡東的王姓家族族譜——裡面找不到這五弟兄或三弟兄的痕跡，也找不到與休溪王家的任何關連。

例 23 的報告人稱，休溪徐、余、孟三姓人的共同祖源是由崇慶縣遷來的「徐姓三弟兄」。但他也說，開罈時要唱「阿就」（王姓）、「王塔」（徐、余、孟三姓）。羌族人在開酒罈唸祭詞時，所唸的是大小菩薩及寨中的各家族祖先神。因此，這有可能是外來漢人因入贅而祭當地之地盤神，但更可能是當地家族使用漢姓及虛構漢人祖先來源。由於他們所持有的漢姓族譜與口述中的漢族家族記憶幾乎毫無關連，因此我認為當地人假借漢人祖源的可能性較大；由湖廣遷來之說應是虛構的。關於「弟兄故事」中涉及的是神話或是史實此一問題，我們將

在後面討論。

　　例 24 中所說的「三兄弟」與例 21 中的相同；這是在蒲溪溝中最普遍的兄弟故事。由於當地人認為，現在蒲溪五寨是由最早的蒲溪、老鴉、色爾三寨分出，因此這個「三弟兄故事」也說明了蒲溪各寨的共同來源。但說到各家族的來源，則許多家族都說自己是外地來的漢人。當地許多人一方面宣稱本家族的「漢族諸弟兄」來源，一方面強調本寨的「黑水三兄弟」來源；對他們來說這中間似乎並沒有矛盾。無論如何，家族與家族之間，或寨與寨之間，都以祖先的弟兄關係來凝聚。「黑水來的三弟兄」此一共同記憶無論是否虛構，其另一意義便是以「蠻悍的黑水人後代」，來抗辯陽山面的人認為他們在打仗時「只夠資格揹被子」的說法。

6.黑水

　　蘆花鎮以東的黑水地區，主要人群是所謂「說羌語的藏族」。他們說的是與赤不蘇區羌族類似的語言,在語言學家的語言分類中屬於「羌語」。他們以本土語言自稱「爾勒瑪」；與赤不蘇、松坪溝、埃期溝的羌族自稱類似。在宗教上他們一方面是藏傳佛教信徒，另一方面其屋頂上置白石的習俗，以及山神信仰都與東鄰赤不蘇一帶的羌族類似。50 年代前後，本地土司頭人與西方馬爾康一帶的嘉絨藏族土司，以及北方草地各遊牧部落頭人們來往較密切；嘉絨藏語是土司頭人們的「官方語言」，而黑水人在節日中穿著的盛裝服飾也接近嘉絨服飾。相反的，東方（黑水河下游與岷江主流）各村寨人群則對他們既憎恨又畏懼。在從前，當地漢語中的「猼猓子」主要便是指野蠻的、會偷會搶的黑水人或特別是小黑水人。黑水河中下游一帶「鄉談話」（所謂羌語）中的「赤部」指上游的野蠻人，而黑水人又被認為是典型的「赤部」。連前述小姓溝的人也稱這兒的人為「猼猓子」。這些，或許部分說明了為何黑水人在民族識別中被劃分為藏族。

　　與羌族地區比較而言，在這兒很難採集到有關一群人的「共同起源故事」，包括「弟兄故事」。但由以下的口述中可以知道，這種聯繫幾個家族或幾個寨子的「弟兄故事」是存在的。

　　例25：我們那有姓楊、姓王的，有些家一代代傳下去，有些隨便喊。我不知道姓楊的那來的。只知道親戚很多。只聽到牛腦殼、牛尾巴，幾弟兄那個分到牛腦殼，那個分到牛尾巴，就到那去。

　　例26：「阿察克」怎來的不知道；都是一個菩薩，就是神龕的名字。一個寨子才有塔子，家族沒有塔子。我們有更大的——就像是中華民族分成許多民族——，我們有更大的家族，分成幾個小族。家族不一樣，但搞喪事大家要一起搞。一個家族，常幾弟兄分開了，就分成幾個家族。

　　小黑水是黑水河的支流，這兒的人在語言、文化習俗上都與黑水人有些差別。從前，下游赤不蘇人認爲黑水人落後、野蠻，是「猼猍子」。然而在黑水人眼中，真正落後野蠻的「猼猍子」則是小黑水人。在清代與民國初年的地方志中，這兒的族群的確被記錄爲「猼猍子」。到了民國時期，「猼猍子」還被認爲是一個特別的民族 (Torrance 1920；陳志良 1943：39)。在小黑水近河壩的村寨中，有一些人宣稱他們的祖先原是漢人，而且這些有漢姓的家庭，也經由「幾個兄弟從外地來⋯⋯」這樣的記憶來說明彼此的血緣聯繫。在山上的村寨中，則有祖先爲從草原來的幾弟兄的說法。

　　例27：解放前，況而河壩與知木林河壩原來比較早進來的都是外來的。像我們原來姓楊，後來就不用漢姓了，都用藏名。我們的祖祖是安岳人，做木工的。就在況而河壩，還有幾家。況而河壩原有三家人，三家人都是從外面進來的，都是漢族。

例28：我們王家是安岳來的，祖婆是本地人，祖祖是外地人。
安岳出木工，出來了一大批人。幾個弟兄到了一個山上。插
了麻尼旗旗，今天插，明天看自己的旗旗往那倒就到那去，
因此就散了，一個溝溝去一兩個兄弟。我們的祖祖到晴朗，
後來跟我爸爸又到這來。我們姓王，他們姓楊，都是一個根
根，幾個兄弟一起來的。（例27報告人）可能是結拜弟兄，
大家出來不方便，結拜弟兄可以互相照應。進來一伙人，這
兒人稀少，就聽天由命，插竿竿。一個王家、一個楊家，還
有就不記得了。姓都不一樣，肯定是結拜弟兄。

上例27報告人是在縣城工作的當地知識分子；例28報告人則是
與前者同鄉的老人。在這位知識分子的家族回憶中，並沒有提及「幾
弟兄」的故事；即使聽老人說這些住在河壩的家族是幾個漢人弟兄的
後代，他將之詮釋爲「幾個結拜弟兄」。這個例子也說明，新「知識」
與「理性」如何使得當地的「弟兄故事」逐漸消失。

從前松潘、熱務、黑水、紅原一帶有「察合基」與「博合基」之
分；他們用漢話說，就是羊部落與牛部落。在松潘小姓溝，這是漸漸
消失的記憶；很少人知道牛部落與羊部落究竟是什麼。在三龍鄉，前
面我們曾提及，這兩種人（掐合部與瓦合部）被說成是兩個敵對兄弟
的後代，分別居住在黑水河的兩岸。同樣的，知道這種區分的人不多，
而且能說這故事的人也認爲這是很久以前的事了。然而在小黑水地區，
「察合基」與「博合基」仍是鮮活的記憶。而且，到現在屬於不同集團
的寨子還認爲對方壞、狡滑。據他們對「察合基」與「博合基」的描
述，可以看出這原是藏傳佛教兩大支派所造成的村寨間區隔。

例29：我們是「察合基」，羊部落，就是「麥茲」（按：麥茲
與下文的麥尼是指藏傳佛教中的兩個友派）。「博合基」就是
牛部落；牛腦殼是「麥尼」。烏木樹、熱石多、卡谷、卡隆鎮，

都是「察合基」；殺了羊之後就把羊腦殼在房子頂頂上攔到。「博合基」，牛部落：晴朗、知木林鄉、扎窩，他們比我們多一兩個寨子，我們兩邊也打。一個土官管的都一樣；高陽平（按：四五十年代當地著名土官）管的扎窩鄉是「博合基」。風俗習慣、唱歌都不一樣，喝酒、死了人都不一樣，唸的菩薩不一樣。松潘是「麥茲」，沒有牛腦殼，只有個別地區有牛腦殼。牛部落與羊部落的根根不一樣。我常罵那些人牛腦殼不像牛腦殼，羊腦殼不像羊腦殼。我們根根就是烏木樹，「爾勒瑪」的根根是烏木樹，說漢話的根根就是北京，說民族話的就是麻窩，說藏話的就是「徹向」，有個叫麥娃。

例30：四個小組。雖然不是姓，但都有神龕上的名字，同一個根根的人……。至少一個寨子有三戶，同一個弟兄傳下來的。由猴子變人後，弼石的人就有了。後來的人多，漢族的、藏族的。我們弼石是中間的人；一個溝溝上，這邊沒有人，那邊也沒有人……。我們知木林鄉卡谷、烏木樹、位都、熱里，這些是「察合基」。我們「博合基」是，大黑水來說，紅崖，和紅崖縣、麻窩、「施過」和「木日窩」，我們是弟兄一樣。還有基爾、弼石、二木林、木都、格基，這是「博合基」；這都是兄弟一樣。這是分起在的；他們整我們，我們整他們的。原來土官，還有老百姓，這是分開在的。我們弟兄之間分家一樣的……。「察合基」是心不好的人，人到那去用火燒、烤起；「博合基」不是這樣的人。麻窩和我們這一團人，我們是一家人。「施過」和「木日窩」，貴澤跟弼石，還有一個麥札，一個貴澤，我們是一家人，弟兄一樣。我們四弟兄，原來是四弟兄，茂汶來的，一個人麻窩去了，一個人貴澤去了，一個人是弼石去了，有一個人家裡坐了……。人是這樣出來的。

例 29 報告人認為同是「察合基」的寨子是「同一個根根」，也就是有共同的祖先。而且，他把同一根根的「察合基」等同於「爾勒瑪」，根根是烏木樹。這一方面由於他自己是烏木樹人，另一方面，當年烏木樹土官是這一帶「察合基」中最強大的土官。尤其，他說北京是說漢話人的根根，麻窩是說民族話人的根根，更顯出他認為被同一權威管轄的、說同一種話的人，是同一個根根。同時，這也顯示在這位老人的概念中「爾勒瑪」只是指小黑水地區「察合基」各寨的人；此與目前中年與青年一輩的人認為「爾勒瑪」是指藏族或黑水人有些不同。

例 30 報告人的口述中，事實上提到幾種不同的「弟兄關係」。首先報告人說：「雖然不是姓，但都有神龕上的名字，同一個根根的人。」這是指黑水、小黑水村寨中所謂的「家族」；以家族祖先神為代表，同一祖先神的是同一個根根。一個村寨中各戶常分屬於幾個這樣的「家族」，而這些「家族」又經常由弟兄關係聯繫起來。值得注意的是，在追溯這種「至少一個寨子有三戶」相當親近的家族血緣時，他說這是「同一個弟兄傳下來的」（而不是說傳自同一父親）。其次，他提到所有的「博合基」都是兄弟一樣時，似乎只是以弟兄感情來強調彼此的親密關係。但另外他以一個「四兄弟故事」把麻窩、弼石、麥扎一帶部分的（或全部的）「博合基」聯繫起來；這又是指具體的弟兄關係。最後，他以「我們之間弟兄分家一樣的」，來形容「博合基」與「察合基」間的敵對關係；這是弟兄關係的另一種隱喻。

雖然這報告人認為大黑水麻窩人是「博合基」，但現在知道「博合基」與「察合基」之分的麻窩人不多。甚至有些麻窩人認為當地人都是「察合基」，小黑水的人都是「博合基」，兩者的根根不同。這個例子也顯示，經常人們不注意別人自稱什麼（是不是自稱爾勒瑪），或信什麼樣的佛教（是察合基或博合基）；對小黑水人的敵意可以使麻窩人忽略小黑水人也自稱「爾勒瑪」，並認為那的人都是敵對的「博合基」。

以上這些「弟兄故事」廣泛分布在岷江上游與北川的羌族與鄰近

藏族村寨之中。從以上舉例看來，這些「弟兄故事」有不同的結構與
內涵；包含了不同的時間、空間與人群，也包含了許多的「過去事實」
與「對過去的虛構」。它們與一些其它形式的社會記憶——如「歷史」、
「傳說」等——共同構成一個社會對「過去」的記憶。更重要的是，「弟
兄故事」相對於「歷史」而言，在各個社會中有不同的重要性。在有
些地區它仍是人人耳熟能詳的社會記憶，「歷史」毫不重要；在另一些
地區，「歷史」成爲最真實的過去，這些弟兄故事只是少數中老年人記
憶中過去的傳說而已。以下我將分析這些弟兄故事中的時間、空間與
相關的人群認同，以及「弟兄故事」在漢、藏文化影響下的變形與發
展，藉此我們或者可以瞭解這些地區人群認同的本質與變遷，以及「漢
化」、「藏化」與「民族化」所帶來的族群認同本質變化。我也將嘗試
由「弟兄故事」來探討「歷史」與「神話」，「史實」與「歷史建構」
間的關係等問題。

二、弟兄故事產生的社會背景

在從前的一篇文章中，我曾說明凝聚族群認同的根基性情感
(primordial attachments)，產生於族群間共同血緣想像，表現在「同
胞」或「brothers or sisters」這些模擬手足之情的族群內稱呼及相關
歷史記憶之中 (王明珂 1994:125-26)。因此，「弟兄故事」以最原始的
形式表現此種歷史記憶或想像。然而，爲何是「幾弟兄的後代」而非
「一個英雄祖先的後代」——如亞伯拉罕、成吉思汗或炎黃後裔？這必
需由岷江上游地區的自然環境與社會背景來理解。

1.環境與經濟生態

岷江、湔江及其支流在此切過青藏高原邊緣，造成高山深谷地形。
這種高山間的深谷，當地羌族以漢話稱之爲「溝」；羌族村寨便分布在

一個個的「溝」之中。本地自然環境上的特色是，一方面溝中垂直分布的豐富資源，提供人們多元的生活所需，使得「溝」成為一個個相當自足的生態區。在另一方面，溝與溝之間因高山隔阻，交通困難，使得溝中村寨居民相當孤立。羌族村寨居民便在此有相當程度封閉性的環境中，在半山上種植多種作物，在住家附近養豬，在更高的森林中採藥材、菌菇與打獵，在林間隙地牧羊，並在森林上方高山草場上放養馬與牦牛。每個家庭都從事多元的經濟活動，因此每個家庭都是獨立且有相當程度自足性的經濟體。

農業是羌族最主要的經濟活動。老一輩的村寨農民，或高山深溝中的村寨農民，他們的農業生產是以家庭生計安全與減低風險為主要考量。因此，種植多種作物最能符合此目的。每個季節都有不同的風險，使得當季的作物可能蕩然無存。然而，只要有幾種作物收成好，配合其它的收益，一家的生計便能得到保障。相反的，在過去「最大利益」沒有多大的意義。[8] 因為交通困難，多餘的產物很難運出去供應市場。再者，在村寨的經濟社會結構中，所謂「富有」只不過是柴火、糧食與豬膘儲積多一些。然而像這樣的家庭，村民們也期望他們慷慨。對別人慷慨也是一種「避免風險」的農村道德；對親友慷慨，在有急需時也能得到親友的支助。在此採傳統農業及多元化經濟策略的村寨中，貧富常常只是家庭發展階段與成員多寡的反映。主要原因是，除了穫利不多的農業外，這兒有多元的資源；關鍵在於一個家庭有沒有

---

8 80 年代以後，由於經濟上的「改革開放」與私有制的恢復，部分村民也有了追求「最大利益」的經濟動機。近年來，花椒、蘋果、梨、李、桃、大蒜、洋蔥等經濟作物的生產，為羌族地區帶來不少財富。因此，一些靠近岷江大道交通較便利的村寨，都將日曬好的田紛紛改種經濟作物，特別是已成為當地特產的花椒與蘋果。然而，幾乎所有種花椒、蘋果的村寨居民仍然種植許多糧食與蔬菜作物；沒有人成為專門生產經濟作物的農民。雖然許多年輕一輩的人已不滿這種農業傳統。我聽過許多年輕人抱怨他們的母親在這方面的「頑固」；怎麼說她們也不肯多撥一些田出來種市場價格好的作物。高山深溝村寨中的婦女尤是如此。

足夠的人力去獲得它們。一個年輕的家庭——如男女主人帶著一兩個
尚年幼的孩子——由於人手不足常是最窮困的家庭。相對的，如果子
女都成年了，而家長又有能力將已婚的兒子、媳婦與女婿繫在家庭內，
掌握這些人力的分工與運用，則便是較富有的家庭。然而，這樣的延
伸家庭通常無法維持長久，在一段時間後便分成一個個的小家庭。而
且弟兄愈多，家庭財富愈分散，因此家庭財產不易累積。就這樣，一
個寨子裡的各個家庭在經濟上得維持某種程度的平等。一般來說，在
1949之前，除經營鴉片生意的土官家族較為富有之外，村寨中的貧富
之分只是家庭的發展階段與個人的能力不同而已。

在這樣一個個受地理環境切割的小區域之中，每一區域在生計上
都成為一個基本上可自給自足的單位。因此，除了家庭有自己的田地
外，每一家族、寨、村、溝中人群都分享、保護共同的草場與林場範
圍。通常各村寨彼此尊重各自的地盤，但在交界之處或大山頂上，經
常發生因放牧、採藥或打獵引起的村寨間衝突。當地一句俗諺，「山分
樑子水分親」，說明了地理環境區分與人群區分之間的關係。

2. 家庭與社會

在這個岷江上游的山區，最普遍的家庭結構便是父系核心家庭。
幾乎毫無例外，結婚後的兒子立即，或在很短的時間內，建立自己的
家屋與獨立的家庭。一個兒子（通常是最小的）繼承老家與父親最後
遺留的產業。本家族或本寨土地不足以建立一個新家庭時，男子便經
常到鄰近村寨或溝中缺乏男性勞力的家庭去「上門」（入贅婚）。在一
個村寨中，同一父輩或祖輩弟兄分出的幾個家庭，彼此記得共同的血
源關係，並成為在經濟上、勞力上彼此支援的群體。同時，由於土地
匱乏，分產常造成弟兄間、叔姪堂弟兄間的緊張與對立。可追溯的家
族記憶通常只有兩代，大多數人不記得祖父的名字；只知道那幾個家
庭是「祖祖或父親的弟兄分出去的」。

在較大的範圍裡，村寨中有同祭一個家神的「土著家族」（如例30），與同姓或異姓並宣稱同一祖源的「漢姓家族」。這些「家族」都常由「弟兄故事」來凝聚；他們都彼此互稱「家門」，也就是所謂「同一根根的人」。同一「家族」的人不能通婚，死後葬在同一火墳。喪禮是強化這種人群聚合的經常性場合。一個寨子經常包括幾個「家族」，此種「家族」藉著各成員家庭對神龕上家神的崇拜來凝聚與延續。然而，我們不能由單純的親屬關係與祖先崇拜來理解它。兄弟分家時，以分香火的方式延續家神崇拜固然普遍，但由於家神也是家的地盤神，因此在某地盤上建屋，或遷入某地，而開始祭某家神的情形也很普遍。更重要的是，同一「家族」的人可共用或劃分屬於本家族的草場、林場，也共同保護此資源。因此，一個「家族」的人不宜多（分享共同資源的人）也不宜少（保護共同資源的人）。在此生態因素下，失憶與重構家族記憶的情形自然非常普遍。另外，一個「家族」經常包括幾個不同漢姓的次家族，他們間也由弟兄故事凝聚，經常這也是內部成員不許通婚的群體。在有些例子中，由於結家門的事發生在一兩代前，所以報告人清楚的知道兩姓或三姓是為了強大勢力而結為家門；為了強化凝聚，他們也想像彼此有共同血緣而不內婚。

在更大的範圍內，一個寨子，或幾個寨子聚成的村子，或幾個村或寨所構成的一條溝的人，也都是一層層分享、保護共同資源的人群。寨子有本寨的草山、林場，村子有幾個寨子共同的草山、林場，都界線分明。各寨各村的山神菩薩，與較漢化村寨中的各種廟子，也就是這些界線的維護者。一位小姓溝的年長報告人對「山神菩薩」作了以下的詮釋：

例31：山界，我的土地是從那裡到那裡。山界界長，其它沒有什麼神秘的東西。祖祖輩輩，幾千年、幾萬年留下來，這個不能忘；這個山坡是怎麼傳下來的。為什麼要敬祂？敬的

目的是爲了保護自己的地盤。我們一組的是「學都」。大菩薩，
那就是一轉囉；那便就是兩個組的菩薩，「學務」喇薩。保護
界線裡的人。有近的界線，有遠的界線；有近的菩薩，有遠
的菩薩。

在較漢化的村寨中，只是「山神菩薩」被「廟子」取代，其在「區
分」上的意義則沒有差別。如黑虎溝「二給米」寨一位老人所言：

例32：二給米，三個陀陀（按：三群人之意）。我們廟子，大
廟子中間有三尊神。中間是龍王；這是黑虎將軍；這是土主。
任、余二姓上寨是土主；中寨就是嚴、王二姓，分的是龍王；
下寨是黑虎將軍。分了的。爲什麼分呢？趕會的嘛。七月七
日土主會，六月十三日龍王會，四月四日將軍會。地界也這
樣分。這菩薩背後朝這方向是中寨的；這菩薩背後是我們的；
這菩薩背後是他們的。放羊砍草都不能侵犯的。各大隊各大
隊之間，就更不能過去。

在祭廟子或山神（喇薩）時，每一家庭都是對等的單位，都需派
代表參加。在許多地方傳統習俗是，「點名」時每一家若有人參與，就
在木頭上作一刻記。在寨子間的共同儀式中，雖然寨子大小有別，每
一寨子也是平等的。

3.爾瑪認同

如前所言，由於在經濟上溝的獨立性，以及在自然環境上溝的封
閉性，使得「溝」成爲值得共同保護的重要資源，「溝中的人」因此成
爲相當孤立的人群認同單位。其次，各溝各寨人群的生計方式類似，
使得他們彼此競爭中間地區的草場、林場等資源。再者，清末民國時
期本地流行種植鴉片，因而造成武裝地方豪強、外來軍閥部隊與盜匪

橫行。這些因素都造成村寨或溝的孤立與封閉，以及對「外來人」的敵意。[9]

在這樣的自然與社會環境的認識下，我們才能理解過去岷江上游村寨人群認同的最大範疇——「爾瑪」[10]在人群認同與區分上的意義。茂縣黑水河流域的羌族中有「赤部」、「而」與「爾瑪」的人群區分概念。「爾瑪」是指「我們的人」或本族的人；「赤部」是上游的野蠻人，或說是吃生肉的人；「而」是下游狡滑的漢人。現在一般羌族，特別是羌族知識分子，都將「爾瑪」(以漢文書寫與發音) 等同於「羌族」。但中老年人卻還記得，從前他們都以爲「爾瑪」就只是本溝或本地區的人 (如例 24)；他們將所有上游的人都認爲是「赤部」，將下游的人群視爲「而」。因此自稱「爾瑪」，並稱下游沙壩人爲「而」、上游曲谷人爲「赤部」的三龍人，在沙壩人眼中則是「赤部」，在曲谷人眼中則是「而」。

在黑水河上游地區，各地的「爾勒瑪」都認爲上游各村寨人群是「日基部」而下游村寨人群都是「日疏部」。在茂縣東路的水磨溝與永

---

9 我們可舉例說明這種封閉與孤立的人群認同。首先，在語言上，岷江上游地區「羌族語言」的最大特色便是「話走不遠」。一條溝與鄰近的溝語言都有區別，有時陰山面與陽山面的村寨說話也有差別，相隔更遠一點的村寨間就不能溝通了。因此，目前不同溝或地區的一般民眾均以漢話 (四川方言) 互相溝通。其次，羌族寨子的構築方式是石砌或木石混合的建築，一間間緊密的聯成一大片；其防衛功能是相當明顯的。較大的寨子都有碉樓或殘碉痕跡。這是一種防衛與警戒的石砌構築，經常有五、六層樓的高度。據他們說，從前寨與寨之間、溝與溝之間互相搶來搶去，打得很兇。現在許多村寨仍在相當高的山上，以及寨子的防衛性構築方式與殘存的石碉樓，都顯示他們所說的十分眞實。

10 因方言不同而讀如 rma 或 ma，xma，rme 等等；由於語言的地方差異，「爾瑪」只是許多在發音上有或多或少差異的「自我稱號」的代號。因此，每個地方的人都認爲只有自己是「爾瑪」，並非完全是在主觀上忽略別人的自稱，而是，對他們而言這些自稱的確有「差異」。相反的，當今日羌族都認爲「爾瑪」就是所有的羌族時，所有這些自稱上的「差異」都被忽略了。以下若無特別說明，我以「爾瑪」代表當地羌語中「我們的人」這個詞所有的不同發音。

和溝等地，則各地區的人都自稱「瑪」，而稱下游各村寨人群為「而」，西路與北路的各村寨人群則是「費兒」。在北川的白草河與青片河流域，在 1949 之前，城鎮的人罵山村的人「猼猓子」或「蠻子」，山間各下游村落的人罵上游的人「猼猓子」或「蠻子」，而各地的人都自稱漢人。如此，當地一句俗語「過去一截罵一截」，便是以上「爾瑪」認同（茂縣、黑水地區）或漢與非漢關係（北川地區）的最佳寫照，也說明過去這一帶人群認同的孤立與封閉性。

目前，孤立與封閉的區域人群認同並非是絕對的。在同一寨子中，不同世代、性別、教育背景、社會活動範圍的人，對於「爾瑪」的範圍都可能有不同的認知。也因此在一個社會中，「弟兄故事」有許多不同的版本流傳著。而且，在這樣的認同體系中，「赤部」與「而」並非是完全不能交往溝通的人群。在迫不得已時，他們（男人）可以到鄰近「而」的溝或地區去上門，或由「赤部」的地方娶妻。這些由外地來的家庭成員，成為本寨的一分子。

4.村寨社會中的弟兄關係

由以上村寨的地理與人類生態背景，家庭與社會結構，村寨人群的認同以及與外界人群的關係，我們可以探討「弟兄關係」在當地社會中的種種隱喻，及這些隱喻在各種社會行為上的表現。這些隱喻有些是當地特有的，有些反映許多人類社會的普遍本質。

首先，弟兄關係表示人與人之間、人群與人群之間的團結與合作。也就是藉此強調「同胞」人群間的根基性情感。在村寨現實生活中，關係最密切的便是有弟兄關係的兩、三個家庭；往來頻繁，平日相扶持。若非如此，在村寨中便成為大家談論批評的對象。在有些地區，村寨中還流行結「異姓家門」。兩個或三個家族結為一體，在婚喪習俗上遵循同一個家族內應遵循的原則。在採訪中，我常聽村寨民眾說起異姓家門：「我們感情像弟兄一樣」。結異姓家門的理由，民眾非常清

楚——爲了壯大寨子，大家團結免受人欺侮。因此，他們也很清楚，
這是不同根根的人群。更普遍的例子是，幾個親兄弟到此地來發展成
幾個異姓家族的說法；在這樣的例子中，他們認爲這些「異姓」事實
上就是同一根根的「家門」。即使與最不可能有親緣關係的「漢人」與
「蠻子」間，「打老根」也是此種弟兄關係的延伸。藉著村寨中某一人
與「漢人」與「蠻子」的私人結拜弟兄關係，整個寨子的人需要與「漢
人」與「蠻子」打交道時至少不會吃虧。如此，在這個充滿變數的邊
緣環境中，「老根」此種弟兄關係成爲跨族群合作與避免風險的社會機
制之一。

其次，弟兄關係也顯示人與人間、人群與人群間的區分。弟兄們
結婚後分家，在當地是普遍的家庭發展原則。在上引所有故事中，幾
弟兄都分別到不同的地方落戶；這是當前各人群區分的「根源」。在現
實生活中，以弟兄故事記憶相聯繫的幾個家族或寨子，也以某一弟兄
的後代來彼此劃分。此種區分還經常以一些物質或文化符號來強化；
如例 17 中楊姓弟兄中有「下堂的」、「沒有下堂的」；例 10 與例 25 中
幾個寨子劃分誰是「分得牛腦殼的弟兄後代」，誰是「分得牛尾巴的弟
兄的後代」；例 16，分到鐵甲的與分到鐵盔的等等。此種合作中又有區
分的人際關係，與當地經濟生態中的資源分配與分享相契合。

第三，在區分之中，弟兄關係也隱含人與人間、人群與人群間的
敵對關係。這種弟兄間的敵對關係，在世界各文化中相當普遍。研究
神話與聖經的學者，曾指出聖經中幾組敵對的弟兄——Cain 與 Abel,
Jacob 與 Esau——並詮釋其隱喻（Girard 1977:61-63）。在中國神話
或古史傳說中也不乏這類的例子，如舜與象，黃帝與炎帝。羌族民間
也流傳一些壞哥哥如何在分家後欺侮弟弟的故事。雖然報告人大多強
調自家弟兄間的情感如何好，但他們也常閒話他人或前人一些弟兄鬩
牆的事。如以下永和報告人的口述：

例 33：（永和甘木若）我們白家就這樣分開；四弟兄，老大那
裡呀，老二又那裡呀，老三又到那，么弟兄又到那，都是這
樣說的。這四弟兄原來都是一家人，他們的子孫分開來……。
四弟兄那時是很強的，後來就落敗了。白家祖先留下的只有
一家子。四弟兄分家不平，拿刀砍中柱子。

由於分家後的弟兄經常有些糾紛，因此敵對的「弟兄」隱喻常被
用在更大範圍的敵對人群關係上。如，例 30 報告人所言：「他們整我
們，我們整他們的……我們弟兄之間分家一樣的。」；或，如例 11，報
告人便直認爲當前以黑水河爲界區分爲「掐合部」、「瓦合部」的人群
是敵對的兩弟兄的後代。

爲何「同一根根」平時又有密切往來的「弟兄」，在當地（以及世
界其它文化中）經常暗示著人與人間、人群與人群間的敵對情緒與行
爲？ René Girard 以相互模仿慾望（mimetic desire）與異類替身
（monstrous double）等心理因素，來解釋此種以敵對弟兄關係爲隱喻
的人類社會中敵意與暴力的根源（Girard 1977:143-68）。此慾望在他
的解釋中不一定是眞的需要，而是因爲一方需要所以另一方就模仿對
方的需要；在模仿中，對方成爲自己的異類替身。對羌族地區的「弟
兄」而言，相同的慾望卻是相當現實：他們都期望能從父親那分得土
地、房屋以建立自己的家庭。然而在此資源匱乏地區，分家後弟兄們
分得的田業總是不足，總有幾個弟兄要另謀出路；或到別的家族或寨
子去「上門」，或到外地開荒、打工。因此，分家分產當時造成的爭端，
或過後個人的失敗與挫折，都容易造成弟兄間的敵意。此種「弟兄」
間的敵意，也經常見於宣稱有弟兄關係的鄰近村寨間。爲了爭草場、
林場，或在祭山會或廟會中各自誇耀勢力，或爲了婚姻糾紛，鄰近村
寨間常存在普遍的緊張與敵對關係。

最後，「弟兄關係」也暗示前述有區分、合作與敵對關係的個人或

人群，是一個個對等或平等的單位。在一寨子中，組成寨子的是一個
個弟兄分家後建立的家庭。在祭山、祭廟子或喪葬儀式中，無大房小
房之分每一家庭都必須有代表參加。在更大範圍的人群關係上也如此。
鄰近寨子間有競爭、誇耀，各個寨子有大有小，然而在相互關係上卻
是對等的。雖然大寨子可能欺侮鄰近弱小的寨子，但即使在 50 年代以
前，也沒有一個寨子能掌握或統治另一個寨子。因此，報告人說「我
們像弟兄一樣」或「我們像弟兄分家一樣」時，無論指的是人群間的
團結或敵對，都表示各人群單位間的對等關係。這種平等或對等特質
也表現在村寨中一種共同議事的傳統上。寨中或幾個寨子間，常有一
片被稱作「議事坪」的小塊平地。據稱在過去，村寨大事常由各寨中
各家庭、家族代表在此共商解決。

在以上社會背景下，我們可以理解這些「弟兄故事」做爲一種「歷
史」的特殊生態與社會意義。這些「弟兄故事」是一種「歷史記憶」；
以弟兄間的血緣關係記憶，凝聚一些在經濟社會關係上對等的、在生
計上既合作且競爭的人群。現實生活中，弟兄之間的手足之情，被延
伸爲寨與寨、村與村人群之間的情感與合作關係。同時現實生活中，
分家後弟兄們各自建立的家庭的獨立性與彼此的對立競爭，也投射在
由「弟兄故事」聯繫在一起的寨與寨、溝與溝人群間的緊張敵對關係
上。寨、村與溝間人群單位的獨立平等（egalitarian）特質，以及他
們之間層化的合作與對立關係（segmentary opposition and cooper-
ation），與當地社會強調「幾弟兄」的記憶（而非一個祖先記憶）是一
致的。

三、弟兄故事中的時、地、人、事、物

做爲一種凝聚社會認同的「歷史」，「弟兄故事」與我們所熟悉的
「英雄聖王祖先歷史」有相當的差別，它們分別代表不同社會環境與政

治結構下的特殊歷史心性。然而，做爲一種社會歷史記憶，在歷史述事中，它們都以一些時間、空間、事件、物品與人物等文化符號來使之產生意義。

所謂「英雄聖王祖先歷史」，也就是我們所熟知的「典範歷史」的起始部分；中華民族之國族建構中以「黃帝」爲始祖的「民族史」，或是以「國父」或開國元勳之功業爲起始的各國歷史，都是此種「歷史」的反映。所有這些「歷史」中，時、地、人、事、物共同組織成一種社會記憶，以共同的「起源」強化某人群的凝聚及表現此人群之特質。以中國民族史爲例，其源起之人物爲黃帝、炎帝等等，其時爲五千年前一線綿延而下，其地理空間以黃河流域爲核心往外延伸，其事爲逐鹿之戰與許多創造發明，其物爲衣裳、五穀等等，其組合則是以衣冠食穀爲自我文化特徵的中國人之共同起源。在歷史述事中，弟兄故事也包含了空間、時間與時空中的人、事與物等因素。然而，由這些因素我們可以得知，弟兄故事與典範歷史有截然不同的歷史述事方式。

1. 時間

此處所討論的是歷史時間的問題。所謂歷史時間，是指相對於個人的生命時間（從幼至老的成長）與自然時間（一日一年循環）之外的一種社會時間概念——表現在大都超乎個人經驗的社會人群與宇宙世界的起始、發展與延續之上。由這些弟兄故事中，我們至少可以得知當地有三種「歷史時間」概念。它們經常是並存的——它們並存在一個村寨中，或並存在一個報告人的記憶中。同一報告人可能說出包含三種歷史時間的不同故事，而它們之間並沒有矛盾；這也反映了當地「中國少數民族」認同的駁雜性質。

首先，有些人講述這些弟兄故事時，他們心目中的時間概念非線性亦非循環，而是一種由一模糊的「過去」與較清晰的「近現代」組成的歷史時間概念。「幾個弟兄到這兒來然後分家」的故事，或不只一

個此類的故事，都發生在「遙遠的過去」（如，例 9，10，11，13）。如此，「弟兄故事」凝聚當前村寨人群的認同；幾個不同的弟兄故事凝聚不同範疇的人群認同。在這樣的故事中，「過去」造就「現在」，「過去」詮釋「現在」。另外，在本文中我未舉例但更普遍的「弟兄故事」，則是他們的父祖與其兄弟分家的故事。羌族村寨民眾的家族記憶通常很淺，[11] 有漢姓的家族通常也只能追溯到祖輩弟兄親屬，再遠就是年代不詳的「幾弟兄來此分家」記憶。在更深山裡的村寨中，有時人們只能追溯到父親那一代。如此，弟兄故事在「時間」上可以歸類為兩群：一發生在「遙遠的過去」，一發生在「父祖那一輩的過去」。在同時記憶這兩種弟兄故事的民眾心中，歷史時間並非是線性延續的；發生在遙遠過去的弟兄分家事件，與近現代父祖兄弟分家事件之間，有一大段的時間缺環。歷史時間也非兩個或數個弟兄分家事件的先後重複或循環；幾個發生在遙遠過去的弟兄分家事件，其時間先後經常不清楚。如此，歷史時間由兩個階段構成：一是模糊的、無可計量的「過去」；一是可計量的、一代或兩代前的「過去」。許多深山村寨老年人或婦女記憶中的「弟兄故事」，多屬於這種只有模糊的過去與清晰當代聯結的不可計量的歷史時間類型。

　　第二類型弟兄故事可以當做是第一類型下的變異，其普遍模式是：「幾個弟兄分散到一個大範圍的地區，然後其中一人的後代幾弟兄到這兒來」（如例 22）。或是，幾個發生時間有先後的弟兄故事，表述不同層次社會人群的共同來源（如例 15）。此種發生在由遠而近的歷史中的弟兄故事，凝聚由疏而親的不同範疇人群認同。在這樣的模式中，歷史時間只有相對的先後，這是一種「相對性的歷史時間」，或歷史時間

---

11 雖然在較漢化的理縣與北川等地，部分家族宣稱來此已十多代，並能述說各輩名稱排行。然在日常生活中，他們大多只記得那些人是父輩或祖輩親戚，其他的本家族人則是「家門」。

呈現在數個弟兄分家事件的循環之中。

第三類型的歷史時間便是線性的歷史時間。在大部分早已接觸漢文化的村寨民眾記憶中，特別是在有漢姓的家族群眾記憶之中，兄弟故事被置於線性的歷史時間架構裡。那是，「湖廣填四川的時代」，「過去在青海被打散的時候」，「在何卿平番亂的時代」，明代或清代。這個「歷史時間」與漢人歷史記憶中的時間結合在一起。這通常不是緊密的結合；由漢人觀點看來，歷史時間經常有倒置、錯亂。簡單的說，是不是完全緊密的平行結合，在於口述報告人對於「中國歷史」的知識，以及他如何選擇一些有意義的「過去」來詮釋「現在」。這樣的弟兄故事，一方面解釋並強化當前本寨、本溝或本家族的人群認同。另一方面，這是一個線性的時間與無法回頭的歷史；那一個起點——「湖廣填四川」、「過去在青海被打散」、「何卿平番亂」——也解釋了做為「住在山上的人」或少數民族無可挽回的歷史命運。

可以說，在有關「中國歷史」記憶廣泛而普遍的深入岷江上游山區村寨人群間之前，第一類型與第二類型「兄弟故事」可能是最流行、最普遍的社會記憶。因為這與土著語言中「時間」與「過去」的概念相契合。在本土語言中，有相當多的詞彙被用來描述一個人的生命時間，以及一日、一年的自然循環與人的作息時間。但超出個人生命及家族生命（兩代或三代）之外，時間（所謂的歷史時間）概念便非常模糊，詞彙也變得貧乏。一個詞 gaitanpu 形容很早的時候，[12] 大致可譯作「過去」。如果要強調更早的時候，則是 gaitanpu gaitanpu，「過去的過去」。在記憶所及的「過去」，他們以羌語說「紅軍過境的時代」(1935) 與「漲大水的時代」(1933)，也就是泛指 30 年代或國民黨統治的時代；在此之前的時間似乎都是 gaitanpu。紅軍過境與漲大水的時代以來所發生的事，是自身記憶所及或父祖輩口述中的「過去」。

---

12 這是以茂縣黑虎鄉的採訪為例；在其他地區羌族中都有類似的時間概念。

gaitanpu 時期所發生的事，則是一些介於虛幻與眞實間的事（包括所有的神話傳說），以及過去結構性重複發生的事（如弟兄分家、村寨間的戰爭、動物吃人等等）。因此，以 gaitanpu 來表達的歷史時間是「同質的、不可計量的歷史時間」；或者 gaitanpu gaitanpu 可以表達第二類型「相對的歷史時間」。如果要表達「絕對的線性歷史時間」，那麼只有使用漢語及漢人歷史記憶中的時間概念了。

2. 地理空間

在空間上，這些「弟兄」所來自的地方有近有遠，還有一些只是來自含混不明的外地。這些弟兄來到後所分居的地方也有狹有廣，還有一些去向不明。基本上，所有弟兄故事都說人是外地來的。這些外地，最常聽到的在阿壩州有茂汶、楊柳溝、松潘（包含草地與黑水）等；在州外的四川省有崇慶、安岳、灌縣等；較廣泛的地區則有湖廣（湖北麻城孝感）、甘肅、青海、四川、黃河流域等等。每一地名結合與之有關的歷史記憶，都代表一種空間上的起源認同。譬如，黃河流域代表「炎帝後代」的起源；青海或甘肅經常與「歷史上西北一個強大、好戰的羌族」等記憶聯繫在一起；湖廣或四川、灌縣、崇慶，代表本家族的漢人或四川人根源；草地或黑水，代表與粗獷勇武的藏族共同的起源。有些弟兄故事中並沒有提及這些兄弟是從那兒遷到本地來的。在這種情形之下，一方面，這些兄弟出現在本地就是一個「起源」；另一方面，「不確定的來源」可以成爲該人群在認同上的一個開放的起源。

在弟兄故事中，諸弟兄分別落居的空間有三種情況。第一種，弟兄們到一地分家後，分別建立幾個寨子，他們因此成爲當前往來緊密的幾個寨子的祖先。在此，弟兄故事與當前村寨空間人群的認同與區分是一致的（如，例 10，13）。講述這一類故事的典型地區是小姓溝埃期村。三個寨子的民眾，便是過去三個弟兄的後代。彼此雖有競爭對

立，但三個寨子是平等的。我群全在一寨或一村的限定空間中。故事中也很少漢人的地理與歷史概念。

第二種情況是，在另一些弟兄故事中，特別是在有漢姓的家族故事中。這些弟兄後裔們的空間分布是跨越村寨的；他們只是一個寨中的部分家庭，還有一些家庭可能在鄰近寨中或更遠的地區（如，例1，17，18，23，24）。這一類故事可以理縣、北川等較「漢化」地區的為代表。在這些弟兄故事中，我們可以看到人們如何區分誰是先來者、誰是後來者，以及跨村寨的血緣關係或血緣想像所造成的社會階序。我群（漢姓家族）可能分散在其他村寨空間之中。此類弟兄故事中也有較多的漢人歷史記憶與地理概念。

第三種情況是，幾個兄弟分別落居於相距甚遠、少有往來的地區；他們落居於不同地區的後代，目前在日常生活中也少有接觸（如，例3，8，20-22）。這一類故事多出於與外界接觸廣的人或知識分子的口述；文獻（族譜與歷史著作）是重要的記憶媒介。此類故事，地理空間想像中夾雜更多的漢人歷史與地理知識，而在此空間想像中不只包括有共同認同的「我群」，還包括期望中的遙遠、廣大空間中的「我群」想像。以上「弟兄故事」中弟兄所落居的三種不同空間變化，似乎顯示當地社會複雜化程度，或對外接觸程度之不同。

3.時空中的人、事與物

除了時間、空間因素之外，這些故事中還有主軸之「人／弟兄」，以及與之相配合的、作為插曲的「事」與「物」。首先，故事中的人，一些弟兄，隱含三種並存的社會意義：(1)這些弟兄的後代，或同一弟兄的後代，來自同一根根(血緣)，因此是不能相互結親的群體；(2)因來自同一祖先或有弟兄關係的祖先們，所以大家應和諧、合作；(3)祖先源自不同的弟兄，也使得村寨人群間有區分、競爭與對立。所有這些故事中的「事」與「物」，主要的功能便是「記憶的強化或提醒媒介」，

以輔助表達以上三種故事中的弟兄關係隱喻。

故事中的「事」與「物」相關連——「事」強化弟兄故事的戲劇與趣味性；當前可見的「物」則提醒或修飾這些記憶。譬如，在例 10 中：「金個基那個樑樑」、「老鴉」是「物」；「過了樑子小孩學老鴉叫就會說話了」是趣味性的「事」。兩者結合強化一個「弟兄們」遷徙的記憶，並以那個山樑做為「較美好的當前狀態」的起點。提醒過去共同起源的現實存在之「物」，最常見的是故事中這些弟兄剛到來時的落腳點。如例 14，幾個弟兄剛來時「坐在月眉子那個墩墩上」；例 4、5 中的「三棵樹」。土墩、三棵樹這個現實存在物，幫助記憶一些重要的起始事件。這些「共同起源」凝聚村寨人群，並在某種程度上劃分可結親與不可結親的人群範圍。

這些弟兄故事中的事與物，也被用來強調幾個寨子間的區分與優劣；此亦表現親近寨子或家族間的競爭與對立。如例 16 中，幾弟兄分別得到鐵盔、鐵甲與銀人；又如例 10 與例 25，幾弟兄各自分到牛腦殼、牛尾巴或牛皮子；例 21 與 24 中，三弟兄的後代各自以「麵堆起的尖尖」、「老鴉飛得的地方」來形容本地的美好；在例 13 中，陰山面的兩個寨子以「大哥是跛子所以占居較好的陽山面」，來合理化該地目前的資源分配關係。在所有以上例子中，「物」以及相關的「事」不只是做為人群區隔的象徵，也是人們主觀上劃分人群優劣高下的符號。人們經常以這些故事互相爭辯、譏諷。然而在此重口述記憶傳統的社會，相對於主要以文字記憶區分彼此的人群社會而言，這種歷史述事較難以典範化、權威化而成為社會階序化的工具。

四、弟兄故事中的歷史心性及其變遷：
漢化、藏化與民族化

為何是「弟兄故事」，而非其它的「歷史」，凝聚這些山區的人群

認同？關於此問題，我們的探討必然超越「歷史事實」與「歷史述事」[13]
而涉及「歷史心性」的問題。在本文中，「歷史心性」的定義接近西方
學者所謂的 historicity 與 historical mentality。它指的是流行於群
體中的，個人與群體存在於歷史時間中的一種心理自覺。它產生於特
定的生態與社會文化環境之中。透過歷史心性，一群人以其特有的方
式集體想像什麼是重要的過去（歷史建構）；透過歷史心性及歷史建
構，一群人集體實踐或締造對其而言有歷史意義的行動（創造歷史事
實）；歷史心性下的歷史建構與歷史事實，強化或改變各種人群認同與
區分(同時或也造成歷史心性的改變)，藉此一群人得以適應當地生態
與社會環境及其變遷。

　　從上節弟兄故事中時、地、人、事、物之分析，我們可看出其與
典範歷史述事間的差異；這也反映了不同歷史心性下的差異。如果我
們以小姓埃期溝中所流傳的兄弟故事，與我們所熟悉的典範「中國歷
史」相比較，更能凸顯此種「歷史心性」的特點。首先，在他們心目
中一個人群的「歷史」始於「幾個弟兄」，而非一個「英雄祖先」（如
黃帝）。其次，「歷史」中的人、事、地、物等內涵非常簡單；沒有帝
王、英雄、聖人等特定人物，也沒有戰爭、暴政與叛亂等事件。第三，
在此種「歷史」中，歷史時間只由「遙遠的過去」與「近現代」構成，
「遙遠的過去」是沒有質量的時間——沒有比較好的或比較壞的時代，
也沒有可計量的年代；沒有線性的歷史時間(朝代更迭)，也沒有連續
循環的歷史時間(治亂替生)。第四，此種「歷史」主要賴口述來傳遞，
而非靠大量史籍檔案來保存與傳承。第五，以此歷史記憶所強化的是

---

13 近年來許多歐美學者，傾向於將做為過去發生的史實之歷史事件 (history as event)
　與歷史述事 (history as narrative) 分別開來。他們或以 history (e) 與 history (n)，
　或以 history (1)與 history (2)分別二者（Stanford 1994:1）。在本文的探討中，別於
　「歷史述事」的不只一些過去曾發生的「事件」還包括所有過去的「眞實存在」，因此
　我以「歷史事實」名之。

小範圍的、內部較平等的人群間的認同與區分，而非廣土眾民、內部階序化的人群間的認同與區分。

這樣的歷史心性由當地特殊的生態與社會環境所造成，它也維繫當地特殊的人類生態與社會環境。故事本身的「弟兄關係」，呈現並強化鄰近社會人群（寨、村與溝中人群）間的認同與區分。在一條溝中，這樣的幾個村寨人群各自劃分溝中的資源，也共同保護溝中的資源。除了女性成為邊緣弱勢者之外，這是一個基本上平等的社會；任何的社會階序化與權力集中化都是不必要或是有害的。當社會結構發生重大改變時，如某些寨子滅絕，或新的寨子由老寨子分出來，在此種歷史心性下「過去」很容易被遺忘，而原來的弟兄故事被修正，當前幾個寨子又是傳自於幾個同時到來的弟兄，以維持寨與寨間的凝聚與對等關係。相反的，在如「中國人」這樣有長遠文字歷史傳統的人群中，「一個英雄祖先」常被用來凝聚一個權力中央化的人群，或強調此人群中核心群體的優越性；煩雜的英雄史蹟與治亂侵伐組成的線性歷史，則用來階序化群體內各次人群，或分別誰是先來者、誰是外來的人。

「口耳相傳」是此歷史心性下的主要社會記憶傳遞方式。在同一社會人群中經常口傳著不同版本的弟兄故事；不同版本述說範疇不同的人群認同。由社會記憶觀點，雖然文字歷史記憶同樣常有失憶與虛構，然而它們與口述歷史記憶仍有相當差別。口述由於不需特殊文字書寫知識，因此它是普遍的；由於普遍所以不易被權力掌控或典範化，因此它常是多元的。由於它是多元的、普遍的，因此它更容易使「現在」不斷的被新的弟兄故事合理化。這樣的「歷史」與歷史記憶媒介也最能夠維護與調節當地傳統的人群認同與資源分配、分享體系。

埃期溝羌族並不代表典型的羌族。正如我不相信「典範歷史」為唯一的「歷史」，我也不認為有典範的羌族文化或歷史記憶。埃期溝的特色是當地遠離公路線，村寨居民大多無漢姓。更重要的是，當地森林尚未遭到砍伐，因而可相當程度維持村寨的經濟與社會特質。無論

如何，包括埃期溝在內所有岷江上游地區村寨人群，都或多或少的受漢、藏文化影響。特別是，近五十年來由於國家教育與知識宣導普及，更由於民族識別造成的新認同體系，他們所傳述的弟兄故事中或多或少加入了中國歷史、地理與行政空間概念。村寨人群認同中介入了其它的社會群體認同，如同姓家族(漢姓)、同縣的人、同區的人，以及羌族人認同等等。每一種認同，都在線性歷史中得到證實與強化。更值得注意的是，對許多羌族與鄰近藏族地區而言，這些弟兄故事是一些在逐漸變遷或消失中的社會記憶。取而代之的或與之攙雜的，是漢人的歷史記憶與對藏傳佛教菩薩的記憶。因此，是否「漢化」或「藏化」改變了當地人群以「弟兄故事」爲代表的歷史心性，也改變了當地的認同體系？

由某種角度看來，的確如此。在漢文化的影響方面，事實上，對羌族群眾來說，目前最普遍的民族起源記憶是:「羌族從前是一個強大的民族，在青海、甘肅被打敗後南遷到這山裡來……。」這是中國歷史記憶中漢晉時期「羌亂」的本地修正版。在城鎮羌族知識分子中，又流傳著炎帝子孫、大禹後裔或李冰、孟獲與樊梨花的族人等記憶，以及相關的中國古代羌人歷史 (王明珂 1997a)。即使在弟兄故事中，我們也見到許多漢人的地理與歷史概念，以及一些宣稱來自漢人地區的同姓或異姓「弟兄」。中國歷史記憶與家族概念，以及傳播、保存它們的媒介，中國文字，無疑對岷江上游人群間的弟兄故事與人群認同有很深的影響。在埃期的弟兄故事 (例 12、13) 中，這些弟兄沒有漢姓;弟兄們的後裔正包括當前幾個寨子所有的人;故事中很少漢人的歷史時間與地理概念。但是，在其它受漢文化影響較深的地區，部分弟兄故事中便添增了「同姓」的人群分類因素，以及漢人的歷史與地理概念。於是，弟兄故事所凝聚的人群不再是同一生態空間下所有的人，而是部分的人;或將本地人群與外在世界人群或空間聯繫在一起。如此造成村寨居民在「弟兄」認同上的內在分化與對外擴張化。而內在

分化與對外擴張化，可說是包括中國在內許多文字文明歷史心性的特徵。[14] 因此，弟兄故事逐漸消逝，取而代之的是另一種歷史心性下的線性歷史。在這樣的歷史心性下，一方面在線性歷史長流中，一些無法改變的「過去」，如羌族在西北被打敗南遷、明代何卿平羌亂，成爲造成今日羌族處境的「歷史事實」。另一方面，英雄聖王祖先如炎帝、大禹、李冰、樊梨花與阿爸白苟等等取代了「弟兄」，成爲定義、凝聚與區別羌族的歷史記憶。

在藏文化的影響方面。黑水東部各溝村寨人群目前在民族分類上是藏族；他們說的是語言學分類中的「羌語」，但信仰藏傳佛教。在這兒，弟兄故事較少。無論是村寨民眾與鎮上的知識分子，也幾乎都說不出當地藏族或「爾勒瑪」的歷史來源。黑水人認同中有一個重要社會記憶，那就是當地宗教信仰中歐塔基、歐塔咪、歐塔拉三座本地神山，各自代表在藏傳佛教菩薩系統中的三個菩薩。當地絕大多數人都認爲她（他）們是一對夫妻與一個女兒，或是三個姊妹。沒有人認爲她（他）們是那些人的祖先——因爲這是三個菩薩。但是在較深遠的溝中，有些報告人則說這是三個同胞（不確定是弟兄或姐妹）分家產，後來分別管理三個溝。另一個受藏傳佛教影響的地區則是理縣東部各村寨。在這兒流傳白哈哈、白西西、白郎郎三弟兄的故事(例 19)。同樣的，在這故事與相關地方信仰中，這三弟兄也被當地羌族認爲是菩薩，他們不被認爲是任何人的祖先。同樣的，弟兄故事在這一帶比較不盛行。

爲何在這些藏傳佛教流行或受藏傳佛教影響的地區，「弟兄故事」或任何形式的起源歷史都相當被忽視？在人群聚合上，什麼樣的社會文化因素與其實踐取代了弟兄故事或線性歷史，使得這兒的人們幾乎

---

14 這並非是說漢族或中國人好以武力擴張，而是說漢族或中國人常以歷史記憶來造成一擴張性的族群邊緣。我曾以「太伯奔吳故事」來說明華夏邊緣如何藉歷史記憶擴張（王明珂 1997）。

成了沒有「歷史」的人群？這是一個相當複雜的問題。目前我只能以田野所見的一些現象來作解釋。在當地，我注意到許多宗教與婚喪儀式中，特別是在更普遍的以酒招待客人的開罎儀式中，年長者要先以酒請菩薩、敬菩薩。以黑水地區為例，從最高的菩薩唸起，一級級的唸到包括紅原、阿壩草地與黑水所有牧民與農人的共同菩薩，然後是黑水人自己的歐塔基、歐塔咪、歐塔拉，然後是各溝各寨的菩薩，然後是自家的家神。或許是對這種大小層級菩薩的信仰，以及定期與不定期的集體回憶活動(如祭本寨的菩薩或歐塔拉等)，已足使重要社會記憶不斷被提醒以凝聚不同層級的社會人群認同，也因此使得弟兄故事與其它形式的歷史被淡化或遺忘，或被「菩薩化」了。[15]

　　由另一種角度來說，岷江上游各村寨人群中的「弟兄故事」與相關人群認同受到漢文化或藏傳佛教文化的影響，不應被簡單的描述為「藏化」或是「漢化」。這樣的說法預設了這兒原來就存在著漢、藏與羌三個可截然劃分的「民族」。在這青藏高原的邊緣，在這華夏邊緣，原來漢人與非漢人之間的界限，或「爾瑪」與「赤部」、「而」的界線，就是一片模糊地帶。中國歷代王朝，北方游牧部落，西藏內地往東北擴展的政權，都曾經控制這一帶地方，留下或多或少的政治、宗教與文化遺痕。但這裡各溝、村、寨內外的社會經濟結構，使得這些歷史過程在當地社會記憶中幾乎毫無痕跡可尋。直到近代弟兄故事仍是當地最重要的起源記憶，孤立的、相對的「爾瑪」仍是最重要的人群認同。

---

15 必須說明的是，這種祭拜或請菩薩的儀式活動，在茂縣、汶川等羌族地區也有。在西方的黑水或北方的松潘附近，山神菩薩被列入藏傳佛教階序化菩薩系統之中。由此往東或往南各村寨，藏傳佛教的菩薩逐漸消失，人們只祭拜各級山神菩薩與觀音、玉皇、東嶽等漢人信仰。再往東往南，在汶川、理縣等地村寨中則漢人神祇信仰取代了各級山神，各村寨最多只祭拜一個山神。在祭各級山神的村寨中，似乎每一山神只代表一個或大或小的人群，而各個山神間並沒有絕對的階序。在只祭本寨山神的村寨中，過去在開罎前所請的則是平行的、鄰近各寨的山神，而非階序化的菩薩。

　　因此，更重要的改變不是「漢化」或「藏化」而是「民族化」。清末民初時期，由歐美傳入的國族主義（nationalism）在中國知識分子救亡圖存的危機意識下逐漸在此發酵、播散，而使得傳統華夏與其四裔共同形成「中華民族」。「民族」（nation）概念不僅使「漢人」變爲「漢民族」，也使得傳統漢人概念中的「四裔」變爲中國境內少數民族。[16] 爲了國家民族政策的施行，民族分類與識別使得每一個人都得其民族身分，民族界限也因此被劃分出來。如此使得散布於茂縣、汶川、理縣、松潘、北川等地的羌族範圍確立。羌族知識分子學習與詮釋漢人歷史中的羌族史，因此建立其羌族認同（Wang 1998）。與此相關的歷史是一種源於祖先英雄的線性歷史。在此歷史中，羌族是炎帝、大禹、樊梨花或「阿爸白苟」等英雄的後代。這種出於「一位英雄祖先」的祖源歷史記憶，與「幾個弟兄」的歷史記憶各自代表著不同的歷史心性；也說明了作爲「民族」的羌族與過去的「爾瑪」之間的差別。

　　但這並不是說，「羌族」與「爾瑪」沒有關係。值得注意的是，目前羌族人多自稱「爾瑪」；漢字書寫與發音的「爾瑪」，可以讓他們忽略這個「族群自稱」在各溝各寨母語發音上的差異，以及過去彼此間的認同差異。弟兄故事所表現的傳統歷史心性，出現在羌族知識分子所編寫的「阿爸白苟」傳說之中（羅世澤 1983）。一個從前流傳在部分地區的神話傳說人物「阿爸白苟」，被普及化成爲羌族的祖先英雄（見例 8，20）。此社會記憶藉著各種以漢文字出版的羌族民間故事與羌族

---

16 這並不是說在 nationalism 傳入中國之前不存在「華夏」或「漢人」族群認同；然而，傳統的華夏或漢人認同，與漢民族或中華民族認同的確不盡相同。前者主要賴「異類邊緣」來凝聚（強調非我族類的異類性）。後者則是在民族主義的「民族」概念下的產物；在此概念中，漢民族或中華民族是一群有共同血緣（體質）、文化、語言等特徵並在歷史上延續的人群。本世紀以來，中國許多民族學調查與民族史研究，可以說是找尋或想像體質、文化與歷史同異以建立中華民族、漢族與各少數民族之特質與區分的活動。我曾以羌族爲例說明此歷史過程（Wang 1998）。

史等傳播。這看來似乎是受到英雄聖王歷史的影響。無論如何，「弟兄故事」的結構仍存在，只是在新的知識體系下得到新的詮釋：阿爸白苟的「九個兒子」，分別落居於他們「民族知識」中當前羌族分布的茂縣、汶川、理縣、松潘、北川、綿虒，以及「歷史知識」中他們認為從前應是羌族地區的灌縣、娘子關（映秀），以及「語言知識」中他們認為其居民現在應是羌族的黑水（羅世澤 1983）。這樣的神話或歷史建構是一個混合「弟兄故事」與「英雄祖先」等不同歷史心性的產物。更重要的是它不但顯露在民族主義下人們如何假借民族學、歷史學與語言學知識來想像「我群」，也表達了此種民族認同想像的擴張性。

五、歷史、神話與根基歷史

最後，或許有人會懷疑：這些「弟兄故事」究竟是歷史還是神話傳說？對這樣的問題我沒有簡單、截然的答案。然而，這涉及一些更複雜、更基本的問題：究竟在我們的知識體系中歷史與神話傳說有何差別？是否所有的人類社會皆服膺此種知識理性？

許多歷史學者皆認為，這世界上不是所有的社會人群都有歷史或歷史意識——有些人群生活在宗教與神話掌控的世界之中；這類似於 Levi-Strauss 所謂的 'hot' society 與 'cold' society 之別（Levi-Strauss 1969）。有些西方學者認為一些「非西方」人群或底層社會人群是沒有歷史的（Wolf 1982:385）；中國的漢族學者也普遍認為，相對於漢族悠久的歷史書寫傳統，部分中國少數民族沒有歷史與歷史意識。然而，另一些學者，特別是來自非西方世界或在非西方世界作研究的人類學者，卻認為「神話」（myth）與「歷史」（history）的區分是西方文化的產物，此種區分不是在任何社會都有意義（Obeyesekere 1992:59-60），或指出無所謂 'hot' society 與 'cold' society 之別，所有的原始社會都有其歷史（Leach 1989:44）。

在討論此問題時，我們應把歷史事實（眞正發生了什麼）與歷史記憶與述事（人們認爲發生了什麼）分別開來。在歷史述事上，現在許多歷史學者皆同意，「歷史」常常是選擇性的或是虛構的；研究族群現象與民族主義的學者也注意到，共同起源（一個祖先或事件）的歷史想像常在某種群體認同下被選擇、創造出來。更值得注意的是，如人類學者 Gananath Obeyesekere 所指出的，一個神話模式（myth model）可能以各種不同的論述形式重現與表達，包括歷史與人類學的學術著作之中（Obeyesekere 1992：10-11）。這些在民族主義下的集體歷史想像，或在特定文化中更深層的「神話模式」批上理性外衣的學術呈現，是否就不能當作是「神話」而應被視爲「歷史」？這說明了在不同學術典範下或不同文化之下，人們對於神話與歷史都有不同的定義。

因此，我認爲無論是「神話」與「歷史」，或是司馬遷所謂「其文不雅馴」者與「歷史」，眞正的差別只是人們在不同的歷史心性下對所謂眞實與不眞實的過去的主觀看法與集體想像。而且，在人們相信的眞實與虛構之間，或「歷史」與「神話」之間，有一模糊的中間地帶。以本文的例子來說，岷江上游村寨人群間還流傳一些有關天地開闢、創造人類、人神關係，以及某種動物或植物的來源等故事。相對於近代以來發生的「歷史」而言，這些故事的眞實性在他們心目中非常的低；可以說他們的確分辨眞實的過去與虛構的過去。然而「弟兄故事」便是介乎此二者的中間模糊帶。世界許多文明中有關神性或英雄祖先的起源神話或「歷史」，似乎都可以歸入此類。認識此「歷史」與神話的中間模糊帶有理論上的重要性；探入此「邊緣」可以讓我們對神話如何影響歷史建構與歷史事件，以及歷史事件如何投射在歷史建構與神話建構之中，有更多的瞭解。

本文的弟兄故事，以及我曾在別的文章中論及的「太伯奔吳故事」，都是很好的例子，可以說明歷史事實或事件（historical facts or events)、歷史述事(historical narratives)與神話傳說間的關係。在弟兄故事中，我們是否可以追問「最早有幾個弟兄到這兒來」是不是歷史事實？或「湖廣塡四川的時候幾個弟兄從湖廣來」是不是歷史事實？顯然它們有些是事實，有些是想像，更有些是被修正、被想像的事實。對「太伯奔吳故事」的研究也說明，土著「尋找一位外來祖先或神」，與華夏「尋找到野蠻地區被尊爲神或酋長的祖先」，這兩種歷史溯源（或歷史想像）普遍存在於文化接觸中勢力強弱不均的兩群體之間（王明珂 1997：272-79；1997a）。一個結構性的社會歷史記憶（或神話模式），可能導致符合此結構的社會行爲（或新神話建構）；如幾個弟兄一起到外地開荒，或一位來自文明世界的人征服蠻荒世界。而現實社會結構(一村有三個寨子，或文明核心與邊緣人群關係)，也可能產生同樣結構下對過去的回憶（三弟兄到此分家，或來自文明核心的人曾在蠻夷地區被尊爲神或王）。新的社會環境、知識與事件，產生新的社會歷史記憶或新的歷史心性，而社會人群在新的、舊的或混合的歷史心性中，經驗當代、期待未來，並重建他們各種版本的過去。因此，在本文對於「弟兄故事」的分析中，一個主題便是某種存在於個人與社會中的「結構」——無論稱之爲歷史結構、神話模式或歷史心性，或如社會記憶研究先驅英國心理學者 F. C. Bartlett 所稱的schema(1932：197-214)——以及它與歷史述事、歷史事實間的關係。

　　「尋找外來的或到外地去的祖先或神」與「弟兄故事」應是根植於許多文化人群中基本的兩種「歷史」——介於歷史與神話間的根基歷史——分別代表不同的歷史心性。許多「歷史事實」與「歷史述事」都由此產生。特別是「弟兄故事」在以父系繼嗣或以男性爲主體的社會人群間，以最直截的方式（弟兄關係）強調「同胞」間的根基性情感聯繫。而強調人群間的根基性情感，也是許多歷史述事（如國史與民族史）的主要目的，以及促成歷史行動與事實（如中國「同胞們」共同抗日）的主要動力。

六、結　語

在本文中，我介紹流傳在岷江上游及北川地區村寨人群間的一些「弟兄故事」，並說明產生這些「弟兄故事」的當地生態與社會背景，以及故事中的人、事、物與空間、時間等概念。藉此，我強調這是一種基於特殊歷史心性下的歷史述事與歷史記憶；我也探索這樣的歷史心性與歷史記憶在漢、藏文化的影響下，特別是在近代「民族化」影響下的變化。

以「弟兄故事」爲代表的根基歷史，最初流行在日常生活中人們經常彼此接觸的、個人或群體間的經濟與社會地位大致平等的、以父系繼嗣或以男性爲主體的人類社會群體之中（如一個小溝中各村寨人群）。[17] 雖然在細節上有爭論，這是一個群體中大家耳熟能詳的「大眾歷史」。隨著人類社會不同形式、不同程度的複雜化、中央化(centralization) 與階級化 (stratification) 發展，根基歷史所代表的歷史心性逐漸被其它歷史心性取代或壓抑。首先，在社會中央化之後，並非

---

17 作爲根基歷史的弟兄故事目前廣泛分布在中國西南地區以父系繼嗣或以男性爲主體的各族群間。以下的例子說明，當這些西南土著被漢人分類而「民族化」之初（約在30 至 40 年代），他們仍以「弟兄故事」來合理化他們心目中的民族關係。如一則有關景頗族傳說的記載：「(江心坡)土人種族甚多……。或謂彼等爲蚩尤之子孫……。而年老土人則謂『我野人與擺夷漢人同種，野人大哥，擺夷二哥，漢人老三。因父親疼惜幼子，故將大哥逐居山野，二哥擺夷種田，供給老三。且懼大哥野人爲亂，乃又令二哥擺夷住於邊界，防野人而保衛老三……。』」（華企雲 1932：332）。又如，彝族夷經中的記載：「遠古時代喬姆家有弟兄三人……（洪水後喬姆石奇獨活。老三喬姆石奇的三個兒子原來不會說話，他們以竹筒在火中燒出爆烈聲，三個啞巴嚇得驚呼……）大的叫 Atzige（羅語）， 二的喊 Magedu（番語），小的呼熱得很。從此他們說三種不同的語言，成爲夷(Nohsu)、番、漢三族的祖先。」（庄學本 1941：152-55）。部分苗族中亦有苗、漢、彝爲三弟兄的祖先起源故事；傈僳族中也有傈僳、漢、彝爲三弟兄的說法（李海鷹等 1985：179-81）。這些例子都說明，在「弟兄故事」的歷史心性下，新的「歷史」仍以「弟兄關係」來強調各族群間的區分與對等。

這些弟兄，而是弟兄們的父親——一位英雄聖王——成爲歷史的起始。
無論歷史重複著一個個英雄聖王及其子孫的興亡(循環歷史)，或是英
雄聖王及其子孫萬世一系的歷史（線性歷史），其「起源」都是一位英
雄聖王。同時，在社會因政治、經濟、宗敎而分工化、階層化之後，
歷史記載的不再是該群體所有人的「共同過去」，而是部分人的過去
——他們是皇室、貴族、世家，或是宗敎與商業領袖。政治、宗敎與
商業活動中的歷史「人物」與「事件」，取代基本歷史中的「物」與「事」，
成爲劃分、強化或爭論族群優劣與社會階層化關係的符號。

在這樣的社會歷史記憶活動中，文字書寫取代或壓抑口傳記憶，
扮演非常重要的記憶媒介角色。它不但被用來凝化、保存一些重要的
社會歷史記憶，文字書寫知識與書寫材料又可被壟斷爲一種政治資本。
在社會分工與階層化之下，某些人群被排除在這些新記憶媒介之外，
因此也無法以歷史記憶來爭奪、維護本身合理的地位。弟兄故事中群
體間的「同胞之愛」，只保存在帝王、貴戚與世家大族自身的文字歷史
記憶之中；所有成員（如華夏）間的一體性，轉變爲由異質化的邊緣
來強化——以歷史與風俗描述來強調域外世界與域外之人的詭異與野
蠻，以及對外戰爭中本族群的英雄人物與事蹟。同時，就在此種社會
文明與歷史心性的發展中，一種擴張性的歷史心性——尋找在邊緣或
蠻荒地區被土著尊爲神或酋長的祖先——創造出許多華夏化（如太伯
在東吳）、民族化（如大禹在川西）或西化（如 Captain Cook 在夏威
夷)[18] 的歷史述事與歷史事實。相對的，「尋找外來的祖先或神」，也在
此文化接觸中成爲許多原以弟兄故事或其它本土歷史凝聚之人群的新
歷史心性之一；由此產生漢化、民族化或西化的歷史述事與歷史事實。

---

18 根據許多文獻記載，歐洲探險家 Captain Cook 在 1779 年抵達夏威夷，被土著殺害
   然而被尊爲神。基於此，人類學者 Marshall Sahlins 與 Gananath Obeyesekere 間
   曾有關於歷史與文化結構的綿長辯論 (Sahlins 1981, 1995; Obeyesekere 1992)；
   或請參見拙著 (1997:278-79)。

　　以弟兄故事爲代表的根基歷史，似乎曾普遍存在於中國及其邊緣部分區域人群間。中國古史中弟兄故事遺痕隨處可見；如《國語‧晉語》中便有黃帝、炎帝爲兩弟兄的說法。[19] 到了漢晉時期，當華夏邊緣擴及於靑藏高原邊緣時，被納入此邊緣而成爲華夏的巴蜀人，也以一「九弟兄」故事將本地人與中原華夏凝聚在一起。[20] 漢代之後，這些弟兄故事在歷史中已失去其位置；線性或循環的歷史，以英雄聖王爲起始的歷史，以記錄、回憶社會中部分人活動爲主的歷史成爲正史。但以「同胞兄弟血緣」凝聚人群的歷史心性，仍存在於以各種方法表述的歷史（特別是族譜）、傳說與神話之中。最後，近代民族主義下的歷史概念，如美國歷史學者 Presenjit Duara 所言，強調的是一種「啓蒙式」的線性歷史 (Enlightenment History)：一面追溯成員間共同的起源，一面強調現代與傳統間的斷裂(Duara 1995:17-50)。在清末中國知識分子「造中華民族」的歷史建構過程中，此線性歷史有一個渾沌的、介於歷史與傳說間的起源——炎黃。一個過去的皇統符號，黃帝，被建構爲所有漢族或所有中華民族的共同祖先(沈松僑 1997)。在稍晚的中國民族史建構中，炎帝則被影射爲許多少數民族——特別是所謂「氏羌系民族」——的祖先。

　　當中華民族由歷史記憶中「覺醒」後，傳統被視爲四裔蠻夷的、一個個孤立的「爾瑪」也變成了羌族。「爾瑪」與「赤部」、「而」之間的相對關係，轉變爲羌、藏、漢之間絕對的民族界線。對漢族而言，更重要的是羌族在「中華民族」建構中扮演著關鍵的角色。由於中國古文獻曾將許多邊緣人群記錄爲「羌」，而「羌」與中國古代之「姜」氏族又被認爲是同一族群。因此姜姓炎帝不只被認爲是當今羌族的祖

19《國語‧晉語》：昔少典娶於有蟜氏，生黃帝、炎帝。黃帝以姬水成，炎帝以姜水成，成而異德，故黃帝爲姬，炎帝爲姜。

20《華陽國志‧蜀志》：洛書曰，人皇始出繼地皇之後，兄弟九人分理九州爲九囿。人皇居中州，制八輔。華陽之壤、梁岷之域是其一囿，囿中之國則巴蜀矣。

先，也被認爲是所有與古代之羌、氐羌有關之族群的共同祖先。一個古老「炎、黃弟兄故事」的新詮釋，將所有「氐羌系民族」（包括藏、羌、彝、哈尼、納西、景頗等十數種西南民族）與漢族緊密結合爲中華民族下的「兄弟民族」。這說明了，雖然啓蒙的線性歷史以及由之產生的「民族」都被認爲是近代產物；一種新的歷史，新的認同。但無論如何它仍是人類以「歷史」來凝聚社會人群的一種形式。也因此，在新的歷史心性中仍潛藏著根基性的歷史心性——在中國，「同胞」仍是民族成員間強調根基性情感的稱號，「兄弟民族」仍是強調中華民族下各民族團結的符號。

參考書目

王明珂

　　1994　過去的結構：關於族群本質與認同變遷的探討，新史學 5(3):119-140。

　　1997　華夏邊緣：歷史記憶與族群認同。臺北：允晨文化公司。

　　1997a　漢族邊緣的羌族記憶與羌族本質，刊於從周邊看漢人的社會與文化：王崧興先生紀念論文集，黃應貴、葉春榮編。臺北：中央研究院民族學研究所。

四川省編輯組

　　1986　羌族社會歷史調查。成都：四川省社會科學院出版。

李海鷹等

　　1985　四川省苗族、傈僳族、傣族、白族、滿族社會歷史調查。成都：四川省社會科學院出版。

沈松僑

　　1997　我以我血薦軒轅──黃帝神話與晚清的國族建構，台灣社會研究季刊 28:1-77。

庄學本

　　1941　夷族調查報告，刊於國立北京大學中國民族學會民俗叢書專號 2，民族篇 26。西康省政府印行。

政協理縣文史委員會

　　1996　通化西山白空寺，理縣文史資料 1 期（總第 13 期）。

華企雲

　　1932　中國邊疆。新亞細亞叢書邊疆研究之二。上海：新亞細亞月刊社。

Anderson, Benedict

　　1991　*Imagined Communities: Reflections on the Origin and Spread of Nationalism*. Rivised edition. London: Verso Press.

Barth, Fredrik

　　1969　Introduction, in *Ethnic Groups and Boundaries*, Fredrik Barth, ed., pp.9-38. London: George Allen & Unwin.

Bartlett, F. C.

　　1932　*Remembering: A Study in Experimental and Social Psychology*. Cambridge: Cambridge University Press.

Bloch, Marc Leopold Benjamin

　　1954　*The Historian's Craft*. Peter Putnam, trans. New York: Knopf.

Duara, Prasenjit

    1995   *Rescuing History from the Nation: Questioning Narratives of Modern China*. Chicago: The University of Chicago Press.

Eliade, Mircea

    1954   *The Myth of the Eternal Return, or Cosmos and History*. Princeton: Princeton University Press.

Girard, René

    1977   *Violence and the Sacred*. Patrick Gregory, trans. Baltimore: The Johns Hopkins University Press.

Goody, Jack

    1977   *Domestication of the Savage Mind*. Cambridge: Cambridge University Press.

Halbwachs, Maurice

    1992   *On Collective Memory*. Lewis A. Coser, ed. & trans. Chicago: The University of Chicago Press.

Hobsbawm, Eric & Terence Ranger, eds.

    1983   *The Invention of Tradition*. Cambridge: Cambridge University Press.

Leach, Edmund

    1989   Tribal Ethnography: Past, Present, Future, in *History and Ethnicity*, Elizabeth Tonkin, Maryon McDonald & Malcolm Chapman, eds., pp.34-47. London: Routledge.

Lévi-Strauss, Claude

    1969   *The Elementary Structures of Kinship*. Boston: Beacon Press.

Obeyesekere, Gananath

    1992   *The Apotheosis of Captain Cook: European Mythmaking in the Pacific*. Princeton: Princeton University Press.

Sahlins, Marshall D.

    1981   *Historical Metaphors and Mythical Realities*. Ann Arbor: The University of Michigan Press.

    1995   *How "Native" Think: About Captain Cook, for Example*. Chicago: The University of Chicago Press.

Smith, Anthony D.

    1987   *The Ethnic Origins of Nations*. New York: Basil Blackwell.

Stanford, Michael

    1994   *A Companion to the Study of History*. Oxford: Blackwell Press.

Thompson, Richard H.

    1989   *Theories of Ethnicity: A Critical Appraisal*. New York: Greenwood Press.

Tonkin, Elizabeth, Maryon McDonald & Malcolm Chapman

    1989   *History and Ethnicity*. London: Routledge.

Van den Berghe, Pierre L.

    1981   *The Ethnic Phenomenon*. New York: Elsevier.

Wang, Ming-ke

    1998   From the Qiang Barbarians to Qiang Nationality: the Making of a New Chinese Boundary. Paper prepared for the International Conference on Imagining China: Regional Division and National Unity. Taipei: Institute of Ethnology, Academia Sinica.

起源、老人和歷史：
以一個卑南族聚落對發祥地的爭議爲例[1]

陳文德
中央研究院民族學研究所

在離開臺灣整整兩年後，筆者於 1993 年 9 月重訪多年來從事研究的南王——卑南族聚落。與當地熟人聊談之間，筆者訝異地聽到一則關於聚落起源的「新」的說法。主張該聚落的「祖先發祥地」是在都蘭山，而不同於其他卑南族聚落是源自於 Panapanayan (位於臺東市知本里南側約五公里處) 的論點 (參閱林豪勳、陳光榮 1994:37-44)，以及之後試圖證明其「正確性」的一連串活動，在聚落內部的確引發了相當大的爭議與衝突 (詳見第三節)。甚至，這樣的論點也引起其他卑南族聚落的批評。[2]

---

1 本文原稿「祖先、起源和歷史：南王卑南族人對發祥地的爭議」，曾發表於 1998 年 2 月由民族學研究所舉辦的「時間、記憶與歷史研討會」。筆者感謝評論人顧坤惠小姐以及與會的蔣斌、黃金麟、黃宣衛、沈松僑、黃應貴、楊淑媛、譚昌國、潘英海與吳乃沛等諸位女士、先生提供意見。也對兩位匿名審稿人表示謝意。本文所使用的拼音可參考《卑南族母語彙錄》一書的介紹 (曾建次 1997:5-7)。筆者特別感謝南王卑南人多年來的幫忙，尤其是已故的林德勝和李成加兩位祭師。此外，也謝謝南王基督長老教會的吳賢明牧師幫忙校對拼音上的一些錯誤。由於本文所處理議題的敏感性，因此儘管行文之間已經慎重斟酌，但是如果因本文的發表而引起族人的爭議與誤會，筆者必須表示相當的歉意。
2 1995 年幾位來自不同聚落的卑南族人，出席在臺東縣政府舉辦的「臺東縣耆老口述歷史座談會」。主張南王與其他卑南族聚落各有不同的「發祥地」的那位南王卑南人也在

　　事實上，筆者早在 1987 年就曾經聽到這位主張「新發祥地」的族人，提到都蘭山才是南王聚落的發祥地，但是這種論點在當時並未引起軒然大波。比較族人對於這種說法前後不同的反應，筆者推測或許因爲這位族人當時是以私下聊談的方式來傳達這個訊息，而且也不像 1993 年到 1994 年期間，有一連串的「尋根」活動來證明這個「新發祥地」的正確性。

　　儘管如此，這個「新發祥地」的論點之發展以及因而引起的爭議，卻也透露一些重要的訊息。一方面，它之所以「浮現」是因爲當時的社會情境，尤其是政府行政部門從 1980 年代後期，極力推行維護與保存臺灣「原住民」[3] 的文化、語言、音樂等特徵的一序列活動。這些措施無疑地是政府自 1980 年代初期以來，面對「原住民」菁英所發起的一連串爭取族群權利的運動而採取的對策 (參閱謝世忠 1987；黃美英 1995；另見黃宣衛 1992)。[4] 在這種力量相互作用之下，「原住民的歷史與文化」也就自然而然成爲官方和「原住民」菁英共同關注的議題。以卑南族爲例，該族群的歷史、傳說與神話不但成爲研究的焦點，研究者除了非卑南族的學者外(例如，宋龍生 1995, 1997a, 1998；金榮華 1989)，也包括了卑南族的菁英 (例如，林志興 1997；曾建次 1993-1994, 1998)。

　　然而，另一方面，原本攸關族群「歷史與文化」的議題之成爲爭

　　場，並且重申他的說法。但是這樣的論點立即遭到另一個聚落的族人的反駁 (臺灣省文獻委員會 1997:258-260)。此外，根據《臺灣日報》1997 年 12 月 19 日的報導，由於不滿這種不認同卑南族共同發源地 (即 Panapanayan) 的論點，某卑南族聚落傳將抵制由南王聚落於翌年 (1998) 1 月 3 日負責舉辦的「卑南族聯合年祭」。不過，就筆者所知，該聚落之所以未參與「聯合年祭」是另有原因。

3 「原住民」一詞乃是 1994 年 7 月經由國民大會臨時會通過更改，並廣見於今日的官方或大眾媒體的報導。不過，筆者認爲「原住民」一詞是否爲適當的用法仍是值得進一步討論的問題。本文基本上也沿用這個名詞，但加以括弧表示。

4 類似這樣的措施也更早見於政府對於「本土文化」的態度 (參考楊聰榮 1993)。

議的焦點，卻也不能完全從這些外在情境的轉變來理解。相反地，筆者認爲，對於「發祥地」的爭議，不但顯示了南王聚落內部構成的複雜性質，其實也與該社會的階序性性質密切關連。換言之，與祖先、起源有關的「歷史」敍述之所以重要，乃是因爲這些表述(representation)是關係著個人的權威或權力。如同 E. Bruner(1986:144, 152)剴切地指出，「敍事不只是意義的結構，也是權力的構造，」(Narratives are not only structures of meaning but structures of power as well)。在一個階序性的社會，更是如此。

接下來的本文中，首先是關於「新發祥地」論點產生背景的描述，也就是 1992 到 1994 年之間，與南王聚落有關的一些重要活動的舉行。其次，筆者簡介南王聚落的概況，尤其該聚落內部構成的複雜性。在第三節，筆者則描述「新發祥地」的論點以及對此主張的爭議過程。接著，筆者進一步討論關於發祥地和一些傳說的爭議所隱含的意義。換言之，這些爭議一方面呈現南王卑南人如何看待「歷史」，以及這與他們對「老人」 *maizang*、「祖先」 *tmuamuan* 等觀念的關連性；另一方面，也顯示了他們對人的行動之可能性的一些看法。最後，筆者試圖將此研究放置在晚近對於「南島語族」(the Austronesian-speaking peoples) 的「起源」觀念 (ideology of origin) 的相關文獻中，並且提出有仍待進一步探討的問題。

一、「新發祥地」論的緣起

誠如上面所述，「新發祥地」的說法並未以公開的方式在聚落內傳佈。筆者認爲，它之所以會成爲一個公眾的議題，甚至引起爭議，和南王聚落關連的活動應該扮演著重要的作用。是在這兩個重要的活動中，提倡「新發祥地」論的族人成爲「外界」與南王卑南人聯繫的重要媒介人物。這兩個活動分別是: (1) 1992 年 8 月下旬的「臺灣原住民

族樂舞系列——卑南篇」；(2)從 1993 到 1994 年，由行政院文化建設委員會策劃的「八十三年度全國文藝季」。在第一項活動中，居住在臺東縣境內的卑南人應邀於臺北中正紀念堂國家戲劇院，演出各個聚落的傳統音樂和舞蹈。後一項活動則以南王聚落為主要的對象；是以聚落的歲時祭儀做為「八十三年度全國文藝季」的一個展演項目。

㈠臺灣原住民族樂舞系列——卑南篇

「臺灣原住民樂舞系列」是由國立中正文化中心主辦，以「原住民」的音樂與舞蹈為對象的活動。從 1990 年以來，已經舉辦過「阿美篇」(1990) 和「布農篇」(1991)。[5] 根據製作此系列活動者的說法，其製作意義是希望藉著易於為社會大眾所接受的音樂舞蹈的展演活動，引領參與者接近、進而瞭解臺灣「原住民」豐富多樣的人文世界。而最重要的目的是「讓文化意識在部落落實，促使卑南部落成立各自的『文化研究會』，對自己的文化傳統作整理與保存」(《中央日報》，1992年 8 月 19 日，國際版)。

由「原住民」在另一個時空中演出「部落的祭儀」的作法，本身就是一個值得分析的問題。暫且不論其是否適當，在整個展演過程中（包括事後的評估），當地族人如何看待這樣的演出，卻往往是製作單位忽略的。[6] 儘管如此，在國家劇院的演出的確有它重要的意涵：更加凸顯「部落」的「傳統歷史文化」的重要性。從「部落」這個議題來說，它呼應了 1990 年代初期，一群「原住民」菁英以「部落族人為主

---

[5] 就筆者所知，這個系列活動到 1993 年「鄒族篇」後就停辦了。至於 1994 年由原舞者在國家劇院演出賽夏族的「矮人祭」，已是另由他人負責製作。

[6] 以「臺灣原住民族樂舞系列——卑南篇」為例，筆者不僅在南王，甚至於鄰近的其他卑南族聚落，也聽到一些族人對於這一次演出的內容（如唱祭歌、扮演巫師）有所保留、甚至批評的態度。當然，「演出」與「儀式」之間是可以區分，問題是這是由誰來界定。而且這樣的「合理化」說辭也往往前後自相矛盾（例如明立國 1989:63, 1994）。

體的民族再生運動」的主張，同時也與後來文化建設委員會推動、強調社區意識、生命共同體的「社區總體營造」的構想相互輝映。[7]

另一方面，對於族群歷史、文化的探究，似乎也成為「原住民運動」的重要課題，甚至是一種使命。例如《原報》(1989)、《獵人文化》(1990) 的相繼創刊，以及由後者轉變而成的「臺灣原住民人文研究中心」(Humanities and Cultural Center, 1992)，明確地揭櫫「只有重新找回臺灣原住民的文化面貌，原住民運動日後才有堅實而不墜的動力」的理念 (引自陳昭如 1995:104)。而對本文所述及的一位主要當事者來說 (按：即主張「新發祥地」的族人)，這次的演出不僅使他扮演一個重要的「中介者」角色 (至少就南王聚落而言)，同時也似乎鼓勵他後來繼續探究與整理部落歷史與文化的念頭。他自己曾經如此說過：「若非在 1992 年 (按：即『臺灣原住民樂舞系列——卑南篇』)，由於當時一位主辦者的積極邀請參與，我也不會萌發整理傳統文化的念頭。」這樣的念頭，尤其是提出「新發祥地」的主張，無疑地更因為文化建設委員會策劃的「八十三年度全國文藝季」，而有新的發展契機。

㈡八十三年度全國文藝季——臺東縣卑南猴祭(1993-1994)

南王卑南族聚落是該年度全國文藝季的一個補助對象。為了配合文化建設委員會所提倡的「人親、土親、文化親」，南王聚落以「卑南猴祭」為主題，推出一系列關於「卑南族傳統文化習俗」之藝文活動。活動是從 1993 年 12 月下旬展開，一直到翌年的 5 月。除了出版了兩本題名《臺東縣卑南猴祭》的冊子外 (以文字、圖片介紹活動的內容和南王卑南族的一些社會文化特質)，從 12 月 23 日到翌年元月 2 日

---

7 當然，此並不意味著政府所提倡的「社區文化」是無異議的。例如，由文化建設委員會在 1995 年策劃的「臺灣原住民文化藝術傳承與發展」大型座談會中，一些「原住民」菁英即主張「原住民」是不講「社區文化」，而是應該強調「族群文化」。

也分別舉辦了：(1)卑南文物展，(2)懷鄉歌謠演唱會，(3)少年猴祭，(4)文化之旅，(5)大獵祭，(6)迎接凱旋，(7)美食饗宴和(8)八社聯合年祭等各項活動。

上述這些活動中，以「文化之旅」乙項與「新發祥地」的議題最為直接關連。在那次的活動中，數十名外來遊客參觀了卑南文化遺址，也聆聽南王卑南人發祥地及傳說故事。類似的情形也見於 1994 年 5 月的「知性之旅」。近百餘名的參與者（包括部分南王卑南人），搭車前往傳說故事中的地點，由解說員當場說明與之相關的歷史典故。同年 6 月，題名為《卑南族神話故事集錦》的書籍也由縣立文化中心出版：書中不但記載著南王(普悠瑪 Puyuma)聚落的由來，也提及它的源起是在都蘭山，而不是日據以來學者一向所主張的 Panapanayan(林豪勳、陳光榮 1994:9-10，37-44；另見移川子之藏等 1935:第七章)。

換言之，「臺灣原住民族樂舞系列──卑南篇」的演出不但「激發」上述這位主張「新發祥地」的族人從事整理族群的傳統文化，同時也提供機會使這位族人扮演解釋族群歷史文化的「中介者」角色。到了「八十三年度全國文藝季」，不論是關於手冊、書籍的印行或者動態的活動如「文化」或「知性」之旅、甚至在南王卑南人舉行猴祭、大獵祭的場合，更讓這位族人能對來訪的遊客、大眾媒體採訪者，宣揚「新發祥地」的主張。然而，也是這樣的宣傳以及一序列的「尋根」活動，終於導致另一些族人對於「新發祥地」論點的批評。

如果 1980 年代後期「原住民運動」的發展，以及上述兩個由政府策劃的文化活動，是促使「新發祥地」的主張以「探究族群歷史文化」的方式，而成為公開宣揚的話題的重要情境，我們不得不問：「為什麼攸關『歷史』或『過去』的議題會成為內部爭議的焦點？」這樣的爭議是否也隱含著個人之間的衝突？如果是，又為何以如此的方式呈現？換言之，對於「發祥地」的爭議其實涉及一些更基本的問題：例如，對當地人而言，「歷史」是以何種方式呈現？在這樣的陳述過程中，其

蘊含的人的能動性 (human agency) 的觀念又是什麼？另一方面，對於族群歷史的敘事，也因為聚落本身構成的複雜性，而更可能進一步引發爭議性。事實上，南王聚落就是這樣的一個例子。為了便於後文的討論，對於該聚落的諸些特徵做一描述乃是有其必要性。

二、南王聚落的概況

　　在以往文獻的記載中，南王與知本被認為是卑南族兩個最重要的大社，其他的卑南族聚落則再分別由這兩大社發展出去的。[8] 例如，原有八個主要聚落中 (移川子之藏等 1935：第七章)，「石生」這個系統是以知本為主，包括了建和、利嘉、泰安、阿里擺和初鹿；「竹生」的系統則以南王為主，包括下賓朗 (宋龍生 1965)。[9] 日據之前，今日共稱為「卑南族」的這些聚落曾經稱霸東部地區，其中又以舊稱卑南社的南王最常為人所稱道，尤其是「卑南（大）王」的傳說。

　　在上個世紀後期，南王卑南人經多次遷移，而散居於今日的卑南里一帶。到了 1929 年，日本政府基於霍亂的蔓延、卑南人與日漸增加的漢人之間的衝突等因素的考慮 (宋龍生 1965；曾振名 1983)，遂將

---

8 以知本和南王為兩大系統的說法似乎也被卑南人接受。例如，一位六十餘歲的南王卑南人就曾經建議筆者應將研究重心放在這兩個聚落(另見曾建次 1997，1998)。不過，兩大系統的區分是否可以說明各聚落內部的組成，乃是值得進一步探討的問題。例如，在下賓朗 (Pinaski)，有些家系很清楚是來自南王，不過這些家系也知道另有一些家族是更早居住在這個聚落。此外，就語音和一些重要辭彙的用法來說，下賓朗與南王也有顯著的差異 (參閱 Chen 1998：Chapter 2)。

9 「竹生」和「石生」乃是一般文獻常用的用詞。不過，宋龍生最近提出一種新的解讀方式。他認為「『石生』或可被解讀為出生於石板屋；『竹生』是指出生於竹屋，兩個不同的居住建築文化系統」(1997a：9)。換言之，知本等石生傳說的部落採取了山田燒墾的游耕，以石材建屋，人出生於也葬於石板室內。反之，以南王為主的竹生傳說的部落是向平原發展，採取定耕，以竹子與茅草建屋，人出生於也葬於竹屋內(頁 9，33)。這的確是一個相當有意思的觀點，而且也指出了「卑南族」做為一個族群的複雜性。不過，這樣的說法仍待進一步的研究。

他們集中遷居於佔地約四百平方公尺、略成正方形的新聚落。在日本殖民政府刻意經營下，聚落不但內部規劃整齊，並且禁止非卑南族的住戶遷入。一直到光復後，這樣的「封閉」情形才逐漸改變。隨著漢人的遷入以及南王卑南人因迫於債務而出售土地，甚至遷居他處，卑南族的人口漸漸成為少數。(以 1994 年為例，登記的山胞人數是佔總人口數 3,155 的 42.03%)。儘管如此，南王卑南人仍然在日常生活和儀式活動中顯示其同屬一個「部落」*zekaL* 的意識，而有別於同住在南王里內的漢人或其他族群(參閱 Chen 1998：Chapters 3, 7；另見陳文德 1998b)。[10]

　　早在 1935 年出版的《臺灣高砂族系統所屬の研究》一書中，移川子之藏等人即提到南王是卑南族聚落中一個極為特殊的例子。例如，該聚落內部有六個各有祭祀用的「祖屋」*karumaan* 和成人會所的領導家系；六個家系分別組成兩個半部而又各以其中的一個家系和它的「祖屋」為領導中心，具有一種「二部組織」(dual organization) 的特徵(參閱衛惠林 1956)。雖然兩半部之間，尤其關於小米的祭儀，存在階序的關係 (即「北先南後」)，從各種重要的歲時祭儀的內容與過程來看，也清楚地呈現兩半部是各自獨立而不相分屬的特徵 (Chen 1998：Chapter 7)。另一方面，從神話尤其關於小米儀式的行祭方向，南王也不像其他的卑南族聚落有著一致向某方向行祭的情形，反而內部存在著相當大的歧異性。例如，當 Pasaraʔat 和 Balangato 兩個領導家系及其所屬的會所成員渡過卑南大溪,向都蘭山行祭新的小米時，Sapayan 和 Raʔraʔ 是向著蘭嶼，而另一個家系 Arasis 則向綠島的方向 (移川子之藏等 1935：359-362)。

---

10 以 1997 年 11 月的縣市長選舉為例，一位候選人 (父親是南王卑南人，母親是漢人) 在南王成立後援會，地點是設在現任里長的辦公室 (里長也是卑南人)。設立後，其有關的競選活動以及動員方式都以卑南人的住戶為對象，並且是透過聚落原有的內部組織，例如老人會、青年會和婦女會等。

　　對於這種內部歧異性的討論，也再次地出現於最近的一些研究，並且賦予新的解釋。例如，宋龍生（1997a）根據他多年來所蒐集的南王一些領導家系的傳說，認爲這些神話與傳說解釋了南王部落的形成和發展的過程。亦即，在中古時代與荷蘭人開始接觸之前，南王已是由多元的文化形成的。類似的例子也見於林志興的研究。根據「海祭」源由的諸些傳說，林志興（1997:69）不但同意以往學者（如移川子之藏、宋龍生）所主張南王部落的構成是多元性與歧異性的論點。他更進一步提出一個假設，即稻作文化和粟作文化在卑南平原上的接觸，而一連串的傳說及其差異乃是神話因隨著時間而起了「風化」或「疊壓」的變化（頁 61-62，68-69）。

　　無疑地，南王聚落內部構成的歧異性也可能展現在神話、傳說與祖先起源等內容的多樣性，[11] 因而爭議也在所難免。儘管如此，宋龍生與林志興的論點都假定了神話和傳說是反映實際的歷史事實與歷史過程。然而，筆者認爲，這樣的假定不但忽略了「敍事」（narratives）本身是有其時間性（temporality）——亦即，忽略了新的敍事之發展也是在一個歷史情境中展開（Pannell 1996）——同時也不能回答爲什麼是這些議題引起族人如此激烈的爭議。或者說，尤其對於善於口述這些傳說的族人而言，他們爲何那麼在意這些內容的「正確性」與否？爲了便於文後進一步的討論，在接下來的一節中，筆者擬扼要地敍述1993 年 9、10 月起，在南王聚落流傳的「新發祥地」的說法，所展開的一連串「尋根」活動，以及引起爭議的過程。

---

11 就此而言，比較南王與知本各自關於起源的諸些傳說，立即可以看出一個明顯有趣的對照。雖然兩社的口碑傳說都提到對方，但是知本的神話傳說裡更進一步提及該社與今日鄰近族群（如排灣、阿美、大南的魯凱），甚至與漢人、西洋人是同一始祖的後裔（曾建次 1993-1994，1998:23-29）。不過，類似這樣的傳說却不見於南王。相反地，南王的傳說多著重於內部各領導家系關係的敍述。

三、「祖先從那裡來?」的爭議[12]

　　1993 年 9 月，筆者重回南王聚落從事田野調查。之後，在幾次聚會的場合中，筆者聽到一位中年男性族人對於與會的青年講述南王卑南人祖先的來源，以及祖先所經過地方的傳說。這位族人是一位已經退休的傳教人員，並且曾經在 1960 年代，為來到此地的研究者擔任翻譯的工作。這位族人在講述這些故事、傳說時，多次提到南王卑南人的祖先是來自都蘭山（族人稱之為 maizang）的地方，而不是以往學者所主張的 Panapanayan。他同時也強調，1958 年由當時領導者率領族人前往 Panapanayan 帶回兩根竹子，並且插立於聚落鄰近山麓的作法，乃是中斷了南王千年的歷史傳統，因為從那時候開始，一直到那位領導者過世為止(1961)，南王卑南人不再舉行小米祭、猴祭和大獵祭，而是直接到插立這兩根「神竹」之處祭拜。[13] 除了傳播「新發祥地」的論點，這位族人也與聚落內其他中年族人，數次帶領一些年輕

---

12 本節部分內容引自 Chen（1998：Chapter 8）。

13 不過，從筆者訪問一些年長族人所得知的訊息來看，實際的情形不是完全如上面所說的。換言之，南王卑南人在取回「神竹」之後，仍然舉行歲時儀式，但是也會到插立「神竹」之處行祭。根據宋龍生（1997a：23-26）的報導，當 1963 年他到南王之時，族人在舉行小米祭之前，仍會先到「神竹」處行祭。另一方面，即使是拿取「神竹」一事，也有不同的報導。例如，宋龍生（1997b：23）回述他當時的田野經驗時，提到南王卑南人去 Panapanayan 移植「神竹」時，「曾與知本部落的人發生衝突，知本的族人認為，祖先發源的竹子，是卑南族祖先發源於此地的根源，不可以遷移到別的地方去。後幾經交涉，才獲得知本人的諒解，允許南王的人，挖掘二根竹子，分別代表男女祖先之『分靈』，移植回南王村」。但是宋龍生並未提到移植「神竹」後，曾經發生南王卑南人相繼過世的情形，反而將這樣的例子，視為一種「復古運動」(nativistic movement)（宋龍生 1965：121）。反之，根據筆者近來在知本與鄰近其他卑南族聚落（甚至南王）的訪問，這些不幸事件之所以發生被認為是肇始於南王卑南人拿取神竹時，因為未告知祖先所帶來的懲罰。筆者認為，這些不同的報導所隱含的意義，是值得進一步研究。

族人前往神話傳說中提到的地點探勘。這種「實地」的探索與印證的結果，更進一步引發這群青年對於「新發祥地」論點的興趣，並且從1994年初展開探訪「卑南聖山」（即都蘭山）[14] 的一序列活動。

　　1994年2月初，二十七位族人開始他們的「卑南聖山」之行。緊接著於該月月底，包括多數已參與前項活動在內約近四十位的族人再次前往「聖山」，並夜宿山麓下。這次的活動稱爲「文化之旅」（「聖山之旅尋根探靑」）。一個月後，約四十位的族人決定於「卑南聖山」另一處山麓下，豎立紀念祖先的木牌。在這次的活動過程中，先由一位被邀請隨行的「男祭師」 *kankankar* 在山麓下舉行獻祭的儀式，隨行的族人再於鄰近路旁之地上豎立起木牌。牌上寫著：

元　祖

阿　都　如　冒　　　　　　　　阿　都　如　少

爲提倡愼終追遠之精神，宏揚我普悠瑪卑南姐德及傳統，將依留傳千年之神話所示，勘定古祈禱文所述之發祥地卡那依屯所在，爲期後世子孫能飲水思源，賡續祖德，並揚我族光，謹立此牌以茲誌念。

尋根活動等備小組　敬立

中華民國八十三年三月二十九日

---

14 筆者或以都蘭山、卑南山或者卑南聖山來指稱發祥地，乃是依據文中脈絡而定。基本上，都蘭山的用法是從地理名稱來說，卑南山或卑南聖山的用法則多半爲南王卑南人的說法。

　　這塊木牌上清楚寫著「發祥地」三個字。雖然這裡提到的地點是指「卡那依屯」，而不是「卑南聖山」，但是選擇山麓做為行祭之處，卻也間接表達了都蘭山乃是南王卑南人起源地的說法。在這次立牌的活動中，據稱[15] 隨行而來的這位祭師曾於儀式後，說道因為行祭時他並未感覺到祖靈的來臨，他逐建議一同前來的族人回去後，看是否有做夢，屆時大家再依夢的內容交換意見。[16] 回到聚落後，聽說那幾個晚上，有幾位族人做著不好的夢。例如，有位族人夢到一群人低著頭跳舞；這樣的夢被解釋彷如是喪家在大獵祭中，由親戚帶領與族人共舞，以迎接「新的一年」來臨的情形。據說隨行的祭師夢到一塊大石頭，石頭下有兩根電線，互相碰擊並且冒出火花與發出巨響。

　　同年 7 月，另有一些族人再次前往「卑南聖山」。這次行動的主要原因是因為有位族人，即將率領他所訓練的棒球隊前往國外比賽，而希望行前能祈求祖先的庇佑。於是在上述幾位中年族人的帶領下，這位教練和幾位球員前往「卑南聖山」的山麓下行祭。由於 3 月曾隨同參加立牌活動的祭師突然於 4 月下旬過世，主張「新發祥地」的這位族人就根據他於 1992 年整理的《古今南王プユマ傳統信仰與卑南山》的小冊子，自己擔任行祭的工作。這本小冊子記載著一些傳統祭儀的作法。值得注意的是，冊子的內容一開始如此寫著：「自古以來南王プユマ族對 Tuangalan（按：即都蘭山）祖先的敬仰從沒中斷過。祈文重點內容儀式為新居、當兵、運動員、亡者過年祭、海祭、護身符……等一切檳榔作業，必須先向卑南聖山的祖靈呼求。」由於這位族人本身

---

15 筆者並未參加 2 月舉行的兩次活動以及 3 月的立牌之行。這些相關的訊息都是當地友人事後告知。至於同年 7 月的活動、10 月的卑南山立碑以及之後相關事宜的描述，則是根據筆者參與所蒐集的資料。

16 卑南族人常用夢占 kyatya 來判定重要事情之吉凶，例如舉行重要儀式、狩獵甚至獵頭（參見衛惠林等 1954:25-26）。南王卑南人若有惡夢或不好的事情發生，也往往會先徵詢竹占師，再根據問占的結果找巫師舉行儀式，以消解災疸。

是位教友，因此他自己負責唸經文，至於儀式用的檳榔則另請隨行的族人拿著。[17] 數日後，那位棒球教練又另外找了一位族人（竹占師），在舉行聚落性儀式的「祖屋」*karumaan* 為棒球隊祈求庇佑。在那個場合中，主張「新發祥地」的族人再次拿出上述這本冊子，而竹占師乃根據冊子的記載準備儀式用的檳榔，然後唸著經文以祈求神祇和祖先的幫助。

8 月下旬，棒球隊果然不負眾望拿到冠軍，載譽歸國。除了接受全國以及地方人士的祝賀外，一個與「卑南聖山」有關的計畫也同時在醞釀中。10 月底，以參與前述幾項「尋根」活動的人員為主，再加上一些族人和棒球隊員，一行共約百餘人，決定前往「卑南聖山」立碑。在山頂上，待用過午餐後，隨行的年輕族人協力整理場地，並且選擇了一塊大石頭做為雕刻碑文之處。他們先用電鑽、捶子整平石頭的表面，然後在上面刻上「普優瑪」三個漢字，再用紅漆漆上。同時，族人們也用混合的水泥來磨平石頭前方凹凸不平的地面，以做為行饌獻酒的「祭臺」。在「祭臺」即將填平之際，上述這位主張「新發祥地」的族人，再次拿出《古今南王プユマ傳統信仰與卑南山》的冊子，並且根據書中的記載，準備儀式用品。這一次，仍由他本人唸著經文，而由一位中年男子拿著檳榔。[18] 等一切的工作即將接近尾聲，仍然待

---

17 筆者也曾聽說，這位族人已經多次為族人新蓋好的建屋安置「鎮宅咒物」*pinameder* 或舉行禳祓儀式。在這些場合裡，也是由他唸著經文，而隨行的其他族人幫忙拿著儀式用的檳榔。

18 這位手拿檳榔的中年男子的身份是值得注意的。他的父親是來自於聚落中最大的領導家系（即 Pasaraʔat），後來婚入母家。原先 Pasaraʔat 家系的 *karumaan* 是由此中年男子留在本家的 FMZ 負責看管，*karumaan* 也是建在後者住家的旁邊。由於他的 FMZ 的後嗣接受天主教，而疏於看管做為整個部落儀式重要場所的 *karumaan*，老人會的主要幹部遂於 1993 年決定把管理 *karumaan* 的權利交由此中年男子負責。他現在家中的祖先牌位是他的 FM；而隔壁的母親家中則是供奉著他的 MF、MM 和 F。英文的 F 是 father，M 是 mother，Z 是 sister 的簡寫，亦即 MF 就表示母親的父親（即「外祖父」），其餘類推。

在現場的族人分別依序站在石碑前，[19] 獻酒行祭，同時唱起已故南王卑南族名音樂家陸森寶先生於 1949 年所填詞作曲的《卑南山》。

在這次「立碑」活動的過程中，也有一些奇蹟在族人之間競相流傳著。例如，除了幾位族人有「奇異」的經歷（例如附靈似地哭泣），據稱隨同前往的一位女孩，也曾在上山途中看到兩位老人。對於相信「卑南聖山」是發祥地的族人來說，這些跡象是令人興奮的，因為他們認為這兩位老人就是傳說中的祖先。有人甚至建議下次前往「卑南聖山」時，應該多帶小孩子去，因為他們比成人更為「清明」，可以看到後者所不能見到的事物。此外，近百餘人的參與也被視為越來越多的族人接受「卑南聖山」是南王卑南人發祥地的說法。對於從 1993 年底以來一直參與「尋根」活動的族人來說，都蘭山頂上立碑之行，可說是為探訪祖先發祥地所做的種種努力劃下一個完美的句點。但是，既不像先前一連串「尋根」活動，只是引起私下的議論，或則以間接的方式被「糾正」，[20] 這次的立碑之舉終於掀起軒然大波。而倡導都蘭山是「祖先發祥地」的這位族人以及一些隨同者，也在老人特地聚集的場合中遭到批評。

事實上，早在 1993 年 12 月下旬舉行大獵祭中，就曾經因為「新發祥地」的說法，引起幾位族人之間的爭議。當時，一位中年男子在山上的宿營區，發給每位老人會會員一份他所整理的手冊，並且以卑南語說明內容。手冊的資料包括了「長壽會」（即老人會）的沿革、組

---

19 並不是所有參與的族人都參加獻祭。例如，有些隨行的中年男女在登上山頂、用過午餐後即轉返宿營的地方，或者採拾野菜。此外，根據筆者的訪問，也不是所有參與者都認定都蘭山是祖先發祥地。換言之，是否「在南王部落中有不少人相信 maizang 是南王部落祖先最初的登陸地」（林志興 1977：65，註 20），甚至族人如何看待「發祥地」的爭議，都有待進一步分析。

20 例如，1994 年 7 月中旬，當南王卑南人如同往昔舉行「小米祭」時，「南王卑南人的發祥地在哪裡？」就成為該日下午的摔角活動和晚會中的有獎徵答的題目。如果答案是 Panapanayan，回答的觀眾就可以得到乙份獎品。

織宗旨、歷任里長(頭目)、組織系統和會員名冊等項目，而引起爭端的就是「卑南族文化簡史」乙項中關於祖先來源的記載。這位族人根據以往的研究，認爲卑南族(包括南王聚落)祖先是從 Panapanayan 登陸，而該地即爲祖先來臺的「發祥地」。在眾多族人聚集的場合中提及 Panapanayan 是發祥地的作法，對於從該年 9、10 月以來正流傳的「『卑南聖山』是『發祥地』」的論點，無疑是當頭棒喝。果然，稍過片刻之後，只見主張「『卑南聖山』是『發祥地』」的那位族人站起來，表達了他與前者相反的意見。這樣的舉止立即引發先前這位中年族人的不悅，並且立即反駁後者的說辭。當時在任的里長眼見兩造之間僵持不下，乃出面調和，卻不料反而轉變成爲他與那位中年族人之間的衝突，情勢一度緊張。一些老人眼見情況不對，立即趨前幹旋，老人會會長也同時宣布臨時散會，準備用餐，以紓緩當下緊張的氣氛。在爭議過程中，在場的媒體工作者，也被要求停止一切拍攝與錄音的舉止。晚餐過後，老人們再次聚集。這時刻，先前爭吵的當事者就在大庭廣眾之下，彼此致歉，並且握手言歡。

雖然這次爭議的導火線是源自於對於「發祥地」的不同意見，卻也被視爲是翌年（1994）里長選舉的前哨戰，因爲在任的里長與散發手冊的中年族人都有意參選，而且這位主張「新發祥地」的族人多年來一直是那位里長相當信賴的幫手。然而，相較於這次的爭議，1994年 10 月的立碑活動，則進一步引發對於主張「新發祥地」論的族人與一些隨同者的批評。

在「卑南聖山」山頂立碑過後不到半個月的一個晚上，一個以老人會爲名義召開的會議在聚落社區活動中心的廣場舉行。共約三十四人參加，[21] 與會者包括「老人會」的重要幹部(如會長、副會長和總幹

---

21 三十四人中，計男性二十三位(包括五位青年、十六位「老人會」會員和二位尚未入會的中年人)，女性十一位(除二位年輕人外，多爲中年婦女)。

事)、任職地方政府機構的公務人員（也多半是「老人會」成員）、幾位婦女以及多次參與「尋根」活動的族人。會中，老人要這些參與立碑者說明去都蘭山的源由，他們在山上又做了些什麼事。以下即爲參與者部分的對話。[22]

> 中年族人甲：一個歷史，一個族群，在兩、三個人的行爲下被誤導了。說「卑南山」是卑南族的發祥地，這是講錯了。一個人自己想像的（按：指主張「新發祥地」者），跟別人不一樣，誤導了，所走的路就錯了。XXX（按：指棒球教練），你是最積極的，在老人面前報告你們年輕人的心聲。
>
> 老人甲（主張「新發祥地」者）：以前有些研究者（包括國外與國內）來找，自己也告訴他們去訪問哪些族人。
>
> 老人乙：去日本、外國打球的事情是與你（按：指老人甲）所提的沒有關係。
>
> 老人甲：我不要講了。
>
> 青年甲：小學打棒球時，有一些長者鼓勵。這一次能夠拿到冠軍，得感謝很多人。自己認爲今天的感恩，既是呼求祖先，爲何不到那座山（按：都蘭山）。對於這一次的事情，對長老感到抱歉。
>
> 老人丙：民國四十七年去 Panapanayan，拿竹子回來。我的師傅並沒有提到「卑南聖山」之事。
>
> 老人丁（公務員）：日本人的聖山是富士山，排灣族是大武山。

---

22 由於筆者稍晚才到會場，加上考慮當時的情形，因此並未使用錄音機。下面的記載即根據當時的筆記，並非逐字記下每位發言者的內容，文字也稍做潤飾。爲了避免直接涉及當事者的身份，筆者以「青年甲」、「老人甲」等用詞表示；此處的「老人」係指那時候（1994）年齡已過了五十五歲（若是男子，則已屬於「老人會」的成員），「青年」者一般都是在四十歲以下。若是因爲發言者的身份的是與本文的討論有密切的關連，筆者將盡量於文中補充說明。

說「卑南山」是聖山是可以的，但那不是卑南族的發祥地。

中年族人乙(公務員)：年輕人也可以與年老者溝通意見。主要今天長老想知道去都蘭山是做什麼，目的是什麼，所以召集這個會。年輕人是說感謝祖先庇佑而得到世界冠軍，做一個精神堡壘。由於雙方都沒溝通，而形成對立。繼承文化是每一個原住民責任。要去做時，要想目的是什麼。若是當發源地，長老反對。文化的繼承不是說看某一個人記載的，而是專家學者的記載。

青年乙：先對長老因爲這一切活動造成困擾表示抱歉。從開始，這些活動就是發揚 Puyuma。探求發祥地的活動原先就是想求得全村一致的意見。現在有不同的聲音，也是我們的困擾。現在 Puyuma 文化好像脫節了，像小孩子都不懂母語了。長老的說法與作法是讓我們固有的技藝再重新活起來。希望長老多給我們指導。

老人戊：老人說的話，目的不是要做直接的批評。(談話中，老人甲站起來，向老人們致謝)

老人己：關於部落的習俗，原來不是屬於里長的權利，而是老人們的權責。

青年丙(女性)：首先要感謝我們的祖先。這幾次上山，參加的人數一直增加。我們上「卑南山」不是要改變歷史，而是把卑南族精神源遠流傳下去。我們對事不對人 (按：指上述中年族人甲的批評)，年輕人只是請 XXX (即老人甲)領導，而不是盲目崇拜。我們先前也跟長老們溝通過幾次。

老人己：你們年輕人並沒有通知我們。

老人乙：你們年輕人偷偷摸摸地去。(此外，老人乙也直接指名曾經多次參與「尋根」活動並且也在場的另外兩位老人，請他們說明。)(老人甲再次站起來，說道他對不起長輩)。

老人庚（被老人乙提到名字者）：自己也爲此事，跟各位對不

　起。（青年甲因爲身體不適，此時先行離去）。

老人辛（婦女）：以前記載也有不對之處。

（由於時間已晚，決定散會）。

　撮言之，在近二、三個小時的聚會中，不但主張「卑南山是祖先
發祥地」的族人以及參加立碑的主要成員，被批評爲企圖改變南王卑
南人的歷史，老人們也對於青年們事先未與他們溝通、不尊重他們的
作法表示不滿。老人這樣的抱怨其實也反映於他們跟當時地方上行政
主管的關係。[23] 雖然在經過這次聚會之後，由於參與立碑的族人的說
明與道歉中，使得「新發祥地」的論點所引起的爭議暫時宣告落幕，
但是關於祖先傳說中的爭議仍然偶有所聞。例如，在 1997 年的「小米
祭」中，一位「老人會」的幹部出了一道有獎徵答的題目：「海祭[24] 中
祭拜的祖先叫什麼名字？」正確的答案是：Satulumaw 和 Satulusaw
（林志興　1997:73），而不是 Temalasaw、Tayban 和後者的兄長
MaLuLaw；Temalasaw、Tayban 和後者的兄長 MaLuLaw 的說
法也是主張「新發祥地」論的族人所提出來的（參閱《南王青年會通
訊》，第二期，頁 3，1995；另見林豪勳、陳光榮 1994）。另一方面，
即使「新發祥地」的論點不再如先前那樣公開宣揚著，族人之間因爲

---

23 就筆者所知，某些老人與當地行政主管的間隙由來已久。老人認爲後者一直聽信他所
　倚賴的那位主張「新發祥地」的族人；這位族人也曾因「發祥地」乙事來批評老人。
24 「海祭」一詞常見於以往的報導。若從族人的用詞 mulaliyaban 來說，譯爲「海祭」
　是妥當的。就語源學來說，mu 的意思是「往、去」，laliyaban 是「海邊」。不過，如
　果我們也考慮有一群南王卑南人（以 Pasaraʔat 家系與其會所成員爲主）過卑南大溪
　而北向都蘭山行祭的事實（此稱 kyaamian；ami 是「北」的意思），「海祭」
　mulaliyaban 的用法不但忽略南王聚落內部的分歧性，而且也無法進一步探索
　kyaamian 源起的意義（參閱 Chen 1998：Chapter 7）。因此，筆者在本文以「小米祭」
　統稱這個儀式。

此事所引起的緊張關係，卻以「老人」與「青年」對立的方式出現。[25]
以 1995 年 3 月成立的「南王卑南族青年文化發展協會」爲例，老人們
不但在先前舉行的說明會中質疑該會成立的動機，也幾乎都沒有出席
成立大會當天的活動。而對於年輕人的不尊重，一些老人甚至說道：
「沒有老人，哪裡有年輕的一代？」

　　「卑南山是祖先發祥地」的論點及其爭議，其實隱含著值得進一
步思考的重要問題。例如，以 Panapanayan 爲起源地的說法，不但提
到南王與知本之間的密切關係(參見曾建次 1998)，同時也指出南王聚
落內部構成的複雜性，尤其南北兩半部的不同來源與「二部組織」的
特徵（參考第二節）。但是在「新發祥地」的版本中，南王不但原先與
知本沒有任何親源關係，南王內部六個領導家系的來源也被解釋是由
分散到各地的同胞所建立的。易言之 "Puyuma" 一詞的原意就是指
把六個家系分別建立而且分散的集會所集中一起的行動。從那時候開
始，南王自稱是 Puyuma；至於把這個名稱擴充指稱知本與其他卑南
族聚落則是後來的發展（林豪勳、陳光榮 1994:10，43-44）。換言之，
「新發祥地」的主張，不但批評向來以 Panapanayan 爲南王卑南族「發
祥地」的說法，同時也蘊含著對於族群的「歷史」與「部落」構成的
重新認定。然而，就此而言，我們不禁也要問道：「爲何關心自己族群
的『起源』，以及像『尋根』活動這樣具有歷史文化意義的作法，反而
會引起爭議？又爲什麼這些爭議總是環繞在和祖先有關的議題？甚
至，此事所引起的緊張關係，最後以『老人』與『青年』對立的方式
出現？」筆者認爲這不但與南王卑南人對於老人 maizang （和祖先
tmuamuan） 的觀念有關，同時也涉及他們又是以怎樣的方式來談論
「歷史」。

25「老人」與「年輕人」是相對的用法。例如，即使年近六十歲者，也可以用「老人」
　 maizang 一詞尊稱在場的更年長者。

四、老人與「歷史」

已有的一些研究指出，不論其社會性質如何，臺灣「南島語族」的事例中不乏尊重年長者的報導（例如陳玉美 1998；黃宣衛 1998），尤其以具有制度化年齡組織的阿美族與卑南族爲甚。如同阿美族的老人 *matoʔasay*「是年輕人學習各種知識技能的對象，在年齡組織中也擁有一些權力」（黃宣衛 1998:10），在卑南人的觀念中，老人 *maizang*（複數是 *maizangan*）旣是人生過程中的一個頂峰，同時也是象徵著社會生活的一些重要的價值與權威。就女性而言，一旦成爲一個老人，她往往在日常生活，尤其婚姻、喪葬等生命禮儀的場合中，扮演重要的角色。就男子來說，老人不但是傳統知識的持有者，更是部落權威的表徵。往昔，當會所制度仍然構成男子生活的一部分時，成年男子從會所的生活中學習禮儀、技術以及傳統的知識。

從一個人（尤其是男子）的生命過程來看，卑南族男性老年的權威更明顯可見，而且也呈現該社會的價值。儘管今日會所制度已經式微，南王卑南族人仍然認爲一位年輕男子唯有經過「圍布」的成年禮過程，才眞正成爲「成人」。在族人的觀念中，少年會所的成員仍然只是個小孩 *kis*。但是，一旦經過了「圍布」的成年禮儀式，一位靑少年就成爲 *miyabutan*（即「服役級」）。到了這個階段，不但稱呼上改爲 *tan*，同時也被視爲是一位「成人」。兩性之間的禁忌更是從這個階段開始有明確的界定（Chen 1998:Chapter 5）。而替年輕男子「圍布」使之成爲一位成人，乃是男性老人獨有的權力。往昔，當一位靑年在會所服役三年之後，就可以從 *miyabutan* 的階段晉升爲 *bansalang*，而達適婚的年齡。南王卑南族靑年男子因其父母（或長輩，如果父母

俱亡）的決定，而選擇某位老人做爲「敎父」的習俗，[26] 是明顯有別於阿美族以同一個年齡層的成員集體加入會所的方式（參閱陳文德1990；另見宋龍生1965）。這樣的社會文化特徵，不但意味著個人的生命禮儀與社會的繁衍（social reproduction）有密切的關係——根據既有的習俗，年輕男子會以他當時身爲 miyabutan 所著穿的「圍布」來包裹所生之初胎（衛惠林等 1954:21）[27]——同時也隱含著老人之間潛藏的競爭關係，因爲「敎父」的身份也表示了個人的聲望。在原來以農作爲主的經濟生活下，「敎子」愈多，也就意味著更多的勞力資源。

除了上述的習俗外，最能貼切表示南王卑南人對於老人的觀念，莫過於 maizang 一字的使用。maizang 除了意指老人外，也可用來指稱「年長者」的一方。例如，當問及同胞中誰是最年長者時，族人的用法是 "imanay na maramaizang?" 而表示兩個對象（如個人或家系）之間的一種階序關係時，族人也會以「老人」／「小孩」的對比方式表達，例如某方是 maramaizang，而另一方是 maLaLaLak（LaLak 意指「小孩」；引伸爲「年幼者、低位者」）。

除了這些語彙的用法，另一些相關的現象也是值得思考。例如，「故事」一詞在卑南語叫做 batibatiyan kana maizang；bati（或說 batibati）的特徵是敍說者善於修辭與「引經據典」。[28] 當筆者問及爲何「故事」是「老人的話」時，族人的答覆是：「年輕人哪有故事？老人

---

26 雖然也有可能是多位約近同齡的青年會同時以某位老人爲他們的「敎父」，這並不意味著這些青年應該有的一致性行動。

27 這樣的特徵也呈現在南王卑南人常以長嗣之名稱呼中年族人的習俗。這種親從子名的稱呼方式也見於蘭嶼的雅美族，不過，南王卑南人很少因爲有了孫輩，就改稱爲「XXX 之祖父（母）」。即使偶有此種情形發生，也只適用於孫子女已是成人的事例。

28 有時，bati 也專指祭儀的經文。例如當族人說某人 sagu za bati（即「善於言詞」）時，不但指說很會講關於過去的故事，而且也會 sikudayan（即關於習俗或儀式的作法）。如果有位「男祭師」kankankar 因生病過世，而有族人意圖取得他生前對於祭儀的知識，當事者通常會前往慰問他的遺屬，並表達要承續死者這方面的知識和能力的想法。這種請求就稱之爲 kibulas bati。

的生命長，看過的事情很多。」這樣的特性也見於關於 *bini*（「種籽」，尤指小米）的承續。在南王卑南人的觀念中，*bini* 是構成一個家 *rumah* 相當重要的東西，同時也具有約束同一住家成員諸些行為的作用：例如成員不得於收割期間訪問喪家，或參與不好的事情（參閱陳文德 1998a）。當家中負責看管小米的人過世時，[29] 不論死者的年齡，家中的成員都應該要舉行 *kibulas bini* 的儀式，意思是請求死者留下 *bini*。但是，如果家中的一位老人過世時，即使他（她）不是負責看管小米的人，家屬也會如此做，理由是「因為老人是 *uLaya kekein*」（「有經驗的」；*kekein* 是日語けいけん的拼音，意思是「經驗」）。換言之，老人是傳統習俗、典故的掌有者，也是知識的來源。大獵祭祭歌 *ilailaw* 的詞句 '*kan maizang, kan malanam*'（「老人者，多見聞、有知識」）即精闢地傳達這樣的訊息。事實上，*maizangan*（*maizang* 的複數）和 *tmuanmuan*（「祖先」）的用詞常併用於儀式的經文，成為族人祈求的對象。

不過，筆者也必須指出，雖然「老人」*maizang* 一詞可以指稱年長的族人，而不分其性別，而且南王卑南人認為只有配偶仍然健在的男性老人才適合做為「教父」的想法，也道出了年齡組織（限以男性）與家戶生活（以女性為主）的複雜關係（參考 Chen 1998：Chapter 5）。但是就與族人有關的公眾事務而言，尤其是祭儀的活動，男性老人的意見無疑地更是被尊重的，而且不能夠被直接批評。[30] 事實上，相對於其他卑南族聚落來說，南王卑南族男性老人的權力更因為老人組織的制度化與嚴密性而更加強化。

---

29 此人生前負責家中小米的種作等事宜，例如，唯有等他（她）播種或收割後，家中其他成員才可以跟進做這些動作。通常也是這個人負責將小米存放於家中的穀倉。

30 南王這種「兩性」在公眾場合的不同表現方式，也具體而微地呈現在 1994 年 11 月的聚會。當時，出席的婦女幾乎都扮演著「聽眾」的角色，也沒有表示意見。相較之下，一位出席的年輕婦女表達了她的意見，也就呈現有趣的對比。

例如,南王卑南人於 1985 年成立「臺東市南王里平地山胞長壽會」與「風俗習慣研究委員會」。前者是由「本里平地山胞滿五十五歲以上男性族人」組成,會員有繳納年會等權利與義務。後者則由熟諳習俗、傳說故事的族人所組成——除了幾位年長的婦女外,多數的男性成員也同時具有祭師的身份。到了 1987 年,「風俗習慣研究委員會」因爲主要負責人(也是當時「長壽會」的會長)過世而不再運作。相對之下,「長壽會」的組織漸趨嚴格與制度化,最明顯的莫過於會員身份與權責的確定。那幾年之中,曾發生過未滿五十五歲的男性族人在一些家長的央請下,爲他們的孩子舉行「圍布」的成年禮儀式。但是這項舉止顯然僭越了「長壽會會員」特有的權利。爲了解決這樣的問題,「長壽會」的會員除了年滿五十五歲的男性族人,也包括未滿五十五歲但「爲ププタン者」。

到了 1993 年,至少從印發的資料來看,對於「長壽會成員」的資格又有進一步的規定。除了以「普悠瑪長壽會」的名稱取代「平地山胞長壽會」,也有明文規定會員的權責以及男子晉升 *miyabutan* 和 *bansalang* 的相關規則,而充分表達老人的權威。例如,「長壽會」決議的事項包括下列諸項:

(1)爲嚴格執行族群階級結構,長壽會應加強輔導執行以下分級年齡之制度;

(2)未入長壽會會員,不得爲人教父(不得爲教子),否則其教父身份不予承認,並予以相當之責罰;

(3)晉升青年組(即 *miyabutan*)年齡必須滿十八歲以及因公事(如服役或就學等)未能按時晉升青年組而其年齡已屆晉升成年組(即 *bansalang*)之年齡者,經長壽會同意並繳納謝禮金一仟五佰元始可晉升成年組,若因「私事」原因者則繳謝禮金三佰元,始於晉升,否則按一般晉升程序辦理(按:即從 *miyabutan* 到 *bansalang* 需滿三年始可晉升)。

換言之，「老人會」的成立與發展，使得男性老人的權威在南王聚落更加明確，而不容許挑戰。甚至，老人會在今日南王聚落的轉變過程中也扮演著相當重要的作用（參閱 Chen 1998：Chapters 6, 8）。

另一方面，老人 *maizang* 在南王卑南族社會的地位，其實也是我們理解當地族人對於「歷史」的看法的一個重要關鍵。雖然在日常生活中，族人是以日語發音的"れきし"來表示「歷史」這個用詞，但是接近「歷史」一詞的卑南語如 *abeLTenganan na bati*（「久遠的話語」）、*a beLTenganan na kakwayanan*（「久遠的習俗」），或者是 *na mulipas na kakwayanan*（「過去的習俗」），卻是值得進一步探討。

就字義來說，*beLTenganan*（「久遠」）其實隱含著一種價值觀。例如，當筆者問及爲何有些家戶沒有家名，或者其家名是以座落在另外有家名的某些家的某一個方位的方式來命名時，一個常見的回答是 *ali beLTenganan*（按：即「(這些家戶的歷史)還不是很久遠的」）；反之，若要強調某個家名是很久以來即已經存在的事實，則說那是 *beLTenganan*。*kakwayanan*（「習俗」）則等同於今日流行的「文化」一詞，但是更強調其獨特性，以及亙古迄今、綿延不斷的特徵。至於 *bati*，則是強調與祖先所流傳的故事與傳說，以及與習俗有關的敍說（參閱註 28）。換言之，至少從這些卑南語詞彙來看，南王卑南人對於「歷史」的看法，是與族人對於「久遠」、「祖先」和「習俗」的觀念有密切的關連。

進一步來看，上述這些強調「久遠」、「習俗」，甚至指涉「祖先」的觀念，其實也預設（presuppose）一個外在於、甚至影響當下情境或個人的「存有」。最能清楚表達這樣的觀念者莫過於 *TaLi*、*TunguL* 的用法。就字義來說，*TaLi*、*TunguL* 的意思是「線」，因此也引伸爲「接續」或「連接」。[31] 但是冠上 *ki* 或 *pa* 的前置詞之後，卻有不同的意

---

31 例如，訂婚稱之爲*paTuguL*，即是把當事者的「兩家」連結一起。又、「巫師」

涵。亦即，當強調當事者做為主動者時，是用 “*kiTaLi ku*、*kiTunguL ku*”，意味著由「我（即當事者）來承續」。反之，“*paTaLi ku*、*paTunguL ku*”則表示「讓我（當事者）來承續」的意思，意指當事者是作為所提及對象（如祖先或神祇）的受格。

筆者認為這種區分主格或受格的用法是值得進一步分析的，因為它不但蘊含著「根源」觀念的重要性，同時也涉及族人對於人以及人之能動性（human agency）的看法。換言之，族人傳述的「歷史」是攸關祖先的話語與他們所流傳後世的事物，而老人 *maizang* 則在傳述這些傳說與故事的過程中，扮演著「媒介者」（mediator）這個重要的位置。筆者認為，瞭解老人在此過程中所具有的重要性，將有助於我們瞭解南王卑南人「祖先發祥地」的爭議，並且提供思考今日一些族人試圖不以個人的記憶與話語表達能力，而是強調文字的記載等其他方式來呈現「歷史」的意涵。

五、「起源」的意義與人的行動的可能性

如前面所述，南王卑南人對於老人 *maizang* 的用詞是多義的。例如，在人群聚會中，它可以是指稱「老人」；在儀式的經文裡，它是意指「祖先」。另一方面，它也可以用來指稱談論對象中年齡長者（或最年長者），或是較高階序者的一方。不同的用法是依其社會情境（social context）而定。儘管如此，*maizang* 一字也蘊含著「先前」，甚至是「根源」的觀念。在日常用語中，南王卑南人常會使用 *rami*（「根源」）或 *ludus*（「枝節」）等「植物性隱喻」（botanical metaphor）的用詞來表達關係的性質或強調其重要性。例如，儘管水稻已經是族人今日

---

temaramaw 的資格通常是承繼自一位已經過世的巫師，後者即是這位「承繼者」的 *kiniTaLian*。

主要的作物，而且也有一些相關的儀式和禁忌，但是仍然不能與小米的種作情形相比擬。對於南王卑南人來說，小米的 *bini* 才是他們的 *rami*，也就是所有重要儀式的最根本者。或者，當他們要澄清或說明某個人才是最有資格來承繼或負責處理某一家的事務，他們就會如此說道：「那個人才是真正的 *rami*。」至於 *ludus* 一字則用以表示年齡或輩份上的年幼或低位。譬如，當青年人（甚至中年人）在老人面前表達意見時，他們慣以 *maizangan* 稱呼老人，而以 *kyaludusan* 指稱自己。*rami* 和 *ludus* 二字也可用以區分人群中的老人與青年（或中年人），例如 "*maizangan kyaramian, LaLaLakan kyaludusan*。

這種區分人際之間的「先前」或「根源」的關係也明顯見於家戶之間關係的事例。在南王卑南族人的觀念中，家戶間的關係或區分是以彼此有否相同的 *bini* 爲依據，即 *mukasa la bini* 或 *ali mukasa la bini*（*mukasa* 是「一起」的意思）。基本上，和一個分家最有密切關係的是它的本家：[32] 不但分家的 *bini* 來自本家，同時住家的部分成員也曾彼此一起共同生活，共同一個灶。但是，另一方面同樣 *bini* 的家戶群通常也可以追溯到一個最源起的家，即 *kakarumaan*。如果這個最源起的家另有 *karumaan*（「祖家」、「祖屋」或「靈屋」）[33] 此祭祀用的建築物，它與同樣 *bini* 的其他家戶之間就存在著一種階序性的關係。也就是說，攸關小米的儀式（播種、收割）必須先由這個最源起的家

---

[32] 一些研究（例如蔣斌 1998；譚昌國 1992）也指出小米在排灣族的原家與分家的關係中具有相當的重要性。筆者擬另文探討卑南族與這些鄰近族群（如雅美、阿美、排灣）一些相似特徵所可能具有的意涵。

[33] 儘管 *karumaan* 和 *kakarumaan* 的拼法類似而且易爲混淆，南王卑南人清楚區分「最源起的家」（*kakarumaan*）與另建於前者旁側並且作爲祭祀場所的建築物（即 *karumaan*）。前者的重音在 *rumah*（「家」）；後者則在 *an*（「場所、地方」）。在以往的研究，*karumaan* 常被當作一種親屬群體，而進一步引起卑南族親屬制度是母系或非單系的爭議（參閱陳文德 1998a）。

舉行，其他分出的家戶才可跟進。而就小米的祭儀來說，「部落」最大兩個家系的 *karumaan* 更是在其他擁有 *karumaan* 的本家之上位。換言之，透過小米的儀式，「部落」內部乍看之下各自獨立的家戶乃附屬於代表「部落」的兩個最大本家，形成一井然有序的階序關係：「部落」最大家系的本家＞一般有 *karumaan* 的本家＞一般家戶（參閱陳文德 1998a；Chen 1998：Chapter 4）。

撮言之，「源起」或「根源」乃是南王卑南人界定一個人或一個家系的位階的重要觀念，而蘊涵於這樣觀念的是一種強調與過去事物或知識的連續性。最能呈現這樣的性質者就是前述 *paTaLi ku*、*paTunguL ku* 的用法：承繼者承繼從以往傳遞下來的事物和知識。就此而言，承繼者似乎只是一位被動的受者。然而，若就 *kiTaLi ku*、*kiTunguL ku* 的用法，則預設了承繼者也應是一個主動的受者。這樣的性質由可由成爲一個「老人」過程看出端倪。

從卑南人的生命過程來看，「老人」是一個頂端的階段。若就個人而言，成爲一個老人卻是個人生命經歷的過程，也就相當具有個人色彩。這種「個人性」的經驗也是構成一個人的重要部分，並且與當事者的「心思狀態」密切關連。這樣的特徵也可以從 "けいけん"（「經驗」）的卑南語同義詞 "*paLaLimaw za ku wanger*" 進一步說明。*wanger* 可直譯爲「想法」。當南王卑南人表示自己的意見時，他們通常會說 *nanku wanger*（「我的想法」）。但是這樣的「想法」卻也是旁人無法（或輕易）得知的。[34] 換言之，即使個人的生命經歷可以具體地展現在知識上的淵博，但那也是成當事者「自己」的一部分，而無法分割。這樣的特徵也見諸於上述 *kibulas bini* 或 *kibulas bati* 的用詞

---

34 這種相當「個人性」的特徵可以從族人對於凶死的看法得到佐證。對於南王卑南人來說，凶死是很不吉利的事情（參閱 Chen 1998：Chapter 7），但是在「凶死」的類別中，他殺或意外死亡（如車禍）本身是 "うめい"（「命運」）時，自殺却是當事者個人的想法 *wanger*，是誰也沒有辦法知道的。

(參見註 28)：南王卑南人不是用 *kiberay* (「拿取」)，而是用 *kibulas*
(「借」) 來表示這種承繼的關係。這種特性也可以從另一種習俗說明。
習慣上，南王卑南人如果因為從事危險工作(如當兵、遠洋等)，通常
會從祭師那裡求個「護身符」。祭師過世時，這些族人往往會帶著酒、
包個紅包，然後把原來求來的「護身符」放置在靈桌上。換言之，雖
然「護身符」是經由祭師於舉行「部落」儀式的 *karumaan* 內祈求神
祇和祖先的保佑而得來的，卻也是透過祭師本人的行祭。

　　綜合上述的論點，筆者認為對於南王卑南人來說，「歷史」是與「習
俗」、「老人」、「祖先」和「起源」相互關連的。就「起源」、「根源」
或「祖先」等觀念而言，「歷史」應當是一種經由世世代代傳續下來的
習俗和話語，不應該有爭議存在。然而，由於「歷史」這個「久遠的
話語」是經由老人傳續下來，而老人又各有自己的經驗歷程，這使得
關於「歷史」甚至「起源」的敍述也變成有爭議性的可能。一則發生
於 1993 年的事例，透露出這樣的訊息。

　　從 12 月下旬，南王卑南人也開始準備迎接「新的一年」的來臨。
在以少年會所成員為主，舉行挨家挨戶的 *halabakakay* 活動時，他們並
未依照往例從負責看管聚落最大家系的 *karumaan* 的家戶開始 (參閱
陳文德 1989：59)，而是先到鄰近另一住戶(亦即註 18 提到的那位中年
人的住家)。然後，他們再前往南邊，造訪負責另一個屬於「部落」的
karumaan 的家戶，接著再依循巷路的順序，先後造訪其他卑南族住戶
(這時才包括了前述少年會所成員原先應該第一個前往的家戶)。[35] 換

---

[35] 由於那年舉行的歲時祭儀活動也是屬於「八十三年全國文藝季」的項目，因此吸引了
不少外來的媒體工作者。有的媒體工作者甚至早就等候在原先負責 *karumaan* 的那
戶住家前面，以便獵取鏡頭。可是當實際發生的情形不是如他們所預期時，他們也只
能在錯愕中悻然離去。等到少年會所成員依序造訪卑南族住戶而來到上述這戶住家
時，也早已不見這些人的蹤跡。換言之，這些文化媒體工作者其實要捕捉的是那種脫
離時空與實際社會情境的「原住民傳統祭儀與文化」。就此而言，透過這些記錄的影
像 (或錄音)，這些文化工作者 (不論是否有此意識) 也同時是在「塑造」某類的「原

言之，由另一個家戶取代原先負責「部落」最大 *karumaan* 的住家，行使與 *karumaan* 有關的事項(例如羌祭，小米祭)。可是為什麼會有這樣的轉變？又是誰做的決定呢？就筆者所知，由於原先負責看管 *karumaan* 的家戶接受天主教之後，疏於看管舉行「部落」重要儀式的這個祭祀場所，在這種情況下，而且就家系的關係來說，上述那位中年人是可以有條件來接任這樣的位置（參閱註 18 的說明）。[36] 儘管如此，這個改變是出自於「老人會」主要成員的決定。

這一則事例其實也指出了「老人」的社會身份與領導家系所具有的地位，是兩種並存的社會性權威，但兩者之間也可能因為實際的情境而有複雜的關係。從某個角度來說，少年會所內部組織的性質可以說是這樣特性的一個縮影。根據老人的經驗，往昔在少年會所，有兩個主要的職稱，一個稱之為 *tinumaizang*，另一個稱為 *tinuayawan*（*ayawan* 的意思是「領袖、酋長」）。前者是由少年會所中最年長一級的某個青少年擔任，不論其家系背景；後者則是來自於領導家系（亦即，在北邊的少年會所，是出自 Pasara?at；南邊則來自 Ra?ra?)。就少年會所內部的睡臥順序來說，*tinumaizang* 是在最前頭，其次是 *tinuayawan*，然後再依照成員的年級依序排下。[37]

住民傳統與文化」的意象。這種忽略社會文化情境的作法，也見於一些研究者的著作。以陳茂泰（199）最近的文章為例，作者僅根據短暫的田野，並且在依賴報導人，卻又不諳其所述的意思的情況下，不但民族誌的資料錯誤，而且也簡化了他文章所處理的議題之意義。

36 筆者日前聽到的另一種說法是，因為這個住戶已過世的家長是被收養的，而且是來自外村，因此註 18 的中年人與另一位族人——父親雖然是婚出，但生家也是來自前述這個家戶——是最有資格繼承看管 *karumaan* 之責。筆者擬另文討論這個論點所隱含的意義（參閱陳文德 1998b）。

37 筆者曾聽說，成年會所仍設有 *tinuayawan* 一職，是由出自領導家系的青年當之，並且負責管理住在會所的成員（包括未婚的成人 *bansalang* 和屬服役級的 *miyabutan*）。相對之下，也有年長族人說道他們未曾聽過此事。這些不同的說法是因為各自會所的特性，或是因為年代不同而已經有一些改變，或是其他原因，筆者將再做更進一步的釐清。

根據以上的討論，我們可以說在南王卑南人的例子中，「老人」、「祖先」、「起源」與「歷史」是互相關連的觀念。「老人」的社會地位與權威一方面呈現該社會文化的價值，同時也是傳遞祖先流傳下來的典章制度、習俗與話語的最主要媒介者。但是，另一方面，由於「老人」的生命經歷帶著相當濃厚的個人色彩。這樣的經驗使得理念、價值與行動之間往往不是一致吻合的。這樣的特性更可能因為「部落」是由不同來源的份子構成而變得更為錯綜複雜，更遑論外來資源的引入而「推波助瀾」。綜合上述的這些討論，我們是否可以從「老人」、「起源」和「歷史」之間關連的性質來理解本文所敍述的爭議事件？而從這個民族誌事例，又可以引伸那些值得思考的問題？

六、討 論

讓我們再回顧上述南王卑南族人關於「祖先從哪裡來？」的爭議。從提出「新發祥地」的主張到立碑的整個過程來看，一些情節的發展顯然具有關鍵性的作用。首先，一些族人多次前往探勘傳說中祖先經過的地方，並且相信了這些地點的「真確性」。換言之，這些與「起源」有關的地點及其地理形狀（亦即 typogeny），不但例證了祖先的起源所在以及後來的「歷史」發展（參閱 Reuter 1993；另見宋龍生 1997a），也間接支持「新發祥地」主張的可信性。除此之外，另一個重要的行動就是在這些代表「歷史」的地標上舉行儀式。對族人來說，透過儀式（包括經文）的舉行，族人（尤其是舉行儀式的祭師或巫師）是可以與祖先、神祇甚至死者的靈魂溝通；儀式不但被視為是具有祈福避禍的作用，也是可以做為一種「判準」。因此，我們看到，原先被央請隨行的祭師與後來主張「新發祥地」論的族人自己，先後於都蘭山麓或和山頂上行祭。就此而言，《古今南王プユマ傳統信仰與卑南山》這本記載儀式作法的冊子，在整個事件的發展過程中，實有其不可忽視

的重要性。這位主張「新發祥地」的族人也多次提到冊子的內容，是根據早期（1950年代）幾位祭師所說的——當時他爲來南王訪問的研究者擔任翻譯——並且也經過曾隨行族人於都蘭山麓立牌的祭師之勘正。

然而，個人認爲這些情節之所以重要，實涉及南王卑南人對於「根源」、「祖先」等之重視。如同前面所述，南王卑南人習用「植物性隱喻」的方式來指稱兩造之間一種階序性的關係。這種隱喻事實上也與他們對「祖先」或「起源」等的觀念有關。這樣的特質也見於晚近「南島語族」(the Austronesian-speaking peoples)的研究。這些研究指出不少民族誌例子是以「植物性隱喻」表示「起源」，而且「起源」的觀念也涉及社會階序如何維繫（參閱Fox 1996:2, 5; Fox and Sather 1996; Reuter 1992)。[38]「起源」的觀念 (ideology of origin) 甚至被用來解釋「南島語族」擴散的速度與範圍 (Bellwood 1996:19)；亦即，「低位者」或「資淺者」(junior lines) 藉著遷移到較孤立的地區而成爲新移住地區的「優位者」或「資深者」(senior lines)。換言之，「起源」的觀念有其重要的社會意義。

以南王卑南人爲例，*karumaan* 不但是族人「起源」觀念的具體象徵，也是重要的祭祀場所。負責看管部落最大兩個 *karumaan* 的本家往往是部落權力的中心，但也因此而可能成爲爭議時的重要依據。例如，有位祭師多年來一直負責在部落最大 *karumaan* 所舉行的儀式，但是他的對手常批評他的一個說法是：「他只不過負責 *karumaan* 的儀式，他的家並不是這個家系最大的本家。」*karumaan* 代表「起

---

38 除了「起源」的觀念，Fox (1994:88, 1995, 1996:9ff) 也多次提到 "precedence" 這個概念的重要性，尤其提供一個更動態的觀點來理解東印尼社會、其他印尼社會，甚至「南島語族」這個領域的社會文化特性。儘管如此，Fox (1994:106) 也認爲 "precedence" 只有與「過去」(past) 和「起源」(origins) 的研究相關連時，才可能確證其意義（參閱 Reuter 1993)。

源」的社會意義也可以從山上立碑的過程進一步說明。如上所述，在都蘭山立碑的活動中，一位中年人手拿著儀式用的檳榔。儘管他家中供奉著祖母的牌位，而且從 1993 年起，經由老人們的同意而負起看管部落最大 karumaan 之責（見註 18），他的家仍然不是該家系中最原先的本家。因此，參與立碑的活動一方面表示他欲取代最大本家位置的作法，另一方面，卻也暗示著立碑活動的「正當性」，因為現在負責看管部落最大 karumaan 的人也參與了。

然而，如果「祖先」、「起源」這些觀念是與社會的階序、聲望相關，那麼這些方面的知識的擁有和傳承，以及對它們的陳述便是相當重要的問題，甚至可能引起爭議（參閱 Bond and Gilliam 1994；Layton 1989）。在這裡，老人在整個當地社會階序的位置，以及其對「歷史」傳承的影響，是值得重視的。雖然表面上看來，「祖先從哪裡來?」的尋根活動最後引起老人對於青年的斥責，甚至因為質疑青年會成立的動機而加以抵制，但是這些爭議真正的源由卻是在於老人們自己。換言之，做為傳統知識的持有者和傳遞者，老人有其權威，但彼此之間也是競爭者。就此而言，E. Hirsch（1995）最近在巴布亞高地（Papuan highlands）的研究，提供了一個很有意思的對照。Hirsch 指出 Fuyuge 人在儀式中呈現出兩種不同思維與行動的特徵。一方面，他們似乎只是在實踐祖先所流傳下來的一套社會／宇宙體系的規範，祖先是整個社會的源由，因此沒有個人的行動性。但是，另一方面，個人的行動，尤其隨著時間所實際累積的成就也具有重要的社會意義。不過，就南王的例子來看，這些行動者的個人，顯然是以「老人」為主，而且是有性別上的差異。這種競爭的可能性也因老人的不同「經驗」，其所承繼的來源的多歧性，而更加明顯。儘管如此，至少從 Hirsch 的例子以及對於「起源」觀念的研究來看，臺灣「南島語族」社會文化的特性似乎可以放置在一個區域研究的架構中來思考。

總而言之，「發祥地」之所以成為一個爭議的事件，雖然是因為一

些外在因素的引入而發生的，但是它在當地之所以能成爲一個爭議性很大的議題，卻不能不從南王卑南人對於「祖先」、「起源」、「老人」等觀念來理解。一方面，這些觀念提供社會階序性關係的一套基礎，也提供族人可能如何看待「歷史」。另一方面，「歷史」之所以重要，乃是因爲對於「歷史」的表徵方式（包括內容）也關係著個人的權威或權力。然而，「歷史」的理解與呈現實際上也涉及人的能動性(human agency)的觀念。從南王卑南族的例子來看，由於「老人」是做爲「久遠的話語和習俗」的傳遞者，經由他們的經驗，「歷史」也蘊含著「傳承」與「改變」並存的性質。這樣的特徵在面對「歷史」的知識逐漸以文字化的方式來表達後，又會有怎樣的發展與影響呢？這將是今後值得探討的一個有趣而重要的問題。[39]

---

39 下列的事例可以做爲參考。1994 年 12 月下旬，當南王卑南人舉行大獵祭而準備從山上返回聚落的前夕，老人依照往例唱著 *ilailaw* 的祭歌。中間休息時刻，一位年近四十歲的男子提到，由於祭歌的歌詞意義過於深奧，青年人不易瞭解，是否可請老人一一解釋，屆時再將這些資料印發以便青年人學習。這樣的建議立即遭到一位老人的否決。他認爲青年人應當登門請教懂得祭歌意思的老人，而不是用印刷、書寫的方式來學得傳統的知識。老人這樣的回答，一方面顯示老人的權威，也隱含知識傳遞的性質（參閱 Barth 1990）。

參考書目

明立國

　　1989　臺灣原住民族的祭儀。臺北：臺原出版社。

　　1994　臺灣原住民族歌舞的傳統與現代，山海文化雙月刊 3:70-73。

林志興

　　1997　南王卑南族人的海祭，臺東文獻 2:55-78。

林豪勳、陳光榮

　　1994　卑南族神話故事集錦。臺東：臺東縣立文化中心出版。

宋龍生

　　1965　南王卑南族的會所制度，臺灣大學考古人類學刊 42:112-144。

　　1995　拉拉鄂斯族熸滅記──流行於卑南族南王系統之一則神話，臺灣原住
　　　　　民史料彙編，第一輯，頁 249-275。南投：臺灣省文獻委員會。

　　1997a　卑南族卑南（南王）部落的形成和發展，發表於「臺灣原住民歷史文
　　　　　化學術研討會」。行政院原住民委員會、行政院文化建設委員會、臺灣
　　　　　省文獻委員會共同主辦，5 月 16-17 日，臺北南港。

　　1997b　卑南族的社會與文化（上冊）。臺灣原住民史料彙編，第四輯。南投：
　　　　　臺灣省文獻委員會。

　　1998　卑南族神話傳說故事集：南王祖先的話。臺灣原住民史料彙編，第六
　　　　　輯。南投：臺灣省文獻委員會。

金榮華

　　1989　臺東卑南族口傳文學選。臺北：中國文化大學。

移川子之藏、宮本延人、馬淵東一

　　1935　臺灣高砂族系統所屬の研究。臺北：臺北帝國大學土俗人類學研究室
　　　　　調查。

陳文德

　　1989　‘年’的跨越：試論南王卑南族大獵祭的社會文化意義，中央研究院
　　　　　民族學研究所集刊 67:53-74。

　　1990　胆膁阿美族年齡組制度的研究與意義，中央研究院民族學研究所集刊
　　　　　68:105-144。

　　1998a　「親屬到底是什麼?」：一個卑南族聚落的例子，發表於「親屬研究學術
　　　　　研討會」。中央研究院民族學研究所主辦，6 月 12 日，臺北南港。

　　1998b　族群與歷史：以一個卑南族「部落」的形成爲例 (1929-)，發表於「族
　　　　　群、歷史與空間──東臺灣社會與文化的區域研究研討會」。中央研究

院民族學研究所、國立臺灣史前文化博物館籌備處、東臺灣研究會主辦，11 月 25-26 日，花蓮兆豐。

陳玉美

1998 *Kasakawan kano Kasaraw*：從歲時祭儀到每日行事，發表於「時間、記憶與歷史學術研討會」。中央研究院民族學研究所主辦，2 月19- 23 日，臺灣宜蘭。

陳昭如

1995 歷史迷霧中的族群。臺北：前衛出版社。

陳茂泰

1998 博物館與慶典：人類學文化再現的類型與政治，中央研究院民族學研究所集刊 84:137-182。

黃美英

1995 文化的抗爭與儀式。臺北：前衛出版社。

黃宣衛

1992 書評謝世忠《認同的污名：臺灣原住民的族群變遷》，台灣社會研究季刊 12:141-150。

1998 阿美族的年齡組織與社會記憶──一個海岸村落的例子，發表於「時間、記憶與歷史學術研討會」。中央研究院民族學研究所主辦，2 月 19- 23 日，臺灣宜蘭。

曾建次

1993-1994 卑南族知本部落口傳歷史及神話傳說（上、下），山海文化雙月刊 1:138-146；2:142-149。

1997 卑南族母語彙錄。臺東：知本天主教堂。

曾建次 編譯

1998 祖靈的腳步──卑南族石生支系口傳史料。臺北：晨星。

曾振名

1983 南王卑南族的遷移及其回饋，臺灣大學考古人類學刊 43:17-27。

楊聰榮

1993 從民族國家的模式看戰後臺灣的中國化，臺灣文藝（創新版）18:77- 113。

臺灣省文獻委員會 編

1997 臺東縣鄉土史料。南投：編者印行。

蔣斌

1998 墓葬與襲名──排灣族的兩個記憶機制，發表於「時間、記憶與歷史

學術研討會」。中央研究院民族學研究所主辦，2 月 19-23 日，臺灣宜蘭。

衛惠林

　　1956　臺灣土著社會的二部組織，中央研究院民族學研究所集刊 2:1-30。

衛惠林、陳奇祿、何廷瑞

　　1954　臺東縣卑南鄉南王村民族學調查簡報，臺灣大學考古人類學刊 3:14-26。

謝世忠

　　1987　認同的汙名：臺灣原住民的族群變遷。臺北：自立晚報。

譚昌國

　　1992　家、階層與人的觀念：以東部排灣族臺版村爲例的研究。臺灣大學人類學研究所碩士論文。

Barth, F.

　　1990　The Guru and the Conjurer: Transactions in Knowledge and the Shaping of Culture in Southeast Asia and Melanesia, *Man* (N.S.) 25(4):640-653.

Bellwood, P.

　　1996　Hierarchy, Founder Ideology and Austronesian Expansion, in Origins, Ancestry and Alliance: Explorations in Austronesian Ethnography, J.J. Fox and C. Sather, eds., pp.18-40. Canberra: The Australian National University.

Bond, G. C. and A. Gilliam

　　1994　Introduction, in *Social Construction of the Past: Representation as Power*, G.C. Bond and A. Gilliam, eds., pp. 1-22. London: Routledge.

Bruner, E. M.

　　1986　Ethnography as Narrative, in *The Anthropology of Experience*, V.W. Turner and E.M. Bruner, eds., pp.139-155. Urbana: University of Illinois Press.

Chen, W-T.

　　1998　*The Making of a 'Community': An Anthropological Study among the Puyuma of Taiwan.* Ph.D. dissertation, University of London.

Fox, J. J.

1994 Reflections on "Hierarchy" and "Precedence", *History and Anthropology* 7(1-4):87-108.

1995 Origin Structures and Systems of Precedence in the Comparative Study of Austronesian Societies, in *Austronesian Studies Relating to Taiwan*, Paul J-K. Li, C-H. Tseng, Y-K. Huang, D-A. Ho and C-Y. Tseng, eds., pp.27-57. Taipei: Academia Sinica.

1996 Introduction, in Origins, Ancestry and Alliance: Explorations in Austronesian Ethnography, J.J. Fox and C. Sather, eds., pp.1-17. Canberra: The Australian National University.

Fox, J. J and C. Sather, eds.

1996 *Origins, Ancestry and Alliance: Explorations in Austronesian Ethnography*. Canberra: The Australian National University.

Hirsch, E.

1995 The 'Holding Together' of Ritual: Ancestrality & Achievement in the Papuan Highlands, in *Cosmos and Society in Oceania*. D. de Coppet and A. Iteau, eds., pp.213-233. Oxford: Berg.

Layton, R., ed.

1989 *Who Needs the Past? — Indigenous Values and Archaeology*. London: Unwin Hyman.

Pannell, S.

1996 Histories of Diversity, Hierarchies of Unity: the Politics of Origin in a South-west Moluccan Village, in *Origins, Ancestry and Alliance: Explorations in Austronesian Ethnography*. J.J. Fox and C. Sather, eds., pp.216-236. Canberra: The Australian National University.

Reuter, T.

1993 Precedence in Sumatra: An Analysis of the Construction Status in Affinal Relations and Origin Groups, *Bijdragen tot de Taal-, Land- en Volkenkunde* 148:489-520.

墓葬與襲名：
排灣族的兩個記憶機制[1]

蔣 斌

中央研究院民族學研究所

一、前言：排灣族的人與屋

近幾年，排灣族的社會文化人類學研究著重在人、家屋與階層／階序[2] 的關係上。排灣族鮮明的社會階序制度，一直是民族誌研究的焦點之一。石磊（1971）延續戰前日本學者（例如：小島由道 1920）的

---

1 本文在撰寫及研討會期間承得魏捷茲、何翠萍、顧坤惠、黃應貴、譚昌國提示具建設性的重要觀點，田野資料的收集與整理獲得撒古流在百忙之中抽空協助，並繪製圖說，謹致誠摯的謝意。我自從 1979 年起時斷時續地在 P 村進行田野研究，最近一次回到部落是在 1997 年冬天。
2 王志明（1992）將 "hierarchy" 譯爲「階序」，而 "stratification" 譯爲「階層」。在 Louis Dumont（1970）的用法中，「階層」是在以個人獨立自主及平等性意識形態爲基礎的社會中，因爲政治經濟權力分配差異所形成的不平等關係；「階序」則是在一個由身份地位不平等的意識形態爲出發點所建構的宇宙觀中，具有高低等級的身份的衡量。排灣族的貴族所具有的政治經濟特權因而異，並非普同的現象，而被記載的「仲裁」、「收稅」的權利，在排灣族本身的文化體系中究竟是不是被界定爲「政經權力」分配的問題，仍然需要進一步的探討。另一方面，排灣族的貴族與平民，是否具有 Dumont 所說的「包含」與「被包含」關係，也有待釐清。因此在這裡二個辭彙並用。不過在下文中，筆者比較傾向於強調排灣族的「階序性」而非「階層性」，因此採用「階序」一詞。

觀點，基本上是將階序制度視爲部落政治經濟體系的一環，雖然一方面認識到：日文文獻中使用的「黨」的概念並非排灣族的本土觀念，但另一方面仍然延續林衡立（1955）先生創用的「團」一詞，詳細描述了筏灣部落「團主」、「貴族」對「團民」的統治權力、對土地資源的掌控，以及由此種關係所形成的部落形態；譚昌國（1992）的論文試圖由祭儀中表現的人觀切入，由貴族與平民之間 *luqem*「靈力」的強弱來探討階序的意義；許功明（1991）最初由魯凱族貴族與平民的儀禮交換關係入手，後續的論文（1993, 1994）則較著重於排灣族家系與原家／分家的關係上；筆者（蔣斌、李靜怡 1995；Chiang 1993）希望延續末成道男（1973）與松澤員子（1976, 1979）的「貴族乃是長嗣繼承制度在另一個層次的表徵體系」的觀點，將排灣族社會體系的探討放到屋社會（House Society）討論的脈絡中。

相較之下，在臺灣南島民族的人類學研究中，排灣族的研究同仁大概不容易以勢單力薄自況。但是，排灣族分布廣闊，地方性差異頗大，已知的資料顯示出，就貴族頭目在各個不同部落政治經濟層面所享有的具體權利義務而言，或者企圖由起源傳說中探討個別貴族家系特權與尊榮的來源，表面上看起來眞是「五里不同俗」。要全面瞭解排灣族貴族與平民階序區分的意義，仍然有許多工作等待完成。但是，另一方面，排灣族傳統家屋的具體空間配置，雖然也表現出相當的地方差異，但在「家」的社會再生產方面，長嗣承家餘嗣分出的習俗方面，長嗣與貴族對於新建家的資助，以及分出餘嗣與原家的關係上，各地方的排灣族社會又似乎顯示出相當高的一致性。

雖然移川子之藏（1935）曾經感歎排灣族由於家名附屬於家屋，本質上乃是「家屋之名」，新建家屋時往往另取新名，而造成追溯家系延續時的困擾，但這可能是基於單系社會繼嗣原則的成見，在處理排灣族材料時，期望與資料間的落差所造成的窘境。其實對排灣族人而言，婚出者新建家屋，或是有些部落如文獻記載的將埋葬空間用罄的

舊家屋做爲祭屋，另建新屋另取新名，都並不妨礙對於異名家屋之間
原／分家關係的記憶。排灣族透過幾種鮮明的物質文化媒介與「過去」
保持密切的聯繫。用石板建造，歷久彌新，而且傳統上與墓葬合一的
家屋，就是一項重要的記憶媒介。研究者在報導人的帶領下，探訪舊
部落時，家屋的斷垣殘壁總是歷歷在目，年長的報導人往往可以清楚
的指認：這是某某家的石柱，那是某某家的前庭；甚至毫不矯情的指
著雜草中一堆傾倒的石板說：「到我家坐坐罷。」同時，也總是不忘將
隨身的香煙、米酒權充祭品，向顯然是留駐在家屋遺址上的祖先聊表
心意。我的一位報導人曾說：「我們用石頭蓋房子的民族，歷史感是很
強的。」這句話固然不必視爲比較研究上的定論，但顯然可以看出排灣
族人本身如何透過家／墓（以及遺址）和「過去」相關連。

　　排灣族另一個與「過去」相關連的記憶媒介，就是襲名的制度。
排灣族的個人名大多襲用雙邊祖先的人名，較少創新，如此使得同一
家族內上下數代之間，同樣的名字一再出現。在四至五代的範圍內，
報導人也經常可以毫不費力的指出使用某一個名字的先人的系譜位
置，或者人格特徵。我們常聽到報導人說：「某某名字是我們家的。」
或者談論到並不熟識的第三者時說：「他們家怎麼也有我們家的名字，
可能以前有親戚關係罷。」例如 T 村的頭目 Demalalat 家，人名中經
常出現 Kui、Elen、Muni、Adiu、Zulzul、Lautsu 等（參考附錄二
的系譜一），而這些名字在 P 村的大頭目 Talimalau 家中，也很常見
（參考附錄二的系譜二）。T 村的 Demalalat 家人就經常會以此做爲例
證：「你看，我們兩家的人名很多一樣的，就是因爲我們最早是由 P 村
的 Talimalau 家分出來的，本來是同一家嘛。」純粹由這些陳述的意見
來看，似乎每個家都有一套多少固定的「名庫」，做爲家象徵財產的一
部分。但是，排灣族人在爲子女或孫子女取名時，經常相當謹慎的遵
守一個基本的雙邊原則，個人名字的取用可能來自父母的任何一方，
甚至不受到父母婚入方向的影響（詳見下文的討論），只有在異階通婚

時，才片面的選取高階一方的名字。通婚加上雙邊襲名的規則，使得同一個部落之內不同家族之間同名者比比皆是。日常生活的言談中，在必要的時候可以在人名後加上家名作爲區別，例如說 "*ti* Elen *a* Talimalao"（Talimalao 家的 Elen）。排灣族家的繼承雖然不以性別條件所規範的「單系」原則爲依歸，但形成的仍然是由長嗣繼承的原家一脈相傳，餘嗣分出，向下（後代）展開的結構。如此一來，來自雙邊的個人名有可能成爲「家」的象徵財產嗎？「家」與「襲名」這二個不同的結構，與各自所聯繫的「過去」之間，如何相容？

本文的目標，就是探討「家」與襲名這二個制度，如何做爲排灣族人與「過去」的聯繫。由於排灣族傳統上家與墓的合一，而筆者對於家的延續，以往也就社會層面與空間層面分別有所討論，本文著重墓葬部分。一方面呈現出即使在現代，墓葬與家在理念上仍然具有連續性；同時也試圖釐清現代墓葬中所表達的「家」的理念究竟爲何。做爲記憶機制，墓葬與襲名各自所表達或呈現的「過去」是什麼？它們如何透過不同的社會關係體系，在日常生活中向族人耳提面命，展現他們不應該遺忘的「過去」。如果說一個社會的「過去」以及記憶「過去」的方式，呈現的其實就是社會本身，那麼由探討排灣族透過這二種機制所記憶的過去，將如何有助於我們瞭解排灣族的社會與文化？

本文所使用的田野資料，主要來自北排灣 Raval 亞族最古老的部落 P 村。P 村具有完整的起源神話，屬於 Raval 系統的其他三至四個排灣族部落，都承認 P 村爲母部落。目前的 P 村距離部落的神話發源地約四小時路程，依據荷蘭戶口資料，定居在現址已經超過三百年。目前居民有一百戶左右，人口約七百人。

二、記憶、名制、階序與南島民族的起源論

人們透過「記憶」將現在與過去相關連，但「過去」是什麼？

Halbwachs（1992）爲記憶的研究確立了「集體」的面向。在這個社會學的研究取向下，記憶不再只被視爲一種個人的心理活動，而被認爲是在互爲主觀性（intersubjective nature）的基礎上，存在於社會成員的個體之外的一種機能。而且正是透過成員間這種記憶的分享，「集體」本身才得以被界定與建構出來。每個社會群體有其獨特的一套產生以及擷取記憶的設計，個人以所處社群所提供的有關「過去」的敍事體結構（narrative structure）做爲參考架構，建構自己的個人傳記，並且確立對於群體的認同（Lattas 1996：257-58）。這個觀點可以說是認知與記憶的社會決定論。另一方面，Maurice Bloch（1977）則認爲，我們應該分別一個社會認知體系的二個層次，一個是「非儀式」的層次，在這個層次上，人類不同的社群在基本認知範疇（例如時間、人觀等）上似乎表現出相當高的普同性，也就是這種普同性，使得跨族群的溝通、以及人類學的研究本身成爲可能；另一個層次是「儀式性」的表達，在這個層次上，我們可以看到各式各樣表現出文化殊相的「去個人化的人觀」（depersonalisation of personhood）或者「去時間化的時間觀」（detemporalizing conceptiong of time）。而這個「儀式性」的表達，其實表達的正是這個社群本身的「社會結構」的觀念，也就是這個社群自己的社會理論。在這個儀式性／理論性的表達中，「過去」才和現在有意義的關連起來。但是重要的是，Bloch 指出：並不是每一個社會都對「過去」對於「現在」所具有的意義，表現出同樣的認知，或具有同樣程度的興趣。換句話說，並不是每一個社會都擁有同樣分量的「社會結構」。而一個社會擁有結構的多寡（或說是否有興趣發展出複雜的儀式來表達他們的結構觀念），與這個社會階序化的程度，有密切的關連。

在南島民族的人類學研究中，起源與擴散的問題始終是語言學者與考古學者的核心議題之一。但是除了這些外界的學術興趣之外，James Fox（1996：5）最近指出：南島民族本身許多不同的族群，同

樣透過自己的知識、社會或儀式體系，表現出對於起源（origin）問題的高度關心。因此，在南島民族的領域中，土著本身的起源觀念，應該被視爲一個重要的課題：

> 然而，這些土著本身的起源觀念包含著一套複雜的理念。祖先的概念往往很重要，但很少單獨成爲認知起源的唯一充分要件。以特定地點爲依歸，界定個人或團體，也是追溯起源的重要觀念。同樣的，聯姻—廣義的指涉任何個人間或團體間的關係—也是界定起源的重要因素。所有這些觀念整體而言，就意味著一套對「過去」所抱持的態度（an attitude to the past），亦即：過去是可知的，對過去的知識是有價值的，過去發生的事爲現狀樹立了範例，「鑑往」（access to the past）的能力對於規範「現在」有其重要性。起源可能被視爲多元的，對於起源的認知也可能有多元的管道。夢、通靈、背誦制式的文本、老人的智慧、面對和過去相關連的神聖物品，都是不同的「鑑往」的管道。

在島嶼東南亞的脈絡中，家屋無疑就是這樣一個重要的管道或記憶的機制。家具有延續性，它界定個人與團體的身分，家屋具有地點的性質，更是一個與過去相關連的神聖物品。Stephen Headley（1987）認爲就最微量（weak）的家屋定義而言，同胞關係（siblingship）就是家屋的基本形態，或說是表達家屋觀念的語彙（idiom）。但是同胞關係本身缺乏再生產（reproductive）的能力（參考 Bloch 1995 以及 Errington 1989:238），因此家屋的延續，有賴於婚姻。就起源的追溯而言，聯姻關係往往成爲家的建立之外，另一套互補的起源結構。例如，Barbara Grimes（1996:213）依據東印尼 Buru 島的例子指出：Buru 的社會生活的基礎有二個互補的起源結構（origin structures），除了以父系爲原則的家（house）的建立之外，對於母親／妻子所從出

之家，則視爲生命的來源（source of life）。由這個角度來看，「家」是進行聯姻的單位，而「家」與「聯姻」是二套互補的機制。

但是，依照 Lévi-Strauss（1982:184）自己的意見，家屋本來就是一個包容並超越多種二元對立原則的文化範疇，社會集體生活中不相容的原則——父系／母系、親緣／居處、昇級婚／降級婚、近婚／遠婚、世襲／成就——家屋都加以統合，並且表達出一種對矛盾的超越。其中最主要的，就是要處理對於同胞的凝聚力具有潛在威脅性的婚姻關係。誠如 Stephen C. Headley（1987:210）所說的：「一個社會在呈現亂倫、婚姻與同胞關係這三個現實要件時所使用的表徵相互間細膩而複雜的關係，正是我們瞭解家屋的關鍵所在。」由這個角度來看，「家」成了統合「同胞」與「配偶」關係的一個機制。

其實，這二個理解「家」的角度，正好對應到 Shelly Errington（1989）對於島嶼東南亞民族誌的分類。Errington 發現島嶼東南亞的社會，大致上可以分爲東印尼的「二元型社會」（dualistic society）以及包括馬來半島、婆羅洲（Borneo）、爪哇（Java）、蘇拉威西（Sulawesi）與菲律賓等地在內的「中心型社會」（Centrist Society）二類。Errington 用蘇拉威西的 Luwu 社會爲例指出：在「中心型社會」中，「家」是傾向血族型的結構，家之內依據行輩的尊卑與同胞出生序的長幼，形成階序，行輩及出生序居長者位於高階，也就是接近中心，位於中心者較爲接近創始祖，也就是接近生命與「能量」（potency）的來源。但是這樣的家的結構，基本上是由一代一代的同胞所構成，這個「中心」本身缺乏再生產的能力，必須依賴婚姻。婚姻的對象不可能是同胞兄弟姊妹，但由於家是依據中心而非邊界所界定，因此具有包容性；同時藉由夏威夷型（Hawaiian Type）的親屬稱謂，表親（cousin）被視爲「較遠的同胞」，透過與「較遠的同胞」之間的聯姻，Luwu 社會得以在(廣義的)家的範圍之內進行聯姻，完成中心的再生產。在「二元型社會」中，典型的「家」接近父系繼嗣

群，這樣的家同樣由一代一代的同胞所構成，但是在家的再生產方面，則是透過單方交換婚，在家與家之間進行聯姻，透過女人／生命的流動 (Fox 1980)，實現家的延續。同時以「給妻者」與「討妻者」的二元關係爲核心，發展出全面的二元宇宙觀。

因此，Errington (1989:203-272) 認爲：在「中心型社會」裡，基本的關係是「中心／邊陲」，其關係是階序性的；在「二元型社會」中，基本關係則是二元與互補性的。在 Luwu 社會中，構成這個中心的是過去王朝時代 (Indic State) 的宮廷 (court)，同時也是王室中最居核心地位的同胞組 (sibling set)。Luwu 社會由貴族與平民二個階層構成，在「鑑往」的能力上，貴族與平民所掌握的資源極爲不同。貴族具有相當深廣的系譜知識，對於祖先的人名，所知甚多、記憶甚詳，這些記憶使得貴族與創始祖所代表的「能量」的泉源保持密切的接觸。平民採用親從子名制，形成對於系譜的制度性的遺忘，因此無法與歷史、能量、權力的泉源掛鉤。換句話說，對於 Luwu 社會而言，掌握「過去」就是掌握「能量」(potency)。而對「過去」的掌握，就是基於對系譜與人名保持的記憶。Errington (1989:28) 同時認爲：雖然島嶼東南亞地區的社會階序制度受到印度化王朝政體的影響，但是在同爲南島民族的基礎上，仍然和玻里尼西亞的社會階層制度呈現出相當程度的類似性，可以視爲彼此的變形 (transformation)。

Errington 關於 Luwu 社會中貴族與平民對於「過去」的不同掌握能力的討論，觸及了「鑑往」能力中除了家屋之外的另一個重要的機制，就是對於系譜與人名的記憶。在南島民族的社會中，個人的命名方式，出現相當大的變異性。Ward Goodenough (1965) 比較 Lakalai 與 Truk 的個人名制，發現在 Truk 社會中，個人以創新名爲主，很少在一個聚落中發現同名者，而人們在日常生活中都以個人名相稱，在名稱上表現出高度對個體性的肯定，但是這個社會在行爲規範上，卻相當強調集體主義，貶抑個人的競爭表現，期望個人依據在世系群中

所處的身分位置謹言愼行。相反的，Lakalai 社會的名制極爲複雜，大多數人擁有一個以上的名字，一個人的名字可以包括：㈠一個屬於一套固定親子相續的序列名中的名字，[3] ㈡一個襲自祖輩或旁系尊親的名字，㈢一個依照出生時特殊情境獲得的名字，㈣親從子名，㈤綽號，以及㈥幼時衛生訓練未完成前使用的乳名。但是在日常生活中，常用的是承襲來的名字以及親從子名。也就是說，在人名的使用上，Lakalai 人強調個人在社會網絡中所處的位置，而不凸顯個人性。但是，在行爲規範的層面上，Lakalai 卻是一個典型的「大人物」(big man) 競爭型的社會，世系群的集體性不強，著重個人的成就。Goodenough 認爲，在這二個社會中，名制所建立的個人身分認定，和社會規範對於個人行爲成就的期望，都處於一種平衡與補償的關係中。在這二個社會中，名制與稱謂都在不斷的提醒人們關於身分認同的議題。在 Truk 社會中，名制對於人們在行爲規範要求下過度受到壓抑的個體性有一種自我提醒的作用；在 Lakalai 社會中，名制具有提醒他人不要過度唯我獨尊的作用 (Goodenough 1965:172)。

　　姑且不論 Goodenough 這個解釋中簡單功能論的色彩，他爲我們指出了一個有意思的觀點，就是一個社群的命名制度，也可以被視爲這個社群自身社會理論的一個表達。因爲個人命名制度，透露出的正是這個社群對於個別成員個體性、社會網絡中關係位置、歷史中的傳承關係或者是群體（至少是命名者）對個別成員的人生期望等種種不同的訊息。Maybury-Lewis 認爲：

> 瞭解〔一個社會的〕人名與命名制度可以是釐清該社會體系的關鍵……名字是〔該社會成員心目中〕理想社會形態一個極爲重要的構成要素。人們進入這些名字，在這個命名制度

---

3 假設某人名 A，其長子必定名 B，B 之長子必定名 C，以此類推，幾代之後又回到 A。

中接受洗禮(cycle through)。因此名字基本的功能其實並不在於指認或標示個人，名字的目的勿寧說是在將個體(individuals)轉變爲〔社會〕人(persons)(Maybury-Lewis 1984, 引自 Arno 1994)。

Andrew Arno (1994) 認爲：要探討一個社群命名制度的特性，進而比較不同社群的命名系統，應該先認識到命名制度牽涉到一個社群中三個基本論述要項之間的互動模式，這三個基本論述要項是：名譜 (onomasticon)、辭彙 (lexicon) 與歷史 (history)。名譜是一個社群用來標示個人的可用名字的集合，辭彙是具有一般達意作用的字詞的總合，歷史則是具有界定個人與集體認同作用的敘事體。一般而言，名字指涉一個對象 (reference)，辭彙表達一個意義 (meaning)，歷史敘述或認定事件的發生。個人的名字，往往同時具有三個層次的意義：既指涉一個個人，做爲這個人的標籤，也可能具有一般辭彙的意義，表達一種人格特質或道德期望，或者銘記一段故事。但是 Arno 指出：在不同社群中，這三個層次之間的互通性，可能有很大的不同。例如，在中國名制中，名譜與辭彙的互通性就很高，也可以充分利用這個互通性，創作新名來記錄相關的歷史事件。[4] 在英美名制中，名譜與辭彙的互通性雖然不是完全絕緣但程度很低，但是仍然具有歷史的意義，例如，用襲名來表達對於某一個親戚的追思或親密關係。不論互通性如何，個人名都是一個社群中成員個體與社會結構及社群的「過去」相連結的關鍵點。三個層次間互通性的差異，正好是一個切入點，我們可以藉此探討個別的社群如何表達或建構他們的歷史。

上面談到，Bloch 認爲一個社群中「過去」(歷史) 對於現實生活重要性的大小，或說一個社群「社會結構」的多寡，和階序性相關。

---

4 例如「慶復」紀念臺灣光復、「小紅」出生於文革時代、「臺生」紀念個人出生地或者父母生命中的旅次等。

Errington 的 Luwu 的例子則呈現出，貴族擁有較多的人名、較長的系譜、較完整的歷史知識，因此較接近萬事萬物的根源。歷史由貴族掌握，與平民無緣。但是，Lamont Lindstrom (1985) 對於美拉尼西亞 Tanna 社會個人名制的探討則指出，不同於玻里尼西亞社會中由王 (king) 或聖雄 (hero) 代表整個社群掌握或表達宇宙觀，美拉尼西亞是凡人的國度 (Land of Everyman)。在 Tanna 社會中，擁有土地權的地方群體是由一組固定的人名所構成。地方群體中的成員透過以自己的名字為小孩命名的方式，吸收小孩為新的成員。大多數的情形雖然是父親把自己的名字傳給兒子，同時傳給他土地的權利，但單純的親嗣關係並不足以確立新成員的身分與權利，命名的手續才是傳遞的基礎。沒有「血緣」關係的人，也可以透過命名的方式，建立起繼承的關係。一個人對於自己的名字享有第一級的權利，可以將它傳給任何人，以確立自己的繼承人，但是對於自己同一「人名組」中已經無人使用的名字，也有次一級的權利，可以將它（以及該名字伴隨的土地權）賦予他人。如果一個「人名組」的全部成員都亡故了，其他地方群體的人可以用該人名組的人名為自己的小孩命名，從而取得該組的土地權利，並且復興該人名組。用 Lindstrom (1985:27) 的說法：「在這樣的社會中，不是由『聖雄』透過他們卓越的行為或關係位置，將歷史事件與宇宙觀相連結，從而完成結構的再生產；在 Tanna 社會中，主要的社會關係是靠每一個平等且平凡的人，不依賴『血緣』而依賴『命名』，完成社會關係的再生產，並且將這個過程投射成為歷史。」

綜合以上的討論，我們可以將相關議題的焦點摘要如下：人們透過集體記憶和「過去」相關連，而這個「過去」在現實／現時生活中的出現，就是一個社群對於自身集體性的認知，以及本土社會理論的觀點與表達。這樣的認知與表達主要存在儀式的層面上。不同的民族對於這方面的認知與表達，表現出不同程度的興趣。南島民族似乎普

遍對於自身與過去的聯繫，也就是「起源論」表現出關心。將現實生活與「起源」相關連的記憶機制相當多樣，「家屋」(house) 是主要的一種。但是在南島民族的「家屋」觀念中，不論是以同胞組或家傳聖物所代表的家屋，其本身都缺乏再生產的能力，因此有賴於另一個力量的挹注，這另一個力量在「中心型社會」中是活動的邊陲對於不動的中心的支援，包括邊緣貴族向心的婚姻 (centripetal marriage) 以及平民對於貴族的服務；在「二元型社會」中則是流動的象徵生命的女性對於不動的「父系繼嗣群」的婚入。二者都牽涉到人的流動。Luwu 的高階貴族保有既深且廣的系譜記憶與大量的人名，來認知這個邊陲對於中心的挹注貢獻，同時確保與起源的聯繫。個人名也是南島民族表達自身社會理論，以及與起源聯繫的重要記憶機制之一。個人名透過所負載的指涉、意義與歷史事件，將個體轉化為「成員」而與社會、歷史結構相關連。雖然在許多社群中，重視「過去」與現在的關連性多與社會階序的發達有關，但平等的社會也未必沒有透過名制所表達的獨特史觀。

　　以下，我將就 P 村排灣族的資料，探討墓葬與襲名制，如何讓排灣族人將「過去」與現在相關連。而透過這兩個記憶機制，排灣族人認知到一個什麼形狀的「過去」？同時希望透過對於這個「過去」的瞭解，能夠進一步瞭解排灣族的社會文化特性。

三、墓葬所記載的「過去」

㈠ P 村墓葬形式的變革

　　排灣族「傳統」上實行室內葬，P 村與其他地區的排灣族人同樣在本世紀 20 年代左右，受到日本殖民政策的影響，停止室內葬，改在緊鄰部落北方的空地闢建公墓，開始實行室外葬。但原本室內的墓葬並未遷出。起初，室外葬的墓穴維持蹲踞屈肢葬所需的規格，大約二尺

平方的面積，三至四尺深，四面由石板築成（見圖1）。在1960年代，村中經濟情況較佳的家庭流行購置平地漢式陶製闊口大水缸，用以儲水或儲存穀物。少數家庭在家中成員過世時，就將一只日用的陶缸做爲「甕棺」，將屍體同樣以屈肢方式置入，再埋於穴中（見圖2）。目前報導人認爲，這個時期的「甕棺」只是有能力的家族將家中貴重物品爲死者陪葬的一種形式，而非對於古老習俗的延續或呼應。就P村而言，無法獲得更早時期使用「甕棺」習俗的明確證據。目前報導人口中的「甕棺」，也就稱爲 *dilung*（陶罐通稱），而無其他特殊名稱。

圖1　室外石板墓穴屈肢葬　　圖2　室外甕棺屈肢葬
（撒古流繪圖）　　　　　　　　（撒古流繪圖）

同樣在60年代中，村中領袖之一，平民出生而爲虔誠長老會教徒的 Pailang 認爲屈肢葬「很殘忍」，因爲「人死如果等到親友聚集追悼，次日再下葬，屍體已經僵硬，彎曲時須要使用相當的蠻力，看了令人不忍；如果要在體溫猶存時下葬，就沒有足夠的追悼時間。」因此 Pailang 倡議直肢葬。據說當時村人並無強烈的反對意見，很快的普遍改行仰身直肢葬法。

由室內葬改爲在公墓埋葬後，各個家族大致都在公墓內確立了家族的墓地範圍。只要在某一範圍內略行整地、除草，就可以建立所有

權，受到其他人的認可。墓穴的使用則不論是直肢或屈肢，都改爲在
家族墓地的範圍內一人一穴。有些家族在自己的幾個墓穴上，構築一
至二尺高的矮牆及石板屋頂，將所有墓穴遮蔽在一個「屋頂」下，模
擬家屋的形式 (見圖 3)；但也有每一墓穴個別構築石板屋頂的情形。
日久家族墓地不敷使用時，就在公墓外緣另行整地埋葬家人。

　　到了 70 年代初，深思熟慮的領袖 Pailang 又預見：長此以往，墓
地終有爆滿的一天。因此又設計了新的墓穴形式，在直肢葬長方形墓
穴的一端加挖方形深穴，以便墓穴的重複使用。使用的方法是：再度
有家人過世時，將上次下葬的先人遺骸移置深穴之中，新的遺體直肢
平放在長形部分 (見圖 4)。這一項倡議，同樣符合「傳統」的埋葬理
念，很快的也受到村人的接受，紛紛模仿。但是一般來說，大約須要
五年的時間，骨骸才能崩解，如果距離上次下葬不到五年，就需要另
築新穴。

　　70 年代末期出現了另一項變革，就是設立墓碑。最初是若干教徒
家庭設立十字架，但隨著耆老凋零、人口外移情況加劇，要掃墓或再
度有家人過世時，漸漸出現找不到或無法確認自家墓園的情形。約在
80 年代中期，有能力的家族便開始模仿平地的形式立碑誌銘，有二個
家族更重新修築了地上式的家族「靈寢」，遷葬先人遺骸，所費不貲。

(二)塵歸塵、土歸土

　　「葬入家族墓園」的說法看似簡單明瞭，但究竟誰算是家族的成
員，其實包含著排灣族有關家、家屋、與社會延續的核心觀念 (參考
Chiang 1993；蔣斌、李靜怡 1995)，須要進一步的說明。傳統排灣族
室內葬的一項基本原則，任何排灣族報導人都能夠指證歷歷的，就是
「葬回出生之家」的觀念(亦見 Tang 1973:12；許功明 1993:445-46)。
照 P 村報導人的說法，「一個人如果葬在婚入的家屋中，沒有和家人在
一起，會很寂寞。」依據這個理念，一個人死後應該與同胞兄弟姊妹合

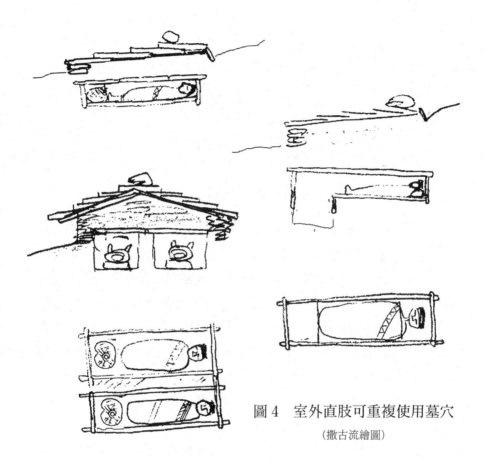

圖 4　室外直肢可重複使用墓穴

（撒古流繪圖）

圖 3　室外直肢墓葬

（撒古流繪圖）

葬於出生之家的屋內，夫妻由於來自不同的家，依理將不會葬在同一屋內的墓穴中。一個家總有承家者(理想上是長嗣)，留在家中結婚生子，死後就地安葬，並且「等待」婚出的同胞兄弟姊妹來歸，因此，一個世代延續不墜的家族，其屋內墓穴中所埋葬的，理想上應該是一

代一代的「同胞組」，而不包括婚入的配偶。這個理想的模型可以用圖
5 表示：

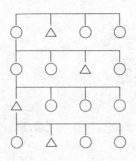

圖 5　理想上埋葬在同一墓穴中的家族成員[5]

　　實際上人死後埋葬地點不符上述理想的情形並不少見。依照習俗
的要求，一個成婚而離開本家的人（包含婚入另一家及成立新家二種
情況），亡故時其夫或妻家必須首先就安葬地點徵求其本家的意見。一
般而言，如果歿者的父母親輩仍在，大多會堅持葬回本家。[6] 如果父母
已歿，由長兄或長姊當家，就可能不那麼堅持。但是習俗上本家具有
優先決定權，而且這個優先權必須受到尊重。遇到(1)夫或妻得享高壽
方才亡故的，或者(2)本家族人凋零，乏人當家作主，或者因為(3)上一
代的多次婚姻，使得婚出者的本家由同父異母／同母異父的兄弟姊妹
當家，歿者與本家的關係並不強韌，在這些情形下，通常由歿者的長
子／女作主，決定埋葬地點，就容易形成與配偶合葬在婚入之家的情
況。

---

5 基本上，這個圖可以說和 Errington (1989:210) 說明的「中心型社會」的核心，世代
　的同胞組模型完全一致。
6 對於子女，父母都有權利說：“*ku pinurud kemasi kina tsavatsavang*”「是我將你從
　身體裡擠出來的。」做為要求葬回本家的依據。但這句話父母都可以說，實際上父母也
　有一方可能葬回本家而不會和子女葬在一起，因此這個「擠出來」的行動者，與其說
　是母親的身體，不如說是出生的家屋。

　　這樣依據一代一代的承家者及其同胞組所構成的家族合葬的理念，在 P 村由室內葬改爲室外葬，其後埋葬形式又歷經變革的過程中，基本上仍然維持不墜。不論是家族墓地內毗鄰的個人墓穴，模擬家屋的共同屋頂，或者是改良的重複使用墓穴，都保持這個家族的界定原則。這一點，在使用墓碑及銘文的家墓上，也可以看出。

㈢ P 村的墓碑與銘文

　　P 村在過去十五年間，陸續出現了二十多個設有墓碑銘文的家墓，其中 18 個家墓銘文的詳細資料列在附錄一中。三座家墓標示著排灣語 (TS1、TS15) 或華語 (TS5) 的家名，絕大多數的墓誌銘內容都包括：⑴葬在墓中殁者的名字，以及⑵爲殁者執行葬儀、設立墓碑者的名字。有了銘文的資料，我們可以很明確的知道葬在同一個墓中家族成員的關係以及當時主要出力出資，辦理後事親人的身分。[7]

　　在這十八個墓誌銘的資料中，十三個例子包含親子（女）合葬，四個例子包含同胞合葬，五個例子有夫妻合葬的情形，夫妻均殁但明顯並未合葬的例子有三個。立碑者與殁者的關係，署名中包括子女的有九例，包括同胞兄弟姊妹的有八例，包括未亡人的有四例，包括子╱女之配偶的有二例。

　　這些有碑銘的墓葬，大多表現出重複使用，以及預期在未來重複使用的設計。TS1 及 TS5 是有門的靈寢形式，TS1、TS6 及 TS15 都在固定或活動的大理石墓碑上預留了日後增刻入葬者名字的空間，

7　P 村的報導人相當肯定這個文字化的新趨勢。一般而言，排灣族人對於四代之內的系譜關係，大多保持相當好的記憶，包括同胞及配偶的名字，都可以作完整的報導，但很少超過五代。目前 P 村中有相當強的文化危機感，認爲在人口外移、「老成凋零」、許多家族無以爲繼等因素下，大多數的家墓，即使目前當家者也不一定能明確說出葬在其中先人的名字。目前墓碑上記載的，可能少於實際葬在墓中的人數，但總是一個好的開始。

	關係	案例編號	次數
合葬者關係	親子／女	TS1, TS2, TS5, TS6, TS7, TS9-3, TS10, TS11, TS12, TS14, TS15, TS16, TS17	13
	同胞	TS9-3, TS14, TS15, TS18	4
	夫妻	TS5, TS9-1, TS10, TS14, TS15	5
	夫妻分葬	TS3/TS4, TS12/TS13, TS16/TS17	3
立碑者關係	子女	TS2, TS3, TS4, TS7, TS10, TS12, TS13, TS14, TS17	9
	子女之配偶	TS2, TS4	2
	同胞	TS7, TS8, TS9-3, TS11, TS12, TS14, TS16, TS18	8
	配偶	TS9-2, TS9-3, TS11, TS16	4

TS2 及 TS8 則發明了一種將墓碑斜倚在墳塋上的方法，日後可以移動、重刻或增加新的墓碑。

由合葬者的關係，以及立碑者與歿者的關係，可以明顯看出在整個墓葬方式與墓葬的執行上，「傳統」的親子與同胞的理念仍然保持相當強勢的運作，有碑銘的這些例子中，明顯同胞合葬的實例雖然只有四個，但是由同胞組出面安葬兄弟姊妹的情形相當值得注意，表現出這是同胞的義務。配偶的關係在墓葬中並不被完全排除，但相對而言比較弱勢。例如 TS16 與 TS17 所顯示的，妻子在埋葬了丈夫後，雖然已經兒女成群，自己過世時卻選擇和生父合葬。報導人所陳述的墓葬硬體形制演變過程中，社會關係基本上保持不變，可以由銘文加以印證。換句話說，P 村排灣族墓葬所記載的，主要仍是由親子與同胞構成的「家」的延續的理念。

四、襲名制所記載的「過去」

　　排灣族的個人名採取襲名制，雖然並不禁止創新名，但發生的情形不多。在一個部落之中，同名者比比皆是，如果直接求教於報導人有關襲名的用意，獲得的答案主要是「爲了避免祖先的名字被遺忘。」任何一名從事排灣族研究的研究者，在製作系譜的過程中，或者檢視文獻中的系譜資料 (例如移川 1935；石磊 1971；許功明 1993)，都不難發現同名者不斷出現的情形。有時同名者的系譜關係相當清楚，但也有時報導人只能大約指出，某某人取的是父母中某一方，或祖父母／外祖父母中某一方的名字，而無法指出明確的系譜關係。既然創新名的情況很少，族人主觀上也認爲襲名是對先人的記憶，我們可以說，就名字所代表的個人而言，在排灣族社會生活的情境中，人們幾乎等於是週而復始的和同樣的一群人在打交道。襲名制毫無疑問是排灣族人保持與「過去」聯結的一項重要的機制。但是，如果我們企圖由現有一般的系譜資料中，整理出襲名的規則，試圖追溯出每一個名字的來源，以探討襲名做爲一種記憶機制的眞正意義，又往往如墜五里霧中，茫然不得頭緒。究竟排灣族人透過如此有意識的襲名，要保持的是什麼樣的記憶？是和何種「過去」保持聯繫？所謂的「祖先」是誰？襲名與記憶的原則及意義是什麼？

㈠取名字的原則
　　事實上，我們試圖在一般文獻中或我們自己探錄的排灣族系譜中尋找襲名的原則，之所以會徒勞無功，主要的原因在於系譜本身在製作時所內涵的方法與材料的限制。從移川敎授以來，研究者雖然很早就認識到排灣族親族體系「雙邊」或「血族型」(bilateral or cognatic) 的特性，但在記載系譜時，都無可避免的沿襲由上而下，也就是 R.

Firth（1963）所說的「系性」（lineality）的觀點。雖然注意到長嗣繼承制度中性別原則的開放性，有時對於雙性同胞的後嗣一體重視，但終究是以系性為中心的。這樣說並不表示如此製作出來的系譜，完全與排灣族的文化觀念圓鑿方枘，格格不入。由上節的討論已經可以看出，排灣族透過「家」與「墓」所表達的社會延續或再生產的理念，基本上與依據系性所製作的系譜，是屬於同一個邏輯。在排灣族文化復振意識高漲的今天，許多有名望的貴族家系配合研究者或主動要求研究者製作「家譜」，做為傳家文獻。合作出來的成果，也都是以「家」的延續為核心，以承家者為主軸，包含承家者的配偶與同胞所構成的系譜。對於婚出同胞的後嗣，保持選擇性的記載與記憶。許功明（1994）就是一個典型的例子。這樣的系譜，基本上是以「家」而非個人為主體，並且只考慮系性而不考慮「方性」（laterality）。也就是說，目前有關排灣族研究文獻中所收錄的系譜，大多與固有的「家」（也包含「墓」）的延續理念相吻合，並不是研究者無中生有，強加在排灣族身上的「歷史」；但襲名制記錄的，卻是具有不同結構的「歷史」，最大的差異就在於襲名制是以個人為出發點，依據往上（輩）的雙邊原則而考慮的。由於同父同母的同胞擁有相同的雙邊祖先，因此同胞組擁有相同的「名庫」，可以做為一個單位來考量。以下將作進一步的說明。

　　排灣族個人的命名，可以由父母雙方，以及雙方的父母雙方家族成員中選取中意的名字。邏輯上，這個向上的雙邊關係可以無限延伸，但通常對於獲選名字的來源，大概保持三至四代系譜明確關連的記憶，或者只是說：這是某某祖先那邊帶來的名字。通常按照習俗，當夫妻一方為承家者，另一方婚入的情形下，長嗣一定會取父母中承家者這一方的名字，次子／女則選取婚入一方的名字。夫妻均為餘嗣，也可以依照成婚建立新家時，雙方本家出力資助的多寡，決定長嗣的名字要選自哪一方。一個很重要的原則是，只要是同一階級的婚姻，所生的子女之間，應該儘量平均使用父母雙方的名字。同時，排灣族經常

出現一個人不只一個名字的情況，通常有二個名字的人，一定是一個來自父方親屬，一個來自母方親屬（參考小島由道 1920：×××）。如果是不同階級的通婚，則子女必定一面倒地取用父母中高階一方的名字，不會出現一組同胞中有名字分屬不同階級的情形。同階婚姻的子女平均取用父母雙方的名字，是一個明確的社會規範，違背者會遭致輿論的批評；子女一致取用高階家族的名字，則是異階通婚中低階一方主要的利多考慮之一（參考蔣斌 1984：13）。

取名字是一個慎重的程序。在小孩未出世之前，應該避免討論小孩的名字，也不可以準備尿布等將來要用的物品，以免被惡靈聽到，加害胎兒。出生後，父母雙方的父母都應該要到場，共同討論名字，以免偏重一方的名字，或者取到不適當的名字。[8] 據 P 村的報導人表

---

8 譚昌國（1992：74-5）對於臺坂村排灣族的嬰兒命名禮 *papu ngadan* 有相當詳細的描述，摘錄如下：「嬰兒出生後一週內，父母雙方的家人要聚會討論爲新生兒取什麼名字。傳統時代嬰兒多在母親原家出生，由父親家人親戚朋友準備酒和禮物到女方原家。母方原家繼承人（通常是老大）是主人，邀請大家依次坐下後即先輪流喝酒。若有頭目或巫師在場會作簡單的祭儀，希望創造神和祖先讓小孩長命，得到好名字。新生兒通常取它 *vuvu*（祖父母輩的親人）的名字，而父母兩方的 *vuvu* 都包括在取名字的範圍內。男方會先徵取母方的意見（因爲生產是母親的痛苦，女方付出較大）；大家再參考父方提出的名字。若父母的雙親輩或祖父母輩有更好的意見，或能在父母雙方的祖先中找到共同的名字則優先考慮，以避免日後兩方對小孩有差別待遇。說來考慮的條件是：(1)頭胎以母方親人中 *vuvu* 輩的名字爲優先，爲感謝母親生育之辛勞。(2)若父方最近有祖父母輩的親人剛去世（而且是善終），則以其名爲優先。(3)父母雙方名字中較接近頭目家階級的爲優先。頭胎的命名最易引起爭執，好像在爭奪繼承人，因老大有繼承父母雙方家屋、家名、財產的優先權利。取自己這邊親人的名字，小孩以後會對自己這邊的親人較有認同歸屬感，相對的這邊也會對小孩較好。爭執多發生在小孩的祖父母輩之間，有的人會一直堅持自己的想法，至死方休；有的人認爲爭執無效，假如同意，但到小孩二、三歲時，會說自己的命不長了，要替小孩改爲自己的名字，在對方老人家死後就擅自改過來，而新名可能完全取代舊名。……頭胎以下較易達成協議，甚至在爲頭胎命名時已附帶談妥做爲條件之一。若終究無法達成協議，一個小孩就可能擁有二個名字，到不同的親屬那裡被稱不同的名字。而小孩可能只會認同某一個，另一個不愛使用。……名字決定好後，男方拿出酒，由一通曉雙方關係的中間人負責舀酒，拿連杯邀請父母雙方共飲，按照一定的輩分依序喝酒。

示，目前很多襲用祖父母輩名字，或者父母輩旁系（叔伯姑姨）名字的情形，其實並不是很好的現象，因為用得太密集了，表示現代的人對於祖先名字記得的不多，能用的有限。一個名字最好是隔了四、五代以後，快要被遺忘的時候，再加以選用。一般而言，以往擁有某個名字的祖先，其能力、人格、特徵、命運、成就，會被納入為新生兒取名字時的考慮，但是，並不一定將過去時運不濟或聲譽不佳的祖先名字視為嚴重的禁忌，相反地，取用這樣的名字還具有一種挑戰命運，寄望這一次可能擊敗宿命的用意在內。

例如，已有一子一女，現年將近四十的排灣族藝術家 Sakuliu 指出：最近在與母親 Peleng 的閒談中，母親談到如果再生一女，不妨考慮使用 Udraq 的名字。這是母親娘家方面的名字，已經很久沒有人用了。根據傳說，母親家族中若干代之前曾有一名男子遭敵人獵首，其妻當時已經懷孕，一晚夢見丈夫由屋頂天窗處出現，告之：「應為新生兒取名 Udraq，以紀念我。」後生一女，取名 Udraq，不久夭折。家人仍然希望實現托夢者的遺志，不久其兄弟姊妹中有人又得一女，取名 Udraq，再度夭折。其後，某一位家中女性生女，第三度名之為 Udraq，仍然夭折。至此該名被獵首的祖先又托夢給家人，告之 Udraq 一名乃是源自 *mudraq*，意為剝玉米粒的動作，就是會脫離整體的意思。此後家人方才避免使用這個名字。但現在事隔多年，Sakuliu 全家均為虔誠的基督教徒，母親認為祖先中既然有這個名字，被遺忘了總是可惜，不妨再嘗試取用一次看看，說不定可以打破宿命。但這件事情目前只是閒談。

㈡命名、聯姻與聯盟

個人的名字一方面固然已經意味著對祖先以及祖先事跡的記憶，另一方面，由於命名時可以選用父母雙方的名字，一對夫妻對於所生子女（同胞組）的命名，更需要注意到雙邊平衡的原則，因此個人的

取名，以及一組同胞所取的名字，實際上蘊涵著大量以往聯姻關係的訊息，也就是對於聯姻關係的記憶。這就是爲什麼依據「家」的理念所製作的系譜，無法讓我們完整看出襲名原則的原因。如果我們製作個人或一個同胞組向上發展，雙邊親屬的系譜，就可以看到其中蘊涵的訊息。[9]

以下使用 Sakuliu 的家族，也就是 P 村 Pavavalung 家同胞組的名字爲例，加以說明：

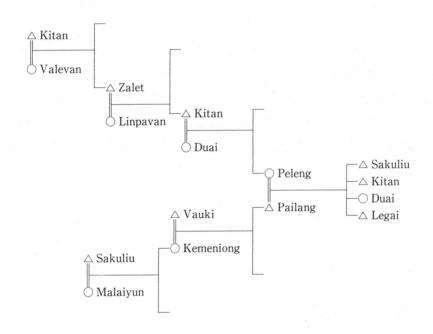

圖 6　同胞組襲名的雙邊原則

---

9 譚昌國（1992:120-23）提供了三個命名的例子，也呈現出相同的規則。

　　由這個譜表中，我們可以看出，Sakuliu 的名字來自 FMF，Kitan 的名字來自 MF 以及 MFFF，Duai 的名字來自 MM，Legai 的名字在系譜上無法直接連上，因為在 Pavavalung 家長輩的記憶中以無法明確找到名為 Legai 的先人。但是 Sakuliu 的母親 Peleng 相當肯定的指出，這個名字來自 Vauki（也就是 FF）的家族方面。很明顯的，Pavavalugn 家這一組同胞的名字，相當均衡地使用了父之父方、父之母方、母之父方、母之母方各一個名字。我們也可以說，以往的三次聯姻，造就了這一組同胞的名字。而且其中 Kitan 與 Duai 兄妹的名字，在二代之前根本就是一對夫妻。

　　其中 Duai 的名字除了聯姻的訊息外，還負載著另一層記憶。據 Peleng 指出，二代之前的 Duai（就是 Peleng 的母親），本家原名 Palimetai，家屋在 P 村大頭目 Talimalau 家的隔壁，被 Talimalau 家收為管家（*pinituma*），當 Talimalau 家收受屬下繳交的貢賦過多，自家無法存放時，就放在 Palimetai 家，因此賜其改家名為 Tabiulan（小籃子的意思），同時又在 Tabiulan 家生女兒的時候，將自己家不常使用的一個人名 Biduai 修改為 Duai，賜予 Tabiulan 家，從此成為 Tabiulan 家後人可以使用的人名之一。到了 Peleng 這一代，Duai 這個受賜而較尊貴的名字（但並不被視為真正的貴族名）「理所當然」的由大姊的長女先取，但不幸夭折。Peleng 的大姊隨後又生一女，但由於 Peleng 父親的母親 Linpavan 曾生有一女取名 Eslep，十七歲未婚早逝，老人家仍然懷念不已，為了「讓老人家在有生之年又能夠再呼喚這個名字，」於是大姊將女兒取名為 Eslep，將 Duai 的名字讓出來，當 Peleng 生這個女兒時，就取名為 Duai。當被問到：「以後是否還會為後輩孫女取 Duai 的名字？」Peleng 表示，近幾年來 Taliamalau 家對屬下相當疏遠，兩家關係不如當年，既然關係已經淡薄，就不會非常熱衷取用這個名字來紀念這層關係，但是也不排除用的可能性。

　　人名負載著以往社會關係的訊息，除了聯姻之外，也包括其他的

結盟甚至友誼關係。一個家族有權使用的「名庫」中每個名字的使用與否，有時就反映出各種關係的消長。其實，除了將一組同胞的名字放在一起看，負載著以往聯姻或聯盟關係的記錄之外，單獨的個人名字有時也表現出姻親關係的動力。排灣族人經常有一個以上的名字，有些情況是依據個人特徵而得的綽號，但也有依據家中長輩意願而取的別名。例如上述 Pavavalung 家四兄妹中的 Kitan，別名 Tamizil（日本名）。原因是父親的父親 Vauki 曾有一相當要好的日本友人，生子名 Tamizil，但不幸早夭，Vauki 便為 Kitan 另取名 Tamizil，以紀念這份友情。時至今日，母方親屬都稱呼 Kitan 為 Kitan，因為這個名字來自母方；父方親屬則多稱呼 Kitan 為 Tamizil，形成一種微妙但無傷大雅的姻親間的競爭態勢。

但是這樣的競爭也可能脫軌，而遭到社會輿論的批評。P 村 Lulingiling 家夫妻 Tsulusam 與 Veleleman 的女兒原來取用父方的名字稱為 Riaval，但是妻子 Veleleman 在丈夫 Tsulusam 過世後，就改口用自己家族的名字稱女兒為 Remereman，受到村人批評為對夫家不敬的行為，但 Veleleman 十分堅持，村人有些日久也就跟著改口。Remereman 結婚後，Veleleman 又片面堅持將女兒的子女取名 Sula、Zepayas 及 Ninu 等。這些甚至不是 Veleleman 本家固有的名字，而是村中創始的平民家族 Takivalit 家固有的人名，Veleleman 並沒有任何可以確證的與 Takivalit 家的關係，這個舉動被批評為對女兒的夫家極不尊重，村人認為 Veleleman 為了好面子，為孫輩取比較尊貴的名字，但卻取之無道。

由這些例子可以看出，個人名的襲名制度，基本上是對於過去祖先的追憶，追憶的內容，包括祖先個人的事跡，更包括祖先所牽涉的重要社會關係。這些社會關係中最核心的，就是聯姻關係。不但一個同胞組應該透過襲名的方式表達出對於父母雙邊聯姻關係的同等承認與記憶，甚至在個人身上，也可以同時負載父母雙方的名字與記憶。

這種向上雙邊展開的姻親關係有時會形成動態的競爭，表現在爲子女或孫子女命名上。在操之過急而社會互動技術又較不圓融的人手中，還可能引人側目，並遭來議論紛紛。

五、結論：起源與聯姻

以上討論了 P 村排灣族如何藉著墓葬與襲名二個文化機制保持和「過去」的聯繫。排灣族無疑具有明顯的 Errington 所說的「中心型社會」的特色。長嗣承家、餘嗣分出。家的象徵與物質財產完全留在原家之中。長嗣與餘嗣之間形成制度化的階序關係。在排灣族的起源神話中，創始家的建立並不一定始於婚姻，經常出現的模式反而是起源於一組同胞。在起源神話的敘事中，創始的同胞組可能隨即分散，各自建家，甚至前往不同的地方建家、建社。和 Errington 的 Luwu 社會一樣，家做爲一個記憶的機制，基本的結構乃是代代相傳的承家者，以及他們的同胞。這個結構一方面表現在口傳歷史與對家族系譜的記憶中，另一方面，更強有力的表達在「家／墓」這個空間的實體上。弟妹在婚出完成建立新家或延續其他家族的任務後，仍然要葬回自己的本家，可以說是一個相當強的宣示。「家」不只讓人閱讀和它相關的文本，更藉由家與墓的結合，讓人「由搖籃到墳墓」，由離家成婚到歸家安葬，用一生的歷程切切實實的生活到、經驗到它所蘊涵的「過去」，並且讓每一個在這個家屋中出生、成長的成員，最後都非常實際的「參加」到家的歷史之中。墓葬可以說是家屋的核心，而理念上埋葬在墓穴中的，正是世世代代的同胞組。這個中心不但表現出永恆不變的性質，靜靜的等待離家同胞的來歸，同時更傳達出極端缺乏再生產的能力（unreproductive）的訊息。

在這套突出的「家／墓」的社會理論之外，排灣族人也很清楚，沒有婚姻的建立，家是無法存在或延續的。但是對於婚姻的記憶，並

不明顯地表現在家這個集體的實體上，而是記錄在個人及同胞的名字組合上。基於命名時謹慎的雙邊原則，使得一對夫妻所生的子女，也就是一組同胞的名字，可以說都是父母雙方以及雙方先前的世代聯姻的成果。換言之，個人的襲名是與家的延續不同但互補的另一種記憶機制，它記載的乃是雙邊先前世代的聯姻成就。然而，排灣族這套「鑑往」機制的精微奧妙之處，就在於這一組一組背負著姻親人名的同胞，最後又會共同埋葬到家屋的墓穴之中，成爲不動的中心。正因爲同胞組的名字是聯姻的成果，*襲名制可以說是一種巧妙的將姻親（或者根本就是數代之前的配偶）轉變爲同胞的機制*。我在（1995:204）探討排灣族家屋空間的文章裡曾經認爲：「……就家屋的立場而言，婚姻根本是短暫的關係，是亂倫禁忌的限制下異性同胞關係的替代品。對家屋長遠的生命來說，婚出者終究要回歸原家，婚入者也終究不是本家的永久成員。家屋眞正的成員，是埋在地下、『棲在屋頂』，世世代代的同胞（祖靈）。」現在透過對於襲名制的分析，我們進一步瞭解到，排灣族襲名制的設計，直接回應了上面第二節所引的 Stephen C. Headley 有關同胞與配偶間複雜表徵關係的論點。排灣族對於二者間辯證關係的處理之道是：就人的軀體而言，排灣族的喪葬習俗強調同胞的不可分離與婚姻的無奈（參考蔣斌、李靜怡 1995:117）；但透過個人的名字，配偶與聯姻關係卻得以化身爲同胞，一同埋葬在家墓之中，永遠成爲家／墓記憶的一部分。

排灣族人常說：「『某某』是我們家的名字」或者「我們家有『某某』的名字」，乍聽之下，這似乎是一個很弔詭的說法，因爲認親與襲名上很基本的雙邊法則，使得每一家每一代的同胞所能使用的「名庫」都不相同。一個家只要每一代維持與其他家族通婚，保障家的延續，它的名庫也都在擴大之中。但是，名庫的不斷擴大，可能正是排灣族「家」的特性。這個不斷擴大的名庫，也很類似 Errington（1989:299）所說的：由於不依單系原則，使得累積的祖先人名越來越沒有固定的

形狀，透過這樣的過程，將「過去」壓縮成一個無時間性(atemporally)的整體，這個整體，就是子嗣可以汲取「能量」(potency)的泉源。我目前沒有足夠的資料，能夠討論排灣族的 *lugem* 的觀念，是否可以和 potency 的觀念相比較，而做為瞭解排灣族社會階序的鎖鑰(但是參考譚昌國 1992)。由家／墓合一的設計，以及葬在墓中同胞名譜的不斷擴大，這中間如果包含「能量」累積的觀念，一點也不會令人意外。

但是，做為一個階序社會，排灣族很特殊的一點，就是平民家族與貴族家族在透過「家」與「人」對於「過去」的掌握上，幾乎無分軒輊。在家屋的傳承、長／餘嗣的關係、以及雙邊襲名等方面，平民與貴族享有完全一致的結構與結構性。有些貴族家系記憶的系譜世代較長，但這也不是絕對普遍的現象。若干部落有頭目家系由外而來(stranger king)的口傳，身為平民的本土創始家系所保存的系譜記憶與之相較毫不遜色。同時，和 Errington 的「中心型社會」相比較，排灣族的貴族家系(即使是一個部落中的最高貴族)並沒有將自己的「家」擴大涵括整個社群的傾向。Errington (1989:272) 認為 Luwu 貴族中心的這個「家」(也就是王朝的「宮廷」)的包容性(encompassing)一方面使得再生產的任務可以透過範疇上的內婚而得以實現，一方面對於「血親／姻親」、「男性／女性」等二元差異，在未發生之前就將之消弭於無形，是一種化解差異的方法。但是，我們也可以說，一個無所不包的中心「家」，同時也加強了「中心」與「邊陲」的差異。使得 Luwu 的貴族與平民之間，在對於「過去」資源的掌握上，出現巨大的差異。排灣族的家雖然表現出明顯的中心性，但由於貴族家並未發展出強烈的包容性，在「家」的層次上，平民與貴族享有同樣的「鑑往」的機制，家的再生產所依賴的婚姻，也就在家與家之間，而非家之內進行。我們不禁要懷疑，具有擴大包容性的中心「家」可能畢竟是印度化王朝在南島民族固有「中心型」結構上影響的結果，排灣族的表現，可能就是沒有受到這層影響下，「原始」中心型社會結構的一

個例證。[10] 雖然沒有制度化單方交換婚的習慣，排灣族的婚姻明顯是在家與家之間進行的。但是在這層「人／我」之別的認知之上，排灣族也有消弭差異，將「他人」化爲「我類」的方法。這個方法就是透過刻意的雙邊襲名制度，將姻親轉化爲同胞，進而將他們永遠埋在家屋之內。我們可以說，墓葬與襲名，不只是排灣族的社會理論，也是社會實踐。

　　我喜歡偶而造訪 P 村的公墓。目前 P 村的公墓景觀，可以說是新舊雜呈，有村人自己都難以辨認的石板墓穴，有混合漢式與基督教式的墳塋，也有大理石砌的靈寢，還有各式各樣方便日後重複使用的創意墓碑。這裡是 P 村排灣族過去、現在與未來的交會點。也是 P 村排灣族人自身歷史觀與社會觀的講壇。墓中埋藏的是村人的過去，在墓葬方式的創新與文字的使用上，表現出族人對於未來的未雨綢繆。而不論是村人本身或是研究者每一次造訪這個墓園，都是一次鮮活的體認，體認到排灣族「家」的延續與同胞、配偶的聚散離合。而往往在由公墓信步走回村落的路上，方一轉身，又只見與墓中老人同名的少年騎著機車呼嘯而過，或者是呼朋引伴，穿梭在部落櫛次毗鄰的家屋之間，進行青年男女嬉戲追求的活動，憧憬著自己的婚姻，以及生命的延續。

---

10 不過，在這個環節上，我們就不得不再次考慮末成道南 (1973) 觀點的潛力。瑪家社排灣族分出之弟妹在小米收穫後以禮粟回贈長兄姊，報答分家時長兄姊所資助的種粟，末成將這種習俗與平民繳納給貴族的租賦相提並論，認爲貴族制度乃是長嗣制度的一個表徵，後者屬於家的層次、前者屬於聚落層次。另一方面，如果我們考慮排灣族造型藝術例如家屋中柱與屋簷的雕飾所具有的歷史記憶的作用，則排灣族的貴族家似乎也具有擴大包容整個聚落的意義，也就是以「家」爲「社會」；而在家屋與人身裝飾的敘事意義上，貴族家也比平民家享有更多「鑑往」的資源。值得注意的是，排灣族貴族的這個包容性與「鑑往」能力的優越性，都是以「物」而非「人」爲媒介的。

參考書目

小島由道 編
　　1920-22　番族慣習調查報告書第五卷：排灣族，臺灣總督府舊慣調查出版。黃文新譯。臺北：中央研究院民族學研究所。（譯稿未出版）

末成道男
　　1973　臺灣排灣族的家族 M 村贈與老大的習俗，以 *pasadan* 爲中心，東洋文化研究所紀要，第 59 冊，頁 1-87。黃耀榮譯。臺北：中央研究院民族學研究所。（譯稿未出版）

石磊
　　1971　筏灣：一個排灣族的民族學田野調查報告，中央研究院民族學研究所專刊甲種第 21 號。臺北：中央研究院民族學研究所。

林衡立
　　1955　排灣族之團主制度與貴族階級，臺灣文獻 6(4):53-58。

松澤員子
　　1976　東部排灣族之家族與親族：以 *ta-tjaran* 一條路之概念爲中心，國立民族學博物館研究報告 1(3):505-536。翁英惠譯。臺北：中央研究院民族學研究所。（譯稿未出版）

　　1979　臺灣排灣族之首長家：在與其首長制之關連上，同志社大學人文科學研究所社會科學 26:1-40。翁英惠譯。臺北：中央研究院民族學研究所。（譯稿未出版）

許功明
　　1991　由社會階層看藝術行爲與儀式在交換體系中的地位：以好茶村魯凱族爲例，魯凱族的文化與藝術。臺北：稻鄉出版社。

　　1993　排灣族古樓村喪葬制度之變遷：兼論人的觀念，刊於人觀、意義與社會，黃應貴編。臺北：中央研究院民族學研究所。

　　1994　排灣族古樓村頭目系統來源與繼承的口傳，排灣族古樓村的祭儀與文化。臺北：稻鄉出版社。

移川子之藏
　　1935　高砂族系統所屬之研究，臺北：臺北帝國大學。黃麗雲譯。臺北：中央研究院民族學研究所。（譯稿未出版）

蔣斌
　　1984　排灣族貴族制度的再探討：以大社爲例，中央研究院民族學研究所集刊 55:1-48。

蔣斌、李靜怡

　　1995　北部排灣族家屋的空間結構與意義，刊於空間、力與社會，黃應貴編。
　　　　　臺北：中央研究院民族學研究所。

譚昌國

　　1992　家、階層與人的觀念：以東部排灣族臺板村爲例的研究，國立臺灣大
　　　　　學人類學研究所碩士論文。(未出版)

Arno, Andrew

　　1994　Personal Names as Narrative in Fiji: Politics of the Lauan
　　　　　Onomasticon, *Ethnology* 31:21-34.

Bloch, Maurice

　　1977　The Past and the Present in the Present, *Man* (N.S.) 12:278-292.

Chiang, Bien

　　1993　*House and Social Hierarchy of the Paiwan*, unpublished Ph.D.
　　　　　Dissertation, University of Pennsylvania.

Errington, Shelly

　　1989　*Meaning and Power in a Southeast Asian Realm*, Princeton:
　　　　　Princeton University Press.

Firth, R.

　　1963　Bilateral Descent Groups, in *Studies in Kinship and Marriage*, I.
　　　　　Schapera, ed., Royal Anthropological Institute Occasional Paper
　　　　　16:22-37.

Fox, James

　　1996　Introduction, in *Origins, Ancestry and Alliance*, James J. Fox
　　　　　and Clifford Sather, eds. Canberra: Department of Anthropolo-
　　　　　gy, ANU.

Goodenough, Ward

　　1965　Personal Names and Modes of Address in Two Oceanic Commu-
　　　　　nities, in *Context and Meaning in Cultural Anthropology*, M.
　　　　　Spiro, ed. New York: Free Press.

Grimes, Barbara Dix

　　1996　The Founding of the House and the Source of Life: Two Comple-
　　　　　mentary Origin Structures in Buru Society, in *Origins, Ancestry
　　　　　and Alliance*, James J. Fox and Clifford Sather, eds. Canberra:
　　　　　Department of Anthropology, ANU.

Halbwachs, Maurice
    1992   *On Collective Memory*, Lewis A. Coser, ed. and trans. Chicago: University of Chicago Press.

Headley, Stephen C.
    1978   The Idiom of Siblingship: One Definition of 'House' Societies in South-East Asia, in *De la Hutte au Palais: Societes a Maison en Asie du Sud-est Insulaire*, C. Macdonald, ed. CNRS, Paris.

Lattas, Andrew
    1996   Introduction: Mnemonic Regimes and Strategies of Subversion, *Oceania* 66(4): 257-265.

Lindstrom, Lamont
    1985   Personal Names and Social Reproduction on Tanna, Vanuatu, *Journal of the Polynesian Society* 94:27-46.

Tang, Mei-chun
    1973   Structural Analysis of the Burial Custom and Funeral Rites of Lai-i: An Aboriginal Village in Taiwan, *Bulletin of the Department of Archaeology and Anthropology, National Taiwan University* 33/34:9-34.

附錄一

TS1 歿者: 江阿通（父）、江阿良（長子、未婚）

篙瑪竿（Kaumaqan 家）墓誌銘

kemasi demalat akitua tigilgilaw tusai kaumakan sapucekel tai
senedi talivatan sapualak tu manelima, a ta lavuluvulungan ti
muni sapucekel tai kecelit a lavunga sikamasan musal ti resres
sapucekel a sema timur tai langpaw a ruluan, sikamasan telul ti
mulinu sapucekel a sema cavak tai pukiringan a manangai,
sikamasan simatel ti baru namacayanga sikamasan limal ti araliw
sapucekel tai aruai, a alak ni a riwi talimaraw kati reseres a
vavulengan idinelepan. sapualak tu manpitu a talavuluvulungan ti
resres sikamasan musal ti ngerenger, sikamasan telul ti zepul,
sikamasan simatel ti eleng, sikamasan limal ti sangkil, sikamasan
unem ti valakas, sikamasan pitu ti remaliz.

（譯文: 有 Gilgilaw 者，由 Demalalat 家〔P 村第二大頭目家〕分出，
在 Kaumakan 家和來自 Talivatan 家的 Sened 結婚，生有五個子
女，長女 Muni，和名叫 Kecel 的人結婚，已遷往青山村。二女名
Resres，和三地門村 Ruluan 家〔該村頭目〕的 Langpaw 結婚，遷入
夫家。三女名 Mulinu，和青山村 Manangai 家的 Pukiringan 結婚。
四子名 Baru，未婚歿。五子名 Araliw，和 Aruai 結婚，Aruai 是
Talimaraw 家〔P 村第一大頭目家〕的 Ariw 和安坡村 Vavulengan
家的 Resres 的女兒。生有七個子女，長女名 Resres，次子名 Ngerel，
三女名 Zepul，四女名 Eleng，五女名 Sangkil，六女名 Valakas，七
子名 Remaliz。）

TS2 歿　者: 柯玉妹（母）、柯大魚（長子，牧師）

　　　　　立碑者：(柯玉妹名下)長男柯大魚、次男柯王雄、長女柯秀英、
　　　　　　　　　次女柯秀月、么女柯秀玉
　　　　　　※：(柯大魚名下)長男柯腓利、長媳杜秀芳、次男柯正義、
　　　　　　　　　么女柯娟娟、女婿孟春輝

TS3　歿　者：余月妹（長女、TS4 余景元之妻）
　　　　立碑者：孝女蓮花、素月、素花、素梅、美月

TS4　歿　者：余景元（長男、TS3 余月妹之夫）
　　　　立碑者：許坤仲(婿，村中領袖，曾任三屆村長)、余素花；陳
　　　　　　　　景光（婿）、余素梅

TS5　歿　者：甘氏歷代祖先之墓園
　　　　　※：(1989 年間遷葬，當時由舊墓穴中遷出四具遺骸，包括
　　　　　　　　目前當家者 Kui 的父親 Adiu, Kui 之妻、長子及一具
　　　　　　　　幼兒的遺骸，曾請漢人撿骨師處理後葬入。)

TS6　歿　者：盧佳川（父）、盧玉梅（四女、未婚）

TS7　歿　者：Ebez（外公）、薛兒榮（母）、洪明義（胞弟）
　　　　立碑者：陽世親屬：洪清葉、洪健治、洪明光、洪明輝（均為
　　　　　　　　洪明義之同胞）

TS8　歿　者：白明利（三男、似乎未婚，TS 10 白先居之子）
　　　　立碑者：胞兄明生、弟正生、姊愛珠、妹秋珠

TS9-1歿　者：潘智生（父）、潘碧雲（母）

TS9-2歿　者：潘義良（次男、TS 9-1 潘智生之子，pualu 家族，曾
　　　　　　　　任鄉民代表）
　　　　立碑者：未亡人謝桐粉、女梅花

TS9-3歿　者：潘氏之墓，潘德勝、潘智勇（關係不明）
　　　　立碑者：陽世親人宋美女、潘智昇（關係不明）
　　　　　※：(三個墓葬相連，但由外觀獨立的三個墳塋，各自有獨
　　　　　　　　立的墓碑。)

TS10 歿　者：白先居（父）、白招花（母）、白金妹（女）

　　　立碑者：（白先居、白招花名下）男明生、玉球、明利、正生；
　　　　　　　女愛珠、金妹、秋珠

　　　　※：（白金妹名下）麗娟、麗芳、麗琴、麗珍（白金妹之女）

TS11 歿　者：柯阿花（母）、呂惠珍（女）

　　　立碑者：長期夫呂嚴、孝弟正義、正雄；孝妹阿香、菊英、玉
　　　　　　　香、美香、雪珍

TS12 歿　者：馬義湖（父、長男、TS13 馬納順之夫，Pualu 家族）、
　　　　　　　馬尙武（長子）

　　　立碑者：孝女玉美、玉金、靜英；子榮武

TS13 歿　者：馬納順（三女、TS12 馬義湖之妻）

　　　立碑者：孝男……孝女……

TS14 歿　者：韓長利（父）、韓明珠（母、長女）、韓念屛（故孝子、
　　　　　　　長男）、韓光榮（故孝子、次男）

　　　立碑者：孝子韓光燦（四男）、孝孫王約瀚

TS15 歿　者：大給發利得，瑪拉之瑪斯（Malatsmats 父、長男）、
　　　　　　　萊萊（Lailai 母）、發翁（Vaung、Malatsmats 與
　　　　　　　Lailai 的長男）、古樂樂（Kulele 可能是 Vaung 早夭
　　　　　　　的兄弟）

　　　　※：（此家族爲 P 村口傳中公認的創始家族，首先由岩壁
　　　　　　　中誕生，建立部落，並拾得內藏貴族祖先的陶壺。後
　　　　　　　因過失賠償將特權「讓與」貴族 Talimalau 家，自居
　　　　　　　平民，但受公認爲平民之首。）

TS16 歿　者：馬幸伯（父）、馬月妹（女）

　　　立碑者：（馬幸伯名下）未亡人馬紀浮花、孝男超庭、遠道

　　　　※：（馬月妹名下）兄長超庭、遠道

TS17 歿　者：紀樟思（父）、馬紀浮花（女）

　　　　立碑者：孝男超庭、遠道、孝女月妹、孫振威、振魁、振宇、
　　　　　　　　耀祖、孫女……
TS18 歿　者：林金郎（兄）、林金義（弟）
　　　　立碑者：胞姊和惠、靜玉、弟金龍、妹忻怡

附錄二

系譜一：T 村 Demalalat 家

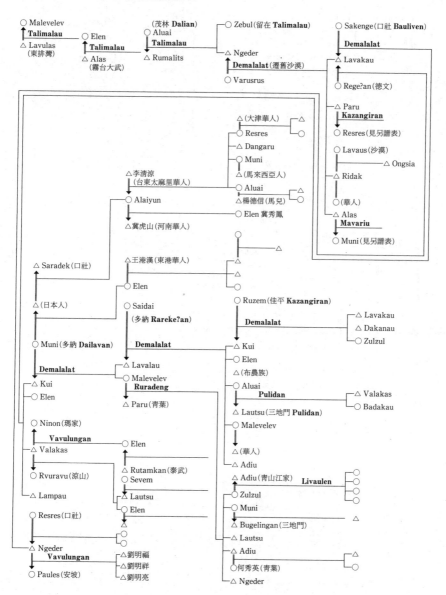

系譜二： P 村 Talimalau 家

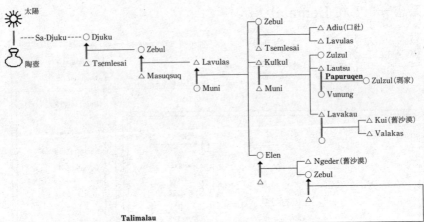

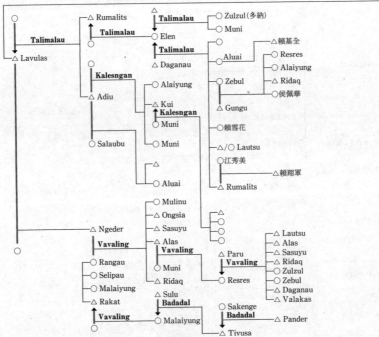

TS1　篙瑪竿（家名）墓園入口

TS1　篙瑪竿墓園陵寢正面，右上方有歿者名牌，下方中央偏左爲墓
　　　誌銘。

TS15　大給發利得（家名）墓碑，下方橫板可抽出，方便日後增刻
　　　　人名，現刻有四位歿者名字。

TS2　二塊斜倚可活動墓碑，方便日後增置墓碑，現已入葬二位歿者。

TS6　入葬父女二人。

TS17　入葬父女二石，女兒爲 TS16 父之配偶。

時間、歷史與實踐：
東埔社布農人的例子[1]

黃應貴
中央研究院民族學研究所

　　相對於其他的基本文化分類概念,時間自有其獨特的性質與價值:
時間不只是所有社會活動所不可少的要素, 並且爲構成每個文化之知
識系統的基本分類概念之一 (Durkheim 1995; Durkheim & Mauss
1963), 而它的文化價值更起於「人必有一死」之共有的「重要意義」
(significance) 上 (Hoskins 1993)。因此, 從涂爾幹開始, 社會或文
化時間便一直是人類學研究中不可少的一部分。最有名的例子便是 E.
E. Evans-Pritchard 所研究的 *The Nuer* (1940) 一書。但一直到 L.
Leach (1961) 以前, 它並沒有成爲人類學一個獨立的主要研究課題;
而且, 也都只是由社會活動來界定此一社會時間。Leach 在他的研究
中, 不僅指出時間的本質是改變 (alternation) 以及時間有重複
(repetition) 與不可重複 (non-repetition) 兩種不同而相反的普遍性

---

1 本文曾在「時間、記憶與歷史」讀書討論會做過簡單的報告, 並在正式研討會時討論,
均得到與會者的批評意見。論文初稿撰寫過程中, 謝國雄、馮涵棣、吳乃沛三位等對
原稿的批評意見, 研討會時本篇論文的評論人楊淑媛的評論及修改時的討論, 還有久
美的田阿緞女士與筆者討論過有關問題時所提的意見, 均對本文的撰寫有所助益, 在
此一併致謝。另外特別謝謝陳雯怡在本文修改過程, 所提供細緻而深入的討論及意見,
以及修飾全文的工作。

經驗，他更強調各社會文化由社會生活活動（特別是經濟活動與生命儀禮）的規則與間隔的制定而創造出其時間觀念。到 C. Geertz(1973)則進而由巴里島人的儀式，呈現與他們親從子名制之「去個人化」(depersonalize) 的人觀類似的「去時間化」(detemporalize) 之時間觀念，以凸顯出其文化的特色。當然，這類與儀式關連的時間和日常生活所依賴的連續而不可反轉的線型時間並不衝突。因此，M. Bloch (1977)認為實際生活的需要與自然界的韻律和節奏，均提供了所有人類社會的共有時間之基礎，而儀式則塑造其獨特的社會文化時間。前者與社會組織相關，後者則與社會結構相關。由此，A. Gell (1992)進而將時間分成兩個普遍性的系列：A 系列是屬於現象學的層次，是人的時間經驗；B 系列則屬於自然的眞實時間，其再現有其普遍性與多樣性。但他的區辨不只是要說明兩種普遍性分類的普遍基礎，更強調這兩種不同的時間分類之連結，才能對人類時間的瞭解突破過去自涂爾幹以來視時間爲社會文化的建構之傳統的限制，而使人類學本身有所進展。

　　上述有關人類時間性質的研究，涉及時間的基本性及全面化 (totalizing) 的問題。[2] 這可見於 N. Munn (1992) 所說時間有如宇宙與政治權力的議題上。比如，Kodi 人的僧侶因控制舉行儀式的時間而比一般人有更高的政治地位 (Hoskins 1993)；而像西所羅門群島的 Simbo 島人一樣，在變遷的社會中，統治者往往能由時間的建構及控制來反映及合法化其較高的社會政治地位(Burman 1981)。至於有關時間如何界定其歷史的觀念，則更是另一類證明時間的基本性與全面化的主要議題之一。比如，J. Davis (1991) 討論 Uduk、Kedang、Yemeni 及 Jaint 人因對時間有不同的觀念而對過去及文化認同有不

---

2 這裡所說的基本性，是指不可少或必要的條件。全面化則是指該要素在整個社會生活中因居有支配性的地位，而影響到社會生活的各個層面。

同的認定方式。因此，K. Hastrup（1992）及 A. Blok（1992）均提出，要瞭解一個文化如何建構其歷史時，不可能不先瞭解他們如何建構他們的時間觀念。而他如 N.M. Farriss（1987）、J. dePina-Cabral（1987）、J. Hoskins（1993）等，也都證明了時間觀念可影響、乃至可界定其歷史觀念。本文將以東埔社布農人爲例，探討時間及其與歷史間的關係，以便進一步探討時間的基本性與全面化的性質。

一、東埔社布農人傳統社會文化的特色

有關東埔社布農人的一般背景資料及本節陳述相關的詳細內容，請參考筆者所著《東埔社布農人的社會生活》（1992）一書，此處不再重複，僅直接簡單談及與本文討論有關的社會文化特色。東埔社布農人傳統社會文化的最明顯特色便是經由其實際的活動過程來解決或超越他們社會文化中各種二元對立的觀念。這可由親屬、家、氏族、政治社會、宗教等幾方面來瞭解。

當地布農人的「親屬」，往往是基於個人形成之初由父親所賦予的 *hanido* 所帶來的關係，它可以擴展到整個父系氏族成員，即一般所說的 *gauduslan* 範圍的人。基本上，它是由祖先承繼而來，是先天的、祖先傾向的。但另一方面，個人形成之初的身體是由母親所賦予，這種由後天的婚姻關係所帶來的「親屬」關係，通常可擴大到母親的整個父系氏族，以及兄弟姐妹與兒女之配偶的父系氏族，此即一般所說的 *mavala* 。[3] 不過，這種關係往往是依賴彼此間的互動與交換來開展與維持，其範圍一直是不確定的。即使是親兄弟，每個人的 *mavala* 範

---

3 若只是母親的整個父系氏族成員，則可稱 *van mavala*。由此，也有把 *mavala* 僅限於兄弟姊妹及兒女配偶的父系氏族成員。但在東埔社，*mavala* 的使用較具彈性而可泛指所有的姻親在內。唯在實際的使用上，往往是隨個人互動與交換的情形來決定其範圍而有相當大的彈性。

圍也都不同。尤其是這種關係不只發生在父親輩，也發生在己身及兒女等每一代人的身上，這使得其範圍更容易大於前者，卻比前者不穩定。故其性質上是後天的、也是成就的。這兩個性質上相反的認定原則，在實際生活中，則依實際上是否履行親屬的共享義務來決定其範圍。因此，一般所說的姻親在實際的生活中有可能比一般所說的血親更重要。甚至完全沒有「親屬」關係的人，也可能因其盡了相關義務而被視爲「親屬」。比如，一個人從小由養父母或祖父母扶養長大時，便會以父母的親屬稱謂稱呼他們。[4] 反之，原有父母則直呼其名而不以親屬視之。這種情形實與東南亞土著或南島民族的親屬關係是由實際的活動與實踐過程所建立的情形類似（Bloch 1993；Carsten 1995, 1997）。這樣的特點也表現在家及氏族組織上。

　　布農人的家，在臺灣南島民族中，一直是以依父系氏族的繼嗣原則所構成的「大家族」著稱。這樣的家強調的是，父系繼嗣原則所造成的凝聚力及依出生序而來的天生階序。但另一方面，它也因成員的競爭與衝突而不斷分裂，造成其離心力的出現與依後天成就決定地位的現象。面對這兩種相反的性質，布農人往往由實際的運作過程來解決其矛盾。以東埔社爲例，從日據時代至今，家的大小之變異性不但非常大，其成員的組成也往往是依當事人是否實際上願意一起共盡家之成員的義務而來。因此，其成員並不全是依父系繼嗣原則而來。[5] 比如，東埔社就有一家收養了一個不同氏族的孤兒，這孤兒成長後，與這家長的其他小孩一樣分這一家的土地。而原家長的兄弟，因當初並未與這家人一起工作，反而沒有分到任何一塊地。另一個例子是，有

---

4 在實際的狀況，親生父母的關係仍不能完全否定。由兒女成長結婚時，對於禁婚範圍的認定及分豬肉的對象，往往會同時包括養父母及親生父母的親屬範圍在內可以證明。
5 如岡田謙（1938）所收集的 24 戶個案資料中，就有 8 戶有沒有血緣及姻緣關係的「同居人」。

個小孩年輕時就到平地工作，等到這小孩要成家時，父母不肯替他找配偶成家，這是因為他沒有盡家之成員一起工作的義務，所以不被視為該家的成員。後來，這小孩只好回家工作，幾年後，其父母才替他討媳婦。這種強調由實際的活動過程來解決原有相矛盾性質的方式也可見於氏族組織上。

在臺灣南島民族中，布農族很早便以有複雜而嚴格的父系氏族組織而聞名。理念上，這氏族組織是依父系繼嗣原則而分有聯族、氏族、世系群三級(或一般所說的大氏族、中氏族、與小氏族)。這種組織不但強調由上而下的父系繼嗣原則及群體的凝聚力，同時強調了出生先後所產生的先天性階序。但另一方面，布農人也承認這三個層級的產生是因成員間的競爭、衝突所造成的分支現象，實隱含了離心力與後天成就的決定性。面對這兩種相衝突的性質，他們也是由實際的運作過程來解決：在每個聚落，他們所理解的氏族組織往往是依當地實際的勢力來重組其架構。如某個世系群可能因人多勢眾而分裂出幾個別地方沒有的世系群。反之，某些世系群則因人少而被合成一個。甚至因實際的狀況而創造出新的世系群。比如，現臺東縣延平鄉桃源村的 Maibu:d 氏族便是當地漢人與布農女子結婚所生的後代。不過，最能凸顯這個特色的是他們地域性或政治社會組織。

東埔社布農人一般都相信他們過去曾經有過聚落完全由同一父系世系群或氏族成員組成的階段；其政治社會秩序便完全依父系繼嗣原則來運作。換言之，依出生序，氏族的長老便是地方的政治社會領袖。這不只是強調領導者的地位是天生的，也強調群體的凝聚力與個人為群體奉獻的重要。但另一方面，布農人也非常強調領導者能力的重要性。否則，沒有能力的領導者很可能導致聚落的滅亡。而這種強調無意中會造成個人間的競爭與衝突，以及將個人利益置於群體利益之上的傾向。在這樣的矛盾下，他們發展出一種由實際的運作過程來解決上述衝突的方式：領導者的地位是依其能力而來，而不是依其天生的

地位而來。其次，個人的能力必須經由實際活動之運作過程，得到全體成員的公認。換言之，他的活動必須符合群體的利益，而有關群體活動的決定，也必須得到大家的同意。此即 *mabeedasan* 原則。第三，領導者的能力無法得到全體成員的同意而有異議時，則導致領導者的替換或該群體的分裂。也因他們強調實際運作過程的重要，領導者的職位並不經過一正式的儀式過程來認定，而是由實際事物的處理過程來認定。比如，負責維持聚落內社會秩序的 *Lisigadan lu-an*（公巫），是第一個舉行開墾祭的人。他是依他對農業、氣象、巫術等的專業知識與技術，以及他 *hanido* 的力量，來決定開始農業種植的時間。但若這年全聚落的人收穫均不好時，表示他的能力有問題。因此，下一年別人便不跟隨他的時間來種植農作物，而是跟著另一個被認為較有能力者。如此，原有 *Lisigadan lu-an* 地位便被取代。不過，這種運作方式的有效性，往往建立在人與人的直接互動上。因此，在日據時代，布農人的聚落平均只有 13.67 家，為臺灣南島民族中組織最小的社會。而這種強調實際運作過程的重要性也可見於其宗教。

　　東埔社布農人所謂的「宗教」活動主要是表現在歲時祭儀與生命儀禮上。歲時祭儀主要是與農作物的種植有關：當 *Lisigadan lus-an* 最先舉行開墾祭後，聚落中其他各家也個別舉行開墾祭。而其他隨後舉行的各種有關農業種植的播種祭、除草祭、收穫祭、入倉祭等，均是依同樣的方式進行。如前段所言，他若不能成功地引導農業耕作，下次則換別人來負責。相對地，如果只是個別人家的收成不好時，則表示是該家行開墾祭儀式者的 *hanido* 力量不足以克服土地及作物的 *hanido* 力量所導致的結果。第二年則換別的成員來負責。這種強調由實際運作的過程與結果來決定下次的人選，實與他們的 *hanido* 信仰有關：他們相信天地萬物（包括沒有生命的土地與岩石等無機物）都有 *hanido*。而人與人或人與物之間的競爭，其結果完全取決於相關兩者間 *hanido* 力量的大小。這種信仰更充分表現在布農人的生命儀禮

上。事實上，他們的生命儀禮即是在呈現及體現他們的人觀：[6] 人在母親身體內孕育時，其外在的身體是由母親給予；內在的 *hanido* 則由父親所給。*hanido* 有兩個。一個在左肩，稱之為 *makwan hanido*，它決定一個人從事粗暴、貪婪、生氣等會傷害別人、追求私利的活動。在右肩者則稱之為 *mashia hanido*，它決定一個人從事柔和、友愛、寬仁等慷慨、利他的活動。此外，一個人初生之時便有了 *is-ang*，它是最後決定採取 *makwan* 或 *mashia hanido* 力量者，也是一個人的自我。小孩初生後的第一個嬰兒節（*Mindohdohan*）（一年舉行一次）時，被介紹給全聚落的成員後，始成為該聚落的成員。而隨著身體逐漸茁壯成長，到了七、八歲時，小孩已度過最易夭折的階段，便到母親娘家舉行小孩成長禮（*Magalavan* 或 *Mangaul*）。儀式中所送的豬，除了感謝母親娘家父系氏族成員對小孩的護佑外，也意味著歸還母族的物質（身體）。而隨著個人的成長，人也越來越能維持 *makwan* 與 *mashia hanido* 的平衡。等到死亡之時，*is-ang* 成了 *hanido*，並脫離身體而解除其保護及包袱。有生之年對群體有重大貢獻的人，其 *hanido* 在死後則可到達過去有大成就的祖先或英雄們的 *hanido* 最終永居的 *maiason*。也因此，東埔社布農人往往發展出一種人生觀：在有生之年，每個人必須盡力尋找機會發揮個人的能力，以便對群體有所貢獻，能力較強者照顧能力較弱者，使群體所有的人都能共享大家努力的成果而達到大家都滿意（*sinpakanasikal*）的境界。這自然是由實際活動來追求自我的肯定並超越死亡而達永恆的境界。這樣的 *hanido* 信仰與人觀，事實上是目前為止所發現為瞭解布農人社會文化的最關鍵性的觀念，也是其文化邏輯的所在。

---

6 有關東埔社布農人人觀的內容，請參閱黃應貴（1989）及 Huang（1988）。此處不再細談。

二、東埔社布農人的傳統時間觀念

在臺灣的南島民族當中,布農人是至今所發現唯一有繪曆的民族。這些繪曆主要是祭師為了便於記住何時應舉行歲時祭儀等活動而刻劃的。我們姑且撇開發現繪曆當時有關它是否為一種文字的議題,由於繪曆中每一個月的月名本身均指涉人們當月應該做的事,它實已清楚告訴我們「傳統」[7] 布農人對時間的看法:他們一方面認識到「時間」的自然韻律與節奏,而以月亮一年的運轉為其主要活動的週期,所以他們的曆法也分成十二個月;另一方面,他們不以數字或其他抽象符號來標示月份,而直接以該月所進行的活動稱之,說明「時間」對於他們的重要性,主要是在指示該進行的活動,這不僅是指受自然時間限制而與生產有關的活動,也包括涉及生命儀禮及與巫師有關的祭儀等。表 1 列出三種布農人曆法,可以幫助我們進一步掌握布農人這種時間觀念。由於主要的活動是與生產有關,而生產活動又與每一聚落的高度及其向陽或背陽所導致的日照時間長短有關,因此,布農人雖有大同小異的曆法,但同一個月份在不同的聚落並不盡同時。這點可見於表 1。這種因地制宜的現象也可見於馬淵東一 (1974) 與何廷瑞 (1958)論文中提到的北部布農人,他們因農地的不足而無法只依賴小米為主食,芋及稗乃成為主食之一。歲時祭儀中便自然在小米之外加入有關這些作物的農耕儀式,而其時間觀念也加入有關芋與稗的生長節期而不限於小米的種植。而由表 1,我們也可發現東埔社布農人在 1979 年時,有著非常不同的曆法及相關的行事。這與他們接受基督長老教及從事經濟作物的栽種有關。換言之,即使在同一聚落的布農人,時序也可因生產活動或信仰的改變而不同。這樣的現象更說明「時間」

---

7 這裡所說的「傳統」是指 1909 年左右到 1945 年之間的社會文化規範。

表 1　關泥段（Qanitoan）與束埔社所使用的曆法

陽曆	1月	2月	3月	4月	5月	6月	7月	8月	9月	10月	11月	12月
關泥段（巒社群）日曆	Boan Iskalivan-Monqoma	Boan Tostosan-Monqoma	Boan Minpi-nang	Boan Tostos-Minpinang	Boan Minqolau	Boan Tostos-maneto	Boan Palaqtain-ga-an	Boan Dabunan	Boan Minsouda	Boan Pusuqou-lusan	Boan Paqonan	Boan Pavithao-an
主要的社會活動	舉行開墾祭	開墾土地	舉行播種祭	播種	舉行除草祭	除草	打耳祭	雨季	收穫祭	嬰兒節	墾荒	獵首及芋神的收穫
束埔社（部社群）日曆	Boan Igbinagan	Boan Pasitositosan-binagan	Boan In-holawan	Boan Lapasi-pason	Boan Malahdai gian	Boan Soda-an	Boan Indohdo-han	Boan Andaga-an	Boan Paiklaban	Boan Mihamisa n-an	Boan Gahoman	Boan Pasinap-an
主要的社會活動	播種		除草	馘讓房子與人畜	打耳祭	收穫祭	嬰兒節	入倉祭		做年糕	開墾祭	開墾
1979 年束埔社日曆	dasa boan	lusa boan	dau boan	pa:te boan	ima boan	nom boan	bido boan	vauu boan	siva boan	masag boan	masag hun dasa boan	masag hun lusa boan
主要的社會活動	開墾與整地	開墾與整地	種植經濟作物及受孕節（最後週日）	種植經濟作物及復活節（第一個週日）	種植經濟作物及母親節（第二個週日）	種植經濟作物及嬰兒節（敘會決定時間）	種植經濟作物及第一個感恩節（敘會決定時間）	種植經濟作物	種植經濟作物	種植經濟作物	種植經濟作物及第二個感恩節（敘會決定時間）	聖誕節

資料來源：本表有關關泥段布農人傳統日曆參考馬淵東一 (1974)，束埔社布農人的傳統日曆則參考衛惠林 (1972) 並已做些修正，至於束埔社 1979 年的日曆則為筆者在田野所收集。

雖然有其自然基礎，但影響其時間建構的主要因素卻在於指涉活動的
作用上。

　　東埔社傳統布農人雖然沒有抽象的「時間」概念，而在強調時間
是在指涉活動的性質，但他們還是有再現自然時間的曆法：[8] 一年依月
亮的運轉而分成十二個「月」(boan)。[9] 其中，三月到八月爲植物生長
的季節而稱之爲 dalava，九月到二月則爲植物的葉子凋落與動物 (如
蛇) 蟄伏的時期而稱之爲 hamisan。這季節既是一年的終止，也是一
年的開始。因此，他們將年也叫 hamisan。對當地人而言，年跟季就
像月亮的運轉一樣是不斷的循環，他們並沒有類似紀元的線型記年的
觀念。不過，另一方面，他們還是認爲 hamisan 像生命成長一樣，是
可以累積的。所以，他們問一個人幾歲時，便是用 hamisan 來表達。
是以，他們的「年」所具有的「時間」觀念，既是循環也是可累積的。
其次，他們一個月也是有三十「天」(hanlian)。每一月的每一天雖沒
有一定的名稱，卻可由月亮之圓缺有無爲指標來表示時間上的先後時
序。如月亮要出來的那一天叫 misiboan，月亮成半月形的那天叫
dahnamishan boan，月圓之日叫 mau boan 或 vuvu boan，殘月之日
叫 magusin boan，無月之日叫 dohon。再以這些日子的前後來指涉特
定的時日。每一個聚落對於用來做爲指標之日子的數目，往往因實際
的狀況與需要而不同。如丘其謙(1966：15)所研究的卡社群便有八天。
但不論是五天或八天，這些指標的訂立是根據月亮運轉的自然現象，
其主要的作用則是在表示時序的先後，而不是在指出精確的時日。比
如，月圓之日可以是陰曆的十五，也可以是十六日，依個人的判斷而
定。這點也表現在一日的「時間」上。

---

8 下文有關傳統布農人的時間觀念，將以東埔社布農人爲主來討論。因此，文中除了特
　別註明外，所用的布農語，也是以當地的郡社群語發音來記音。

9 衛惠林 (1972) 的資料中有閏月。但並不知當地人如何使用，也不知其閏年是否與陽
　曆的閏年一致。事實上，除了 Lisigadan lus-an 外，一般人並不在意閏月的問題。

傳統布農人將一天分成「白天」（*hanlian*）與「夜晚」（*sainavan*）。白天是活動的時間，夜晚則是休息睡覺的時間。[10] 白天可以再分成「早上」（*zimud*）與「下午」（*minlaulin*）。此外，在一天的時間中，他們為了活動上的需要，將時間更行細分。如天未亮而公雞開始啼時，稱之為 *duyaduko*，是他們起床的時間。天剛亮則稱之為 *du-s-ai-in*，是他們吃早餐、準備去工作的時間。當太陽已出來而未照到此地時，稱之為 *lian-sa-vanian*，是他們去工作的時間。等到太陽照到地上時，稱之為 *vanianni*，是他們開始工作的時間。中午則稱之為 *daho vani*，是吃午飯的時間。到了下午三、四點鐘時，可聽到 *saguvan* 鳥叫的聲音，他們稱此時為 *balulun vani*，是太陽將要下山的時間，也是他們停止工作、準備回家的時間。等到太陽下山之時，他們稱之為 *namohaivin vani*，是他們回家的時間。太陽下了山之後的傍晚時分，他們稱為 *vohaivin vani*，是他們吃晚餐的時間。天黑之後稱 *isilulumin*，是他們休息的時間。半夜十二時則稱 *lavian visan*，是他們熟睡的時間。一方面這些被細分出來的「時間」都伴隨某種特定的活動，顯示前述時間用來指涉該做之事的特性；另一方面，這些指涉他們活動的「時間」稱呼，並不是很精確，而只是代表時間上的先後次序。正如前面所談到的月、日與季節一樣，一日中的時間概念也告訴我們布農人傳統的時間觀念是一種屬於 B. Adam（1994）所說的用於呈現先後秩序的「時序」（temporality）而非現代抽象、可計算的「時間」（time）概念。也因此，它往往無法精確地告訴我們時日。比如，在日據末期，布農人由於日本殖民政府不斷徵兵與徵人服勞役而不勝其擾。東埔社的布農人與靠近玉里的大分之布農人便協議在兩地同時起義抗日，使日軍無法同時應付兩邊。當時，他們雖約定好時間，但因兩地的時序並不一樣，因此，等到東埔社人要起義之前，才發現大

---

10 不過，巫師有些活動是在夜晚舉行，算是例外。

分的布農人早在一個月前便已起義而被日軍毀滅整個聚落。

　　布農人傳統的時序，雖因指涉生產活動而與自然的節期運轉不可分，所以有很強的自然基礎。但如前所述，它也指涉一些與自然韻律無關的的社會活動，如嬰兒節、打耳祭、巫師的聚會與活動（即四月的 *Lapasipason*）等。這些社會活動主要是由當地布農人依其人觀及 *hanido* 觀念所建構。因此，傳統布農人的時間觀念裡，自然的基礎雖占有很重要的部分而使其必須依附在自然之上，但文化往往在其中扮演關鍵性的角色。如上述歲時祭儀非依賴自然節奏而來的建構中，時間便只是必要而非決定性的要素。在這類活動的建構上，布農人的人觀與 *hanido* 觀念更具有決定性。[11] 事實上，即使上述基於自然節奏而來的生產活動，也都伴有儀式性活動，而這些儀式性活動所蘊含的文化意義也影響了生產活動中的「時間」價值。比如，如前所提，在開墾月，通常是由 *Lisigadan lus-an* 及各家主祭依其夢占來決定舉行開墾祭（*Mapulaho*）的時間。個別的儀式執行者本身均象徵性地代表了不同層次的群體（如家與聚落）而為其生產活動的領袖。這裡實涉及他們人觀中強調以個人 *hanido* 力量來克服土地及作物的 *hanido*，以便對群體有所貢獻，而使群體所有成員共享其努力成果的看法。因此，生產活動中的時間不但可累積個人對群體的貢獻而達社會繁衍的目的，其活動秩序上的先後也象徵著成就與地位。由此可見，實際的生產活動是如何被賦予文化的意義，而「時間」則為人觀主導之建構下的一種組成成分而已。[12] 這種以文化來塑造乃至超越自然的重要性，更清楚表現在不屬於歲時祭儀之儀式的實踐上。

　　東埔社布農人的傳統儀式中，除了上述歲時祭儀外，還有一些重

---

11 有關嬰兒節、打耳祭、*Lapasipason* 等歲時祭儀的性質與文化意義，請參閱黃應貴（1989）及 Huang（1988）。

12 有關傳統布農人的生產活動較細緻的民族誌描述與討論，請參閱何廷瑞（1958），丘其謙（1966），黃應貴（1993）等。

要的生命儀禮是不定時舉行的。如婚禮（*Mapasila*）、小孩成長禮（*Magalavan* 或 *Mangaul*）、葬禮（*Mahabean*）、成朋友禮（*Gavian*）等。這些生命儀禮的舉行，正如前述，是在實踐並呈現其人觀。但這些儀式中，除了葬禮時間並非由當事人自行決定外（必須在死亡當天或隔天舉行），其他均是由當事人選擇對自己最有利的時機（如小孩已健康地成長到七、八歲而家中儲存的食物也夠舉行宴會時，或農作物收割之後農閒而又存有足夠的宴請用食物時）來舉行，顯示「時間」在其中並不具有決定作用。更重要的是，舉行這類儀式時，參與的相關人員便停止日常的工作與作息，而從事與該儀式有關的活動（包括分豬肉、飲酒宴客、埋葬死者等），並遵守相關禁忌（如埋葬日當天不得工作等），使他們全天乃至連續兩、三天完全失去平常時間的節奏與感覺，而進入一種超越日常生活秩序的「沒有時間的時間」。換言之，經由非歲時性儀式的活動，布農人創造出打破日常生活時序的時間，這種「時間」不再建立在自然基礎之上，而完全由人觀等文化因素所建構出來。因為這類儀式主要是依其人觀及其背後的 *hanido* 觀念而來，我們可以說，時間不但不是其根本，反而是由其人觀等文化觀念的實踐而建構出此反常的時間。

再從生命終極意義的角度來觀察布農人「時間」與「活動」的關係，因為其人觀及 *hanido* 信仰強調有生之年對群體有重大貢獻的人，其 *hanido* 在死後可到達過去有大成就的祖先或英雄們的 *hanido* 最終永居的 *maiason*。因此，當地布農人對於善死者並不表現悲哀的情緒，整個葬禮都缺少悲哀的氣氛。[13] 雖然一般人並不確定其 *hanido*

---

13 筆者在 1979 年，第一次參與當地一位老人的葬禮時，只見屍體置於客廳讓村人見最後一面。許多人則坐在一旁看電視、講話、吃東西。更因當日大家不能去工作，有許多年輕人在球場打球，完全看不出悲哀的氣氛。這與目前的現象並沒有太大差別。唯有些不同的是葬禮已不限於當日或隔日舉行，可晚幾天。埋葬當日許多人還是先去工作，再參加葬禮。不過，對於凶死的態度則完全不同。

到底轉成什麼動植物？或到達 maiason？或終歸消失？未來因而充
滿著不確定，但確定的是，未來是由死者過去所從事之活動的結果來
決定。故東埔社布農人並不像 Kodi 人那樣將葬禮視爲達到超越「人必
有一死」的一種文化建構，而是強調由生前活動對群體的貢獻來面對
死亡而達到永恆。因此，對布農人而言，時間是在指示應做的活動，
而活動則是在實踐由人觀而來的人生觀。

　　上述討論由東埔社布農人對自然時間的再現出發，他們基於對自
然節奏與韻律的理解而建構出來的「時間」已蘊含文化的因素在內，
實際上反映出該文化對「自然時間」的性質與問題的特殊瞭解與選擇，
因而也呈現出該文化的一些重要的「風格」（idiom）。這種表現於自然
時間之「再現」中的文化力量，在他們的時間經驗，即對過去、現在、
與未來的「文化再現」（cultural representation）上表現得更清楚。
東埔社布農人對於「過去」常用「神話」（balihabasan）來表示。這樣
的過去往往是述說者無法親身經歷而只能由前人告之的。事實上，這
字的字根，habas，是「以前」之意，而 habasan 則是「很久以前」之
意。這個字根的使用本身就具有與「現在」區隔的意思。但這樣的過
去，正如 balihabasan 的意義一樣（見下一節），仍然建立在過去之人
的活動上。而現在則以人的活動本身來再現。至於當事者所「親身經
歷」的「過去」，往往被視爲與現存的當事人不可分的一部分。只要確
定當事人的存在，其過去的經歷便不是神話而是與現在相連續的。至
於「未來」，則由「夢占」（madaisah）來表示之。直到今日，東埔社
絕大部分的布農人仍相信每一個人的夢是在告訴夢者未來將會發生的
事，亦即指涉未來的活動結果。[14] 這種對時間的過去、現在、與未來的

---

14 即使他們現在主要是種經濟作物，其對經濟作物的種類與種植時間的選擇，往往如同
　傳統農作，也依其夢占來決定。到目前爲止，筆者在東埔社只碰到兩位對夢占有所質
　疑者。其他每個人都可以告訴你一大堆他們自己親身有關夢占的實際有效經驗。即使
　上述兩位，也只是質疑「夢到底是在預言那件事」，是無法確定而不是完全否定。

再現，是由個人的時間經驗而來，以個人為主體。而個人的時間經驗則是透過個人的活動而來，這裡我們再次看到「活動」在其中扮演的角色。這些特點也清楚表現在他們述說的方式上。

雖然，布農語本身並沒有像英文一樣有過去式、現在式、未來式的區別，而只是由與時間有關的副詞來表達。但更重要的表達方式是，他們在述說神話時，往往不以個人的主體立場來說。相對地，在述說現在及被經驗的過去時，一定以確定存在或存在過的人為主體所做的事來講。否則它就有可能進入「神話」而屬於長遠的「過去」。至於「未來」，雖也以個人活動為主體的立場來說，卻充滿不確定的意義在內，就如同人過世後，其 *hanido* 去處之不確定一樣。當他們述說自己昨晚的夢時，夢中的意象雖很清晰，但真實的意義卻有待未來的證明。比如，一個人開墾土地後，當晚便夢到有人帶給他一條魚，這是表示他今年種的蔬菜價錢賣得很好？還是表示他今年沒有什麼收入而必須依賴別人的接濟？還是表示日後會有人帶禮物來送他而與生產無關？其意義往往得等到未來才能證實與確定。換言之，夢占這件事實包括不同時段所做的許多活動及其結果沈澱壓縮的總和。撇開夢的內容不談，[15] 他們都認為夢占是個人的 *hanido* 在睡覺中離開身體，而與對方的 *hanido* 發生互動。其互動的結果對未來事物發生時的結果可有「決定性」的影響。這實也包含了「因果關係」的幾個性質：

(1)它固然仍存在於自然時間的時序中，卻主要是由不同時段的活動及其結果沈澱壓縮而來。

(2)未來結果與現在活動（夢）結果合而為一。（以種菜為例，開墾當日晚上作夢的同時，未來收穫的成果也出現。）

(3)主觀性預言。（夢中意象指涉的事情，往往由夢者主觀認定。）

---

15 丘其謙 (1966) 的民族誌中有許多這類夢占內容的記載，請參考。唯當前的夢占則增加許多新的因子在內，請參閱黃應貴 (n.d.)。

(4)以結果來證明原因。(若實際結果與原先夢占的解釋不同時，表示該夢意象之所指是其他夢者沒想到的事件。)

(5)隱喻。(如別人送的魚代表種蔬菜的收穫。)

因此，布農人的未來並非完全無從預知的各種可能性，而是一種待確定的可能結果。它比較接近 Gell(1992:288)所說的 the forthcoming，而不是 the future。但無論如何，正如現在及被經驗的過去一樣，未來也是在指涉當事者的活動及其結果。

由前面的陳述與討論，我們可以說，東埔社布農人的傳統時間觀念不是人類學家常用的二分法[16] 中的任何一種，既不是西方在資本主義形成以後所流行的線型的 (lineal)、連續的 (continuous)、不可反轉的 (irreversible) 觀念，也不是在許多前資本主義社會所發現的可重複的(repetitive)、非連續的 (discontinuous)、可反轉的 (reversible)觀念，而是一種在自然時間基礎上賦予時序來指示應進行的活動。它強調的是「時序」(temporality)與人的活動，而不是具有指涉精確「位置」與計算的抽象「時間」(time) 觀念。嚴格說來，以自然為基礎的「時序」是為了指示活動而存在，因此，一般的時序可說即是「活動序 (例)」。相對地，布農人「時間」所具有指示活動的性質，也因他們可經由實際的活動過程來創出無關於自然時間的、不同於日常秩序的「沒有時間的時間」而凸顯出來。

其次，由傳統布農人對時間的經驗之再現與述說，我們可發現他們是以現在為中心來區辨無可驗證的「過去」、與現在不可分的過去、以及待確定的「未來」等時間經驗。這些區辨是建立在人的活動上，而個人是整個時間經驗的中心。即使述說者不是當事人，也一定是以述說者肯定存在或存在過的人為主體。而述說的內容也一定是有關之

---

16 E. Leach (1961) 便是一典型的例子。

人的實際活動。或許，正如 Gell（1992）與 Adam（1994）所說，過去、現在、與未來的時間經驗雖是現象學的時間，卻有本體論上的基礎而爲所有人類均有，差別只是各文化對於時間經驗的再現方式不同而已。這裡，或許多少也已包括了 Gell 依 Husserl 以來現象學的看法，認爲人類對時間經驗的過程，是經由認知上的保留（retention）與延伸（protention）的能力而來。也只有經由這種能力，人類才有可能將自然的眞實時間再現。不過，在布農人的例子中，他們對時間的經驗，除了現在、未來以及最近可經驗的過去外，他們更注意到不可經驗的過去。而這個不是由個人經驗而來的長遠過去，卻是由過去的集體經驗而來，並一直影響到現在。比如，布農人一個最普遍的古老神話傳說便是有關兩個太陽之一被射成月亮的故事。這個故事涉及他們對「天」的看法、儀式的形成，以及面對社會危機時如何由履行新的祭天儀式來重建社會秩序的意義等。這些都影響到他們對基督宗教的接受以及 80 年代的宗教運動。[17] 由此，我們可進一步思考 Gell 所談現象學時間所具有的認知機制如何能結合個人與集體的經驗，是否像 C.G. Jung 所說，集體經驗原就存在於人的內心深處？

第三，正如其他任何一個民族或文化一樣，對傳統布農人而言，時間是所有的社會活動所不可少的要素（Durkheim 1995；Durkheim & Mauss 1963；Giddens 1984）。但他們並不像 Kodi 人那樣將時間的文化價值建立在「人必有一死」的意義上（Hoskins 1993）。這自然與前述布農人的人觀有關：人只有在死後才能使個人的 *hanido* 完全解脫肉體的束縛。另一方面，他們雖然沒有像 Tallensi 人那樣，視死亡爲達到祖先地位的必要過程，而成爲達到人生最高境界的手段，並賦予很高的文化價值，但至少也沒有將死亡視爲一恐懼之

---

17 有關該神話傳說對於東埔社布農人接受基督宗教與宗教運動之影響的有關問題，請參閱黃應貴（1991a，1991b）。

事，而是能表現出坦然面對的態度，這也是來自其人觀的影響，同時我們可藉此觀察「時間」在其中的位置。[18] 對東埔社布農人而言，「時間」最明顯的意義是在指示應做的活動，特別是與生產有關的活動。因爲成功的生產所得最能夠與群體成員共享，而達到其人觀中照顧弱者及對群體有所貢獻的人生目的。尤其是當一個人對群體的貢獻夠大時，死後他的 hanido 還可到達永世不變的 maiasan。如此，他們不但可由實際的活動中肯定自己，也解決死亡與永恆間的難題。因此，「時間」的文化價值主要是附隨於人觀支配下的「活動」而來。換言之，時間以指示活動不僅限於「實用」層面，更因活動本身在人觀中的重要意義，而使「指示活動的時間」聯結上與永恆有關的時間意義。這與前一點有關時間經驗在呈現人的主體不但一致，也凸顯出活動對布農人而言，不論在自然時間的瞭解與再現或時間經驗的再現上，均居於關鍵性地位。

第四，東埔社布農人不論在自然時間的理解與建構上，或時間經驗的再現上，雖都有過去、現在、未來之別，但並不強調過去的重要性，而沒有視過去爲一種稀有資源的看法。反之，他們看重現在乃至未來。他們不只以現在爲中心來區辨無可驗證的過去、與現在不可分的過去、以及待確定的未來，更透過夢占對未來活動結果之預測來決定未來的活動，也使布農人的未來由各種可能的（the possible）轉變成一種待確定之潛勢的（the potential），正反映布農文化所強調的實際與實踐的一面。

第五，在布農人的傳統社會中，「時序」本身確實仍可代表該社會的秩序與地位：同一聚落的成員必須遵守共有的時序，才能履行成員應盡的義務。如打耳祭的參與決定其聚落成員的身份而與其他成員產

---

18 有關 Tallensi 人的人觀，請參閱 Fortes （1987）。

生共享的關係。[19] 同樣，舉行開墾祭的先後則決定其是否爲該聚落的 *Lisigadan lus-an*，而與其他成員產生不平等的領導與被領導的關係。這自然也區辨出其間的不同社會地位。[20] 換言之，正如許多人類學家所強調的，[21] 時間有如政治權力。不過，對傳統布農人而言，這政治權力並不是像這些人類學家所分析的是來自其對時間的控制，而是來自當事者個人的 *hanido* 具有更強的「力量」上，更是透過各種不同的交換過程所建立的各種不同性質的權力而來。而這些不同性質的交換與權力，均來自其人觀及其背後的 *hanido* 觀念。[22] 時序只是用來呈現其間的不平等關係，而不是其權力的基礎。在此，我們看到布農人的傳統社會中，「時間」雖具有該社會的秩序與地位的象徵，並爲其社會活動所不可少的要素，但它本身並不構成其權力的來源，也不成爲其象徵化的主要基礎。至少，在權力的來源與象徵化的基礎上，人觀及其背後的 *hanido* 觀念遠比其時間觀念爲更根本。這一點如同前述在解決生命問題時，時間的意義是由其與活動的聯結而來一樣，都說明布農人的時間並不具有「全面化」的力量。

　　當然，東埔社布農人的傳統時間觀念，在過去五十年來已有許多改變[23]：他們部分活動已採用陽曆的年月日與紀元來標示時間，也已使用星期的概念來安排日常生活的活動（如星期日休息不工作而必須

---

19 有關傳統布農人如何由打耳祭的參與來決定其成員身份之事，請參閱黃應貴(1995)。

20 有關傳統布農人如何由舉行開墾祭的先後決定其社會地位之討論，請參閱 Huang (1995)。

21 如 R. Burman(1981)，F.M. Smith(1982)，N.D. Munn(1992)，H.J. Rutz(1992)，A. Gell (1992)，C.J. Greenhouse (1996) 等。

22 有關東埔社布農人傳統「政治」權力如何經由不同的交換過程建立不同性質的權力，以及這些權力性質如何來自其人觀及其背後的 *hanido* 觀念，請參閱黃應貴(1998)論文的討論。在此不再細述。

23 有關東埔社布農人時間觀念的改變過程，請參閱黃應貴 (1998)。

上教堂做禮拜)。並稱星期日爲 *isilonhwan*（休息之意），星期一爲 *malgas an*（第一天開始工作之意），星期二爲 *malga lusan*（第二天之意，以下類推），星期三爲 *malga daun*，星期四爲 *malga sipate*，星期五爲 *malga sima*，星期六爲 *malga nom*。而一天中，必要時也會採用二十四小時的計時方式來標定及計算時間。因此，他們現在不但能夠「確定一時間點」(fix a point in time)，[24] 而且有些活動也已有「時間便是金錢」的觀念。這些改變使他們能配合現代臺灣大社會的步調。事實上，這些改變的動力主要也是臺灣大社會所帶來的。比如，陽曆便是日本殖民政府所引入。

日本政府的殖民統治時期(特別是在 1931 年頒布理番政策大綱之後)，雖將東埔社劃歸「番人所要地」而施行懷柔的「綏撫孤立」政策，但並沒有放棄皇民化的推行。其中，日人所使用的陽曆便被引入東埔社會。然而，在當時，這對大部分人的日常生活並沒有什麼影響，只有那些對與政府有所接觸的人必須知道。這種情形在國民政府統治初期因沿襲日本政府的政策而延續。但這樣的有限作用，到戰後基督宗教在臺灣南島民族聚居地傳教成功後，有了根本的改變：爲了準時舉行教會的各種儀式及宗教節日，教會成功而廣泛地引入了以陽曆爲代表的、西方資本主義興起以來所發展出的抽象時間觀念。這實與 Comaroff 夫婦 (1991) 所討論的南非土著因接受基督教而接受新的時間觀念的情形類似。不過，爲了舉行宗教儀式而接受新的時間觀念，「時間」對他們的意義仍只是用來指示應進行的活動，而不見得也接受其中隱含的價值。這點，對照資本主義經濟引入而產生其對時間的新看法，可以看出其間的差別。

當東埔社布農人於 70 年代中期開始種植經濟作物之後，隨著資本

---

24 J. Goody (1987:213) 認爲要能做到這一點，必須以使用書寫文字爲前提，故其改變與意義是非常重大的。

主義市場經濟在當地的發展，使現代抽象的時間觀念變成了他們日常生活中所不可少的要素。這不僅是因為同樣種類、同樣品質、同樣數量的經濟作物，在不同的時間便有不同的價格，使他們必須學會時間在整個生產過程與所得中所扮演的角色，以便控制產品的出產時間。同時，為了配合載貨卡車來收取農產品的時間，以便能在第二天及時送到果菜市場，當地布農人更必須學會在一天的時間內，能精確地控制工作的進度。[25] 更重要的是，經濟作物整個栽種過程裡，都必須每天照顧，尤其是在採收之時，晚一天，農產品很可能便因過於成熟而賣不出去。因此，許多人在農忙時乃繼續工作而沒有休息，自然也就沒有上教堂做禮拜。這在 80 年代中期以後，不但衍生出「時間就是金錢」的觀念，更帶出有關「一個人信教的誠意與是否上教堂無關」的神學爭議(黃應貴 1993:154-7)。到 1990 年左右，甚至引起追求來自新竹縣泰雅人之「某先知」的信仰風潮，強調「信教是個人內心的修養而非在於其是否參與教會的活動」。而這些爭議與發展的結果，使當地布農人接受了更多現代抽象的時間觀念及其背後隱含的價值。[26] 雖然如此，這並不意味著布農人傳統時間觀念的作用已完全喪失。事實上，在日常生活中，除了上教堂與交農產品等有時間限制的特定活動外，一般的活動往往仍依過去的節奏與觀念來進行。平常更不會「確實」遵守時間。換言之，除了特定的領域外，時間仍然是在指示應做的事，而不真具有計算的作用與價值在內。所以，他們會把星期一稱為工作的第一天，星期二為工作的第二天等。故上述傳統時間觀念所蘊含文化的意義層面仍繼續發揮作用。這在他們對歷史的看法上更明顯。

---

25 這種因資本主義的生產（不論是工業資本主義或商業資本主義）方式而產生對時間有精確的掌握與安排，在資本主義影響到的地區是相當普遍的現象。參見 Thompson (1993)，Rotenber (1992)。

26 有關現代時間觀念被接受的過程，是時間研究上的一個重要課題。但已非本文的重點。故只得留待日後另行處理。

三、東埔社布農人的歷史觀

　　東埔社布農人原本沒有「歷史」這個詞彙。現在一般人談到歷史時，往往用日語 *ligshi* 這字。[27] 但對這字的解釋，隨著年齡的不同而不同。年長者（約五十歲以上）都會說 *ligshi* 這字包括兩個意思：一是 *balihabasan*，指過去很久以前的事，往往不是個人的經驗所能證明的，它常常是祖先流傳下來的故事或神話。另一個意思是 *linnahaivan*，是指去過的地方，並包括 *gaipimovani* 的意義在內，即指做過的事。[28] 但年紀較輕者（特別是年紀在五十歲以下者）往往會將 *ligshi* 只解釋為 *balihabasan* 而指過去很久以前的事。不過，在討論時，他們還是會承認應包括 *linnahaivan* 在內，而得到與長者看法一致的共識。但不管他們對於 *ligshi* 一詞意義的瞭解如何不同，當他們在談具體的歷史時，其內容卻沒有什麼太大的不同。

　　當筆者問東埔社布農人什麼是歷史時，他們的回答幾乎都是與當地人有關的。而最被常提到的事便是各種「神話」與東埔社各氏族的遷移史，也就是一般所說的 *balihabasan*。不過，並不是所有的氏族遷移史都是 *balihabasan*。若是述說者親身經歷過的，或者有當事人還可清楚指認的，他們可能會將它視為 *linnahaivan*。這裡所說的「神話」，不同於一般使用此詞彙時所隱含「非眞實的」意義。事實上，它的意義包含長遠過去祖先們的經驗在內。雖然，他們現在並不清楚神話所

---

27 由於 *ligshi* 這字是由日語而來，因此，是否是日本殖民統治的結果才造成當地人將該字的意義包含下面所談的 *balihabansan* 及 *linnahaivan*？或者說東埔社布農人的 *ligshi* 觀念是如何形成的？這些問題則有待進一步的探討。

28 葉家寧（1995）在談布農人的史觀時，只提到 *balihabasan* 的意義，而不涉及 *linnahaivan* 乃至於 *gaipimovani* 的意義在內。筆者無法確定這差別是地域上的差別所造成的？亦或是研究者瞭解不夠所造成的？還是一種變遷的結果？這實有待澄清。

指的眞實經驗是什麼。換言之，以筆者的瞭解，「神話」實際上是當地人無法追溯的長遠過去，祖先所留下來的集體歷史經驗。在布農人的例子中，氏族遷移史被視爲 *balihabasan* 之一，正反映出布農人爲臺灣南島民族當中，遷移最頻繁的長期歷史經驗。他如賽夏族矮靈的傳說或神話(鄭依憶 n.d.)，實反映他們長期歷史過程中所接觸到生產技術較高的外族，如「小矮人」、泰雅人、客家人、日本人、及現代漢人等。由此可見，該課題相當值得進一步探討。這裡僅就與本文有關的問題來談。

就神話部分，由於材料非常龐雜而無法在此詳細討論。[29] 這裡只提出幾個與本文主題之討論有關的特性：[30] 第一，最常被提到的神話便是有關兩個太陽之一被射成月亮的故事。第二，這神話不只涉及其儀式如何而來，更說明其年月的時間主要是依月亮的運轉週期而來。第三，神話中射太陽的「英雄」並不知其名。[31] 第四，神話中，英雄經歷了「遙遠的路途」才到達射日的地方。但經歷了那些地方，或射日的地方在何處，都沒有說明。第五，射日英雄經過很長的時間才完成任務而回到家。但時間的長短是透過橘樹的成長與結果來表示。第六，這神話最常被省略的部分便是有關（兩個）太陽到底對人類做了什麼事，以及月亮給了人類什麼東西。而變異性最大的部分則是射日英雄是一個人或是父子或是一群人，以及他們如何舉行儀式或儀式的內容。

---

29 由於每一個報導人所記得的神話數目及內容均有所差別，這些資料的呈現與分析必須佔相當大的篇幅，顯然不適於在本文中來處理，故暫時從缺，待適當時機在另外的文章中仔細分析。但當地人提到的神話，大致均不超出佐山融吉（1919）及方有水、印莉敏（1995）兩書所收集的。

30 李福清（1993，1998）曾做過有關布農神話的比較研究。文中有些意見與筆者看法類似，但關心主題不同，說法與重點也不同。

31 楊淑媛曾告訴筆者在利稻村，有氏族自稱爲射日英雄的後裔。在佐山融吉（1919）的材料中，八則射日神話中，有兩則射日英雄有人名（但不同名），其中一人還有氏族名。因此，這裡只能說是東埔社的情形。

整體來說，這神話所呈現的是一沒有明確時間、地點、人物的一件難以由現存者的個人經歷來證明的「事件」。其中，不是他們自己做的部分（如太陽或月亮做的事），最容易被遺忘。而他們自己做的事（如是一個人或一對人去射太陽，或如何舉行儀式等），記憶的情形則因人而異。這些特性多少也表現在其他的「歷史事件」上。各氏族的遷移史便是其中之一。

有關東埔社布農人各氏族的遷移史，通常是由各氏族的成員各自提出：

> 布農人還沒住到東埔社之前，它屬於今久美曹（鄒）族的地方。兩族的人經常在這裡爭奪獵物及互相出草。後來，布農族 Takesidahoan 氏族的人來與曹族和談，用刀子及鍋子等換東埔社一帶一直到八通關的地。而 Takesidahoan 氏族的人便是最早到東埔社的布農人。（報導人現年五十三歲，爲 Takesidahoan 氏族的男子）[32]

> Takesitsiangan 氏族的祖先原住在巒大山的仲野線，後來搬到沙里仙，再由沙里仙被日本人遷到東埔社。（報導人現年七十歲，爲 Takesitsiangan 氏族的男子）

> 我們 Takesinavoan 原住在高雄縣桃園村，因母親再嫁到東埔社，我們（兄弟三人）當時雖在平地（桃園市）工作，卻常來東埔社探望母親。後來結婚娶東埔村的人後，便定居在

---

32 本文所引用的述說，主要是筆者在 1997 年 9 月 4 日到 9 月 19 日及同年 11 月 20 日到 12 月 1 日在田野訪問中所收集。其中，有 17 個個例較爲完整。這包括不同的年齡層與氏族外，當中 11 個個例屬男性，6 個個例屬女性。不過，本文的引用並不限於這 17 個個例上。引用時，也不把所有個例都列出，而只選擇比較不同意見者，相同著則只列一案爲例。

> 東埔社。東埔社才有 Takesinavoan 氏族的人。（報導人現年
> 四十三歲，為 Takesinavoan 氏族的男子）

像這類的陳述幾乎每一個氏族都有，也是最常會被提到的。正如前段
所述，這是布農人的 *balihabasan* 當中，最能確定是在反映其長期歷史
過程中，不斷遷徙之主要集體經驗者。不過，有幾點也必須指出。第
一，這類的遷移史，幾乎只有男人才會說，很少女性會談這方面的歷
史。第二，愈年輕者愈不清楚其他氏族的遷移史。幾乎只有較年長者
才會知道其他氏族的遷移史。第三，他們對遷移經過的地點較清楚，
但關於時間日期則模糊而不精確。第四，對於不是自己親身經歷過的
遷移史，在陳述時，往往以第三者的立場來表達，如第一、二例。但
對於自己親身經歷的歷史，通常則以第一人稱的立場來表達，如第三
例。第五，當談論各氏族的遷徙史時，有時會與別氏族的遷徙史結合。
比如，最常見的便是談自己氏族的遷徙過程時，會把東埔社最早移入
的 Takesidahoan 氏族之事帶入。

除了遷移史，另有幾件事幾乎也是被所有的人共認而常被提出。
第一件是有關他們的「生活改善」：[33]

> 我們以前只有吃小米、地瓜、玉米、獵肉等。酒也是我們自
> 己做（釀）的。後來種水稻以後，才有米吃。不過，當時的
> 米常不夠（因部分還必須交給日本政府當軍糧），還是要吃一
> 些小米、地瓜、玉米等。等到後來種蕃茄、敏豆、茶時，所
> 有吃的都是用買的。現在只要有錢就不怕沒有吃的。酒就到
> 處都可以買得到，而不像以前必須自己做，所以只有節日時
> 才會有酒喝。難怪現在到處都是酒鬼。而且，吃的東西越來

---

33 這個詞彙是當地人所用的。由於戰後國民政府曾提出「生活改進」的口號，以達到「山
  地平地化」的目的。故這詞彙應是受此政策的提出與執行之影響而來的。

越多。有些小孩甚至只吃麵包而不吃飯，難怪現在的布農人比以前矮。(報導人現年七十歲，為 Takesitsiangan 氏族的男子)

我們以前吃小米的時候，每天早上天還沒亮，聽到公雞叫(啼)時，便起床打 (舂) 今天要吃的小米。現在飯菜都可以用買的，實在方便。即使自己煮，早上只要五點起床，把米放在電鍋煮便可。實在輕鬆很多。(報導人現年五十七歲，為 Taongkinuan 氏族的人而嫁給 Takesitahaiyan 氏族成員的女子)

我們小的時候，早上起床時，往往父母已去田裡工作，自己吃完飯便去上學。中午回家後，廚房只剩早飯。甚至有時連飯都沒有。往往得等到晚上時，才有飯吃。現在，小孩不但可以在學校吃營養午餐。甚至會拿錢買麵包、粽子、麵來吃，以至於吃飯時間都不想吃。而我們小時候，全家人就擠在一個房間裡，現在小孩到國中就要求有自己的房間。所以，現在房子愈蓋愈大卻還不夠住。(報導人現年三十六歲，為 Takesitahaiyan 氏族的人而嫁給 Takesimuwulan 氏族成員的女子)

這類陳述幾乎每一個報導人都會提到而有其普遍性，這當然是因為它是與現在的他們不可分的過去有關。不過，有幾點也必須指出。第一，不論男女都會把生活方式的改變當作重要的歷史之一。但女性似乎比男性更強烈，這多少與女性過去在家中負擔更多的工作與責任有關。第二，每一個人對「生活改善」的內容與瞭解有很大的差別。而這些差別主要來自個人過去實際的生活經驗。就如同沒有經過吃小米階段

的人，不會去比較吃小米與吃米或種小米與種水稻上的差別，而只是
談吃米與吃米麵或種水稻與種經濟作物的差別。更有幾個獨特的例子
是由報導人特殊的經驗而來。比如，有一位報導人便強調做工賺錢而
不是種經濟作物對生活的影響。這是因為他是該聚落最早從事做工賺
錢者。第三，對於「生活」的內容，確因輩分、年齡、性別等的差別
而有差別。比如，年長者似乎並不很重視房子的改善，但年紀較輕者
則普遍會提到房子的改善，特別是女性。雖然如此，個別獨特的經驗
是否被承認為該聚落的「歷史」之一部分，則往往有待其他因素來決
定。比如，就有好幾個例子不認為種茶跟種水稻、蕃茄、敏豆等一樣
重要。最主要的理由是如果種茶沒有達到一定的面積，對當事人的利
益不但不大，反而限制了他種其他經濟作物而可能有的收穫，造成負
面的結果。故不認為對東埔社的人都有利。[34] 換言之，當東埔社的人在
認定什麼是歷史或其聚落的「歷史」時，其背後有一很明顯的原則：
這「事」必須是對所有的人都有「利」。這點，在後面還會再進一步討
論。第四，不論他們對生活改善的內容有怎樣的不同，所有的人都指
出「生活改善」是「最重要」的歷史之一。[35] 換言之，他們有共同的歷
史意識。第五，他們雖都強調了「生活改善」的歷史，但言語中，卻
透露出對於「現代生活方式是否對他們都是好的」的一絲質疑。如布
農人變矮，小孩欲望愈來愈大等。第六，對於別人過去不同經驗所形
成的看法也都能接受。有時甚至會把別人早期的經驗加到自己的說法
中。比如，最常見的是實際上自己沒有吃過小米，而是把父母的經驗
加入自己的述說中。另一件經常被提的「歷史」是「信（基督宗）教」
（主要是基督長老教）：

---

34 事實上，在種茶的發展過程就產生過對「種茶」適當性的質疑與反對。參見黃應貴
  （1993:154-5）。

35 當他們回答什麼是歷史時，所提的除了都是與當地人有關的事物外，有些報導人回答
  時，確實會強調的是「重要」的歷史。不過，大部分的人並沒有這種強調。

信教不但使我們不再相信過去的迷信。最重要的影響是把外面的人（指聚落外的人）也看成兄弟姊妹，而敢到外面去，而不怕被人欺侮、或被殺害。（報導人現年七十歲，爲 Takesitsiangan 氏族的男子）

信教讓我們比較有愛心而能夠使我們對父母、配偶、兄弟姐妹、子女、鄰居、教友、乃至外面的人比較好，而不會像以前那樣意見不同便打起來。更不會用 *lapaspas*（黑巫術）害人。（報導人現年六十四歲，爲 Takesilinean 氏族的女子，嫁給 Takesitahaiyan 氏族的人）

信教使我們東埔社的人成爲一個團體而把大家集合起來，並且形成大家能夠共同遵守的活動（實指互動）方式。（報導人現年五十四歲，爲 Takesitsiangan 氏族的男子）

信教使我們對別人有愛心，不會像過去那樣用 *lapaspas* 害人，也不會害怕 *hanido*（鬼怪）。」（報導人現年三十六歲，爲 Takesitahaiyan 氏族的人而嫁給 Takesimuwulan 氏族成員的女子）

我從小便隨父母去教會，沒有看過信教以前的情形，沒有辦法知道信教到底對我們有什麼樣的重要影響，也沒有辦法說信教是不是東埔社的重要歷史之一。（報導人現年三十二歲，爲 Takesitahaiyan 氏族的男子）

幾乎沒有人會否定信教是（東埔社的）重要歷史之一部分（除了最後一位報導人是不確定外），這也與目前東埔社所有布農人在名義上均是

教徒有關，更與現在的他們不可分隔的過去之共同經驗有關。不過，每個人的理解仍有很大不同。第一，經歷過傳統信仰時期的年長者，多半會提到信教使他們放棄過去的「迷信」，並能善待所有的人，而不是只限於有關係的人。這與當時視外人不是人而為出草的對象有關，也與「世界性」宗教的基督教所具有的普遍主義 (universalism) 有關。第二，中年者則經歷過日據末期到國民政府統治初期，正是原有社會秩序沒落與解體之時。因此，特別強調教會帶來新秩序與社會一體的重要性，使東埔社成為「基督教化的社區」，[36] 也使教會的力量達到最高點。第三，年輕一代生長在教會已是聚落最具支配性之組織的環境中，不但沒有經歷教會興起之前的困境，反而看到教會約束力的逐漸沒落。因而對教會的重要性已有所質疑。由此，我們可以清楚看到個人的實際經歷如何可決定「信教」是否為其歷史及其內容。第四，儘管大多數人對於「信教」作為當地歷史的內涵並不一致，但都承認別人不同的「信教」經歷。尤其年輕者對於長輩非信教前的經歷（如有關巫術），均會承認其真實性而有著共識。即使同一時代的人，只要對方的經歷不與自己的經歷相衝突，均會承認其為真。再加上他們傳統社會活動的決定，原就是經由「大家都同意」(mabeedasan) 的原則而來，使他們的共識不但成為可能，也尊重到每個個體之主體性的存在。但也因為尊重到個體，使得共識往往是在當下實際的活動過程中，繼續不斷地形成，包括納入不同的新經驗，排除相衝突的意見，最終構成他們對事情的整體圖像(請參見下一節)。這樣的特點，在上面討論生活改善時，便已出現。

除了上述幾件比較有共識的「事」外，還有幾件則較具有爭議性的「事」。「交通的改善」便是其中之一：

---

36 此為東光教會牧師於 1997 年 9 月 16 日在東埔社舉行「東埔村社區多功能活動中心落成感恩禮拜」時的用語。

自從東埔到和社的橋通車後，東埔社的農產品才有可能賣出去，而遊客也才可能到東埔觀光。這對我們有很大的影響。（報導人現年五十歲，為 Takesitahaiyan 氏族的男人）

自從路開了以後，到現在每一家至少都有一輛車子。不但農產品可以賣出去，我們去外面或到田裡都很方便。（報導人現年四十七歲，為 Takesimuwulan 氏族的男人）

路不是我們開的，即使它對我們有很大的好處，也不是我們造成的，所以不算是東埔社的重要歷史。（報導人現年七十二歲，為 Takesitahaiyan 氏族的男人）

路開了以後，交通實在方便許多。但好處最多的是旅客以及 Ilauson 的旅館業者與店鋪，對東埔社的人沒有多少（直接）利益。因此，我不認為交通改善是東埔社的重要歷史（之一）。（報導人現年三十一歲，為 Takesitsiangan 氏族的男人）

有關交通改善是否為（東埔社的）（重要）歷史之一的爭辯，很明顯的現象是六十歲以上不會開車的人，幾乎不提及此事。被問及時，其反應幾乎也都是負面的。其最主要的理由在於路不是當地人開的。換言之，不是他們做的事不算是「他們的」「歷史」。但認為它為（東埔社的）（重要）歷史者，多半是五十歲上下，是當年最早從事經濟作物的栽種者。他們主動向政府「爭取」道路及農路的開闢與改善，以利農產品的輸出，也是東埔社最早會開車及擁有車子的人。對他們而言，道路雖不是他們開的，卻是他們去爭取的。而且，道路對所有東埔社的人都有益。不過，對年紀較輕的一代而言，雖不否認交通改善對他們是有益的，但他們更強調因交通方便所帶來的負面影響。更何況，

獲利最多的又不是東埔社的人。因此，這一代年輕人反而傾向不將之
視爲（他們）歷史的一部分。這裡，我們可以看到競爭性的論述。但
不管是贊成或反對交通改善爲當地的歷史，他們背後判斷的標準卻是
一樣的：是否是他們做的，以及是否是對聚落全體成員都有利。而會
成爲競爭性的論述，主要是報導人並不接受他人經驗爲「眞」。[37] 這不
只是與他們當前經驗中對於交通對誰最有利的認識不同相關，也與他
們對於道路是誰所開的實際認識之不同有關。換言之，愈是接近現在
仍在進行中的經驗，欲無法將別人實際經驗與自己的經驗直接疊合(特
別是相反者)。而是不是他們自己做的及是否對聚落全體成員都有利的
標準也就愈容易被提出來討論。因此，共識一時愈難達成。但事實上，
這正是他們建構歷史意象的初期階段，不但讓我們看到其動態面，也
看到「現在」這時間點在他們形成其對歷史之共識上的地位。這些，
也可見於下面其他有爭議性的事上。可以順便一提的是有關交通改善
一事，多半婦女的反應就如同不會開車的老人反應一樣。事實上，東
埔社至今仍沒有女性開車(但有女性早就會開車而有駕照)。這實涉及
新的「物品」如何被分類與接受、以及物的性別等問題。其意義將在
有關物的分類問題時作進一步的討論。

另一個有爭議性的課題則是有關讀書識字之事：

讀書識字對我們很重要。有了越多的知識就越能知道外界的
情形，也越能找到高收入而穩定的工作。(報導人現年三十六
歲，爲 Takesitahaiyan 氏族的人而嫁給 Takesimuwulan 氏
族成員的女子)

---

37 當地人並沒有直接用「眞」的概念來表達，但實際上有這意義在內。就如同他們接受
長輩述說他們早年的經驗時（如有關巫術），並不質疑那不是眞的，主要理由是他們
沒有當時的經驗來否定。

雖然大部分較年長者都不提及此事，但確實有幾位年輕人都有類似的意見，而且以女性居多。不過，反對者的立場也是清楚簡單：讀書識字只是對個人有益，對東埔社全體沒有什麼（直接）影響，故不應視其為（東埔社的）歷史（之一），更與他們現仍在進行中的經驗相反：許多人都提出目前聚落中幾位高中及軍校畢業的人，比起聚落中只有小學畢業的幹部，顯然沒有什麼成就與貢獻。事實上，這主題的提出，與其說是少數人的意見，不如說讀書識字是否是他們的歷史，還在初期發展的階段，也還談不上像交通改善那樣的競爭性論述。但勢必隨著聚落中幾位大學生日後就業的狀況而繼續發展。至於其他許多與歷史觀念有關的課題，仍純屬個人的意見還未進到被當地人討論的階段。比如，有一位提到歷屆村長與鄰長的替換也應算是（東埔社的）歷史之一部分；也有一、兩位強調某某人在何時開始引入各種經濟作物之事應為其歷史等。另有人提出天災（如 1996 年的賀伯颱風）也是。更有年輕人說歷史就是歷史課本上所說的。但這類「事」都沒有得到其他人的反應。這實涉及他們對於「歷史」的一般看法。他們否定一些一般歷史學家或漢人會視為「歷史事件」的事情，便是基於他們的歷史觀而來。

　　筆者在訪問的過程中，曾提及幾件一般歷史學家或漢人都會視為「歷史事件」的事，但布農人否定的解釋正好呈現他們對歷史的獨特看法。比如，關於日本政府撤離東埔社或臺灣這件事，除了兩位外，其他所有的人都未提及此事，也不認為那是（東埔社的）歷史之一。其反對的最主要理由為：那是日本人的事，與他們無關。尤其是日本人離開東埔社與臺灣，都不是他們所造成的。因此，他們不認為那是（東埔社的）歷史。至於贊成的兩位，一位是七十歲的男子，他認為日本人統治時，東埔社的問題比較少(但不一定比較好)。到了國民政府統治時，帶來許多嚴重問題（特別是玉山國家公園的設立）。比較之下，他認為日本政府的統治對東埔社的人較好。因此，這政權的替換對東

埔社是有很大的影響而為其歷史的一部分。另一位是三十一歲的男子，他因父親告之以日本統治的情形而有類似前一位的意見。換言之，他們認為日本的統治對當地人是較有益的，因此視政權的改變對當地有影響而為其歷史之一。不過，大部分的人還是不以為然。主要的理由是國民政府取代日本政府的結果對當地人反而是不利的。這點，在他們對國家公園之事上更明顯。

玉山國家公園是在 1985 年正式成立。也在這年，東埔社被劃入國家範圍內。從此之後，東埔社布農人的生產活動受到空前的管制：除了不能打獵外，也不能任意蓋房子，不能隨意折砍樹枝或開墾休耕的土地，國家公園並嚴格取締超限使用土地等等。這些措施均使當地人土地不足的情形更加嚴重，也影響到當地人實際的生計。因此，當地人稱國家公園為「國家共匪」或 hanido。毫無疑問，國家公園的設立對當地人的影響非常大。[38] 但當地人到目前為止，沒有人視其為東埔社的歷史之一。他們反對的共同理由是國家公園對他們幾乎只有負面的作用。更何況，它並不是由當地人設立的。換言之，在他們看來，不是他們自己做的事，或對當地人全體主要是負面的作用時，都不被認為是他們歷史的一部分。類似的原則也見於他們對「東埔挖墳事件」的解釋上。

「東埔挖墳事件」是發生在 1987 年。當時，南投縣政府為了發展東埔村觀光區的觀光事業，乃決定拓寬由和社通往東埔村 Ilauson 觀光區的道路，以便利遊覽車的進出。當年三月一日動工，由於 Dakehanbilan 與 Ilauson 布農人的墳場正好位在其間的道路旁，拓寬的過程便破壞了當地許多墳墓。因為事先沒有規劃遷葬之事，使得被破壞之墳墓裡的屍骨被任意暴露。加上布農人原就沒有遷葬的觀念而認為挖掘屍骨是不祥的事，因此導致當地人向鄉公所及縣政府陳情

---

38 有關玉山國家公園的設立所引起當地人與社會的反應，請參閱黃應貴（1998）。

抗議，但沒有得到應有的回應。於是，在花蓮玉山神學院師生的支持下，當地人乃於三月二十三日在南投市縣政府前抬棺抗議，因而成為當時全國注目的焦點。尤其在解嚴之前，遊行示威是被禁止的事，此事乃成了國民政府統治以來，一向被認為支持政府的南島民族所舉行的第一次公開抗議。這在南島民族的歷史上是一件值得注意而有意義的事。但對同屬一村而不同聚落的東埔社布農人而言，除了少數兩、三位外，其他人都不視之為（東埔社的）歷史。最主要的理由是，這事並不發生在東埔社，當地人也很少人去實際參與抗議行動。至於事件的結果雖多少也改變布農人不能遷葬的習俗，但這種影響是個別的，而不見得對東埔社全體有正面的影響。少數不同意見者主要的理由是，有幾個被挖開的墳墓最後遷葬至東埔社的墓場，因而與東埔社多少還是有關。何況，這事也動搖了當地人不得遷葬的習慣與觀念。[39] 至於有兩位強調這是「國民政府統治以來的第一次公開抗議」的理由，不但不能得到其他人的認可，還被認為是受到「民進黨的影響」。[40] 由此可見，當地布農人對歷史的看法中，是否由他們實際去參與而造成的，以及這事是否對全體聚落成員有正面的影響是相當主要的依據。這樣的歷史觀也呈現在他們對個人經歷的看法上。

在談論每個人的過去經歷時，幾乎沒有例外的是他們（不論男女老少）都會述說他們家的光榮（如是東埔社最富有者，最多土地，最早建現代的房子，最早種茶，最先買汽車等等）；他們過去經歷過的地方，包括求學、工作、或遊歷等；以及每個人的生命週期中的一些經歷，如當兵、結婚、生子、親人死亡等。自然，在東埔社有較高社會

---

39 在這事之後，於 1992 年，東埔社便發生一件行「撿骨再葬」之事。它雖是因女兒嫁給漢人而受到「漢人習俗」的影響，但當事人也承認多少是受到這次事件的「鼓勵」。

40 其中一位曾是基督長老教總會山地宣教部負責人，與原權會關係密切，他確實是深受民進黨意識形態上的影響。但另一位則無此關連。不過，他與外界漢人有密切的關係，其受到漢人歷史觀念的影響並不足為奇。

地位者，往往也會提及個人擔任過的「公職」，如鄉民代表、村鄰長、
教會的長老與執事、教會各種附屬團體的領導幹部等。換言之，他們
在談他們個人的生命史時，會談到的課題與其他民族的人所談的沒有
太大不同。[41] 不過，問他們擔任過的公職是否算是(東埔社)歷史的一
部分時，除了少部分人有此看法外，大部分的人並不以爲然。有一位
擔任過村長、鄰長、教會青年會會長、教會執事等職務者便說道：

> 不管是擔任村長、鄰長、教會長老與執事、教會（附屬）團
> 體的領導幹部，就像當兵一樣，（都)只是在盡義務。這些位
> 置（本身）不會對東埔社有什麼（直接）影響。即使這些領
> 導幹部有一些想法，如果不能得到其他人（成員）的同意與
> 參加(活動)，他們也不可能有什麼功勞。所以，我不認爲那
> 個人當某一個位置是東埔社的重要歷史。(報導人現年五十三
> 歲，爲 Takesitahaiyan 氏族的男子)

另一位爲現任教會青年會會長則說道：

> 我雖然是現任青年會會長，但實際上，一直到現在，我並沒
> 有做過任何對整個村落（指東埔社）有利的事而值得後代知
> 道，當然也不可能成爲這裡的歷史之一。(報導人現年三十一
> 歲，爲 Takesitsiangan 氏族的男子)

但無可否認地，確實已有一些人（特別是與外界接觸較多而又擔任過
公職者）視擔任各種公職爲（該地）歷史的一部分。不過，他們的說
法反而值得玩味。比如：

> 以前，我們在說信教還是種經濟作物對於我們生活 （方式）

---

41 但他們怎麼看待個人的生命史？或不同的生命階段與活動對他們具有怎樣的意義？
這均是另一層次上的問題，更涉及他們的文化觀點。此待日後有機會進一步處理。

的改善時，常常都不講清楚是誰在什麼時候最先信教？是誰
在什麼時候設法使東埔社的教會由 Ilauson 的東埔教會分出
來獨立？是誰什麼時候最先學會種蕃茄而來教其他的人？是
誰什麼時候最先種茶而讓大家知道種茶是有利的？我覺得這
樣的作法不準，最好有人把這些事很仔細的寫下來，就像教
會的「信徒會員大會手冊」或「週報」一樣。（報導人現年五
十三歲，為 Takesidahoan 氏族的男子）

這裡，我們不但可以看到矛盾而具有競爭性的論述，也可以由贊
成將擔任公職視為歷史的說法中，發現他們原本述說「歷史」時不重
確定的時間及特定個人的作為之特性，更可以瞭解到，由於書寫文字
在週報及信徒會員大會手冊的使用，而使他們意識到「歷史」是可以
透過精確的時間、地點、以及人物等，來清楚地記錄下來。同樣地，
這些競爭性而沒有共識的論述也與這是他們現在仍進行中的經驗有
關。

由前面的討論，我們可以發現東埔社布農人的歷史觀念—*ligshi*，
包括 *balihabansan* 及 *linnahaivan* 兩個部分在內。前者強調祖先流傳
下來的而不是個人經歷所能證明的事，後者則是個人所經歷（或住）
過的地方或做過的事。但不論何者，均缺少精確的時間與人物為其要
素；即使他們相當著重經歷過的地方，但其經歷過的地點並沒有像
Ilongot 人（Rosaldo 1980）那樣成為時間再現的象徵化基礎而直接成
為「歷史事件」的指標。也因此，布農人在談（東埔社的）（重要）「歷
史」時，往往沒有清楚的歷史脈絡而缺少一般現代西方觀念中的「歷
史事件」所具有的獨特性（uniqueness）（Strathern 1990）。這裡實已
涉及他們是把「歷史」看成一種比較類似 S. Errington（1979）所強
調的「意象」（image），而不是 M. Sahlins（1981，1985）所說的「事
件」（event）之歷史觀。這由東埔社布農人所共認而為（該地）（主要

的）歷史有信教與生活改善這兩「件」內容非常歧異而不指涉特定時間與參與者及清楚歷史脈絡的特性證之。事實上，這類的歷史觀，恐怕不只是在東南亞存在。正如 M. Strathern（1990）有關美拉尼西亞的研究所示，可能在大洋洲的南島民族中也有相當程度的普遍性。不過，這裡所說的意象（image），與 Errington 及 Strathern 所說的又都不同。Strathern 的意象強調的是經由儀式之展演所建構的，就如同儀式中的面具一樣，有其重複而又不具有獨特性的性質。但 Errington 的意象雖也具有重複性及儀式展演上的用途，也一樣缺少主體性與時間，但他更強調它是由平行句子與文字所構成來傳達其意義，並且沒有清楚的界線存在。對照之下，這裡所說的布農人「歷史意象」，相對地更依賴歷史主體之實際的活動，是依對聚落全體成員都有利的標準，經大家都同意的 *mabeedasan* 原則，來形成視某事為歷史的共識，從而由不同歷史時期的各種有關活動沈澱壓縮建構出來的。由於這共識尊重並包括個人不同的經歷，使得他們所建構的意象能隨歷史的發展而不斷地形成與發展，故它是動態的。

其次，就布農人建構歷史意象方式而言，他們是將自己或他人在不同時段實際活動及其結果沈澱壓縮而來。這在前述有關他們的氏族遷移史及與現在不可分的最近過去之改善生活與信教之歷史的討論中看出。像談自己氏族的遷移史時加上一些最早移入東埔社氏族的遷移史，談生活改善時加上父母輩的經驗，談信教時加上父母輩信教前的經歷。這樣，便把不同人不同時段的實際活動及其結果沈澱壓縮在一起而成為其歷史意象。這建構方式，正如 M. Foucault（1970）所說，類似考古學遺址所呈現以「表面與深層」（surfaces and depths）為基礎凝結而成的垂直式（vertical）方式。

上述歷史意象或「歷史」實包含兩個層次：一是是否為歷史的標準，二是歷史內容的來源。關於第一點，從共識的歷史、有爭議的歷史及不視為歷史的三種區別，可以說是現階段的「結果」，即當地人全

體所表現出來的趨勢，其主要標準則是是否爲當地人自己所做的行爲，及是否爲對當地人都有利的影響。但這種結果並非固定不變的，而只是現階段布農人集體的看法。例如，共識的歷史可能隨情勢變化而產生爭議(如信敎之例)，或有爭議的歷史逐漸確定下來，無論是被接受成共識的歷史，或被排除而不視爲歷史等。這就涉及第二點歷史內容的來源。由於歷史是來自「個人」的經驗，而要形成「全體」的經驗時，是經過一結合與累積、衝突與協調的過程，亦即在承認他人經驗與己身經驗同樣爲眞的前提下，每一個人經驗與其他個人經驗結合起來，包括累積之前已有的經驗，其間難免有衝突者，則由時間、結果等表現，依據前述兩項標準逐漸協調出共識。如此，在每一個時間點上我們可以觀察到已有歷史或歷史意象的不斷發展與轉變，也看到有些活動成爲爭議性的歷史，更看到許多活動轉瞬間發生並消失於無形。而隨過去時間的遠去，愈能凝結成共識者，愈能成爲長期歷史發展過程的集體經驗。前面一再提到布農人所重視的遷移史，實際上正反映其在臺灣南島民族中，遷徙最爲頻繁的長期歷史經驗。也因此，即使目前我們仍無法清楚瞭解同爲 balihabasan 中的「神話」如何反映其更爲久遠的歷史經驗，當地人視其爲「眞」卻是一樣的。而其建構歷史意象的垂直式方式，實際上也見於前一節有關再現未來的夢占及再現過去的經驗上。反之，愈是發生在現在而仍在進行中的經驗，就愈容易以自己經歷的眞來否定別人相反經歷的眞，也就愈難立即得到共識，而是不是他們自己做的及是否對聚落成員都有利的標準，便愈容易被拿來做爲評斷其是否爲歷史的依據，因而產生競爭性的論述。所以，前面提到「交通改善」、「讀書識字」乃至於「擔任公職」等還無法成爲歷史意象而有其競爭性論述，實也與該經驗仍在進行中有關。任何不同意見者，均可由其當下的實際經驗來否定對方的「眞」。

　　事實上，不論依垂直方式而來的共識或與當下經驗不可分而有其競爭性的論述，都是當地人建構歷史意象的不同階段。這裡，我們看

到東埔社布農人歷史意象的建構過程，是與他們傳統時間經驗的區辨是相呼應的。神話與早期的氏族遷移史固然是屬於有共識的長遠過去，生活改善與信教則是有共識但內容仍有歧異而與現代不可分的過去，交通改善是當下仍在發展中而未達共識者，讀書識字將來很可能成為歷史意象建構上的新課題。由此可見，他們的時間觀念在歷史意象的建構上，不只因缺少精確性而限制歷史「事件」概念的形成，更讓他們歷史意象建構的過程貼近他們的時間經驗來發展。而他們「歷史」的重心不在時間性的「過去」，反而在現在甚至將來，因為他們判別歷史的標準是對全體都有利的，即從「影響」的角度來辨識歷史，使得歷史雖然就自然時間而言是發生在「過去」的事，但與他們的時間經驗呼應，卻是橫貫過去、現在與未來的一種意識。這點在下節所討論的「實踐歷史」表現得更清楚。

第三、在第一個特點中，已提到當地人歷史意象依賴歷史主體之實際的活動。這實際上涉及兩個特點。第一是實際的活動，第二是歷史的主體性。就實際的活動而言，正如本節一開始所說，最初筆者問當地人什麼是 *ligshi* 時，得到的答案幾乎都是與當地人相關的活動，以至於初稿中困惑於歷史與東埔社歷史的混淆，實際上，他們所談的雖然都是當地人有關的活動，但他們並不是將之視為「東埔社的歷史」，而就是「歷史」。這是因為他們的歷史觀中原就強調歷史必須是他們自己住過或做過的事，也就是他們所謂的 *linnahaivan*。而他們所呈現歷史的「真」，也是建立在這個基礎上的。當然，*linnahaivan* 顯然並不限於報導人自己親身的經驗，別人的經驗只要是親身經歷的，他們仍然將其視為 *ligshi* 的一部分。事實上，即使是 *balihabasan* 中的「神話」，正如同為 *balihabasan* 的遷移史一樣，雖因過於久遠而無法找到親身經歷者來證明其為真，但他們還是會認為這些 *balihavasan* 仍代表著久遠祖先有過的某種集體經驗，就像他們相信過去有過聚落只是由同氏族的一家人所組成一樣的真。這樣強調實際活動的結果，不但

將歷史窄化爲外人眼中的地方史，更會忽略許多實際上影響他們的事件。比如，1932年在關山越嶺道路大關山駐在所發生布農人殺害日警的大關山事件。這件事被日人視爲臺灣南島民族最後反抗之象徵的事件，最後導致整個臺東地區在高山居住的布農人均被強迫遷移至日警可以監督的低海拔地區。但筆者在臺東地區從事田野工作時，便發現只有參與該事件的後裔集中居住的紅葉村及鸞山村的人才會知道這件事，其他村的布農人，除了少數的例外，幾乎都不在意這事件。但這種強調實際參與活動的歷史觀，也使他們成爲他們歷史經驗及其所建構的歷史意象之主體，而成爲主導他們長遠歷史發展過程的主人。實際上，他們所在意的原就是他們自己而不是別人所做的事。因此，筆者稱之爲「實踐歷史」。不過，並不是所有他們所做過的是都會成爲他們自己的歷史。這便涉及他們歷史觀的另一個特點。

在前面的敍述與討論中，我們已發現東埔社布農人的實踐歷史是建立在他們的實際活動上。但並不是所有的實際經歷都是「歷史」，事實上只有與聚落全體的利益有關的才算。即使因個別經歷的不同，使每個人對同一「歷史意象」有不同的理解與詮釋，卻可以透過共同的利益而得到共識與確認。由此，我們才可以瞭解，爲何交通改善因不同情境對全體有不同的利害與影響而得到不同的評價，也因而導致對它是否是歷史的看法有所爭議與歧見。由此，我們也才可以更清楚瞭解爲何國家公園的設立、日人的撤離、東埔挖墳事件等一般歷史學家與漢人都會視爲歷史的事件反而不被當地布農人視爲歷史。也正是在這樣強調實際活動與群體利益的歷史觀下，雖然處在被臺灣大社會支配的歷史情境中，當地人仍能維持他們自己爲他們歷史的主體與行動者(agent 或 agency)。事實上，這樣的歷史觀，更是他們人觀中強調個人對群體有所貢獻以超越個人與群體之對立的一種實踐與表現。

四、實踐歷史

前面所談有關東埔社布農人對於歷史的看法，除了神話及遷移史之類的 *balihabasan* 是在工作之餘聽老人談論而再現外，其他並沒有明顯制度化的方式來表達與傳遞。因爲他們的歷史基本上是要去做的「實踐歷史」，而不是要被記錄或記憶下來的歷史。當他們會去討論這些歷史意象時，也往往是因爲涉及他們實際上要如何去做時的爭議。故要瞭解他們的歷史，除了從他們的歷史觀著手外，也可從他們實際日常生活的活動來瞭解。這可由下列的幾個實際的例子中看出。[42] 下面三個例子，目前東埔社大部分成年布農人多少都可以給予不同程度的說明。第一件是有關他們結婚禁忌的事：[43]

> 過去傳統布農人的結婚禁忌是非常嚴格而有名的。除了同一父系聯族成員不可婚外，母親的父系氏族成員也不可婚，甚至當事人雙方的母親同屬一父系氏族時，也在禁婚的範圍內。這些禁忌在東埔社一直被嚴格遵守而無例外。直到因母再嫁到東埔社而由原居住的高雄縣遷居至此的 A，與住在同村 Ilausan 的 B 戀愛並打算結婚。但 B 與 A 的父系氏族屬於同

---

[42] 下列所舉的幾個個案，主要由筆者在田野長期參與觀察所收集及瞭解到的現象。而選擇這些個案，不只是因他的普遍性與重要性，也因它多半在筆者以前的研究論文中均已討論過，讀者可由這些論文對照來進一步探討。自然，這選擇完全是筆者主觀的決定。本節舉出這些例子，重點不在於討論東埔社布農人「實踐歷史」的內容有那些，而在於藉由這些例子分析布農人「實踐歷史」的意義與形式。事實上，「固定」的歷史本來就與布農人的歷史觀相違背。而研究某一階段布農人的「歷史」內容雖是可成立的題目，卻非本文的目的。

[43] 下列的陳述是依筆者的觀察與瞭解所做的簡要性概述，而非當地人的陳述。尤其是年代部分爲筆者所加，一般當地布農人談到有關事物時，多半不會提及確實的年代。又，下列陳述部分資料可見於黃應貴（1995）。

一聯族，違反布農人禁婚的禁忌，所以遭到 B 的父母反對。
但 A 與 B 相當堅持結婚的決定，A 並認為這類禁忌是一種迷
信而應打破，他更相信婚後他的家一定不會像傳統禁忌所說
的那樣滅絕，遂與他們信仰的基督長老教會牧師及長老商量
此事。由於教會在 40 年代末期至 50 年代初期才開始在該地
傳教，70 年代初期仍是他們推展的時期，不但要與天主教競
爭，還要設法消除信徒的傳統信仰，站在打破傳統信仰與迷
信的立場，乃同意 A 的要求。而 B 的父系氏族長老因違反該
禁忌的主要受害者將會是 A 的家人及父系氏族成員，所以並
未堅決反對，至於 A 的父系氏族成員，因大多居住在高雄縣
而沒有參與該事件的討論。因此，該婚禮便在存有爭議的狀
況下舉行(1973 年)。由於 B 生了三個小孩均很健壯，至今該
家也沒有發生任何不幸事件，因此，C 後來 (1983 年) 與他
母親的父系氏族的女孩結婚時，便以此例來說服反對的族人。
而 D 與他母親的父系氏族的女孩結婚時(1984 年)，也是援用
同例。不過，E (1989 年?) 與他母親的父系氏族的女孩結婚
時，所援用的例子主要是 D，而不是 A。這不只因為 D 是一
個較近發生的例子並累積了前面所有結婚成功例子的結果，
也因為 D 違反禁婚的範圍是母方父系氏族的人而遠比 A 的
聯族問題嚴重，更因為 D 在當時被東埔社人認為是一位成功
而未來有發展的人(為派出所警員，且有可能升為主管)。後
來 (1990 年)，C 與 E 於年初寒冬時登山而凍死；接著 D
(1993 年) 因肝癌而過世，其父 (1995 年) 也接著因腸癌而
過世。這一連串事件發生後，當地布農人多半解釋為是他們
違反禁婚禁忌而遭受懲罰的結果。除了 A 家的人外，沒有人
會說禁婚禁忌是迷信，即使教會的牧師也如此。所以，此後
(1995 年)，還沒有像上述違反傳統禁婚禁忌的事件。而上述

的不幸事件也被當地布農人因應個別生活情境而放在不同的脈絡中詮釋。比如，筆者便親自看到一位父親教訓已出嫁多年的女兒（夫家也在東埔社）不要隨便沒事就跑回家，以免違反傳統婚姻禁忌（即出嫁女兒不得在娘家過夜，否則先生家會發生不幸），並以 D 家為例，認為其不幸的發生也是 D 的兩個姊妹出嫁後，仍經常回家過夜之故。換言之，D 家的不幸，不只是違反禁婚禁忌所造成的，也是其已出嫁的姊妹違反傳統婚姻禁忌造成的。

第二個例子是與信教有關的宗教運動：[44]

東埔社基督長老教會在市場經濟進入東埔社（1969 年）以後，針對種植經濟作物的需要而發展出許多適應組織。如儲蓄互助社、生產工作互助隊、共同運銷等，以解決資金、勞力、運銷等問題。而這些組織運作上的成功，使教會得以擴張而成為該聚落的社會表徵。同時，資本主義市場經濟的機制在該社會也能更有效地運作。不過，另一方面，這結果也導致了該聚落內部貧富分化的現象日趨明顯，兩者間並產生衝突。比如，富者更易由儲蓄互助社借到貸款而進一步投資，相對地，貧者在儲蓄互助社存的錢，均被富者借去再投資，這使得貧者不願繼續參與教會的活動。尤其教會的領導人幾乎都是在經營經濟作物生產上較成功的富者，因而加強貧富之間的衝突。此外，因種植經濟作物，大部分信徒在農忙時，無暇參與教會的活動，包括主日禮拜，這趨勢使得教會因信徒參與的減少而逐漸沒落，也使得教會原具有之維持社會秩序的功能減弱。在這同時，又因經濟收益的增多而使當地布農

---

44 正如註 42，下列的陳述是筆者所做的概述。部分資料可見於黃應貴（1991a, 1991b）。

人在農閒時有能力從事各種休閒活動，包括飲酒在內。這種酗酒現象不但因教會幹部無力約束而公開化，更由此引發許多家庭夫妻爭吵，使得整個東埔社讓人有種社會失序的印象。另外，因市場經濟的發展，使當地人與漢人接觸的機會增多，其間的衝突也增強。這些均加強了社會失序的現象。雪上加霜的是，1980 到 81 年連續兩年，因經濟作物的市場價格太低，造成當地許多人的破產，尤其是家境較差的窮人。這一連串的事件累積下來，當地許多人（特別是窮人）覺得有一種危機感。這時，F 在一連串失意（包括種經濟作物失敗而在家沒有地位等）的情況下，只有借酒澆愁，如此又引起新婚妻子的爭吵。整日酗酒的結果，使他成為當地最不受歡迎的人之一。到了那年（1981 年）年底的一個夜晚，他夢見上帝出現在床頭要他悔改。第二天開始，他便一大早到教堂禱告悔改。此後，除了每天認真工作外，更樂於助人，並改掉過去酗酒與抽煙的惡習。東埔社人在驚訝他的悔改之餘，也不斷有人跟隨他行動。F 開始強調當時種經濟作物的失敗，以及整個社會的失序與危機感，均是上帝對當地人信教不誠的一種懲罰。由此，他進一步批評教會的幹部只重視世俗性的事物而忘了服侍上帝最重要的事功（即上教堂向上帝禱告懺悔）。他與後來加入的 G 發展出以集體禱告來治病的方式，並廣泛使用夢占方式來決定重要活動的舉行與否。教會其他信徒乃稱其為「異夢派」。由於其間的衝突日愈擴大，教會長老遂禁止他們到教堂禮拜，更以破壞教會秩序之名告到派出所。此案雖不被受理，F 仍離開東埔社到仁愛鄉工作，以避風頭。這種作法與他的悔改原只是追求一條使他覺得自己是一個人的道路，而不是為了集體利益有關。G 則不同，他原就是個領導型的人物。在 F 離開後，G 反而更積極地推動教會的改革。

他除了融入當時苗栗禱告山的禁食禱告活動外，並藉此與陳有蘭溪流域乃至整個中部其他布農族聚落有類似想法的信徒聯合，形成一股相當廣泛的宗教運動。東埔社參與的信徒也幾達半數。至此，教會不得不妥協而（於 1985 年）將其禁食禱告納入教會的正式的活動中，G 也被正式選爲長老，使教會重新結合而避免其內部的分裂。更重要的是東埔社瀕於崩潰的社會秩序由此得以重新建立。也由於日後均由 G 帶領改革教會勢力的活動, F 雖早已回到東埔社，卻不再參與任何有關的活動，他人似乎也忘了 F 最早有過的貢獻而不再提到他。教會爲了更積極彌補這宗教運動帶來的傷痕，乃重建教堂以凝聚信徒的心。新教堂（於 1992 年年底）落成前，G 一直是教會的長老，更是建新教堂的主要推動者之一。教堂落成後，原宗教運動時的激情與活動幾乎已完全消失。G 甚至在選長老時落選。爲了能繼續透過實踐而維持原宗教運動的凝聚力，他乃展開到漢人聚落傳福音的活動。不過，由於這活動已與當地人無關，故參與者主要是限於與他同姓的族人。

第三個例子是與改善生活有關的種茶:[45]

> 東埔社在 1980 年以前，所有的居民均是布農人。換言之, 它是一個純粹的布農人聚落。這同質性有利於當地的基督長老教會帶領當地人成功地適應市場經濟而發展成爲當地社會的表徵。但 80 年代以後，隨著資本主義市場經濟在當地的有效發展，也吸引漢人到當地發展，而開始有漢人透過當地人的關係移入東埔社居住。這使得當地布農人與漢人之間的關係，逐漸影響到該社會的構成。另一方面，資本主義市場經濟在

---

45 如註 42、43，下列的陳述是筆者所做的概述。部分資料可見於黃應貴（1993）。

當地的有效發展，使得市場經濟的機制在當地逐漸取得其主
導性與自主性。過去教會在引入經濟作物過程中所扮演的集
體適應之角色也愈來愈難繼續。這不只涉及教會無法有效預
測各種經濟作物的市場價格，本身原具有當地社會的表徵與
凝聚力，也因社會的分化與異質化而不斷減弱。後來（1985
年），有一位漢人來此推廣高山茶的種植。當時，只有 H 願意
嘗試，連他的四位兄弟都不贊成。最後還是以六年內，H 必
須給每一位弟弟一棟房子爲條件下，他們才將土地讓給他經
營六年。而 H 願意冒這個險的原因，一方面是他相信那位漢
人資本家有商業眼光，另一方面則是他個人一向喜歡嘗試新
的事物，就如同他過去試過船員、版模工人、下水溝工人等
各種不同的經驗。由於初期高山茶的利潤很高（就全省而言，
當時還是新嘗試，種植面積還很有限），往往是當時當地一般
人收入的五到六倍，種茶的人數因此不斷增加。但種茶仍不
像過去種經濟作物般廣泛地被接受，除了它已不是經由教會
全面來推廣外，更涉及初期當地布農人有各種疑慮與反對。
這包括一開始許多人還無法確定是否可賺錢，更怕茶樹成長
後價格滑落。接著有些人則是對定耕有疑慮，因定耕使他們
無法照顧其他休耕的土地。也有人不願意與漢人合股，因開
始種茶時都是由漢人老闆出資本，包括肥料、農藥、茶苗、
開路，當地布農人則出土地與勞力。而有人則覺得會沒有成
就感，因茶的收入較穩定，不像經濟作物的起伏不定。到後
來，更有人認爲種茶只對個人有好處，對聚落其他人沒有好
處，因採茶、製茶等過程都是請平地漢人來做，當地人連工
資都賺不到等。不過，最大的疑慮乃是茶的栽種使當地布農
人均個別圍繞著漢商而成爲類似企業的經濟體，並使每位布
農契約戶與漢人資本家的關係，遠比與不屬同一經濟體的布

農人間的關係來得重要。這是因為同一企業體共享「商業機密」(包括使用農藥與肥料的種類與份量等)的緣故，結果造成當地人與漢人間的關係成為該社會分化的另一重要力量，而加深了社會內部的分化與衝突。面對這類問題，不同的人經由他們各自實際的活動，尋找出不同的解決方式，以從事茶的栽種。有人試著將原本較不用的地用來種茶，較方便的地則輪流種經濟作物，以避免荒廢土地。有人則找到別的漢人資本家來訂定較有利的契約，強調所有的投資應包括租用土地在內，而當地人所花的勞力必須付給工資，如此可減少漢人資本家的剝削，甚至有學會耕作技術後，收回土地而自行經營。也有人向農會乃至農牧局申請補助以自行建茶廠經營。而 H 更發展出一種觀念，即經濟上的活動與教會及社會的活動無關，一個人因經濟上的成功而能奉獻更多的錢給教會，對雙方都好。他這種「上帝的歸於上帝，凱撒的歸於凱撒」的說法，更解決了上述茶的企業經營體與當地教會及社會的不一致關係。這些當地人各自採取不同途徑來栽種茶的過程，一方面是由之前別人種植茶樹的各種結果中，調整出自己耕作的方式。其結果不僅影響自己下一步的作法，也多少影響到其他人日後的選擇。到最後，有些人種茶只是因為大家都種所以他也不得不種。另一方面，種茶的目的是賺錢來改善生活，因此，種茶與種其他經濟作物間的選擇，一直是相互影響而難以分隔。最後，隨著茶樹栽種的普遍化及其帶來的經濟利益，使它與其他經濟作物的栽種一樣被視為生活改善的主要活動之一。而九十年代以後，高山茶因全省栽種面積不斷增加而使價格不斷滑落，其與其他經濟作物間的替換性也就愈來愈高。

　　上面三個實際活動的例子均爲當地人所做而共識到的「歷史」。這些都是透過個人實際的活動而來。而個人從事活動時，會考慮到之前自己或他人實際活動的結果，以爲當下活動的依據，同時也預計未來會帶來怎樣的結果。也因此，這些活動均具有保留（retention）與延伸（protention）的意義在內。換言之，在布農人實際活動時，有一些前人「過去」的實際活動及其結果會進入他們的思緒，成爲他們行爲的判準，這就成了他們「歷史」或「歷史意象」的一部分。這可以稱之爲「實踐歷史」。這些過去的實踐活動之所以成爲「歷史」，是因爲他們透過某些規則，逐漸凝結成一種共享的集體圖像。這些規則即前述承認個人實際的主體經歷，並經大家都同意的 *mabeedasan* 原則，來超越個人與個人間及個人與群體間的矛盾與衝突，達到共同利益上的共識，以建構出對群體成員都有利的歷史意象。在這過程，不但個體的主體性有其重要性，更是透過現在的時間點來銜接與現在不可分的過去、以及可預期的未來。這再次說明歷史建構與布農人自身時間經驗之特性的不可分。另一方面，這些實踐歷史的活動本身，顯然是爲了實踐而來，而不是爲了記錄或記憶歷史。這點，不但可由他們沒有文字或類似年齡組織之制度來記憶及傳承歷史證之，也可由傳統布農人原沒有現代的「歷史」詞彙證之。而這自然也凸顯出布農文化中實際與實踐的一面。

　　其次，上述實踐歷史有幾個具體的共同特色：第一，它是由當地人在實際活動中共同構成的，而且是有利於整個社會大眾的。這三個例子不僅最後所有的人都被捲入，也都涉及大家的共同利益：種茶固可改善生活，而宗教運動則可恢復社會秩序，自然都有利於社會大眾。即使有關禁婚禁忌的問題，表面上看來只涉及個人，但其實際的結果往往關係到一個家的存亡，其一般性原則更涉及社會的繁衍。這在布農族社會特別有意義。因布農社會嚴格的禁婚法則本身在實際運作下會產生 C. Lévi-Strauss（1969）所說的優先婚現象出現，而具有類似

規定婚來保障婚姻對象及社會的繁衍。雖然，Lévi-Strauss 的說法是研究分析的結果，但由布農人在日據時期特別流行交換婚以解決婚姻對象難覓的情形來看，禁婚禁忌具有保障婚姻及社會繁衍的考慮是存在的。更何況，禁婚禁忌原就是經長久歷史經驗所發展出以符合群體利益的習俗。

第二，實踐歷史是由個別不同的人在不同時段的實際活動及其結果所共同構成。但隨著時間增長、構成的活動增多，其間的差異乃至衝突競爭性逐漸泯滅而沈澱凝結成較沒有爭議的共識。比如，有關禁婚禁忌，從 A 違反該禁忌因其結果良好而被視爲打破迷信，加上 C 及 D 到 E 時，其行爲共同凝結成禁忌似不足以爲禁忌的圖像。但隨時間的延長而發生 C, D, E 等不幸的結果，整個相關的活動又凝結成禁婚禁忌是不能違背的圖像。違反禁忌來打破迷信的經歷，在當地有關禁婚禁忌的長遠歷史意象中，便只是一個小插曲。這小插曲隨時間的延伸，只要沒有人再依此來打破禁忌，它便被人們淡忘而模糊掉。而宗教運動由批判教會到最後又與教會合而爲一而納入信教的歷史意象中，以及種茶由開始被質疑到最後成爲改善生活的經濟作物之一而納入生活改善的歷史意象中，均說明意象建構過程之垂直方式的沈澱凝結作用，往往模糊掉其中的「異象」。但另一方面，隨歷史時間的不斷延伸，整個歷史意象仍不斷地增減而呈現其不斷形成與發展的動態過程。

第三，上述三個例子中，我們可以發現所有改變的動力均是來自個人的內心深處的心理因素。比如，最早打破禁婚禁忌的 A 與 B，是爲了堅持兩人之間的愛情。而種茶的 H，除了相信漢商賺錢能力的理性思考外，更是在滿足其追求新奇與冒險的心理。而宗教運動中的 F，原只是單純爲尋求自我。當宗教運動成了具有政治性與社會性的活動後，他便退出。事實上，當地人稱宗教變遷爲 *lisdamu gamisama* 或 *basilavu damasa*，原就有「追求一條使自己成爲人的路」或「肯定自己及其存在的價值」的意義在內 (黃應貴 1991a)。而這個意義，不只

涉及他們的人生觀，更成爲他們許多歷史活動背後的動力，某程度內，它已不是個人的心理動機問題，而是法國年鑑學派所說的心態史學(history of mentalities)。因此，這類心理因素雖只表現在少數個人身上，但也許像 Foucault (1978, 1985, 1986) 的「性史」所探討的性、愛、愉快等一樣，實已涉及人類生命中的秘密與心靈深處的動力。這方面仍有待更細緻的討論，但已超出本文的範圍。

第四，個人的活動與集體活動是相對應而又合而爲一的，因而有 paradigmatic 象徵關係。但另一方面，集體活動也是由個人的活動所共同構成的，所以兩者之間又有著 syntactic 象徵關係。前者如 A, F, H 等開創者爲整個事件的代表而具有其象徵關係，後者如後來的一般跟隨者共同構成其群體而爲其一份子。而東埔社傳統布農人文化中所凸顯的共享性交換，同時是個人與群體間以及個人與群體中的個人間之交換，與前述構成實踐歷史之活動的性質是相一致的。46

第五，每個人創新活動之所以會顧及群體利益而成爲他人願意跟隨的活動，也與布農文化中強調能力強者必須照顧弱者有關（黃應貴 1998）。這也是爲什麼 H 在引入茶的栽種卻又無法將其「商業機密」像過去一樣在教會公開教導村人時，他必須尋求另一種貢獻群體的方式，所以藉由對教會的奉獻來「表達」他對弱者的照顧。如此，他不但達到以茶樹種植來改善生活的目的，也得到社會群體對他的領袖地位的肯定。此種方式仍不脫傳統政治社會領袖是由其實際的實踐過程來證明其對群體貢獻的途徑。這自然也涉及這類活動所具有依其人觀及 *hanido* 觀念而來之共享性權力的性質。由此，我們可以看到構成東埔社布農人實踐歷史的活動，不只因其必須符合群體的利益而成爲實際生活上的「實踐」，其意義更是建立在其人觀及 *hanido* 觀念上。

---

46 有關東埔社布農人突出的共享性交換可參見黃應貴(1998；Huang 1995)，在此不再進一步陳述或討論。

五、結　論

　　由前面的討論中，我們知道傳統布農人的活動均在自然時間的時序中進行。基於對自然時間的認識而再現的曆法，相對於現代的時間，雖較不能精確計算與指涉位置，卻仍足以呈現時序，並指示應做的活動。他們時間經驗的再現也呈顯出以個人實際活動爲主體而分出現在、與現在不可分的過去、無可驗證的過去、以及未來之別。這固然凸顯了個體的主體性及現在時間點的重要性，但他們無可驗證的過去，卻是依他們長期歷史過程的集體經驗而來，而非個人單獨的實際經驗所能及的。對布農人而言，時間不只是與他們實際活動不可分，其意義與價值更在於強調由實際的活動及其結果來肯定行動主體、貢獻群體、超越死亡而達到永恆的人生目的。而這些意義均由他們的人觀及 *hanido* 觀念所賦予的。這不只說明時間在東埔社布農人社會生活中不可少的基本性，也說明時間之再現的建構過程，凸顯布農文化注重實踐以及人觀與 *hanido* 信仰的支配性。故筆者稱其時間爲一種「實踐的時間」。

　　不過，實踐的時間在布農人社會生活與日常活動中，雖是不可少的基本要素，卻不具有全面性。至少，它並不像人觀及其背後的 *hanido* 觀念那樣具有重要性與決定性。這在有關其歷史觀及實踐歷史的探討上可以清楚看出：原有時間觀念上缺少能明確指出時間的位置，使得傳統布農人對於歷史上的事物無法有明確的時間、地點、人物、社會文化背景與歷史脈絡等，而使他們所記憶的歷史事物難有具體的獨特性，也使他們趨於將其建構爲「意象」而不是「事件」。而歷史意象的建構，是一個不斷形成與發展的動態過程。其不同的階段，個體的主體性與集體的共識，往往是與時間經驗相一致。愈是長遠過去而非個人經驗所能及的歷史意象，個人主體經驗上的歧異愈是容易被抹滅而

得到大家都同意的共識。反之，愈是與當下不可分的活動，愈是容易呈現個體間的爭議性。這類實際活動是否成爲歷史，則有待共識的建立。而共識的基礎，卻是在共同的集體利益上。因此，時間經驗在歷史意象的形成過程雖是不可少的，卻不決定其內容。故原有的時間觀念只提供了其歷史觀及實踐歷史發展的必要條件，而不是決定因素。反之，其歷史觀及實踐歷史上所強調的歷史意象是建立在其實際的親身活動與必須對全體都有利的原則上，而這又來自其人觀及 *hanido* 信仰中強調經由實踐的過程來解決或超越競爭性的個體利益與合作性的集體利益間的矛盾。因此，我們最多只能說布農人的歷史觀及其實踐歷史是由其時間、人觀、*hanido* 信仰等所共同界定的。但因其時間本身原就是在自然韻律的基礎上，由其人觀、*hanido* 觀念等所共同建構。故時間無法像人觀及 *hanido* 觀念一樣具有支配性。

當然，這個東埔社布農人的個案研究，並不只是在消極地否認時間在任何文化中都可具有同樣的支配性與全面性之觀點而已。它有它較積極的一面。至少，在對人類時間瞭解上，Gell 試圖連接 A 系列的現象學時間及 B 系列的自然時間時，是將人類時間經驗背後的普遍認知機制（特別是保留與延伸）視爲是人類對自然時間認識而能再現的基礎，使他能超越過去人類學時間的研究侷限於文化建構的限制。而由東埔社的個案，我們看到保留與延伸能力不只見於時間經驗及其再現，更見於其實踐性活動中。甚至看到實踐本身如何創造出異於日常生活之「沒有時間的時間」。這不僅涉及活動本身涵蓋了時間認知的機制，更包括文化概念（特別是人觀及 *hanido* 觀念）等在內而爲實踐。換言之，在人類時間的瞭解上，人的活動或實踐之重要性，應不亞於認知層面。只是，相對於認知的專業而分化的機制，活動或實踐更具有連接、整合的性質。事實上，實踐性活動不但必須連結認知、文化觀念、記憶、乃至人體的活動及心靈深處的動力，個人與集體活動間因可同時有 paradigmatic 及 syntactic 象徵關係，而使個人與集體活

動相對應而又合而爲一。這如同時間一樣，均提供歷史意象建構的基礎。

其次，實踐歷史或歷史意象的建構，正如再現未來時間經驗的夢占及過去時間經驗的再現，均是由不同時段的活動及其結果沈澱壓縮或凝結而來。這種有如 Foucault 所說的垂直方式，往往模糊掉其中的「異象」而達到較沒有爭議的共識。而時間愈是長遠，構成的活動愈多，這垂直方式的效力愈凸顯。反之，愈是發生在現在仍然繼續進行的經驗，就愈難以垂直凝結方式建構歷史意象，也愈容易產生競爭性論述而難有共識。但這樣的建構方式，不僅是一種動態的過程，更是建立在布農文化之特性上：它一方面尊重個體的主體經驗而承認其爲眞，一方面又尋求共同的集體利益上的共識。這更反應布農傳統文化上「大家都同意」的 *mabeedasan* 原則，以超越個體彼此間或個體與集體間的矛盾與衝突。而這正是布農人人觀與 *hanido* 觀念的精華所在。

第三，由於實踐歷史與歷史意象均依人的活動或實踐而來，不但使人成爲歷史的主體，也更易使歷史世界因依人的活動而顯其爲眞。這對近來有關透過語言文字之述說來探討歷史之眞實問題所引起的爭辯上，[47] 可以提供另一角度的思考。假如我們能將人活動本身像述說一樣視其爲獨立自主的層面與課題來探討，或許更有助於我們思考歷史之眞實的問題。而這些較正面的成果，也可讓我們進一步思考當代人類學理論問題。

從 80 年代以來至今，即使在後現代主義解構的衝擊下，實踐（practice）與行動主體（agency 或 agent）一直是世界人類學的主要關心課題（Ortner 1984；Hastrup 1997；Herzfeld 1997；Knauft 1997；Reyna 1997）。而 P. Bourdieu 所提出的實踐理論（theory of

---

47 強調述說爲瞭解歷史眞實必要之一環的觀點，可以 H. White（1973，1987）爲代表。而反對的論點，可見於 D. Carr（1986）、K. Windschuttle（1997）等的著作中。

practice），更是這趨勢的代表。這個理論最大的優點便是經由人的實踐過程，來超越過去（社會科學）理論發展所造成的客觀主義與主觀主義、結構與行動主體、物質論與觀念論、持續與變遷、外在因素與內在因素等二元對立的困境，尤其是在有關前兩組二元對立問題的解決上。然而，這理論從 70 年代中期開始發展至今，也呈現出其缺點與限制。比如，這類理論並無法真正解決或超越客觀論與主觀論對立的問題（Knauft 1996，1997；Reyna 1997）。主要的問題是實踐論者對於文化或主觀層面的理解與欣賞往往相對地單薄，如此，不但無法處理文化與主觀上的變異與多樣性，最後往往形成另一種客觀論傾向的全面化鉅型理論（Knauft 1996:122-3）。同樣地，有關結構與行動主體的問題，涉及結構如何塑造個人的實踐與個人實踐如何塑造結構等更具體的思考(Ortner 1984:151-7)，此實涉及意識形成與轉換的文化與心理機制，也涉及人類的動機(ibid.)。但在這類問題的處理上，實踐論者往往也因對文化上的變異與多樣性缺乏深入的瞭解，以及限於西方理性主義的知識傳統，對於心理動機的探討往往過於「理性化」而忽略心靈深處的動機與動力，並低估個人的作用，使他們最後仍陷入西方文化的偏見與鉅型客觀論傾向的理論建構。[48] 這不僅見於 Bourdieu 的實踐論，也見於 M. Sahlins 的文化結構論上。[49]

　　對於上述實踐論上的限制與缺點，由本文個案的討論中可以得到進一步的思考。至少，我們可以發現對東埔社布農人而言，「怎樣的活動才算是有意義的?」便是一個大問題。這實涉及到「什麼是實踐?」

---

48 參見 Knauft(1996:122-8)。事實上，西方的理性傳統在康德達到一前所未有的境界後，西方一直有各種思考在挑戰他。如浪漫主義、存在主義、現象學、詮釋學、乃至晚近的後現代主義等。而美國人類學始祖鮑亞士，在德國浪漫主義的影響下所發展出的文化相對論觀念，更是試圖以異文化的實質內涵來挑戰(Stocking 1989a, 1989b)。

49 對於 M. Sahlins (1981) 理論的批評，特別是有關其對心理動機解釋上的文化偏見，參見 G. Obeyesekere (1992)。

的問題。雖然，在這有限長度的論文裡，我們無法像分析述說那樣系統地討論當地人的活動及全面掌握其觀點下的「實踐」之真實，這原就非本文的重點。但由前面的陳述與討論，我們已可以清楚看到在他們世俗性日常活動中，可以成為其具有文化意義的實踐，必定是他們自己所作而有利於群體者。這也是因為他們這類的活動中，個人與集體間同時有著 paradigmatic 與 syntactic 的象徵關係，而使得不同時段的個人相似或相異活動沈澱壓縮成其實踐歷史或歷史意象。在這過程中，歷史的斷裂或創新與改革，往往來自個人內心深處的動機為其動力。而這種動力雖經由個人來表現，最終卻往往又為群體所共享。由此，我們更可以清楚看到像 Bourdieu 以降的實踐論，對於結構與行動主體的處理上，基本仍奠定在個體與集體的對立上尋求超越，而沒有注意到兩者間相互構成的特性。這突破則有賴於我們重新去思考人活動本身。當然，這裡所說的活動已不限於行為論或功能論所說有功能的行為而已，也不只是象徵論所強調有文化意義的行為或實踐論所說的慣習，它更涉及人類心靈深處的動機與動力。

參考書目

方有水、印莉敏
    1995   布農：傳說故事及其早期生活習俗。南投水里：玉山國家公園管理處。

丘其謙
    1966   布農族卡社群的社會組織。臺北：中央研究院民族學研究所。

佐山融吉
    1919   蕃族調查報告書：武崙族前篇。臺北：臺灣總督府。

何廷瑞
    1958   布農族的粟作祭儀。國立臺灣大學考古人類學刊 11:92-100。

李福清
　1993　布農神話比較研究。行政院國家科學委員會專題研究計畫成果報告。
　1998　從神話到鬼話：臺灣原住民神話故事的比較研究。臺北：辰星出版
　　　　社。

岡田謙
　1938　原始家族：ブヌン族の家族生活。臺北帝國大學文政部哲學科研究年
　　　　報，第五輯。

葉家寧
　1995　淺談布農族的史觀與時空觀的問題。臺灣原住民史料彙編 1:223-6。

黃應貴
　1989　人的觀念與儀式：東埔社布農人的例子。中央研究院民族學研究所集
　　　　刊 67:177-213。
　1991a　*Dehanin* 與社會危機：東埔社布農人宗教變遷的再探討，國立臺灣
　　　　大學考古人類學刊 47:105-125。
　1991b　東埔社布農人的新宗教運動──兼論當前臺灣社會運動的研究，台灣
　　　　社會研究季刊 3(2/3):1-31。
　1992　東埔社布農人的社會生活。臺北：中央研究院民族學研究所。
　1993　作物、經濟與社會：東埔社布農人的例子。中央研究院民族學研究所
　　　　集刊 75:133-169。
　1995　土地、家與聚落：東埔社布農人的空間現象，刊於空間、力與社會，
　　　　黃應貴編，頁 73-131。臺北：中央研究院民族學研究所。
　1998　「政治」與文化：東埔社布農人的例子，臺灣政治學刊 3:115-193。
　n.d.　夢與文化：東埔社布農人的例子。

馬淵東一
　1974　ブヌン族の祭と曆，刊於馬淵東一著作集，第三卷，頁 361-81。東京：
　　　　社會思想社。

鄭依憶
　n.d.　「族群關係」與儀式：向天湖賽夏族 *Pas-taai* 之初探，刊於儀式、社會、
　　　　與族群：向天湖賽夏族的兩個研究，鄭依憶著。臺北：允晨文化實業
　　　　股份有限公司。（將出版）

衛惠林
　1972　布農族，刊於臺灣省通誌稿，卷八，同胄志，第一冊，第四篇。臺中：
　　　　臺灣省文獻委員會。

Adam, B.

　　1994　Perceptions of Time, in *Companion Encyclopedia of Anthropology: Humanity, Cultlure, and Social Life*, T. Ingold, ed., pp.503-26. London: Routledge.

Bloch, M.

　　1977　The Past and the Present in the Present, *Man* 12:278-292.

　　1993　Zafimaniry Birth and Kinship Theory, *Social Anthropology* 1(1B):119-32.

Blok, A.

　　1992　Reflections on Making History, in *Other Histories*, K. Hastrup, ed., pp.121-127. London: Routledge.

Bourdieu, P.

　　1990　*The Logic of Practice*. Stanford: Stanford University Press.

Burman, R.

　　1981　Time and Socioeconomic Change on Simbo, Solomon Islands, *Man* 16(2): 251-268.

Carr, D.

　　1986　*Time, Narrative, and History*. Bloomington: Indiana University Press.

Carsten, J.

　　1995　The Substance of Kinship and the Heat of the Hearth: Feeding, Personhood, and Relatedness among Malays in Pulau Langkawi, *American Ethnologist* 22(2):223-41.

　　1997　*The Heat of the Hearth: The Process of Kinship in a Malay Fishing Community*. Oxford: Clarendon Press.

Comaroff, John and Jean Comaroff

　　1991　*Of Revelation and Revolution: Christianity, Colonialism, and Consciousness in South Africa*, vol.1. Chicago: The University of Chicago.

Davis, J.

　　1991　*Times and Identities*. An Inaugural Lecture Delivered Before the University of Oxford on 1 May 1991.

Durkheim, E.

    1995[1912]   *The Elementary Forms of Religious Life*. New York: The Free Press.

Durkheim, E. & M. Mauss

    1963 *Primitive Classification*. Chicago: The University of Chicago.

Errington, S.

    1979 Some comments on Style in the Meanings of the Past, in *Perceptions of the Past in Southeast Asia*, A. Reid & D. Karr, eds., pp.26-40. Singapore: Heinemann Educational Books.

Evans-Pritchard, E. E.

    1940 *The Nuer*. Oxford: Clarendon.

Farriss, N. M.

    1987 Remembering the Future, Anticipating the Past: History, Time, and Cosmology among the Maya of Yucatan, *Comparative Studies in History and Society* 29(3):566-93.

Fortes, M.

    1987 The Concept of the Person, in *Religion, Morality and the Person*, M. Fortes, pp.247-301. Cambridge: Cambridge University Press.

Foucault, M.

    1970 *The Order of Things: An Archaeology of the Human Sciences*. New York: Pantheon Books.

    1978 *The History of Sexuality*, v.1: *An Introduction*. New York: Pantheon Books.

    1985 *The History of Sexuality*, v.2: *The Use of Pleasure*. New York: Pantheon Books.

    1986 *The History of Sexuality*, v.3: *The Care of the Self*. New York: Panatheon Books.

Geertz, C.

    1973 Person, Time, and Conduct in Bali, in *The Interpretation of Cultures*, C. Geertz, pp.360-411. New York: Basic Books.

Gell, A.

    1992 *The Anthropology of Time: Cultural Constructions of Temporal Maps and Images*. Oxford: Berg.

Giddens, A.

    1984   *The Constitution of Society*. Berkeley: University of California Press.

Goody, J.

    1987   *The Interface Between the Written and the Oral*. Cambridge: Cambridge University Press.

Greenhouse, C. J.

    1996   *A Moment's Notice: Time Politics across Cultures*. Ithaca: Cornell University Press.

Hastrup, K.

    1992   Introduction, in *Other Histories*, K. Hastrup, ed., pp.1-13. London: Routledge.

    1997   The Dynamics of Anthropological Theory, *Cultural Dynamics* 9(3):351-71.

Herzfeld, M.

    1997   Anthropology: A Practice of Theory, *International Social Science Journal* 153:301-18.

Hoskins, J.

    1993   *The Play of Time: Kodi Perspectives on Calendars, History, and Exchange*. Berkeley: University of California Press.

Huang, Ying-Kuei

    1988   *Conversion and Religious Change among the Bunun of Taiwan*. Ph.D. thesis. London School of Economics and Political Science, University of London.

    1995   The 'Great Men' Model among the Bunun of Taiwan, in *Austronesian Studies Relating to Taiwan*, Paul J. Li, et al., eds. pp.59-107. Taipei: Institute of History and Philology, Academia Sinica.

Knauft, B. M.

    1996   *Genealogies for the Present in Cultural Anthropology*. New York: Routledge.

    1997   Theoretical Currents in Late Modern Cultural Anthropology, *Cultural Dynamics* 9(3):9-31.

Leach, E.

1961　Two Essays Concerning the Symbolic Representation of Time, in *Rethinking Anthropology*, E. Leach, pp.124-136. London: the Athlone Press.

Lévi-Strauss, C.

1969　*The Elementary Structures of Kinship*. Boston: Beacon Press.

Munn, N. D.

1992　The Cultural Anthropology of Time: A Critical Essay. *Annual Review of Anthropology* 21:93-123.

Obeyesekere, G.

1992　*The Apotheosis of Captain Cook: European Mythmaking in the Pacific*. Princeton: Princeton University Press.

Ortner, S.

1984　Theory in Anthropology Since the Sixties, *Comparative Studies in Society and History* 26(1):126-68.

Pina-Cabral, J. de

1987　Paved Roads and Enchanted Mooresses: the Perception of the Past among the Peasant Population of the Alto Minho, *Man* 22(4):715-735.

Reyna, S. P.

1997　Theory in Anthropology in the Nineties, *Cultural Dynamics* 9(3): 325-50.

Rosaldo, R.

1980　*Ilongot Headhunting, 1883-1974: A Study in Society and History*. Stanford: Stanford University Press.

Rotenber, R.

1992　*Time and Order in Metropolitan Vienna*. Washington: Smithsonian Institution Press.

Rutz, H. J., ed.

1992　*The Politics of Time*. Washington: American Anthropological Association.

Sahlins, M.

1981　*Historical Metaphors and Mythical Realities: Structure in the Early History of the Sandwich Islands Kingdom*. Ann Arbor:

The University of Michigan.

1985　*Islands of History*. Chicago: The University of Chicago.

Smith, M. F.

1982　Bloody Time and Bloody Scarcity: Capitalism, Authority, and the Transformation of Temporal Experience in a Papua New Guinea Village, *American Ethnologist* 9(3):503-518.

Stocking, G. W.

1989a　Romantic Motives and the History of Anthropology, in *Romantic Motives: Essays on Anthropological Sensibility*, G.W. Stocking, ed., pp.3-9. Madison: the University of Wisconsin Press.

1989b　The Ethnographic Sensibility of the 1920s and the Dualism of the Anthropological Tradition, in *Romantic Motives: Essays on Anthropological Sensibility*, G.W. Stocking, ed., pp.208-76. Madison: the University of Wisconsin Press.

Strathern, M.

1990　Artifacts of History: Events and the Interpretation of Images, in *Culture and History in the Pacific*, J. Siikala, ed., pp.25-44. Helsinki: The Finnish Anthropological Society.

Thompson, E. P.

1993[1967]　Time, Work-discipline and Industrial Capitalism, in *Customs in Common*, E.P. Thompson, pp.352-403. New York: The New Press.

White, H.

1973　*Metahistory: the Historical Imagination in Nineteenth-Century Europe*. Baltimore: the Johns Hopkins University Press.

1987　*The Content of the Form: Narrative Discourse and Historical Representation*. Baltimore: the Johns Hopkins University Press.

Windschuttle, K.

1997　*The Killing of History: How Literary Critics and Social Theorists Are Murdering Our Past*. New York: Free Press.

一個海岸阿美族村落的時間、歷史與記憶：
以年齡組織與異族觀爲中心的探討[1]

黃宣衛

中央研究院民族學研究所

一、前 言

　　有關人類學與歷史研究的關連，目前討論的文獻已相當多。而不論是著重民族史（ethnohistory）的研究，還是強調人類學的歷史化（historization of anthropology），如何在注重實地田野調查的傳統中，來與歷史研究相結合、對話，已經成爲晚近人類學理論中一個不容忽視的問題(參見Biersack 1991；Faubion 1993；Ohnuki-Tierney 1990)。在這樣的趨勢裡，怎樣從被研究社會的時間觀以及記憶出發，來探討他們的歷史之諸面向，也就成爲人類學研究很重要的一環。

1 本文初稿標題爲：阿美族的年齡組織與社會記憶──一個海岸村落的例子。該文曾於 1998 年 2 月 21 日正式發表於中央研究院民族學研究所舉辦之「時間、記憶與歷史」研討會；在此之前，於 1997 年 12 月 27 日的讀書會中，亦曾做過一次口頭報告。感謝以下諸位女士、先生，對本文撰寫過程中給予的指教：黃應貴、張㻐、葉春榮、陳玉美、蔣斌、羅素玫、楊淑媛、傅君、林美容、陳緯華、陳文德、伊凡‧諾幹、黃金麟、沈松僑以及康培德。也謝謝兩位審稿人的修改意見。

　　當然，不論是時間、歷史或者記憶中的任何一者，在理論上都是極為重要的主題，值得分別做深入的研究；而限於各方面的因素，筆者尚無法以阿美族為例，在本文中針對這三個主題做全面性的討論。然而，為了盡量配合整本論文集的主題，也為了整理出更多的民族誌材料以供討論，本文將以一個阿美族村落的年齡組織[2] 之興起、組成方式、變遷與發展，以及村民對異族的不同看法，做為討論阿美族時間、歷史與記憶的一個初步嘗試。

　　選擇年齡組織做為研究重點的理由有以下幾點。首先，筆者十分認同 Eric Wolf (1990) 的看法，他認為不論我們研究的主題是多麼後現代、後結構，人類學者都應該重新回到重視組織研究的傳統；其次，筆者也認為，在當前的臺灣原住民研究中，儘管可以維持人類學以村落為主的田野調查傳統，但村外大社會的影響卻不能忽視。而年齡組織便具有「窗口」（window）的性質，是一個讓我們可以看到巨觀與微觀如何交會的銜接點（參見 Ohnuki-Tierney 1990:8）。再者，由文獻資料或是田野調查中，我們都可以發現：不論是早期做為村落集體防衛的制度，或是近年來成為阿美族文化認同的標記，年齡組織在阿美族社會中始終居於非常重要的角色。然而更重要的是，整個年齡組織的發展，不論是早期的成立背景，或是後來納入國家體系後的變遷，都透露出此一制度與村民的異族觀有密切關連。在本文中筆者將指出：異族觀不但在村人的歷史記憶中十分醒目，即使在時間觀、文化認同方面，也居於不容輕忽的地位。

　　有關阿美族年齡組織的相關文獻，陳文德（1990）已有詳細的回顧與討論。事實上，陳文更重要的貢獻是以一個海岸阿美族村落為例，

---

2 此一組織的阿美語名稱不但各地區不同，當翻譯成中文時也有很大的歧異，有人稱為「年齡階層組織」，也有人稱為「年齡階級組織」，更有人在前述名稱前加上「男性」兩字。為簡明起見本文稱為「年齡組織」。

對年齡組織的形式結構以及實際運作做了深入的探討。本文將不再對相關文獻多加評述，也無意對年齡組織的結構與運作詳加探討；而是企圖以另一個海岸村落的年齡組織爲核心，配合著村民對異族的不同觀點，針對阿美族的時間、歷史與記憶做一番初步的探討。因此，本節將只對阿美族年齡組織的概況，簡略地加以介紹。

阿美族各個村落雖然是由家與親屬群體集合而形成，但村落中的各項公共事務，大多由男人透過年齡組織來處理。換言之，該組織是屬於男人的單性組織，女性完全被排除在外。阿美族的男子年齡組織，在臺灣原住民中是一個相當特殊的典型，也就是所謂的專名制的年齡組織。[3] 男子經過成年禮進入組織後，接受一個專屬的組名，原則上終生不改變。他們的長幼地位與社會責任，也隨著全組進移、晉升而循序變更。

由於阿美族人口多分布廣，因此其年齡組織有些小差異。大體而言，可分成兩個基本型：一爲馬蘭型，一爲南勢型。南部馬蘭型的組名是創名制，每產生一新組即創一新名。北部南勢型爲襲名制，只有傳統的九個組名循環使用，因此最老的一組與最新的一組常同名（衛惠林 1953；衛惠林等 1972）。中部各村落則兩種形式都有，有的以創名制爲主，有的以襲名制爲主。總之，越往北越偏向南勢型，往南則偏向馬蘭型。

會所是年齡組織的行政活動中心。不論全體成員或各組的大大小小集會（如會議、康樂活動等）大多在會所內舉行。會所也是未婚男子夜間住宿的處所。凡組織內成員只要未婚(或離婚者)，依照舊習俗

---

3 在人類學文獻中，將年齡組織區分成 age-grade 與 age-set 等兩大系統（參見 Gulliver 1968），前者指的是一種依身心的自然狀態而賦予社會角色的自然區分，未必具有法人團體的性質；後者則是一種制度化的組織，成員一旦加入，終生和其同伴形成一個群體，共有一些職責，甚至於擁有一個共同的組名。阿美族的年齡組織屬於後者。

都須夜宿會所。時間大約是晚上八點起，至次日早上五-六點左右。當年齡組織有勤務活動時，會所也常常是發號司令的場所。此外，會所也是昔日村落中排解糾紛時的判決所，凡違規受審者都在會所內辦理、處分。由於男人一生中許多時間都在會所中度過，會所乃成爲男人學習各項知識與技藝的重要場所。[4]

簡言之，阿美族的年齡組織基本上是一個超於血緣關係的地域性群體，也是昔日村落政治體系的骨幹。不但村落的領袖由之產生，領袖們的決議也透過年齡組織來執行。組織內部因組與組之間的年齡差距，就形成了階序的現象，此一階序性質既不能任意逾越，也不能夠中斷。由於這種年齡組織的特性，當我們觀察阿美族的歷史觀時，便可以看到一些明顯的影響。

筆者在一篇有關鳥鳴[5]的文章中(黃宣衛 1997)，曾從天主教、長老教及漢人宗教的信徒中分別選出一位領袖，觀察他們的歷史觀與異族觀，並藉此來討論他們所呈現出的不同文化認同形態。其中，代表天主教的是 Damay，他生於 1920 年，可說是鳥鳴目前最重要的人物。他曾擔任過鄰長、里長以及鳥鳴村的頭目(tomok[6])。他是村中少數幾個每周都上敎堂望彌撒的天主教徒。由當地天主教會的種種活動來看，他無疑是教會中的重要領袖人物之一。由於天主教在村中居於絕大多數，他在村中廣受支持，因此筆者稱之爲村落歷史的代言人。長

---

4 目前幾乎各村落的會所皆已在 1950-1960 年間廢除，但有些村落近年來已開始進行重建的工作。例如大港口最近在社區總體營造的風潮下，即有重建集會所的構想(陳坤一主編 1996:91)。

5 此村名爲假名。在此地的田野工作始於 1986 年 7 月，此後即斷續前往調查迄今，其中較主要的調查是 1990 年 1 月至同年 7 月以及 1992 年 10 月至 1993 年 8 月。本文主要內容是根據第二次的長期調查資料。

6 目前有關阿美語的拼音方式頗爲分歧。本文採用的系統可參考《阿美語辭典》一書中的介紹 (方敏英編 1986:16-21)。此一系統中比較特殊的符號有四：其中 c 一般皆記爲 ts，e 發音爲ə，而 d 則是介於 l 與 s 之間的清邊音，至於 ' 則是喉塞音。

老教會的核心人物則是 Kawasan，他生於 1921 年。跟 Damay 一樣，他受過日據時期的初農教育。1941 年時，在日本政府的招募下，到太平洋的婆羅乃洲去拓墾。戰後回到鳥鳴不久，即與其母、姊等加入長老教會的活動。雖然他在長老教信徒間廣受支持，但對村中居於大多數的天主教徒而言，他是一個不合時宜的人物。信奉漢人宗教的 Fagis 則比前述兩人小一輩，他生於 1944 年，也就是臺灣光復的前一年，所以跟 Damay 與 Kawasan 比較之下，他不但不太會說日語，他對日本人的印象也比較模糊。1962 年他在故鄉唸完小學及初中後，毅然隻身到臺北，靠著半工半讀完成高中的學業。服完兵役後他與兩位漢人朋友合夥，經營電子零件裝配廠。此一工廠因為石油危機的衝擊，於 1973 年倒閉。隨後 Fagis 回到鳥鳴開始學習潛水捕捉熱帶魚，靠著這份危險性很高的工作，使他得以有豐厚的收入。後來他擔心潛水捕魚太危險也無法長久，所以通過考試，在臺灣水產試驗所擔任漁撈員的工作。他於 1988 年被推舉為鄰長，堪稱為村中新近崛起的一位領袖。

　　筆者在那一篇文章中指出：異族意象跟歷史建構一樣，有相當大的個人差異性，而不是全村只有一個統一的觀點。然而細究村中情形，似乎又不是每個人都完全不同，而是以這幾個領袖為標竿，儼然只有幾種不同的形態。延續著前文的脈絡與旨趣，本文把焦點拓展到鳥鳴村的年齡組織，企圖以該組織與異族觀為軸心，對阿美族的時間、歷史與社會記憶之間的關係做一些探討。與上一篇文章不同的是，先前的研究主要是以當前的狀況為出發點，對過去比較是從 Schwartz (1990) 所謂的 presentist approach，或 Kaplonski (1993) 所說的 pragmatic 角度，來分析不同阿美族人的歷史建構所具有的社會意義。誠如 Friedman (1985) 所指出的，這樣的歷史觀取向，與人類學強調的田野調查以及民族誌撰寫形態，有極其密切的關係。然而，Appadurai (1981) 等人早已批評道，上述的觀點傾向於將對過去的建構視為合法化現在的憲章，未免太簡化過去與現在之間的關係。例如

Valeri（1990：154）便認爲，世界並不是每天早晨都要重新發明一次。其言下之意除了指出前述歷史觀的限制外，也在呼應 Peel（1984）認爲過去與現在的關係是相互約制（mutual conditioning）的看法。簡言之，本文將以一個與筆者前一篇文章不同的角度，來探索過去與現在之間的關係。

二、村落生活與時間觀念

村落（*niyaro'*）是往昔阿美族社會生活的最大單位。李亦園先生指出，*niyaro'* 的原義是「柵圍內的人」（1957：144），其防衛的功能及意義十分明顯。除了這種自我防衛的設施之外，以前的各個獨立的阿美族村落皆有年齡組織。這是由村落中的成年男子組成，其最主要目的便是爲了共同防衛。年齡階級組織與村落首長制度，共同構成了阿美族的村落組織，形成了維持自治的主要架構。也就是在此一基礎上，村落成爲一個集體防衛、集體農耕漁獵、集體舉行儀式、共負罪責等功能的單位。然而，隨著國家行政、資本主義經濟等外在力量的侵入，村落原來的自主性逐步衰退，並漸漸納入而成爲大社會的一環。[7] 而正如 Burman（1981）指出的，如果時間被視爲一種集體表徵（collective representation）的話，一旦一個社會面臨巨大的變遷，則此一轉變也會呈現在時間觀中。目前鳥鳴村的生活狀況，以及其背後蘊含的時間觀念，便可以從這個角度來切入觀察。

目前幾乎每個家庭都有月曆、日曆以及時鐘，村人也相當清楚它們的用法。姑且不說每天小孩上學與否，以及幾點該到學校的問題，在日常生活中常須與公家機構（如衛生所、派出所、鎮公所、地政與戶政事務所）接觸，對於上班時間也就不能不留意。甚至在討論每年

---

7 關於鳥鳴村的現況以及其歷史發展過程，可參考黃宣衛 1997 一文之第二節。

一度的豐年祭舉行日期時，為了讓更多在外工作者能回鄉參加，周休二日的因素也被列入考慮；而在那一天宴請外賓，更是不能不考慮國家的行事曆。此外，不論是搭乘汽車，或是教會活動的舉行，乃至於豐年祭時年齡組織的集合，鐘錶時間也扮演重要的角色。由這些現象，多少可以看出外力滲入村落生活的程度有多深，而外來的時間觀念也已被普遍接受。然而，上述的觀察並不意味說，傳統的時間觀已經完全沒有用了。事實上，在當前的村落生活中，參雜了不同的時間觀，而這樣的時間觀與阿美族的文化認同以及異族觀皆有密切的關連。

在阿美族傳統的語言中，並沒有類似「時間」的相當語彙。不過對於「一天」（*ccay a lomi'ad*）、「一個月」（*ccay a folad*）乃至於「一年」（*samihcaan*）的計算，皆有相當有系統的知識；此外，由於住在海邊，對於潮汐的變化，也知道得很清楚。這樣的時間計算方式至今仍然被使用，也被視為阿美族傳統的一部分。尤其是每天的日常生活作息，諸如起床、就寢以及日常三餐時間，基本上全村仍遵循共同的節奏，與從前並沒有太大的變化。即使長老教徒在許多方面刻意與多數的天主教村民不同，例如每周到教堂的時間更頻繁，而星期天時更早到教堂禮拜等等，但這也是在共同的生活韻律下才能彰顯出其意義。以下將分四點來介紹阿美族原有的時間計算方式，以及其在目前社會生活中的意義。

(一)日夜的區分 *lomi'ad ato dadaya*

1.日間 *lomi'ad*

lomi'ad 指的是從太陽由海平面出現之前起，到太陽在西方山後落下天黑為止。太陽在東方出現前後的這段時間叫 *dafak*（早晨），太陽在天空正中央，也就是在人的頭頂上方時叫 *kalahokan*（中午），太陽落山前後的這段時間叫 *kalafi'an*（傍晚）。

對日間的進一步區分大體上是這樣的：

(1)早晨（*dafak*）：其間包括天明（*conihar*）、日出（*cicidal*）和早飯後的短暫休息（*hrek no ranam*）。時間大約是上午五點至七點半之間。

(2)上午（*ayaw no lahok*）：或者也稱爲人們活動工作的時間（*katayalanno tamdaw*）。大約是上午八點至十一點半之間。

(3)正午（*kalahokan*）：收工休息的時間，包括吃午飯在內。大約是上午十一點半至下午一點之間。冬天時也許要短一點。

(4)下午（*hre no lahok*）：也是人們要活動工作的時間。大體上夏日延長到下午五點左右，冬天也許提早些，在四點左右就結束了。村人有早起外出工作，早些回家休息的習慣，和鄰近村落的人不太一樣，他們也很清楚地知道這一點，並相當引以自豪。

(5)傍晚（*kalafian*）：這個時間主要是吃晚飯（*lafi*）的時間。夏日的夕陽大約六點左右落山，完全天黑大約在一小時之後。

上述區分的依據，主要是依太陽運行的位置來測定，同時也可以用人或樹木等的陰影來判定。若陰天或雨天不見太陽時，可依人的肚子饑餓感（*cahiw no tiyad*）來判定時間。鳥鳴人有一天吃三餐的習慣，日間的三大時間分段，主要是爲配合三餐的進行，即早晨是吃早飯的時候，正午是吃午飯的時候，傍晚則是吃晚飯的時候。因此人們自然可以依肚子的飽餓情況，來推定當時大概的時間。

2.夜間（*dadaya*）

在阿美族的時間觀念裡，夜間（*dadaya*）只是一天的一半。日間跟夜間合起來，才算是完整的一日（*ccayay lomi'ad*）。而夜間指的是：從當日傍晚後的天黑起，至次日的早晨黎明時爲止。可以大致上區分成幾個時段：

(1)尚可吃晚飯的時候（*kalafian ho*）：一般家庭若無特別事情或不

是農忙時期，通常在這段時間之前便已用畢晚飯。至於尚未回來的家人，可留飯菜給他們吃。依據村民們的解釋，要在天黑之前盡量吃完晚餐的理由不外乎是：①以往天黑了沒燈光，吃飯及收拾等都不方便。②天黑了恐怕夜鬼（*taknaway*）加入吃飯行列，招來禍患。③太晚吃飽，對晚間來訪者不禮貌（*matakop no misalamaay*）。

(2)休閒時間（*kamaroan* 或 *kasasalamaan*）：雖然天黑了，不一定馬上就上床就寢。大家可以圍著火池（*tagiroan*）休息，若是夏夜，還可在屋外的庭院聊一聊。年輕人或有事要辦的人，此時可出門夜遊或訪問親友。也就是說，這是居民們出門夜遊互相往來的時候。

(3)入睡的時候（*kalifoti'an*）：沒事的人，此時已上床準備進入夢鄉。此時火池的木柴已差不多燒盡了，圍繞的家人也該上床休息了。外來的訪客也該回家去，出門夜遊辦事的家人也該回家了。這個時候大約是晚上九點到十點之間。

(4)睡眠時段（*kafoti'an no tamdaw*）：這是人們熟睡（*kaldaan*）的時候。也就是人類的身體休息而其靈魂進入夢的世界裡活動的時刻（*katalaayawan no lmed*）。同時，這個時段也叫是一切的 *kawas*（神、鬼、精靈等）出現的時候。[8]

(5)公雞第一次啼叫（*sarakat a skak no 'ayam*）：公雞第一次啼叫時，神祕的夜間世界便告一段落了。但人們還可以繼續睡。這時大約是早晨二點左右。

(6)公雞第二次啼叫（*sakatosa no skak*），　或稱為早晨工作時間（*kanikaran*）：農閒時期，只有負責早飯的婦女（*manikaray*）一、兩人起床工作，農忙的話也許男性年輕人早起出門工作。這個時候，家中男女老少大多還可以躺著休息或起床坐著等候天亮吃早飯。

---

8 過去，在這段時間才由外面回家者，不可直接進到屋裡，必須先暫時停留在男子年齡組織的會所或其它地方，等到公雞啼叫後才可回家進入屋內，這是為了避免夜間的惡靈、鬼怪跟著回去危害家人。

(7)早餐時刻（*karanaman*）：一般家庭天剛發白就開始吃早飯，並盡量在日出前吃完，否則會被別人取笑說旭日高昇了還在吃早飯。總而言之，夜間的時間劃分，大體上可依據星辰（*fois*）的運行位置來測定。若夜間看不到星辰，依生活習慣及經驗也可以判斷出什麼時候了。例如火池木柴的燃燒情形，狗叫的聲音，蟲鳴等的啼聲，都可以做為推測夜間時間的依據。此外，月亮雖然每夜出現的時間不同，形象也不同，但也可以做為夜間時刻的推定依據。

依阿美族的看法，夜間不比日間重要，因此不必區分得太明顯。反正晚上吃飽飯遲早要上床休息，何時上床是每個人的自由。但起床不能太遲。為了起床時間（*lowad no foti'*）有一基準，為了配合鄰居與全村落的共同生活，因此，家家至少餵養一、兩隻公雞（*tagalawan*）。若這隻公雞有毛病不會定時啼叫，可隨時殺掉，以免發生時間上的誤差。

如前所述，一天分成日、夜兩部分，白天的時間分段主要依據太陽的運行，夜間則主要看星辰的位置，此外還可以依生活作息，做為測定時間的次要依據。

(二)月亮（*folod*）

以前為了配合農耕（*sakawmah*）、狩獵（*sa'adop*）、漁撈（*sakistik*）、祭祀行事（*sakilisin*）等活動，常以月亮的變化做為決定的依據。大體而言，月亮出沒的時間每天不同，它的形象也每天在變化。月亮的一個周期大致上是三十天，有時多些是卅一、二天，有時少些約二十六、七天。這個月亮的周期便稱為 *ccay a folad*（一個月）。

阿美人把月亮的一個周期等分為上下兩半。前上半稱為 *itipay a folad*，是「西方的月亮」之意。這是因為每個月最先見到的月亮（*kisopaan*）出現在傍晚後西方天空的緣故。後下半稱為 *iwaliay a folad* 是「東方的月亮」之意。因為每個月最後見到的月亮（*kisopaan no wali*）是在天明前在東方的天空出現。月亮的周期以何時為起點，

目前共有三種算法。第一種以滿月（*Caglalan*）做為初一；第二種以新月 *Kisopaan* 做為初一；第三種也許是受到日本人或者漢人的影響，將滿月定為十五。其實古人並不採用這種數字式的計算法，來表示月亮的狀態。因為月亮一周期的運行，是從晦暗、新月、半月、滿月、再漸次地變成虧月、舊月等，因此阿美族的祖先是根據月亮的形狀，分別取個名稱來做為描述時間的方式。

㈢潮汐

鳥鳴村濱臨太平洋。一年當中，春夏兩季或農閒期間，年輕的男子們經常下海捕魚，婦女們也在海灘拾貝，孩子們則下海游泳。加上一年一度的年齡組織海神祭（*misacpo'*）等活動，所以海邊常常非常地熱鬧。而居民們對於海水的動靜也相當地熟悉。

在鳥鳴村民的敘述中，海水的滿潮（*ino*）和退潮（*krah*）與月亮的盈虧密不可分。若幾天沒看到月光，仍可由滿潮或退潮的情形來推測月齡（*rakat no folad*），亦即可判斷當天是一個月中的什麼時候了。

海水一天退潮二次，亦即晝夜各一次。滿月前後的退潮稱為 *Caglalan a krah*（或 *tataagay a krah*，意即大退潮）。月亮晦暗期間的退潮，稱為 *pdeg a krah*（或 *mamagay a krah*，亦即小退潮）。滿月和晦暗的退潮時刻，分別是中午和午夜。到了夏季，白天海水的上下潮時間延長。另外，若見不到太陽時，也可依潮水當作推測一日中時刻的依據。

㈣一年（*samihcaan*）

月亮的一個周期要三十天左右。但要計算所謂的 *samihcaan*（一年）時，阿美人並不採用月齡做為推算的依據。在受到外族影響前，主要是以小米的播種、疏苗、除草、收割等農事循環，做為一年的周期（*kararaor no mihcaan*）。這樣的農事周期，當然與頭目等長老根

據風向、雨水的變化，以及附近植物的生長情形，從而判定的季節更替相互配合。此外，在農事活動的空檔間，也安插著一些全村性的活動，如海神祭、豐年祭等等。因此，在一年的周期當中，根據自然生態而來的季節（*rakat no mihcaan*）、村落的年中行事（*dmak no niyaro'*）以及農事周期（*kaliwmahan*）都可以結合在一起。

到了水稻耕作的時期，農事周期調整成與兩期的稻作相配合；村落年中行事也在冬季時加入了日本人提倡的陽曆元旦活動。如今，水稻已不再種植，以農事周期爲主的循環已不再適用，相反地，以陽曆爲中心配合著外來的活動（如春節、聖誕節等）成爲一年中的主要節日。由此，一方面可發現傳統社會活動遞減而外來活動漸增的現象，另一方面也多少可以看出時間層面中異族所造成的影響。

日本人一來，敎育的一個重要課目就是：認識時間。也就是怎樣讀鐘錶上的數字，並訓練守時的習慣。老人說，日本人敎阿美人一年有十二個月，一個月有卅天，一個星期有七天，一天分爲二十四小時，一小時有六十分，又每分鐘有六十秒。老人便稱此爲 *toki no dipog*，就是「日本人的時間」之意。[9] *toki* 一詞，原是日語「時計」（錶或鐘）的阿美語發音。所以阿美語中，*toki* 有兩種意義，一是鐘或錶，二是時間。雖然學習了有關現代時間的知識，可是當時家家沒有鐘錶及日曆，所以這些知識根本沒有用。這個「日本人的時間」，只適用於學校，對上課的小朋友才有用。

後來，負責家務的主婦發現：每天傍晚，小朋友放學回家的時候，正好是她們煮晚飯的時刻，因此，主婦們乾脆把這個時間（大約下午五點左右），另創新名詞叫 *pinokayan no mitiliday*（學生放學回來的時刻），只要看到學生回來，便是該煮晚飯的時候了。至今主婦們依然

---

9 *Dipog* 在阿美語中，除了「日本」之外，也有「政府」的意思。因此，*toki no dipog* 也有「政府所規定的時間」之意。

保持這個習慣。每逢星期天，學生不上課，因此阿美族人又創一新名
詞叫 *paaliwacan no mitiliday*（學生休息日），這對一般老百姓沒什麼
用，只知道學生以外日本人（官員）也要休息，各官方機關也都休息
一天。

中日交戰初期，爲了配合軍事化的教育，日本人加強對居民灌輸
時間的觀念。他們在會所（*sfi*）設置了一個大鐘，命人每天早上五點
及下午五點，各敲一次報時，以取代 *pakarogay*（年齡組織中之傳令員，
詳下節的說明）的 *mi'ag'ag*（口頭呼喊通知）。但是對居民沒有什麼效
用，反而覺得聽到了鐘聲就好似聽到鬼叫聲（*soni no kawas*）一樣，
很不吉利。

到了日美開戰以後，日本官員除了在會所安置一個特大型的掛鐘
做爲村落公用之外，還強制將中型掛鐘售給各家庭使用。據說當時眞
的購買的家庭，僅有五、六家而已。但是擁有掛鐘的家庭，有的不識
字，或者不會看，所以也不能妥善利用時鐘。其實，以當時的情形來
說，會不會看都無所謂，因爲他們不需上、下班，根本不必依「日本
人的時間」來作息。當時有的老人還取笑說，這個人工的時間，遠不
如太陽、月亮、星辰及公雞的啼聲般正確而實用！

曾有過日本掛鐘的老人回憶說：「有了掛鐘之後，帶來的麻煩很多，
例如日本官員不定期的來訪，詢問說時鐘走得如何？使用上有否問題
等等。有時鄰居們也好奇跑來看。最傷腦筋的是，「得、得、得」的聲
音以及每小時一次的報時鐘聲，破壞了人們的睡眠，而三更半夜的鐘
聲好似鬼叫聲，也破壞了夜間寂靜的自然狀態，讓人每個晚上都要發
瘋了。」[10] 儘管這樣的一套時間觀念，今天已成爲村民生活中不可或缺

---

10 Levine（1997:79）認爲，「在大多數狀況而言，當時鐘最初進入一個社會的時候，大
家都會極爲熱烈地歡迎。」表面上來看，此一觀點與鳥鳴村的例子不符。不過，他的
上述論點是建立在兩個前提之上，其一是社會已經工商業化，其二則是計時器是大家
都負擔得起。由阿美族當時的社會性質來說，Levine 的論點應該仍可成立。

的一環，但此種鮮明的回憶，不啻是日本人以國家的權威做後盾，將
「現代的時間」觀念強迫阿美人接受的見證。更值得一提的是，以南非
Botsawa 族爲例，西方的「現代時間」觀念，是由基督教的傳敎士引
進，從而替後來的殖民政府、資本主義市場經濟鋪路（參見 J. & J.
Comaroff 1992）。但在鳥鳴的情形則略有不同：日本人挾國家的權
威，引入「現代的時間」等觀念，不但方便於後來國民政府的統治，
對於後來基督宗教的接納，以及村民參與資本主義市場經濟活動，也
都扮演不容否認的貢獻。

　　「日本人的時間」呈現的是一套迥異於阿美族傳統的時間觀，這
與村民認定的「漢人時間」與「歐美人時間」意義頗爲不同。光復後，
來自國家行政體系的影響有增無已，但最值得一提的是地方自治的推
行。國民政府來臺初期，民眾的各種集會活動日漸增加，如家長會議、
鄰長會議、農民大會、里民大會等，一年內有大大小小的開會活動。
這種種的集會是讓參與的阿美人學習現代時間的大好機會。但幾乎所
有參加這些活動的男女，一個共同心聲是：「不論男女，遲到早退皆要
受到處分，實在划不來。」老人稱此爲 nomigkok a toki（即「漢人的
時間」或更精確地說「民國時間」），主要是指涉來自官方的政治方面
活動。

　　政府來臺後不久，歐美人的宗教信仰也跟著傳入，基督敎（長老
會、眞耶穌、安息日會）及天主教等不同敎團皆有。但各敎團仍有類
似的時間規律。如每星期日（或星期六）爲固定的上教堂時間，叫作
pilihayan（主日或禮拜天）或 pimisaan（天主教的彌撒日）。若一位
教徒不遵守這個時間規則，他會覺得「我違反了上帝（或神 kawas，
天主 Wama）的旨意！」因此 nopadaka a toki（歐美人的時間），主要
是用在宗教活動方面。

　　是故在今日，在一般日常社會生活中，傳統的時間仍然有意義，
而且規範著許多活動的進行；但當要涉及對外界的活動時（如辦喜事

或豐年祭），日本人傳入的時間觀必然會產生作用；至於「漢人的時間」
與「歐美人的時間」則分別指不同的社會活動。這樣的時間觀念，不
但與目前的社會活動類別有關，事實上也隱含著村民對不同時期與不
同優勢民族接觸的歷史經驗。這樣的情形，在婚禮及豐年祭中，皆有
類似的痕跡。

以今日天主教的典型婚禮為例，一般共分三天來舉行。第一天是
準備日，通常舉辦婚事的家庭會召集親人，籌備各項事宜並分配工作。
第二天則除了進行基督教式的婚禮外，還有一場與漢人宴席十分類似
的喜宴。第三天則是所謂傳統 *paklag*（漁撈祭）的日子，除了收拾善
後外，最重要的便是親人捕魚聚餐，並宣布集會活動正式結束。在這
樣的活動中，不同民族的文化成分被特別地加以強調，並賦予特殊的
意義。而在傳統色彩濃厚的豐年祭活動中，也有一個特別的儀節稱為
pialaan to dipog，意即招待日本人（或政府官員）的意思。[11] 可見即
使是在儀式活動中，來自異族的影響仍然很明顯。

由種種層面來觀察，重複（repetition）、更迭（alternation）與
循環（cycle）固然是阿美族時間觀的一個重要面向，但卻不能認定阿
美人缺乏線性的時間觀念（參見 Leach 1961；Geertz 1973）。以日常
生活的情形而論，西曆、民國紀元早已成了常識。當涉及儀式性活動
時，現代的時間觀仍然不可少；即使儀式中有些行為模式、價值予人
有時間靜滯的（static）感覺，但其無非是在當前的情境下，或者藉由
外來活動的舉行達到某些目的，或者藉由重覆一些本族過去的意象，
來達到文化認同的目標。因此，筆者認為 Bloch（1977）有關人類有普
同的時間觀的觀察是可以接受的，至少對目前的烏鳴村阿美人是如此。

總之，由村中目前的不同社會生活來看，似乎顯示出村人企圖將
原有的文化傳統與外來優勢民族的某些文化相結合，並以此種兼容並

---

11 後來也稱為 *pililafagan*（招待貴賓日），詳後文的說明。

蓄的方式，追求一個更美好的未來。由此看來，時間不只是被動地反應社會的變遷，它也可以扮演積極、主動的角色，即在變遷的狀況之下，安置不同的社會活動使之各有其意義(參見 Burman 1981)。另一方面，時間「不只是表現出當地人對自然韻律的一種理解，也是當地人活動的指標而爲其社會生活的節奏與韻律所在。」(黃應貴 1998:2) 由這個觀點出發，我們可以說目前鳥鳴阿美人的四種時間觀，不但對應著不同族群的文化，而接受了某一族群的文化也意味著要用其時間觀來活動。更重要的是，對阿美人而言，接納外來族群的時間觀與文化成分，等於承認該族群高於自己族群。[12] 因此，由時間觀面向的討論，不但反映出阿美族用階序性的觀念來看異族，日本、漢人、歐美的時間觀的接受，也反映出阿美族與三個異族之間的不平等權力關係。[13] 這種不平等的關係，在村人描述其年齡組織的發展過程時，也可以看得出來。

三、年齡組織的發展與族群互動史

從大多數鳥鳴村民的角度來看，一部村落的歷史與他們跟異族的互動史密切關連，而由村中年齡組織的創立、發展與變遷來觀察，也可以呈現這樣的一段歷史。總括一些村中老人的說法，Kalitag Payo 是鳥鳴村的創始祖。起初，他爲了狩獵及採海貝等由長光來到此地，經過數次的探索、觀察，他發現這個地區地廣物豐，又未有人煙，是適於居住的好地方。於是他回到故里遊說親友後帶領三、四家率先移

---

12 然而，不同的人對過去有不同的看法，對何謂優勢民族也有不同的看法，對所謂阿美族文化傳統更有不同的著重點。這樣的不同意見，與目前的宗敎信仰有很大的關係，由幾個村中的領袖身上，可以看得更爲淸楚。此詳第六節的討論。

13 Munn (1992) 與 Rutz (1992) 等人的研究，都指出了時間與權力之間的關係。這方面的研究仍有待進一步的資料來討論。

住這個地區。後來從各地來的移民陸續遷入，其中共包括 11 支的氏族，大約共有 30 個家戶，就這樣地這些移民創立了獨立的村落。[14]

這些老人說，Kalitag Payo 最初創立此村落時，鄰近 Tikriw 聚落的平埔人勢力很強，不但人數比較多，槍械彈藥的質與量也居優勢，Payo 為安撫平埔族，特地從長光帶一些珍貴的東西送給他們，因此關係不算太壞。但是布農族的侵襲仍然未中止，村落早期歷史中即有三個人因被獵首而死。[15] 是故，當時村落防衛的需求仍很殷切，例如舊村落建立在小山丘上，四周除了有壕溝還有柵欄，出入的大門由青年男子看守，甚至每家也有禦敵的設備。因此，乃沿用原居地（大港口、奇美等地）的制度，以年齡組織來擔負村落防衛等工作。[16]

當初創立年齡組織時，由於居民們是從不同地方來的人，因此一開始時困難重重。即使對組織的名稱，不同地方出身的人意見皆不同。北方(奇美與大港口)來的人主張用 kasakapokapot，長光來的人則主張用 kasaslaslal，南方(都歷及成功)來的人主張用 kasawidawidag 或 kasacfacfag 等名稱。最後決定創用新名叫 finawlan。其原意是眾多群眾，也就是不同人群之組合的意思。目前村民也習於以中文稱之為「年齡組織」（或「男子組」）。

在年齡組織功能鼎盛的時代，進入年齡組織是男孩子參與村落性活動的主要途徑。而通過男性成年禮，是男子正式編入這個組織的重

---

14 根據文獻資料，鳥鳴村的成立大約在 1880 年（佐山融吉 1914）至 1890 年（末成道男 1983:20）之間。

15 用 Fentress 與 Wickham(1992:202)的話來說，每個社會都需要其英雄，也需要壞人來襯托出英雄的偉大。Kalitang Payo 可以說便是鳥鳴村民心中的英雄，而布農、泰雅兩族便扮演壞人的角色。又，泰雅與布農族對海岸阿美的威脅，在日文的文獻中也可以得到證明（移川子之藏等人 1935；馬淵東一 1974）。

16 不只是在鳥鳴以及其臨近的阿美族村落(參見末成道男 1983；陳文德 1990)，幾乎手邊文獻都指出：禦敵防衛是年齡組織的最重要功能（參見李來旺等人 1992；阮昌銳 1969；林桂枝 1995；劉斌雄等人 1965）。

要關口。依鳥鳴村的往例，年齡組織最低的一級是 *Pakarogay*（傳令員），是工作最繁重的一組。但在成爲 *Pakarogay* 之前，他們已時常參與會所中的事務，這群男孩大約十～十二歲，通稱爲 *mi'afatay*（可譯爲預備組或幼年組）。通常每三年舉行一次成年禮（但亦有例外，參考表2），且大多是在豐年祭之前，由 *mama no kapah*（青年幹部）帶領 *mi'afatay* 到山上、河邊等地進行嚴格的考驗，通過了這項考驗，才可以在豐年祭中參加成年禮，另一方面也意味著正式加入年齡組織，所以也可以稱爲「入會式」。

綜合一些村中老人的說法，早期鳥鳴村年齡組織的規則大致如下：

(1)凡鳥鳴村法定年齡的男子皆有義務加入。

(2)組織內以年齡的大小作爲區分權力和地位的基準。

(3)凡下級組員對上級組員皆須絕對服從。

(4)男子組的職位分爲三大類：*pakarogay*（傳令員）、*kapah*（青年級）、*mato'asay*（老人級）。

(5)男子組成員超過最高年齡時退出組織解除義務，此時這些老人稱爲 *kalas*（退休人員）。

此外，在往日年齡組織有下列的一些義務：

(1) *magayaw*（出草）—創社初期異族常前來騷擾，鳥鳴村人雖已沒有獵人頭祭神的習俗，[17] 但爲了防止異族的侵襲，逐由年齡組織日日巡視，這是此組織成立的首要目的。日治後，由於政府已能有效控制社會治安，這個 *magayaw* 的義務也自然消失了。

(2) *matayal*（勞動）—①替各家蓋房屋：昔日主要的義務勞動是幫忙各家建造房屋，約1960年代後廢除。②替村落修路等：日治時代爲了配合村落的社區建設，如修道路、建水井、建會所等皆由年齡組織義務性的出動作業。光復後也常義務勞動，約1960年代廢除。③其它：

---

17 筆者對此點仍持保留態度。

進入了水稻時期後，開墾及搬運收割的稻米等由青年級出動幫忙。光復後也廢除了。

(3) *mikacaw*（看守、守望相助）—*mikacaw* 是看守之意，年齡組織依序分派組員在會所內值班守衛，維持村落內的治安。主要的目的為：①防止擾亂社會的行為、②防止火災、③天災地變時的急救、④救助病患、⑤為官方或其他的事情連絡、傳達、通知等。約 1952 年時會所被廢除，也因此解除了這個義務。

(4) *lisin no niyaro'*（村落性祭儀活動）—不定期部分有：①驅邪祭，這是年齡組織最主要的祭儀活動之一，由於改信基督教大約 1950 年末廢除。②乞雨祭，約 1970 年代停止，由天主教儀式取代。③乞晴祭，大約 1960 年代廢除。④海神祭，大約 1975 年代停止。⑤水井祭，大約 1950 年代停止。定期部分有：*ilisin*（豐年祭），目前每年七月份舉行一次。在所有村中的儀式活動中，只有豐年祭仍以年齡組織全體動員來進行。

(5) *marara*（餘興作業）—①狩獵：昔日為了宴饗敬老，年中不定期的舉行狩獵，大約 1920 年代停止。②捕魚分兩種：a. *misacpo'*，即在海岸採集海鮮以敬老，約在 1970 年代停止。b. *miwarak*，在溪河採集捕捉魚蝦等，每年豐年祭前舉行此活動。1988 年廢除這個活動。

年齡組織有權處理組員的違規事件，一般而言，違規可分為三種：(1)個人的 *pa'foay*（違規）行為。不論屬青年級或老人級，若所違的規範僅在同組內時，則由組友處罰，通常罰土煙（*figkes*）一條或相當價格的金錢。(2) *maliyagay*（反抗）：青年級內的各組的反抗行為皆屬之，如在任務中不服從上級的命令等等。組友中有任何一、二人犯錯，全組一起受處罰，一般由青年幹部或他們指定的負責人執行，用木棍或竹棒等毆打，或者也可以由犯規者互相鞭打，是為 *masasti*。(3) *miplgay*（破壞）：青年組中個人破壞組規（*sarikec*）的行為，在日治末期曾發生過一件。當時規定不准個人出外就業（求學或當教員、警

員則不算在內），違者被視爲破壞組織要受重罰。當時違規的有三人，他們分別被罰水牛乙頭，由年齡組織的全體成員分食，從此三人不再參與年齡組織的所有活動。

由前面的敍述大概也可以看出：自日據以後，年齡組織的嚴密性即漸漸受到挑戰，維持社會治安等的工作也逐漸被政府所取代。例如，成立警察官吏派出所（1900 年），成立小學（1901 年），把鳥鳴村落居民由小山丘遷下山（1908 年），收購武器彈藥（1911 年），以及戶籍（1916 年）、地籍登記制度（1923 年）的實施等，這些來自村外的國家政策對村落內社會性質的改變，都有相當大的影響。舉例言之，早期的村落委員會（*masakapotay*）有很大的自治權力，許多村中習俗的制訂與維護，都由之來負責，並以年齡組織爲其執行單位。但隨著日據時期國家權威的建立，不可避免地會發生兩個權力中心的衝突。日治末期，便發生好幾件村民不服委員會的處罰，而要求警察另依國家法律主持公道的例子。當然結局是委員會的職權日漸萎縮，年齡組織的功能也在類似的情況下逐漸被削弱。[18]

光復初期，原先出外從軍、就業的青年紛紛回來，加上日據時期的嚴苛徵工制的停止，村中的青年人數暴增，一度形成年齡組織的黃金時期。然而，好景不常，隨著地方自治的推行，在選舉制度的情況下，原有的村落政治體系與地方行政體系無法密切配合，造成村落內部權力結構的分化。加上光復後，國民政府採取宗教自由政策，各基督教派紛紛前來傳教。長老會率先於光復初傳入並被接納後，天主教於 1952 年傳入，並於 1958 年起取得上風，成爲大多數人的信仰。此外，還有一些其他的教派在此地傳教，但只有安息日會稍微成功些。

---

18 就鳥鳴村而言，來自日本政府的影響在 1925 年以後日益明顯；最主要的改變是從這一年起，日本人任命的青年會長 Lofog，取代了代表傳統的正副 *kakitaan*（頭目的意思），掌握村落內的大權。

這種教派林立對村落團結的分化，在 1950 年代達到高潮。當時長老教會的信徒拒絕參加豐年祭的活動，也不肯讓未婚的青年子弟到會所值夜，年齡組織的運作因此陷入瓦解的狀態。後來在天主教信徒的斡旋下，一度停辦了兩年的豐年祭才又恢復，年齡組織也在配合豐年祭活動舉行的情況下重新組織起來。雖然長老教派及安息日會不是很認同此一活動，但在社會壓力下也不得不妥協參加，但仍然齟齬頻頻。[19]

必須強調的是，即使在今日，村中仍然有一個類似以前自治委員會的組織，由各鄰鄰長等人為其委員；此外，還透過年齡組織村民推舉一位 *tomok*（頭目）擔任委員會的主席，他同時也是全村的精神領袖。藉由這種方式，村民某種程度裡表達了他們的村落認同。而參與年齡組織以及豐年祭的活動，似乎是呈現村落認同時更重要的方式。

阮昌銳（1969:136-7）在大港口阿美族的民族誌資料中，很清楚地呈現出：年齡組織各級組在會所事務、修建房屋、集體捕魚、集體狩獵、集體墾地、修建道路、祭祀儀禮與戰爭動員時所需擔任的工作。鳥鳴的年齡組織分工雖然並沒有那麼精細，但基本的精神仍然是相近的。例如，最高齡者（*sakakaay no mato'asay*）負責集體祭祀神靈（如海神）的工作；青年幹部（*mama no kapah*）則在組織中扮演最活躍的角色，擔負起實際籌劃、指揮的工作。[20]

這樣的分工方式，使得年齡組織內部具有一些潛在的矛盾，而不能簡單地以「老人政治」來稱之。換言之，老人級（*mato'asay*）是被尊重的，他們是年輕人學習各種知識技能的對象，在年齡組織中也擁有一些權力；但大多數的實際工作卻由青年級（*kapah*）來執行。而 *kapah* 這個阿美語除了有「青年」的意思外，也有「漂亮」、「美麗」

---

19 比如說每年豐年祭時，皆須由年齡組織的全體組員分攤經費。至今天主教徒仍經常抱怨說，長老教徒或是不肯繳交，或是藉故拖延。

20 陳文德（1990:129）在其研究中發現：「……擔任 *mama no kapah* 一職的年齡組是承上轉下，負實際督導之責。」

的意義，[21] 可見在注重打仗、勞力工作的年齡組織，敬老並不是唯一的社會價值，事實上體力、肌肉仍居於重要的地位。這種情形在觀察退休人員（kalas）的處境時，會更為清晰。

kalas 原有枯萎的意思，意指他們已快走完人生的道路（參見陳文德 1990：114）。依馬淵悟（1986）的資料，此一階層的年齡組本無義務也無權利參加年齡組織的活動，因此不再受到晚輩的尊敬，甚至會被譏為如同 wawa（小孩）一樣沒用。這顯然與年齡組織的軍事防衛、公共勞動性質有關。[22] 在鳥鳴村，一直到 1986 年時，kalas 才在敬老的理由下受邀參加豐年祭—不須分攤經費，也不必參加任何工作。

由前面有關鳥鳴村年齡組織的創立、發展與變遷的敘述，可以看出受來自村外大社會的影響很大，而年齡組織的發展也與村落形成共變的關係。然而，更值得注意的是，村民把這樣的一段歷史，理解成族人與異族的互動史，因此不論早期因為躲避、抵抗布農族與泰雅族，所以成立了村落與年齡組織的背景，或是後來接受日本與漢人統治，因而年齡組織制度上、功能上產生變化，異族的因素在歷史過程中始終都不容忽視。

更進一步地說，雖然村人體驗到異族在他們的歷史中扮演著重要的角色，但他們對不同異族的態度卻迥然不同。大體而言，對於早期接觸較多的其他臺灣原住民族（例如布農族與泰雅族），村人大多抱持敵視、瞧不起的態度，任何與他們有關的文化內容，基本上都不會被接納。但是對於日本人、漢人與歐美白人，村人卻樂於有條件地接納一些文化內容。筆者認為，這樣的情形一方面固然反映阿美族與優勢異族的不平等關係，另一方面這三個異族也正好都擁有文字，因此文字的有無可以與文化的高低相連結，這一點將在第五節中加以討論。

---

21 在豐年祭的活動中，可以明顯看出：青年級（kapah）的服飾最為華麗。
22 若與註 40 的資料來對比，可見年齡的因素在不同社會領域有不同的作用。

四、組名、命名方式與歷史事件

根據村民的說法，以往的成年禮大致如下：豐年祭中到了某個階段，叫要同時入會的少年們（*mi'afatay*）到場外去躲起來，由青年幹部將他們一個個找出來，帶到會場的中央，在大家的觀禮下，用竹棍打他們的臀部幾下，然後交給他們自己原已預備好的 *tapad*（綁腿褲）和 *iohcoh*（腰鈴），他們著裝完後加入歌舞的行列，這樣就算完成了成年禮儀式。

在新一組的加入後，通常原來的傳令員組便可以昇一級而成為青年級，此時同組的人可在頭目的主持下，於豐年祭中當眾為他們命名，這叫作 *pagagan to kapot*（年齡組的命名）。這組人共有一組名，從此可以結婚，同時服飾上也與傳令員有些不同。

鳥鳴村的年齡組採創名制，亦即每個新組都賦與一個新的名字，由頭目在豐年祭的某一天當眾宣布。在往昔年齡組織仍鼎盛的時代，組名通常由青年幹部收集老人、家長們的意見後，做成初步的決定，如果年齡組織中的長者不反對，就以之為組名，否則會在正式命名前公開討論。在組名的決定過程中，青年幹部的意見扮演關鍵的角色，一者因為整個年齡組織在運作時，都由青年幹部來實際指揮，[23] 甚至比青年幹部更年長的老人級各組也要聽其調配；二者因為負責訓練傳令員的青年幹部據信比任何人都瞭解這一組即將命名者。因此，雖然頭目擁有最後的決定權，其他人（如青年幹部以及其他長老）的意見也要被尊重。在年齡組織沒落後，青年幹部扮演的角色隨之降低，相對地頭目的決定權更大。然而在今日，不論是年齡組命名或是其它事

---

23 末成道男（1983:68）認為，青年幹部是在頭目以及其幕僚的委託下，擔負著指揮整個年齡組織的任務。

務，廣泛搜集、協調各方意見，仍然是理想的頭目必備的條件之一。
根據村民的說法，歷代的組名、命名原委及命名年代可參見表1。[24]

　　陳文德 (1990:130) 曾指出:「組名的命名也透露出族人意識到外
在社會，以及處身位置的改變。」此一觀察極有啓發性，值得細加玩味。
事實上每一次的年齡組命名，便是村民對當時社會狀況的一個檢視，
選出最近最有意義的事件，[25] 不但做爲該組的組名，也有助於村民日
後的歷史記憶。

　　由組名的命名原則來看，通常可分成兩類：一是以村落當時的重
大歷史事件爲組名，另一則是以組員在傳令員級時的特殊行爲表現來
取名。[26] 整體而言，1957年以前第二類的命名方式較占優勢，因此我
們可以發現：隱含著責備年輕人不尊敬老人，或是譴責他們的一些不
當行爲（如在傳令員級即有性行爲），並以此來命名的情形屢見不鮮。
而根據年長村民的說法，名字就如同人的第二生命，因此組名就跟個
人的人名一樣，它的功能不僅只是稱呼、分別而已，更關係著人們的
禍福。值得留意的是，表面上以負面或責備方式來做爲命名的方式，
其實具有治療的意義。換言之，就好比以某人的殘缺情形來做爲他的
人名一樣，無非是希望透過命名的作用，達到矯正的效果，以便進行
正常美滿的生活。然而，這樣的觀點目前已不再被年輕的一代認同，
而認爲老一輩的負面式命名有取笑的意思。呈現在年齡組織的組名上
則可以發現：第一類的命名原則在1960年代之後益趨明顯。這樣的現

---

24 組名及命名原委是根據多位年長報導人的資料綜合而成；但編入年代大多數村民並
　無肯定的說法，此處主要是採用 Damay 的意見。又，編入年代是以各組舉行成年禮
　的時間爲準，當時各組仍只是傳令員，尚無正式的組名。

25 當然，這裡有關「事件」一詞的用法，與 M. Sahlins (1981) 的理論頗不相同。但筆
　者並不排除以結構、歷史、事件等 Sahlins 的相關概念，來分析阿美族歷史的可能性。
　不過這有待另文詳加討論。

26 陳文德 (1990:111) 指出:「……組名之所以命名，常是由於一、二個人的行爲，但
　卻以全組爲對象。」

表1　各組組名與其命名背景

組名	字面意思	命名原委	命名年代
La'afar	蝦子	只能提供蝦子給老人吃(沒用之意)	1870
Latnes	沾食	未替老人提供足夠的食物(沒用之意)	1875
Lapayak	裂開	其中一位成員生殖器異常或未服務期滿就與女性交往(payak 隱指女人性器)	1880
La'rig	反抗	組員不聽話	1885
Lackel	低頭	膽子小或低頭只顧自己吃不理老人	1890
Lasakan	sakan 異族人	來自西部的異族人前來買賣	1895
Ladipog	dipog 日本	日本領臺	1900
Laskig	考試	組員入學其中之一老是不及格	1905
Latoroy	風流	其中一位成員生殖器很長	1912
Lasigsig	小鈴鐺	老人叫喚時很小聲地回應(即不聽話)	1914
Laciyasag	不詳	不清楚命名原由	1917
Lakoyoc	窮困	組員很少或皆來自貧困家庭	1920
Laafih	米糠	成年禮前躲在米糠堆中很快就被發現(很笨之意)	1923
Lai'ic	硬木耳	個性很強不聽話	1926
Lafodo	洪水	很兇或愛喝酒因此小便多	1929
Lahokec	備取	考試成績不好、不及格	1932
Lacocok	刺穿	在預備組時即已有性行為	1937
Lakomaw	木麻黃	在木麻黃樹叢發現上一組者的性行為	1940
Latoko	田螺	給老人吃田螺(比蝦子更不如)	1943
Latiri	看	偷偷翻女生裙子	1946
Laanoh	陰毛	預備組時即已皆長陰毛	1949
Lamigkok	民國	國民政府來臺	1952
Lakomih	絲瓜布	不能幹沒用	1955
Lafatad	中途	半途而廢未服役期滿即結婚	1957
Laokak	骨頭	好東西自己先吃未想到老人	1959

(續接下頁)

（續接上頁）

組名	字面意思	命名原委	命名年代
Lahitay	軍人	多人參加士官班	1961
Lasikag	志願	多人志願參軍	1963
Lahokey	保警	海防軍人住入村內	1965
Lasilac	砂石	自己吃的東西如同砂石般多未想到老人	1968
Lakokay	航海	居民多人遠洋捕魚	1971
Latifo	堤防	村內溪流之河堤完成	1974
Lahalac	鳥巢	離不開母親保護不夠獨立	1977
Laasagkio	產業	村落附近之產業道路完工	1980
Laalapo	阿拉伯	村民到阿拉伯做土木工人	1983
Latigwa	電話	村中開始有電話	1986
Lakayakay	橋樑	村落內唯一橋樑重新建造完成	1989
Lapakcag	海堤	海邊堆築防波堤	1992
Lalotok	山上	組員喜歡上山嬉戲	1995
Latignaw	電腦	電腦時代來臨	1998

象與老人的權威漸漸低落、年輕人不願意接受不好聽的名字以及年齡組織功能的逐漸萎縮顯然都有關係。

值得特別留意的是，在第二類命名原則占優勢的時期，仍可以發現少數以第一類原則來命名的例子。因此我們可以清楚地看到：日本領臺（Ladipog）以及國民政府遷臺（Lamigkok）的痕跡。[27] 有趣的是，早期阿美族與布農族、泰雅族等其他南島民族接觸頻繁，卻未曾以此種命名方式來賦予組名，這似乎意味著漢族、日本等異族有特殊地位，所以可以做為年齡組的組名。而且，Ladipog 與 Lamigkok 這

---

27 Lasakan 也屬於此一類別。事實上只有少數村民知道：Sakan 是指來自臺南附近的異族；但根據黃天來（1988:256）的資料，泰源一帶的阿美族以 Sakam 表臺南，此一說法應有其可信度。筆者猜測，Sakan 或 Sakam 可能與「赤崁」有關。

兩個組名，不約而同地普遍存在於海岸阿美族的村落間（參考黃貴潮
1994:99-110），可見漢人與日本人對阿美族具有相當深刻的意義。除
了透過前述的正式命名禮之外，組名還可以經由改名的方式取得。由
於組名具有歷史記憶的功能，因此改名的習俗也就會影響到村民對過
去的認識。一般而言，若是同一組人在 *kapah*（青年級）期間有組友死
亡了，便被認為這個組名不祥，該組的原名作廢，再另外取個新名字，
依慣例是在組友死亡後一年內舉行。這個儀禮大致上可由該組自行來
做，組名也由該組自行決定，不須經過青年幹部或老人們的同意。儀
式稱為 *Miwatid*，以日據中期時為例，共分為兩階段。[28]

㈠午餐禮（*Miwanik*）

於豐年祭第一天的捕魚祭（*Piwarakan*）那天舉行。當天全體年齡
組織集體捕魚後，在溪畔的休息站共進午餐。開飯前要舉行改名儀式
的那組人，必須提醒負責炊事工作的青年幹部，告訴他們某某組要舉
行 *Miwatid*，以便分配午餐時多準備一份給亡故的組友。到了開飯時，
依慣例各組分別擇地進餐。此時舉行改名儀式的那組人坐成一圈，其
中還留一個空位給亡友，當然也有一份午餐。組友們全部就位後，組
長向空位置說道：「老友×××，我們要開飯囉，你的座位就在那裡！」
說完，由同組中的某一個組友大聲叫道：「老大×××，你看我們的座
位不對呀！老友×××（亡友之名）他不是屬於×××組嗎（叫原來
的組名），我們×××組（預先準備好的新組名）怎麼可以跟×××組
（舊組名）在一起吃飯呢？我們該分開來吃飯才對呀！走！到別處去吃
飯！」然後大家一起說：「對了，我們×××組（新組名）坐錯了，對
不起×××組（舊組名）！」於是各自提起自己的午餐（主要是魚）離

---

28 這樣的改名儀式在信奉基督宗教後已不再舉行，但據云私下仍有些組曾做過簡易的
改名儀式以便改運，只是並未公開告訴自己組以外的人。

開原地到別處吃飯，而原地只留下亡友的午餐，到此第一階段的改名
儀式告一段落。

(二)競賽禮(*Mifalah*)

從前豐年祭的最後一天是漁撈祭(*paklag*)，是日年齡組共進午餐
之後，還有青年級的各種競賽活動。改名儀式的第二階段就依附在比
賽一百公尺的項目中舉行。這項賽跑在日據中期時利用花東海岸公路
來當作場地，以北端爲起跑點，南端爲終點。離起跑點約六十公尺處，
放置著打結的蘆葦葉(*porog no talod*)，讓舉行除名儀式的那組人在
賽跑時跨過這個蘆葦葉結，以示亡友與組友斷絕關係。而依照舊習，
人們認爲鬼魔最害怕的便是蘆葦葉結。

當全體組友在起跑點各就各位時，組長便望著左邊大叫：「老
友×××，你也要就位吧！你在最左邊，預備吧！我們大家現在比賽
一百公尺，你也該加油！」說完，大家開始跑，每個人都要盡量跑得快，
除了因爲獲勝者可以得獎外，他們還認爲：跑最後一名的人很可能就
是同組中下回遭死神眷顧的人。參加除名儀式的那組人，每個人都一
邊跑一邊大叫：「×××（亡友的名字），你是×××組（原組名），我
們是×××組（新組名），你不要跟我們一起跑！」而且頻頻往後看。
到了放置蘆葦葉結的地方，大步跨過時，隨即改口叫道：「×××（亡
友名）你看有蘆葦葉結，你敢過來嗎？你留步吧！」如此，改名儀式便
算全部結束了。

依據類似的方式，以上的 Laafih 組曾改名爲 Laotay；[29]
Lakomaw 組改名爲 Laimig；[30]　Lahokey 組改名爲 Lafowak；[31]

---

29 Otay 是一個平埔族婦女的名字，因一位組友與平埔族小姐結婚而起名。
30 Laimig 有自誇爲「永遠都第一」的意思。
31 Lafowak 即泉水組之意。

Lasagkio 組則改名為 Lahogti。[32] 根據以往的信仰，改名之後就要盡量使用新的組名，以免還活著的組友遭到不測。一直到接受基督宗教之後，新的宗教觀念才使村民不再忌諱提起先前的組名，所以我們得以在表 1 中以第一次的正式命名為準，將各組的組名列出來。能夠完整地說出這類村落歷史的村民其實寥寥無幾，但他們對組名與命名原委卻都有類似的說法，彼此之間也沒有太大的歧見。[33]

　　由年齡組的命名、改名情形來看，取個適當的名字是很重要的一件事。但更重要的是，每一次的命名都有其根據，或是緣於當時的特殊背景、事件，或是緣於該組曾經發生的特殊事情，因此命名禮可以說就是整個村落對這件事情的公開認定。隨著歷次命名禮的舉行，這些事件的先後次序也一一被排定，加上年齡組織的階序觀念，不但組與組間的上下關係不容紊亂，事件間的前後關係也得以確保。

　　此處談的事件，比較上是屬於 incidental event 而不是 recurrent event，因此具有獨一性（uniqueness）的特徵，日期（date）也成為一個很重要的因素。誠然，阿美族的原有時間觀念中，不易明確地標示出一個特定的日子。然而，至少就組名所隱含的歷史事件而言，沒有人質疑此一事情的確曾在過去的某一時間發生，因此才會被選為年齡組的組名。此外，以成年禮、命名禮為例，經由會所的知識傳遞，當地人不難記得多少年舉行一次類似的活動。這對村民推測某一事件的發生時間，具有相當大的助益。筆者認為，這樣的事件觀念，當面對文字記載以及陽曆式的紀元方式時，很容易就加以接受，而得到更進一步的發展。

　　由命名及改名的相關概念來看，組名的選用受到宗教思想的影響，也與阿美族的價值觀有關。但不論如何，一旦組名被決定了，就代表

---

32 Hogti 是皇帝、國王之意。

33 但對 Laciyasag 一組，則報導人皆不清楚其命名原由，極可能是該組經過改名儀式，而其他組又不清楚他們何以如此命名的緣故。

村民對某一歷史事件的認定，也成爲村落歷史之一部分。透過日常活動（如豐年祭、集會時分豬肉等）的進行，不但組名一再重複地被使用與強調，村落歷史也選擇性地被加以記憶。此處我們可以看出，組名的選擇不但影響了村民日後的歷史記憶，這樣的記憶其實又受到社會組織形態以及宗教信仰的左右。一言以蔽之，社會文化因素在歷史記憶中，的確居於不容忽視的地位。

五、年齡組織與歷史記憶

對於過去的事情，如果是發生在一年以前時，一般年老的報導人往往無法說出確定的日期。不過，當要描述個人生命史中值得回憶的的特殊經驗，如居處移動、從軍遠征、出門旅行等時，老人常以這樣的方式敍述自己的記憶：「我到××地方去打仗時，家園中的那一棵樹還是這麼大……（以手來表示樹的高度）。」有的則說：「我來此地時像他×××（指某一孩子）一樣還那麼小……。」也就是以樹木及人的成長，來表達某一特定事情的發生時間。

但是，尤其對年長者而言，一個更普遍、更有效的追憶方式是使用年齡組織，亦即以某人（或某組）在年齡組織中的位置來推算事情發生的時間。因年齡組織的各組皆有組名，大約每三年就有一組新的成員加入，原有的各組便依序往上昇級，在組織中擔任不同的級職。因此利用組名與級職的相對關係，可以做爲以前發生的某事件的指涉點（reference point）。比如說：「我父親去世時，我正在當年齡組織中的 *mama no kapah*（青年幹部）。」或者說：「麻老漏事件發生時，Latoroy 組正好是年齡組織的 pakarogay（傳令員）。」[34] 透過這種方

---

[34] 非洲的 Massai 族因爲也有年齡組織，所以也有類似的歷史編纂（historiography）方式。依據 Fosbrooke 與 Al Jacobs 的資料，在該族中歷史事件都是以某一（些）組爲戰士時來記憶（參見 Rigby 1995）。

式，可以推算以前某一事件大概的發生時間。總而言之，對於較長遠的記憶，年長的居民認爲最可靠的方式是利用年齡組織的制度。首先是利用組名本身來做爲記憶的機制。如前所述，每一個組名都與一個事件有關，而獲得村民認同使用的組名，通常也是大家認爲較重要、也較容易記得的事件；透過該組在年齡組織中的相對位置，該事件的發生時間可以輕易地推算出來。至於未被納爲組名的事件，則靠著年齡組織中職名與組名的配合，仍可推算出大概的發生時間，但這樣的事件與有組名來再現的事件相較之下，比較不易被大多數人所記得；因此，這樣的事件不但性質上比較不具普遍性，當追溯發生時間時也有較大的誤差。但無論如何，透過年齡組織的記憶機制，是鳥鳴村居民追憶過去的一個實用方法。

這樣的歷史記憶方式，有幾點特色值得注意。首先，在年代的斷定上，由於年齡組織有其規律性，所以誤差可以維持在兩、三年之內，但對於確切的日期卻無法清楚地指出，頂多只是以「插秧的時期」、「除草的時候」或「很冷的季節」來描述。其次，我們可以發現，男人比女人更善於使用這樣的記憶方式，當然這與女人被排除在年齡組織之外有關。另外，如同大部分人比較記得晚近發生的事情一般，現在還活著的人其年齡組比較會被記得，也比較會被用來做某事件的指涉點，並被用來推算村落的歷史；相對地，已無成員存活的年齡組就跟久遠的事情一樣，只有少數人才會記得。

在目前的日常村落生活中，年齡組織基本上並不扮演正式的角色，只有一年一度的豐年祭時，此一組織才完全動員起來（參見表2）。在這個每年最盛大的活動裡，不論工作的分配、座位的安排、聚餐時食物的良窳，都跟組織的結構有密切關係。簡要地說，組與組之間長幼的區分絕不容搞錯，上下的階序關係也不能任意顛倒。而不論是村民自行選出的頭目，或是依官方規定選出的里長、鄰長，都沒有特殊的座位，而是和他們的同組者坐在一起。如果有村外的人要加入活動，

表 2　1992 年鳥鳴村年齡組織參與豐年祭的情形

編號	類別	出生年次	組名	出席人數	特別職稱
1	kalas (退役人員)	前6～前4	Lai'ic	1	
2		前1～前5	Lafodo	2	
3		民國 3～4	Lahokec	2	
4		民國 5～7	Lacocok	3	
5		民國 8～10	Lakomaw	6	
6		民國11～15	Latoko	4	
7		民國16～18	Latiri	1	
8	mato'asay (老年級)	民國18～19	Laanoh	1	最高齡者
9		民國20～23	Lamigkok	8	
10		民國24～25	Lakomih	7	
11		民國25～27	Lafatad	6	
12		民國27～29	La'okak	7	
13		民國30～33	Lahitay	3	
14		民國34～36	Lasikag	10	
15		民國36～38	Lahokey	12	
16		民國38～39	Lasilac	10	
17		民國40～44	Lakokay	18	
18		民國45～46	Latifo	12	新生老年
19	kapah (青年級)	民國47～49	Lahalac	8	青年幹部
20		民國50～51	Laasagkio	18	副青年幹部
21		民國52～55	Laalapo	20	總務
22		民國56～59	Latigwa	17	
23		民國60～62	Lakayakay	15	
24		民國63～65	Lapakcag	18	新生青年
	pakarogay	民國66～69		47	傳令員

基本上也是依照他們的年齡坐在適當的地方。

　　但這並不意味說，在日常生活中年齡組織就沒有絲毫的作用。事實上這樣的作用在大型的村中聚會時，仍屢見不鮮。舉例言之，在婚喪喜慶的場合，雖然參與者大多是親戚，但仍會以年齡組織中的組名、職級爲依據，以便在分配工作時達到更有效的指派。這種基於年齡組織級、組別來做的分類，在分食豬肉時達到最高潮。換言之，在大型集會中，通常都會殺豬供所有參與者分食。原則上每位在場者皆可分到一份豬肉，但分發時卻以年齡組爲依據—年齡越大，越先獲得豬肉，份量也越多，品質也越好。這樣的分配方式必須嚴格遵守，否則會引起參與者之間的爭執。比如說，年長者若比年幼者晚拿到豬肉，會認爲負責發放者有意藐視他。反過來說，如果年幼者比在場年長者先拿到豬肉，不但不會感謝分配者，反而會認爲詛咒他早死。至於女人，則在同年齡組的男人都分到豬肉後，才分配給她們。偶而會發現，一些婦女爲了爭先得到豬肉，被其他村人斥責的情況。此外，在婚禮中，與新郎同組的組員往往也會扮演醒目的角色。他們不但會集資買東西或包現金禮給婚家，所有組員理論上都是新郎的伴郎，如果組員本人無法出席，必須由一位他的家人代表。在喜宴中，必須預留幾桌給新郎的組友，他們在大多數客人都入座後，才慢慢由預先集合的地點徒步前來，並且一面放鞭炮一面走向宴席地點，他們在眾人的鼓掌聲中入座後，宴席才得以正式開始。

　　值得特別指出的是，不論前面所說的豐年祭的活動，或是婚禮等集會時的發豬肉，還是村中男人結婚時，年齡組織都扮演重要的角色。在這些活動中，豐年祭可說是最具有 Connerton（1989）所謂的紀念性儀式（commemorative ceremony）色彩。即使是集會時的發豬肉過程，或是村中男人結婚時，其組友地位的被凸出，也有形式化（stylised）與表演性（performative）的特性。這樣不斷地被重複的

社會行為,[35] 顯示出村民可藉著強調年齡組織的重要性, 來表現目前與過去的連接。因此, 有關村落的共同歷史得以不斷地被回憶, 村民的村落認同也得以呈現, 年齡組織在這當中扮演著關鍵性的地位。然而, 必須再次強調的是, 這樣的情形對於大多數的村民 (含天主教以及少數的漢人宗教信奉者) 比較具有顯著性, 但是對於少數的長老教徒而言, 上述的意義並不明顯。換句話說, 對於占 15%左右的長老教徒而言, 通常他們藉故不參與年齡組織, 也不參加豐年祭的活動——即使參加也是迫於社會壓力。[36] 這種情況在三位村落領袖身上更是明顯。以 Damay 為例, 他不但熱衷於參加類似活動, 還常在豐年祭等公開場合應邀講述村落歷史。Fagis 雖在此種活動中不像 Damay 那般活躍, 但因他認為年齡組織與豐年祭的活動跟阿美族的傳統有關, 因此也樂於參加。但是 Kawasan 卻呈現出很不一樣的態度。[37] 以 1995年時為例, 他即參加教會的活動到韓國參觀, 而不參加當年的豐年祭。事實上自從他由年齡組織除役成為退休人員後, 他就不再參加鳥鳴村的豐年祭, 也對同組組友間的活動不感興趣。只不過這樣的做法, 並未得到大多數人的認同, 也使得他在村中的處境十分艱苦。

由前面的討論我們可以發現, 年齡組織的發展與村落的歷史息息相關。[38] 而年齡組織的組成, 從一開始就與對抗布農、泰雅等異族有密

---

35 事實上, 在這些活動當中, 一些特殊的肢體動作也十分醒目。譬如, 豐年祭中的歌舞、集會時或站或立或蹲的姿勢, 以及聚餐時的進食方式, 都具有社會記憶的意涵, 可以用 Connerton 的 bodily practices 觀念來分析。

36 至於長居村外的年輕一輩長老教徒, 則態度較為複雜。有些與村中的老一輩行動一致, 有些則受天主教組友影響, 對參與年齡組織與豐年祭的活動較為積極些。

37 1980 年代中期開始, 以 Kawasan 為首的鳥鳴長老教徒受到靈恩運動的影響, 目前經常到祈禱院去禁食禱告。由於臨近村落的有些長老教徒受靈恩運動影響, 有些則否, 因此鳥鳴的情形並不具有普遍性。

38 阿美族原本似無相當於「歷史」的語彙, 目前年長報導人 (如 Damay) 使用此概念時, 大多以日語 (即 lekisi) 來表示。一個較相近的詞彙是 kimad, 可以指神話、傳說、故事中的任一者。雖然有昨天、不久前 (inacila) 以及多年前 (iru:manihca)

切關連。在這樣的情勢下，年齡組織強調服從上級、團結一致也就有其特定歷史意義。因此，我們發現，不論村民有關年齡組織創立、發展的敍述，或是組名本身再現出的村落歷史，都可以看出：異族觀在阿美人的歷史建構中扮演顯著的位置。這種現象，也可以在其它層面看出來。

譬如說，由附近的地名來看，也可以看出類似歷史的一些再現痕跡。舉例言之，Ci'oratan 是靠近海岸山脈的一個小山丘，其命名原因是以前有個名叫 'Orat 的青年，有一次他到山上巡視獵物時，被布農族砍去頭顱，他被殺的地方便被命名為 Ci'oratan。這樣的一個地名，很容易讓村民記得日據以前族人與布農族、泰雅族敵對的歷史。此外，目前的一些水田稱為 Ciasigan 與 Ciatogan 等等，這就標示著這些水田原來是名為 Asig 與 Atog 的平埔族人開闢的，後來這些平埔人紛紛遷出，他們留下的土地就賣給阿美人。諸如此類的地名，自然也透露出這樣的一段歷史。由此可見，與異族的接觸歷史可能透過不同的方式來再現，但無論如何年齡組織此制度仍是重要的管道之一。

然則，年齡組織對阿美族歷史性（historicity）[39] 的影響尚不只限於此。Clifford Geertz（1973）曾經指出，人們有很多途徑體會時間的流逝（the passage of time），例如標示出季節的變化、觀察月亮的圓缺、觀看植物的成長過程等等。然而更重要的途徑是：藉由察覺自己或者別人生物上的年齡成長（biological aging）過程，得到這樣的感覺。事實上年齡成長的過程，就如同交配、生產一般，基本上是一種生物現象。然而界定這些生物現象的方式，卻有文化上的顯著不同（Smith 1961）。以阿美族為例，與年齡成長最接近的詞彙也許就是

等詞彙，他們並沒有一個專有名詞指「過去」。當講到過去的事情時，常用 *itiya(ay) ho* 此一副詞來修飾。

[39] 即一個文化中經驗或理解歷史的方式（參見 Ohnuku-Tierney 1990:4）。

to'as 了。按一般的說法，這個詞一方面有「成長」、「成熟」的意思，另一方面也有「古代」、「早年」的意義（方敏英編 1986：338）。另外，*to'as* 也有「祖靈」的意思，不過一般以 *o to'as no kawas* 來表示。如果觀察由 *to'as* 這個語幹所衍生的一個變化，則年齡在阿美社會中的重要性也可以看出一些端倪：*mato'asay* 既是「老人」，又有「值得尊敬的人」的意思。[40]

　　年齡的因素在阿美族的社會生活中，的確扮演著相當突出的角色。在他們的日常生活裡有三句常被引用的話，分別是：誰先瞧見太陽（*Cima ko 'ayaw a mica' to cidal*）？ 誰先嘗到鹽的滋味（*Cima ko 'ayaw a mirina to cimah*）？誰先腳踏土地（*Cima ko 'ayaw a miripa' to sota'*）？ 這三句話都表示，阿美族人對人與人之間出生次序的重視。這種對於相對年齡大小的強調，是阿美族諸多德性的一個主要根源。具體地說，依據相對年齡，可以區分出前輩 *kaka*（原意是兄姊）及後輩 *safa*（原意是弟妹）。後輩應該尊敬前輩，而前輩也應該愛護後輩。這是阿美族社會中的一種基本倫理，也是一種重要的德性。

　　表現在日常生活中，常依年齡的大小來分配工作與食物。例如，不論在家庭或其他團體中，分配工作時年紀越大，分擔的工作越少或越輕；分配食物時，則年紀越大，分得的越多或越好；安排起居處所時，舒適安全的地方，優先讓老人占用。這種原則叫作敬上之道 *kasakakaka no 'orip*。目前雖然年輕的一代與老一輩的人相對之下，對敬上之道不再那麼重視，而會傾向於從教育、職業以及政治地位等來衡量人與人間的相對位置，但敬老的美德在阿美社會中仍被高度期

---

40 按照詞彙的構成法則，ma- 有「變成……」的意思，而 -ay 則意指「……的人」；故 *mato'asay* 可以譯成「年老者」、「已上了年紀的人」。馬淵悟（1986：563）觀察道：「在親族層面中，年齡愈高所擁有的權威就愈大，而成為令人尊敬與畏懼的對象。這時勞動能力並非關鍵所在，更重要的是這些老人已與祖靈逐漸接近。」由於祖靈可以保佑或處罰後代子孫，因此對老人的尊敬也有宗教上的理由。

許。年齡組織的組成法則與這樣的精神，顯然有極其密切的關連。

在此一基礎上，大多數鳥鳴村的阿美族人有傾向於重視過去的時間觀。換言之，越是久遠[41] 而可徵信的歷史越重要，而能掌握此種歷史的人也就擁有較大的權威。此處值得申論者有三：

首先，歷史必須是可徵信的，屬於一種真實的類型，擁有的人證、物證越多，就越可以說服更多的人。[42] 因此如何利用人名、地名等知識，交織到自己的歷史建構中，就成為一個領袖重要的條件之一。事實上，稱呼村落領袖的一個方式是 *tapag*，原意是樹的主幹，隱含的意思是：對村落的歷史很熟悉，對各家庭、氏族（如同樹的支幹）的關係很瞭解，因此可以將全村結合在一起。

其次，從村落以及年齡組織的發展來看，村民的敘述與文獻上的記載常常可以相互呼應。舉例來說，在海岸阿美族的村落間，普遍流傳著一則 Kafo'ok 的故事。大致的內容是說，清朝時大港口有一阿美族青年 Kafo'ok，他因看不慣當地的漢人通事作威作福欺侮阿美族人，所以率領族人將該通事謀殺。事發後，清庭派大軍來報復，Kafo'ok 等奮勇挫敵數次，終因寡不敵眾而失敗。[43] 此後，清兵誘使阿美人投降，卻趁阿美人不備時大肆屠殺，造成阿美人紛紛南下，許多東海岸阿美族村落因而形成。相對於此一阿美族的傳說，漢人及日本人的文獻也有相關的記載（參見阮昌銳 1969:13；駱香林主修 1959:17；安

---

41 Leach（1961:126）指出，在有些原始社會中，過去是沒有深度（depth）的，換言之所有的過去皆是相同的，只是與現在對立（opposite）而已。此一觀點可討論之處頗多，但這兒要強調的是：至少鳥鳴村的阿美族沒有這樣的歷史觀。

42 此一觀點可以跟 Alonso（1988）與 Appadurai（1981）的論點做進一步的比較。

43 伴隨著國內的原住民熱潮，最近阿美族社會中文化復振的風氣日盛，臺東縣東海岸阿美族文化工作研究協會便成立於 1995 年 12 月 28 日。值得注意的是，在他們籌備的文字中，Kafo'ok 被視為是兩位阿美族的民族英雄之一。一者我們可以看出「阿美民族」仍在建構的過程中，另一方面可以把 Kafo'ok 視為「復活的古人」，而與清末民初「中華民族」的國族建構過程中，黃帝與鄭成功居於同樣的地位（參見沈松僑 1997）。

倍明義 1939:50；楊越凱 1977)。這一方面呈現了可能仍有客觀存在的歷史事實，另一方面也涉及了文字在阿美社會中的意義。

換言之，我們可以發現，阿美人面對有文字的漢人、日本人及白人，會承認自己祖先的歷史無法追溯到同樣久遠的地步，因此而強化了這三個異族在文化上的優勢；另外，由於文字的使用加強了村民的歷史記憶深度，而越能利用外面傳入的文字者，越有機會獲得較大的權威，Damay 便是一個顯著的例子，第六節將討論相關的一些問題。

六、三位村落領袖的再比較

前言中指出，筆者曾在一篇文章中以 Damay、Kawasan 及 Fagis 三人為例，比較他們的異族意象與歷史建構，並分析他們在村中的影響力如何不同。簡要地說，他們對村落歷史上的若干重大事件並沒有太大的歧見，他們以異族意象做為建構本人歷史觀的方向，大致上也很類似。但是由於個人經驗以及政治立場的不同，三人對優勢民族的認定卻因人而異，對阿美族的文化傳統也有不同的解讀。底下想對前文的觀點做進一步的補充與討論。

如前文所言，Damay 是鳥鳴村目前最重要的領袖人物。他是三人中最熱衷於口傳文學的傳誦，也最善於講述族群與村落歷史的人，他也很熱衷於參加一些代表阿美族傳統的活動，例如參加年齡組織及每年一度的豐年祭。對他而言，這些活動是阿美族最重要的文化遺產，因此參加這些活動就變成了阿美族認同時不可或缺的一環。他的主張之所以會得到大多數村民的認同，與村民仍認為年齡組織是阿美族的最重要文化傳統，故樂於支持、參加有關。此外，村民大多對村落歷史一知半解，Damay 以其豐富的歷史知識因而獲得尊重。當然，村中目前常住人口年齡偏高，且大多曾受過日本教育，與 Damay 有類似的歷史記憶，所以他的解讀易得到共鳴也就不難理解。

筆者先前也曾指出，Damay 統稱所有異族爲 *tao*（原意爲他人）。他解釋說，在阿美人與日本人、漢人接觸以前，*tao* 主要是指其他臺灣的原住民，特別是布農與泰雅兩族。在包括烏鳴在內的東海岸阿美族村落間，普遍流傳著這兩個異族以前經常騷擾阿美族人並獵取人頭的傳說故事，許多阿美村落的消滅、遷移歷史也常常與這兩族的侵襲相結合。也就因爲有類似的歷史經驗，Damay 偶而也會用 *'ada*（敵人）的字眼來描述布農族與泰雅族。他進一步解釋說，這兩族因爲住在山區文化較落後，生活也較困苦，所以會不時下山掠奪。另一方面，Damay 視日本人及漢人是外來的優勢民族，許多阿美族社會的重要改變，也都與這兩族的介入有關。雖然他對這兩個民族並沒有太多的好感，但卻不能不承認這兩個民族有值得阿美族學習的地方。

這樣的一套異族觀，不但代表大多數村民的觀點，也可以用來理解年齡組織與村落的若干歷史發展脈絡。簡要言之，由於建村之初，村民即與布農、泰雅兩族有敵對關係，這種經驗透過地名、傳說故事等傳遞下來，因此至今大多數村民仍對該兩族人心懷芥蒂。另一方面，日本人與漢人之所以被視爲優勢民族，與這兩族建立國家體制、維護社會治安，使阿美人免於再受布農、泰雅兩族騷擾，應該也有相當程度的關連。也正因爲這個因素，日本人與漢人的來到，可以成爲年齡組織的一個組名，成爲被村民不斷記憶的歷史事件。[44]

筆者在 1986 年到烏鳴做田野調查後不久，便發現 Damay 有一本他自己手寫的小書，封面用漢字寫著：「烏鳴村歷史」幾個大字，下方則寫著他的漢式姓名。書中內容（簡要內容參見表 3）可由左至右分成三欄：第一欄以年爲單位，以民國爲紀元標準，由上至下逐年排列；第二欄則是烏鳴村的歷代年齡組組名，配合著第一欄便可知道各組編

---

44 Sakan（另一異族）也有類似的意義。因依據村民的說法，此一異族乘船而來，並與阿美人以物易物，提供村民槍枝彈藥抵抗敵人。

表3　Damay 著「鳥鳴村歷史」簡要內容

年代		年齡組		大　事　記
		編號	組名	
民前	57		Kalitag Payo 建立村落	Kalitag Payo 由長光來，建立了鳥鳴村
	46	1	la'afar	族舅 Gatowa'死，葬於 Cikafaan
	41	2	latenes	
	18			中國政府
	17	7	ladipong	日本來
	11	8	lasekig	Marawraw 事件，當時的傳令員是 latory
	4			村子由 safa'dan 遷到平地
民國	6		12 lakoyoc	成立沙汝灣蕃人公學校，laafin 組入學校長是日本人 safeli，學區由 tomiyac 到 pakara'ac
	9	13	laafin	本人於 2 月 31 日出生，Tadiyol 亦生在同年
	12	14	lai'ic	沙汝灣蕃人公學校遷移
	18	16	lahokic	公路拓寬，搬家到 Ofin 家東邊，由高橋及石順明先生做鐵板屋頂，暫住學校
	21	17	lacokcok	家在村落最南邊，建大吊橋，村落之領袖由 Lofog 轉交給 Copay，3 月 31 日畢業
	26	18	lakemaw	支那事變
	31			戶籍登記改用日本姓名，4 月 15 日與 Panay 結婚，2 月 21 日受僱到新港郡，10 月 20 日新港郡運動會
	33			臺灣光復，朱培等四人吞占獎學田土地
	35	21	laanoh	由郡役所退職，回家務農
	39			Koper 傳入長老教，12 月當選里長
	41	23	lakomin	天主教來傳教，村落戶數 60 戶
	45			長老教教堂建立，余清連當選里長
	54	29	lasilac	12 月 25 日領洗為天主徒，村中供電
	59			9 月 15 日天主堂十周年，成立修女院、幼稚園
	66	33	lasagkiy	洋房落成

入的年代；第三欄則是各類事件的記載，包括家族及個人生命史（如
出生日期、何時結婚、何時搬家等）、村落大事記（如頭目的移交、修
築道路與橋樑、颱風來襲等），此外，也有發生於村外的一些大事（如
日本人來、二次大戰、臺灣光復等）。[45]

　　Damay 從 1940 年代即開始用日文寫日記，[46] 加上他對於政府機
關學校等發給的證件文書也勤於保存，因此對於 1920 年他出生之後的
一些事件的日期，應該都有相當的依據。尤其 1940 年代之後，有他自
己的日記做後盾，更沒有多少人可以向他的權威性挑戰。有趣的是：
村落的早期歷史是如何被記憶的呢？如何被推算的呢？又如何與西曆
爲基礎的民國紀元相結合呢？

　　據 Damay 自己的說法，他年幼時就對自己村落的歷史很留心。推
想他十三歲左右開始參加年齡組織的活動，並常在會所聽當時六十歲
左右老人的談話，則他記得創社之後各個年齡組的組名，以及各組之
間隔多少年舉行一次成年禮與命名禮，這些都是頗爲可能的。此外，
除了他所提供的資料之外，在田野中經常可以發現，村裡的人流傳著
這樣的說法：大約第一代年齡組成立之前十幾年，已有一位領袖人物
Kalitag Payo 率領親族居住此地（參見第三節）。所以按 Damay 的推
測：第一個年齡組成立於民前四十六年（1865），而 Kalitag Payo 於
民前五十七年（1854）由長光來建立了鳥鳴村，也不是沒有道理。

　　此處無法詳論口傳資料與文獻記載之間的關係，也無意討論
Damay 如何將這兩者結合在一起。[47] 但筆者要強調的是，Damay 除

---

45 表 3 中有關阿美語的拼音，是以 Damay 自己的方式爲準，並未加以統一。另外原書
　　穿插著日文與阿美拼音文字，內容則常只是事件的重要片斷，似乎只是爲了便於他向
　　別人解釋村落歷史時的重點提示。爲閱讀方便，除了翻譯成中文之外，有些部分還加
　　上補充說明，所以會有較完整的句型。

46 後來也攙雜一些教會引入的阿美拼音文字。

47 Damay 對文字（尤其是日文）記載的阿美族歷史，顯現出濃厚的興趣。

了善於利用年齡組織的歷史記憶機制（參見第五節）之外，他還明確
地表示：他是以年齡組的組名以及相隔多少年做爲推算早期村落歷史
的基礎。另一方面，由日常生活層面來看，Damay 在村中的重要性應
與其對村落歷史的熟稔有關。這兩點其實都涉及社會記憶的一些問題。
前面已經指出，年齡組織是超血緣的地域性群體，也是村落公共事務
的主要執行團體，因此本質上最能代表村落的集體利益。是故，以年
齡組織做爲記憶的骨架，事實上最能使村民具有共同記憶的基礎，使
得村落的認同感得以延續。[48] 當然，Damay 以其文字使用的能力，再
加上他對村落歷史的熟稔，因此可以成爲大多數村民的代言人，而確
保他在村中的地位。

　　Kawasan 則與 Damay 不同。Kawasan 是目前老一輩長老會信
徒中，唯一日據時期曾受過中等教育者，所以他被其他信徒視爲當然
的領袖。在他的建構下，經濟生活的大幅改善是掌握村落歷史的重點。
換言之，從前阿美族的生活很苦，相較之下，現在的物質享受太好了。
更重要的是，他進一步認爲：族人應該感激上帝，藉著崇拜祂來追求
永恆的救贖，[49] 而不是因此而放縱於現世的享受。

　　由於他拒絕接受 Damay 式的階序性族群觀，他也不願意提起
Damay 常講的口傳文學或族群、村落歷史。事實上 Kawasan 不願與
大多數村人爭辯Damay喜歡傳誦的口傳文學的眞實性（authenticity，
參見 Martin 1993），但是對他來說，聖經裡的故事（如亞當夏娃的創
始神話）才更值得重視，因爲它代表著所有人類的共同歷史。有趣的

---

48 譬如說人名、系譜以及親屬之間的本分家關係等，也有社會記憶的性質。但這樣的記
　憶屬於親族領域，與村落共同的記憶無關，也無法促進村落的團結。

49 阿美族的詞彙中，與「未來」較相近的是 tatayni，延伸自 tayni（來）。據年長天主
　教村民言，以往人們對未來大多指明天（anocila）、後天（cila）及後天之後（ci:la），
　因爲長遠的未來是不可預知的，屬於神秘的領域，也因此才有竹占、鳥占、夢占等。
　雖然 tatayni 一詞，原本就存在於阿美社會，但一直到長老教傳入後，才被經常且積
　極地使用。

是，Kawasan 並不積極參加年齡組織及豐年祭等活動，事實上自從他由年齡組織除役成為退休人員後，就不曾參加鳥鳴村的任何一次豐年祭。Damay 與 Kawasan 只差一歲，他們在年齡組中又同屬一組（Lakomaw），因此他們對異族觀以及村落歷史的不同看法也就格外令人矚目。

Fagis 則介於他們兩人之間，一方面他比 Kawasan 更傾向於接受 Damay 式的歷史觀，因此像以前泰雅族、布農族侵襲阿美族的口傳文學他不但皆能朗朗上口，此也影響了他對上述兩族的意象。有趣的是 Damay 主要是以泰雅、布農兩族侵襲阿美人的往事而貶抑這兩族；但 Fagis 卻主要因這兩族吸收漢人文化、納入大社會的程度較低，而瞧不起他們。另外，Fagis 對 Damay 有關漢人的看法卻無法同意，例如他在解釋 payrag（本省漢人）的意思時不接受 Damay 的說法（「歹人」），反而與 Kawasan 接近，認為這個稱呼沒有負面的含意；相對地他也比較不常提起涉及漢人的口傳文學。整體而言，也許因為他的阿美語不如 Damay、Kawasan 等老一輩的人，也許因為他的口傳文學相關知識也相較之下比 Damay 零碎，Fagis 並沒有太多機會公開講述口傳文學，來宣揚他的歷史觀。但私底下他卻是很勤於表達他對村落歷史的看法，而阿美人原有的一些概念，也是他詮釋當前世界的重要環節。

簡言之，筆者認為個人生命中的不同際遇，是造成他們有不同異族意象的最直接因素。以 Damay 與 Kawasan 為例，他們出生於日治時期，受教育的過程以及青年時代的主要經歷也都與日本人有緊密的關係，可以預期他們對日本人的印象會十分深刻。相對之下，Fagis 出生在臺灣光復之際，他對日本人的印象也就比較模糊。反過來看，由於大環境的變化他得以十幾歲時就到臺北工讀，他與漢人的接觸也就遠比 Damay 等老一輩的人要廣泛、深厚；這種因為大環境的變化造成個人際遇的不同，應該是他不願意用簡單的意象來描繪漢人的原因

之一。從這個角度來觀察，Kawasan 的異族意象固然明顯地受到其虔誠長老教信仰的影響，即以聖經爲依歸，從而認爲所有的人類都是亞當與夏娃的後代，他對不同族群之間的差異也因此不像 Damay 與 Fagis 那麼重視。

值得留意的是，Fagis 與 Kawasan 一樣，並沒有刻意去挑戰 Damay 建構而大多村民也認同的村落歷史。然而，隨著時間的推移，久遠的歷史（如日據時期的種種）已漸漸被淡忘，更會隨年長一輩的凋零而不再屬於大多數村民的集體記憶。因此我們可以看到，年輕一輩的人不再像老一輩的人那樣，以 dipog 一詞來指稱政府，他們也傾向於將豐年祭中，老人稱爲 pialaan to dipog（原意爲招待日本官員）的儀節稱爲 pililafagan（招待貴賓日）。此外，有關時間以及地名的歷史意涵也逐漸被年輕一輩（如 Fagis 以及更年輕者）遺忘。更重要的是，年齡組織不但不具有維護社會秩序的功能，也不再是歷史記憶的主要骨幹，因爲西曆可以達到更好的效果。在漢人影響日深，日本人意象漸漸退色的情況下，諸如 Fagis 的年輕一代終將取代 Damay 成爲村中的主要領導人物，也成爲建構村落新歷史記憶的主角。

由 Damay 到 Fagis，事實上代表村中主流思潮的趨向。這讓我們不禁想起 M. Bloch（1992）所謂的亞理斯多德式記憶理論。按 Bloch 的說法，此種社會認爲人類的所有知識都是後天學來的，人們基本上是由所學到的內容來形塑自己。在此一狀況下，歷史是不斷變遷的，沒有事情會永遠不變，久遠的過去會逐漸被新生的事件掩蓋，而成爲微弱且褪色的記憶。由於社會認同不是與生俱來的，因此必須審愼地選擇事件與知識，透過對過去的不同看法，來創造人們的社會認同。這樣的描述，與阿美族的情形有幾分相似。不過，Bloch 以菲律賓的 Bicolanos 民族爲典型，來說明亞理斯多德式的記憶，此一民族的例子倒是與阿美族不太相同，至少阿美族不像該族那麼貧困、無力，因此雖然面對日本、漢人等民族，也由之採借了許多文化成分，但仍能維

持強烈的自信心，以及明顯的傳統文化認同。對比之下，Kawasan 等長老教徒就比較傾向於 Bloch 所謂的柏拉圖式記憶。很明顯的是，他們不但深信聖經的內容，而且他們選擇的社會認同主要對象是教會，而不是大多數村民重視的村落。對這些長老教徒來說，那些大多數村民強調的年齡組織與村落歷史，似乎只是一些干擾的因素，與真理（absolute transcendental truth or ahistorical truth）毫無關連。

當然,若真的要拿上述的兩種記憶理論來與阿美族的例子相比較，一些相關的問題仍然需要面對。譬如說，這樣的類比恰當嗎？如果恰當的話，為什麼同樣是阿美族會有那麼大的不同呢？事實上，雖然整體而言，長老教徒比天主教徒重視永恆的救贖，並將宗教信仰貫徹到日常生活中；但這並不意味說天主教徒就只注重現世的生活而不重視宗教信仰，或者不關心自己死後靈魂的去向。因此，事情絕不像前面說的那般單純。另外，Bloch 在討論這兩類的記憶理論時，涉及的不僅是社會與歷史而已，還牽涉到人觀、宇宙觀與道德等不同面向。這些面向的任何一個，都是很複雜難纏的課題。更進一步說，Bloch 在討論這些課題時，其實是企圖向當前心理學、人類學以及歷史學的一些基本假定提出質疑，並試圖以記憶為切入點，來銜接個人與社會之間的關連。諸如此類的問題，都是有待日後繼續努力的重點。

七、總　結

根據以往的文獻顯示，村落是阿美族往昔最大的社會生活單位，而年齡組織由村中成年男子組成，是超血緣的地域性群體，執行、擔負村中的各項公共事務—尤其是共禦外敵。然而，以前的研究並未指出，何以在共禦外敵等的需求已不再重要的情況下，年齡組織在阿美族社會仍有其意義。本文以阿美族的鳥鳴村為研究對象，試圖指出：由於年齡組織的一些基本性質，使得其具有提供大多數村民共同歷史

記憶的基礎，而他們對村落的認同感也得以透過參與有關年齡組織的活動而呈現。換言之，對於大多數信奉天主教的村民而言，年齡組織的延續的意義之一，便是其提供了一條與村落歷史連接的管道，使村民之間仍然有休戚與共的感覺。然而少數不願意或不積極參與年齡組織活動者，可以明顯地看出對村落歷史比較不重視，對異族的看法也與大多數的村民不同。這樣的發現，點出了年齡組織與異族觀之間密不可分的關連，也指出了年齡組織在當前阿美族社會文化認同上的重要性，以及何以對不同的人有不同的意義。

事實上，在阿美族的社會生活中，對於不同異族的看法居於相當重要的地位。這樣的觀點，不但呈現在年齡組織的發展史以及組名之中，即使在村民日常生活息息相關的時間觀中，也可以看出再現的跡象。換言之，村民以傳統、日本、漢人以及歐美時間的劃分，或者指涉不同的時間計算方式，或者指稱不同社會活動以及其背後的時間觀。除了傳統的時間觀之外，其它三種時間觀的接受，其實都反映出阿美族與外來強勢族群的不平等關係。也正因爲認定這三個民族居於優勢地位，村人才會接納其傳入的文化。然而，在接受外來影響的同時，村民並未完全喪失本身的文化認同。因此，日常生活作息中傳統的一些時間計算方式仍然被使用，在一些儀式性活動中，甚至會刻意凸顯若干特殊活動的重要性，以塑造與過去連接的意象。年齡組織在當前的阿美族社會中，代表的正是與過去連接的一個方式。然而，除了年齡組織的發展歷史，本身就是目前村人仍可記得的過去之外，該組織的特性對阿美族的歷史性仍有一些值得留意者。

首先，從年齡組織的組名談起。由於鳥鳴村的年齡組織探創名制，即每一次的命名都有其根據，或是緣於當時的特殊背景、事件，或是緣於該組曾經發生的特殊事情，因此命名禮可以說就是整個村落對某件事情的公開認定。一旦組名被決定了，也就成爲村落歷史之一部分。透過日常活動（如豐年祭、集會時分豬肉等）的進行，不但組名一再

被重複地使用與強調，村落歷史也選擇性地被加以記憶。在晚近歷史人類學的討論裡，一個引人注目的問題是：事件（event）的觀念[50] 是否存在於某個特定的社會中。許多人類學者指出，事件的觀念源自西方社會，有其特殊的時間觀念為其背景，因而未必適合用來分析非西方社會的歷史。以 M. Strathern（1990）為例，她就認為事件的觀念有獨特性的特徵，且須放在特定脈絡來理解，這在分析美拉尼西亞社會的一些現象時就會造成誤解。但以阿美族的情形而論，不但可以發現有事件的觀念，而且透過年齡組織，事件之間的前後關係十分清楚。換句話說，筆者認為：事件的觀念可以用來分析阿美族的歷史，因為阿美族有歷史事件的概念，而且此一歷史事件具有獨一性（uniqeness）的特徵。[51] 而這樣的事件觀念，實與年齡組織有密切的關係；亦即，年齡組織的形式結構提供了使事件的發生次序不易紊亂的機制，在族人追憶歷史事件的發生時間時，也是一個絕佳的骨幹制度。

再者，整個年齡組織建立在年齡增長的生物基礎上，這樣的原則使得年長成為一種德性。由此隱含的意義有兩點：越久遠而可徵信的歷史越有價值，而越能掌握此一歷史者越具有權威。因此，文字在阿美族社會的意義可以從兩個不同的層面來理解。一者，阿美族自認原本並無文字，或者原來有文字但後來遺失了，因此當面對有文字的民族（如日本、漢人、歐美人）時，不平等的關係會因而更確立，也導致於接受這些強勢民族的文化乃至於史觀。而在原來的社會中，村落領袖可被稱為 *tapag*，此字的原意是植物的主幹，延伸的意思則是領袖必須像樹幹般使枝葉（好比村內的各個家族與氏族）整合在一起。當文字的使用已經越來越普遍時，如何透過文字去瞭解外在世界，進而

---

50 此處的事件指的是偶然性事件（incidental event），而不是一再重複的事件（recurrent event）。

51 一個相關的議題是，外族傳入的曆法與文字，基本上使阿美族原來的觀念更細緻地去發展，但本文中將無法詳細討論。

去記錄村中的一些重要歷史，也就成爲領袖的基本條件之一。

　　大致上而言，本文是延續著筆者前一篇文章的旨趣，即探討阿美族的歷史建構與異族意象。然而，兩篇文章之間仍有一些不同之處。除了本文把年齡組織納入而成爲探討焦點之外，更重要的是對歷史採取不同的看法。簡要地說，如果以過去與現在的關係來思考的話，前一篇文章著重於現在如何形塑過去，亦即如何以過去合法化現在來看待歷史。相對地，對於過去如何影響現在的狀況，以及歷史除了服務當前的政治利益之外，是否仍然有一些客觀存在的眞實等問題，都是前一篇文章所未觸及的（參見 Aloso 1988；Chapman et al. 1989；Schwartz 1990）。由本文以上各節的討論，呈現出過去與現在之間，其實具有十分複雜的關係，而人們的記憶也未必只透過口述的方式來表現（Bloch 1998a）。換言之，過去有許多不同的再現方式，在當前社會及人們的生活中，也各自扮演著不同的角色。這是本文並未有系統處理，也是未來可以進一步探索的地方。

　　然則，如果要使未來的研究更富有挑戰性，有關時間方面的探討也必須比本文的觀點更深刻才行。本文在時間觀方面，僅是指出了阿美族具有四種不同的時間類別，以及其與目前村落生活的關連。這樣的資料與觀點，固然可以呈現出異族影響以及文化認同等層面的意義，但對時間此一主題的思考與處理仍嫌單薄。舉例來說，在民族誌的層次上，時間與年齡組織、異族觀的關連，尤其是年齡組織本身所象徵的時間觀等，皆是可以再深入探討的問題。進一步言之，在理論的層次上，例如 Gell（1992）把時間分成 A-series 與 B-series 兩大類，或者 Munn（1992）強調從行爲者角度來看時間的觀點，都是極有啓發性必須嚴肅面對的。因爲這樣的觀點，不但是把時間當作文化建構的產物，也涉及了人類的認知與意識。唯有認眞面對這樣的問題後，我們才可以探討時間與空間、人觀等文化基本分類概念之間的關連，進而

追問時間在一社會中是否有全面化 (totalizing) 的作用。[52] 當然，也正是在這個層面上，我們一方面可以體會認知研究具有的潛力，另一方面也要特別指出記憶此一研究主題的重要性。

在晚近有關歷史人類學的研究中，記憶是被用來切入的一個重要面向。有關記憶的研究，不但被視爲可以銜接個人與社會的關連，也被認爲具有整合不同學科(如歷史學、心理學與人類學)的潛力(Bloch 1992；Sperber 1985)。根據較新的看法，記憶並不是像檔案櫃或圖書館那般的運作，而是每次需要它們時人們就將之重新建構(Kaplonski 1993:236)。換言之，記憶的過程並不是被動的，事實上人們在此一心智活動中扮演了相當主動的角色。是故，記憶的內容不是客觀的知識，而是涉及人們主觀上的意識(Fentress and Wickham 1992)。更值得留意的是，依據較晚近的理論，人們的記憶往往與其生活的社會有密切的關係。換言之，在不同的社會中，記憶的機制也會因此而不同。這便涉及社會記憶的問題。簡要地說，記憶具有社會的面向，一個人會因他的社會群體歸屬而有不同的記憶。反過來說，人們有關過去的再現方式，也常常與他們目前的社會認同有關(參見 Connerton 1989；Fentress and Wickham 1992)。基本上筆者同意上述的概念，也試圖在本文中用來分析年齡組織的意義，並指出其在社會記憶以及目前阿美族文化認同時所扮演的角色。

然而，本文所呈現的論點，仍僅限於社會記憶的層次，而未能充分發揮記憶此一主題研究上的潛力。概要言之，記憶應可分社會與個人的不同層次，而後者應該是前者能夠運作的基礎。因爲若沒有個人的基本記憶能力，則所謂個人的意識、動機、認同等根本毫無意義可言，而所謂的社會意識、社會文化認同等問題更是不能充分地獲得理

---

52 Alonso (1994) 在回顧有關國家形成、民族主義以及族群意識的研究時，以時間、空間與物質 (substance) 三個項目爲標題。可見時間此一因素，實不宜單獨看待。

解。然而，這樣的觀點並不否定涂爾幹以來人類學的傳統，而是認爲文化與個人之間的關係，必須有更進一步的釐清，人類學者與心理學者之間也必須有更多的對話 (參見 Bloch 1998b)。從這個角度來看，Borofsky (1994) 區分知識 (knowledge) 與知道 (knowing) 是有意義的。因爲存在於人們腦海中的知識，不見得都具一樣的性質，其與他人共享的程度也不同。穩定而共享性高的知識，其實有賴社會互動來形成；在此一過程中，政治、權力通常扮演著關鍵的地位。筆者相信，注意認知面向在社會生活中的重要性，應該是值得發展的一個研究方向。沿著此一方向去進一步探索，或許可以讓我們更清楚地瞭解：長期的歷史發展，如何使阿美人發展出以異族觀爲其歷史性的核心，而其異族觀中的階序性又如何而來等問題。探討到這個地步，對於時間、歷史與記憶之間的關係，也許才可以提出另一番不同的見解。

參考書目

方敏英 編
　　1986　阿美語辭典 (Amis Dictionary)。臺北：財團法人中華民國聖經會。
末成道男
　　1983　臺灣アミ族の社會組織と變化ムコ入り婚からヨメ入り婚へ。東京：東京大學出版會。
安倍明義 編
　　1939　東部臺灣の史的雜件，臺灣教育 403:45-55。
阮昌銳
　　1969　大港口的阿美族。臺北：中央研究院民族學研究所。
李亦園
　　1957　南勢阿美族的部落組織，中央研究院民族學研究所集刊 4:117-144。
李來旺、吳明義、黃東秋
　　1992　牽源。臺東：交通部觀光局東部海岸風景特定區管理處。

沈松僑
 1997 我以我血薦軒轅—黃帝神話與晚清的國族建構，台灣社會研究季刊
    28:1-77。

佐山融吉
 1914 番族調查報告書。臺北：臺灣總督府。

林桂枝
 1995 阿美族里漏社 Mirecuk 的祭儀音樂。臺北：國立臺灣師範大學音樂
    研究所碩士論文。（未出版）

馬淵東一
 1974 高砂族の移動および分布，刊於馬淵東一著作集，第二卷。東京：社
    會思想社。

馬淵悟
 1986 臺灣海岸阿美族的老人，刊於臺灣土著社會文化研究論文集，黃應貴
    主編，頁 553-564。臺北：聯經出版事業公司。

移川子之藏等人
 1935 高砂族系統所屬の研究。臺北：臺北帝國大學土俗人種研究室。

陳文德
 1990 胆瞞阿美族年齡組制度的研究與意義，中央研究院民族學研究所集刊
    68:105-144。

陳坤一 主編
 1996 阿美族在 Cepo'。臺北：行政院文化建設委員會。

黃天來
 1988 臺灣阿美語的語法。臺中：偉明印刷有限公司。

黃宣衛
 1997 歷史建構與異族意象—以三個村落領袖為例初探阿美族的文化認同，
    刊於從周邊看漢人的社會與文化，黃應貴、葉春榮編，頁 167-203。
    臺北：中央研究院民族學研究所。

黃貴潮
 1994 豐年祭之旅。臺東：交通部觀光局東部海案風景特定區管理處。

黃應貴
 1997 綜合討論引言：時間、歷史與記憶，發表於「時間、記憶與歷史」學
    術研討會論文。中央研究院民族學研究所主辦。（未正式出版）

楊越凱
 1977 臺東史實概述，臺灣文獻 28(4):133-146。

駱香林 主修
　1959　花蓮縣志。花蓮：花蓮縣文獻委員會。

衛惠林
　1953　臺灣東部阿美族的年齡階級制度初步研究，臺灣大學考古人類學刊 1: 2-9。

衛惠林等人 原修
　1972　臺灣省通誌，卷八同冑志。臺中：臺灣省文獻委員會。

劉斌雄等人
　1965　秀姑巒阿美族的社會組織。臺北：中央研究院民族學研究所。

Alonso, A. M.
　1988　The Effects of Truth: Re-Presentations of the Past and the Imaginings of Community, *Journal of Historical Sociology* 1(1): 33- 57.
　1994　The Politics of Space, Time and Substance: State Formation, Nationalism, and Ethnicity, *Annual Review of Anthropology* 23: 379-405.

Appadurai, A.
　1981　The Past as a Scarce Resource, *Man* (n.s.) 16:201-19.

Basso, K.
　1988　Speaking with names: language and landscape among the Western Apache, *Cultural Anthropology* 3(2):99-130.

Biersack, Aletta
　1991　Introduction: History and Theory in Anthropology, in *Clio in Oceania*, A. Biersack, ed., pp:1-36. Washington and London: Smithsonian Institution Press.

Bloch, Maurice
　1977　The Past and the Present in the Present, *Man* (n.s.) 12:278-92.
　1992　Internal and External Memory: Different Ways of Being in History, *Suomen Anthropologi* 1/92:3-15.
　1998a Time, Narratives and the Multiplicity of Representations of the Past, in *How We Think They Think*, pp:100-113. Oxford: Westview Press.
　1998b Autobiographical Memory and the Historical Memory of the More Distant Past, in *How We Think They Think*, pp:114-127.

Oxford: Westview Press.

Borofsky, Robert

1994 On the Knowledge and Knowing of Cultural Activities, in *Assessing Cultural Anthropology*, Robert Borofsky, ed., pp:331-47. New York: McGraw-Hill.

Burman, Rickie

1981 Time and socioeconomic change on Simbo, Solomon Islands, *Man* (n.s.) 16(2):251-68.

Chapman, Malcolm et al.

1989 Introduction in *History and Ethnicity*, Malcolm Chapman et al., eds., pp:1-21, London and New York: Routledge.

Cohen, Gillian

1989 *Memory in the Real World*, Hove and London: Lawrence Erlbaum Associates, Publishers.

Comaroff, Jean and John Comaroff

1991 *Of Revelation and Revolution: Christianity, Colonialism, and Consciousness in South Africa.* Chicago and London: The University of Chicago Press.

Connerton, Paul

1989 *How Societies Remember*, Cambridge: Cambridge University Press.

Faubion, J. D.

1993 History in Anthropology, *Annual Review of Anthropology* 22: 35-54.

Fentress, James & Chris Wickham

1992 *Social Memory: New Perspectives on the Past.* Oxford: Blackwell.

Friedman, J

1985 Our Time, Their Time, World Time: The Transformation of Temporal Modes, *Ethnos* 50(3/4):168-82.

Geertz, C.

1973 Person, Time, and Conduct in Bali, in *The Interpretation of Cultures*, C. Geertz, pp.360-411. New York: Basic Books.

Gell, A.

1992　*The Anthropology of Time: Cultural Constructions of Temporal Maps and Images*. Oxford: Berg.

Gulliver, P. H.

1968　Age Differentiation, *Encyclopedia of the Social Sciences*. vol. 1, pp.157-62.

Herzfeld, M.

1990　Pride and Perjury: Time and the Oath in the Mountain Villages of Crete, *Man* (n.s.) 25(2):305-22.

Kaplonski, Christopher

1993　Collective Memory and Chingunjav's Rebellion, *History and Anthropology* 6(2/3):235-259.

Leach, E.

1961　Two Essays Concerning the Symbolic Representation of Time, in *Rethinking Anthropology*, E. Leach, pp.124-36. London: Athone.

Levine, Robert

1997　時間地圖：不同時代與民族對時間不同的解釋。馮克芸等譯。臺北：臺灣商務印書館。

Martin, JoAnn

1993　Contesting Authenticity: Battles Over the Representation of History in Morelos, Mexico, *Ethnohistory* 40(3):438-465.

Munn, N. D.

1992　The Cultural Anthropology of Time: A Critical Essay, *Annual Review of Anthropology* 21:93-123.

Ohnuki-Tierney, Emiko

1990　Introduction to *Culture through Time: Anthropological Approaches*. E. Ohnuki-Tierney, ed., pp.1-25. Stanford: Stanford University Press.

Peel, J.

1984　Making History: the Past in the Ijesha Present, *Man* (n.s.) 19(1): 111-32.

Rigby, Peter

1995　Time and Historical Consciousness: The Case of Ilparakuyo

Maasai, in *Time: Histories and Ethnologies*, D. O. Hughes and T. R. Trautmann, eds., pp.201-41. Ann Arbor: The University of Michigan Press.

Rutz, H. J., ed.

    1992   *The Politics of Time*. Washington: The American Anthropological Association.

Sahlins, Marshall

    1981   *Historical Metaphors and Mythical Realities: Structure in the Early History of the Sandwich Islands Kingdom*. Ann Arbor: The University of Michigan.

Schwartz, Barry

    1990   The Reconstruction of Abraham Lincoln, in *Collecting Remembering*, D. Middleton and D. Edwards, eds., pp:81-107, London: Sage Publications.

Smith, Robert

    1961   Cultural Differences in the Life Cycle and the Concept of Time, in *Aging and Leisure*, R. Kleemeier, ed., pp:84-112, Oxford: Oxford University Press.

Sperber, Dan

    1985   Anthropology and Psychology: Towards an Epidemiology of Representation, *Man* (n.s.) 20:73-89.

Strathern, Marilyn

    1990   Artifacts of History: Events and the Interpretation of Images, in *Culture and History in the Pacific*, J. Siikala, ed., pp:25-44, Helsinki: The Finnish Anthropological Society.

Valeri, Valerio

    1990   Constitutive History: Genealogy and Narrative in the Legitimation of Hawaiian Kingship, in *Culture Through Time: Anthropological Approaches*, Emiko Ohnuki-Tierney, ed., pp:154-92, Stanford: Stanford University Press.

Wolf, E.

    1990   Facing Power: Old Insights, New Questions, *American Anthropologist* 92:586-96.

作者簡介

王明珂　中央研究院歷史語言研究所副研究員。美國哈佛大學東亞語文系博士。著有《華夏邊緣：歷史記憶與族群認同》等。

何翠萍　中央研究院民族學研究所助研究員。美國維吉尼亞大學人類學博士。著有 *Exchange, Person and Hierarchy: Rethinking the Kachin* 等。

林淑蓉　國立清華大學人類學研究所副教授。美國紐約州立大學水牛城校區人類學博士。著有 *Illness, Body & Personhood: An Anthropological Study of Women's Lives in Taiwan* 等。

梁其姿　中央研究院中山人文社會科學研究所研究員兼副所長。法國高等社會科學研究院歷史學博士。著有《施善與教化：明清的慈善組織》等。

陳文德　中央研究院民族學研究所副研究員。英國倫敦大學亞非學院人類學博士。著有 *The Making of a 'Community': An Anthropological Study among the Puyma of Taiwan* 等。

陳玉美　中央研究院歷史語言研究所副研究員。英國劍橋大學考古學博士。著有 *From Thatched Roof to Concrete House: An Ethnoarchaeological Study of Continuity and Change in A Yami Community, Orchid Island, Taiwan* 等。

張　珣　中央研究院民族學研究所副研究員。美國加州大學柏克萊分校人類學博士。著有《疾病與文化：臺灣民間醫療人類學研究論集》，

Incense-Offering and Obtaining the Magical Power of Chi':
The Matsu (Heavenly Mother) Pilgrimage in Taiwan 等。

黃宣衛　中央研究院民族學研究所副研究員。英國 St. Andrews 大學
人類學博士。著有 *Religious Change and Continuity among the*
Ami of Taiwan 等。

黃應貴　中央研究院民族學研究所研究員。英國倫敦大學倫敦政治經
濟學院人類學博士。編著有 *Conversion and Religious Change*
among the Bunun of Taiwan，《東埔社布農人的社會生活》，《人
觀、意義與社會》（編），《空間、力與社會》（編）等。

蔣　斌　中央研究院民族學研究所副研究員。美國賓夕凡尼亞大學人
類學博士。著有 *House and Social Hierachy of the Paiwan* 等。

索　引

國家圖書館出版品預行編目資料

```
時間、歷史與記憶 / 黃應貴主編. --初版. --
    臺北市：中研院民族所，民88
      面；　公分
    含索引
    ISBN 957-671-639-X (精裝)
    ISBN 957-671-640-3 (平裝)

    1.文化人類學 — 論文，講詞等 2.時間 — 論
文，講詞等

541.307                                88006714
```

時間、歷史與記憶

主　　編：黃應貴

出 版 者：中央研究院民族學研究所

發 行 者：中央研究院民族學研究所

　　　　　臺北市南港區研究院路 2 段 128 號

　　　　　電話：(02) 2652-3300～1

排版印刷：天翼電腦排版印刷股份有限公司

　　　　　臺北市敦化南路 1 段 294 號 11 樓之 5

　　　　　電話：(02) 2705-4251

初　　版：中華民國八十八年四月

定　　價：新臺幣 500 元（精裝）

　　　　　新臺幣 400 元（平裝）

ISBN 957-671-639-X　（精裝）

ISBN 957-671-640-3　（平裝）

Time, History and Memory

Edited by Ying-Kuei Huang

Institute of Ethnology
Academia Sinica